언솔드

UN SOULED

언와인드 디스톨로지 3

언솔드

흩어진 조각들

**닐 셔스터먼 장편소설
강동혁 옮김**

UNSOULED
by NEAL SHUSTERMAN

Copyright (C) 2013 by Neal Shusterman
Korean Translation Copyright (C) 2025 by The Open Books Co.

Korean edition published by arrangement with Simon & Schuster Books For Young Readers, an Imprint of Simon & Schuster Children's Publishing Division through KCC (Korea Copyright Center Inc.), Seoul.

All rights reserved. No part of this book may be reproduced or transmitted in any form or by any means, electronic or mechanical, including photocopying, recording or by any information storage and retrieval system, without permission in writing from the Publisher.

일러두기
각 부에 수록된 기사 등의 웹 주소는 현재 일부 연결이 되지 않는다.

잰, 에릭과 로비, 키스와 스레사, 크리스, 퍼트리샤, 마샤, 앤드리아, 마크, 그리고 내가 가장 필요로 할 때 곁에 있어 준 모든 친구에게

차례

1부	날지 못하는	9
2부	훌륭한 젊은 표본	117
3부	하늘에서 떨어진 자	201
4부	기억의 향기	321
5부	황새 살해	439
6부	애크런	509

에필로그	577
감사의 말	583

1부
날지 못하는

 물론, 이 새로운 의료 기술은 우리를 노예화하기보다 자유롭게 해줄 것입니다. 인간의 공감 능력이 탐욕을 능가한다는 것이 나의 단호한 신념이기 때문입니다. 이를 위해, 나는 신경 접목 기술의 윤리적 활용을 감시하는 충실한 경비견이 될 단체인 〈능동적 시민〉을 창설합니다. 설령 이 기술이 남용된다 해도, 그러한 남용은 일반적인 양상이라기보다 예외적 사례가 되리라고 믿습니다.
 ─잰슨 라인실드

 나는 죽음이자 세상의 파괴자가 되었다.
 ─J. 로버트 오펜하이머

라인실드 부부

「법안이 합의됐어. 하트랜드 전쟁이 끝났어.」

잰슨 라인실드는 앞문을 닫고 코트를 소파에 던진 뒤 안락의자에 털썩 주저앉는다. 모든 관절이 안에서부터 풀려 버린 것 같다. 몸 전체가 속속들이 언와인드된 것만 같다.

「설마.」 소니아가 말한다. 「제정신인 사람이 그 끔찍한 언와인드 합의에 서명했을 리 없잖아.」

잰슨은 한 서린 눈으로 소니아를 본다. 소니아에게 한을 품은 것은 아니지만, 그 감정은 달리 갈 곳이 없다. 잰슨이 묻는다. 「지난 9년 동안 제정신이었던 사람이 있어?」

소니아는 잰슨에게 최대한 가까이 다가가 소파 팔걸이에 걸터앉는다. 그리고 그의 손을 잡는다. 잰슨은 절박감을 담아 그녀의 손을 쥔다. 그 손만이 자신을 심연으로 떨어지지 않도록 잡아 주는 유일한 것인 양.

「능동적 시민의 새 의장 말이야. 그 족제비 같은 나르시시스트 댄드리히. 그자가 공식 발표를 하기 전에 나한테 전화를 걸었어. 법안이 합의됐다고 알려 주더군. 〈예의상〉 나한테 먼저 알린다고 말했지만, 당신도 나도 알잖아. 그자가 전화한 이유는 이 상황이 고소해서야.」

「당신 자신을 고문해 봤자 아무 소용 없어, 잰슨. 이건 당신 잘못이 아니야. 당신이 할 수 있는 일은 아무것도 없어.」

잰슨은 손을 빼고 그녀를 노려본다. 「당신 말이 맞아. 이건 내 잘못이 아니야. 우리 잘못이지. 우리가 함께한 일이잖아, 소니아.」

소니아는 마치 따귀라도 맞은 듯한 표정을 짓는다. 그러나 고개를 돌리지는 않는다. 그녀는 일어나서 멀어져 간다. 방 안을 서성이기 시작한다. 잘됐네. 잰슨은 생각한다. 소니아도 내가 느끼는 걸 조금은 느껴야지.

「난 잘못한 게 없어.」 소니아가 고집을 부린다. 「당신도 마찬가지고!」

「우리가 이런 일을 가능하게 했어! 언와인드는 우리 기술을 바탕으로 하고 있다고! 우리 연구를!」

「도둑맞은 거잖아!」

잰슨은 의자에서 일어난다. 한순간도 앉아 있을 수 없다. 앉아 있으면 지금 상황을 받아들이는 것처럼 느껴진다. 실패를 인정하는 기분이 든다. 다음에는 안락의자에 멍하니 앉아 술잔을 휘휘 돌리며, 얼음 딸그랑거리는 소리나 들으면서 알코올에 굴복하고 말겠지. 아니, 그건 잰슨이 아니다. 절대 그런 사람은 되지 않을 것이다.

거리에서 누군가 고함치는 소리가 들려온다. 잰슨은 거실 창밖을 내다본다. 이웃 아이들이 소동을 벌이고 있다. 뉴스에서는 이제 그들을 〈무법자〉라 부른다. 10대 무법자라고. 〈이 전쟁이 낳은 10대 무법자들에게 조치를 취해야 합니다.〉 정치인들은 입법부라는 울타리 안에서 푸념한다. 아니, 교육 예산을 전쟁용으로 돌려놓고서도 이럴 줄 몰랐다는 건가? 어떻게 공교육이 실패하리라는 걸 모를 수 있단 말인가? 학교도, 직업도 없이 손에 쥔 것이라고는 시간뿐인 저 아이들이 말썽을 부리는 것 외에 무슨 일을 한다고?

거리의 폭도는 ─ 숫자가 겨우 너덧 명이니 폭도라고 하기는 어렵지만 ─ 별다른 말썽 없이 지나간다. 이 거리에서 철창과 무쇠 보안 문이 없는 집은 라인실드 부부의 집뿐이지만, 아이들은 한 번도 이 집을 건드린 적이 없다. 오히려 보안 문이 몇 개 파손되었다. 학교가 문을 닫은 이후로 교육을 받지 못했을지언정 저 아이들은 멍청이가 아니다. 주변에 불신이 넘칠수록 더욱 분노를 표현하고 싶어 한다. 〈어떻게 감히 나를 불신할 수 있지?〉 그들의 폭력이 말한다. 〈당신은 나를 알지도 못하잖아.〉 하지만 사람들은 겁에 질린 채 각자의 보안 시설에 둘러싸여 있어, 그 소리를 듣지 못한다.

소니아가 등 뒤로 다가와 두 팔로 그를 끌어안는다. 잰슨은 그녀의 위로를 받아들이고 싶지만, 차마 그럴 수 없다. 이 끔찍한 잘못을 바로잡기 전까지는 위로도, 마음의 평화도 얻을 수 없다.

「예전 냉전 시대처럼 될지도 몰라.」 소니아가 말한다.

「어째서?」

「새로운 무기가 생겼잖아.」 그녀가 대답한다. 「언와인드라는. 그 위협만으로도 충분할지 몰라. 어쩌면 실제로 그 무기를 쓰지는 않을 수도 있어.」

「냉전은 힘의 균형이 이루어졌기 때문에 유지됐던 거야. 당국이 애들을 언와인드하기 시작한들, 애들한테 뭐가 있겠어?」

그제야 소니아는 잰슨의 말을 이해하고 한숨을 쉰다. 「승산이 전혀 없겠네.」

잰슨은 어느 정도 위안을 얻는다. 이 새로운 법이 끌어낼 탁한 심연을 본 사람이 자신만은 아니라는 사실에.

「아직 일어난 일은 아니야.」 소니아가 일깨운다. 「10대 무법자 중에 언와인드된 아이는 한 명도 없어.」

「그렇지.」 잰슨이 말한다. 「이 법은 자정까지 발효되지 않을 테니까.」

그렇게 그들은 남은 저녁을 함께 보내기로 한다. 문명의 마지막 밤을 맞은 듯 서로를 안고 있기로 한다. 대단히 현실적인 의미에서, 실제로 이 밤은 문명의 마지막 밤이기 때문이다.

1
코너

 시작은 로드킬이다. 너무도 무작위적이고 터무니없는 사건이 연달아 벌어져, 그로 인한 결과를 생각하는 것만으로도 버거울 정도다.

 졸지 않으려면 차를 세웠어야 한다. 특히 오늘처럼 바람이 거센 밤에는 더더욱. 아침이 되면 운전대를 잡은 코너의 반사 신경이 훨씬 나아졌을 것이다. 하지만 레브와 함께 오하이오주로 가야 한다는 불같은 욕구가 코너를 심하게 몰아붙였다.

 고속 도로 출구 하나만 더 지나면 돼. 코너는 자신을 타이른다. 캔자스주까지만 가면 쉬겠다고 마음먹었지만, 그 표지는 30분 전에 지났다. 레브는 코너를 설득해 이성적으로 행동하게 하는 재주가 있지만, 오늘 밤에는 조수석에 웅크린 채 깊이 잠들어 있기에 아무 도움이 되지 않는다.

 그 불행한 동물이 코너의 헤드라이트 앞으로 뛰어든 것은 자정이 30분 지났을 무렵이었다. 코너는 그것을 찰나에 언뜻 보았을 뿐이다. 그는 충돌을 피하기만을 간절히 바라며 운전대를 확 꺾었다.

설마 내가 본 게 맞을 리가 없잖아?

코너가 크게 핸들을 꺾었는데도 그 멍청한 녀석은 죽고 싶기라도 한 듯 차의 진로로 다시 뛰어든다.

〈빌려 온〉 차저가 그 동물을 쾅 들이박는다. 녀석은 바위처럼 보닛 위를 굴러 앞 유리를 백만 개쯤 되는 안전유리 조각으로 산산이 부순다. 동물의 몸이 앞 유리 틀에 박힌다. 뒤틀린 와이퍼 날이 녀석의 늘씬한 목에 박혀 있다. 코너는 운전대를 놓친다. 차가 아스팔트에서 벗어나 거칠게 길가의 수풀을 헤치며 달린다.

코너는 반사적으로 비명을 지르며 욕설을 내뱉는다. 아직도 살아 있던 동물이 앞발로 코너의 가슴을 찢는다. 섬유와 살점을 뜯어낸다. 마침내 코너는 간신히 정신을 차리고 브레이크를 콱 밟는다. 혐오스러운 동물은 앞 유리에서 떨어져, 대포처럼 앞으로 날아간다. 자동차는 가라앉는 배처럼 뒤집히다 도랑에서 갑자기 멈춘다. 그제야 에어백이 터진다. 충격을 받아서 펼쳐진 고장 난 낙하산 같다.

이어진 고요함은 공기조차 없는 우주의 침묵처럼 느껴진다. 바람의 영혼 없는 신음만이 남아 있다.

그것과 부딪힌 순간, 잠에서 깬 레브는 아무 말도 하지 않는다. 그저 에어백에 맞고 토해 냈던 숨을 들이쉬려 헐떡일 뿐이다. 코너가 알게 되었듯, 레브는 겁에 질리면 비명을 지르기보다 주머니쥐처럼 얼어붙는 편이다.

코너는 아직 자기 인생의 직전 10초를 이해하지 못하고 있다. 그는 가슴에 난 상처를 살핀다. 셔츠의 찢긴 틈 사이, 피부에 사선으로 15센티미터가량의 자상이 나 있다. 이상하게도 마음이 놓인다. 이건 목숨을 위협하는 상처가 아니다. 살갗에 난 상처는 처치할 수 있다. 리사가 비행기 묘지에서 의무실을 맡았을 때 말했듯, 〈꿰맬 수 있는 상처는 나쁜 것들 중에 가장 나은 것〉이다. 이 상처는 열두 바늘쯤 꿰매면 될 것이다. 가장 큰 문제는 죽은 것으로 여겨지는 무단이탈자가 어디서 치료를 받을 수 있느냐는 점이다.

그와 레브는 둘 다 차에서 내려, 로드킬당한 동물을 살펴보기 위해 도랑 위로 기어 올라간다. 두 다리가 힘없이 휘청거리지만 코너는 그 사실을 인정하지 않으려 한다. 그는 그냥 아드레날린이 솟구쳐 몸이 떨리는 것뿐이라고 결론 내린다. 코너는 자기 팔을 살펴본다. 상어 문신이 있는 팔이다. 주먹을 쥐고, 훔쳐 온 팔의 짐승 같은 힘을 몸의 나머지 부분과 맞춰 움직인다.

「저거 타조야?」 레브가 묻는다. 둘은 거대한 죽은 새를 내려다본다.

「아니.」 코너가 쏘아붙인다. 「그럼 로드러너[1]겠냐?」 하지만 사실 그 거대한 새가 처음 헤드라이트에 어렴풋이 비쳤을 때, 코너는 어처구니없지만 그게 정말 로드러너일지도 모른다고 생각했다. 1분 전만 해도 코너의 가슴을 찢어 놓을 만큼 살아 있던 타조는 이제 완전히 죽어 있다. 찢긴 목은 심하게 뒤틀려 있고, 유리 막을 씌운 듯한 눈은 좀비처럼 강렬하게 그들을 쏘아본다.

「새가 한가락 하네.」 레브가 말한다. 더는 사고로 멍해 보이

---

[1] 미국과 중앙아메리카 지역에 서식하며 시속 30킬로미터가 넘는 속도로 달리는 새. 이하 모든 주는 옮긴이의 주이다.

지 않는다. 그냥 관찰한 것을 말하는 중이다. 어쩌면 레브가 운전을 하지 않았기 때문일지도 모르고, 아니면 이런 로드킬보다 훨씬 나쁜 것들을 보아 왔기 때문일지도 모른다. 코너는 위기 상황에서 레브가 보이는 침착함이 부럽다.

「대체 왜 고속 도로에 타조가 있는 거야?」 코너가 묻는다. 답 대신 갑자기 몰아친 바람과 함께 울타리가 덜컹거리는 소리가 들려오고, 지나가는 자동차 헤드라이트가 바람에 쓰러진 참나무 가지를 비춘다. 너무 무거워 철조망 울타리를 일부 쓰러뜨린 가지 너머로 목이 긴 형체 여럿이 뒤에서 움직인다. 타조 몇 마리가 이미 뚫린 틈으로 나와 도로 쪽으로 가고 있다. 죽은 동료보다는 운이 좋아야 할 텐데.

코너는 고깃값이 치솟으면서 타조 농장이 점점 흔해지고 있다는 말을 들은 적이 있었다. 하지만 실제로 타조 농장을 본 건 이번이 처음이었다. 그는 실없이 이 새가 자살한 건 아닐까 하고 생각해 본다. 타조 구이가 되느니 로드킬을 당하는 게 나았을까?

「원래 타조는 공룡이었대. 알아?」 레브가 말한다.

코너는 숨을 깊이 들이쉰다. 그제야 자기가 얼마나 숨을 가쁘게 쉬고 있었는지 깨닫는다. 부분적으로는 아파서, 부분적으로는 충격 때문이다. 그는 레브에게 상처를 보여 준다. 「내 생각엔 지금도 공룡이야. 저놈이 날 언와인드하려 했어.」

레브가 인상을 찡그린다. 「괜찮아?」

「괜찮아지겠지.」 코너는 점퍼를 벗는다. 레브는 코너가 바람막이 점퍼를 등으로 돌려 가슴팍에 꽉 묶고 임시 지혈대로 쓸 수 있도록 도와준다.

그들은 차를 돌아본다. 날지도 못하는 새에게 부딪혔다기보다는 트럭과 충돌한 것처럼 완전히 파손됐다.

「뭐, 어차피 하루이틀 사이에 차를 버릴 계획이었잖아?」 레브가 말한다.

「응. 근데 도랑에 처박을 생각은 없었어.」

친절한 웨이트리스는 둘에게 자기 차를 내주며, 며칠간 차가 없어진 걸 신고하지 않겠다고 했다. 코너는 그녀가 보험금에 만족하기를 바랄 뿐이다.

자동차 몇 대가 고속 도로를 지나간다. 사고 차량은 길에서 충분히 떨어져 있어, 일부러 찾아보지 않는 한 눈에 띄지 않는다. 하지만 일부러 그런 걸 보러 다니는 사람도 있다.

지나가던 차 한 대가 백 미터쯤 가다가 속도를 줄이고, 흙으로 된 중앙 분리대를 가로질러 유턴한다. 그때 또 다른 차의 헤드라이트가 그 차의 검은색과 흰색을 비춘다. 고속 도로 순찰차다. 경찰이 그들을 보았을 수도 있다. 아니면 타조만 보았을지도 모른다.

어느 쪽이든 둘의 선택지는 갑자기 줄어든다.

「도망쳐!」 코너가 말한다.

「저 사람이 우리를 볼 거야!」

「스포트라이트를 켜기 전에는 못 봐. 뛰어!」

순찰차가 길가에 멈춰 선다. 레브는 더 이상 말대꾸하지 않는다. 그는 돌아서서 달리려 하지만, 코너가 그의 팔을 잡는다. 「아니, 이쪽이야.」

「타조들 쪽으로?」

「내 말 믿어!」

스포트라이트가 켜진다. 그러나 조명은 코너와 레브가 아니라 도로 쪽으로 다가오는 새들에게 고정된다. 코너와 레브는 울타리의 뚫린 부분에 이른다. 새들이 주변으로 흩어진다. 덕분에 순찰 경찰이 스포트라이트로 비출 만한 움직이는 표적이 더 많아진다.

「울타리를 넘자고? 너 미쳤어?」 레브가 속삭인다.

「울타리를 따라서 달리다간 잡힐 거야. 우린 자취를 감춰야 해. 이게 유일한 방법이야.」

코너는 레브를 옆에 끼고 무너진 울타리를 밀치며 넘어간다. 그는 어느새 맹목적으로 어둠 속을 향해 달려가고 있다. 살면서 너무도 여러 번 그랬듯이.

다음은 정치 관련 유료 광고입니다

작년에 저는 35년을 함께한 남편을 강도에게 잃었어요. 강도가 그냥 창문을 넘어 들어왔죠. 남편은 강도와 맞서 싸우다가 총에 맞았어요. 남편을 되살릴 수 없다는 건 알아요. 하지만 드디어 범죄자에게 진정한 대가를 치르게 하고, 피에는 피로 대응할 수 있는 법안이 투표 안건으로 올라와 있습니다.

범죄자의 언와인드를 합법화하면, 우리는 교도소의 과밀 문제를 완화하는 동시에 이식을 통해 생명을 구할 장기를 공급할 수 있습니다. 게다가 신체 정의법에 따라, 장기 판매의 수익금 전액이 폭력 범죄로 인한 피해자와 그 가족에게 지급될 것입니다.

73호 법안에 찬성표를 던지세요. 하나 되어 저항합시다, 범죄자가 분열되어 쓰러지도록.

―신체 정의를 위한 전국 피해자 연맹에서 후원하는 광고임

 타조 농장에 머물 수는 없다. 농가에 불이 켜져 있다. 주인이 고속 도로에서 문제가 발생했다는 연락을 받았을 가능성이 매우 높다. 이곳은 곧 새들을 붙잡으려는 농장 인부와 경찰들로 들끓을 것이다.

 흙길을 따라 농장에서 8백 미터쯤 떨어진 곳에서, 그들은 버려진 트레일러를 발견한다. 침대에 매트리스가 깔려 있지만 곰팡이가 너무 심하게 피어 있어, 둘은 바닥에서 자는 게 최선이라고 판단한다.

 이 모든 상황 속에서 코너는 몇 분 만에 깊이 잠든다. 리사가 나오는 희미한 꿈을 꾼다. 그는 몇 달째 리사를 만나지 못했다. 어쩌면 영영 다시 만나지 못할지도 모른다. 비행기 묘지에서 벌어진 전투에 관한 꿈도 꾼다. 묘지를 송두리째 들어낸 점령 작전에 대해서. 꿈속에서 코너는, 그가 돌보던 수백 명의 아이를 청소년 전담국으로부터 구해 내려고 수십 가지의 다른 전략을 시도한다. 하지만 그 어떤 것도, 단 한 번도 통하지 않는다. 결과는 언제나 같다. 아이들이 모두 죽거나 하비스트 캠프 행 이송 트럭에 실려 간다. 코너는 꿈속에서도 무력하다.

 깨어 보니 아침이다. 레브는 없다. 숨을 쉴 때마다 가슴이 아프다. 코너는 지혈대를 느슨하게 푼다. 출혈은 멈췄지만, 상처는 여전히 벌건 속살을 드러내고 있다. 그는 지혈대를 다시 조인다. 피 묻은 바람막이 점퍼 말고 상처를 가릴 다른 무언가를 찾을 때까지는 그대로 두기로 한다.

밖으로 나가 보니 레브가 주변을 살피고 있다. 살펴볼 것이 아주 많다. 밤에는 이 트레일러가 그냥 외따로 떨어진 것처럼 보였다. 그러나 실제로는 커다란 부지 사방에 녹슨 고철이 흩어져 있고, 트레일러는 그 중앙에 놓인 대저택이다. 녹슨 자동차, 주방용품, 심지어 너무 낡아 원래 색을 전혀 알아볼 수 없고 멀쩡한 창문 하나 없는 스쿨버스까지 크고 쓸모없는 물건들이 잔뜩 널려 있다.

「이런 데 대체 누가 살았을까?」 레브가 말한다.

그야말로 쓰레기장이라 할 만한 주변을 돌아보던 코너는 문득 이 풍경이 불편할 정도로 익숙하다고 느낀다. 「나도 비행기 쓰레기장에 1년 넘게 살았어.」 그가 일깨워 준다. 「누구나 사정이 있는 거야.」

「거긴 묘지였어, 쓰레기장이 아니라.」 레브가 고쳐 준다.

「차이가 있나?」

「하나는 고귀한 최후를 맞은 거잖아. 다른 하나는, 글쎄⋯⋯ 쓰레기고.」

코너는 아래를 보며 녹슨 캔을 걷어찬다. 「우리가 묘지에서 맞은 최후는 하나도 고귀하지 않았어.」

「그만 좀 해.」 레브가 말한다. 「네 자기 연민이 슬슬 지겨워진다.」

하지만 그건 자기 연민이 아니다. 레브도 그걸 알아야 한다. 이건 잃어버린 아이들 문제다. 코너가 돌보던 7백 명 넘는 아이 중에서 30명 이상이 죽었고, 약 4백 명은 언와인드를 위해 하비스트 캠프로 이송되었다. 어쩌면 아무도 그 일을 막을 수 없었을지도 모른다. 그래도 어쨌든, 그 일은 코너가 지켜보고 있을 때 일어났다. 코너가 그 무게를 짊어져야 했다.

코너는 오랫동안 레브를 본다. 레브는 안팎으로 잡초가 너무 무성하게 자라 화분처럼 보이는, 바퀴도 없고 보닛도 없고 지붕도 없는 캐딜락을 바라보고 있다. 그는 잠시 만족한 듯 보인다.

「뭔가 아름답지 않아?」 레브가 말한다. 「가라앉은 배가 결국 산호의 일부가 되는 것 같아.」

「빌어먹을, 넌 어떻게 그렇게 기분이 좋냐?」 코너가 묻는다.

레브는 대답 대신 무성하게 자란 금발을 휙 넘기며, 일부러 신나는 미소를 지어 보인다. 「아마 우리가 살아 있고 자유로워서일걸.」 레브가 덧붙인다. 「내가 홀로 장기 해적한테서 네 녀석을 구했기 때문이기도 하고.」

이제는 코너도 씩 웃을 수밖에 없다. 「그만 좀 해. 네 잘난 척이 슬슬 지겨워진다.」

코너는 기분이 좋은 레브를 나무랄 수 없다. 레브의 임무는 승리의 깃발을 휘날릴 만큼 성공적이었다. 그는 빠져나갈 길 없는 전쟁터 한복판으로 걸어 들어가 나갈 길을 찾아냈다. 그뿐 아니라 넬슨에게서 코너를 구했다. 넬슨은 청소년 전담 경찰에서 치욕적으로 쫓겨난 뒤 코너를 암시장에 팔겠다고 단단히 마음먹은, 원한에 찬 인물이고.

「네가 그런 짓을 했으니까.」 코너가 말한다. 「넬슨은 네 머리를 말뚝에 꽂고 싶어 할 거야.」

「다른 부위들도 꽂고 싶어 할걸. 확실해. 하지만 그러려면 일단 날 찾아야겠지.」

그제야 레브의 낙관주의가 코너에게도 번지기 시작한다. 둘의 상황이 끔찍한 건 사실이다. 하지만 끔찍한 상황치고 최악은 아니다. 살아 있고 자유롭다는 건 중요한 일이다. 목적지가, 몇 가지 중요한 답을 안겨 줄지도 모르는 목적지가 있다는 사실만으로도 상당히 희망적이다.

코너는 어깨를 움직인다. 움직임이 상처를 더 악화시킨다. 늦지 않게, 빨리 처치해야겠다는 생각이 다시 떠오른다. 이 상처는 쓸데없이 상황을 복잡하게 만든다. 병원이나 응급실에서는 절대 아무것도 묻지 않고 그를 치료해 주지 않을 것이다. 오하이오주에 가기 전까지만 상처를 깨끗하게 드레싱할 수 있다면, 거기서는 소니아가 필요한 처치를 해줄 것이 분명하다.

그러니까, 소니아가 아직 그 골동품 가게에 있다면 말이다.

그러니까, 소니아가 아직 살아 있다면 말이다.

「우리가 새를 치기 전에 마지막으로 본 도로 표지판에는 바로 앞에 마을이 있다고 적혀 있었어.」 코너가 레브에게 말한다. 「내가 가서 차를 하나 슬쩍해 올게.」

「안 돼.」 레브가 말한다. 「난 너를 찾으려고 이 나라를 가로질렀어. 네가 내 눈 밖으로 나가게 두지는 않을 거야.」

「네가 청소년 전담 경찰보다 나빠.」

「두 사람이 경계하는 게 한 사람이 경계하는 것보다는 낫지.」 레브가 말한다.

「하지만 우리 중 한 명이 잡히면, 다른 한 명은 오하이오주로 갈 수 있어. 같이 있다간 둘 다 잡힐지도 몰라.」

레브는 뭔가 말하려다 입을 다문다. 코너의 논리에는 반박할 여지가 없다.

「마음에 안 든다.」 레브가 말한다.

「나도. 근데 이게 최선이야.」

「네가 없는 동안 난 뭘 해?」

코너가 비뚜름하게 미소 짓는다. 「산호의 일부가 되어 봐.」

길은 멀다. 다친 사람한테는 특히 그렇다. 떠나기 전, 코너는 트레일러에서 깨끗한 천을 좀 찾았다. 싸구려 위스키도 좀 있었다. 상처를 닦기에는 완벽했다. 아프기는 했지만, 세상의 모든 스포츠 코치가 말하듯, 〈고통은 나약함이 몸을 떠나간다는 증거〉이다. 코너는 언제나 그런 코치들을 싫어했다. 따끔거리는 느낌이 가라앉자 그는 더 단단히 천을 동여맸다. 지금 그는 트레일러에 마지막으로 살았던 누군가의 빛바랜 플란넬 셔츠를 입고 있다. 셔츠를 입기에는 지나치게 따뜻한 날씨지만, 선택의 여지가 없었다.

이제 코너는 더워서 땀을 흘리고 상처 때문에 아파하며 흙길을 따라 걷는 발걸음을 헤아리고 있다. 그러다가 흙길이 포장도로로 이어진다. 아직 지나가는 차는 없지만 괜찮다. 보는 눈이 적을수록 좋다. 안전은 외로움 속에 있다.

코너는 이 작은 지역에서 과연 어떤 일이 자신을 기다리고 있을지 알지 못한다. 그는 대부분의 도시와 교외가 상당히 비슷해 보인다는 걸 알고 있었다. 단지 지리적 차이만 있을 뿐이다. 그러나 시골 지역은 매우 다양하다. 어떤 작은 마을은 고향처럼 따뜻하고 아늑해 돌아갈 곳이면 좋겠다는 생각마저 든다. 정글에서 산소가 나오듯 미국적인 느낌을 내뿜는 공동체다. 반면 세상에는 캔자스주의 하츠데일 같은 마을도 있다.

재미가 죽어 버리는 곳.

코너가 보기에 하츠데일은 경제적으로 침체된 지역이 분명하다. 그렇게 특이한 일은 아니다. 요즘에는 큰 공장 하나가 문을 닫거나 값싼 노동력을 찾아 외국으로 떠나 버리기만 해도 한 마을이 죽어 버린다. 하츠데일은 경제적으로 침체되어 있을 뿐만 아니라 본질적인 차원에서 추하다.

중심가는 낮고 밋밋한 건물로 가득하다. 모두 베이지색 계열이다. 코너가 지나온 곳에는 7월의 태양을 받아 번성하는, 초록의 농장들이 아주 많았지만, 마을 중앙에는 나무가 없다. 포장도로의 틈새에 난 잡초를 제외하면 식물은 아예 보이지 않는다. 산업적인 느낌의 겨자색 벽돌로 지어진, 들어가고 싶지 않은 교회가 하나 있다. 게시판에는 엉망인 글자로 〈어러분으 죄를 대속한 분은 누구입니까? 금요일에 빙고 행사 있음〉이라고 적혀 있다.

이 마을에서 가장 그럴듯한 건물은 새로 지은 3층짜리 주차장이지만, 그마저 운영되지 않는다. 코너는 그 이유가 주차장 옆 공터 때문이라는 것을 깨닫는다. 거기엔 현대적인 사무용 건물이 세워지리라는 광고판이 있다. 언젠가는 그 건물에 3층짜리 주차장이 필요해질지도 모르지만, 버려진 공터의 상태를 보니 그 사무 단지는 10년쯤 계획 단계에 있었으며 아마 영영 지어지지 않을 듯하다.

이곳은 딱히 유령 마을은 아니다. 꽤 많은 사람이 아침 일과를 보내고 있다. 하지만 코너는 그들에게 〈굳이 왜 그런 일을 하는 거예요? 그게 무슨 의미가 있어요?〉라고 묻고 싶은 충동이 든다. 이런 마을의 문제는, 생존 본능이 조금이라도 있는 사람이라면 진작에 어떻게든 빠져나갔다는 데 있다. 아마 그들은 살 만한 다른 지역으로 떠났을 것이다. 하츠데일에 없는, 그런 용기가 있는 곳으로. 남은 사람들은 프라이팬 바닥에 눌어붙은 종류의 사람들이다.

코너는 슈퍼마켓에 다다른다. 퍼블릭스[2]다. 아스팔트 주차장이 열기 속에 아른거린다. 차를 훔칠 거라면 여기에 차가 많다. 하지만 이 차들은 모두 노출된 공간에 나와 있으므로 훔치려면 위험을 무릅써야 한다. 또, 코너는 차를 훔쳐도 하루이틀 눈에 띄지 않을 장기 주차장을 찾고 있다. 슈퍼마켓 주차장에서는 어찌어찌 차를 가지고 빠져나가는 데 성공한다 해도 한 시간 안에 도난 신고가 접수될 것이다. 하긴, 이런 생각도 터무니없다. 장기 주차장에 차가 세워져 있다면 주인이 어딘가에 갔다는 뜻인데, 하츠데일 사람들은 어디에도 가지 않을 것처럼 보인다.

코너를 슈퍼마켓 안으로 이끈 건 굶주림이다. 그는 문득 반나절 넘게 아무것도 먹지 않았다는 걸 깨닫는다. 주머니에 20달러쯤 있으니 먹을 걸 좀 사도 큰일 날 건 없겠다는 생각이 든다. 슈퍼마켓에서 5분쯤 익명의 존재로 머무는 것은 쉬운 일이다.

자동문이 스르륵 열리자 차가운 공기가 훅 끼쳐 온다. 처음에는 그 공기가 상쾌하게 느껴지고, 이어 땀에 젖은 옷이 차갑게 느껴진다. 슈퍼마켓은 환하게 불을 밝히고 있다. 쇼핑객들이 통로 사이로 천천히 움직인다. 그들은 쇼핑을 하기보단 더위를 피하고 싶어서 이곳에 왔을 것이다.

코너는 자신과 레브를 위해 샌드위치 몇 개와 탄산음료를

---

2 미국의 대형 슈퍼마켓 체인.

집어 들고 셀프 계산대로 간다. 하지만 계산대는 닫혀 있다. 오늘은 인간과의 접촉을 피할 방법이 없다. 그는 아무 관심도 없고 관찰력도 없어 보이는 계산원을 선택한다. 그 계산원은 코너보다 한두 살 많아 보인다. 깡말랐고, 검은 머리가 제멋대로 자라 있다. 그야말로 의도대로 되지 않은, 아기 솜털 같은 콧수염이 나 있다. 그가 코너의 물건을 하나씩 스캐너에 찍는다.

「이게 전부예요?」 계산원이 멍하게 묻는다.

「네.」

「불편한 점은 없으셨나요?」

「네, 아무 문제 없었어요.」

그가 코너를 힐끗 본다. 시선을 조금 오래 맞추는 듯하지만 아마 손님들과 눈을 맞추라는 지시를 받았을 것이다. 표준적인, 암기된 질문을 하라는 요구와 함께.

「운반하는 거 도와드릴까요?」

「제가 하면 돼요.」

「괜찮아요. 여기 시원하게 계세요. 밖에 있다간 타버릴 것 같던데요.」

코너는 더 이상의 사건 없이 밖으로 나간다. 더위 속으로 나가 주차장을 반쯤 가로질렀을 때…….

「이봐요, 잠깐만!」

코너는 긴장한다. 오른팔에 힘이 들어가며 습관적으로 주먹을 쥔다. 돌아보니 계산원이 지갑을 흔들며 따라오고 있다.

「저기, 이걸 계산대에 두고 가서요.」

「죄송합니다.」 코너가 말한다. 「제 것이 아닌데요.」

계산원은 지갑을 휙 열어 면허증을 본다. 「확실해요? 여기에······.」

 공격은 너무도 갑작스레 이루어져, 코너는 불시에 당하고 만다. 타격으로부터 몸을 보호할 겨를조차 없다. 게다가 비열한 공격이다. 사타구니를 걷어차인 충격이 온몸으로 솟구치고, 뒤이어 끔찍한 고통이 점점 쌓여 간다. 코너는 공격자에게 팔을 휘두른다. 롤런드의 팔은 실망시키지 않는다. 코너가 계산원의 아래턱에 강력한 한 방을 날린다. 이어 타고난 팔을 휘두르지만, 그때쯤은 통증이 너무 압도적이다. 주먹에 아무런 힘도 실리지 않는다. 갑자기 공격자가 뒤에서 다가와 초크를 건다. 그래도 코너는 몸부림친다. 그는 계산원보다 덩치도 크고 힘도 더 세지만, 계산원은 자기가 하는 일을 제대로 알고 있다. 코너는 반응 속도가 늦어진 상태다. 초크로 인해 기도가 막히고 경동맥이 눌린다. 시야가 어두워진다. 코너는 자신이 곧 의식을 잃을 거라는 걸 안다. 유일하게 다행인 건 의식을 잃으면 사타구니의 고통을 느끼지 않아도 된다는 점이다.

공익 광고

 저는 박수도에 대해 농담하곤 했어요. 그런데 박수도 세 명이 무분별하게도 우리 학교를 겨냥해, 붐비는 복도에서 자폭했죠. 손을 맞부딪히는 간단한 행위가 그렇게 큰 비극으로 이어지리라고 누가 생각이나 했겠어요? 저는 그날 많은 친구를 잃었어요.

 박수도를 막을 방법이 없다고 생각하신다면, 그 생각은 틀렸습니다. 동네에서 수상한 10대들을 보면 신고하세요. 대부분의 박수도는

20세 이하로 알려져 있습니다. 날씨에 맞지 않게 너무 두꺼운 옷을 입은 사람에게 주의하세요. 박수도는 보통 실수로 자폭하지 않도록 몸에 패드를 대기 때문입니다. 또한 한 걸음, 한 걸음이 마지막 발걸음인 것처럼 지나치게 조심스러운 걸음걸이로 걷는 사람에게도 주의하세요. 지역 사회에서 열리는 공공 행사에서 박수를 금지하는 법안을 위해 로비하는 것도 잊지 마십시오.

함께하면, 우리는 박수도를 완전히 근절할 수 있습니다. 그들의 손에 우리 손으로 맞섭시다.

―평화를 위한 떨어진 손에서 후원하는 광고임

코너는 번쩍 정신을 차린다. 완전히 의식이 돌아왔다. 완전히 머리가 맑아졌다. 불확실하고 흐릿했던 순간은 지나갔다. 그는 자신이 공격당했다는 것도 알고, 처지가 곤란해졌다는 것도 안다. 문제는 이 상황이 얼마나 심각한 것이냐는 점이다.

가슴의 상처가 아프다. 머리가 욱신거린다. 하지만 그는 아프다는 생각을 밀어 버리고 재빨리 주위를 살핀다. 시멘트 벽 돌로 된 벽. 흙바닥. 좋은 징조다. 이곳이 감방이나 구류 시설은 아니라는 뜻이다. 유일한 조명은 머리 위에서 대롱거리는 전구 하나뿐이다. 오른쪽 벽에 식량과 생수가 든 상자가 여러 개 쌓여 있다. 왼쪽에는 콘크리트 계단이 위쪽 해치로 이어진다. 코너는 지하실이나 벙커에 있다. 폭풍 대비용 피난처일지도 모른다. 그렇다면 비상용품이 설명된다.

코너는 몸을 움직이려 하지만 그럴 수 없다. 두 손이 등 뒤 기둥에 묶여 있다.

「오래 걸렸네!」

고개를 돌려 보니, 기름진 머리의 슈퍼마켓 계산원이 식량 옆 그림자 속에 앉아 있다. 코너의 눈에 띈 지금, 그는 앞으로 성큼 걸어 나온다. 「내가 너한테 건 초크로, 보통 사람은 10분이나 20분쯤 기절해 있어. 근데 넌 거의 한 시간 동안 정신을 잃었어.」

코너는 아무 말도 하지 않는다. 어떤 질문도, 어떤 말도 나약함의 증거일 뿐이다. 그는 이 형편없는 녀석에게 이미 있는 것 이상의 힘을 주고 싶지 않다.

「내가 10초만 더 목을 눌렀으면 넌 죽었을 거야. 최소한 뇌 손상을 입었겠지. 뇌 손상을 입은 건 아니지?」

코너는 차갑게 쏘아볼 뿐 여전히 아무 말도 하지 않는다.

「난 너를 보자마자 누군지 알았어.」 그가 말한다. 「사람들은 애크런의 무단이탈자가 죽었다고 했지만, 난 다 거짓말이라는 걸 알았어. 내가 하고 싶던 말은 〈인신 구속 영장이다. 시체를 가져와!〉였어. 하지만 그건 불가능했지. 넌 죽지 않았으니까!」

코너는 더 이상 입을 다물고 있을 수가 없다. 「인신 구속 영장은 그런 뜻이 아니야, 이 멍청아.」

계산원이 낄낄거리더니 핸드폰을 꺼내 사진을 찍는다. 플래시가 터지자 코너는 머리가 욱신거린다. 「이게 얼마나 멋진 일인지 알기나 해, 코너? 코너라고 불러도 되지?」

코너는 아래를 본다. 가슴의 상처는 진짜 붕대와 수술용 테이프로 새로 처치되어 있다. 붕대가 보인다는 건 셔츠가 없다는 뜻이다.

「내 셔츠는 어쨌어?」

「벗길 수밖에 없었어. 피를 봤으니 확인해 봐야 했지. 누가 그런 거야? 청소년 전담 경찰이야? 너도 받은 만큼 돌려줬고?」

「그래.」 코너가 말한다. 「놈은 죽었어.」 코너는 상대를 계속 노려보며, 그 눈길에 〈네가 다음 차례야〉라는 뜻이 담기기를 바란다.

「나도 봤으면 좋았을 텐데!」 계산원이 말한다. 「넌 내 영웅이야. 그거 알지?」 계산원은 뒤틀린 망상에 빠져든다. 「애크런의 무단이탈자는 해피잭 하비스트 캠프를 날려 버리고, 자기도 언와인드당할 위기에서 빠져나갔지. 청소년 전담 경찰을 그 경찰의 총으로 진정시켰고. 심지어 십일조를 박수도로 만들었어!」

「그건 안 했어.」

「그래, 뭐. 나머지는 했잖아. 그걸로 충분해.」

코너는 쓰레기장에서 기다리고 있을 레브 생각에 속이 메스꺼워진다.

「난 네 커리어를 추적했어. 그러다가 놈들이 네가 죽었다고 했지. 하지만 난 그 말을 믿지 않았어. 단 한 순간도. 너 같은 녀석은 그렇게 쉽게 무너지지 않아.」

「그건 커리어가 아니야.」 코너는 이 녀석 특유의 영웅 숭배에 역겨움을 느끼고 말하지만, 그는 코너의 말을 전혀 듣지 못하는 듯하다.

「네가 세상을 찢어발겼어. 나도 그렇게 할 수 있거든? 다만 기회가 필요할 뿐이야. 자기가 하는 일이 뭔지 잘 아는, 기존의 권력을 무너뜨릴 방법을 아는 범죄 파트너도 필요할지 모르고.

내가 무슨 말을 하려는지 알겠지? 당연히 알 거야. 모르기엔 네가 너무 똑똑하니까. 난 우리가 만나면 친구가 될 거라고 언제나 생각해 왔어. 우리는 찰칵 맞물릴 거야. 동료의식이라고 하던가?」 계산원이 웃는다. 「애크런의 무단이탈자가 우리 집 대피실에 있다니. 이건 우연일 리 없어. 운명이라고! 운명!」

「넌 내 거시기를 찼어. 그건 운명이 아니야, 네 발이지.」

「그래, 그건 미안. 하지만 뭐, 내가 뭔가 하지 않았으면 넌 그냥 떠났을 거야. 아프긴 해도 진짜로 망가진 데는 없잖아? 오해하지 않았으면 좋겠네.」

그 말에 코너는 씁쓸하게 웃을 수밖에 없다. 슈퍼마켓 앞에서 벌어진 공격 장면을 누군가 봤을지 궁금하다. 누군가 봤다 해도 관심은 없었을 것이다. 최소한 공격을 막아 줄 정도로는.

「친구는 친구를 지하실에 묶어 두지 않아.」 코너가 지적한다.

「응, 그것도 미안.」 그는 사과를 반복하면서도 풀어 줄 생각은 없어 보인다. 「진퇴양난이야. 너도 진퇴양난이 뭔지는 알지? 당연히 알겠지. 내가 풀어 주면 넌 도망칠 테니까. 그러니 난 내가 진짜 괜찮은 놈이라는 걸 증명해야 해. 너를 기절시키고 묶었지만 괜찮은 녀석이라는 걸 말이야. 이 망가진 세상에서 나 같은 친구는 찾기 어렵고, 이곳이야말로 네가 있을 곳이라는 걸 이해시켜야 해. 넌 더 이상 도망칠 필요가 없어. 그게, 누구도 사람을 찾으러 하츠데일에 오지는 않거든.」

코너의 포획자는 어슬렁거리며 두 손을 휘저어 댄다. 모닥불가에서 이야기라도 나누듯 그의 눈이 휘둥그레진다. 자기만의 조그만 공상을 엮어 나가며, 그는 더 이상 코너를 보지도 않는다. 코너는 그냥 그가 계속 떠들게 둔다. 그가 토하듯 쏟아 내는 말을 통해, 쓸 만한 정보를 좀 건져 낼 수 있을지도 모른 다는 생각에서다.

「내가 다 생각해 뒀어.」 그가 말을 잇는다. 「네 머리를 나처럼 검게 염색할 거야. 싼값에 눈에 색소 주입을 해주는 사람도 알아. 나랑 똑같은 헤이즐넛색으로 맞추면 돼. 네 눈 하나가 약간 다르긴 하지만, 그것도 맞출 수 있겠지? 그런 다음에는 사람들한테 네가 위치토에서 온 내 사촌이라고 말하는 거야. 다들 위치토에 내 친척이 있다는 건 아니까. 내가 도와주면, 넌 완벽하게 자취를 감출 수 있어. 아무도 네가 죽지 않았다는 걸 모를 거야.」

어떤 식으로든 이 녀석과 비슷한 모습이 된다고 생각하니 거의 사타구니를 걷어차였을 때만큼이나 불쾌하다. 게다가 하츠데일을 마지막으로 자취를 감춘다고? 악몽에나 나올 이야기다. 그럼에도 불구하고 코너는 최대한 따뜻한 미소를 박박 짜내며 말한다.

「친구가 되고 싶다면서 이름도 안 알려 줘?」

그는 불쾌한 표정이다. 「슈퍼에서 내 이름표에 적혀 있었잖아. 기억 안 나?」

「못 봤어.」

「관찰력이 뛰어나진 않구나? 네 상황에선 관찰력이 중요한데.」 그러더니 그는 덧붙인다. 「여기 이 상황 말고. 저 바깥의 네 상황 말이야.」

코너는 포획자가 이름을 말하기를 기다린다. 「아전트. 서전트에서 S를 뺀 거야. 프랑스어로 〈돈〉이라는 뜻이야. 아전트 스키너, 신고합니다.」

「위치토 스키너 가문이랬지.」

아전트는 처음에는 놀란 듯하더니, 점점 더 경계하는 표정으로 바뀐다. 「우리 얘기를 들어 본 적 있어?」

코너는 그 이름으로 장난을 쳐볼까 하다가, 아전트가 놀림을 받았다는 걸 달가워하지 않으리라고 판단한다. 「아니, 네가 방금 말했잖아.」

「아, 맞네.」

아전트는 코너를 보며 씩 웃는다. 그때 위쪽의 바닥 문이 휙 열리고, 누군가가 계단을 내려온다. 내려오는 여자는 아전트와 닮았지만 키가 좀 더 크고 나이가 두어 살 많아 보인다. 약간 살집이 있지만 뚱뚱진 않다. 그리고 촌스럽다. 표정은 아전트보다 더 읽기 어렵다. 정말이지, 그런 일이 가능하다니.

「저 사람이야? 봐도 돼? 정말 그 사람이야?」

갑자기 아전트의 태도가 돌변한다. 「멍청아, 입 닥쳐!」 그가 소리친다. 「온 세상에 우리가 어떤 손님을 맞았는지 알리고 싶어?」

「미안, 아전트.」 여자의 넓은 어깨가 꾸지람에 잔뜩 움츠러든다.

코너는 그녀가 아전트의 누나일 거라고 짐작한다. 스물두 살이나 스물세 살쯤 되어 보인다. 다만 태도는 훨씬 어려 보인다. 얼굴에 떠 있는 무기력한 표정은 그녀의 잘못이 아닌 둔함을 드러낸다. 아전트는 그녀를 탓하는 듯하지만.

「우리랑 같이 있고 싶으면, 구석에 가서 조용히 앉아 있어.」 아전트가 다시 코너를 본다. 「그레이스는 실내 목소리를 잘 못 내.」

「여긴 실내가 아니야.」 그레이스가 고집을 피운다. 「대피실은 뜰에 있고, 뜰은 집 바깥에 있으니까.」

아전트가 한숨을 쉬며 고개를 젓는다. 오랫동안 괴로워해 왔다는 듯 과장된 표정으로 코너를 본다. 「어떤지 알겠지?」

「그래, 알겠네.」 코너가 말한다. 그는 또 하나의 정보를 기억해 둔다. 이 대피실은 집 안이 아니라 뜰에 있다. 그 말은, 코너가 어찌어찌 대피실에서 탈출하기만 하면 자유가 멀지 않다는 뜻이다. 「내가 이 아래에 있다는 걸 비밀로 하긴 어려울 텐데.」 코너가 말한다. 「다른 가족들이 돌아온 다음에는 말이야.」

「아무도 안 와.」 아전트가 말한다. 코너가 낚으려던 소식이다. 이 정보에는 양가적인 감정이 든다. 집 안에 다른 가족이 있다면 상황이 더 심각해지기 전에 누군가가 나서서 이성적으로 저지할 수 있다. 반면, 제정신인 사람이 있다면 코너를 당국에 넘길 가능성이 대단히 높다.

「뭐, 집이 있으니까 가족이 있을 거라고 생각했어. 부모님이라든지.」

「죽었어.」 그레이스가 말한다. 「죽었어, 죽었어, 죽었어.」

아전트가 엄중하게 경고의 시선을 던지더니 다시 코너를 본다. 「엄마는 젊었을 때 돌아가셨어. 아빠는 작년에 죽었고.」

「좋은 일이기도 했어.」 그레이스가 씩 웃으며 덧붙인다. 「아빠는 돈 때문에 불쌍한 아전트를 언와인드할 생각이었거든.」

그 말에 아전트는 단 한 번의 매끄러운 동작으로 생수병 하나를 집어 들어, 야구공을 던지듯 그레이스에게 던진다. 그레이스는 몸을 숙이지만 충분히 빠르지 못하다. 생수병이 그녀의 머리 옆을 스치고 지나간다. 그레이스는 아파서 소리를 지른다.

「그냥 말만 한 거야!」 아전트가 소리친다. 「난 언와인드되기엔 나이가 너무 많았다고!」

그레이스는 머리 옆을 감싸 쥐고서도 여전히 반항적이다. 「장기 해적한테는 그렇지 않을걸. 그 사람들은 네가 몇 살이든 상관하지 않아!」

「닥치라고 했지?」 아전트는 분노를 삭이느라 잠깐 뜸을 들인 뒤 코너를 동맹으로 삼으려 한다. 「그레이스는 개 같아. 가끔 캔을 흔들어 줘야 한다니까.」

코너는 끓어오르는 분노를 참지 못한다. 「그냥 캔을 흔드는 정도가 아니던데.」 그는 그레이스를 본다. 그레이스는 여전히 머리를 잡고 있다. 하지만 코너는 그녀의 영혼이 머리보다 훨씬 심하게 다쳤으리라고 확신한다.

「그래, 뭐. 언와인드는 농담할 일이 아니지.」 아전트가 말한다. 「그건 네가 누구보다 잘 알 거야. 솔직히 말해서, 우리 아빠는 할 수만 있었다면 우리 둘을 다 언와인드했을 거야. 그래야 먹여 살릴 사람이 없어지니까. 하지만 그레이스는 정박아라서, 언와인드하지 못하게 하는 법이 있었지. 장기 해적도 그런 애들은 안 건드리고. 나도 언와인드할 수 없었을 거야. 그레이스를 돌보려면, 아버지한테는 내가 필요했거든. 어떤 상황인지 알겠지?」

「응, 알겠어.」

「저피질.」 그레이스가 툴툴댄다. 「난 정박아가 아니야. 저피질이야. 그게 덜 모욕적인 말이야.」

하지만 코너에게는 저피질이라는 말도 언제나 꽤 모욕적으로 들렸다. 그는 손목을 비틀어 매듭이 얼마나 단단한지 가늠해 본다. 아전트는 매듭 묶는 솜씨가 매우 좋은 게 틀림없다. 밧줄이 꿈쩍도 하지 않는다. 두 손이 따로따로 묶여 있으니, 빠져나오려면 몸을 움찔거려 두 개의 매듭에서 동시에 벗어나야 한다. 처음 레브를 구한 뒤 그를 나무에 묶었던 일이 떠오른다. 코너는 레브의 목숨을 구하기 위해 레브의 의사와 상관없이 그렇게 했다. 뭐, 자업자득이지. 코너는 생각한다. 이제는 자신이, 자신을 위해서 붙잡아 두고 있다고 생각하는 사람의 손에 잡혀 있다.

「내가 산 샌드위치는 가지고 있어?」 코너가 묻는다. 「굶어 죽겠다.」

「아니. 샌드위치는 아직 주차장에 있을 거야.」

「뭐, 내가 네 손님이라면 먹을 것도 안 주는 건 무례한 짓 같지 않아?」

아전트가 잠시 생각해 본다. 「응, 무례한 짓이야. 뭔가 만들어다 줄게.」 그는 그레이스에게 쌓여 있는 비상식량에서 물을 가져다 코너에게 주라고 명령한다. 「내가 없는 동안 멍청한 짓은 하지 마.」

코너는 아전트가 자신에게 말하는 것인지, 그레이스에게 말하는 것인지 확신하지 못한다. 하지만 어느 쪽이든 딱히 중요하지는 않다고 판단한다.

아전트가 떠나자, 동생의 영향권에서 벗어난 그레이스는 눈에 띄게 긴장을 푼다. 그녀는 코너에게 물병을 내밀지만, 코너가 손을 들어 받을 수 없다는 걸 깨닫는다. 그레이스는 병뚜껑을 돌려 열고 코너의 입에 물을 흘려 넣는다. 코너는 상당량을 꿀꺽 삼킨다. 비록 대부분은 바지로 흐르지만.

「미안해!」 그레이스가 겁에 질려 말한다. 코너는 그 이유를 알 것 같다고 느낀다.

「괜찮아. 아전트한테 내가 오줌을 쌌다고 말할게. 그럼 너한테 화낼 수 없잖아.」

그레이스가 웃는다. 「아전트는 어떻게든 화낼 방법을 찾을 거야.」

코너가 그레이스의 눈을 들여다본다. 그 안에는 천천히 깨져 가는 순진무구함이 담겨 있다. 「너한테 잘해 주지 않는구나?」

「누구, 아전트? 아니야, 괜찮아. 갠 그냥 세상에 화가 나 있는 거야. 단지 화를 낼 세상이 없는 거지. 나밖에는.」

코너는 그 말에 미소 짓는다. 「너, 아전트가 생각하는 것보다 똑똑하구나.」

「그럴지도 몰라.」 그레이스가 말한다. 그 말을 믿는 것 같지는 않다. 그녀는 닫힌 대피실 문을 흘끗 보더니 다시 코너를 본다. 「문신이 마음에 들어.」 그녀가 말한다. 「백상아리야?」

「뱀상어야.」 코너가 답한다. 「근데 이건 내 문신이 아니야. 바로 이 팔로 내 목을 조르려 했던 녀석의 팔이었어. 그 녀석은 결국 내 목을 조르지 못했지만. 마지막 순간에 겁먹고 물러났거든. 아무튼, 그 녀석은 언와인드됐고 나한테는 이 팔이 합체됐어.」

그레이스는 잠시 생각해 보더니 고개를 끄덕인다. 얼굴이 약간 붉어져 있다. 「지어낸 얘기지? 애크런의 무단이탈자가 언와인드의 팔을 받았을 거라고 믿을 만큼 내가 멍청한 줄 알아?」

「선택권이 없었어. 내가 혼수상태에 빠져 있을 때 사람들이 이걸 붙여 버렸거든.」

「거짓말.」

「날 풀어 주면, 팔이 접목된 부위의 흉터를 보여 줄게.」

「내가 그런 수작에 넘어갈까 봐?」

「그러게. 어차피 안 믿을 거라면 셔츠라도 입고 있을 걸 그랬다. 네가 직접 흉터를 볼 수 없게.」

그레이스가 다가와 무릎을 꿇고 코너의 어깨를 살펴본다. 「말도 안 돼. 진짜로 접목된 팔이네!」

「응, 그리고 엿같이 아파. 이런 팔을 이렇게 뒤로 묶어 놓으면 안 돼.」

그레이스가 코너를 본다. 아마 코너가 그녀의 눈을 찾았듯 코너의 눈을 찾고 있을 것이다.

「눈도 새거야?」 그레이스가 묻는다.

「하나만.」

「어느 쪽?」

「오른쪽. 왼쪽은 내 눈이야.」

「좋아.」 그레이스가 말한다. 「왼쪽이 정직한 눈이라고 생각했거든.」 그레이스가 코너의 등 뒤로 손을 뻗는다. 「널 풀어 주지는 않을 거야. 나도 그렇게 멍청하진 않아. 하지만 네 어깨가 너무 당기지 않도록 이쪽 밧줄을 약간 느슨하게 해줄게.」

「고마워, 그레이스.」 코너는 밧줄이 느슨해지는 것을 느낀다. 고맙다는 말은 진심이다. 어깨가 타는 듯이 아팠으니까. 밧줄이 느슨해지자 코너는 손을 당긴다. 손이 고리에서 빠져나온다. 그의 손이, 롤런드의 손이 자유로워진다. 그 손은 반사적으로 주먹을 쥐고 휘두를 준비를 한다. 코너 자신의 본능은 주먹을 휘두르라고 하지만, 그의 머릿속에 이식되기라도 한 듯 언제나 그 자리에 있는 리사의 목소리가 그를 막는다. 생각해. 리사라면 그렇게 말했을 것이다. 성급하게 행동하지 마.

 사실, 풀려난 건 한쪽 손뿐이다. 아전트가 돌아오기 전에 그레이스를 한 방에 기절시킨 뒤 다른 손을 풀고 도망칠 수 있을까? 지금 상태에서 둘 다 따돌릴 수 있을까? 실패하면 그 결과는 무엇일까? 이 모든 생각이 찰나의 순간 코너의 머릿속을 스쳐 간다. 그레이스는 여전히 놀란 얼굴로 코너의 자유로워진 주먹을 빤히 보고 있다. 어떻게 해야 할지 모른다. 코너는 결정을 내린다. 그는 깊이 숨을 들이쉰 뒤 손가락 힘을 풀고 손을 턴다. 「고마워. 훨씬 낫다.」 그가 말한다. 「이제 서둘러. 아전트가 돌아오기 전에 다시 내 손을 묶어. 이번에는 너무 세게 묶지만 마.」

 그레이스는 안심한 얼굴로 다시 매듭을 짓는다. 코너는 저항하지 않고 그레이스에게 몸을 맡긴다. 「내가 풀어 줬다는 말, 안 할 거지?」 그레이스가 묻는다.

 코너가 미소 짓는다. 아전트에게 짓는 미소보다 쉽다. 「우리끼리 비밀로 하자.」

 잠시 뒤, 아전트가 마요네즈는 듬뿍 뿌리고 베이컨은 별로 넣지 않은 BLT 샌드위치를 들고 돌아온다. 그는 손으로 코너에게 샌드위치를 먹여 준다. 공기가 미묘하게 달라진 것을 눈치채지 못한다. 그레이스는 이제 자기 동생보다 코너를 더 믿고 있다.

2
박수도

박수도는 불안감을 느끼지만, 돌아올 수 없는 지점을 지났다.

그는 여러 달 동안 거리에서 괴로워했다. 살아남기 위해 해야 했던 일들은 끔찍했다. 그의 사기를 꺾어 놓았다. 그 일들은 너무도 비인간적이어서, 그의 안에 인간적인 부분을 조금도 남겨 두지 않았다. 그는 그 치욕에 굴복했다. 신시티[3]의 가장 더러운 뒷골목, 한계에 내몰린 삶을 체념하고 받아들였다.

그는 무단이탈 언와인드가 더 쉽게 사라질 수 있는 곳이 라스베이거스라 생각하고 그곳으로 향했다. 그러나 라스베이거스는 그곳을 목적지로 삼은 이들을 결코 환대해 주지 않는다. 언제든 떠날 수 있는 사람만이 VIP 대접을 받는다. 대부분은 주머니가 텅 빈 채로 떠나지만, 그나마 그게 빈 껍데기가 되어 남는 것보다는 낫다.

모집될 무렵, 박수도는 모든 관심을 잃은 상태였다. 그라는 인간의 모든 부분이 잔뜩 시달린 나머지 무언가에 관심을 기

---

3 라스베이거스의 별칭.

울일 능력을 상실했다. 그는 따기에 완벽한 과일처럼 익어 있었다.

「나랑 가자.」 모집자가 말했다. 「놈들에게 대가를 치르게 하는 법을 가르쳐 주마.」

〈놈들〉이란 모든 사람을 뜻했다. 흔하디흔한 〈나 때문이 아니야〉라는 말, 잘못이 다른 모든 사람에게 있다는 생각이 그의 인생을 망쳤다. 모두가 대가를 치러야 했다. 모집자는 그 점을 이해했다. 그렇기에 거래가 이루어졌다.

그로부터 두 달이 지난 지금, 그는 자신이 꿈꿔 오던 소녀와 함께 머뭇거리며 오리건주 포틀랜드의 동네 스포츠 클럽 안으로 걸어 들어간다. 라스베이거스, 그러니까 이 순간이 오기 전 한때 그의 삶이었던 곳과는 먼 곳이다. 멀수록 좋다. 이 새로운 삶은 짧을지언정 밝을 것이다. 시끄러울 것이다. 무시할 수 없을 것이다. 이 무작위적 표적은 박수도 조직의 높은 곳에 있는 누군가가 골라 준 곳이다. 우습지만, 그는 박수도가 이렇게 조직적이리라고는 한 번도 생각해 보지 못했다. 하지만 박수도가 일으키는 혼란 뒤에는 확실한 구조와 위계가 자리한다. 이 광기의 이면에 존재하는 체계를 떠올리면 약간 위로가 된다.

그는 두 명으로 이루어진 점조직에 속해 있다. 그와 소녀는 전생에 동기 부여 강사였을 게 틀림없는 열광적인 조교에 의해 준비되고 무르익어 표적을 겨누고 있다.

「무작위성이 세상을 바꿀 거다.」 조교는 그렇게 말했다. 「몇 년이 지나면 사람들은 미소 지으며 너희 행동을 떠올릴 거다. 그때까지는 복수가 너희에게 달콤하게 느껴질 테고.」

박수도는 세상을 바꾸는 데는 별 관심이 없다. 그보다는 복수에 관심이 있다. 그는 자신이 길거리에서 불명예스럽게 죽으리라는 걸 안다. 하지만 이제는 적어도 그의 원한에 찬 최후에 의미가 생길 것이다. 모든 것은 박수라는 그 자신의 순전한 힘으로 그의 통제에 따라 이루어질 것이다. 아니면, 이게 그저 망상일까?

「준비됐어?」 소녀는 헬스장에 다가가며 묻는다.

박수도는 소녀에게 의구심을 털어놓지 않는다. 그는 소녀를 위해 강해지고 싶다. 결단력 있게, 용감하게. 「최대한의 학살.」 그가 말한다. 「해버리자.」

그들은 헬스장 안으로 들어선다. 박수도가 소녀에게 문을 열어 주고, 소녀는 그를 보며 미소 짓는다. 이런 미소와 둘 사이의 온화한 순간이 그들의 관계가 나아갈 수 있는 가장 먼 곳이다. 그들은 그 이상을 원했지만, 그럴 수 없었다. 폭발성인 그들의 혈액이 친근한 관계를 불가능하게 했다.

「어떻게 도와드릴까요?」 프런트의 남자가 묻는다.

「헬스장 회원권 좀 알아보고 싶은데요.」

「좋죠! 도와주실 분을 불러올게요.」

소녀는 떨리는 몸으로 깊게 숨을 들이쉰다. 소년이 그녀의 손을 잡는다. 부드럽게. 언제나 부드럽게. 자폭하는 데 항상 기폭 장치가 필요한 것은 아니다. 기폭 장치는 폭발을 빠르고 깔끔하게 만들뿐, 결국 사고는 일어나기 마련이다.

「너랑 함께하고 싶어······ 임무를 마치는 순간에.」 소녀가 말한다.

「나도. 하지만 그럴 수 없어. 너도 알잖아. 널 생각할 거라고 약속할게.」 그들이 받은 지시는 최소 10미터 떨어져 있으라는 것이다. 서로 멀리 떨어져 있을수록 임무가 완수될 때 효과는 더 커지니까.

근육이 쫙쫙 갈라진 몸에, 값비싼 미소를 짓는 남자가 다가온다. 「안녕하세요, 제프라고 합니다. 신규 회원 매니저예요. 두 분은?」

「시드랑 낸시요.」 박수도가 말한다. 소녀가 긴장한 채 키득거린다. 박수도는 톰과 제리라고 말할 수도 있었다. 중요하지 않은 문제다. 심지어 실명을 댈 수도 있었다. 하지만 가짜 이름이 어쩐지 기만에 진정성을 더한다.

「이리 오세요. 두 분 다 구경시켜 드리죠.」 제프의 그 건강한 미소만으로도 이곳을 하늘 높이 날려 버릴 이유가 된다.

제프는 그들을 데리고 관장의 사무실 앞을 지난다. 통화 중이던 관장이 힐끗 박수도를 내다보고 잠깐 눈을 마주친다. 박수도는 마음을 읽힌 듯한 기분에 눈을 돌린다. 눈에 보이는 모든 낯선 얼굴들이 그의 의도를 읽을 것만 같다. 이미 두 손을 활짝 벌리고, 휘둘러 맞부딪힐 준비가 된 기분이다. 관장은 정말로 의심스러워하는 기색을 보인다. 박수도는 그의 시야에서 빠르게 벗어난다.

「이쪽은 중량 운동 구역이에요. 기구는 오른쪽에 있고요. 당연히 전부 최첨단이죠. 홀로그램 엔터테인먼트 콘솔도 달려 있어요.」 둘 다 듣지 않지만 제프는 모르는 듯하다. 「에어로빅장은 위층에 있습니다.」 제프는 자신을 따라 올라오라고 손짓한다.

「네가 가, 낸시.」 박수도가 말한다. 「나는 중량 운동 구역을 살펴볼게.」 둘은 잠깐 고갯짓을 나눈다. 여기가 둘이 거리를 벌리는 지점이다. 여기가 작별 인사를 하는 지점이다.

 그는 계단에서 몸을 돌려 중량 운동 구역으로 향한다. 오후 5시 정각, 붐비는 시간이다. 이 시간에 온 것을 후회하는가? 사람들의 얼굴을 볼 때만 그렇다. 그래서 보지 않으려 한다. 그들은 사람이 아니다. 이념이다. 그냥 적의 연장일 뿐이다. 게다가 이 시간에 오자고 한 건 그가 아니다. 그들은 정확히 이 시각, 정확히 이날에 가라는 명령을 받았다. 이런 큰 사건을 일으킬 때는〈그저 명령에 따랐을 뿐〉이라는 말 뒤에 숨기가 쉽다.

 기둥 뒤로 물러선 그는 주머니에 손을 넣어 동그란 반창고처럼 생긴 기폭 장치를 꺼낸다. 손바닥에 붙인다. 진짜다. 진짜로 할 것이다. 아, 하느님, 아, 하느님…….

 그의 생각에 메아리라도 울리듯〈아, 세상에〉라는 말이 들린다.

 고개를 들어 보니 관장이 서 있다. 그가 박수도를 잡는다. 동전만 한 기폭 장치가 박수도의 손바닥에서 성흔처럼 그를 노려보고 있다. 그가 하려는 일을 오해할 수는 없다.

 관장이 그의 손목을 꽉 잡고 두 손을 떼어 놓는다.

「이거 놔!」

「이런 짓을 하기 전에 네가 알아야 할 게 있어!」관장이 거칠게 숨을 식식거린다. 「넌 이게 무작위적인 일이라고 생각하겠지만 아니야. 넌 이용당하고 있어!」

「이거 놔, 놓지 않으면…….」

「어쩔 건데? 날 터뜨릴 건가? 놈들이 원하는 게 그거야. 나는 반분열 저항군의 조직가다. 누군진 몰라도 널 여기에 보낸 사람은 우리를 표적으로 하고 있어! 이건 혼란 문제가 아니야.

우리를 제거하려는 거지! 넌 지금 잘못된 편을 위해 일하고 있다고!」

「편 같은 건 없어!」

박수도는 손을 뺀다. 그러고는 맞부딪힐 준비를 한다. ……하지만 방금처럼 준비되어 있지는 않다.「당신이 ADR이라고?」

「내가 도와줄 수 있어!」

「그러기엔 너무 늦었어!」박수도는 아드레날린이 솟구치는 것을 느낀다. 귓속에서 심장 뛰는 소리가 울린다. 심장의 두근거림만으로 폭발할 수 있을지 궁금하다.

「우리가 네 피를 깨끗하게 해줄 수 있어! 우리가 너를 구해줄 수 있어!」

「거짓말!」하지만 그는 그런 일이 가능하다는 걸 안다. 레브 콜더도 무장 해제되지 않았던가? 그 이후에 박수도들이 레브를 찾아가, 박수하지 않았다는 이유로 그를 죽이려 했지만.

마침내 자신에게만 몰입해 있던, 역기를 들던 누군가가 대화의 내용을 알아듣고 말한다.「박수도라고?」그가 물러난다. 「박수도다!」그가 소리치며 문까지 곧장 달려간다. 다른 사람들도 빠르게 상황을 파악한다. 공황이 시작된다. 그러나 관장은 박수도에게서 눈을 떼지 않는다.

「내가 도울 수 있게 해줘!」

갑자기 폭발이 헬스장을 뒤흔든다. 심폐 운동 구역이 1층으로 무너져 내린다. 소녀가 했다! 해버렸다! 그녀는 떠났는데 그는 아직 이곳에 있다.

피투성이가 된 사람들이 비틀거리면서 기침하고 울부짖으며 그를 지나쳐 간다. 관장이 거의 그를 터뜨릴 수 있을 만큼 세게 잡는다.「그 애를 따라갈 필요는 없어! 너 자신이 돼야 해. 올바른 편을 위해서 싸워!」

그는 올바른 편이 있다고, 이런 희망의 흔적이 진짜라고 믿고 싶다. 하지만 그의 머리는 여전히 주위에서 비처럼 쏟아지는, 타오르는 잔해처럼 혼란스럽다. 그가 소녀를 배신할 수 있을까? 그녀가 열어 준 문을 닫고, 그녀가 시작한 일을 마무리하기를 거부할 수 있을까?

「내가 널 안전한 곳으로 데려다줄 수 있어. 네가 폭발하지 않았다는 건 아무도 알 필요가 없어!」

「알았어.」 그가 결정을 내리고 말한다.「알았어.」

관장은 헐떡이며 안도의 한숨을 내쉬고 그를 놓아준다. 그 순간, 박수도는 두 손을 활짝 벌렸다가 맞부딪힌다.

「안 돼!」

그는 사라진다. ADR의 조직가와 함께, 헬스장의 남은 부분과 함께, 희망의 여지는 조금도 남겨 두지 않고.

3
캠

 세계 최초의 합성 인간은 검은색 넥타이를 맨 차림이다.

 맞춤형 턱시도는 최고급이다. 그는 잘생겨 보인다. 인상적이다. 위풍당당하다. 턱시도를 입으니 나이가 더 들어 보이지만, 카뮈 콩프리에게 나이란 모호한 개념이다. 몇 살로 보이는 것이 적당한지 알 수 없다.

 「생일을 정해 줘요.」 넥타이를 매고 있는 로버타에게 캠이 말한다. 머릿속에 있는 아이들의 온갖 잡다한 조각 중에, 나비넥타이 매는 법을 알았던 아이는 한 명도 없는 듯하다. 「나이를 정해 주세요.」

 로버타는 그에게 어머니와 가장 가까운 존재다. 그녀는 확실히 엄마처럼 그를 무조건적으로 사랑한다. 「네가 직접 선택해.」 로버타는 넥타이를 끼워 넣고 당기고 꽉 매며 말한다. 「네가 리와인드된 날은 알잖아.」

 「가짜 시작.」 캠이 말한다. 「내 모든 부분은 리와인드되기 전부터 존재했어요. 그러니까 리와인드된 날은 축하할 날이 아니에요.」

「모든 사람의 모든 부분이 개인으로서 이 세상에 나타나기 전부터 존재하는걸.」

「그걸 태어난다고 하잖아요.」

「그래, 태어난다고 하지.」 로버타가 인정한다. 「하지만 생일은 무작위적인 거야. 아기는 일찍 태어나기도 하고 늦게 태어나기도 해. 사람이 탯줄에서 끊어져 나온 날로 그 사람의 인생을 정의하는 건 그야말로 자의적인 일이야.」

「하지만 그 사람들은 태어났잖아요.」 캠이 지적한다. 「그 말은 저도 태어났다는 뜻이죠. 단지 모든 부분이 동시에 태어난 게 아니고, 어머니가 여럿이라는 뜻이지만요.」

「대단히 맞는 말이야.」 로버타는 그렇게 말하고는 한 걸음 물러서서 그를 보며 감탄한다. 「네 논리도 네 모습처럼 흠잡을 데 없구나.」

캠은 돌아서서 거울 속 자기 모습을 본다. 대칭적인 수많은 색조로 이루어진 머리카락은 완벽한 스타일로 잘라 빗어 넘겼다. 이마 한가운데의 단일한 점에서 터져 나오는 다양한 피부색은 그의 아찔한 외모를 더욱 부각시킨다. 흉터는 더 이상 흉터가 아니라 머리카락처럼 가느다란 솔기가 되었다. 끔찍하다기보다는 이국적이다. 그의 피부 무늬와 머리카락, 온몸이 아름답다.

그럼 리사는 왜 나를 버린 걸까?

「제재.」 그가 반사적으로 말한다. 이어 그는 목을 가다듬고 아무 말도 하지 않은 척하려 한다. 〈제재〉라는 단어는 최근 들어 머릿속에서 어떤 생각을 없애 버리고 싶을 때마다 튀어나오는 단어다. 그 말을 멈출 수가 없다. 그 단어를 말하면, 쇠로 된 방화문이 쿵 떨어지며 생각을 안에 가둬 버리는 이미지가 떠오른다. 그 생각이 정신 어디에서도 발 딛지 못하도록. 제재는 캠에게 삶의 한 방식이 되었다.

불행히도 로버타는 그 단어의 뜻을 정확히 안다.

「10월 10일.」 캠은 로버타에게 대화를 주도할 기회를 주지 않고 빠르게 말한다. 「10월 10일을 내 생일로 할게요. 콜럼버스의 날이요.」 이미 그곳에 존재했고 발견될 필요가 없었던 땅덩어리와 사람들을 기리는 날보다 캠의 생일로 더 적절한 날이 있을까? 「난 10월 10일에 열여덟 살이 될 거예요.」

「훌륭해.」 로버타가 말한다. 「파티를 열어 줄게. 하지만 지금 당장은 더 집중해야 할 다른 파티가 있어.」 그녀는 캠의 어깨를 부드럽게 잡고 억지로 자신을 마주 보게 하더니, 벽에 걸린 그림을 바로잡듯 그의 넥타이 각도를 조정한다. 「이번 행사가 얼마나 중요한지는 굳이 말하지 않아도 알겠지.」

「네, 그래도 어차피 말할 거잖아요.」

로버타가 한숨을 쉰다. 「더는 피해 수습이 문제가 아니야, 캠.」 로버타가 말한다. 「리사 워드의 배신으로 차질이 생긴 건 인정하지만, 너는 그 일을 눈부시게 극복했어. 내가 그 문제에 대해서 할 말은 그게 전부야.」 하지만 로버타가 덧붙이는 말을 들으면 그 말이 전부가 아니라는 건 분명하다. 「대중도 중요하지만, 지금 너는 실제로 세상을 움직이는 사람들의 철저한 검토를 받고 있어. 턱시도를 입고 있으니 아찔할 만큼 멋져 보이는구나. 이제 네 내면도 외면만큼 훌륭하다는 걸 보여 줘.」

「훌륭하다는 건 주관적인 거예요.」

「그래. 그럼 그 주관을 굴복시켜 봐.」

캠은 창밖을 본다. 리무진이 와 있다. 로버타가 핸드백을 집어 든다. 캠은 늘 신사적인 태도로 그녀에게 문을 열어 준다. 그렇게 그들은 능동적 시민의 호화로운 워싱턴 타운 하우스에서 나와 후끈한 7월의 밤거리로 나선다. 캠은 이 강력한 조직이 미국 전역에 있는 주요 도시마다 거점을 두고 있으리라 짐작한다. 어쩌면 전 세계에 있을지도 모른다.

능동적 시민은 왜 나한테 이렇게까지 많은 돈과 영향력을 들이는 걸까? 캠은 종종 궁금하다. 그들이 주면 줄수록 화가 난다. 자신이 포로라는 사실이 점점 분명하게 드러나기 때문이다. 그들은 캠을 반석 위에 올려놓았지만, 캠은 그 반석이 우아한 새장에 불과하다는 것을 이해하게 되었다. 벽도, 자물쇠도 없지만 날아갈 날개가 없다면 갇혀 있는 셈이다. 반석은 지금껏 고안된 감옥 중 가장 은밀한 형태다.

「무슨 생각 하니?」 순환 도로에 들어서며 로버타는 내숭을 떨며 묻는다.

캠은 씩 웃지만 그녀를 보지는 않는다. 「능동적 시민에 돈이 꽤 많은가 보다는 생각이요.」 그는 자신의 생각을 로버타와 전혀 나누지 않는다. 그렇게 비밀을 지키는 대가가 얼마든지 간에.

리무진이 포토맥강을 따라 달릴 때는 노을이 질 무렵이다. 강 건너편에서는 밝은 조명이 이미 워싱턴 D. C.의 기념탑을 비추고 있다. 건설용 비계가 워싱턴 기념탑의 대부분을 둘러싸고 있다. 육군 공병단은 지난 수십 년 동안 두드러지게 기울어진 이 건물을 바로잡기 위해 애써 왔다. 기반암의 침식과 지진으로 인한 변형 때문에 이 도시에는 나름의 기울어진 탑이 생겼다. 〈링컨의 의자에서 보면 기념탑은 오른쪽으로 기울어져 있다.〉 정치 전문가들은 그렇게 말하곤 한다. 〈하지만 국회의사당의 계단에서 보면 왼쪽으로 기울어져 있다.〉

캠이 워싱턴 D. C.에 온 것은 이번이 처음이다. 하지만 그에게는 어쨌든 여기에 와본 기억이 있다. 내셔널 몰의 오솔길을 따라, 엄버였던 게 분명한 여동생과 자전거를 탔던 기억. 일본계 부모와 함께 휴가를 왔던 또 다른 기억. 그들은 아들의 욱하는 태도를 통제하지 못해 몹시 화가 나 있었다. 스미소니언 박물관에 걸린 커다란 페르메이르의 그림에 대한, 색깔 정보가 없는 기억도 있다. 같은 작품에 대한 기억이지만, 총천연색의 평행적인 기억도 있다.

캠은 자신의 다양한 기억을 비교하고 대조하는 일을 즐기게 되었다. 같은 공간이나 사물에 대한 기억은 같아야 할 것 같지만, 같은 적이 없었다. 그의 머릿속을 대표하는 다양한 언와인드가 저마다 주변의 세상을 매우 다른 방식으로 보았기 때문이다. 처음에 캠은 이런 현상이 혼란스럽고 부조화스럽다고 느꼈다. 두려워하며 경계할 이유라고 여겼다. 하지만 지금은 이런 현상이 신기하게도 깨달음을 준다고 생각한다. 기억의 다양한 질감은 세상을 바라보는 정신적 시차(視差)를 만들어 주었다. 단일한 개인의 제한적인 관점을 넘어서는, 일종의 깊이 있는 인지 말이다. 캠은 이것이 진실이라고 말할 수 있고, 그 말은 틀림없다. 하지만 그 이면에는 기억이 융합되는 지점마다 끓어오르는 원초적 분노가 있다. 융합된 기억이 모순을 일으킬 때마다 그 불협화음은 캠이라는 존재의 핵심까지 흔들며 기억조차 자신의 것이 아니라는 점을 떠올리게 한다.

리무진이 플랜테이션 스타일[4] 저택의 반원형 진입로를 따라 올라간다. 저택은 매우 오래되어 보인다. 아니면, 매우 새것이지만 오래된 것처럼 보이게 지어졌다. 너무 많은 것이 그렇다. 타운카[5]와 리무진이 진입로에 줄지어 서 있다. 발레파킹 기사는 허둥지둥 돌아다니며 기사가 없는 손님들의 자동차를 주차하고 있다.

로버타가 말한다. 「발레파킹 기사가 차를 주차해 주는 게 창피하게 느껴진다면, 거기가 바로 최고급 사교계야.」

그들의 리무진이 멈추고 문이 열린다.

「빛나렴, 캠.」 로버타가 말한다. 「너라는 별답게 빛나.」

그녀는 캠의 뺨에 부드럽게 입을 맞춘다. 둘이 밖으로 나와 로버타의 시선이 눈앞의 길로 향한 뒤에야 캠은 손등으로 입맞춤의 잔여물을 닦아 낸다.

광고

혀끝에서 맴도는 단어를 떠올리려 노력했지만 그 단어가 미끄러지듯 빠져나간 경험이 몇 번이나 있으신가요? 전화번호를 외우려 했는데 잠시 후에 잊어버린 적은 얼마나 많으신가요? 사실, 나이를 먹을수록 믿을 만한 장기 기억을 만들어 내기는 점점 어려워집니다.

뉴로위브를 시도해 볼 수도 있겠지만, 뉴로위브는 값이 비쌉니다. 게다가 당신의 기억이 아닌 뉴로위브 자체의 정보가 미리 탑재되어

---

4 18~19세기 미국 남부 대농장의 주택 양식을 본뜬 건축 양식.
5 크고 편안하며 고급스러운 세단.

있죠.

하지만 이젠 싱크패스트®가 있습니다. 당신이 기다려 오던 신경 저장 시스템이죠!

싱크패스트®는 귀 뒤에 보이지 않게 삽입하는 동전 크기의 살아 있는 이식물로, 최고급 언와인드에게서 채취한 젊고 건강한 신경 세포 수백만 개로 당신의 기억력을 증진합니다.

다시는 이름이나 생일, 기념일을 잊지 마세요. 오늘 싱크패스트®에 전화를 걸어 상담 예약을 잡고, 기억력 문제는 영원히 잊어버리세요!

「사람들이 너에 대해서 하는 말이 사실이야?」 예쁜 소녀가 묻는다.

그녀는 드레스와 턱시도로 가득한 행사에서 어울리기에는 너무 짧은 원피스 차림이다. 이 행사에서 캠과 비슷한 또래는 그녀뿐이다.

「경우에 따라 다르지.」 캠이 말한다. 「사람들이 뭐라고 하는데?」

그들은 대저택의 서재에 있다. 북적북적 부산스러운 파티장과는 떨어져 있는 곳이다. 한쪽 벽에는 가죽 장정의 법률 서적이 쭉 꽂혀 있고, 편안한 의자 하나와 실용적이라기에는 너무 큰 책상 하나가 놓여 있다. 캠은 돈과 권력을 지닌 다양한 손님을 위해 〈빛나는〉 역할에서 벗어나려 헤매다가 이곳에 들어왔다. 소녀는 그를 따라 들어왔다.

「네가 뭘 하든 다른 사람이랑은 다르게 한다더라.」 소녀는 문가에서 캠에게 다가온다. 「네 모든 부분이, 모든 면에서 완벽해지도록 하나하나 골라낸 거라 그렇대.」

「그건 내 얘기가 아니야.」 캠이 능청스레 말한다. 「모든 면에서 사실상 완벽하다고 주장하는 사람은 메리 포핀스뿐이야.」[6]

소녀는 캠에게 다가오며 키득거린다. 「유머 감각도 있구나.」

그녀는 아름답다. 유명인에게 홀딱 반한 것도 분명하다. 그녀는 캠의 빛을 쬐고 싶어 한다. 캠은 그렇게 놔둬야 할지 고민한다.

「넌 이름이 뭐야?」

「미란다.」 소녀가 부드럽게 대답한다. 「혹시…… 네 머리카락, 만져 봐도 돼?」

「나도 네 머리카락을 만져 볼 수 있다면야…….」

처음에 미란다는 조심스레 손을 뻗어 그의 머리카락을 쓰다듬어 보더니, 다양한 질감과 색깔의 머리카락을 손가락으로 쓸어 올린다.

「정말…… 이국적이야. 널 직접 보면 겁이 날 줄 알았는데 아니네.」

그녀에게서는 바닐라와 야생화 냄새가 난다. 구체적이지 않은 몇몇 장소의 기억을 떠올리게 하는 향기다. 인기 있는 여자애들 사이에서 유행하는 향수다.

「리사 워드는 나쁜 년이야.」 그녀가 말한다. 「전국 방송에서 널 그렇게 버리다니. 걔가 널 가지고 놀다가 버린 방식은 나빴

---

6 『메리 포핀스』에서 주인공 메리 포핀스는 자신이 〈모든 면에서 사실상 완벽하다〉고 주장한다.

어. 너한테는 더 나은 사람이 어울려. 네 가치를 알아볼 수 있는 사람이.」

「제재!」 캠이 불쑥 말한다.

소녀는 미소 지으며 문가로 간다. 「제재할 건 없는데.」 그녀가 말한다. 「문은 확실히 닫을 수 있겠지만.」

그녀는 문을 닫고, 순식간에 캠의 공간으로 돌아온다. 캠은 미란다가 그곳으로 온 사실조차 기억하지 못한다. 미란다가 문 앞에서 녹아내려 그의 품으로 들어온 것 같다. 생각이 선명하지 않다. 처리해야 할 정보가 너무 많다. 하지만 이번만큼은 그 감각이 좋게 느껴진다.

미란다가 캠의 나비넥타이를 푼다. 캠은 자신이 넥타이를 다시 맬 수 없음을 알지만, 딱히 상관하지 않는다. 그는 미란다를 품에 안고, 미란다는 몸을 앞으로 숙여 그에게 입을 맞춘다. 키스한 후 몸을 떼어 낸 그녀는 찰나의 순간 숨을 고른다. 강렬한 장난기를 띤 눈으로 그를 본다. 또 한 번 몸을 숙여 입을 맞춘다. 처음보다 훨씬 더 탐험적인 입맞춤이다. 캠은 이런 문제에 있어서 자신이 무능하지 않다는 걸 깨닫는다. 근육 기억일 것이다. 혀가 근육인 건 확실하니까.

미란다가 몸을 뗀다. 숨이 전보다 더 가쁘다. 그녀는 캠의 뺨에 자기 뺨을 댄다. 그의 귀에 입술을 댄다. 거의 들리지 않을 정도로 작게 속삭인다.

「내가 네 처음이 되고 싶어.」 그녀가 말한다. 그녀는 캠에게 더 바짝 다가든다. 원피스의 천이 캠이 입은 턱시도의 섬세한 천에 닿아 스치는 소리가 난다.

「넌 원하는 걸 얻어 내는 스타일 같아.」

「늘 그래.」미란다가 말한다.

캠은 이런 일을 원해서 이곳에 온 게 아니다. 소녀를 거절할 수도 있다. 하지만 왜 그러겠는가? 이토록 자유롭게 주어진 것을 왜 거절한단 말인가? 게다가 그는, 리사 이야기에 반항심이 든다는 것을 깨닫는다. 리사 이야기가, 캠이 이미 이름을 잊어버린 이 소녀와 더더욱 이 순간, 이곳에 있고 싶게 한다.

캠이 다시 입을 맞춘다. 점점 더 고조되는 그녀의 공격성에 보조를 맞춘다.

그때 문이 휙 열린다.

캠은 얼어붙는다. 소녀가 그에게서 물러나지만 너무 늦었다. 문 앞에는 특별한 남자가 서 있다. 턱시도를 입은 그의 모습은 같은 옷을 입은 캠보다도 위압적으로 보인다.

「내 딸한테서 손 떼!」

캠의 두 손은 이미 남자의 딸에게서 떨어져 있다. 그렇기에 그가 할 수 있는 일은, 그저 가만히 서서 상황이 펼쳐지는 대로 놔두는 것뿐이다.

「아빠, 진짜! 이게 무슨 망신이에요!」

이제 다른 사람들이 도착한다. 그들은 점점 고조되는 드라마에 호기심을 품고 있다. 남자의 눈길은 전문적으로 훈련이라도 받은 듯 전혀 흔들리지 않는다. 「미란다, 코트 입어라. 가자.」

「아빠, 과민 반응이에요. 아빤 늘 그런다고요!」

「내 말 들었을 텐데.」

이제는 눈물이 펑펑 쏟아진다. 「왜 꼭 모든 걸 망쳐야 하는데요!」 미란다는 울부짖더니, 눈물을 흘리고 발을 구르며 그곳을 나간다. 치욕을 전쟁의 상처처럼 걸친 채.

캠은 이 모든 일에 어떻게 반응해야 할지 잘 몰라, 반응하지 않는다. 주머니에 두 손을 넣는다. 복도를 따라 빠르게 달려가는 미란다의 몸을 만졌다는 비난을 피하기 위해서다. 그는 무표정을 유지한다. 격분한 남자는 자연 발화라도 일으킬 것 같은 모습이다.

로버타가 도착해 망설이다가 묻는다. 「무슨 일이시죠?」 로버타답지 않게 약하고 힘없는 목소리다. 이 일이 캠이 생각했던 것보다 심각하다는 뜻이다.

「무슨 일인지 말해 주겠소.」 남자가 툴툴거린다. 「당신의 물건이…… 내 딸을 제멋대로 다루려 했소.」

「사실은 걔가 저를 제멋대로 다루려 했던 거예요.」 캠이 말한다. 「성공하고 있었고요.」

그 자리에 있던 몇몇 사람이 소리 없이 웃는다.

「나더러 그 말을 믿으라는 거냐?」 남자가 성큼성큼 앞으로 나선다. 캠은 주머니에서 두 손을 꺼낸다. 필요하다면 자신을 지킬 준비가 되어 있다.

로버타가 둘 사이에 끼어들려 한다. 「마셜 상원 의원님, 부탁드리지만…….」

그러나 마셜은 로버타를 옆으로 밀치고 캠의 얼굴 앞에서 손가락을 흔들어 댄다. 캠의 일부는 손을 뻗어 그 손가락을 부러뜨리고 싶어 한다. 다른 일부는 그 손가락을 물어뜯고 싶어 한다. 또 다른 부분은 돌아서서 도망치고 싶어 하고, 또 다른 부분은 웃고 싶어 한다. 캠은 그 모든, 충돌하는 충동을 휘어잡는다. 상원 의원이 말하는 동안에도 움찔하지 않고 자리를 지킨다.

「내 딸한테 조금이라도 접근했다간, 네 빌어먹을 몸뚱이를 조각조각 찢어 놓겠다. 내 말, 깊이 새기도록!」

캠이 말한다. 「이 이상 깊이 새겼다간 가슴에 구멍이 나겠습니다.」

상원 의원은 물러나 로버타에게 분노를 돌린다. 「나한테 당신 프로젝트를 후원해 달라는 말은 하지 마시오.」 그가 식식거린다. 「후원은 받을 수 없을 테니까.」 그는 쿵쿵거리며 나간다. 억압적이고 고요한 분위기만 남는다.

로버타는 말없이, 절망적이고도 믿기지 않는다는 눈빛으로 캠을 바라본다. 왜? 그녀의 두 눈이 말한다. 너는 왜 내가 주려 했던 모든 것에 침을 뱉는 거니? 넌 망했어, 캠. 우린 망했어. 내가 망했다고.

그때, 침묵 속에서 한 남자가 손뼉을 치기 시작한다. 그는 상원 의원보다 약간 더 나이가 많고 뱃살이 좀 더 두둑하다. 그가 굵직한 두 손을 부딪치자 무시무시한 소리가 난다. 박수도조차 그를 부러워할 게 틀림없다.

「잘했다, 이 녀석!」 덩치 큰 남자가 묵직하고 느릿느릿한 남부 억양으로 말한다. 「난 몇 년 동안 마셜의 기분을 상하게 하려고 노력해 왔는데, 넌 하룻저녁에 그 일을 해냈구나. 칭찬해 주마!」 그러더니 그는 껄껄 웃음을 터뜨린다. 긴장감이 비눗방울처럼 터져 버린다.

아른거리는 금색 드레스를 입고 샴페인 잔을 든 여자가 캠에게 팔을 두르며, 술에 취해 약간 뭉개지는 발음으로 말한다. 「내 말 믿어. 미란다 마셜이 통째로 삼켜 버리려 한 남자는 네가 처음이 아니야. 걘 아나콘다거든!」

그 말에 캠은 낄낄거린다. 「뭐, 저를 자기 몸으로 감으려 하긴 했죠.」

모여 있던 모든 사람이 웃는다. 덩치 큰 남자가 캠에게 악수를 건넨다. 「아직 제대로 인사를 나누지 못했구나, 콩프리 군. 난 바턴 코브다. 조지아주의 원로 상원 의원이지.」 그러더니 그는 로버타를 돌아본다. 로버타는 방금 롤러코스터에서 내린 사람 같다. 「그리즈월드 씨, 당신 프로젝트를 무조건적으로 후원하겠소. 마셜은 그러기 싫다니, 어느 뒷구멍에나 처박혀 있으라 하시오. 화요일만 빼놓고!」[7] 그는 다시 웃음을 터뜨린다. 캠은 주위를 둘러본다. 파티 전체가 서재로 옮겨 온 듯하다. 소개가 이루어진다. 캠이 이미 악수를 나눈 사람조차 한 걸음 다가와 다시 자기소개를 한다.

캠은 새로운 존재로서, 흥미를 돋우기 위한 장식용 마스코트로서 파티에 초대되었다. 하지만 지금은 관심의 중심에 서 있다. 이것이 그에게는 훨씬 편안하게 느껴진다. 관심을 많이 받을수록 긴장이 풀린다. 스포트라이트가 많을수록 그림자는 작아지는 법이다.

로버타도 캠이 관심의 중심에 있을 때 최선을 다한다. 캠의 불빛 근처에서 날개를 치는 불나방. 캠은 로버타가 대표하는 모든 것을 경멸한다. 그런 마음을 로버타가 조금이라도 눈치챘을지 궁금하다. 이상한 점은, 캠이 그녀가 진정 무엇을 대표하는지도 모른다는 것이다. 그래서 캠은 더욱 경멸한다.

---

[7] 화요일은 미국의 연방 의회에서 주요 법안에 대한 토론이나 표결이 이루어지는 날이다.

「캠.」 로버타가 부드럽게 그의 팔꿈치를 잡고, 제복 차림의 남자에게로 데려가며 말한다. 그 남자는 누구를 위해서도 움직이지 않는 게 분명하다. 「이분은 에드워드 보더커 장군님이셔, 캠.」

캠은 남자와 악수하며 예의 바르게, 의무적으로 인사한다. 「만나 뵙게 되어 영광입니다.」

「나도 마찬가지네.」 장군이 말한다. 「방금 그리즈월드 씨한테, 자네에게 군에 들어갈 생각이 있느냐고 물었거든.」

「저는 무엇도 배제하지 않습니다.」 캠이 말한다. 그가 가장 즐겨 쓰는, 아무 의미 없는 대답이다.

「좋아. 자네 같은 젊은이라면 군에서도 잘 활용할 수 있겠지.」

「글쎄요, 장군님. 유일한 문제는 〈저 같은 젊은이〉가 없다는 겁니다.」

장군은 아버지처럼 그의 어깨에 손을 얹으며 따뜻하게 웃는다.

불과 몇 분 전의 긴장감은 완전히 잊힌다. 캠은 제대로 된 적을 만든 게 분명하다. 이제는 친구가 많이, 아주 많이 생겼으니까.

4
야간 관리인

 이것은 질병이다. 명백하고 단순하다. 세상을 안에서부터 썩게 만드는 질병이다. 박수도라니! 빌어먹을 박수도가 사방에 널려 있다.
 팜데저트 드라이브에 있는 세븐일레븐의 야간 관리인은 대부분의 밤에 할 일이 별로 없다. 그저 중년에 접어든 자신의 인생과 현대 사회, 타블로이드 신문에 대해 곱씹을 뿐이다. 타블로이드 신문은 외계인과 죽은 유명 인사가 목격되었다는 이야기 외에는 그저 박수도의 대학살을 보도하고 싶어 할 뿐이다. 재미와 오락을 위해, 초등학교 5학년 수준의 글로 피와 잔혹함이 전달된다. 여기서 사무용 건물이 터지고, 저기서는 레스토랑이 하늘 높이 날아갔다. 최근의 박수도 공격은 빌어먹을 헬스장에서 일어났다. 세상에. 놈들은 〈안녕하세요〉라는 한마디 인사도 없이 그냥 헬스장에 들어가 펑 터져 버렸다. 운동하던 가엾은 녀석들에게는 아무 가망이 없었다. 수류탄 파편처럼 날아다니는, 납덩이 같은 역기를 피할 방법은 거의 없다.
 새벽 2시 15분, 손님 한 명이 터벅터벅 들어와 톡신 에너지

드링크와 껌 한 팩을 산다. 수상해 보이는 남자다. 하긴, 이런 늦은 밤에 길가의 세븐일레븐에 나타나는 사람은 누구나 수상해 보이고, 듣고 싶지 않은 사연을 가지고 있다.

남자는 야간 관리인이 읽고 있던 타블로이드를 알아본다. 「말도 안 되죠? 박수도 말입니다. 대체 어디서 나오는 거냐고요. 안 그래요?」

「어디로 가는지는 알죠.」 야간 관리인이 말한다. 「박수도와 무단이탈자, 10대 무법자들을 전부 잡아다 비행기에 태워서 떨어뜨려야 하는데.」

그는 이런 말을 공감하며 들어 줄 사람을 찾았다고 생각했지만, 손님은 놀란 눈으로 그를 본다. 「그 애들을 전부 다요? 2주 전에 무단이탈자로 가득한 비행기 한 대가 솔턴해에 떨어지지 않았던가요?」

「세상에. 가까이에서 직접 봤으면 좋았을 걸 그랬네요.」 둘 사이에 어색한 침묵이 흐른다. 「5.65달러입니다.」

손님은 계산을 마치지만, 야간 관리인과 일부러 싸늘하게 시선을 맞추며 잔돈 전부를 러너웨이 레스큐의 모금함에 넣는다. 러너웨이 레스큐는 자선 단체다. 누군가 아무 쓸모없는 10대 무법자의 언와인드를 의뢰하기 전에 그들을 교정하려 하는 단체. 야간 관리인이 경멸하는 명분이지만, 그 모금함을 두는 건 회사 방침이다.

손님은 떠난다. 야간 관리인에게는 혼자서 투덜거릴 일이 하나 더 생긴다. 쓸데없이 동정심만 많은 찔찔이들. 언와인드 될 아이들에게 강경하지 못한 사람이 너무 많다. 물론, 올해는 투표 안건이 엄청나게 많다. 새로운 하비스트 캠프를 짓기 위해 수십억 달러를 빼내야 할까요? 찬성, 아니면 반대? 부분적 언와인드와 느리고 점차적인 분열을 허용해야 할까요? 찬성, 아니면 반대? 17세 연령 제한법의 헌법 위헌 여부조차 논란의 대상이 되고 있다.

언와인드에 대한 찬반 여론이 팽팽하기에, 모든 건 의견이 없거나 의견을 낼 용기가 없는 30퍼센트라는 다수가 결정하게 된다. 야간 관리인은 그들을 〈흐리멍덩한 대중〉이라고 부른다. 너무 나약해 입장조차 갖지 못하는 자들. 빙하 보호론자와 10대 무법자 옹호론자들이 합리적인 사람들을 머릿수로 누르기 시작하면, 강경 노선의 언와인드 법은 전부 무너지게 된다. 그러고 나면?

2시 29분, 어질러진 자동차에 가방을 쑤셔 넣고 묵직한 눈그늘을 늘어뜨린 여자가 들어와 감자칩을 사고, 의료용 담배 구매 허가증을 휙 내밀고 캐멀 담배 한 갑을 산다.

「좋은 하루 보내세요.」 여자가 나갈 때 관리인이 말한다.

「그러기엔 너무 늦었는데요.」

그녀의 녹슨 양동이 같은 폭스바겐이 탁하고 푸르스름한 매연을 뿜으며 떠난다. 야간 관리인은 실내에서도 그 냄새를 맡을 수 있다. 어떤 사람들은 환경을 보호하기 위해서라도 언와인드해야 한다. 그 생각에 야간 관리인은 킬킬거린다. 환경을 보호한다니, 이젠 누가 빙하 보호론자란 말인가?

밤은 유난히 조용해진다. 귀뚜라미 소리와 가끔 지나가는 자동차의 우르릉대는 소리뿐이다. 보통 그는 가게가 비어 있는 것을 좋아하지만, 오늘 밤은 침묵에 긴장된 분위기가 감돈다. 야간 관리인의 가장 유용한 도구는 직감이다. 그는 총열을 톱으로 잘라 낸 엽총이 계산대 아래에 있는지 확인한다. 그는 총을 가지고 있어서는 안 되지만, 남자라면 자신을 지킬 줄 알아야 한다.

3시 2분, 난데없이 10대 무법자들이 세븐일레븐에 들이닥친다. 문으로 쏟아져 들어온다. 10여 명, 아니 수십 명이 메뚜기 떼처럼 우글거리며 통로의 물건들을 쓸어 담는다. 야간 관리인은 엽총으로 손을 뻗지만, 그가 총을 쥐기도 전에 그의 얼굴에 총이 겨누어진다. 한 자루, 또 한 자루. 세 아이가 흔들림 없이 총을 겨누고 있다.

「내가 볼 수 있는 곳에 손을 둬.」 그중 한 명이 말한다. 머리가 짧고 어깨는 떡 벌어진, 남자 같은 키 큰 소녀다. 망설임도 없이 그의 뇌를 날려 버릴 것처럼 보인다. 그래도 그는 말한다. 「지옥에나 가!」

그 말에 소녀가 미소 짓는다. 「비천한 인간이면 비천한 인간답게, 고분고분 시키는 대로 해. 그러면 내일도 살아서 감자칩을 더 팔 수 있을지도 몰라.」

그는 마지못해 두 손을 들고, 아이들이 밀려 들어왔다가 나가는 모습을 지켜본다. 그들은 손댈 수 있는 모든 것을 쓰레기봉투에 채운다. 냉장고 안의 음료와 통로의 간식, 심지어 세면도구까지. 그때, 야간 관리인은 문득 이 아이들이 누구인지 깨닫는다. 이 아이들은 솔턴해에서 떨어진 비행기의 생존자들이 틀림없다!

한 아이가 불쾌하게도 우월감의 냄새를 풍기며 돌아다닌다. 그가 이들을 이끌고 있는 게 분명하다. 키가 크지는 않지만 근육질이다. 대걸레처럼 뿌리 부분이 훨씬 더 짙은 빨간 머리를 하고 있다. 그의 왼쪽 손에도 이상한 점이 있다. 붕대를 여러 겹으로 감고 있다. 자동차 문에, 그보다 묵직한 무언가에 세게 부딪힌 것 같다. 그가 계산대로 다가와 야간 관리인에게 미소를 지어 보인다.

「우린 신경 쓰지 마.」 그가 쾌활하게 말한다. 「잠시 후면 갈 길 갈 테니까. 당신 편의점이 그냥 지나치기엔 너무 편의를 봐 주는 것 같길래.」

죽을 위험만 없었다면, 관리인은 놈의 얼굴에 침을 뱉었을 것이다.

「이제는 내가 당신한테 계산대를 열라고 하고, 당신은 〈계산대에는 거스름돈 20달러밖에 없습니다〉라는 팻말을 가리키고, 내가 어쨌든 계산대를 열라고 할 순간이야.」

야간 관리인은 계산대를 열고, 안이 팻말에 적힌 그대로라는 걸 보여 준다. 「보이지? 돈은 전부 현금 보관함으로 들어가. 나한테는 열쇠가 없고, 이 쓰레기야.」

아이는 당황하지 않는다. 「당신 태도를 보니 우리 비행기 조종사가 생각나네. 그 녀석을 만나고 싶어 할까 봐 하는 말인데, 녀석은 솔턴해 밑바닥에 있어.」

「너도 거기로 보내 줄 수 있어.」 그때까지 총을 겨누고 있던 소녀가 말한다.

이 무리를 책임지고 있는 아이가 계산대에 손을 뻗어 동전 하나를 집는다. 그런 다음 긁는 복권 몇 장을 가져가 계산대에 놔두고, 멀쩡한 손으로 동전을 들어 은색 상자를 긁어낸다. 그 동안 다른 세 아이는 야간 관리인의 얼굴에 계속 총을 겨눈다. 그들의 뒤에서 우글거리는 아이들은 무자비한 약탈을 계속한다. 탐욕스러운 작은 팔들이 가게 안의 모든 것을 실어 나른다.

「이거 봐!」 책임자 아이가 말한다. 「5달러를 땄네!」 그러더니 그는 당첨된 복권을 관리인에게 휙 튕기듯 던진다. 「가져. 당신한테 주는 선물이야. 좋은 거 사.」

그는 떠난다. 나머지 패거리가 그 뒤를 따른다. 총을 든 소녀만이 모두가 떠날 때까지 남는다. 그런 뒤에야 그녀는 물러난다. 앞문으로 나가면서 계속 야간 관리인에게 총구를 겨눈다. 그녀가 떠난 순간, 야간 관리인은 총을 들고 서둘러 그들을 쫓아간다. 물러나는 형체를 향해 어둠 속으로 총을 쏘지만 아무도 쓰러지지 않는다. 그는 충분히 빠르지 못했다. 대신 아이들의 등 뒤에 대고 고함을 지르고 욕설을 퍼붓는다. 그들을 잡고야 말겠다고 맹세한다. 하지만 그러지 못하리라는 걸 안다. 그 생각에 더욱 화가 날 뿐이다.

그는 가게로 돌아섰다가, 그냥 멍하니 서 있다. 사실상 남은 건 아무것도 없다. 가게는 단순히 강도를 당한 게 아니다. 못 박혀 있지 않은 모든 것이 들려 나갔다. 놈들이 피라냐처럼 가게를 뜯어먹었다.

바닥에, 계산대 뒤쪽에 러너웨이 레스큐 모금함이 떨어져 있다. 빌어먹을 것. 야간 관리인은 그쪽으로 손을 뻗어 안에 든 돈을 모두 챙긴다. 무단이탈자가 그렇듯, 러너웨이 레스큐에서 구하려는 10대 무법자에게도 이 돈을 받을 자격이 없다. 놈들이 그냥 빠져나가게 둔다는 건 손에 장을 지질 일이다. 놈들을 잡아 가두고 잘라 버려야지. 온전한 몸으로 사회를 무너뜨리게 두느니, 조각난 몸으로 사회에 봉사하게 해야지.

청소년 전담국에 더 많은 권력을 주어야 할까요? 찬성, 아니면 반대? 야간 관리인이 어디에 투표할지는 두말할 필요가 없다.

5
레브

　레브는 코너가 혼자 차를 가지러 가게 놔두지 말았어야 했다. 코너는 오후에도, 저녁에도, 밤에도 돌아오지 않았다. 이제 다음 날 새벽이다. 코너가 사라진 지 24시간. 레브의 불안감은 점점 커진다. 자기 자신과 코너에 대한 분노도 커져 간다. 어느 정도 거리를 두고 따라가는 것이 더 나은 계획이었으리라. 그러면 코너가 무슨 일을 당하더라도 레브가 그걸 볼 수 있었을 것이다. 지금 레브를 죽도록 괴롭게 만드는 것은 불확실성이다. 그는 잡초밭에 반쯤 묻힌, 녹이 슬고 오래된 산업용 건조기 옆면을 차는 것으로 답답함을 푼다. 찰 때마다 건조기가 종처럼 울리기에 그마저 그만둘 수밖에 없다. 이 소리는 아마 몇 킬로미터 떨어진 곳에서도 들릴 것이다. 레브는 건조기의 그림자에 앉아, 이제 뭘 해야 할지 생각해 본다. 선택지는 대단히 적다. 코너가 곧 나타나지 않는다면 레브는 혼자 오하이오주로 가야 한다. 그리고 가본 적도 없는 골동품 가게를 찾아서, 그가 태어나기도 전에 실종된 남자에 대해 생면부지의 늙은 여자에게 이야기해야 한다.

「소니아가 모든 것의 열쇠일 수 있어.」 코너는 그렇게 말했었다. 그 늙은 여자가 — 반분열 저항군의 핵심 인물이 — 무단이탈 언와인드를 위한 안전 가옥을 운영하며 아이들을 거리에서 벗어나게 해준다고 설명했다. 도주 초반에 코너와 리사에게 은신처를 제공한 것도 그 여자였다. 당시에 코너가 몰랐던 것은 그녀의 남편이 잰슨 라인실드, 즉 의학을 발전시켜 언와인드를 가능하게 만든 과학자였다는 사실이다. 게다가 잰슨은 자신이 직접 기술의 오용을 막기 위해 창립한 단체에 의해 꼼꼼히, 체계적으로 역사에서 지워졌다.

「소니아가 알아야 할 가치가 있는 뭔가를 안다면, 능동적 시민에서 왜 소니아까지 사라지게 하지 않은 거야?」 레브는 오랫동안 차를 타고 오며 코너에게 그렇게 물었다.

「소니아를 위협으로 보지 않았을 수도 있지.」 코너는 그렇게 대답했다. 「아니면 내가 살아 있다는 걸 모르는 것처럼 소니아가 살아 있다는 것도 모르거나.」

능동적 시민은 딱히 익숙한 이름이 아니다. 그래도 들어 보기는 했다. 모두가 들어 보기는 한 이름이니까. 하지만 그들에게 적극적인 관심을 기울이는 사람은 없다. 그들은 들어 보기는 했지만 실제로 무슨 일을 하는지는 전혀 알 수 없는, 수많은 자선 단체 중 하나일 뿐이다. 그들이 실제로 얼마나 강력한지도 알 수 없다.

하지만 아무리 강력하다 해도 한 가지는 확실하다. 그들은 잰슨 라인실드를 두려워한다. 문제는 그 이유다.

「뭔가 망가뜨리고 싶다면 거기서부터 시작하는 거야.」 코너는 그렇게 말했었다.

하지만 레브가 아는 한 그는 이미 망가져 있다. 사람들이 그를 망가뜨려 왔다. 그는 자신의 몸을 폭탄으로 바꾸었지만 폭발하지 않기로 선택했다. 그는 박수도의 복수 대상이 되었다. 그는 구출된 십일조로 가득한 대저택에서 격리된 채 응석받이로, 신으로 대우받았다. 그리고 가장 진실하고, 어쩌면 하나뿐일지도 모를 친구를 구하느라 전쟁터에 들어갔다.

이 모든 일을 지나왔기에 레브가 무엇보다 원하는 것은 평범함이다. 그의 꿈은 위대해지는 것도, 권력이나 부나 명성을 얻는 것도 아니다. 그는 어느 시점에 그 모든 것을 가져 보았다. 그가 원하는 것은 어떤 선생님에게 배정될지, 야구팀에 들어갈 수 있을지 고민하는 고등학생이 되는 것이다.

그리고 때로 그 공상 속의 단순한 삶에는 미라콜리나도 포함된다. 그녀는 언와인드되겠다는 결심이 너무 강해, 레브와 그가 대표하는 모든 것을 경멸했던 십일조다. 최소한 처음에는 그랬다. 지금 레브의 공상 속에서는 둘이 같은 교외의 학교에 다닌다. 어느 교외인지는 중요하지 않다. 둘은 학교 숙제를 같이한다. 영화를 보러 간다. 미라콜리나의 부모가 집에 없을 때 소파에서 입을 맞춘다. 레브가 야구를 할 때 미라콜리나가 응원한다. 다만 주변 사람들의 소리를 덮을 정도로 시끄럽게 하지는 않는다. 미라콜리나는 그런 스타일이 아니니까.

레브는 지금 미라콜리나가 어디에 있는지, 살아 있기는 한지 전혀 모른다. 이제는 코너에 대해서도 같은 불확실성을 마주하고 있다. 레브는 자신이 강한 존재임을 깨달았지만, 그런 그가 감당할 수 있는 일에도 한계는 있다.

레브는 한 시간만 더 기다려 보고 혼자 떠나기로 마음먹는다. 코너와 달리 그는 훔친 자동차에 시동 거는 법을 모른다. 엄밀히 말하면 운전하는 법도 모른다. 전에 가까스로 성공하긴 했지만. 오하이오주로 가는 가장 적절한 방법은 몰래 탈것에 기어드는 것이다. 그 말은, 마을로 가서 방향이 맞는 트럭이나 버스, 기차를 찾아야 한다는 뜻이다. 하지만 어느 것이 됐든 레브는 심각한 위험에 처할 것이다. 그는 가석방 조건을 어겼다. 도망자 신세다. 잡혔다간 무슨 일이 일어날지 모른다.

레브가 여전히 머뭇거리며, 코너를 두고 떠날 용기를 모으고 있을 때 손님이 도착한다. 레브에게는 숨을 곳이 없다. 그는 자동차가 다가오고 여자가 내리는 모습을 지켜본다. 도망치는 대신 침착하게 낡은 트레일러 안으로 들어가, 서랍을 뒤진 끝에 상처를 낼 수 있을 만큼 크지만 숨길 수 있을 만큼 작은 칼을 찾아낸다.

레브는 사람을 찔러 본 적이 없다. 순전한 분노가 솟구친 순간, 야구 방망이로 남자와 여자를 때리겠다고 위협한 적은 있다. 그들은 자식을 언와인드한 자들이었다. 그 아이의 뇌 일부가 다른 아이의 몸에 들어가, 그들에게 용서해 달라고 빌고 있었다.

하지만 이번에는 상황이 다르다고, 레브는 자신을 타이른다. 이건 정의로운 분노가 아니다. 생존 문제다. 그는 자기방어를 위해서만 칼을 쓰기로 마음먹는다.

레브는 트레일러에서 나오지만 문턱에 선다. 그러면 키가 더 커 보일 테니까. 손님은 열 발짝 떨어진 곳에 서서 체중을 이 다리에서 저 다리로, 다시 원래 다리로 옮겨 싣는다. 20대 초반으로 보인다. 키가 크고 약간 통통하다. 얼굴은 햇볕에 타붉다. 아마 컨버터블 자동차를 타고 다녀서 그런 듯하다. 자동차는 클래식 카라고 보기에는 상태가 너무 나쁜 T-버드다. 그녀의 이마에는 가운데에서 약간 떨어진 자리에 멍이 들어 있다.

「여긴 사유지야.」 레브가 최대한 권위를 끌어내 말한다.

「네 사유지는 아니지.」 손님이 말한다. 「여긴 우디 비먼의 사유지야. 우디는 2년 전에 죽었고.」

레브는 아무 근거 없이 말을 지어낸다. 「내가 우디의 사촌이야. 우리가 여길 물려받았어. 아빠가 이 모든 쓰레기를 치우고 이곳을 청소할 지게차를 빌리러 마을에 가셨어.」

그때 손님이 말한다. 「코너는 친구가 여기에 있다고만 했어. 그 친구가 너라는 말은 안 했고. 말해 줬어야 했는데.」

레브가 자연스럽게 지어낸 모든 거짓말은 증발한다. 「코너가 널 보냈어? 코너는 어디에 있는데? 어떻게 된 거야?」

「코너는 네가 자기 없이 떠나기를 바란대. 자기는 여기, 하츠데일에서 우리와 함께 지낼 거래. 네가 여기에 있었다는 말은 아무한테도 하지 않을게. 그러니까 넌 가도 좋아.」

코너가 레브에게 메시지를 전달하는 데 가까스로 성공했다는 사실에 레브는 강한 안도감이 밀려오는 것을 느낀다. 하지만 메시지 자체는 말이 되지 않는다. 이 메시지는 확실한 조난 신호다. 코너가 곤란한 상황에 처해 있다.

「〈우리〉가 누군데?」 레브가 묻는다.

손님은 고개를 저으며 거의 어린애처럼 땅을 걷어찬다. 「그건 말 못 해.」 그녀는 레브를 보며 떠오르는 태양에 맞서 눈을 가늘게 뜬다. 「너, 지금도 폭발할 수 있어?」 그녀가 묻는다.

「아니.」

여자는 어깨를 으쓱한다.「그래. 아무튼, 난 내가 너한테 방금 한 말을 하기로 약속했고 그대로 했어. 이제는 내가 떠났다는 걸 남동생이 알기 전에 가야 해. 만나서 반가워, 레브. 레브, 맞지? 레브 콜더.」

「개리티야. 성을 바꿨어.」

여자는 알겠다는 듯 고개를 끄덕인다.「말 되네. 네가 스스로 언와인드당하기를 바라도록 키워 온 가족에는 속하고 싶지 않았겠지.」 그러더니 그녀는 돌아서서 자동차로 무거운 발걸음을 옮긴다.

레브는 그녀를 따라갈까 생각해 본다. 그녀에게 자신도 하츠데일에 머물고 싶다고 말할까? 하지만 여자가 그 말에 속아 넘어간다 해도 그 차에 타는 건 나쁜 생각일 것이다. 코너가 어떤 곤란에 처해 있는지는 몰라도, 똑같은 곤란함을 자청하는 것은 어리석은 일이다.

대신 레브는 서둘러 무너져 가는 낡은 스쿨버스로 가 보닛에, 그다음에는 지붕에 올라선다. 완전히 녹슬어 버린 부분은 피한다. 높은 관찰 지점에서 보니 T-버드가 흙길 위로 먼지를 피워 올리다가 왼쪽의 포장도로로 접어드는 모습이 보인다. 레브는 자동차가 하츠데일로 사라질 때까지 최대한 오래 그 모습을 추적한다. 이제 그는 T-버드가 향한 대략적인 방향을 안다. 다시 그 차를 발견할 때까지 거리를 돌아다니며 추적할 수 있다.

어쩌면 코너는 정말 레브가 혼자 떠나기를 바랄지도 모른다. 하지만 그렇기엔 코너가 레브를 너무 잘 안다.

다음은 정치 관련 유료 광고입니다

 할머니는 말하길 꺼리시지만, 길거리에서 자동차가 불타고 철창으로도 위험을 막을 수 없던 시절을 기억하고 계세요. 10대 무법자들이 우리 동네를 테러하고, 아무도 안전하다고 느끼지 못하던 그때를요.
 글쎄요, 그런 일이 다시 벌어지고 있어요. 17세 연령 제한법은 수천 명의 교정 불가능한 17세 청소년을 다시 거리에 나오게 하고, 부모가 언와인드를 선택할 수 있는 나이까지 심각하게 제한합니다.
 지난주에는 우리 동네의 한 남자아이가 학교에 가던 길에 10대 무법자의 칼에 찔렸어요. 저는 제가 다음 차례가 될까 봐 무섭고요.
 오늘 지역 의원에게 전화하거나 편지를 보내세요. 17세 연령 제한법이 폐지되기를 바란다고 말해 주세요. 저와 같은 아이들을 위해 다시 거리를 안전하게 만들어 주세요!
 ─ 나쁜 행동에 반대하는 어머니들이 후원하는 광고임

 레브는 정찰을 위해 타는 듯 뜨거운 바깥으로 나선다. 고개는 숙이고 있지만, 눈은 크게 뜨고 있다. 그가 추적하고 있는 T-버드는 차고가 아닌 길바닥에 세워져 있으리라고 생각될 정도로 더러웠다. 그러나 하츠데일은 격자형이 아니라 쥐가 사는 굴과 비슷한 구조다. 알고 보니 그 거리들을 체계적으로 탐색하는 일은 생각보다 어렵다.
 오후 2시쯤, 레브는 마을 주민과 접촉하는 위험을 무릅쓸 만

큼 간절해진다. 그는 주유소에서 셰브론 야구 모자와 껌 한 팩을 사는 것으로 준비를 마친다. 얼굴을 가리려고 모자를 쓰고, 단물이 빠질 때까지 껌 여러 개를 씹는다. 그런 다음 껌의 절반을 윗잇몸에, 나머지 절반은 아랫잇몸에 붙인다. 너무 이상해 보이지 않으면서도 입의 형태를 바꿀 수 있을정도다. 누군가 자신을 알아볼지 모른다는 편집증이 조금 극단적인 것일지도 모르지만, 무단이탈 언와인드들은 〈잘리느니 안전하게〉라는 말을 즐겨 쓴다.

그날 아침, 레브는 어느 소닉 매장을 지나친다. 롤러스케이트를 신은 예쁘장한 종업원들이 주차된 자동차로 음식을 가져다주는 곳이다. 패스트푸드의 역사가 시작된 이후로 쭉 그렇게 해왔듯이. 이 마을의 자동차에 대해 잘 아는 사람이 있다면, 그건 바로 소닉 종업원일 것이다.

레브는 주문 창구로 걸어가 햄버거와 슬러시를 주문한다. 남부 억양을 꾸며 낸다. 캔자스주의 사투리라기엔 너무 느리고 무거운 억양이지만, 레브가 할 수 있는 최선이다.

음식을 받은 뒤 그는 야외 탁자에 앉는다. 옆 탁자에 앉아서 주문을 받는 사이사이 문자를 보내고 있는 롤러스케이트 소녀를 주시한다.

「안녕.」 레브가 말한다.

「안녕.」 소녀가 대꾸한다. 「덥긴 덥지?」

「5도만 더 올라가면 내 팔에서 계란을 튀길 수도 있겠어.」

그 말에 소녀는 미소 지으며 그를 본다. 레브는 소녀의 표정에서 그녀의 생각을 거의 읽을 수 있다. 단골이 아니네. 귀엽다. 너무 어려. 다시 문자나 보내야지.

「혹시 도와줄 수 있을까?」 레브가 말한다. 「전에 길가에 〈판매 중〉 팻말을 붙이고 세워 둔 차가 있었는데, 못 찾겠어.」

「팔렸나 보지.」 소녀가 말한다.

「아니기를 바라. 두 달만 있으면 면허증이 나오거든. 난 정말 그 T-버드를 갖고 싶었어. 초록색 컨버터블인데, 알아?」

소녀는 잠시 더 문자를 보내더니 말한다. 「이 근처에서 초록색 컨버터블은 아전트 스키너의 자동차뿐이야. 걔가 그걸 팔고 있다면, 평소보다 더 힘든 시간을 보내고 있나 보네.」

「아니면 더 나은 차를 사려는 걸지도 모르지.」

소녀는 미심쩍다는 듯 키득거린다. 레브는 약간 부은 입술로 매력적인 미소를 지어 보인다. 그녀는 잠시 시간을 들여 레브를 다시 평가해 보더니, 아무리 운전면허증이 있다 해도 자신의 관심을 끌기에는 너무 어리다고 판단하고 말한다. 「걔는 데어리퀸에서 두 블록 더 올라가면 있는 사와로 스트리트에 살아.」

레브는 고맙다고 인사한 뒤 햄버거와 슬러시를 가지고 떠난다. 지나치게 들떠 보였을 수도 있겠지만, 어쨌든 그가 위장을 위해 한 이야기에 어울릴 뿐이다.

그날 아침 데어리퀸을 지났기에, 레브는 어디로 가야 하는지 정확히 안다. 하지만 모퉁이에 이르자, 하츠데일 같은 마을에는 어울리지 않는 소리가 들린다. 헬리콥터가 다가오는, 리드미컬한 프로펠러 소리다.

헬기가 도착하기도 전에 경찰차 여러 대가 줄지어 거리에 들어선다. 사이렌은 꺼져 있지만 움직이는 속도를 보니 긴급한 상황이다. 열두 대가 넘는 자동차가 와 있다. 청담 순찰차,

흰색과 검은색으로 이루어진 경찰차, 특별한 표시 없는 암행 경찰차까지. 이제는 헬리콥터가 머리 위로 동네를 빙빙 돌기 시작한다. 레브는 뱃속 깊은 곳에서 역겨움을 느낀다.

  그는 차들을 따라가는 대신, 인근 거리에서 현장 쪽으로 접근한다. 몇몇 집의 뒤뜰을 가로지른다. 눈에 띄지 않기 위해서다. 마침내 그는 나무 울타리의 널빤지 틈 사이로 단정치 못한 목장 스타일의 집을 들여다보게 된다. 그 집은 지금 포위되어 있다.

  진입로에 초록색 T-버드 컨버터블이 주차되어 있다.

6
코너

 같은 날 아침, 아전트가 TV를 가지고 내려오더니 달랑거리는 조명 플러그가 꽂힌 콘센트에 그 TV를 꽂는다.

 「집의 안락함은 다 갖췄지.」 그가 코너에게 만족스러운 듯 말한다.

 아전트는 밤새 형편없는 TV와 해설식 광고를 보는 게 틀림없다. 그레이스가 레브에게 메시지를 전하러 나갔다가 돌아올 때까지 일어나지 않았다. 「이 비밀은 무덤까지 가져가는 거야.」 그레이스는 그렇게 말했었다. 코너는 그런 표현을 실제로 쓰는 사람을 본 적이 없었지만, 지금 그레이스는 아전트를 따라 들어오며 코너에게 입에 지퍼를 채우는 동작을 몰래 해 보인다.

 작은 TV는 집 안에서 나오는 약한 무선 신호를 잡는다. 그걸로는 뭐든 보기가 고통스럽다.

 「어떻게 해야 더 잘 나오는지 알아볼게.」 그레이스가 말한다.

 「고마워, 그레이스. 정말이야.」 코너는 TV에 전혀 관심이 없지만, 아전트가 그레이스에게 보이는 것보다 더 큰 고마움을 보이는 것이 핵심이다.

「걱정할 거 없어.」 아전트가 말한다. 「비디오는 신호나 케이블이 없어도 볼 수 있으니까.」

코너가 계산하기에, 지금까지 포로로 잡혀 있던 시간은 24시간이다. 레브는 코너 없이 떠났어야 한다. 둘이 처음으로 헤어진 곳, 애크런의 고등학교 근처에 있는 골동품 가게로. 그 정도면 레브가 충분히 찾을 수 있을 것이다.

슈퍼마켓에 병가를 낸 아전트는 가장 좋아하는 비디오와 음악, 가장 좋아하는 모든 것을 코너에게 틀어 주며 아침을 보낸다.

「넌 한동안 유행에서 벗어나 있었잖아.」 아전트가 말한다. 「세상에서 첨단으로 여겨지는 게 뭔지, 널 다시 교육해야 해.」 아전트는 코너가 문자 그대로 바위 밑에 2년 동안 숨어 있었다고 생각하는 것 같다.

아전트의 연극 취향은 폭력적인 쪽으로, 음악 취향은 불협화음 쪽으로 기울어져 있다. 코너는 더 이상 폭력에서 재미를 느끼지 못할 만큼 진짜 폭력을 많이 보아 왔다. 음악에 관해서라면, 리사를 알았기에 지평이 넓어졌다.

「이 지하실에서 내보내 주면.」 코너가 말한다. 「널 완전히 돌아 버리게 할 밴드 공연에 데려가 줄게.」

아전트는 그 말에 바로 대답하지 않는다. 어제 이후로, 코너는 둘이 친구로서 함께할 수 있는 것들을 언급하고 있다. 아전트가 어느 정도의 시간을 두고 그의 마음을 얻으려 하는 건지는 모르지만, 아직 전환점은 오지 않았다. 그때까지는 코너가 하는 모든 말이 의심스럽게 들릴 것이다.

아전트는 허드렛일을 하겠다며 코너를 그레이스에게 맡겨 둔 채 나간다. 그레이스는 재빨리 플라스틱 체스 판을 꺼내 기물을 세운다.「체스 둘 줄 알지? 어떻게 움직이는지만 말해 주면 내가 대신 움직여 줄게.」그레이스가 말한다.

코너는 체스를 알지만, 전략을 배울 만큼 인내심이 없었다. 하지만 그레이스의 제안을 거절하지는 않을 것이기에 게임을 한다.

「고전적인 카스파로프 오프닝[8]이네.」그레이스는 네 번 기물을 옮긴 뒤 그렇게 말한다. 갑자기 전혀 저피질 같지 않다.「하지만 시실리 방어법에는 아무 소용이 없지.」

코너가 한숨을 쉰다.「뉴로위브를 받은 건 아니지?」

「절대 아니야!」그레이스가 자랑스럽게 말한다.「뇌는 전부 내 거야, 지금 이대로. 난 그냥 게임을 잘하는 거야.」그녀는 계속해서 당혹스러운 속도로 코너를 몰아붙인다.

「미안.」그녀는 두 번째 게임을 준비하며 말한다.

「이겼다고 사과하지 마.」

「미안.」그레이스가 다시 말한다.「이겨서가 아니라, 이겼다고 미안해서.」

다음 게임 내내 그레이스는 한 수, 한 수 분석을 내놓으며 코너가 두었어야 할 모든 수와 그 이유를 짚어 준다.

「괜찮아.」그레이스가 뻔한 곳에 숨어 있던 비숍으로 코너의 퀸을 잡으며 말한다.「모피도 안데르센을 상대로 이런 실수

---

[8] 러시아의 체스 대가인 가리 카스파로프가 자주 사용한 공격적인 초반 전략을 일컫는 말.

를 했어. 그러고도 그 정신 나간 경기에서 이겼어.」[9]

코너는 운도 따르지 않는다. 그레이스가 다시 완승을 거둔다. 사실, 이기지 않았더라면 코너는 실망했을 것이다.

「누가 가르쳐 줬어?」

그레이스가 어깨를 으쓱한다. 「핸드폰 같은 걸 상대로 게임 했어.」 그러더니 그녀가 덧붙인다. 「아전트랑은 안 해. 내가 이기면 화를 내거든. 자기가 이기면 더 화를 내고. 내가 져준 걸 아니까.」

「말 되네.」 코너가 말한다. 「나는 봐주지 마.」

그레이스가 미소 짓는다. 「안 봐줘.」

그레이스는 나갔다가 낡은 백개먼[10] 게임 판을 들고 돌아온다. 코너는 백개먼 하는 법을 그레이스에게 배워야 한다. 그레이스는 설명을 잘 못하지만, 코너는 금세 요령을 파악한다.

두 번째 게임을 하고 있을 때 아전트가 돌아온다. 그는 손가락 하나로 게임 판을 엎어 버린다. 갈색과 흰색 기물이 사방에 흩어진다.

「이 친구의 시간을 낭비하지 마.」 아전트가 그레이스에게 말한다. 「코너는 이걸 하고 싶어 하지 않아.」

「하고 싶어 할 수도 있지.」 코너가 억지로 미소 지으며 말한다.

「아니, 안 하고 싶을걸. 그레이스는 그냥 네가 자기보다 멍청

---

[9] 19세기 미국의 체스 대가인 폴 모피가 독일의 체스 마스터인 아돌프 안데르센과의 경기에서 실수를 하고도 승리한 것을 말한다.
[10] 두 명이 주사위를 굴려 말을 움직이며, 자신의 모든 말을 게임 판 바깥으로 먼저 빼내면 이기는 고대 전략 게임.

해 보이길 바라는 거야. 아무튼, 그레이스는 쓸모없어. 라스베이거스에서는 한 판도 이기지 못했다고.」

「난 카드를 세지 않아.」 그레이스가 시무룩하게 웅얼거린다. 「그냥 게임을 하는 거야.」

「아무튼, 여기에 보드게임보다 훨씬 좋은 게 있어.」 아전트는 코너에게 아주 오래된 유리 파이프를 보여 준다.

「아전트!」 그레이스는 약간 숨을 헐떡이며 말한다. 「그건 증조할아버지 담뱃대잖아! 쓰면 안 돼!」

「왜 안 돼? 지금은 내 거잖아?」

「그건 가족의 유물이야!」

「그래, 뭐. 형태는 기능을 따르기 마련이지.」 아전트가 말한다. 그는 이번에도 그 말의 실제 의미를 완전히 놓치지만 코너는 굳이 지적하지 않는다.

「진정제 좀 피울래?」 아전트가 묻는다.

「진정탄은 맞을 만큼 맞았어.」 코너가 대답한다. 「일부러 피울 필요까지는 없어.」

「아냐. 피워 보면 달라. 정신이 나가진 않아. 그냥 충격만 느껴지지.」 아전트는 빨간색과 노란색 캡슐을 꺼낸다. 진정탄에 쓰이는 가장 약한 종류다. 그는 흔한 대마초와 함께 그것들을 그릇에 넣는다. 「얼른. 너도 좋아할 거야.」 아전트는 불을 붙이며 말한다.

코너는 언와인드 의뢰서에 서명이 이루어지기 전에 이런 짓을 할 만큼 해보았다. 사냥을 당하다 보니 취향이라는 것이 죽었을 뿐이다.

「난 됐어.」

아전트가 한숨을 쉰다. 「그래, 한 가지는 나도 인정할게. 애크런의 무단이탈자와 함께 진정제를 하면서, 심오하고 영적인 헛소리를 하는 게 내 판타지 중 하나였어. 지금은 네가 실제로 여기 있으니까, 우린 그렇게 해야 해.」

「코너는 진정제를 피우고 싶지 않은 것 같아, 아전트.」

「네가 알 바 아니야.」 아전트는 그레이스를 보지도 않고 쏘아붙인다. 아전트는 파이프를 한 번 빨고 코너의 입에 대더니 코너의 코를 틀어쥔다. 코너는 연기를 빨아들일 수밖에 없다.

생리적 반응은 빠르다. 1분도 되지 않아 코너는 귀가 줄어드는 느낌을 받는다. 머리가 핑핑 돌고, 중력이 몇 번이나 방향을 바꾸는 것 같다.

「느껴져?」

코너는 대답할 가치를 느끼지 못한다. 대신 그레이스를 본다. 그레이스는 그냥 무력하게 감자 자루에 앉아 있다. 아전트는 두 번째로 연기를 들이마시고 코너에게도 그렇게 하도록 강요한다.

코너의 정신이 흐물흐물해진다. 언와인드 이전 삶의 기억이 몰아치듯 밀려온다. 부모가 그에게 고함을 치고, 그도 마주 고함치던 소리가 귓가에 울린다. 오하이오주의 지루한 교외에서 골칫거리가 된 느낌, 골치 아픈 느낌을 마비시키려 했던 모든 것이 떠오른다. 합법적인 것이든, 그렇지 않은 것이든.

코너는 아전트에게서 자신의 옛 모습을 조금은 본다. 코너도 이렇게까지 소름 끼쳤던가? 아니, 그랬을 리 없다. 게다가 코너는 그 단계를 지나왔다. 아전트는 스무 살이 되도록 여전히 찐따들의 진흙 구덩이에서 뒹굴고 있다. 그의 발밑이 타르

구덩이로 바뀌고 있었다. 코너가 아전트에게 느끼는 분노는 녹아내려 그의 생각이라는 액체 속으로 섞여 든다. 얇고 넓게 퍼진 연민의 한 겹이 된다.

아전트가 한 번 더 연기를 들이마시고 비틀거린다.「와, 이거 좋네.」그는 흐려진 눈으로 코너를 본다. 진정제와 대마초의 조합으로 코너는 감정적으로 변했다. 코너는 이 감정이 자신의 과거 때문이라는 것을 안다. 그러나 아전트는 그 감정이 둘 사이의 연결 때문이라고 생각한다.

「우린 똑같아, 코너.」그가 말한다.「너도 그렇게 생각하지? 난 네가 될 수 있었어. 지금도 네가 될 수 있어.」그가 낄낄거리기 시작한다.「우린 함께 네가 될 수 있어.」

낄낄거림에는 전염성이 있다. 아전트가 또 한 번 연기를 들이마시게 하자 코너는 자기도 모르게 낄낄거린다.

「너한테 보여 줄 게 있어.」아전트가 말한다.「넌 화를 내겠지만, 어쨌든 보여 줘야 해.」그러더니 아전트는 핸드폰을 꺼내 어제 코너와 찍은 사진을 보여 준다.

「잘 찍었지? 내가 페이스링크 프로필에 올렸어.」

「뭘…… 어쨌다고?」

「별거 아니야. 그냥 내 친구들한테 보여 주려고.」아전트가 다시 낄낄거린다. 코너도 낄낄거린다. 아전트가 웃는다. 코너는 자기도 모르게 신경질적으로 웃는다.

「그게 얼마나 나쁜 일인지 알아, 아전트?」

「알아.」

「아니, 넌 몰라. 당국. 청소년 전담반. 놈들이 인터넷에 안면 추적 봇을 굴리고 있어.」

「봇, 맞네.」

「놈들이 이 집을 습격할 거야. 난 잡혀갈 테고, 너희 둘은 5년에서 10년을 살게 되겠지…….」 코너는 웃음을 참을 수가 없다. 「방조와 선동 혐의로.」

「아아, 이건 나쁜 일이야, 아전트.」 그레이스가 구석에서 말한다.

「누가 너한테 물어봤어?」 아전트가 대꾸한다. 약에 취해도 누나에 대한 그의 태도에는 전혀 변화가 없다.

「여기서 나가야 해, 아전트.」 코너가 말한다. 「지금 가야 해. 이젠 우리 둘 다 도망자야.」

「그래?」 아전트는 여전히 제대로 이해하지 못한다.

「도망치는 거야. 너랑 나랑.」

「좋아. 세상에 한 방 먹이자.」

「운명이네, 네가 말한 것처럼.」

「운명이야.」

「아전트와 애크런의 무단이탈자라니.」

「둘 다 A로 시작하네!」

「하지만 놈들이 와서 우리를 끌어내기 전에 네가 날 풀어 줘야 해!」

「널 풀어 주라고…….」

「시간이 없어. 부탁이야, 아전트.」

「내가 정말 널 믿을 수 있을까?」

「우린 방금 같이 진정제를 했잖아. 아니야?」

그 말은 거래를 매듭짓기에 충분하다. 아전트는 파이프를 내려놓고 코너의 뒤로 가 손을 풀어 준다. 코너는 손가락을 펴

보고 아픈 어깨를 돌려 본다. 팔이 얼얼하다. 묶여서 그런 건지, 진정제 때문인지 알 수 없다.

「그럼 어디로 가지?」 아전트가 묻는다.

코너의 답은, 그의 머리를 유리 파이프로 후려치는 것이다. 파이프가 아전트의 턱 바로 위에 맞아 부서진다. 아전트의 얼굴 왼쪽에는 최소 세 군데의 깊은 상처가 난다. 아전트의 다리가 푹 꺾인다. 그는 바닥에 쓰러져 신음한다. 아직 반쯤 의식이 있지만 일어나지 못한다. 그의 얼굴에서 피가 뿜어져 나온다.

그레이스가 멍하니 서서 코너를 빤히 바라본다. 「네가 증조할아버지의 담뱃대를 깨뜨렸어.」

「응, 알아.」

그녀는 아전트를 도우러 가지 않는다. 대신 코너를 보기만 한다. 자신이 방금 배신당한 건지, 해방된 건지 확신하지 못한다.

「경찰이 우리를 쫓는다는 말, 사실이야?」 그녀가 묻는다.

코너는 대답할 필요가 없다는 걸 알게 된다. 밖에서 끼익하며 멈추는 자동차 소리와 머리 위에서 맴도는 꾸준한 헬리콥터 소리 때문이다.

7
그레이스

그레이스 엘리너 스키너는 누구나 그렇듯 죽음을 두려워한다. 고통은 그보다 더 두려워한다. 언젠가, 오래전에, 휴가를 떠났을 때 아전트가 그녀를 높은 다이빙대에 올려 보낸 적이 있다. 그레이스는 물 미끄럼틀을 탈 때처럼 의지력을 끌어내려 했다. 하지만 10미터짜리 단상에 올라선 순간 자신이 약하다는 것을 깨달았다. 아래쪽의 수영장은 작고 매우 멀게 보였다. 물에 부딪히면 아플 터였다. 가장자리에 서 있으니 콘크리트 끝에서 발가락이 말려 들어갔다. 아전트가 아래에서 그녀에게 야유를 퍼부었다.

「멍청한 겁쟁이가 되지 마, 그레이스.」 그는 모든 사람이 들을 수 있도록 소리쳤다. 「생각하지 말고 그냥 뛰어내려.」

그레이스의 뒤에서는 사람들이 조바심을 내고 있었다.

「그레이스, 빨리 뛰라니까! 너 때문에 모두 화를 내잖아!」

결국 그레이스는 물러나서 부끄러워하며 사다리를 내려갔다.

오늘의 기분이 딱 그렇다. 다만 지금은 위협이 훨씬 더 현실적이다. 그날 아전트가 했던 말이 그녀의 머릿속에 떠오른다.

생각하지 말고 그냥 뛰어내려. 이번에 그레이스는 그 조언에 따른다.

그녀는 지하실 문을 열고 환한 대낮의 바깥으로 뛰쳐나간다. 이건 게임이야. 그레이스는 스스로를 타이른다. 난 게임에서 이겨.

뜰에는 저격수들이 있지만, 처음에 그들은 그레이스를 보지 못한다. 그들의 소총은 집을 겨누고 있고, 지하실은 뜰의 뒤쪽 먼 곳에 있다. 그들은 아직 안으로 들어오지 못했다. 병력이 아직 정확한 위치를 찾는 중이다.

「쏘지 마세요! 쏘지 마요!」 그레이스는 잡초투성이 뜰로 뛰어 들어가며 소리친다. 그녀가 저격수들의 관심을 끈다. 즉시 모든 소총이 그녀를 겨눈다. 진정탄이 장전되어 있을 것 같지는 않다.

「쏘지 마세요.」 그레이스가 다시 말한다. 「이쪽이에요. 놈은 여기에 있어요. 쏘지 마세요!」

「엎드려!」 저격수 중 한 명이 명령한다. 「엎드려, 당장!」

하지만 안 된다. 첫 번째 규칙은, 어떤 이득이 없는 한 절대 기물을 내주어선 안 된다는 것이다.

「이쪽이요! 따라오세요!」 그레이스는 돌아선다. 달려가는 그녀의 두 손이 허공에서 마구 흔들린다. 그녀는 총에 맞을 수도 있으리라 반쯤 예상하지만, 나머지 반이 승리한다. 저격수들은 총을 쏘지 않는다. 그레이스는 계단을 따라 지하실로 달려 내려간 다음 기다린다. 잠시 후 저격수들이 서로를 엄호하며 들어온다. 그들은 적진에 들어온 군인처럼 그레이스와 지하실의 어스름한 빛 속을 겨누고 있다. 그레이스는 심장이 터질 것 같고 비명을 지르고 싶지만, 침착하게 말한다.「총은 필요 없어요. 놈은 무장하지 않았어요.」

저격수들은 여전히 자리를 지키며, 그들을 따라 계단을 내려온 정장 차림의 장교를 엄호한다.

「이럴 줄 알았어.」 그레이스가 말한다.「아전트한테 말했는데 아전트가 듣지 않았어요.」

장교는 그레이스를 재빨리 살펴보고, 모두가 그러하듯 무시한다. 그는 그레이스가 저피질이라 여기고 그녀의 어깨를 두드린다.「잘했습니다, 아가씨.」

더 많은 경찰관이 지하실에 들어와 안이 붐빈다.

기둥에 묶여 있던 사람은 축 늘어진 채 반쯤 의식을 차리고 있다. 대장은 그의 머리를 움켜쥐고 얼굴을 들여다본다.

「이건 대체 누구야?」

「제 동생, 아전트요.」 그레이스가 말한다.「제가 아전트한테 슈퍼마켓에서 그렇게 물건을 훔쳐 오면 안 된다고 했어요. 그랬다간 크게 곤란해질 거라고요. 제가 아전트를 기절시키고 묶었어요. 아전트가 총에 맞지 않게 하려면, 어쩔 수 없이 아전트를 다치게 해야 했어요. 보세요, 저항하지 않죠? 그러니까 아전트를 살살 다루실 거죠? 아니에요? 살살 다뤄 주세요!」

경찰관은 더 이상 그레이스에게 친절하지 않다. 대신 그는 그레이스를 노려본다.「래시터는 어디에 있지?」

「누구요?」

「코너 래시터!」 그는 인터넷에서 내려받은 게 틀림없는, 애크런의 무단이탈자와 함께 있는 아전트의 사진을 꺼낸다.

「아, 그거요? 그건 아전트가 컴퓨터로 만들었어요. 친구들을 웃기려고요. 진짜 같죠?」

다른 경찰관들은 서로를 본다. 대장은 조금도 즐거워하지 않는다.「그 말을 믿으라는 건가?」

그레이스가 동생의 어깨를 흔든다.「아전트, 말씀드려.」

그레이스는 기다린다. 아전트에게는 결점이 아주 많다. 하지만 그는 자기 보호 본능이 뛰어나다. 코너가 말한 〈방조와 선동〉인지 뭔지는 심각한 범죄다. 다만 잡힐 경우에만 그렇다.

아전트는 피로 흐려진 눈으로 그레이스를 노려본다. 그는 풀려나면 살인도 저지를 수 있을 만한, 누나에 대한 증오를 뿜어낸다.「사실이에요.」그가 씹어 뱉는다.「장난하려고 찍은 사진이에요. 친구들 보여 주려고.」

경찰관이 듣고 싶어 하는 말은 아니다. 다른 사람들이 그의 뒤에서 킬킬거린다.

「좋아.」대장은 남은 권위를 붙들려고 애쓰며 말한다.「풀어 주고 병원으로 데려가라. 어쨌든 집을 살펴보고. 원본 파일을 찾아. 사진을 분석해 봐야겠다.」

그들은 아전트의 밧줄을 자르고 그를 끌어낸다. 아전트는 불평하지도, 저항하지도 않는다. 그레이스를 보지도 않는다.

다른 사람들이 모두 떠난 뒤에도 지역 경찰 한 명이 남아 쌓여 있는 음식들을 둘러본다.「이걸 다 훔쳤다고?」

「지금도 아전트를 체포하실 건가요?」

경찰은 실제로 웃는다.「오늘은 아니야, 그레이스.」

이제 그녀는 경찰이 예전에 자신과 함께 학교에 다닌 남자임을 알아본다. 그가 자신을 놀리곤 했다는 것도 기억난다. 그러나 그는 누그러진 것 같다. 최소한 나쁜 점을 좋은 쪽으로 바꾼 것 같다.

「고마워, 조이.」 그레이스는 그의 이름을 떠올리고 말한다. 최소한 맞게 기억하는 게 좋겠다는 생각으로.

그레이스는 그가 떠나리라 생각하지만, 경찰은 잠시 더 쌓여 있는 비상식량을 둘러본다. 「감자가 엄청나게 많네.」

그레이스가 망설이며 어깨를 으쓱한다. 「그래서? 감자는 감자지.」

「그럴 때도 있고, 아닐 때도 있지.」 그러더니 경찰은 권총을 꺼낸다. 시선은 커다란 감자 자루 더미에 고정되어 있다. 「비켜, 그레이스.」

8
코너

 지역 경찰은 코너가 그 안에 있을지도 모른다고 의심한다. 하지만 진심으로 그렇게 생각하지는 않는다. 분명 그는 그레이스에게 도망자를 숨겨 줄 능력이 있다고 여기지 않는다. 그런 작전을 꾀하기에는 그레이스가 너무 멍청하다고 생각한다. 코너를 찾을 경우, 그가 코너를 쏴버릴 가능성과 쏘지 않을 가능성은 반반이다. 애크런의 무단이탈자를 사살하는 것도 그를 생포하는 것만큼이나 좋은 선택이기 때문이다. 지금 코너에게 유리한 점은 기습이 가능하다는 것뿐이지만, 일단 발각되면 그 이점마저 사라질 것이다. 그렇기에 경찰이 감자 자루를 찔러 보기 시작한 순간 코너는 움직인다. 들어가 숨어 있던 자루에서 뛰쳐나와 경찰의 발목을 잡고 그를 쓰러뜨린다.

 경찰은 놀라 소리를 지르며 쓰러진다. 경찰다운 방식으로 총을 들고 있지 않았기에, 그의 총이 멋대로 날아간다. 그레이스가 총을 향해 달려가는 순간, 경찰은 생수병 더미에 쓰러진다. 그 바람에 생수병들이 사방으로 굴러간다.

 코너의 두 팔은 여전히 경찰의 발목을 감고 있다. 이 상황에서 그가 할 수 있는 말은 한 가지뿐이다.

「양말 멋지네.」

그레이스가 둘을 내려다보고 서서 경찰의 가슴에 총을 겨눈다. 「움직이지 마. 다른 사람을 부르지도 말고. 아니면 맹세하는데, 쏠 거야.」

「기다려, 그레이스.」 경찰은 매력을 발휘해 이 상황에서 빠져나가려 한다. 「너도 이러고 싶진 않을 거야.」

「닥쳐, 조이! 난 내가 뭘 원하고, 원하지 않는지 알아. 지금 당장 네가 속옷만 입은 모습을 보고 싶어.」

「뭐?」

코너가 웃는다. 그레이스의 생각을 즉시 이해한다. 「얘기 들었잖아. 옷 다 벗어!」 코너는 감자 자루에서 꿈틀거리며 빠져나와, 마찬가지로 옷을 벗기 시작한다. 그는 경찰과 옷을 바꿔 입는다. 코너는 자신이 탈출을 주도하리라 생각했지만, 그레이스가 앞장서도록 둔다. 그는 지금까지 그레이스가 해낸 일에 경이로움을 느낀다. 제독이 언젠가 말한 적이 있다. 〈진정한 지도자는 절대 자산보다 자의식을 앞세우지 않는다〉라고. 그레이스 스키너는 가장 높은 순위의 자산이다.

「어떤 게임을 하려고, 그레이스?」 코너가 경찰의 바지를 입으며 묻는다.

「우리가 이기는 게임.」 그레이스는 단순하게 말한다. 그러더니 경찰에게 말한다. 「자, 셔츠도 벗어.」

「그레이스…….」

「말대꾸하지 마. 안 그러면 납덩이로 채워 줄 테니까!」

코너는 영화에 나오는 갱단의 대사 같은 뻔한 말에 키득거린다. 「엄밀히 말하면, 총알은 더 이상 납으로 만들어지지 않아. 박수도한테 쓰는 도자기 총알은 말할 것도 없고.」

「그래, 그래. 너도 말대꾸하지 마.」

코너가 보기에, 경찰 조이는 최상의 상태라고는 할 수 없는 민무늬 회색 사각팬티를 입고 있다. 고등학교 시절 이후 식스팩에서 똥배로 바뀐 듯한 창백한 배 아래에 팬티가 축 늘어져 있다. 그레이스가 정말 그의 속옷 차림을 보고 싶어 했다면 실망했을 게 분명하다.

「어디로 도망치려고, 그레이스? 넌 하츠데일 밖으로 나가 본 적이 없잖아. 이 녀석은 첫 번째 쉴 곳에서 널 버릴 거야. 그러면 어쩌려고?」

「네가 무슨 상관이야?」

「기둥에 등 대.」 코너가 말한다. 그는 경찰을 최대한 단단히 묶는다. 그때 그레이스가 바닥에서 깨진 담뱃대의 삐죽빼죽한 조각을 집어 들더니, 결국 경찰이 밧줄을 끊고 나올 수 있도록 그의 손에 그것을 쥐여 준다.

「내가 풀려나자마자 모두가 널 쫓을 거야. 그건 알지?」

그레이스가 고개를 젓는다. 「아니. 넌 풀려나자마자 위층으로 올라가서 덤불에 숨을 거야.」

「뭐?」

「그래, 너는 모두가 떠날 때까지 덤불에 숨어 있을 거야. 그리고 퍼블릭스 주차장으로 걸어가서 차를 가져갈 거야. 우리가 거기에 차를 둘 거고, 열쇠랑 전부 다 둘 거니까. 그런 다음엔, 아무 일도 없었던 것처럼 하루를 살아. 사람들이 너한테 어디 갔었느냐고 물으면 점심 먹으러 나갔었다고 해.」

「너 미쳤구나! 내가 왜 그런 짓을 해?」

「그야, 이 일을 비밀로 하지 않으면 하츠데일의 모든 사람이 네가 멍청한 그레이스 스키너한테 속아 넘어갔다는 걸 알게 될 테니까. 너는 암소가 집에 돌아올 때까지 웃음거리가 될 거야. 암소가 곧 돌아오지는 않을 테고!」 그레이스가 말한다.

코너는 경찰의 얼굴이 순무처럼 빨개지고 입술이 분노로 꽉 다물리는 모습을 지켜보며 미소 지을 뿐이다. 「이 저피질 년이!」 그가 씹어 뱉는다.

「그 말의 대가로 네 무릎을 쏴버려야겠지만.」 그레이스가 말한다. 「안 그럴게. 난 그런 사람이 아니니까.」

코너가 경찰의 모자를 쓴다. 「미안, 조이.」 그가 말한다. 「너, 더블 개먼[11]을 당한 것 같다.」

---

11 백개먼 게임에서의 완승.

9
레브

 단지 직감일 뿐이다. 그 직감이 틀렸다면 이런 행동은 상황을 악화시킬 것이다. 하지만 그는 바보처럼 직감에 몸을 맡긴다. 직감이 맞아야만 하기에. 직감이 틀린다면 코너는 끝장날 것이기에.
 이런 직감을 뒷받침할 만한 관찰 결과는 아주 많다.
 ─ 경찰이 앞문이 아닌 집 뒤에서 나왔다는 사실.
 ─ 그가 다른 경찰들을 피하는 것처럼 보인다는 사실.
 ─ 모자를 중절모처럼 낮게 눌러 써서, 이마 쪽으로 얼굴을 가리고 있다는 사실.
 ─ 그가 체포해 가는 여자의 팔을 편안하게 잡고 있다는 사실.
 그 여자는 레브에게 메시지를 전달해 준 사람이기도 하다. 경찰이 그녀를 도로 연석의 경찰차로 데려갈 때 레브는 여자의 행동 또한 이상하다는 것을 알 수 있다. 그녀는 반항하기보다 경찰차에 타고 싶어 안달하는 듯하다.
 게다가 경찰관의 걸음걸이도 어색하다. 그는 아픈 것처럼 뻣뻣한 쪽 팔을 옆구리에 대고 누르고 있다. 가슴에 난 상처 때문일지도 모른다.

둘은 경찰차에 타고 떠난다. 경찰의 얼굴이 선명히 보이지는 않지만, 직감이 레브의 뇌를 온갖 주파수로 울려 대고 있다. 순찰차가 지나가고 난 뒤에야, 레브는 그 사람이 변장한 코너라고 자신을 설득할 수 있다. 코너가 경찰의 코앞에서 영리한 탈출을 해낸 것이다.

레브는 경찰차가 거리 끝에 이르면 반드시 오른쪽으로 돌아 주요 시가지에 접어들 수밖에 없음을 안다. 이제는 하루 종일 마을을 탐색하며 보낸 게 고맙게 느껴진다. 덕분에 다른 방법으로는 알 수 없었을 것들을 알게 되었기 때문이다. 주요 시가지가 대규모 공사 중이며, 모든 차량이 두 블록 떨어진 사이프러스 스트리트로 우회하게 되어 있다는 사실이라든지. 앞뜰과 뒤뜰 몇 곳을 연달아 가로지르면, 레브가 경찰차보다 먼저 그곳에 도착할 수 있다. 그래 봤자 몇 초 차이라는 것을 알기에 레브는 바로 출발한다.

첫 번째 뜰에는 울타리가 없다. 잔디 상태로만 이 집과 저 집을 구분할 수 있다. 한 집의 뜰은 잘 관리되어 있고, 그 옆집의 뜰은 방치되어 있다. 순식간에, 레브는 이웃한 거리를 가로질러 두 번째 뜰에 접어든다. 다음 집의 앞뜰에는 말뚝으로 된 울타리가 있지만 높이가 낮다. 레브는 빠르게 그 울타리를 넘어 이상한 청록색의 인조 잔디에 올라선다.

「어이, 뭐 하는 거야?」 현관 발코니에서 한 남자가 소리친다. 잔디만큼이나 인공적인 가발을 쓴 남자다. 「여긴 사유지라고!」

레브는 그를 무시하고 옆집 뜰을 따라 뒤쪽으로 달려간다.

그리고 가장 큰 장애물에 맞닥뜨린다. 그 집의 뒤뜰을 다른 집과 나눠 놓는, 1.8미터 높이의 나무 울타리다. 울타리 너머에서는 기어오르는 레브를 향해 개 한 마리가 짖기 시작한다. 작은 개도 아니다.

지금 그런 걸 따질 수 없어. 레브는 꼭대기에 이르렀다가, 거대한 저먼 셰퍼드와 너무 가까운 곳에 떨어진다. 개가 놀라 물러설 정도다. 개는 머리가 떨어질 듯이 짖어 대지만, 그 짧은 망설임 덕분에 레브는 유리해진다. 그는 옆 뜰을 따라 달려간다. 간단히 열 수 있는 빗장이 걸린 대문을 지나 앞뜰로 간다. 주인이 풀 대신 관리가 쉬운 자갈을 깔아 둔 곳이다. 이곳이 사이프러스 스트리트다. 주요 도로가 공사로 차단되었기에 평소보다 이 길의 교통량이 많다. 레브는 경찰차가 거리를 가속하며 그를 향해 따라 내려오는 모습을 볼 수 있다. 그와 거리 사이에 있는 것은 빽빽한 산울타리뿐이다. 골칫거리가 될 만한 높이다. 레브는 이 모든 일을 하고 나서 형편없는 산울타리 하나 때문에 일을 망친다면 그게 얼마나 멍청한 일인지 생각한다. 그는 허들을 넘듯 산울타리를 뛰어넘지만, 아드레날린이 솟구친 나머지 너무 멀리 나아간다. 이 거리에는 인도가 없다. 그는 사이프러스 스트리트의 아스팔트 위에, 다가오는 경찰차의 진로에 내려선다.

10
코너

「빌어먹을, 공사를 해도 하필!」 코너는 둘의 정체가 들통날 거라 확신했다. 공사 현장에서 차량 사이에 갇힌 다른 운전자가 경찰차를 들여다보고, 그가 지역 경찰 조이가 전혀 아니라는 것을 알아보리라고 말이다.

「오늘만 이런 게 아니야.」 그레이스가 말한다. 「몇 주째 하수관을 파고 있어. 냄새도 끝까지 나.」

코너는 교통 고깔도, 작업자와의 눈 맞춤도 피하려고 조심해 왔다. 우회로 화살표를 따라간 그는 이제 액셀을 밟으며 사이프러스 스트리트로 나아간다. 속도위반이야 엿이나 먹으라지. 누가 과속했다고 경찰차를 세우겠는가?

그때, 갑자기 웬 아이가 도로로 뛰어든다. 코너는 즉시 빌어먹을 타조를 떠올린다. 하지만 오늘 로드킬이 일어난다면, 새가 죽었을 때보다 훨씬 더 상황이 심각해질 것이다. 코너는 브레이크를 꽉 밟는다. 그와 그레이스는 동시에 앞으로 쏠린다. 조심성 없는 아이가 범퍼에 부딪히며 쿵 소리가 난다. 자동차가 마침내 멈춘다. 다행히도 차가 아이의 몸을 타고 넘는 특유의 출렁임은 없었다. 아이는 치였지만 깔리지는 않았다. 하지만 꽤 세게 부딪혔다.

「아, 이거 나쁘다, 아전트!」 그레이스가 말한다. 아마 방금 코너를 아전트라 불렀다는 것조차 모를 것이다.

코너는 그냥 속도를 올려 뺑소니칠까 고민한다. 하지만 아주 잠깐만 생각하고, 그 방법을 무시한다. 그건 코너답지 않은 행동이다. 더 이상은. 그의 내면에서는 원초적인 자기 보호 본능보다 더 큰 무언가가 자라났다. 그는 상황이 얼마나 심각한지 알아보려고 차에서 내리며 생존 본능과 일종의 협약을 맺는다. 아이가 죽었다면, 코너는 속도를 높여 떠날 것이다. 그가 저지른 범법 행위의 목록에 뺑소니를 추가할 것이다. 현장에 머물러 봐야 죽은 아이를 도울 수는 없다. 하지만 아이가 살아 있다면, 코너는 남아서 도와줄 사람이 도착할 때까지 해야 할 일을 할 것이다. 그래서 잡힌다면, 잡힐 것이다.

바닥에 뻗어 있는 형체가 신음한다. 코너는 그가 살아 있다는 사실에 안도하지만, 이제부터 벌어질 일들에 대한 두려움에 사로잡힌다. 그런 다음에는 그 감정이 훅 빠져나간다. 치인 아이가 누구인지 알아챈 순간, 충격과 절대적인 불신에 사로잡히기 때문이다.

레브가 아파서 얼굴을 찡그리고 있다. 「너 맞구나.」 레브가 말한다. 「그럴 줄 알았어.」

말문이 막힌다는 표현으로 코너의 상태를 설명하기란 역부족이다.

「죽었어?」 그레이스가 눈을 가린 채 차에서 내리며 묻는다. 「보고 싶지 않아…… 죽었어?」

「아니, 근데…….」 코너는 그 이상 말을 하는 대신 레브를 일으켜 세운다. 레브는 어쩔 수 없이 소리를 지른다. 그제야 코너는 레브의 어깨가 대단히 부자연스러운 방식으로 앞으로 튀어나와 있다는 걸 눈치챘다. 지금 그 문제를 생각하고 있을 순 없다는 것도.

「걔야?」 그레이스는 눈을 가렸던 손을 치우고 묻는다. 「걔가 여기서 뭘 하는 거야? 네가 계획한 거야? 그렇다면 별로 좋은 계획은 아니었어.」

주변 집들의 현관 발코니에서 사람들이 이 소소한 극적 상황을 구경하러 나온다. 지금은 그 점에 대해서도 생각할 수 없다. 코너는 조심스레 레브를 뒷좌석에 태우고, 그레이스를 그와 함께 앉힌다. 그런 다음 자신도 운전석에 올라, 침착한 척 차를 몰아간다.

「병원은 백스터에 있어.」 그레이스가 말한다.

「못 가.」 코너가 말한다. 「여기서는.」 다만 코너는 알고 있다. 그 말이 어디서든 병원에는 못 간다는 뜻임을. 의료적 관심에는 다른 관심도 따라온다. 레브를 병원에 데려갔다가는 사람들이 그의 정체를 몇 분 만에 알아낼 것이다. 레브는 가택 연금만 위반한 것이 아니다. 그는 청소년 전담국에 맞서 그를 보호하던 사람들에게서도 도망쳤다. 그 말은, 이곳과 소니아의 집 사이 어디에도 레브를 데려갈 만한 안전한 곳이 없다는 뜻이다.

그레이스는 레브에게 더 가까이 몸을 숙이고 그의 어깨를 살펴본다. 「탈구야.」 그녀가 말한다. 「아전트도 이런 적이 있어. 탁구를 치다가. 벽에 어깨를 부딪쳤어. 당연히 내 탓을 했고. 내가 아전트한테 공을 쫓아가게 했거든. 점수도 얻었고.」 그레이스가 레브의 어깨에 양손을 얹는다. 「엿같이 아플 거야.」 그러더니 그레이스는 몸무게를 완전히 실어 그의 어깨를 민다.

레브는 사이렌처럼 고통의 비명을 지른다. 그 바람에 코너는 차선을 벗어난다. 그런 뒤, 레브는 숨을 들이쉬고 다시 비명을 지른다. 세 번째 비명은 훌쩍임에 가깝다. 코너가 돌아보니 레브의 어깨가 제자리에 돌아와 있다.

「차가운 수영장에 다이빙하는 것과 같아.」 그레이스가 말한다. 「생각하기 전에 빨리 해버려야 해.」

아픈 상태에서도 레브는 어깨를 고쳐 준 것에 대해 고맙다는 인사를 한다. 하지만 눈에 보이지 않는 레브의 내면에서는 더 복잡한 일이 벌어지고 있는 게 분명하다. 레브가 자세를 바꿀 때마다 아파서 인상을 찡그리기 때문이다.

그레이스의 계획에 따라, 그들은 슈퍼마켓 주차장에 들어가 순찰차를 그곳에 둔다. 열쇠와 경찰의 총도 함께 둔다. 총이 없어지면 너무 많은 질문이 뒤따를 게 뻔하기 때문이다. 경찰에게 차와 총을 남겨 주면, 그는 치욕을 당하지 않기 위해서라도 침묵을 지킬지 모른다.

코너는 탁 트인 곳에서, 조심성 따위는 집어치우고 파란색 혼다를 훔쳐 시동을 건다. 2분 만에 그들은 차를 바꿔 타고 다시 도로에 올라 고속 도로로 향한다. 기분 좋은 자동차는 아니다. 차 안에서 궁둥이 땀 냄새와 퀴퀴한 감자칩 냄새가 난다. 운전대는 요동이 심하다. 정렬이 제대로 되어 있지 않은 것이다. 하지만 이 빌어먹을 하츠데일에서 벗어날 수만 있다면, 이

차는 마법의 마차나 마찬가지다. 그러나 마을 자체가 그들을 못마땅하게 여기는 것 같다. 그들은 하츠데일이 내놓을 수 있는 모든 악의적인 포트 홀과 모든 의미 없는 빨간불을 마주한다. 차가 덜컹거릴 때마다 레브는 신음하고 인상을 쓰며 식식댄다.

「점점 나빠지다가 나아질 거야.」 그레이스가 뻔한 말을 한다. 코너는 아전트처럼 그녀에게 소리 지르고 싶은 충동을 억누른다. 아전트와 달리, 코너는 자신을 답답하게 하는 상대가 그레이스가 아니라는 것을 안다. 문제는 이 상황 전체다.

고속 도로 진입 전 마지막 빨간불에서 코너는 고개를 돌려 레브를 보고 그에게 셔츠를 들어 보라고 한다.

「왜 그런 걸 하라고 해?」 그레이스가 묻는다.

「봐야 하는 게 있어서.」

레브가 셔츠를 들친다. 최악의 두려움이 현실이 되자 코너는 인상을 쓴다. 어깨 탈구만이 아니다. 레브의 옆구리 전체가 노을이 질 때의 보라색으로 변했다. 내출혈이 있다. 얼마나 심각한지는 알 방법이 없다.

「세상에, 세상에, 세상에.」 그레이스가 떨리는 목소리로 말한다. 「레브를 치면 안 됐어! 레브를 치면 안 됐어!」

「응.」 코너가 말한다. 현기증이 난다. 「그래, 이제 알겠네.」

「뭘 알아?」 그레이스가 당황해 떠들어 댄다. 「우린 아무것도 몰라!」

「넌 나의 깊고도 어두운 비밀을 알고 있어.」 레브가 느긋하게 말한다. 「내가 가지로 변해 간다는 비밀 말이야.」 그는 자신의 농담에 웃으려 하다가, 너무 아파 웃음을 멈춘다.

리사라면 어떻게 해야 할지 알 텐데. 코너는 생각한다. 머릿속 그녀의 목소리에 귀를 기울이려 한다. 리사가 해주던 명료한 조언에. 그녀는 묘지에서 전문가보다 훌륭하게 의무실을 운영했다. 뭘 해야 하는지 알려 줘, 리사. 하지만 오늘 리사는 말이 없고, 그 어느 때보다 멀게 느껴진다. 코너는 그녀를 그리워하며 깊이 절망할 뿐이다. 소니아에게 도착하면, 소니아가 대의명분을 지지하는 의사들의 기나긴 명단을 가지고 있겠지만, 이곳은 아직 캔자스주다. 오하이오주가 이토록 멀게 느껴진 적은 처음이다.

코너는 글러브 박스를 힐끗 본다. 사람들은 때로 이부프로펜이나 아스피린을 그곳에 보관한다. 최근의 운을 생각했을 때 그런 행운이 따르리라는 생각은 들지 않지만. 그러나 운이란 바보 같은 것이라 일관성을 유지하지 못한다. 손을 뻗어 글러브 박스를 열어 보니 주황색 약병 여러 개가 나온다.

코너는 순전한 안도감에 숨을 내쉬고 그것들을 뒷자리의 그레이스에게 던진다.

「뭐라고 적혀 있는지 읽어 줘.」 코너가 말한다.

그레이스는 그런 부탁을 받고 거의 의기양양해한다. 무슨 발달상의 어려움이 있었는지 모르겠지만, 복잡한 단어를 읽기 어려워하는 것은 그레이스의 문제가 아니다. 그녀는 코너조차 발음하지 못했을 약품 이름을 다다닥 읽어 낸다. 일부는 코너가 아는 약이다. 일부는 감조차 못 잡겠다. 한 가지만은 확실하다. 이 차의 주인은 심하게 아팠거나, 건강 염려증이 있었거나, 아니면 그냥 약쟁이였을 것이다.

대시보드 약국의 약 중에는 말한테나 먹일 법한 크기의 모

트린과 거의 그만한 크기의 하이드로코돈 정제가 있다.[12]

「좋아.」 코너가 그레이스에게 말한다. 「레브한테 그걸 두 알 줘. 하나씩.」

「마실 것도 없이?」 그레이스가 묻는다.

코너는 룸미러로 레브와 눈을 마주친다. 「미안, 레브. 물 없이 삼키거나 씹어 먹어. 지금 당장 물을 사기 위해 멈출 수는 없어. 기다리는 것보다는 지금 당장 그 약을 네 몸속에 넣는 게 낫고.」

「그런 거 시키지 마!」 그레이스가 불평한다. 「맛이 고약할걸.」

「감당할게.」 레브가 말한다. 코너는 레브의 목소리가 약해진 게 마음에 들지 않는다.

레브는 침을 모아서 알약 두 알을 동시에 넘긴다. 약간 구역질을 하면서도 둘 다 삼키는 데 성공한다.

「좋아. 잘했어.」 코너가 말한다. 「다음 마을에 멈춰서, 부기 빼는 데 도움이 될 얼음을 구하자.」

코너는 레브의 상황이 그렇게 나쁘지는 않다고 자신을 설득한다. 뼈가 피부를 찢고 튀어나오거나 한 건 아니니까. 「넌 괜찮을 거야.」 코너가 레브에게 말한다. 「괜찮을 거야.」

하지만 16킬로미터쯤 가서 얼음을 구한 뒤에도, 〈넌 괜찮을 거야〉라는 코너의 주문은 전혀 통하지 않는다. 레브의 옆구리는 탁한 고동색으로 잔뜩 부어오른다. 그의 왼손과 손가락도 붓고 있다. 만화 속 그림처럼, 돼지처럼 보인다. 점점 나빠지다

---

12 모트린은 이부프로펜 계열의 일반 의약품이고, 하이드로코돈은 마약성 진통제다.

가 나아질 거야. 그레이스의 말이 코너의 머릿속에서 메아리친다. 그는 룸미러로 레브와 눈을 마주친다. 레브의 눈은 젖어 있고 끈적끈적해 보인다. 거의 눈을 뜨지 못한다.

「깨어 있어, 레브!」 코너가 일부러 시끄럽게 말한다. 「그레이스, 레브 못 자게 해.」

「잠들어 있을 때 낫는 거야.」 그레이스가 말한다.

「쇼크에 빠질 때는 아니야. 정신 차려, 레브!」

「노력하고 있어.」 그의 말이 뭉개지기 시작한다. 코너는 약 때문이라 생각하고 싶지만, 자신이 그 정도로 멍청하지 않다는 걸 안다.

코너는 도로에 시선을 고정한다. 선택지가 별로 없고 현실은 가혹하다. 그때 레브가 말한다. 「갈 만한 곳을 알아.」

「이것도 농담이야?」 코너가 묻는다.

「아니었으면 좋겠네.」 레브는 몇 차례 천천히 숨을 쉰 뒤 기운을, 아니면 용기를 끌어내며 말한다. 「나를 아라파치 보호 구역으로 데려가 줘. 콜로라도주 푸에블로 서쪽이야.」

코너는 레브가 망상에 빠진 게 틀림없다고 생각한다. 「기회의 민족 보호 구역? 기회의 민족이 우리랑 왜 얽히려 들겠어?」

「피난처.」 레브가 식식댄다. 「기회의 민족은 언와인드 합의에 서명하지 않았어. 아라파치는 범죄자 인도 조약을 맺지 않았고. 무단이탈 언와인드들이 망명하게 해줘. 가끔은.」

「망명 같은 소리!」 그레이스가 말한다. 「슬롯머저리[13] 보호 구역엔 절대 안 가!」

---

13 원문은 SlotMongers. 슬롯머신 중독자를 뜻하는 말로, 저자가 만들어 낸 용어다.

108

「너, 아전트처럼 말한다.」 코너가 꾸짖는다. 그 말에 그레이스가 잠시 생각에 잠긴다.

코너는 선택지를 헤아려 본다. 아라파치 망명을 요청하려면 방향을 돌려 서쪽으로 가야 한다. 자동차를 한계까지 몰고 가도 보호 구역까지 가려면 최소 네 시간은 걸릴 것이다. 이 상태로 견디기에는 긴 시간이다. 하지만 일행에게는 그렇게 하거나, 가장 가까운 병원으로 가서 자수하는 방법밖에 없다. 자수는 방법이 아니다.

「아라파치에 대해서는 그런 걸 어떻게 다 아는 거야?」 코너가 묻는다.

레브가 한숨을 쉰다. 「여기저기 다녔거든.」

「뭐.」 코너는 약간 긴장한 듯 말한다. 「네가 좀 더 여기 있기를 바라자.」 그리고, 그는 방향을 틀어 흙으로 된 중앙 분리대를 넘은 다음 서쪽으로, 콜로라도주를 향해 달린다.

11
보호 구역의 보초

 부족 의회에서 만들고 퍼뜨린 모든 글에도 불구하고, 아라파치 보호 구역의 관문에서 보초를 서는 일에는 고귀한 점이 전혀 없다. 옛날 옛적에, 미국이 그냥 부적응자의 정착촌이었을 때, 아라파치의 땅을 구획하는 울타리와 벽이 세워지기 한참 전에는 상황이 달랐다. 그 시절에는 변방의 정찰병이 된다는 것은 곧 전사가 된다는 뜻이었다. 지금 그 의미는 파란 제복을 입고 초소 안에 서서 여권과 서류를 확인한 뒤 〈히시 호노베〉라고 말한다는 뜻이다. 그 말은 대체로 〈좋은 하루 보내세요〉로 번역된다. 아라파치도 현대 사회의 진부함에서 자유롭지 않다는 증거다.

 38세의 보초는 오늘 동문을 지키는 세 사람 중 가장 나이가 많다. 그래서 유일하게 무기를 소지할 수 있다. 하지만 그의 권총은 옛 시절, 그들이 기회의 민족보다는 인디언이라 불리던 시절의 무기들과는 달리 우아하지도 않고 의미도 없다. 아니, 그들은 기회의 민족보다 슬롯머저리로 불린다. 부족이 수백 년에 걸쳐 빨리고 만 자립성과 자존감, 재산을 되찾을 방법으로 카지노만을 남겨 놓은 바로 그 사람들이 붙인 끔찍하게 모독적인 이름이다. 카지노는 오래전에 사라졌는데도 그 이름은 남았다. 〈기회의 민족〉은 그들에게 명예의 훈장이다. 〈슬롯머저리〉는 흉터다.

지금은 늦은 오후다. 그랜드 고지 다리 맞은편, 비거주자 출입구 앞에는 적어도 30대의 차가 늘어서 있다. 오늘은 그나마 좋은 날이다. 나쁜 날에는 줄이 다리 건너편까지 이어진다. 줄 서 있는 차의 절반가량은 돌려보내질 것이다. 이곳에 살거나, 타당한 용건이 있는 사람을 제외하곤 누구도 보호 구역에 들어갈 수 없다.

「사진만 좀 찍고 기회의 민족 공예품을 사려고요.」 사람들은 그렇게 말하곤 한다. 「물건을 팔고 싶지 않아요?」 그들의 생존이 관광객에게 잡동사니를 파는 데 달려 있다는 듯이.

「왼쪽으로 가서 유턴하면 됩니다.」 그는 예의 바르게 말하곤 한다. 「히시 호노베!」 그는 뒷좌석에서 실망한 기색을 감추지 못하는 아이들을 보며 안타까움을 느끼지만, 어쨌든 아라파치의 규칙을 모르는 것은 부모의 잘못이다.

물론, 모든 부족이 이런 고립주의적 방식을 채택한 것은 아니다. 하긴, 자급자족하며 부유한 공동체를 만들어 내는 데 아라파치만큼 성공한 부족도 드물다. 아라파치의 〈고급 보호 구역〉은 다른 〈하급 보호 구역〉의 존경과 분노를 동시에 산다. 〈하급 보호 구역〉의 부족들은 옛 카지노에서 벌어들인 수익을 미래에 투자하는 대신 낭비해 버렸다.

관문은 언와인드 합의 이후에 세워졌다. 다른 부족들이 그렇듯, 아라파치 역시 언와인드의 합법성을 인정하지 않았다.

하트랜드 전쟁에 참여하지 않은 것과 마찬가지였다. 당시의 험담꾼들은 그들을 〈스위스 치즈처럼 구멍이 숭숭 뚫린 원주민〉이라고 불렀다. 전쟁 중인 자치령들 사이에서 그들의 땅이 중립을 유지하는 구멍이었기 때문이다.

그렇게 이 나라의 다른 지역과 세상의 상당 부분은 원치도, 필요하지도 않은 아이들을 재활용하기 시작했고, 아라파치는 나머지 미국 부족 의회들과 함께 독립은 아니더라도 불복종을 선언했다. 그들은 정해진 법을 따르지 않을 것이며, 압박이 가해진다면 부족 의회 전체가 연방에서 탈퇴해 정말로 미국의 스위스 치즈가 되기로 마음먹었다. 이제 막 값비싼 내전을 치른 터였기에 워싱턴은 그들을 건드리지 않는 지혜를 발휘했다.

물론, 법정에서는 아라파치가 그들의 영토에 들어가려는 이들에게 여권을 요구할 권리가 있는지를 두고 몇 년째 치열한 다툼이 벌어지고 있었다. 그러나 부족은 법적 논쟁을 벌이는 데 매우 능숙해졌다. 보초는 그 문제가 언젠가 해결될 수 있을지 의심스럽다. 최소한 그가 사는 동안에는 아닐 것이다.

그는 비를 내릴 듯 위협하면서도 고집스러운 아이처럼 물을 머금고만 있는 흐린 하늘 아래에서 차량을 하나씩 처리해 나간다. 어떤 사람들은 통과된다. 어떤 사람들은 돌려보내진다.

그때 그는 무단이탈자의 차를 받는다.

그는 무단이탈자가 다가오자마자 그들을 알아볼 수 있다. 그들의 절망감이 사향 냄새처럼 풍겨 온다. 어느 부족도 언와인드를 지지하지는 않는다. 그중에서도 아라파치는 청소년 전담국을 지속적으로 경악시키며 무단이탈 언와인드에게 피난처를 제공해 온 몇 안 되는 부족 중 하나다. 광고하거나 대놓고 인정한 적은 없지만 소문은 돌게 마련이다. 그러니 무단이탈자를 처리하는 일도 그에게는 또 하나의 일과에 불과하다.

「어떻게 도와드릴까요?」 그가 10대 운전자에게 묻는다.

「친구가 다쳤어요.」 그가 말한다. 「치료가 필요해요.」

보초는 뒷좌석을 본다. 딱한 꼴의 아이가 약간 이상해 보이는 20대 초반 소녀의 무릎에 머리를 기댄 채 누워 있다. 아픔을 꾸며 내는 것 같지는 않다.

「돌아가는 게 최선이야.」 보초가 말한다. 「캐니언 시티에 병원이 있어. 거기가 보호 구역의 진료소보다 훨씬 가까워. 원한다면 길을 안내해 줄게.」

「못 가요.」 운전자가 말한다. 「우린 피난처가 필요해요. 망명이요. 아시죠?」

그러니까, 결국은 그가 맞았던 셈이다. 이들은 무단이탈자다. 보초는 병목 구간에서 기다리고 있는, 늘어선 자동차들을 훑어본다. 다른 경비병 하나가 그를 보며 어떻게 할 것인지 살핀다. 그들의 정책은 매우 분명하다. 그는 동료들에게 모범을 보여야 한다. 보호 구역의 보초가 된다는 건 고귀한 일이 아니다.

「유감이지만 도와줄 수 없어.」

「봤지?」 뒷좌석의 소녀가 말한다. 「내가 나쁜 생각이라고 했잖아.」

하지만 운전을 맡은 아이는 물러나지 않는다. 「무단이탈자를 받아 주시는 줄 알았는데요.」

「우리는 후원자가 있는 무단이탈자만 통과시킬 수 있어.」

아이는 답답한 마음에 참지 못하고 말한다. 「후원이요? 진심으로 하는 말이에요? 무단이탈 언와인드가 어떻게 후원을 받아요?」

보초는 한숨을 쉰다. 정말 하나하나 다 설명해 줘야 하는 걸까?「공식적으로 들어오려면 후원자가 필요해.」그가 말한다.「하지만 비공식적으로 들어올 방법을 찾는다면, 너희를 후원할 사람을 찾을 기회가 있겠지.」그제야 보초는 운전자의 얼굴에서 익숙한 부분을 발견하지만, 그를 어디에서 봤는지는 떠오르지 않는다.

「그럴 시간이 없어요! 쟤가 울타리를 넘을 수 있을 것 같아요?」운전자는 뒷좌석의, 반쯤 의식을 잃은 아이를 가리킨다. 생각해 보니 그 아이도 낯익다. 아이의 딱한 상태를 고려해 본 보초는 직접 나서 그들을 후원해 줄까 생각하지만, 그랬다간 일자리를 잃게 되리라는 걸 안다. 그는 사람들을 들일 방법을 찾으라고 돈을 받는 것이 아니라, 그들을 막으라고 돈을 받는 것이다. 연민은 그의 업무 내용에 포함되어 있지 않다.

「미안하지만…….」

그때 다친 아이가 목소리를 높인다. 꿈에서 깨기라도 한 것 같다.「엘리나 타시네의 친구예요.」그가 웅얼거린다.

그 말에 보초는 놀란다.「약을 다루는 여자?」보호 구역에는 수천 명이 있지만, 그중에서도 명성이 높은 사람들이 있다. 타시네 가문은 매우 높이 평가받는다. 다들 그들이 겪은 끔찍한 비극에 대해 알고 있다. 줄지어 선 자동차들이 경적을 울리기 시작하지만 보초는 그들을 무시한다. 상황이 흥미로워졌다.

운전하던 아이가 망상에 빠진 친구를 돌아본다. 친구의 말이 그에게도 놀라웠던 것 같다.

「타시네를 불러 줘요.」 다친 아이가 말한다. 이어 아이의 눈꺼풀이 파닥이다 감긴다.

「들었죠!」 운전자가 말한다. 「전화해요!」

보초는 진료소에 전화한다. 전화는 빠르게 엘리나 박사에게 연결된다. 「귀찮게 해서 죄송합니다.」 그가 엘리나에게 말한다. 「여기, 동문에 아이들 몇 명이 와 있는데 그중 한 명이 선생님을 안다고 하네요.」 그는 뒷좌석의 아이를 돌아보지만, 아이는 의식을 잃었다. 그래서 그는 운전자에게 묻는다. 「쟤 이름이 뭐야?」

운전자가 망설이다가 마침내 말한다. 「레브 개러티요. 하지만 그분은 아마 쟤를 레브 콜더라고 알고 있을 거예요.」

보초는 아이를 다시 본다. 순식간에 그는 레브를, 또한 운전자를 알아본다. 애크런의 무단이탈자라 불리는 아이다. 코너 뭐라던가. 죽었다고 알려진 아이. 그리고 레브라면, 〈박수하지 않은 박수도〉가 된 뒤에 보호 구역에서 악명을 얻은 아이이다. 레브 콜더가 연루됐던 비극을 떠올리다 보면 가엾은 윌 타시네의 이름을 말할 수밖에 없다. 여기, 레브의 친구들은 아마 그 사건을 알지 못할 것이다. 보초는 레브가 그 끔찍한 날에 있었던 일에 대해서는 친구들에게 말하지 않았으리라 상상한다.

보초는 충격을 감추려 하지만, 잘 되지는 않는다. 코너는 약한 역겨움을 드러낸다. 「그냥 그분한테 말만 좀 해주세요, 네?」

「각오하세요.」 보초가 전화에 대고 말한다. 「레브 콜더입니다. 다쳤어요.」

긴 침묵. 경적을 울리는 차들이 계속해서 불협화음을 더한다. 마침내 엘리나가 말한다. 「들여보내세요.」

보초는 전화를 끊고 코너를 돌아본다. 「축하한다.」 그는 아주 조금 고귀해진 느낌을 받으며 말한다. 「후원자가 생겼어.」

2부
훌륭한 젊은 표본

어둠의 〈대박〉 산업, 국제 장기 밀매: 신장, 한 시간에 한 개 적출
J. D. 헤이스, 「내추럴뉴스」, 2012년 6월 3일.

즉각적이고 대중적인 커뮤니케이션이 가능한 이 시대에는 사실상 뭐든 감추기가 어렵다. 그러나 아직 널리 알려지지 않은 이야기가 하나 있다. 장기 밀매가 세계적인 산업으로 성장했으며, 한 시간에 한 개씩 장기가 거래되고 있다는 사연 말이다.

이 수치는 세계 보건 기구의 추정에 따른 것으로, 세계 보건 기구는 최근 보고서에서 불법 장기 거래의 증가 추세에 대해 새로운 우려를 표명했다. (……)

신장에 대한 높은 수요

세계 보건 기구에 따르면 선진국의 부유한 환자들이 인도, 중국, 파키스탄의 범죄 조직에 수만 달러를 지불하고, 이 범죄 조직은 단돈 수백 달러에 절박한 사람들로부터 신장을 사들

인다.

   세계 보건 기구는 또한 동유럽은 장기 암시장의 비옥한 토양이 되고 있다고 밝혔다. 최근 구세군은 장기 적출을 위해 영국으로 밀입국된 한 여성을 구조했다고 발표했다.

   불법 신장 매매는 전체 장기 밀매의 75퍼센트를 차지한다. 전문가들은 그 이유가 당뇨병, 고혈압, 심장 질환 등 이른바 〈부자병〉 때문이라고 말한다.

   부유한 국가들과 빈곤한 국가들 사이의 큰 격차로 인해 이러한 불법 거래가 조만간 종식될 가능성은 낮다. (……)

기사 전문은 다음에서 확인할 수 있다.
https://www.naturalnews.com/036052_organ_harvesting_kidneys_black_market.html?utm_source=chatgpt.com

라인실드 부부

시작됐다.

새로 설립된 청소년 전담국은 첫 번째 공식 활동으로 최초의 언와인드 시설을 운영한다고 발표했다. 시카고에 있는 쿡 카운티 청소년 임시 구금 시설은 이 나라에서 가장 큰 청소년 수감 시설로, 수술실 세 곳과 서른세 명의 수술 팀을 갖춘 시설로 개조될 예정이다.

잰슨 라인실드는 연구실에서 이 기사를 읽는다. 연구실은 메릴랜드주의 존스 홉킨스 대학교 캠퍼스 안, 그와 아내의 이름을 딴 건물 안에 있다. 언와인드 센터에 관한 기사는 작고, 뉴스 피드의 깊은 곳에 묻혀 있기에 일부러 찾지 않으면 볼 수도 없다.

언와인드는 천사처럼 조용한 발걸음으로, 은밀히 기어든다.

능동적 시민은 고소하다는 듯 연락조차 하지 않는다. 그들은 잰슨과 소니아를 이 일과 무관한 사람으로 치부해 버렸다. 잰슨은 방 건너편, 투명한 유리 진열장 안에 놓인 황금색 메달을 바라본다. 생명을 구하기 위한 작업이 생명을 끊는 평계로 전락한 상황에서 노벨 생리의학상에 무슨 의미가 있겠는가?

「하지만 목숨이 끊어지는 건 아니에요.」 미소 지으며 언와인드를 지지하는 사람들은 고집을 부린다. 「변화하는 거죠. 우린 언와인드를 〈분열된 상태에서 살아가는 것〉이라고 부르고 싶어요.」

연구실을 나가려던 잰슨은 갑작스러운 충동에 진열장을 주먹으로 친다. 유리가 박살 난다. 이어 그는 자신이 한 짓에 바보가 된 기분을 느끼며 그냥 서 있다. 메달은 받침대에서 떨어져 파편 사이에 놓여 있다. 그는 메달을 주워 재킷 주머니에 쑤셔 넣는다.

진입로로 들어서던 그는 픽업트럭이 사라졌음을 알아차린다. 소니아가 또 차를 가져갔다. 중고 가구 판매가 이루어지는 벼룩시장이 열린다는 말은 오늘이 토요일이라는 뜻이다. 잰슨은 날짜 감각을 잃어버렸다. 소니아는 필요하지 않은 골동품과 오래된 가구를 쫓아다니는 취미로 환멸감을 덮으려 한다. 그녀는 몇 주째 연구실에 가지 않았다. 의학을 완전히 버리고, 41세의 나이로 은퇴한 것만 같다.

앞문은 잠겨 있지 않다. 소니아가 부주의했다. 하지만 잠시 뒤, 잰슨은 현관에서 거실로 들어가다가 문을 열어 둔 것이 소니아가 아니라는 것을 분명히 알게 된다. 잰슨은 아내의 묵직한 골동품 중 하나에 머리를 맞고 바닥에 쓰러진다. 어지럽지만 아직 의식이 있는 채로, 그는 고개를 들어 공격자의 얼굴을 본다.

아마 열여섯 살쯤 되었을 어린애다. 뉴스와 이웃에서 계속 불평해 대는 〈10대 무법자〉 중 하나다. 법을 모르는, 현대 문명의 악랄한 부산물. 아이는 앙상하고 영양실조에 걸린 듯하다. 눈에는 모르는 사람의 머리를 가격하고도 겨우 조금밖에 누그러지지 않은 분노가 깃들어 있다.

「돈 어디 있어?」 그가 묻는다. 「금고 어디 있어?」

아파하면서도 잰슨은 웃음이 나오려 한다. 「금고는 없어.」

「거짓말하지 마! 이런 집에는 언제나 금고가 있어!」

잰슨은 소년이 이토록 위험한 동시에 순진할 수 있다는 사실에 놀란다. 하긴, 무지와 눈먼 잔인함은 함께 가는 것으로 알려져 있다. 음침한 충동에, 라인실드는 재킷 주머니 안으로 손을 넣어 메달을 아이에게 던져 준다.

「가져가. 금이야.」 그가 말한다. 「난 더 이상 필요 없어.」

아이는 손가락 두 개가 없는 손으로 메달을 잡는다. 「거짓말. 이건 금이 아니야.」

「그래.」 라인실드가 말한다. 「그럼 날 죽여.」

아이는 손에 든 메달을 몇 차례 뒤집어 본다. 「노벨상? 설마. 이건 가짜야.」

「그래.」 라인실드가 다시 말한다. 「그럼 날 죽여.」

「닥쳐! 널 죽이겠다는 말은 안 했잖아?」 10대 아이는 메달을 들어 무게를 가늠해 본다. 잰슨은 몸을 일으켜 앉는다. 맞아서 아직도 머리가 핑핑 돈다. 뇌진탕을 일으켰을지도 모른다. 상관없다.

아이는 거실을 둘러본다. 거실에는 잰슨과 소니아가 획기적인 연구로 받은 상과 그에 관한 기사가 가득하다. 「이게 진짜면, 뭘로 받은 거야?」

「우리가 언와인드를 발명했어.」 라인실드가 말한다. 「당시에는 몰랐지만.」

아이는 신랄하게, 못 믿겠다는 듯 웃음을 흘린다. 「그래, 그러시겠지.」

젊은 강도는 메달을 들고 떠날 수 있지만 그러지 않는다. 대신 이곳에 머문다. 그래서 잰슨이 묻는다. 「네 손가락은 왜 그렇게 된 거야?」

아이의 표정이 다시 분노 쪽으로 기운다. 「그걸 왜 궁금해하지?」

「동상이었어?」

공격자는 물러선다. 잰슨의 추측에 놀랐다. 「그래, 맞아. 사람들은 대부분 폭죽이나, 그런 멍청한 일 때문이라고 생각하지만 작년에 동상을 입은 거야.」

잰슨은 몸을 일으켜 의자에 앉는다.

「움직여도 된다고 누가 그래?」 하지만 둘 다 이제 아이의 태도는 그저 보여 주기일 뿐이라는 걸 안다.

잰슨은 아이를 자세히 살핀다. 이번 생에는 아무도 그에게 샤워라는 걸 알려 주지 않은 듯하다. 아이의 머리카락 색깔조차 알아볼 수 없다. 「필요한 게 뭐야?」 잰슨이 묻는다.

「네 돈.」 아이는 다시 고개를 쳐들고 그를 내려다보며 말한다.

「원하는 걸 물어본 게 아니야. 필요한 걸 물었지.」

「네 돈이라고!」 아이가 다시 힘을 주어 말한다. 그러더니 조금은 부드럽게 덧붙인다. 「음식도, 옷도, 일자리도.」

「내가 그 셋 중 하나를 주면?」

「내가 지금보다 더 세게 네 머리를 두들겨 패면?」

잰슨은 주머니에 손을 넣어 지갑을 꺼낸다. 일부러 그 안에 들어 있는 지폐 몇 장을 드러낸다. 하지만 그는 지폐 대신 명함을 아이에게 던진다.

「월요일 아침 10시에 그 주소로 와. 내가 일거리를 주고, 먹고살 만한 급료를 줄게. 그 돈으로 음식을 사든, 옷을 사든, 심지어 낭비해도 좋아. 매일, 일주일에 다섯 번씩만 나오면 돼. 오기 전에 샤워도 하고.」

아이가 그를 비웃는다. 「그러고는 나를 잡으려고 청소년 전담 경찰을 대기시키겠지. 내가 바보인 줄 알아?」

「그런 판단을 할 만큼 경험적 증거가 충분하지 않을 텐데.」

아이는 체중을 한 발에서 다른 발로 옮겨 싣는다. 「그래서, 무슨 일을 시킬 건데?」

「생물학적인 일. 의학적인 일. 나는 언와인드를 끝낼 수 있는 무언가를 연구하고 있지만, 연구 조수가 필요해. 비밀리에 능동적 시민의 돈을 받지 않는 사람이.」

「능동적 뭐?」

「좋은 답변이네. 네가 그렇게 말할 수 있는 한, 네 일자리는 확보된 거야.」

아이는 손가락 세 개짜리 손에 든 메달을 내려다본다. 그는 잰슨에게 다시 메달을 던진다. 「이걸 가지고 돌아다니면 안 돼. 액자에 넣거나 해야지.」

이어 그는 침입했을 때와 마찬가지로 빈손으로 떠난다. 그가 가져간 것은 명함밖에 없다.

라인실드는 아이를 다시 보지 못하리라고 확신한다. 그러나 월요일 아침, 소년이 똑같이 더러운 옷차림이지만 상쾌하게 샤워한 몸으로 연구실에 나타난다. 그는 기분 좋게 놀란다.

12
리사

 리사는 자신이 자초한 상황을 믿을 수가 없다.

 그토록 오랫동안 압도적인 확률을 거슬러 살아남았는데, 이제는 자신의 멍청함 때문에 죽게 생겼다.

 리사는 자신의 추락을 자만 탓으로 돌린다. 그녀는 자신이 영리하고 관찰력도 뛰어나다고 확신했기에 장기 해적에게 잡힐 리는 없다고 생각했다. 마치 자신이 더 높은 차원에 존재하는 것처럼.

 와이오밍주 샤이엔, 거의 기능하지 않는 농장에 있는 무너져가는 헛간. 그녀는 폭풍이 몰아칠 때 비를 피하려고 그 헛간 안으로 들어갔다. 어느 칸막이에 음식이 채워진 선반이 있었다.

 바보, 바보, 바보! 버려진 헛간에 대체 왜 음식이 있겠는가? 제대로 생각했더라면, 리사는 벼락을 맞을 위험을 감수하고 뛰쳐나갔을 것이다. 하지만 그녀는 피곤했고 배가 고팠다. 경계를 풀고 있었다. 그렇게 감자칩 한 봉지에 손을 뻗었다가 함정에 연결된 선을 건드렸고, 그 바람에 스프링으로 매달린 강철 케이블이 그녀의 손목을 감았다. 그녀는 토끼처럼 사로잡혔다. 팔을 당겨 빠져나오려 했지만, 풀매듭 케이블에는 미늘 톱니가 달려 있어 당길수록 더 꽉 조여 왔다.

장기 해적은 리사의 손이 닿는 거리에 다양한 농기구를 방치할 정도로 부주의했지만, 그 무엇도 강철 케이블을 끊을 수 없었다. 한 시간쯤 몸부림친 뒤에 리사는 기다리는 것 말고는 아무것도 할 수 없다는 걸 깨달았다. 자기 사지를 물어뜯어 덫에서 빠져나올 줄 아는 야생 동물이 부러웠다.

그게 어젯밤의 일이었다. 아침이 다가오는 지금, 전혀 잠을 자지 못한 리사는 새로운 지옥을 마주하고 있다. 장기 해적은 해가 뜨고 나서 한 시간 뒤에 온다. 형편없는 두피 이식 수술을 받은 중년 남자다. 소년 같은 금발 더벅머리는 그를 소년처럼 보이게 하기보단 소름 끼치도록 만든다. 그는 덫에 걸린 것을 보고 사실상 춤을 춘다.

「몇 달 동안 놔둬도 아무것도 걸리지 않더니.」 그가 리사에게 말한다. 「포기할 생각이었는데……. 기다리는 자에게 복이 있는 거지.」

리사는 속을 부글부글 끓이며 코너를 생각한다. 어젯밤에 좀 더 코너처럼 굴었더라면 좋았을 것이다. 코너라면 절대 이런 머저리에게 잡힐 만큼 멍청하게 굴지 않았을 테니까.

확실히 이 남자는 아마추어다. 하지만 그가 상품을 가져오기만 하면 암시장의 거래자들은 그를 돌려보내지 않을 것이다. 그는 리사를 알아보지 못한다. 그나마 다행이다. 암시장에서는 악명 높은 언와인드에게 더 높은 값을 매기고, 리사는 이 남자가 그녀의 가치만 한 돈을 챙기는 건 바라지 않는다. 물론, 이 남자가 거기까지 나아갈 때의 일이지만. 리사에게는 밤새 계획을 세울 시간이 있었다.

「널 팔면 은행이 나를 놔줄 거야.」 그가 쾌활하게 말한다. 「최소한 괜찮은 차를 살 수 있겠지.」

「나를 팔려면 일단 풀어 줘야지.」

「물론이야!」

그는 너무 오랫동안 리사를 바라본다. 조금은 지나치게 활짝 미소 짓는다. 리사는 문득 그가 자신을 암시장의 거래자에게 파는 것이 그의 계획 목록 맨 끝에 있으리라는 것을 깨닫는다. 하지만 무슨 계획이든 간에, 그는 모든 것을 제대로 해야만 하는 유형이다. 그는 칸막이를 돌며 리사가 탈출하려 발버둥치며 어지른 것들을 치운다.

「어젯밤에 바빴구나.」 그가 말한다. 「다 털어 냈길 바라.」

이제는 리사가 반격을 시작한다. 그녀는 이 남자가 어떤 것에 반응할지 알고 있다. 일단은 가볍게, 곁눈질하듯 공격하는 데서부터 시작한다. 그의 지능에 대한 모욕부터.

「꿈 깨서 미안한데.」 그녀가 말한다. 「암시장은 머저리를 상대하지 않아. 뭐랄까, 계약서에 서명하려면 글을 읽을 줄 알아야 하잖아.」

「웃기네.」

「진심으로 하는 말인데, 그 머리카락과 어울릴 뇌를 찾는 게 좋겠어.」

그 말에 남자는 킬킬거릴 뿐이다. 「얼마든지 악담해, 꼬마 아가씨. 그래 봤자 달라질 건 없으니까.」

리사는 이 남자를 더 싫어하게 되는 건 불가능하리라고 생각했다. 하지만 그녀를 〈꼬마 아가씨〉라 부른 것이 완전히 새로운 차원의 혐오감을 연다. 그녀는 다음 공격을 시작한다. 이번에는 놈의 가족을 노린다. 그의 유전자를. 어머니를.

「그래서, 널 낳은 암소는 도축당한 거야? 아니면 자연사했어?」

그는 계속해서 헛간을 치우지만, 집중력을 잃었다. 리사는 자신의 말이 먹혔다는 것을 알 수 있다. 「닥쳐, 더러운 언와인드 년한테 그런 개소리를 듣고 있지는 않을 테니까!」

좋다. 놈이 욕하게 만들어야 한다. 놈이 화를 낼수록 리사에게는 유리해진다. 이제 그녀는 최후의 일제 사격을 한다. 남자의 몸에 대해 연달아 잔인한 주장을 한다. 심각한 결함이 있으리라는 주장이다. 적어도 그중 일부는 사실인 게 틀림없다. 그는 자제력을 잃고 얼굴을 붉힌다.

「내가 너한테 볼일을 다 보고 나면, 넌 지금만 한 가치가 없게 될 거야. 그건 확실해!」 그가 짓씹어 뱉는다.

놈이 리사에게 달려든다. 커다란 두 손을 앞으로 뻗고 있다. 그가 몸을 날리는 순간 리사는 건초 속에 숨겨 두었던 쇠스랑을 들어 올린다. 그 이상의 무언가를 할 필요는 없다. 그저 들고 있기만 하면 된다. 남자의 무게와 속도가 모든 일을 해준다.

아마추어 장기 해적은 자신의 몸을 완전히 꿰뚫린 채로 물러난다. 쇠스랑이 꽂힌 채로.

「무슨 짓을 한 거야! 무슨 짓을!」

그가 비명을 지르며 욕설을 퍼붓는 동안 쇠스랑은 그의 가슴에 붙어 있는 부속물처럼 앞뒤로 흔들린다. 리사는 그 많은 피와 쓰러지는 속도로 보아 쇠스랑이 필수 장기를 공격했다는 걸 안다. 10초도 안 돼서 남자는 칸막이 건너편 벽에 부딪혀 쓰러지고, 눈을 뜬 채 죽는다. 그는 리사가 아니라 그녀의 왼쪽을 본다. 최후의 순간에 그녀의 어깨 너머로 천사인지, 악마인지, 인간이 죽을 때 보는 그런 존재를 보는 것 같다.

리사는 자신을 공감 능력이 있는 사람이라고 생각하지만, 이 남자에게는 아무 회한이 느껴지지 않는다. 다만 후회는 깊어진다. 그녀의 손이 아직 케이블에 묶여 있기 때문이다. 그녀가 이곳에 있다는 걸 아는 유일한 인간은 이제 칸막이 너머에 죽어서 쓰러져 있다.

리사는 자신이 자초한 상황을 믿을 수가 없다. 이번에도.

광고

내가 누군지 궁금하다고요? 네, 가끔은 나도 궁금합니다. 내 이름은 사이러스 핀치예요. 타일러 워커이기도 하지요. 최소한 나의 8분의 1은 그렇습니다. 보세요, 다른 녀석의 회색질을 갖게 되면 그렇게 된다니까요? 더 이상 나 같지도, 그 녀석 같지도 않아요. 우리 둘 다에게 못 미치는 느낌이죠. 완전하지 않은 느낌.

언와인드의 신체 부위를 받고서 후회하는 사람이 당신만은 아니에요. 그게 내가 타일러 워커 재단을 만든 이유입니다. 800-555-1010으로 전화 주세요. 우린 당신의 돈을 원하지 않습니다. 당신의 표를 원하지도 않습니다. 그냥 망가진 걸 고치고 싶을 뿐이에요. 800-555-1010입니다. 당신이 당신의 신체 부위와 평화를 이루도록 돕겠습니다.

— 타일러 워커 재단에서 후원하는 광고임

죽을 의도가 전혀 없었던 장기 해적은 헛간 문을 열어 두었다. 그날 밤 코요테가 찾아온다. 처음 코요테를 보았을 때 리사는 비명을 지르며 건초를 집어 던지고 원예용 곡괭이를 들어 녀석의 코를 세게 내리친다. 놈은 깽 소리를 내며 서둘러 물러난다. 리사는 야생 동물에 대해, 그들의 본성이나 습성에 대해 아무것도 모른다. 코요테가 육식이라는 것은 알지만, 녀석들이 혼자 사냥하는지 무리 지어 사냥하는지는 모른다. 녀석이 지저분한 형제들과 함께 돌아온다면 리사는 끝장이다.

코요테는 한 시간 뒤에 혼자 돌아온다. 그녀에게는 관심을 보이지 않는다. 그녀가 지금도 뭔가를 던지고 싶은 기분인지 살필 뿐이다. 그 점에는 논란의 여지가 없다. 이제 리사의 손이 닿는 곳에는 던질 것이 남아 있지 않다. 그녀는 코요테에게 소리치지만, 코요테는 그녀를 무시하고 장기 해적에게 온통 관심을 집중한다. 장기 해적은 전혀 저항하지 않는다.

코요테는 여름의 열기에 이미 고약한 냄새를 풍기기 시작한 그 남자를 저녁으로 먹는다. 리사는 악취가 점점 심해지리라는 것을 안다. 하루, 어쩌면 이틀 안에 리사의 몸에서 풍기는 악취가 그 악취와 섞일 것이다. 아마 코요테는 리사도 결국 죽으리라는 것을 알고 우선순위를 정할 만큼 똑똑한 걸지도 모른다. 코요테의 입장에서 생각하면, 리사가 계속 살아 있는 것이 냉장고를 쓰는 것보다 낫다. 코요테는 모든 것이 끝났을 때 신선한 고기가 기다리고 있으리라는 걸 아는 채로 장기 해적으로 몇 번 더 식사할 수 있다.

코요테가 먹는 모습을 지켜보며 리사는 결국 그 끔찍함에 무뎌진다. 그녀는 자신도 모르게 객관적인 상태가 된다. 마치 안전한 거리에서 그 모습을 지켜보는 것 같다. 그녀는 인간과 자연 중 어느 쪽이 더 잔인한지 한가롭게 생각한다. 인간이 더 잔인하다고 판단한다. 자연은 회한이 없지만 악의도 없다. 식물은 호랑이가 아장거리는 아기를 찢어발길 때와 똑같이 목숨에 대한 긍정으로 햇빛을 받아들이고 산소를 내뿜는다. 시체를 먹는 동물이 범죄자를 먹어 치우는 것도 마찬가지다.

코요테가 떠난다. 새벽이 밝아 온다. 리사는 탈수 증상에 시달리기 시작한다. 그녀는 살아 있지만 다가오는 코요테를 막을 수 없을 만큼 약해진 상태로 다음번에 코요테에게 발견되기 전에 갈증으로 죽기를 바란다. 그녀는 언뜻언뜻 의식을 넘나든다. 인생이 눈앞에서 펼쳐지기 시작한다.

리사는 죽음 직전의 주마등이 전혀 완전하지 않음을 알게 된다. 그것은 기억의 가치를 고려하지 않는다. 꿈속의 기억처럼 무작위적이다. 그저 이전보다 약간 더 연결되어 있을 뿐이다.

급식실에서의 싸움

리사는 일곱 살이다. 그녀가 옷을 훔쳤다고 주장하는 소녀와 싸우고 있다. 말도 안 되는 주장이다. 주립 보호 시설에서는 모두가 똑같은, 기본적이고 실용적인 유니폼을 입기 때문이다. 당시에 리사는 중요한 건 옷이 아니라 지배력, 사회적 위치라는 걸 알기엔 너무 어렸다. 그 소녀는 리사보다 덩치도 크고 성질도 더 못됐다. 하지만 바닥에 붙들려 꼼짝 못 하게 되자, 리사는 소녀의 눈을 찌르고 몸을 뒤집어 그녀의 얼굴에 침을 뱉는다. 소녀가 리사를 붙들고 나서 하려 했던 바로 그 일이다.

교사들이 둘을 떼어 내자, 소녀는 반칙이라고 소리친다. 리사가 싸움을 시작했고, 싸우는 방식도 더럽다고 주장한다. 하지만 싸움이 끝나기만 하면 어른들은 그런 건 별로 신경 쓰지 않는다. 그들의 입장에서는 주립 보호 시설의 고아들 사이에 벌어진 싸움은 모두 더러운 싸움이다. 하지만 아이들의 해석은 상당히 다르다. 그들에게 중요한 건 리사가 이겼다는 사실이다. 그날 이후로 리사에게 싸움을 거는 사람은 거의 없다. 하지만 그 소녀는 또래 사이에서 어떤 평화도 얻지 못한다.

연습실

리사는 열두 살이다. 오하이오주 주립 보호 시설 23호에 있는, 음향 제어 타일이 붙어 있는 작은 방에서 피아노를 연주하고 있다. 피아노는 음이 맞지 않지만, 그녀는 그 소리에 익숙해져 있다. 리사는 바로크 음악을 완벽하게 연주한다. 관객석에는 육신 없는 얼굴들이 앉아 그녀를 지켜본다. 그녀가 열정적으로 피아노를 연주하는데도 그들은 돌처럼 굳은 표정이다. 이번에 리사는 연주를 괜찮게 해낸다. 그녀가 실수를 하는 건 4년 뒤, 정말 중요한 순간이다.

하비스트 캠프행 버스

행정실은 예산 삭감에 대처하는 가장 좋은 방법이 주립 보호 시설의 10대 수용자 중 10분의 1을 언와인드하는 것이라 판단한다. 그들은 이 조치를 〈강제적 감축〉이라 부른다. 리사가 중대한 피아노 연주회에서 한 작은 실수와 그때 난 소음이 그녀를 그 10퍼센트에 단단히 포함시킨다. 버스에서 리사의 옆

자리에 앉은 건 샘슨 워드라는 이름의 창백한 소년이다. 그렇게 깡마른 녀석에게는 어울리지 않는 이름이지만, 주립 보호 시설의 모든 고아가 법에 따라 〈워드〉라는 똑같은 성을 받게 되므로 이름은 완전히 독특하지는 않더라도 종종 상당히 특이해지곤 한다. 그들을 사랑하는 부모가 아닌 행정 관료가 선택하는 것이기에 아이러니한 경우도 많다. 병약한 미숙아에게 성경에 나오는 역사(力士)의 이름을 붙이는 것이 우습다고 생각할 만한, 그런 관료들이 짓는 이름이기에.

「완전히 쓸모없어지느니 일부라도 위대해지겠어.」 샘슨이 말한다. 이 기억에는 지나고 나서 돌이켜 보는 관점이 깃들어 있다. 한참 뒤에, 리사는 샘슨이 자신에게 몰래 반해 있었다는 것을 알게 된다. 그 마음은 카뮈 콩프리라는 존재를 통해 나타난다. 캠은 대수학을 하는 샘슨의 뇌 일부를 받았다. 그 부분에는 손에 넣을 수 없는 여자들에 대한 공상도 섞여 있었던 것 같다. 샘슨은 수학 천재였지만, 그것만으로는 불행한 10퍼센트에서 벗어날 수 없었다.

별 보기

리사와 캠은 한때 한센병 환자 수용소였던, 하와이의 섬에 있는 절벽 위 풀밭에 누워 있다. 캠은 별과 별자리의 이름을 줄줄 말한다. 별에 관해 모든 것을 아는 사람의 일부와 머릿속에서 접속한 듯 그의 억양이 갑자기 뉴잉글랜드 억양으로 바뀐다. 캠은 리사를 사랑한다. 처음에 리사는 그를 경멸했다. 그다음에는 그를 견뎌 냈다. 하지만 이제는 캠이 되어 가는 개인의 가치를 알아보게 되었다. 신체 부위의 총합을 넘어서 존재하는 영혼을. 리사는 캠이 자신에게 느끼는 감정을 캠에게 느끼지 못하리라는 걸 안다. 여전히 코너를 이토록 사랑하는데 어떻게 그럴 수 있을까?

코너

몰로카이에서 별을 보던 그날 밤으로부터 몇 달 전이다. 애리조나주 사막의 스텔스 폭격기 그늘에 휠체어가 놓여 있다. 코너는 휠체어에 앉은 리사의 다리를 마사지하고 있다. 리사는 다리에 감각이 없다. 불과 몇 달 후면 척추가 교체되고 다시 걸을 수 있게 되리라는 걸 모른다. 그 순간 리사가 아는 것은, 자신이 원하는 방식대로 코너와 함께할 수는 없다는 것뿐이다. 코너의 머릿속은 지나친 책임감으로 가득 차 있다. 그가 비행기 묘지에 숨겨 보호하는 아이들로.

묘지

이제 그곳은 이름에 걸맞게 제2차 세계 대전 당시의 게토처럼 거주자들이 완전히, 폭력적으로 비워진 상태다. 아이들은 살해당하거나 결국 언와인드되도록 하비스트 캠프로 보내졌다. 서류에 적힌 공식적인 표현대로라면 〈개괄적 분열〉을 당할 예정이다. 코너는 어디에 있을까? 리사는 코너가 빠져나갔으리라는 걸 안다. 그가 사로잡히거나 살해당했다면, 청소년 전담국은 언론에 그 소식을 뿌리며 잔치라도 벌였을 것이다. 그게 반분열 저항군에 치명타가 되었을 것이다. 반분열 저항군은 안 그래도 용에 대항하는 파리채만큼이나 별 볼 일 없지만.

그리고 다시 한번 헛간에 노을이 내린다. 코요테가 다시 찾아온다. 이번에는 잔칫상을 나눠 먹을 짝을 데려온다. 리사는 나약해 보이지 않으려고, 여전히 힘이 남아 있음을 보이려고 소리를 지른다. 기운이 빠르게 사그라들고 있기는 하지만. 코요테들은 리사에게 관심이 없다. 대신 죽은 남자를 잔인하게 찢어발긴다. 그때 리사는 무언가를 깨닫는다. 그녀는 지금 붙들려 있는 곳에서 최대한 몸을 뻗는다 해도 죽은 남자와 두 걸음쯤 떨어져 있었다.

하지만 코요테들이 남자를 벽에서 끌어냈다.

남아 있는 모든 힘을 다해, 리사는 바닥을 가로질러 남자 쪽으로 손을 뻗는다. 그녀는 왼손 검지로 남자의 바짓부리를 잡는 데 성공한다.

그녀는 남자를 가까이 끌어당기기 시작한다. 그가 움직이자 코요테들은 내일의 먹이가 오늘의 먹이를 위협하고 있음을 깨닫는다. 그들은 이빨을 드러내고 으르렁거린다. 리사는 멈추지 않는다. 다시 남자를 잡아당긴다. 이번에는 코요테 한 마리가 그녀의 팔을 물고 꽉 깨문다. 리사는 비명을 지르며 코요테의 눈을 찌르는, 그녀만의 오래된 수법을 쓴다. 코요테는 아파서 힘을 푼다. 그 틈에 리사는 죽은 남자를 가까이 끌어당긴다. 그녀는 남자의 주머니 가장자리에 손을 댈 수 있다. 하지만 다른 코요테가 덤벼든다. 리사에게는 단 한 번의 기회밖에 없다. 그녀는 죽은 남자의 주머니에 손을 넣는다. 이번만큼은 행운이 자신의 편이기를 바란다. 코요테가 위팔을 무는 순간 그녀는 찾던 물건을 발견한다. 이제 통증은 그저 부차적인 것일 뿐이다. 남자의 핸드폰을 손에 넣게 되었으니까.

리사는 팔을 빼고 헛간 구석으로 물러난다. 코요테들이 으르렁거리며 화가 나서 경고한다. 리사는 떨리는 다리로 일어선다. 코요테들이 물러난다. 지금은 리사의 키에 위협을 느끼고 있다. 머잖아 코요테들은 이 적에게 더는 싸울 힘이 없다는 것을 알고 장기 해적에게 한 짓을 그녀에게도 할 것이다. 시간이 얼마 남지 않았다.

그녀는 핸드폰을 켠다. 배터리가 아주 조금밖에 남지 않았다. 그 말은, 이제 그녀의 목숨이 리튬 배터리의 변덕에 달려 있다는 뜻이다.

도망자는 누구에게 전화할 수 있을까? 리사가 개인적으로 아는 사람 중에 그런 전화를 받을 만한 사람은 없다. 일반적인 비상 전화번호는 그녀를 죽음보다 못한 세상으로 곧장 처넣을 것이다. 하지만 그녀가 아는 번호가 하나 있기는 하다. 전화해 본 적은 없지만, 믿을 수 있을지도 모른다고 생각되는 번호다. 리사는 전화를 건다. 배터리는 신호음 한 번을 버틴다. 두 번을 버틴다. 그리고 한 남자가 전화를 받는다.

「타일러 워커 재단입니다. 어떻게 도와드릴까요?」

깊은 안도의 한숨. 「리사 워드예요.」 그녀가 말한다. 이어 그녀는 세상에서 가장 경멸하는 두 단어를 말한다. 「도움이 필요해요.」

13
캠

미란다는 많다.

평범한 소년들의 지루한 익숙함에 질린, 끝없이 많은 소녀가 절벽에서 몸을 던지듯 캠에게 몸을 던진다. 그들은 모두 캠의 튼튼한 리와인드 팔이 자신을 잡아 주리라 기대한다. 캠은 때로 그들을 잡아 준다.

그들은 캠의 얼굴에 새겨진 대칭적 선을 손가락으로 쓸어 보고 싶어 한다. 감성 충만한 그의 파란 눈 깊은 곳에 빠져들고 싶어 한다. 그 눈이 사실 캠의 것이 아니라는 것을 알기에 더더욱.

캠은 워싱턴 파티처럼 화려한 행사에 참여하는 일이 거의 없다. 그러므로 턱시도가 필요한 경우도 드물다. 그가 주로 참여하는 행사는 간담회다. 그는 맞춤형 스포츠 재킷에 넥타이를 맨다. 너무 기업적으로 보이지 않는 슬랙스를 입는다. 지나치게 능동적 시민의 피조물처럼 보이지 않도록. 사실 능동적 시민은 그가 하는 모든 일에 조용히 자금을 대고 있다.

캠과 로버타는 대학 순회강연을 다닌다. 대부분의 대학이 여름에는 조용하기에 규모가 작은 행사다. 하지만 교수진은 여전히 연구를 감독해야 하고, 캠과 로버타가 집중하는 대상은 그런 상층부의 학자들이다.

「우리는 과학자 공동체가 너를 가치 있는 노력으로 보게 해야 해.」 로버타가 말했었다. 「넌 이미 대중의 마음과 공감을 얻었어. 이제는 전문적인 집단의 존중이 필요해.」

강연은 언제나 로버타가 준비한 번쩍이는 멀티미디어 프레젠테이션으로 시작된다. 캠이 창조된 방법의 핵심을 섬세한 학술적 방식으로 보여 준다. 단, 로버타가 사용하는 용어는 조금 다르다. 능동적 시민의 미디어 담당자들은 캠이 창조된 게 아니라고 결정했다. 그는 〈조합〉되었다. 리와인드된 조각과 부위는 모두 그의 〈내적 공동체〉의 일부다.

「카뮈 콩프리의 조합에는 몇 달이 걸렸습니다.」 로버타가 청중에게 말한다. 「처음에 저희는 카뮈의 내적 공동체가 원하는 높은 수준의 자질을 찾아야 했습니다. 그런 다음에는 분열을 기다리는 언와인드 인원 중에서 그런 자질을 찾아야 했죠…….」

콘서트가 시작할 때처럼, 로버타는 청중을 준비시킨다. 「신사 숙녀 여러분, 저희의 모든 의료적, 과학적 노력이 축적된 결과를 보여 드립니다. 카뮈 콩프리입니다!」

스포트라이트가 들어오며, 캠이 박수갈채 속에 들어선다. 박수도의 공격에 따라 공공장소에서 박수가 금지된 곳에서는 대신 손가락 튕기는 소리가 들린다.

강단에서 캠은 준비한 연설을 한다. 연설문은 전직 대통령 연설문 작성자가 쓴 것이다. 사려 깊고 지적이며, 단어 하나하나 암기된 것이다. 그런 다음에는 질의응답 시간이다. 캠과 로버타 둘 다 무대에 올라 질문을 받지만, 대부분의 질문은 캠을 향한다.

「신체 협응에 문제가 있다고 느낍니까?」

「전혀요.」 캠이 대답한다. 「제 근육군은 서로 조화를 이루는 법을 배웠거든요.」

「당신의 내적 공동체 구성원 중 누군가의 이름을 기억하나요?」

「아뇨, 하지만 가끔 얼굴은 떠올라요.」

「아홉 개 언어를 유창하게 한다는 게 사실인가요?」

「다, 노 브 마예이 갈라베 다스타토치나 메스타 드랴 예쇼 네스콜키호.」 그가 〈네, 하지만 아직 더 많은 언어를 배울 공간이 남아 있습니다〉라고 말한다. 그 말에 강연장에 있던 러시아어 사용자들이 미소 짓는다.

그는 모든 질문에 완벽하게 답변한다. 일부러 싸움을 걸고 논쟁을 불러일으키려는 질문에도.

「인정하시죠, 당신은 그저 조립형 자동차일 뿐입니다.」 캠이 MIT에 갔을 때 한 방해꾼이 말한다. 「그냥 상자에 들어 있던 부위를 조합한 모형일 뿐이에요. 어떻게 당신 자신을 인간이라고 할 수 있습니까?」

이런 질문에 캠의 대답은 언제나 전략적이다. 그는 방해꾼에게 분수를 알려 준다.

「아뇨, 저는 콘셉트 카에 가깝습니다.」 캠은 질문에 딸려 온 적의에는 전혀 반응하지 않고 그 남자에게 답한다. 「각 분야 전문가의 상상력이 모인 결과죠.」 그런 다음 캠은 미소 짓는다. 「〈모형〉이 닮도록 노력해야 하는 모범을 말하는 거라면, 저도 같은 생각입니다.」

「당신이 살 수 있도록 목숨을 내놓은 사람들은요?」UCLA 행사에서는 청중 가운데 누군가가 소리친다. 「그 사람들에게 미안함을 느끼기도 합니까?」

「그 질문을 해주셔서 감사합니다.」 캠은 긴장된 침묵 속에 말한다. 「미안함을 느낀다면 제가 그들의 언와인드에 조금이라도 개입했다는 뜻이겠지요. 하지만 저는 그러지 않았습니다. 저는 그냥 받는 쪽에 있었죠. 물론, 그들의 상실감은 느낍니다. 그래서 그들의 희망과 꿈, 재능에 목소리를 부여하는 방식으로 그들을 기리기로 했습니다. 어쨌거나, 우리보다 먼저 온 사람을 기리는 건 우리 모두가 하는 일 아닌가요?」

질문 시간이 끝나면, 행사는 음악으로 마무리된다. 캠의 음악이다. 그는 기타를 꺼내 클래식 곡을 연주한다. 그의 연주는 흠결이 없고 진심이 담겨 있어, 종종 기립박수를 끌어낸다. 물론, 절대 일어서지 않는 사람도 있다. 하지만 그런 사람의 숫자는 줄어 가고 있다.

「가을이 오면 더 큰 강당에서 간담회를 할 거예요.」 어느 날, 대단히 성공적인 행사 이후에 캠이 말한다.

「체육관이 나을까?」 로버타는 비뚜름한 미소를 지으며 대답한다. 「넌 록 스타야, 캠.」

하지만 캠은 그게 아니라는 걸 안다.

편집자에게 보내는 편지

 최근 귀하의 사설 「카뮈 콩프리 논란」에 관해서, 죄송하지만 저는 논란이 될 만한 내용을 전혀 발견하지 못했습니다. 사실, 저는 언론이 평소처럼 찻잔 속 폭풍을 일으키고 있다고 생각합니다. 저는 콩프리 군의 발표회에 참석했고, 그가 유창하고 잘생겼으며 예의 바른 사람임을 알게 되었습니다. 그는 지적인 동시에 겸손해 보입니다. 이번만큼은 제 딸이 이런 젊은이를 집에 데려왔으면 좋겠다 싶더군요. 우리 집 현관을 기웃거리는 악당들 대신 말입니다.

 귀하의 사설은 콩프리 군의 여러 부위가 허가 없이 수집된 것이라는 함의를 담고 있습니다만, 한 가지 여쭤보겠습니다. 십일조를 제외하면, 어떤 언와인드가 자신을 언와인드해도 좋다고 허락을 하던가요? 언와인드는 허락의 문제가 아닙니다. 사회적 필요의 문제입니다. 언와인드가 시작된 이래로 줄곧 그래 왔습니다. 그렇다면 언와인드의 가장 훌륭한 특성들을 활용해 더 나은 존재를 만들어 내지 못할 이유가 무엇인가요? 제가 젊은 시절에 이 프로그램의 대상으로 지정되었다면, 제 일부가 콩프리 군에게 포함될 만큼 가치 있다는 걸 알고 영광으로 생각했을 것입니다.

 능동적 시민, 그리고 특히 로버타 그리즈월드 박사는 그 비전에 있어서나, 인간 조건의 개선을 위한 이타적 헌신에 있어서나 찬사를 받아 마땅합니다. 가장 교정하기 힘든 젊은이조차 이토록 훌륭하고 모범적인 표본으로 리와인드할 수 있다면, 우리는 인류의 미래에 대해 희망을 품을 수 있을 것이기 때문입니다.

모든 행사에는 대기실이 있다. 무대에 올라가기 직전인 사람들을 편안하게 해주거나 그들이 번쩍이는 스포트라이트와 몰아치는 질문을 받은 이후에 긴장을 풀 수 있도록 마련된, 경비원이 딸린 공간이다. 로버타는 언제나 강당 로비에서 거물들과 부산을 떨며 악수하고 인맥을 쌓는다. 덕분에 캠은 대기실의 주인이 되어, 행사 이후로 긴장을 풀 때 누구와 함께할지 선택할 수 있다. 그의 손님은 대부분 여자다. 끝없이 이어지는 미란다들의 행진이다.

「우리만을 위해서 뭔가 연주해 줘, 캠.」 그들은 캠의 대답에 심장이 달려 있다는 듯, 부드럽게 애원하는 투로 말하곤 한다. 혹은 캠이 절대 참석할 수 없다고 생각했던 파티에 그를 초대한다. 캠은 그런 파티에 가는 대신 소녀들에게 진짜 파티는 바로 이곳에서 벌어지고 있다고 말한다. 그들은 언제나 그 말을 좋아한다.

캠은 MIT에서 성공적인 발표회를 마치고 대기실에서 그런 여자애 셋을 즐겁게 해준다. 지금 그는 그중 두 명 사이에, 편안한 소파에 앉아 있다. 세 번째 소녀는 근처 의자를 차지하고서 낄낄거린다. 유명인인 캠에게 반해 자기 차례를 기다리고 있다. 산타의 무릎에 앉기를 기다리는 꼬마 같다. 캠은 손님들의 요청에 따라 셔츠를 벗고 신기한 몸의 솔기를 보여 준다. 이제는 소녀 중 한 명이 그 솔기와 그의 가슴을 이루는 다양한 피부 색을 탐구한다. 다른 소녀는 그에게 파고들며 조던 아몬드를 먹여 준다. 달콤하고 바삭바삭하다.

결국 로버타가 들어온다. 캠은 그럴 줄 알고 있었다. 실은, 그럴 거라 믿고 이런 행동을 한 것이다. 이런 상황은 둘의 패턴이 되었다.

「이런, 내가 가장 좋아하는 파티 망치는 사람이네!」 캠이 쾌활하게 말한다.

로버타가 소녀들을 노려본다. 「놀이 시간은 끝났어요.」 그녀는 차갑게 말한다. 「아가씨들은 분명 갈 곳이 있을 텐데요.」

「딱히 없어요.」 캠의 가슴에 손을 얹은 소녀가 말한다. 근처 의자에서는 낄낄거리던 소녀가 더 크게 낄낄거린다.

「아, 부탁 좀 할게요, 심판관님.」 캠이 말한다. 「애들이 너무 귀엽잖아요. 집에 데려가면 안 돼요?」

이제는 세 소녀 모두가 취한 것처럼 낄낄거린다. 하지만 캠은 그들을 취하게 한 것이 자신임을 안다.

로버타는 그의 말을 못 들은 체한다. 「아가씨들, 나가 달라고 했을 텐데요. 경비를 불러오게 하지 마세요.」

신호라도 받은 듯 경비원이 들어온다. 죄책감을 느끼는 표정이지만, 소녀들을 들여보내 달라고 캠이 준 돈에도 불구하고 그들을 쫓아낼 태세다.

소녀들이 마지못해 일어난다. 그들은 각자의 방식으로 떠난다. 한 명은 뻐기듯이 걸어가고, 다른 한 명은 어슬렁거리고, 세 번째 소녀는 끊임없는 낄낄거림을 애써 억누르며 은밀하게 움직인다. 경비원은 그들이 근처에 머물지 않는지 확인하려고 따라 나가며 문을 닫는다. 이제 로버타의 사나운 시선은 캠에게 향한다. 캠은 히죽거리는 미소를 감추려 노력한다.

「때릴 거예요? 반성 의자에 앉아 있을까요? 저녁 먹지 말고 잘까요?」 캠이 말한다.

하지만 로버타는 장난칠 기분이 아닌 게 분명하다. 「저 여자애들을 물건 취급하면 안 돼.」

「양날의 검.」 캠이 말한다. 「저 애들이 먼저 나를 물건 취급했어요. 난 그냥 호의를 돌려준 것뿐이고요.」

로버타가 짜증스럽게 끙 소리를 낸다. 「다른 사람들이 되려고 노력하는 〈모범〉이 되겠다던 얘기, 한마디라도 믿긴 하니?」

캠은 고개를 돌린다. 그가 청중에게 하는 말은 확실히 로버타가 믿는 말이다. 하지만 그 말을 스스로 믿느냐고? 물론, 그는 가장 뛰어나고 총명한 아이들로 만들어졌다. 그러나 그건 그냥 부위일 뿐이다. 부분이 전체에 대해 알려 줄 수 있는 게 무엇일까? 캠이 가장 원하는 것은 질문이 사라지는 것이다.

「당연히 믿죠.」

「그럼 그런 믿음에 부합하는 태도를 좀 보여 봐.」 로버타가 셔츠를 그에게 던진다. 「넌 이것보다 나은 사람이야. 그러니까 그렇게 굴어.」

「내가 더 나은 사람이 아니면요?」 캠이 감히 묻는다. 「내가 청소년 아흔아홉 명의 성욕이 조합된 것에 불과하다면요?」

「그렇다면.」 로버타가 캠의 도전을 받아들여 말한다. 「너 자신을 다시 아흔아홉 개의 조각으로 잘라도 돼. 칼 줄까?」

「마체테[14]로 주세요.」 그가 대답한다. 「그게 더 극적이겠네요.」

로버타는 한숨을 쉬며 고개를 젓는다. 「보더커 장군님 마음에 들고 싶다면, 이런 식으로는 안돼.」

「아, 맞다. 보더커 장군님이 있었지.」

---

14 정글이나 농장에서 덩굴을 베는 데 쓰이는, 날이 넓고 무거운 칼.

캠은 보더커 장군이나 그의 의도를 어떻게 이해해야 할지 잘 모르지만, 그에게 흥미를 느낀다는 건 부정할 수 없다. 캠은 장군의 인도에 따라 훈련을 받고 곧장 장교가 될 수 있다는 걸 안다. 미국인 왕자처럼 말이다. 그렇게 장교로서 다림질한 리넨에 황동 단추가 달린, 빳빳하게 각이 잡힌 제복을 입는다면, 그에게 존재할 권리가 없다고 말하는 신랄한 목소리들은 침묵할 것이다. 아무도 명예로운 해병을 증오할 수는 없다. 그에게는 마침내 소속이 생길 것이다.

「상관없어요.」 캠이 말한다. 「장군님은 내가 쉴 때 개인적으로 하는 모험에 상관하지 않을 거예요.」

「그렇게 확신하지 마라.」 로버타가 말한다. 「넌 친구를 고를 때 좀 더 분별력 있게 행동해야 해. 이제 셔츠 입어. 리무진이 기다리고 있어.」

광고

운동 프로그램을 시작했다가 며칠 만에 열기가 식어 버린 적이 있나요? 일상이 너무 바쁘기에, 구식 방법으로는 우리 몸을 최상의 컨디션으로 끌어올릴 시간이 부족합니다. 자, 러닝머신이 당신을 실망시켰다면 우리에게 답이 있습니다! 단조로운 기계 위에서 끝없이 시간을 낭비할 필요가 있을까요? 스컬투라® 근육 재조정으로 완전히 훈련된 신체를 즉시 가질 수 있는데요!

스컬투라의 고급 무흉터 기술을 활용하면, 주요 근육군을 건강하고 강한 조직으로 재구성할 수 있습니다. 만족하지 않을 경우 환불을 보장합니다.* 몇 년 동안 운동해도 얻기 힘든 결과를 저희가 단 하루 만에 드립니다!

왜 멸치 같은 몸매에 만족하시나요? 스컬투라와 함께 완벽한 몸이 되어 보세요!

* 몸매는 스컬투라 재조정 과정 완료 후 한 달간 보장됩니다. 운동하지 않으면 근육은 위축됩니다.

캠은 3만 6천 피트 상공에서 놀라 깬다. 잠시 그는 자신이 치과 의자에 앉아 있다고 생각하지만, 아니다. 그는 의자를 완전히 눕히기 전에 잠들었다.

능동적 시민은 캠의 순회 간담회를 위해 이처럼 호화로운 전용기를 제공했다. 사실 완전히 〈전용〉은 아니지만. 로버타가 캠의 뒤쪽, 움푹 들어간 공간에 있는 취침용 의자에 잠들어 있다. 숨소리가 고르고 안정적이다. 그녀의 인생을 이루는 다른 모든 것처럼. 집사도 있지만 — 전용기 안에서는 집사가 승무원이나 마찬가지다 — 이 순간에는 그 역시 잠들어 있다. 시각은 새벽 3시 13분. 다만 캠은 그게 어느 시간대를 기준으로 한 것인지 모른다.

캠은 꿈을 불러와 분석해 보려 하지만, 꿈에 접근할 수 없다. 캠의 꿈은 결코 말이 되지 않는다. 그러나 보통 사람의 꿈이 얼마나 말이 되는지를 모르기에 비교도 할 수도 없다. 그의 꿈은 어디로도 이어지지 않는 기억의 조각으로 이루어져 있다. 그 기억의 나머지 부분은 다른 사람의 머릿속에 들어가 다른 인생을 살고 있다. 선명하고 지속적인 기억이라고는 언와인드의 기억뿐이다. 그는 그 꿈을 지나치게 자주 꾼다. 단 한 번의 언와인드가 아니라 여러 번의 언와인드다. 꿈속에서 수십 번의 분열된 조각들이 하나로 섞여 잊을 수도 없고 용서할 수도 없는 전체가 된다.

그는 그런 꿈을 꾸고 비명을 지르며 깨어나곤 한다. 고통 때문이 아니다. 언와인드는 법에 따라 고통 없이 이루어지니까. 하지만 세상에는 신체적 고통보다 나쁜 것도 있다. 그는 두려움에, 외과 의사들이 다가오고 팔다리가 얼얼하다 마비되고 의료용 보존 아이스박스가 시야에서 들려 나갈 때, 그 아이들이 하나하나 느꼈던 순수한 무력감에 비명을 지르곤 한다. 감각은 하나하나 차단되고 기억은 하나하나 증발한다. 그렇게 각각의 언와인드가 망각 속으로 사라지면서, 언제나 그 끝은 소리 없는, 저항조차 무기력한 비명이다.

그런 꿈에 로버타가 나온다. 언와인드가 이루어질 때마다 그녀가 그 자리에 있었기 때문이다. 수술실에서 수술용 마스크를 쓰지 않은 유일한 사람. 모든 부위가 결합되었을 때 네가 나를 보고 내 목소리를 듣고 나를 알아보도록. 로버타는 그렇게 말했었다. 하지만 그녀는 그런 정보가 얼마나 끔찍할 것인지는 고려하지 않았다. 로버타가 두려움의 일부였다. 그녀가 절망을 지어낸 작가였다.

캠은 꿈속에서 비명을 씹어 삼킨다. 그리고 악몽이라는 고약한 수프에서 살아 숨 쉬는 세상으로 자신을 끌고 나올 때까지 비명을 참는 법을 배웠다. 세상에서 그는 그 자신이다. 내적 공동체의 분열된 조각이 아니라.

오늘 밤, 그는 혼자다. 주변에 다른 사람이 있음을 알지만,

얼음처럼 차갑고 검은 하늘을 가르며 나는 전용기 안에서 온 우주에서 혼자라는 기분을 느낄 수밖에 없다. 그 깊은 외로움의 순간, 그를 괴롭히는 건 너무도 성급한 청중이 던진 질문이다. 그들이 던진 질문이 캠 자신의 질문이기도 하기에.

난 정말 살아 있는 걸까? 내가 존재하긴 하는 걸까?

당연히 그는 유기체로서 존재한다. 하지만 인지 능력이 있는 존재로서는? 무언가가 아니라 누군가로서는? 그의 인생에는 이 질문에 대한 답을 알 수 없는 순간이 너무 많다. 결국 개별 인간이 심판을 마주해야 한다면, 그도 그런 심판을 마주하게 될까? 아니면 내적 공동체의 구성원들이 진짜 주인에게로 돌아가고, 한때 캠이 있던 자리에는 공백만이 남게 될까?

캠은 주먹을 말아 쥔다. 나는 여기 있어! 그는 소리치고 싶다. 나는 존재해. 하지만 그는 더 이상 로버타에게 이런 불안을 털어놓을 만큼 어리석지 않다. 차라리 그가 젊은이 특유의 성욕에 약하다고 생각하게 두는 편이 낫다.

아무도 보지 않을 때, 그를 집어삼키는 분노는 이런 것이다. 청중의 방해꾼이 옳았으며, 자신은 의료적 손 기술, 메스로 한 장난질, 생명을 흉내 낸 빈 껍데기에 불과할지도 모른다는 것에 대한 분노.

이처럼 어둡고 염세적인 순간에, 예전에 인체가 이식된 장기를 거부하던 것과 같은 방식으로 우주가 그를 거부하는 것처럼 보이는 순간에 그는 리사를 생각한다.

리사. 그 이름이 머릿속에서 폭발한다. 그는 정신을 제재하려는 충동에 맞서 싸운다. 리사는 그를 경멸하지 않았다. 그래, 처음에는 경멸했지만 캠을 제대로 알고 나서는 그를 부위의 총합이 아닌 개인으로 봐주었다. 마지막에는 그녀 나름의 방식으로 캠을 돌봐 주었다.

리사와 함께 있을 때, 캠은 진짜가 된 기분이었다. 그녀와 함께 있을 때는 과학과 오만으로 기워진 천 조각 이상이 된 기분이었다.

그는 자신이 리사를 사랑하고 있음을 부인할 수 없다. 그런 열망의 고통만으로도 그는 자신이 살아 있음을, 존재하고 있다는 것을 안다. 영혼이 없다면 어떻게 이런 고통을 느낄 수 있겠는가?

하지만 여러 면에서, 그는 리사가 떠날 때 자신의 영혼을 함께 가져갔다고 느낀다.

그게 어떤 기분인지 알아, 리사? 캠은 그녀에게 묻고 싶다. 영혼을 빼앗긴다는 게 어떤 건지 알아? 네 소중한 코너가 해피잭 하비스트 캠프에서 죽었을 때 네가 느낀 게 그거야? 캠은 의심의 여지 없이 자신이 리사의 공백을 메워 줄 수 있으리라 확신한다. 리사가 캠을 사랑하기만 한다면 말이다. 그것만이 캠에게 완전해진 기분을 느끼게 해줄 것이다.

약한 난기류에 비행기가 흔들린다. 실제보다 훨씬 불길하게 느껴진다. 그는 로버타가 움찔거리다 다시 깊은 잠에 빠져드는 소리를 듣는다. 저 여자는 자신이 얼마나 완벽하게 속았는지 전혀 모른다. 그토록 영리하고 상황 파악을 잘하는 사람이 저토록 눈이 멀어 있다니.

캠은 자신이 내세우는 위장을 그녀가 아무것도 간파하지 못하리라는 것을 안다. 그래서 그의 모든 기만에는 진실이 두껍게 덧씌워져 있어야 한다. 조던 아몬드에 발린 사탕 코팅처럼.

그래, 캠이 자신의 독특한 매력에 끌리는 예쁜 소녀들의 관심을 즐기는 것은 사실이다. 더 멋진 순간에, 캠은 자신의 존재에 취한 기분을 느낀다. 그럴 때면 그는 마치 인간이라는 영약, 그라는 존재를 만들기 위해 해체된 인간성의 향취에 취해 버리는 기분이다. 그는 그 기분을 불러내는 방법을 배웠다. 목욕물처럼 그 감정을 받아 놓고, 필요할 때면 그 안에서 사치스럽게 즐기는 법을 말이다. 그것은 오직 그만이 알고 누구에게도 나누지 않는, 진실의 씨앗을 둘러싼 사탕 코팅이다.

리사가 없으면 난 아무것도 아니야.

그렇기에 그는 버릇없는 스타의 역할을 수행하며, 로버타가 그의 쾌락주의적인 모습을 진짜라고 생각하게 둘 것이다. 그녀를 속이고, 그녀가 씨름해야 할 대상은 오만함과 과잉뿐이라고 생각하게 할 만큼만 즐길 것이다.

어딘지 몰라도, 비행기는 그들의 다음 목적지를 향해 착륙하기 시작한다. 더 많은 청중. 더 많은 미란다. 시간을 보내기엔 기분 좋은 방법이다. 캠은 미소 지으며 자기 자신과 한 비밀 맹세를 떠올린다. 리사가 원하는 것이 다른 무엇보다 능동적 시민의 완전한 파괴라면, 캠은 리사에게 그 선물을 줄 방법을 찾을 것이다. 로버타를 속이는 것 말고도, 그는 자신을 능동적 시민이라는 기계 장치 안에 끼워 넣을 것이다. 그 기계를 망가뜨릴 방법을 찾을 것이다. 그러면 리사는 그 일을 한 사람이 캠이라는 걸 알게 될 것이다.

그런 다음에는 진정으로 캠을 사랑하게 되어, 그의 애정을 하나하나 돌려줄 것이다. 그에게 영혼을 되찾아 줄 것이다.

14
관리인

레드우드 블러프 캠핑장은 매진되었다.

북부 캘리포니아 캠핑장의 관리인은 행복해야 마땅하지만, 최악의 방식으로 곤란에 빠져 있다. 그에게 최악의 방식이란 지갑 사정이 곤란하다는 뜻이다.

야영장의 상당 부분은 〈캠프 붉은 왜가리〉라는, 불우한 아이들의 여름 캠프가 차지하고 있다. 밝은 진홍색 캠프 셔츠가 사방에 보인다.

그들이 떠나기로 예정된 날에서 하루 전날 오후, 관리인은 10대들의 야영장 한가운데로 간다. 그들은 모두 누가 봐도 불우하게 생겼다. 최소 백 명은 된다. 관리인을 보자 약간 스트레스를 받는 듯하지만, 빠르게 각자의 일로 돌아간다. 대체로 그들은 휴가를 나온 아이들처럼 군다. 공을 던지고 나무에 기어오른다. 하지만 그들의 눈에는 두려움이, 자신의 행동에 대한 불신감이 담겨 있다. 거기에서 그들의 캠프 티셔츠가 숨기려는 무언가가 드러난다.

「미안한데, 여기 책임자가 누구지?」

전생에 클럽 문지기를 했을 법한 소녀가 앞으로 나선다. 「바쁘신데요.」 그녀가 말한다. 「저한테 말씀하시면 돼요.」

「난 책임자랑 이야기할 거야.」 관리인이 고집스럽게 말한다. 「단둘이서.」

덩치 큰 소녀가 비웃는다. 「우리 캠프에는 단둘이 있을 공간이 별로 없을 텐데요.」 그녀는 관리인의 요청에 반항하듯 팔짱을 낀다. 「아저씨가 왔었다고 전할게요.」

「기다리마.」 관리인이 말한다.

그때, 소녀의 등 뒤에서 목소리가 들린다. 「괜찮아, 뱀. 내가 얘기할게.」

아이들 무리에서 10대 남자애 한 명이 나온다. 열여섯 살이 넘었을 리 없다. 키는 작지만 몸이 다부지다. 상당히 긴 갈색 뿌리가 나온 빨간 머리다. 그 역시 소녀처럼 캠프 직원을 의미하는 로고가 박힌 빨간색 폴로셔츠를 입었다. 한쪽 손에 가죽 장갑도 끼고 있다. 다른 손은 맨손이다. 겉보기에는 훌륭한 젊은이처럼 보인다. 하지만 겉모습은 종종 기만적이다.

그가 관리인에게 손짓한다. 「같이 가시죠.」

그들은 공터를 벗어나, 삼나무 숲을 가로지르는 오솔길에 들어선다. 거대하고 오래된 나무들은 예외 없이 관리인의 경탄을 자아낸다. 급료가 이토록 적은데도 그가 이 일을 계속하는 이유 중 하나다. 그러나 오늘 그는 자신의 운이 달라지리라 확신한다.

그는 오솔길을 잘 알고, 붉은 왜가리가 점령하지 않은, 가장 가까운 야영장까지만 나아간다. 기저귀를 차고 뛰어다니는 유아들이 눈에 띄는 대가족의 야영장이다. 그는 야영장과 그곳 사람들이 시야에 들어오도록 한다. 이 젊은이와 단둘이 숲으로 더 깊이 들어가는 것은 좋은 생각이 아니라는 의심이 들기 때문이다.

「저희가 야영장 청소를 소홀히 할까 봐 걱정되신다면, 확실히 하겠다고 약속드릴게요.」아이가 말한다.

「아직 이름을 못 들었는데.」관리인이 말한다.

그가 히죽거린다. 「앤슨이요.」너무도 노골적으로 히죽거리는 걸 보면 진짜 이름이 아닌 건 분명하다.

「이렇게 많은 아이를 책임지기엔, 네가 지나치게 어리지 않나?」

「겉모습만 믿으면 안 되죠.」그가 말한다. 「제가 이 일을 맡게 된 건, 제 외모가 저 애들 나이와 비슷하게 보이기 때문이에요.」

「그렇군.」관리인은 젊은이의 왼손을 내려다본다. 「장갑은 뭐야?」

아이가 손을 들어 보인다. 「그게 무슨 문제죠? 루이비통 싫어하세요?」

관리인은 그 손의 손가락이 움직이지 않는다는 걸 알아차린다. 「전혀. 그냥 야영을 하러 올 때 챙기기엔 이상한 액세서리 같아서.」

아이가 손을 내린다. 「전 바쁜 사람이에요, 프록터 씨. 프록터, 맞죠? 마크 프록터.」

관리인은 이 아이가 자기 이름을 안다는 데서 허를 찔린다. 레드우드 블러프의 야영장을 예약하는 사람들은 대부분 그의 이름은커녕 그가 존재한다는 사실조차 모르기 때문이다.

「돈 때문에 그러시는 거라면, 저희는 이미 전액을 지불했어요.」 젊은이가 말한다. 「그것도 현금으로. 대부분의 사람보다 나았을 텐데요.」

관리인은 본론에 들어가기로 한다. 이 대화를 길게 끌수록 아이가 움찔거리며 낚싯바늘에서 벗어날 길을 찾을 가능성이 높아지겠다는 느낌 때문이다.

「그래, 그랬지. 근데 한 가지 문제가 있어. 내가 확인을 좀 해봤는데, 캠프 붉은 왜가리라는 단체는 없더구나. 우리 주에도, 다른 주에도.」

「뭐, 제대로 찾아보지 않으셨나 보네요.」 아이가 능구렁이처럼 경멸하는 말투로 말한다.

마크 프록터는 조롱당하지 않을 생각이다. 「말했다시피 캠프 붉은 왜가리라는 단체는 없어. 있는 건, 변절한 언와인드 패거리들에 대한 신고뿐이야. 그중 하나가 메이슨 마이클 스타키라는 이름의, 경찰을 죽인 무단이탈자라던데. 그 아이의 사진이 너랑 끔찍할 만큼 닮았어, 앤슨. 물론 빨간 머리는 예외지만.」

소년은 미소 지을 뿐이다. 「어떻게 도와드릴까요, 프록터 씨?」

프록터는 이제 자신이 운전대를 잡았음을 안다. 그는 스타키라는 이 아이를 주무르고 있다. 그는 아이에게 조롱 섞인 무시하는 말투로 되갚는다. 「너랑 네 짐승들을 청소년 전담국에 신고하지 않는다면, 난 시민으로서의 의무를 저버리는 셈이겠지.」

「그런데 아직 신고하지 않으셨네요.」

프록터가 깊이 숨을 들이쉰다. 「네가 신고하지 말라고 나를 설득할 수 있겠지.」

그는 이 아이들이 얼마나 많은 돈을 가지고 있는지, 그 돈이 어디에서 나오는지 모른다. 하지만 그들은 이 작은 게임을 지속할 만큼의 돈을 가지고 있는 게 분명하다. 프록터는 아이들에게서 그 돈을 조금 덜어 내는 것도 괜찮겠다고 생각한다.

「좋아요.」 스타키가 말한다. 「그럼 제가 당신을 설득할 수 있는지 보죠.」 그는 주머니에 손을 넣지만, 지폐 뭉치 대신 사진을 꺼낸다. 그러고는 장갑을 끼지 않은 손가락으로 그 사진을 능숙하게 뒤집는다. 마치 마술사처럼.

사진에 담겨 있는 것은 프록터의 10대 딸이다. 최근에, 그 아이의 침실 창문 바로 앞에서 찍은 것으로 보인다. 아이는 저녁 유산소 운동을 하는 중이다.

「이름은 빅토리아.」 스타키가 말한다. 「하지만 비키라고 불리죠. 맞나요? 괜찮은 애 같은데. 진심으로, 이 애한테 나쁜 일이 벌어지지 않기를 바라요.」

「날 협박하는 거냐?」

「아뇨, 전혀.」 스타키가 손가락을 움직이자 프록터의 눈앞에서 사진이 사라진 것처럼 보인다. 「우린 당신 아들이 다니는 대학교도 알아요. 수영 장학금을 받고 들어갔죠. 당신 월급으로는 스탠퍼드 등록금을 낼 수 없으니까. 안 그래요? 슬프지만, 때로는 최고의 수영 선수들도 익사하는 경우가 있어요. 자신감이 너무 지나쳐서 그렇다던데요.」 스타키는 더 이상 말하지 않는다. 그냥 꾸며 낸 유쾌함으로 미소 짓는다. 저 위, 삼나무 숲의 새 한 마리가 재미있다는 듯 지저귄다. 근처 야영장의 유아가 울기 시작한다. 마크 프록터가 잃어버린 품위를 애도

하는 것 같다.

「원하는 게 뭐야?」 프록터가 차갑게 묻는다.

스타키의 미소는 여전히 온기를 잃지 않는다. 그는 프록터의 어깨에 팔을 두르고, 왔던 길로 되돌아간다. 「제가 원하는 건 우리를 신고하지 말라고 당신을 설득하는 것뿐이에요. 당신이 말한 그대로죠. 지금이든, 우리가 떠난 뒤든 당신이 아무 말도 하지 않는 한, 당신의 사랑스러운 가족은 여느 때처럼 사랑스럽게 남아 있으리라고 제가 개인적으로 보장할 수 있어요.」

프록터는 방금까지 느꼈던 힘의 감각이 그저 환상에 불과했음을 깨닫고 침을 삼킨다.

「그럼, 거래는 성사된 건가요?」 스타키가 재촉한다. 그는 악수할 수 있도록 장갑 낀 손을 내민다. 프록터는 그 손을 잡고 확신을 담아 흔든다. 프록터가 손을 꽉 쥐자 스타키는 인상을 쓰지만, 그 찡그린 얼굴조차 나약함보다는 힘의 과시다.

「말씀하셨다시피 돈은 전부 내셨죠.」 프록터가 말한다. 「지금 더 필요한 건 없습니다. 캠프 붉은 왜가리를 모시게 되어 기쁩니다. 내년 여름에도 뵙고 싶네요.」 프록터가 그런 일을 결코 원하지 않는다는 사실을 둘 다 알고 있다.

떠나면서 프록터의 다리가 약간 후들거린다. 그는 무언가를 깨닫는다. 둘이 대화할 때 사라진듯 보였던 딸의 사진이 그의 셔츠 주머니에서 나온다. 사진을 보자 눈물이 난다. 그는 분노보다 고마움을 느낀다. 자신이 딸이나 딸의 오빠를 해칠 만큼 바보가 아니었음에 대한 고마움을.

15
스타키

「움직이지 마.」뱀이 말한다.「이게 눈에 들어가면 믿을 수 없을 만큼 화끈거릴 거야.」

지금은 야영장이 어두워진 뒤다. 스타키가 잔디용 의자에 앉아 고개를 뒤로 젖히고 있다. 한 아이가 물 양동이를 들고 있다. 다른 아이는 수건을 준비하고 있다. 고무장갑을 낀 뱀이 자극적인 냄새가 나는 용액을 스타키의 머리카락에 바르고 두피까지 마사지해 넣는다. 이 모든 일은 네 명의 아이가 들고 있는 손전등의 집합적인 스포트라이트 아래에서 이루어진다.

「믿어져? 그놈이 진짜 우리를 협박하려 했다니까.」스타키가 눈을 감은 채 말한다.

「네가 판을 뒤집었을 때 놈의 표정을 봤으면 좋았을텐데.」

「고전적이었어. 우리의 대비책이 통한다는 증거이기도 하고.」

「지반한테 메달이라도 줘야겠어.」손전등을 들고 있던 아이 중 하나가 말한다.

「사진을 찍은 건 휘트니야.」물 양동이를 든 아이가 말한다.

「아이디어는 지반이 냈어.」

「야.」 스타키가 말한다. 「난 너희 둘 중 누구한테도 물어보지 않았는데.」

사실, 지반에게 첩보를 맡긴 건 스타키였다. 지반은 미리 대비하는 솜씨가 뛰어나고 컴퓨터 기술을 가진 똑똑한 녀석이다. 그들이 상대하는 사람들에 관한 정보를 수집하자는 아이디어를 낸 사람이 지반인 건 사실이다. 하지만 그 정보를 어떻게 쓸 것인지는 전적으로 스타키에게 달려 있었다. 이 경우, 협박에 협박으로 대응한 것은 적절한 한 수였다. 놈은 무릎을 꿇었다. 스타키가 확신한 그대로였다. 프록터는 소중한 아이들에게 피해가 갈 수 있다는 암시조차 견디기 어려워했다. 믿을 수 없다. 사회가 사랑하는 아이들을 보호하기 위해, 사랑하지 않는 아이들을 버리기 위해 어디까지 갈 수 있는지를 보면 스타키는 언제나 놀란다.

「그럼 이제 어디로 가지?」 수건을 들고 있던 아이가 묻는다. 스타키는 한쪽 눈을 뜬다. 다른 한쪽은 이미 따끔거리기 시작했다. 「네가 걱정할 일은 아니야. 도착하면 알게 될 거야.」

황새 클럽의 지도자로서, 스타키는 정보 통제의 기술을 학습했다. 묘지를 운영할 때 아무것도 숨기지 않던 코너와는 달리, 스타키는 한 입 크기의 배급량으로 정보를 배분한다. 그것도 절대적으로 필요할 때만.

거의 3주 전에 그들의 비행기가 솔턴해에 추락한 이후로, 황새 클럽의 상황은 순탄하지 않았다. 어쨌든 처음에는 말이다. 처음 며칠 동안 그들은 솔턴해 바로 위의 헐벗은 산에 숨어서, 얕은 동굴과 틈새를 찾아 들어가 웅크렸다. 정찰기에 목격되지 않기 위해서였다. 스타키는 지상 수색이 발동되리라는 것을 알았다. 그 말은, 가능한 한 빨리 그 지역을 벗어나야 한다는 뜻이었다. 하지만 그들은 밤에만 도보로 이동할 수 있었다.

스타키는 음식이나 피신처를 제공하고 추락으로 다친 아이들에게 응급 처치를 해줄 방법을 미리 생각해 본 적이 없었다. 그들은 길가의 편의점을 터는 방법에 의존했다. 그래서 그들의 위치가 지속적으로 당국에 노출되었다.

스타키는 불길 속을 헤쳐 나오는 기분이었지만, 결국 그 불꽃을 지나왔다. 스타키 덕분에 그들은 살아 있었고 잡히지 않았다. 스타키는 자신의 손아귀에 있는 그 아이들을 안전하게 지켰다. 비록 손은 박살 났지만 말이다. 이제 그의 손은 전설을 만들고 더욱 큰 존경심을 가져다주는, 전쟁의 상처 비슷한 것이 되었다. 그가 아이들을 구하기 위해 자기 손을 망가뜨릴 정도로 강인했다면, 그는 무엇이든 할 수 있을 만큼 강한 존재일 테니까.

팜스프링스에서 그들은 문을 닫았지만 아직 철거되지는 않은 호텔을 우연히 발견했다. 그때부터 그들의 운이 바뀌기 시작했다. 호텔이 충분히 외진 곳에 있었기에 아이들은 그곳에 몰래 들어가, 편의점 여러 곳을 뼛속까지 탈탈 터는 것보다 더 효과적인 생존 계획을 세울 시간을 벌었다.

스타키는 아이들을 소규모 팀으로 내보내기 시작했다. 수상한 모습을 타고나지 않은 아이들을 선택했다. 아이들은 사람 없는 빨래방에서 옷을 훔치거나 슈퍼마켓의 하역장에서 식료품을 훔쳤다.

그들은 거의 일주일 동안 그 호텔에 머물렀다. 그러다가 동

2부 훌륭한 젊은 표본

네 아이들 몇 명이 그들을 발견했다. 「나도 황새야.」 그 아이들 중 한 명이 말했다. 「고자질하지 않을게. 맹세해.」

하지만 스타키는 사랑 가득한 가정에서 자란 아이들을 절대 믿지 않았다. 그는 특히 양부모에게서 친자녀처럼 사랑받은 황새들을 싫어했다. 스타키는 언와인드의 기본 통계를 알고 있었다. 황새 배달된 아이의 99퍼센트가 따뜻하고 사랑 가득한 가정에서 자란다는. 그런 집에서는 언와인드가 전혀 문제가 되지 않았다. 하지만 나머지 1퍼센트에 속해 있을 경우, 다른 버려진 아이들에게 둘러싸여 자라난 경우 그런 사랑 가득한 가정은 너무 멀어서 중요하지 않게 보였다.

그때 지반이 천재성을 발휘했다. 그는 황새 클럽 부모들의 은행 계좌에 접근했다. 상당수의 아이가 양부모의 암호를 알고 있거나 추정할 수 있었기 때문이다. 작전은 클릭 몇 번만으로 전부 동시에 진행됐다. 무슨 일이 벌어지는지 누군가 알아챘을 때쯤, 황새 클럽은 해외 계좌에 1만 7천 달러 이상을 모아두었다. 그 계좌에 접근하는 것은 위조된 ATM 카드에 접근하는 것만큼이나 단순한 일이었다.

「어딘가에서 누군가가 이걸 추적하고 있어.」 지반이 스타키에게 말했다. 「하지만 결국 우리까지 오지는 못할 거야. 레이먼드 하우드한테 가게 되겠지.」

「레이먼드 하우드가 누구야?」 스타키는 그렇게 물었었다.

「중학교 때 날 괴롭히던 녀석.」

그 말에 스타키는 웃었다. 「지반, 네가 범죄의 천재라는 말, 했던가?」

지반은 그 말에 어딘가 불편해 보였다. 「뭐, 천재라는 말은 들어 봤지만…….」

스타키는 지반의 부모가 왜 이렇게 총명한 아이를 언와인드 하려 했는지 종종 의아하다고 생각했다. 하지만 묻지 않는 것이 불문율이었다.

돈 덕분에 황새들에게는 약간의 자유가 생겼다. 돈으로 합법성을 살 수 있기 때문이다. 그들에게 필요한 것은 단순한 핑계, 아무도 의심하지 않을 환상뿐이다. 스타키가 아마추어 마술사로서 잘 아는 게 한 가지 있다면, 그건 바로 환상을 만들어 내는 기술이다. 착각을 일으키는 방법 말이다. 모든 마법사는 관객이 늘 움직이는 손을 따라가며, 눈앞에 보이는 것을 믿는다는 것을 안다. 믿지 말아야 할 이유가 생기기 전까지는 말이다.

캠프 붉은 왜가리는 스타키가 직접 생각해 낸 아이디어였다. 이런 환상을 진짜로 만드는 데 필요한 것은 130벌의 캠프 티셔츠, 직원용 티셔츠, 그리고 화룡점정으로 어울리는 모자 몇 개뿐이었다. 캠프 붉은 왜가리로서 그들은 기차를 탈 수 있었으며 심지어 버스를 대절해 이동할 수도 있었다. 환상이란 가정의 힘으로 움직이는 것이니까. 사람들은 현장 학습을 떠나는 야영단을 보았고, 그런 생각은 재고할 여지도 없이 그들의 현실을 구성했다. 아이러니한 일이지만, 더욱 떠들썩하고 눈에 띄게 굴수록 환상은 더욱 강력해졌다. 사람들이 도망 중인 언와인드 무리에 대한 뉴스 보도를 보고 있을 때도 캠프 붉은 왜가리는 시끄럽게, 밉살스럽게 그들의 코앞을 지나갈 수 있었다. 아무도 — 심지어 경찰도 — 눈 하나 깜짝하지 않았다. 뻔히 보이는 곳에 숨는 일이 이렇게 만족스러울 줄 누가 알았겠는가?

처음 예정된 임무는 남부 캘리포니아에서 벗어나, 당국이 그들을 찾지 않을 곳으로 이동하는 것이었다. 살면서 경험할 사막이란 사막은 다 경험했기에 스타키는 앰트랙[15]을 타고 북쪽으로, 더 푸르고 잔디가 무성한 방목지로 이동하기로 했다. 몬터레이 근처의 첫 캠핑장에서는 아무런 문제가 없었다. 그들은 계속해서 북쪽으로 이동하며 레드우드 블러프에 자리를 예약했다. 오늘까지는 모든 일이 순조로웠다. 게다가 오늘의 위기도 쉽게 관리되었다.

뱀이 스타키의 머리에서 탈색 용액을 헹궈 낸다. 수건을 든 소년이 서둘러 그의 머리를 말린다.

「그래서, 캠핑장 관리인이 불면 정말 그 사람 자식을 해칠 거야?」 뱀이 묻는다.

스타키는 손전등과 수건, 물 양동이 앞에서 그런 질문을 던진 뱀에게 짜증이 난다.

「안 불어.」 스타키가 머리를 털며 말한다.

「그래도 불면?」

그는 수건을 든 아이를 돌아본다. 아이는 언제나 스타키의 호의를 사려고 애쓰는, 어린 무리 중 한 명이다. 「내가 늘 뭐라고 했지?」

아이는 깜짝 퀴즈에 겁먹은 표정을 짓는다. 「어…… 연기와 거울을 쓰라고?」

「바로 그거야! 모든 게 연기와 거울이야.」

---

15 미국의 국영 철도.

그가 뱀에게 하는 대답은 그것뿐이다. 그 대답조차 안개투성이가 굴절이다. 질문을 피하는, 아무 의미 없는 답. 프록터의 자식들을 해칠 거냐고? 그럴 일이 없으면 좋겠지만, 스타키는 자신이 황새들을 보호하기 위해서는 어떤 일이든 할 것임을 안다. 누군가를 본보기로 삼는 일이라도.

「거울 얘기가 나와서 말인데, 한번 봐.」 뱀이 그렇게 말하며 누군가의 자동차 백미러에서 뜯어 온 거울을 건넨다.

그 거울로는 전체 모습을 보기가 어렵다. 전체적인 시각 효과를 확인하려면 거울을 계속 옮겨야 한다. 「마음에 드네.」 그가 말한다.

「백금발처럼 근사해 보여.」 뱀이 말한다. 「아주 서핑하는 사람 같아.」

「그래, 하지만 서핑하는 녀석은 딱히 어른들한테서 신뢰를 얻지 못해.」 스타키가 지적한다. 「잘라. 짧고 깔끔하게. 난 이글 스카우트[16]처럼 보이고 싶어.」

「넌 절대 이글 스카우트가 될 수 없어, 스타키.」 뱀이 씩 웃으며 말한다. 다른 아이들 몇 명이 웃는다. 사실 상처가 되는 말이지만 스타키는 티를 내지 않는다. 그는 어렸을 때 보이 스카우트에서 공훈 배지를 따기 위해 마술에 관심을 가지기 시작했다. 상황이 이렇게 바뀌다니 우스운 일이다.

「그냥 잘라, 밤비.」 스타키가 말한다. 밤비라는 말에 뱀은 눈을 사납게 뜬다. 스타키가 의도한 그대로다. 다른 아이들은 뱀의 실명을 듣고 웃지 말아야 한다는 것을 안다. 웃었다간 그녀

---

[16] 스무 개 이상의 공훈 배지를 받은 보이 스카우트 단원.

의 무시무시한 분노와 마주하게 될 것이다.

뱀이 이발을 마치자 스타키는 미소 지으면 옆집의 소년으로, 미소 짓지 않을 때는 히틀러의 젊은 시절로 보인다. 탈색 용액 때문에 두피가 여전히 따끔거리지만, 그렇게 견디기 어려운 느낌은 아니다.「알겠지만, 신분을 바꿔야 하는 건 나만이 아니야.」 다른 아이들이 떠난 뒤 그가 뱀에게 말한다.

뱀이 웃는다.「아무도 내 머리는 못 건드려.」

뱀은 손질이 거의 필요 없을 정도로 머리를 짧게 잘랐다. 옷은 남자 옷이다. 뱀이 깔끔 떠는 것을 싫어하기 때문이다. 그녀는 딱 한 번 스타키에게 작업을 걸려 했으나 그 시도는 빠르게 튕겨 나왔다. 다른 여자애 같았으면 스타키 주변에서 움츠러들고 괴로울 정도로 어색해졌겠지만, 뱀은 수월히 받아들이고 미련을 버렸다. 스타키는 설령 뱀에게 매력을 느끼더라도 그런 감정에 휘둘리는 것은 나쁜 생각임을 안다. 그는 이 야만적인 이곳에서 관계가 지속될 거라고 믿을 만큼 바보가 아니다. 그가 맺고 있는 인간관계에, 부사령관과의 관계에 그런 식의 복잡성을 더하는 것은 그야말로 무모한 짓이 될 것이다. 다른 여자애들에 관해서라면, 스타키는 자신이 원하면 누구든 가질 수 있다는 것을 안다. 그의 지위에 따르는 특권이다. 그리고 그는 그 특권을 신중하고 분별력 있게 사용해야 한다는 것도 안다. 그는 모든 소녀와 똑같이 눈을 맞추고, 모든 소녀에게 똑같이 오랫동안 미소 지었다. 자신에게 관심을 보이는 게 분명한 소년들에게도 마찬가지였다. 그건 전부 미묘한 통제의 일환이었다. 그들 모두가 특별하다고 느끼게 하는 것이다. 아이들이 자신만큼은 군중 속의 얼굴 이상에 그치지 않는다고 생각하도록. 이런 작은 손길에 큰 무게가 실려 있다. 희망이라는 환상은 스타키에 대한 건강한 두려움과 조합되어 모든 황새를 줄 세울 수 있다.

「네 신분을 바꾸라는 말이 아니야, 뱀.」 스타키가 말한다. 「우리 신분을 얘기하는 거지. 관리인은 우리가 누군지 알아냈어. 안전을 위해서라면, 우리는 더 이상 캠프 붉은 왜가리일 수 없어.」

「어느 학교 학생들이라고 해도 되겠네. 그러면 남은 여름을 버틸 수 있을 뿐 아니라, 학기가 시작돼도 괜찮을 거야.」

「훌륭한 아이디어야. 사립 학교로 하자. 배타적인 느낌이 나는 학교로.」 스타키는 그가 아는, 황새와 비슷한 종을 머릿속으로 훑어본다. 「〈해오라기 학원〉이라고 하는 거야.」

「마음에 드는데!」

「이름이 뭐더라? 그 미술 잘하는 여자애한테 다시 셔츠를 디자인하라고 해. 하지만 캠프의 셔츠만큼 밝은색이어서는 안 돼. 해오라기 학원은 전부 연갈색과 진녹색으로 갈 거야.」

「학교 연혁은 내가 지어내도 돼?」

「얼마든지.」

뻔한 곳에 숨는 것과 도망자 무리라는 지위를 과시하는 것 사이에는 가느다란 선만이 존재한다. 스타키는 줄타기 곡예사처럼 환상의 가장자리를 디디며 중심을 잡을 줄 안다.

「청담을 만나면 속일 수 있을 만큼 그럴싸한 연혁이어야 해.」

「청소년 전담국은 머저리야.」

「아니, 그렇지 않아.」 스타키가 말한다. 「그런 식으로 생각하다가 잡히는 거야. 놈들이 똑똑하니까 우리가 더 똑똑해져야 해. 공격할 때는 정말 세게 공격해야 하고.」

끝이 나빴던 비행 이후로 황새 해방은 없었다. 스타키는 비행기 묘지에서 머물던 시절, 언와인드되기 직전인 황새 몇 명을 구했다. 그러나 언와인드가 예정된 아이들의 명단은 코너가 가지고 있었다. 명단이 없으니, 누구를 구해야 할지도 알 수 없다. 하지만 그건 괜찮다. 개별적인 아이들을 구하고 경고 차원에서 그들의 집을 불태워 버리는 것은 멋지고 괜찮은 일이지만, 스타키는 자신이 훨씬 더 효과적인 방법을 쓸 수 있음을 알기 때문이다.

그는 주머니 속에 하비스트 캠프 브로슈어를 넣고 다닌다. 기억을 떠올리려 할 때면 그는 그 브로슈어를 꺼낸다. 모든 하비스트 캠프 브로슈어가 그렇듯 이 브로슈어에도 아름답고 목가적인 풍경과 행복하지는 않을지언정 최소한 자신의 운명과 화해한 10대들의 사진이 있다.

달콤 쌉싸름한 여행. 브로슈어는 그렇게 주장한다. 많은 생명을 감동시킬 수 있습니다.

「드디어 포기하는 거야, 스타키?」 뱀은 그날 밤 늦게 스타키가 브로슈어를 들여다보는 모습을 보고 묻는다. 「언와인드될 준비가 됐어?」

스타키는 그 말을 무시한다. 「이 하비스트 캠프는 리노 북쪽, 네바다주에 있어.」 그가 말한다. 「네바다주는 전국에서 가장 약한 청소년 전담국을 두고 있고. 네바다주는 언와인드되기를 기다리는 황새의 비율이 가장 높은 곳이기도 해. 근데 이걸 봐. 이 특정 하비스트 캠프에는 외과 의사가 부족하대. 인구가 폭증하고 있는데 언와인드는 그만큼 빠르게 못 하고 있다는 거야.」 그는 뱀에게 옆집 소년의 미소를 지어 보인다. 오랫동안 그가 혼자만 간직해 온 사실이다. 명예로운 목적의식의 씨앗을 뿌리기 시작할 때가 되었다. 뱀에게서부터 시작해도 괜찮을 것이다.

「우린 더 이상 개별 가정을 무너뜨리고 한 번에 황새 한 명씩만 해방하지 않을 거야.」 스타키가 자랑스럽게 말한다. 「하비스트 캠프 전체를 해방할 거야.」

그의 앞길을 방해하는 자는 누구나 신의 도움이 필요하게 될 것이다.

16
리사

훈훈한 소식

오늘 〈미술을 보는 눈〉에서는 급진적 매체를 다루는 브라질의 예술가, 파울루 히베이루의 도발적인 작업에 집중합니다. 이 사진에서 보시듯, 히베이루의 작품은 충격적이고 흥미로우며 때로는 불편하게 느껴집니다. 히베이루는 자신을 〈생명의 예술가〉라고 부릅니다. 그의 모든 작품이 언와인드로 만들어지기 때문이죠.

최근 뉴욕에서 열린 전시회에서 히베이루와 만났습니다.

〈제가 하는 작업이 그렇게 특이한 건 아니에요. 유럽에는 인간의 뼈로 장식된 대성당이 수두룩하죠. 21세기 초반에는 앤드루 크래스노나 군터 폰 하겐스 같은 예술가들이 실제 사람의 몸을 이용해 작품을 만든 것으로 잘 알려져 있습니다. 저는 그저 이 전통을 논리적으로 한 단계 더 끌고 갔을 뿐입니다. 제 바람이지만, 제 작품이 영감을 줄 뿐 아니라 자극적 선동이 되었으면 좋겠네요. 예술의 후원자들에게 불안이라는 미적 상태를 선사하고 싶습니다. 제가 언와인드를 이

용하는 까닭은 언와인드에 저항하기 위해서입니다.〉

지금 보시는 것은 히베이루가 자신의 대표작으로 꼽는 작품입니다. 한번 보면 좀처럼 잊을 수 없고 흥미로운 이 작품은 히베이루가 〈오르갸오 오르갸니코〉라고 부르는, 실제로 작동하는 악기입니다. 현재 이 작품은 개인 소장 중입니다.

〈저의 가장 뛰어난 작품이 개인 소유로 남게 되었다는 건 안타까운 일입니다. 이 작품은 온 세상이 보고 듣도록 만들어진 것이니까요. 하지만 수많은 언와인드가 그렇듯, 이 작품도 이제는 영영 그렇게 될 수 없겠지요.〉

리사는 돌 같은 얼굴들이 등장하는 꿈을 꾼다. 그 얼굴들은 창백하고 야위었으며, 그녀를 심판하는 듯하면서도 영혼이 없다. 이번에 얼굴들은 멀리서 그녀를 보는 게 아니라, 손을 뻗으면 만질 수 있을 만큼 가까운 곳에 있다. 하지만 리사는 얼굴들을 만질 수 없다. 그녀는 피아노 앞에 앉아 있지만 피아노에서는 음악이 나오지 않는다. 리사에게 연주할 팔이 없기 때문이다. 얼굴들은 결코 울리지 않을 소나타를 기다리고 있다. 그제야 리사는 얼굴들이 서로 너무 바짝 붙어 있어서, 얼굴에 몸이 붙어 있을 리 없다는 것을 깨닫는다. 정말로 몸이 없다. 얼굴들은 줄줄이 늘어서 있고 너무 많아서 셀 수가 없다. 리사는 경악하지만, 시선을 돌릴 수 없다.

리사는 꿈과 현실을 구분하지 못한다. 그녀는 자신이 눈을 뜬 채 잠들어 있는지도 모른다고 생각한다. 작은 소리로 TV가 켜져 있다. 리사의 시야 정면에 TV가 있다. 지금은 변기 세정제와 사랑에 빠진 듯한, 미소 짓는 여자의 광고가 나오고 있다.

리사는 편안한 곳의 편안한 침대에 누워 있다. 한 번도 와본 적 없는 곳이지만, 그건 다행스러운 일이다. 리사가 최근에 갔던 곳들을 떠올리면 어디든 그보다는 나을 수밖에 없으니까.

방 안에는 호리호리한 엄버 아이가 있다. 그는 이제 TV에서 리사에게로 시선을 돌린다. 리사는 한 번도 만나 본 적 없는 아이지만, 지금 나오는 것보다 심각한 TV 광고에서 그의 얼굴을 본 적이 있다.

「그래서, 너 진짜구나.」 그는 리사가 깬 것을 보고 말한다. 「난 정신 나간 괴짜가 전화를 걸었다고 생각했어.」 그는 광고에서보다 나이가 많아 보인다. 아니면 더 지쳐 보인다고 해야 할까. 열여덟 살쯤 되어 보인다. 그녀보다 나이가 많지는 않을 것이다.

「넌 죽지 않을 거야. 좋은 소식이지.」 엄버 아이가 말한다. 「나쁜 소식은, 덫 때문에 네 오른손 손목이 감염되었다는 거야.」

리사는 퍼렇게 부어 있는 오른손 손목을 보고 손을 잃게 될까 봐 걱정한다. 아마 꿈에서 팔이 없었던 건 통증 때문일 것이다. 그녀는 즉시 코너의 팔을, 더 정확하게 말하자면 코너의 몸에 붙어 있는 롤런드의 팔을 떠올린다.

「다른 사람 손을 주면, 내가 네 뇌를 부숴 버릴 거야.」 리사가 말한다.

소년은 웃으며, 자기 오른쪽 관자놀이에 아주 희미하게 남은 자국을 가리킨다. 「난 이미 뇌를 받았어. 사양할게.」

리사는 자신의 다른 팔을 본다. 그 팔에도 붕대가 감겨 있다. 이유는 기억나지 않는다.

「물린 상처 때문에 광견병 검사도 해야 했어. 뭐였어, 개?」

그렇지. 이제야 기억난다. 「코요테.」

「딱히 인간의 가장 친한 친구라고 할 수는 없지.」

방 안은 현란하고 요란하게 장식되어 있다. 틀이 가짜 금으로 된 거울이 있다. 조명에는 아른거리는 체인이 달려 있다. 반짝이는 것들이 엄청나게 많다.

「여기가 어디야?」 리사가 묻는다. 「라스베이거스?」

「근처야.」 소년이 말한다. 「네브래스카주.」 그러더니 그는 다시 웃는다.

리사는 잠시 눈을 감고, 자신이 이곳까지 오게 된 과정을 머릿속으로 맞춰 보려 노력한다.

리사가 전화를 건 뒤 두 남자가 헛간으로 그녀를 데리러 왔다. 그들은 코요테들이 다시 돌아오기 전에 도착했다. 리사는 의식이 반쯤 나가 있었기에 자세한 내용은 흐릿하다. 그들이 무슨 말을 했는지, 자신은 뭐라고 대답했는지 기억나지 않는다. 그들이 물을 주었고, 리사는 그 물을 토했다. 그런 다음 그들은 보온병에 담긴 미지근한 수프를 주었고, 리사는 그 수프를 토하지 않았다. 그들은 리사를 편안한 자동차의 뒷좌석에 태우고 떠났다. 코요테들은 다음 식사를 다른 곳에서 찾아야 할 터였다. 남자 중 한 명이 리사와 함께 뒷좌석에 앉아 자기 어깨를 내주었다. 그는 차분한 목소리로 말했다. 리사는 그들이 누구인지 몰랐지만, 그들이 이젠 안전하다고 말했을 때는 그 말을 믿었다.

「의사가 딸린 폐가 한 쌍 있긴 해, 내 말 무슨 뜻인지 알지 모르겠다만.」 엄버 아이가 말한다. 「그 의사 말로는 네 손이 보기만큼 나쁜 건 아니래. 그래도 손가락은 한두 개 잃을 수 있어. 대단한 건 아니야, 그냥 매니큐어값이 적게 든다는 뜻이지.」

그 말에 리사는 웃는다. 그녀는 살면서 한 번도 매니큐어를 발라 본 적이 없지만, 손가락 단위로 금액이 매겨진다는 생각은 음침하게도 우습다.

「내가 들은 대로라면, 네가 그 장기 해적에게 제대로 한 방 먹였다던데.」

리사는 팔꿈치를 짚고 몸을 일으킨다. 「난 그냥 기절시켰을 뿐이야. 놈을 먹어 치운 건 자연이었어.」

「그래, 자연은 또라이지.」 소년이 리사에게 손을 내밀어 악수를 청한다. 「사이러스 핀치라고 해. 사이파이라고 불러.」

「난 네가 누구인지 알아.」 리사가 왼손으로 어색하게 악수하며 말한다.

갑자기 사이파이의 얼굴이 약간 달라진다. 그의 목소리도 마찬가지다. 좀 더 거칠어진다. 매끄럽던 말투가 완전히 사라진다. 「넌 날 몰라. 그러니까 아는 척하지 마.」

리사는 예상에서 벗어난 반응에 당황해 사과하려 한다. 하지만 사이파이가 손을 들어 그녀를 막는다.

「내 입술이 주절거리는 말에는 신경 쓰지 마. 이런 건 타일러가 하는 말이야.」 그가 말한다. 「타일러는 자기가 집어 던질 수 없는 사람은 아무도 믿지 않아. 그리고 사람을 던져 버리는 팔이 집을 비웠기 때문에 아무도 던져 버리지 못해. 내 말 알아듣지?」

리사가 이해하기에는 너무 벅찬 정보다. 하지만 그의 억지스러운 구식 엄버 억양이 위로가 된다. 그녀는 미소 지을 수밖에 없다. 「넌 늘 그런 식으로 말해?」

「내가 타일러가 아닌 나 자신일 때는.」 사이파이가 어깨를 으쓱하며 말한다. 「나는 내가 원하는 방식대로 말하기로 선택했어. 과거 우리가 〈엄버〉가 아니라 〈흑인〉이었던 때의 유산을 기리기 위해서.」

TV 광고를 제외하면, 리사가 사이러스 핀치에 대해 아는 내용은 의회 증언에서 본 것뿐이다. 열여덟 살이 아닌 열일곱 살 미만으로 언와인드 연령을 낮추는 것이 한창 논의되던 시점의 일이다. 사이러스는 17세 연령 제한법이 통과되는 데 기여했다. 그의 소름 끼치는 증언은 자신의 언와인드 과정을 묘사하는 타일러 워커에 관한 내용이었다. 그러니까, 사이러스의 머릿속에 이식된 타일러의 일부에 관한 내용 말이다.

「네 전화를 받고 놀랐다는 건 인정해야겠다.」 사이파이가 말한다. 「반분열 저항군의 거물들은 보통 우리를 알은체하지 않거든. 우리는 언와인드가 이루어지기 전이 아니라, 이루어진 다음의 사람들만 상대하니까.」

「ADR은 더 이상 누구도 알은체하지 않아.」 리사가 말한다. 「나도 몇 달 동안 ADR이랑 연락 안 했어. 솔직히 말하면, ADR이 지금도 존재하는지조차 모르겠어. 예전 같지는 않아.」

「흠. 안타까운 소식이네.」

「난 지금도 ADR이 다시 조직을 갖추기를 바라지만, 뉴스에서 보이는 거라고는 점점 더 많은 저항군의 일꾼이 사법 방해 혐의로 체포됐다는 내용뿐이야.」

사이파이가 슬프게 고개를 젓는다. 「사법이 사법답지 않을 때는 방해해야지.」

「그래서, 여긴 네브래스카주의 정확히 어디야, 사이러스?」

「개인 주거지야.」 사이러스가 말한다. 「그보다는 주거 단지라고 말해야겠지만.」

리사는 사이러스의 말이 무슨 뜻인지 알 수 없지만, 그 정도로 만족하기로 한다. 눈꺼풀이 무겁다. 지금 당장은 말을 길게 하고 싶지 않다. 그녀는 사이파이에게 감사 인사를 하고 먹을 것을 좀 얻을 수 있느냐고 묻는다.

「아빠들한테 뭔가 가져다 달라고 할게.」 사이파이가 말한다. 「네가 식욕을 되찾은 걸 보면 좋아하실 거야.」

다음은 정치 관련 유료 광고입니다

안녕하세요, 저는 버네사 밸번입니다. 아마 낮 시간 TV에서 저를 보셨을 테죠. 하지만 여러분이 모르는 것이 있습니다. 바로 제 남동생이 폭력 범죄로 종신형을 선고받고 복역 중이라는 사실입니다. 제 동생은 자발적 뇌 적출 명단에 이름을 올렸습니다. 올해 11월, 11호 계획이 통과되면 형이 집행될 거예요.

뇌 적출에 관해서는 많은 이야기가 있습니다. 무엇이 진실이고 무엇이 거짓인지에 관한 이야기인데요. 그래서 저는 직접 정보를 찾아봐야 했어요. 제가 알아낸 내용은 다음과 같습니다. 뇌 적출은 고통스럽지 않습니다. 뇌 적출은 모든 폭력범에게 선택지로 제공됩니다. 또한 뇌 적출은 피해자 가족과 가해자 가족 모두에게 뇌 적출 과정에서 버려지지 않은 모든 신체 부위의 시장 가격을 전액 지급함으로써 보상을 제공합니다.

저는 남동생을 잃고 싶지 않지만, 동생의 선택을 이해합니다. 따라서 문제는, 우리가 폭력범들이 사회에 진 빚을 어떻게 갚기를 원하느냐는 점입니다. 그들을 납세자의 세금을 낭비하며 감옥에서 늙어 가도록 할까요, 아니면 사회에 꼭 필요한 장기와 그들의 범죄로 피해를 입은 사람들에게 꼭 필요한 금전적 보상을 제공함으로써 그들에게 속죄할 기회를 주어야 할까요?

11호 계획에 찬성표를 던지고, 종신형을 종신 선물로 바꿔 주시기를 촉구합니다.

— 인류의 개선을 위한 피해자 단체에서 후원하는 광고임

리사는 자고 또 잔다. 보통은 무기력을 혐오하지만, 이번만큼은 게으름 피울 자격을 조금은 얻어 냈다고 생각한다. 묘지 습격이, 그러니까 그녀가 능동적 시민의 기만적인 시도를 전국 뉴스에서 폭로한 것이 겨우 3주 전이라는 사실을 믿기 어렵다. 정말이지 전생의 일처럼 느껴진다. 언론의 스포트라이트를 받던 삶이 서치라이트를 피해 숨는 삶이 되었다.

애초에 리사에게 걸려 있던 혐의를 기각시키고, 그녀를 숨어 있던 곳에서 세상으로 나오게 한건 능동적 시민의 수상한 거물들이었다. 하지만 놀랍게도, 그녀가 능동적 시민의 적을 자처한 그날 밤 이후로 새로운 혐의가 제기되었다. 그녀가 능동적 시민에서 거액의 자금을 횡령했다는 것이다. 그건 사실이 아니다. 그녀가 묘지의 무단이탈 언와인드들을 무장시키는 데 도움을 주었다는 주장도 있다. 그것도 사실이 아니다. 그녀가 묘지에서 했던 일이라고는 응급 처치와 감기 치료뿐이다.

하지만 진실에 관심이 있는 건 그녀 자신뿐이다.

사이파이의 두 아버지는 ― 둘 다 사이파이의 피부가 검은 만큼 시에나의 창백한 피부를 가지고 있다 ― 비슷한 수준으로 그녀를 덮어놓고 예뻐한다. 침대까지 식사를 가져다줄 정도다. 저 멀리, 샤이엔까지 그녀를 데리러 온 것도 그들이었다. 그래서 그들은 리사의 건강에도 관계자로서 관심을 보인다. 섬세한 꽃처럼 대우받는 데 리사는 금방 질린다. 그녀는 방을 어슬렁거리기 시작한다. 지금도 침대에서 두 발을 휙 내리고 스스로 걸을 때마다 놀랍다. 손목이 뻣뻣하고 아프기에 리사는 그 손을 조심스레 움직인다. 상주 의사가 손가락은 괜찮다고, 앞으로 매니큐어를 바를 때는 온전한 값을 내야 할 거라고 말했는데도. 다행히 그녀는 광견병에도 걸리지 않았다.

리사의 방 창밖으로는 정원이 보이지만 그 너머는 보이지 않는다. 그래서 리사는 사실 이곳이 얼마나 큰지, 이곳에 얼마나 많은 사람이 있는지 모른다. 때로 정원을 돌보는 사람들이 보인다. 리사는 나가서 그들을 만나고 싶지만 문이 잠겨 있다.

「저는 포로인가요?」 리사가 사이파이의 아빠 중 키가 더 크고 더 친절해 보이는 사람에게 묻는다.

「모든 자물쇠가 사람을 구속하기 위해서 있는 건 아니란다, 얘야.」 그가 말한다. 「어떤 자물쇠는 그냥 타이밍 때문에 존재하는 거야.」

이튿날 오후에는 타이밍이 맞았던 게 분명하다. 사이파이가 그녀에게 집을 구경시켜 주겠다고 한다.

「여기 있는 사람들이 전부 너한테 우호적인 건 아니라는 걸 이해해야 해.」 사이파이가 경고한다. 「물론, 사람들은 네가 언와인드를 지지한다고 했던 그 모든 뒤통수 캠페인이 가짜라는 걸 알아. 다들 네가 협박당했다는 것도 알고. 하지만 그렇더라도, 네가 언와인드는 나쁜 것 중 가장 덜 나쁜 거라고 말한 그 인터뷰는……」 사이파이가 인상을 찡그린다. 「뼛속에 박혔달까. 내 말 무슨 뜻인지 알지 모르겠다만.」

리사는 그와 시선을 마주칠 수 없다. 「알아.」

「새 척추도 네가 요구한 게 아니라고, 그걸 받아서 후회스럽다고 사람들한테 알려 주는 게 좋을 거야. 그건 우리가 공감할 수 있는 감정이거든.」

사이파이가 말했듯, 이곳은 단순한 주택이 아니다. 본격적인 주거 단지다. 리사의 방은 본채에 있다. 이 집에는 최근에 증축된 게 분명한 커다란 건물이 여러 개 있다. 넓은 정원 건너편에는 리사의 창문으로는 보이지 않던 여섯 채의 꽤 큰 오두막이 자리하고 있다.

「네브래스카주는 땅값이 싸.」 사이파이가 말한다. 「그래서 여기로 온 거야. 여기서는 오마하도 적당한 거리에 있거든. 할 일이 있는 사람들은 도시에 다녀올 수 있을 만큼 가깝지만, 낯선 사람들은 우리를 가만히 놔둘 만큼 먼 곳에.」

리사가 지나쳐 간 사람들은 그녀를 힐끗 보고 인사 없이 고개를 돌린다. 몇몇 사람은 그녀에게 엄숙하게 고개를 끄덕여 보인다. 몇 사람은 미소 짓는다. 억지 미소다. 그들은 모두 리사가 누구인지 안다. 다만, 그녀를 어떻게 받아들여야 할지는 아무도 모른다. 리사가 그들을 어떻게 이해해야 할지 모르는 것과 마찬가지다.

그날 오후, 리사와 사이파이가 돌아다니는 동안 몇 사람이 정원을 돌보고 있다. 가까이서 살펴보니 정원은 그냥 장식용이 아니다. 줄지어 자라는 채소들이 있다. 왼쪽에는 닭, 그리고 보이지 않는 곳에 다른 동물이 있을지 모르는 우리가 있다.

사이파이는 리사가 묻기 전에 답한다. 「우리는 자급자족이 가능해. 다만 직접 도축하지는 않아, 닭만 빼고.」

「〈우리〉가 누구인지 물어봐도 돼?」

「하나의 민족이지.」 사이파이는 단순히 말한다.

「기회의 민족을 말하는 거야?」 리사가 추측한다. 하지만 주위를 둘러보니, 이 중 아메리카 원주민처럼 보이는 사람은 한 명도 없다.

「아니.」 사이파이가 설명한다. 「타일러 민족.」

리사는 아직 그 말의 의미를 제대로 이해하지 못한다. 하지만 그녀의 눈에 들어오는 사람들 중 상당수가 접목된 부위를 가지고 있는 듯하다. 여기는 뺨, 저기는 팔. 다른 사람의 눈과 완벽하게 똑같은 밝은 파란색 눈을 본 순간, 그녀는 이곳이 어딘지 깨닫기 시작한다.

「부활 공동체에서 사는 거야?」 리사는 약간 경이로움을 느낀다. 어쩌면 약간 겁이 나는지도 모르겠다. 그녀는 이런 곳이 있다는 소문은 들어 보았지만, 그게 진짜일 거라고는 생각해 보지 못했다.

사이파이가 씩 웃는다. 「우리가 여기를 시작했을 때, 〈부활 공동체〉라고 처음 부른 사람은 아빠들이었어. 난 꽤 마음에 들어. 안 그래? 느낌이 뭔가…… 영적이거든.」 사이파이는 주변의 오두막과 땅을 가리킨다. 「여기 있는 거의 모든 사람이 타일러 워커의 부위를 가지고 있어.」 사이파이가 설명한다. 「타일러 워커 재단이 하는 일은 그런 거야. 자신들이 공유하는 언와인드를 재결합해야겠다고 느끼는 사람을 위해 그런 사람들을 재결합시키는 장소를 만드는 것.」

「사이러스, 그건 좀 뒤틀린 목적 같아.」

사이파이는 그녀의 섣부른 반응에도 당황하지 않는다.「이보다 훨씬 더 뒤틀린 일들도 있는걸. 이건 그저 대처하는 한 방법이야, 리사. 애초에 일어나지 말았어야 할 일에 대처하는 방법.」그의 턱에 힘이 들어가고, 시선이 흔들린다. 리사는 지금 말하는 사람이 사이파이가 아니라는 걸 깨닫는다.

「네 척추에 속한 팔, 다리, 생각이 있는 방에 들어가 봐. 그러면 이곳을 완전히 다르게 보게 될 테니까.」

리사는 사이파이가 다시 자기 자신으로 돌아오기를 잠시 기다린다. 그가 대화하기에는 훨씬 편한 상대이기 때문이다.

「아무튼.」사이파이가 한 박자도 놓치지 않고 말한다.「우린 여기서 시작해서 지금까지 전국에 30곳 이상의 부활 공동체를 세웠어. 더 많은 공동체가 세워질 예정이고.」그는 팔짱을 끼고 자랑스럽게 미소 짓는다.「꽤 멋지지?」

어느 오두막 앞에서, 리사는 자신의 손목을 치료했던 의사를 발견한다. 사이파이가 그를 〈한 쌍의 폐〉라고 불렀던 것이 지금은 이해된다. 그 남자는 아들인 게 분명한 어린 소년과 함께 공을 던지고 있다.

「그러니까, 사람들이 그냥 모든 걸 버리고 가족과 함께 여기에 왔다는 거야?」리사가 묻는다.

「가족을 데려온 사람도 있고, 가족을 두고 온 사람도 있어.」

「다들 타일러 워커 숭배 집단에 가입하려고?」

사이파이는 잠시 뜸을 들였다가 입을 연다. 아마 타일러가 둘 다 후회하게 될 말을 외치지 못하게 하려고 시간을 끌었을 것이다. 「숭배 집단일 수도 있고, 아닐 수도 있지. 하지만 우리 공동체는 어떤 수요를 채워 주면서도 아무도 해치지 않아. 네가 뭐라고 함부로 판단하는 거야?」

리사는 혀를 깨문다. 말을 하면 할수록 그녀를 이곳으로 데려와 준 사람을 모욕하게 된다는 것을 깨닫는다.

사이파이는 기꺼이 화제를 바꾼다. 「그래서, 프라이는 어때?」

「뭐라고?」

사이파이는 뻔한 거 아니냐는 듯 눈알을 굴려 댄다. 「우리 둘 다 아는 친구 말이야. 그 녀석은 어떠냐고? 소식 듣고 지내?」

리사는 여전히 오리무중이다.

사이파이가 믿을 수 없다는 듯 그녀를 본다. 「그 녀석. 세상에 하나밖에 없는 레비 제더다이어 스몰프라이 콜더 말이야. 걔가 나랑 아는 사이라는 말 안 했어?」

리사는 자기도 모르게 말을 더듬는다. 「네, 네가 레브를 알아?」

「레브를 아느냐고? 내가 레브를 아느냐고? 나는 몇 주 동안 그 녀석이랑 같이 여행했어. 걔는 너랑 코너가 자기를 납치했다는 얘기랑 일들을 전부 얘기해 줬고. 너희가 그 녀석을 십일조에서 구해 준 얘기 말이야.」 사이파이는 약간 아쉬워하는 표정을 짓는다. 「난 그 녀석이 나를 돌봐야만 하는 순간이 올 때까지 그 녀석을 돌봤어. 걘 날 정말 잘 챙겼어, 리사. 걔가 아니었으면 난 지금 여기에 없었을 거야. 그 녀석이 막아 주지 않았으면 삶이라는 기차가 나를 쳤을 거라고.」 사이파이는 걸음을 멈춘다. 아래를 내려다본다. 「그 녀석이 박수도가 된 걸 보고서는 바지에 똥을 지릴 뻔했어. 프라이가, 그 착한 녀석이 그러면 안 됐는데.」

「레브는 자폭하지 않았어.」

사이파이가 홱 눈을 들어 리사를 본다. 리사는 그 사람이 사이파이인지, 타일러인지 알 수 없다. 아마 둘 다일 것이다. 「당연하지! 내가 그걸 모르는 줄 알아?」 사이파이는 잠시 시간이 지난 뒤에야 누그러진다. 「지금 그 녀석이 어디에 있는지 뭐 알아?」

리사는 고개를 젓는다. 「레브의 집이 공격당했어. 마지막으로 들은 소식으로는 레브가 어딘가에 숨었대.」

사이파이는 입술을 꾹 다문다. 「가엾은 프라이. 나머지 우리보다는 신세를 덜 망치면 좋겠는데.」

레브가 박수도가 된 것은 끔찍한 일이다. 하지만 리사는 그의 박수도 친구들이 해피잭 하비스트 캠프를 무너뜨리지 않았다면, 그녀 자신은 오래전에 언와인드당했으리라는 것을 안다. 「세상이 참 좁지?」 그녀가 말한다. 「레브는 우리 때문에 아직 여기에 있고, 우리 둘은 레브 때문에 여기에 있다니.」

「그렇다니까, 우린 모두 연결돼 있어.」 사이파이가 말한다. 「우리 타일러 민족만이 아니라.」

마지막 오두막을 지나갈 즈음, 겉으로는 수술받은 흔적이 보이지 않는 중년 여자가 현관에서 리사에게 따뜻한 미소를 보낸다. 리사도 마주 미소 짓는다. 그제야 이곳의 발상이 편안하게 느껴지기 시작한다. 사이파이가 자기 가슴을 건드리며,

그 여자는 타일러의 심장을 가지고 있음을 알린다.

그들은 빙 돌아 본채로 간다. 손목이 다시 아프기 시작하자 리사는 한동안은 무리하지 말아야겠다는 생각을 한다. 권력자를 피해 도망치는 걸음도 당분간은 늦춰야 할 것이다. 이곳은 눈에 띄지 않게 자세를 낮추고 있기에 그나마 괜찮은 곳이다.

다음은 정치 관련 유료 광고입니다

저, 배우 케빈 베신저는 여러분에게 11호 계획에 반대표를 던져 주시길 부탁드립니다. 11호 계획, 즉 〈살 1파운드〉 법[17]은 보기와는 다릅니다. 이 법은 수감자들의 자발적 뇌 적출을 허용하는 내용입니다. 달리 말해, 그들의 뇌를 제거하고 처분한 뒤 나머지 몸을 언와인드하자는 법이죠. 합리적인 아이디어로 보일 수도 있겠지만, 계획의 실제 내용을 보면 그렇지 않습니다.

11호 계획은 뇌 적출이 자발적이어야 한다고 명시합니다. 동시에, 교도소 행정 당국이 그런 결정을 기각하고 자신들이 선택한 수감자의 뇌 적출을 의무화하는 것도 허용합니다. 게다가 이 계획은 언와인드의 부위를 경매로 판매하는, 비윤리적인 암시장의 관행을 주류 사회로 끌어들입니다. 정말로 우리의 국회 의원이 암시장과 관련되기를 바라십니까?

11호 계획에 반대표를 던지십시오. 〈살 1파운드〉 법은 우리가 품고 살 수 있는 해결책이 아닙니다.

17 셰익스피어의 희곡 『베니스의 상인』에서 악덕 고리대금업자가 빚을 갚지 못한 상인에게 〈살 1파운드〉를 요구한 데서 유래한 명칭.

―윤리적 언와인드 실천 연합에서 후원하는 광고임

그날 밤 리사는 룸서비스 대신 본채의 커다란 응접실에서 만찬을 함께한다. 긴 식탁에는 스물네 명이 앉을 수 있고, 리사는 상석에 앉으라는 권유를 거절한 뒤 중간쯤에 앉는다. 사이파이의 두 아버지는 자리에 없다. 리사가 알게 된 바에 따르면, 그들은 성공한 변호사, 치과 의사였던 이력을 버리고 타일러 워커 재단을 운영하고 있다.

「우린 일주일에 두 번 특별한 만찬을 해.」 사이파이가 설명한다. 「타일러 민족끼리만. 배우자나 가족은 없이. 우리만을 위한 시간이야. 오늘 밤에는 너도 우리 중 하나가 될 수 있어.」

리사는 이 말을 어떻게 받아들여야 할지 알 수 없다.

의사는 사이파이가 받을 관심을 가로채고, 자청해서 리사를 소개한다. 그는 리사를 가장 좋은 각도로 제시한다. 적에게 협박당해 자신의 양심에 반하는 증언을 할 수밖에 없었던 ADR의 충성스러운 구성원이라고. 「리사는 놈들이 시키는 대로 하면 수백 명의 아이를 언와인드로부터 구할 수 있다고 생각했어요.」 의사가 설명한다. 「하지만 결국 이중으로 기만당했고, 그 아이들은 현재 하비스트 캠프에서 〈개괄적 분열〉을 앞두고 있습니다. 리사는 우리 모두가 그렇듯 시스템의 희생자이며, 그래서 저는 두 팔 벌려 리사를 환영합니다.」

모인 사람들이 박수갈채를 보낸다. 아직 꺼림칙한 기색도 좀 있긴 하다. 리사는 그게 자신이 받을 수 있는 최선의 환대라고 생각한다.

음식은 양지머리와 직접 기른 풍미 있는 채소다. 대가족이 함께하는 일요일 만찬 같다. 모두가 최소한의 대화만 나누며 음식을 먹는다. 결국 사이파이가 말한다. 「어이, 다들 자기소개를 해야 할 것 같은데.」

「이름, 아니면 공유 부위?」 누군가가 묻는다.

「공유 부위.」 다른 사람이 대답한다. 「타일러에 대해서 알려 줘야지.」

사이파이부터 시작한다. 「오른쪽 측두엽.」 그런 다음 그는 왼쪽을 본다.

그의 옆자리에 있던 남자가 마지못해 말한다. 「왼팔.」 그는 손을 들어 흔든다.

이어 그 옆의 여자가 말한다. 「무릎 아래, 왼쪽 다리.」 식탁을 돌아가며 사람들이 말한다.

「오른쪽 눈.」

「왼쪽 눈.」

「간과 췌장.」

「후두엽 상당 부분.」

부위 하나하나가 선포된 끝에, 식탁을 모두 돌아 리사에게 차례가 돌아온다. 「척추요.」 리사가 어색하게 말한다. 「하지만 누구 것인지는 모르겠어요.」

「우리가 알아봐 줄 수 있어요.」 타일러의 심장을 받은 여자가 말한다.

「아뇨, 괜찮아요. 모르는 게 좋겠어요.」 리사가 말한다. 「아무튼, 적어도 지금은 그래요.」

여자는 이해한다는 듯 고개를 끄덕인다. 「개인의 선택이죠.

아무도 강요하지 않을 거예요.」

리사는 식탁을 둘러본다. 모두가 아직 식사를 하고 있지만, 이제는 관심이 그녀에게 집중된다.

「그래서…… 타일러 워커의 모든 부위가 이 식탁에 있는 건가요?」

사이파이가 한숨을 쉰다. 「아니, 비장과 왼쪽 신장, 장관, 갑상샘, 오른팔의 모든 부위는 없어. 끌림을 느낄 만큼 타일러가 많이 들어 있지 않은, 비교적 작은 뇌의 일부도 없고. 하지만 타일러의 75퍼센트는 여기, 식탁에 둘러앉아 있지.」

「나머지 25퍼센트는 그냥 날아가도 상관없어.」 왼쪽 청각 기관 남자가 말한다. 모두가 웃는다.

리사는 모든 방의 현란한 장식 또한 타일러를 위한 것임을 알게 된다. 그는 반짝이는 것에 압도적으로 끌렸었다. 그런 물건을 훔친 것이 그가 언와인드된 이유 중 하나였다.

「하지만 여기 있는 모든 건 돈 주고 산 거야.」 타일러 민족이 재빨리 그녀에게 말한다.

「타일러 워커 재단이 여러분 모두에게 여기 있으라고 돈을 주는 건가요?」

「그 반대에 가깝지.」 의사가 말한다. 「물론, 처음 이 아이디어에 대해 들었을 때는 의심스러웠어.」 그의 눈이 약간 황홀경에 젖는다. 「하지만 여기에 와 있으면, 타일러의 존재와 함께하면 다른 어디에도 가고 싶지 않다는 걸 알게 돼.」

「난 집을 팔고 모든 것을 재단에 기부했어.」 다른 사람이 말한다. 「재단에서 요구한 게 아니야. 그냥 내가 주고 싶었어.」

「타일러는 여기, 우리와 함께 있어, 리사.」 사이파이가 말한다. 「믿는 건 자유지만 우리 모두는 그렇게 믿어. 이건 신앙의 문제야.」

리사가 받아들이기에는 너무도 낯설고 이질적인 일이다. 그녀는 타일러 워커 재단 덕분에 여기저기 생겨난 수많은 〈부활 공동체〉에 대해 생각한다. 이런 공동체의 존재는 언와인드의 예상치 못한 또 다른 결과다. 복잡한 문제에 대한 더 복잡한 해결책. 리사는 사이파이나 이곳 사람들을 탓하지 않는다. 대신 이런 곳을 필요하게 만든 세상을 탓한다. 언와인드를 완전히 끝내고 싶다는 생각이 그 어느 때보다 강해진다. 리사는 자신이 한 명의 소녀일 뿐임을 알지만, 이제는 자신이 터무니없을 정도로 큰 상징이 되었다는 걸 안다. 사람들은 그녀를 사랑하고 두려워하고 경멸하고 존경한다. 리사가 적당한 카드를 내기만 하면, 이 모든 요소는 그녀를 무시할 수 없는 힘으로 바꿀 것이다.

그날 밤, 모두가 잠자리에 들기 전 의례가 이루어진다. 사이파이는 리사가 그 의식을 보도록 한다.

「우리는 수많은 아이디어를 시도해 봤어. 신체 부위의 모양을 본뜬 자세로 땅에 눕는다든지, 아니면 자동차에 꽉 끼어 탄 뚱뚱한 광대들처럼 작은 방에 모여서 서로를 꽉 끌어안아 보기도 했지. 대부분은 바보 같은 생각이었어. 하지만 그 모든 헛짓거리는 그저 이상하기만 했어. 결국 우리는 이 원에 정착했어. 단순한 게 낫더라고.」

정원 한가운데에 있는 원은 돌로 표시되어 있으며, 각 돌에는 신체 부위의 이름이 새겨져 있다. 이곳에 없는 신체 부위에도 자리가 있다. 모두가 각자의 돌 앞에 앉는다. 누군가가, 모두가 말하기 시작한다. 그 외에 규칙은 없는 듯하다. 모두가 자유롭지만 서로의 말을 끊는 경우는 없다. 리사가 보기에 대화의 대부분을 주도하는 건 타일러의 뇌를 받은 사람들이다. 그렇지만 모두가 참여한다.

「난 화가 나.」 누군가 말한다.

「넌 언제나 화가 나 있어.」 다른 누군가가 대꾸한다. 「놓아 버려.」

「그 모든 걸 훔치면 안 됐어.」

「하지만 훔쳤으니까 잊어버려.」

「엄마, 아빠가 보고 싶어.」

「그 사람들이 널 언와인드했어.」

「아냐! 내가 막을 수 있어. 아직 늦지 않았어.」

「내 입술을 읽어 봐. 그 사람들이…… 너를…… 언와인드 했어!」

「속이 메스꺼워.」

「네가 양지머리를 다 뜯어 먹는 걸 보고 놀랐어.」

「할머니가 해주신 맛이던데.」

「맞아. 내가 엄마한테 레시피를 달라고 했어.」

「엄마랑 얘기했어?」

「뭐, 엄마의 변호사랑.」

「말 되네.」

「엄마의 미소가 떠올라.」

「난 엄마의 목소리가.」

「마지막에 엄마가 얼마나 차가웠었는지 기억나?」

「미안, 내 기억에는 없네.」

「난 하고 싶은 게 너무 많은데, 그게 뭐였는지 기억이 안 나.」
「적어도 한 가지는 기억나. 스카이다이빙이었어.」
「그래, 참 잘도 되겠다.」
「될 수도 있지.」 사이파이가 말한다. 이어 그가 묻는다. 「타일러를 위해 스카이다이빙을 할 분은 몇 분이나 되시나요?」

절반 정도가 즉시 손을 든다. 약간 망설이며 더 많은 사람이 손을 든다. 빠진 사람은 한 명뿐이다.

「좋네요.」 사이파이가 말한다. 「그럼 하죠. 아빠들한테 준비해 달라고 할게요. 타일러는 스카이다이빙을 하러 갈 거예요!」

리사는 완전한 외부인이 된 기분이다. 어쩔 수 없이, 이 사람들이 망상에 빠져 있다는 생각도 든다. 하지만 동시에, 타일러가 현실적이면서도 측정할 수 없는 어떤 방식으로 정말 여기에 존재한다면, 만에 하나라도 그렇다면 어떨지 상상해 볼 수밖에 없다. 이게 망상인지 아닌지, 리사는 영영 알 수 없을 것이다. 사이파이가 말했듯, 이건 신앙의 문제다.

그러나 한 가지는 확실하다. 타일러가 정말로 존재한다면, 그에게는 성장할 여지가 있다. 리사는 분열된 사람이 성장할 수 있는지 궁금하다. 아니면 그들은 그냥 언와인드된 나이로 굳어 버리는 걸까.

원의 수다가 끝나고 나자, 사이파이는 리사를 그녀의 방에 데려다준다. 리사는 참지 못하고 한 가지 의견을 낸다.

「네가 여기서 하는 놀이도 나쁠 건 없어, 사이러스.」 리사가 말한다. 「하지만 네가 정말 중요한 일을 한 건 의회에 나가서 17세 연령 제한법을 위해 싸웠을 때야.」

「그래……. 근데 그게 다 무슨 소용이야? 우리가 17세 연령 제한법을 통과시켰더니, 이제는 청담의 단속과 언와인드의 장점을 설득하는 광고가 더 늘었어. 놈들은 우리의 모든 좋은 의도를 우리한테 불리하게 이용해. 네가 다른 누구보다 잘 알 텐데. 난 엿같이 머리가 좋지만, 놈들의 그런 수작을 이길 만큼 똑똑하진 않아.」

「그렇다고 시도조차 포기해야 한다는 뜻은 아니잖아. 지금 넌 뭘 하고 있는데? 그냥 문제가 있는, 언와인드된 아이의 유치한 변덕을 받아 주고 있을 뿐이잖아.」

「조심해, 리사.」 사이파이가 경고한다. 「그 문제가 있는 아이의 응석을 받아 주기 위해 사람들은 많은 걸 포기했어.」

「뭐, 그럼 타일러한테 남자답게 굴라고 말해 줄 사람이 필요한 건지도 모르지.」

「그래서 그 사람이 너라고?」

「다른 사람은 안 하길래. 너희는 모두 타일러가 언와인드당하기 전에 어떤 사람이었는지, 뭘 원했는지에만 집착해. 왜 타일러가 3년 뒤에 무엇을 원했을지는 생각하지 않는 거야?」

이번만큼은 사이러스도 재치 있게 대답하지 못한다. 그러나 타일러는 대답한다.

「넌 거지 같아.」 타일러가 사이파이의 입으로 말한다. 「하지만 뭐, 생각해 볼게.」

다음은 정치 관련 유료 광고입니다

저는 랜스 레이타노 소방경입니다. 훈장을 받은 소방관이죠. 제가

11호 계획에 찬성표를 던지는 이유를 말씀드리겠습니다. 11호 계획은 자발적 뇌 적출과 언와인드를 통해 폭력범의 필수 조직과 장기를 제공합니다. 또한 이 계획에는 화상 피해자가 해당 부위를 무료로 제공받을 수 있게 하는 조항이 포함되어 있습니다. 저처럼 오랫동안 현장에 있다 보면 그게 얼마나 중요한 일인지 알게 됩니다.

11호 계획의 반대자들은 일종의 〈도덕적 우위〉를 주장합니다. 하지만 진실을 알고 싶으신가요? 비윤리적 목적을 가진 건 그들입니다. 그들과 청소년 전담국에서 11호 계획이 실패하기를 바라는 이유는 대신 17세 연령 제한법을 폐기하고 싶어 하기 때문입니다. 뿐만 아니라, 이기적인 억만장자들은 언와인드의 법적 해제 연령을 무려 19세까지 올리는 헌법 개정안을 추진하고 있습니다. 더 많은 아이가 언와인드되도록 말입니다. 그렇게 된다면, 그들의 이윤과 장기 산업에서 그들이 누리는 통제력은 더 커질 것입니다.

당신은 어떨지 모르겠지만, 저는 옆집 아이보다 살인자가 언와인드되는 것을 보고 싶습니다. 11호 계획에 찬성표를 던지세요!

— 합리적 뇌 적출을 위한 애국자들이 후원하는 광고임

리사는 원래 두 번째 주에도 이곳에 머물 생각이었다. 그러나 초조함과 무언가 해야겠다는 열망이 견딜 수 없을 만큼 커진다. 8일째, 그녀는 떠나기로 한다.

「어디로 가게?」 사이파이가 그녀를 주요 도로까지 데려다 주며 묻는다. 「ADR이 네 말대로 완전히 엉망진창이라면, 갈 곳이 있기는 해?」

「아니.」 리사가 인정한다. 「하지만 밖에서 운을 시험해 보려고. ADR에 남은 사람이 분명히 있을 거야. 없으면, 내 나름의 반분열 저항군을 시작해야지.」

「좀 애매한데.」

「내 인생 전체가 애매했어. 이번이라고 달라야 할 이유가 있을까?」

「좋아, 그럼.」 사이파이가 말한다. 「몸 잘 챙겨, 리사. 어쩌다 레브를 만나게 되면 이곳에 들르라고 전해 줘. 내가 맛있는 전통 야생 동물 고기 뷔페를 요리해 준다고 해.」 사이파이가 미소 짓는다. 「무슨 뜻인지 알아들을 거야.」

17
아전트

아전트 스키너의 왼쪽 뺨이 찢어져 있다. 손쓸 수 없을 정도는 아니지만, 그가 감당할 수 있는 방법으로는 손쓸 수 없다. 들쭉날쭉하게 찢긴 상처 세 군데가 이제는 야구공처럼 기워진 채 눈 아래에서 귀 아래까지 뻗어 간다. 2센티미터만 더 찢어졌으면 경동맥이 잘렸을 것이다. 차라리 그게 나았을지도 모르겠다. 차라리 그의 영웅이 목숨을 앗아 가주었다면. 그랬다면, 어떤 뒤틀린 방식으로 아전트와 코너 래시터는 영원히 연결되었을 것이다. 그랬다면, 그는 아전트라는 빈약한 존재에게 벌어질 수 있었던 가장 위대한 사건의 결과를 마주하지 않아도 되었을 테니까.

그레이스가 코너와 함께 도망쳤다는 사실 자체를 그는 도저히 이해할 수 없다. 그 둘이 터무니없게도 보니와 클라이드처럼 도망쳤다니, 이토록 치명적으로 화가 나 있지만 않았다면 아전트는 웃었을 것이다. 그는 애크런의 무단이탈자를 빌어먹을 지하실에 잡아 두고 있었다! 아주 잠깐이지만, 온 세상을 발치에 두고 있었다. 적어도 발길질하면 닿을 거리에 말이다.

그런데 지금은 무엇을 가지고 있단 말인가?

다음 날 아침, 아전트가 얼굴 절반에 붕대를 감고 교대 근무를 하러 나타나자 손님과 동료들이 모두 걱정하는 척했다.

「아니, 세상에. 무슨 일이야?」 그들 모두가 물었다.

「정원 일을 하다가 사고가 났어요.」 아전트는 그렇게 말했다. 당시에는 그보다 나은 핑계가 생각나지 않았기 때문이다.

「와, 산울타리가 아주 고약했나 보네.」

그는 집에서 부글부글 속을 끓이고 욕을 하고 좀 더 속을 끓인다. 달리 뭘 할 수 있겠는가? 아전트는 실제 벌어진 일을 경찰에게 말할 수 없다는 걸 안다. 누구에게도 말할 수 없다. 바보 같은 친구들은 아전트보다도 심한 떠버리이기 때문이다. 청소년 전담국과 FBI는 거짓말을 지어내고, 거의 그 거짓말을 통하게 할 뻔했던 멍청한 촌놈이라며 그를 무시해 버렸다. 그들은 아전트를 농담거리로 본다. 심지어 반편이인 누나조차 그를 우스갯거리로 만드는 데 성공했다. 그 모든 게 코너 래시터 때문이다.

사람은 자기 영웅을 경멸할 수도 있을까?

그의 빛을 함께 누리기를 열망하면서도 그가 그랬던 것처럼 그의 목을 그어 버리기를 바랄 수 있을까?

아전트에게 위로가 되는 것은 그레이스가 더 이상 그의 문제가 아니라는 점뿐이다. 아전트는 그레이스를 먹여 살릴 필요가 없다. 그녀를 나무라거나 그녀 때문에 신경 쓸 필요도 없다. 아전트는 그녀가 물을 틀어 두거나 가스를 켜놓았을까 봐, 아니면 라쿤이 들어오도록 빌어먹을 뒷문을 열어 두었을까 봐 걱정할 필요가 없다. 그는 자신만의 삶을 살아갈 수 있다. 하지만 정말이지, 그건 어떤 삶일까?

　아전트는 이런 생각이 앞으로 몇 달은 머릿속을 채우리라는 것을 안다. 그래서 그는 아무 생각 없이 옥수수 통조림을, 그리고 주머니 속에서 축축하게 젖어 버린 쿠폰을 스캔한다. 「아무 문제 없으셨나요?」 그의 입은 말할 것이다. 「좋은 하루 보내세요!」 하지만 그의 마음은 그들의 고기에 벌레가 들어 있고 신선 식품에는 병균이 가득하기를, 통조림은 부풀어 퀴퀴한 냄새를 풍기기를 바란다. 이제 그의 안에 살게 된 비참함의 아주 작은 일부라도 그들에게 안겨 줄 수 있다면 무엇이든 좋다.

　코너가 탈출하고 일주일 후, 아전트의 문 앞에 방문자가 나타난다. 아전트가 아침 교대를 위해 집을 나서기 직전이다.

　「안녕.」 남자가 말한다. 목소리가 약간 걸걸하고 미소는 의심스러울 정도로 활짝 피어 있다. 「혹시 네가 아전트 스키너냐?」

　「묻는 사람이 누군지에 따라 다르죠.」 아전트는 이 사람이 일을 마무리 지으러 온 연방 경찰 중 한 명일지도 모른다고 생각한다. 결과적으로 체포당할지도 모른다고. 딱히 신경이 쓰이는 건 아니지만.

　「들어가도 될까?」

　남자가 살짝 앞으로 나선다. 이제 아전트는 비스듬한 아침 햇살에 가려져 있던 무언가를 볼 수 있다. 남자의 얼굴 오른쪽 절반이 뭔가 잘못되어 있다. 껍질이 벗겨지고 감염된 상태다.

　「얼굴이 왜 그래요?」 아전트가 노골적으로 묻는다.

　「나도 같은 질문을 할 수 있을 것 같은데.」 남자가 대답한다.

「정원 일을 하다 사고가 있어서요.」 아전트가 먼저 말한다.

「화상이야.」 남자도 대꾸한다. 다만 아전트가 보기에, 그 상처는 방사능 화상에 더 가깝다. 저렇게 심한 화상을 입으려면 가차 없는 하늘 아래 몇 시간은 누워 있어야 할 것이다.

「그거 치료해야겠는데요.」 아전트는 역겨움을 감추지 않고 말한다.

「시간이 되면 그러려고.」 남자가 다시 다가선다. 「들어가도 될까? 너하고 의논해야 할 일이 있는데. 우리 둘 다의 이해관계와 이익이 걸린 이야기야.」

아전트는 낯선 사람을 해 뜨자마자 집에 들일 만큼 바보가 아니다. 이 남자처럼 잘못된 생김새의 낯선 사람이라면 특히 그렇다. 그는 문 앞을 가로막고, 남자가 쳐들어오려 하면 막아설 자세를 취한다. 「여기서 용건이나 얘기하시죠.」 아전트가 말한다.

「좋아.」 남자가 다시 미소 짓는다. 하지만 그 미소는 조용히 저주하는 것처럼 보인다. 아전트가 선을 넘은 사람들, 그러니까 열 개 미만의 물건만을 사고서 계산원 앞에 줄을 선 사람들에게 짓는 미소와 같다. 그들의 사과에 콧물을 아주 조금 묻질러 닦으며 짓는 미소.

「네가 코너 래시터와 함께 찍은 사진을 우연히 봤어.」

아전트가 한숨을 쉰다. 「가짜였어요. 네? 경찰에 이미 말했는데요.」 아전트는 물러나 문을 닫으려 하지만 남자가 앞으로 나서며 문이 닫히지 않을 자리에 발을 디딘다.

「당국에서는 네 이야기에 속았을지도 모르지. 래시터가 죽었다는 말을 정말로 믿는다는 게 주된 이유일 테고. 하지만 난 그런 바보가 아니야.」

아전트는 그 말을 어떻게 받아들여야 할지 모른다. 그의 절반은 도망치고 싶어 하지만, 나머지 절반은 이 사람이 대체 무슨 말을 하는 건지 알고 싶어 한다.

「그래요?」

「너하고 똑같이, 나도 놈을 잡았어. 그런데 놈이 몰래 빠져나가는 데 성공했지. 너와 똑같이, 나도 놈이 저지른 짓에 대한 대가를 치르게 하고 싶어.」

「그래요?」 이제 아전트는 아주 작은, 반짝이는 희망의 빛을 보기 시작한다. 어쩌면 그의 인생은 이 마을에서 식료품을 계산하는 것으로 끝나지 않을 수도 있다.

「이제 들어가도 될까?」

아전트는 물러서며 그를 들인다. 남자는 가만히 문을 닫고 주위를 둘러본다. 사람 사는 티가 나는 집의 모습에 별 감흥은 없는 듯하다.

「그래서, 코너가 당신 얼굴도 망쳐 놓은 거예요?」 아전트가 묻는다.

남자는 그를 노려보지만, 곧 시선을 누그러뜨린다. 「간접적으로. 이건 놈의 공범이 저지른 짓이야. 그 녀석이 나를 기절시키고 길가에 놔뒀거든. 아침이 오면서 나는 애리조나주의 햇볕에 구워졌지. 깨어나서 그 사실을 알았을 때는 딱히 기분이 좋지 않았어.」

「햇빛에 화상을 입었다더니.」 아전트가 말한다. 「사실을 말했군요.」

「난 정직한 사람이다.」 넬슨이 말한다. 「그리고 나도 너처럼 부당한 취급을 받았어. 너하고 똑같이, 나 역시 빚을 갚고 싶어. 그러니 내가 코너와 놈의 공범을 찾는 걸 도와줘.」

「우리 누나도 찾아야 해요.」 아전트가 덧붙인다. 「누나가 코너랑 같이 떠났어요.」

코너와 그레이스를 쫓는다는 생각이 아전트의 머릿속을 스친 적은 있지만, 진지한 건 아니었다. 그건 혼자 감당할 만한 일이 아니었다. 하지만 이제 그는 혼자가 아니다. 그때, 아전트는 문득 이 남자가 어떤 사람인지 깨닫는다.

「당신, 장기 해적 같은 거예요?」

다시 그 미소. 「그중 최고지.」 그가 상상 속 모자를 살짝 젖혀 보인다. 「재스퍼 T. 넬슨, 신고한다.」

아전트는 장기 해적이 옛 시절의 카우보이와 비슷하다고 알고 있다. 자신만의 규칙에 따라 움직이고, 무단이탈 언와인드를 잡아 공식 보상금을 받거나 더 나은 경우에는 암시장에 더 비싼 값에 팔기도 하는 무법적인 현상금 사냥꾼이라고. 아전트는 그런 위태로운 삶을 살아가는 자신의 모습을 그려 본다. 그는 그 이미지에 머문다. 새로운 청바지처럼, 그런 새로운 이름표를 달아 본다. 장기 해적, 아전트 스키너.

「사실 넌 아주 곤란한 상황이야. 네가 아직 모를 뿐이지.」 넬슨이 말한다. 「너는 당국이 너한테 볼일을 다 봤다고 생각할지 모르지만, 내일이나 모레, 혹은 그 다음 날에 웬 연구소 직원 하나가 일상적인 업무로서 네가 찍은 그 사진을 분석하게 될 거야. 결국 그 사진이 조작이 아니라는 사실을 알아내겠지.」

아전트는 침을 삼키려 하지만 목구멍이 너무 뻑뻑하다. 「그래서요?」

「그럼 넌 체포당할 거야. 취조당하고 또 취조당하겠지. 사법 방해, 범죄자 은닉, 그리고 심지어 테러 공모 혐의로 기소당할 거야. 아주 오랫동안 감옥에서 썩게 되겠지. 범죄자의 언와인드를 허가하는 새로운 법이 통과되면 언와인드될 수도 있어.」

아전트는 아픈 얼굴에서 핏기가 빠져나가는 것을 느낀다. 그는 당장 앉고 싶다고 느끼지만 앉지 않는다. 일어서지 못할 수도 있다는 걱정 때문이다. 대신 무릎에 힘을 주고, 갑자기 바닥에서 멀리 떨어진 것처럼 느껴지는 두 발로 몸을 살짝 흔들어 댄다.

이 모든 것이 코너 래시터 때문이다.

「사람들이 널 취조하면, 넌 래시터가 한 말을 전부 불어 댈 게 분명해. 하지만 난 네가 그 말을 나한테 대신 해주면 좋겠다. 불 만한 게 있긴 하지?」

아전트는 코너가 했던 말을 찾아 머릿속을 뒤지지만, 아무것도 떠오르지 않는다. 하지만 그건 장기 해적이 듣고 싶어 하는 말이 아닐 것이다.

「뭘 얘기하긴 했어요.」아전트가 대답한다. 그런 다음 좀 더 힘을 주어 말한다.「네. 무슨 얘기를 했어요. 아마 코너가 어디로 가는지 알아낼 단서가 될지도 몰라요.」

넬슨이 부드럽게 웃는다.「거짓말.」그는 아전트의 얼굴에서 멀쩡한 쪽을 톡톡 건드린다.「괜찮아. 난 네가 안다는 사실조차 모르는 것들을 알고 있을 거라고 확신한다. 거기다가 나한테는 협력자가 필요해. 코너 래시터를 잡는 일에 개인적으로 의미를 두는 사람 말이지. 오직 그런 사람만이 믿을 만하니까. 네가 진화의 사다리에서 좀 더 높은 곳에 있는 사람이었으면 더 좋았겠지만, 뭐든 손 닿는 대로 써야지.」

「난 바보가 아닙니다.」 아전트가 말한다. 그 점을 강조하려고 일부러 딱딱한 말투를 쓴다. 「그냥 운이 없는 거죠.」

「뭐, 오늘 네 운이 바뀌었어.」

아마 그럴지도 몰라. 아전트는 생각한다. 어쩌면 이런 파트너 관계는 운명일지도 몰라. 넬슨의 얼굴 오른쪽은 아전트의 얼굴 왼쪽처럼 망가져 있다. 둘 다 애크런의 무단이탈자와 벌인 싸움의 흔적을 지니고 있다. 그래서 둘은 이 임무에 완벽하게 어울리는 한 팀일지도 모른다.

넬슨은 창문 쪽을 본다. 아무 문제가 없는지 확인하려는 것 같다. 「네가 할 일은 이거야, 아전트. 가서 필요한 물건만으로 배낭을 채워라. 5분 안에 해. 그런 다음, 너는 나와 함께 가서 애크런의 무단이탈자를 단번에 제거하는 거야. 어떠냐?」

아전트는 아직 미소 지을 수 있는 쪽으로 살짝 미소 짓는다. 「요호, 요호.」 아전트가 말한다. 「해적의 삶은 나한테 어울리죠.」

3부
하늘에서 떨어진 자

　세포 기억이 심장 이식을 받은 사람들에게 전이된 사례 기록.

　사례 1) 스페인어를 사용하는 채식주의자가 영어 사용자의 심장을 이식받은 뒤, 이전에는 사용하지 않던 영어 단어를 사용하기 시작했다. 그 단어들은 기증자가 습관적으로 사용하던 것이었다. 또한 그는 기증자의 식단에서 중요한 부분을 차지하던 고기와 기름진 음식을 열망하기 시작했고, 결국 그것들을 먹게 되었다.

　사례 2) 8세 여아가 살해당한 10세 여아의 심장을 이식받은 뒤, 살인에 관한 악몽을 꾸기 시작했다. 그녀는 살인이 일어난 시기와 수법, 살인자의 신원 등 오직 피해자만이 알 수 있는 정보를 기억해 냈다. 그 증언 전체가 사실로 밝혀져 살인자가 체포되었다.

　사례 3) 3세 아랍계 아동이 유대인 아동의 심장을 이식받은 뒤, 깨어나자마자 한 번도 들어 본 적 없는 유대인의 사탕을 달라고 했다.

사례 4) 40대 남성이 10대 소년의 심장을 이식받은 뒤, 갑자기 클래식 음악을 매우 좋아하게 되었다. 기증자는 자동차를 몰고 가다 총격으로 사망했는데, 사망 당시 바이올린 케이스를 꽉 쥐고 있었다.

사례 5) 5세 소년이 3세 아동의 심장을 이식받은 뒤, 수혜자는 상상 속 친구를 〈티미〉라고 부르며 그에게 말을 걸기 시작했다. 조사 이후, 부모는 기증자의 이름이 토머스였으나 가족들은 그 아이를 〈티미〉라고 불렀음을 알게 되었다.

신경 심리학자 폴 피어솔 박사가 기록한 일화적 사례는 총 150건이다.

http://www.paulpearsall.com/info/press/index.html

라인실드 부부

　그녀는 그를 걱정해 왔다. 그는 언제나 둘의 연구에 집착해 왔지만, 이런 모습은 처음 보는 것이었다. 그가 연구실에서 보내는 시간, 눈 밑에 생긴 그늘, 자면서 중얼거리는 그 모든 말. 그는 점점 살이 빠지고 있다. 이상한 일도 아니다. 더는 아무것도 먹지 않는 듯하니까.

　「몸이 없는 슈퍼 뇌 같아요.」 그의 연구 조수인 오스틴은 말한다. 오스틴은 6개월 전 잰슨이 그를 고용한 이후로 깡마른 키다리에서 훨씬 더 건강한 체격으로 성장했다.

　「잰슨이 무슨 연구를 하고 있는지 말해 줄래?」 소니아가 묻는다.

　「잰슨 선생님은 당신이 이 일에 전혀 관여하고 싶어 하지 않는다고 하셨는데요.」

　「맞아. 하지만 나한테도 잰슨이 무슨 일을 하고 있는지 알 권리는 있어. 안 그러니?」 잰슨은 언제나 그녀가 하는 말을 문자 그대로 받아들인다. 너무도 잰슨다운 반응이다. 그녀를 괴롭히려고 그러는 것이다. 어린애처럼.

「준비되면 말씀하시겠대요.」

이 소년에게서 뭐라도 빼내려고 노력하는 건 의미 없는 일이다. 이 녀석은 독일 셰퍼드만큼 충성심이 강하다.

소니아는 잰슨의 이런 집착이 그가 전에 느꼈던 절망보다 나은 것이리라 생각한다. 적어도 지금의 그에게는 집중할 무언가가 있다. 언와인드 합의가 불러온 일련의 사건에서 생각을 돌릴 무언가가 말이다. 그들의 새로운 현실에는 물을 너무 많이 준 잔디밭에서 버섯이 피어나듯 전국적으로 우후죽순 생겨난 병원들이 포함된다. 그런 병원들은 하나같이 젊고 건강한 신체 부위를 광고한다. 〈120세 이상까지 사세요!〉 광고는 그렇게 말한다. 〈늙은 것은 가고, 새로운 것은 오라!〉 아무도 신체 부위가 어디에서 오는지 묻지 않지만 모두가 안다. 이제 언와인드되는 건 10대 무법자들만이 아니다. 청소년 전담국에서는 실제로 부모가 〈교정 불가능한〉 10대 자녀를 언와인드하는 데 사용할 수 있는 의뢰서 양식을 만들었다. 처음에 소니아는 아무도 그것을 사용하지 않으리라 생각했다. 그런 의뢰서의 존재 자체가 마침내 그녀가 기다리던 격렬한 항의를 불러일으키리라 확신했다. 아니었다. 채 한 달도 못 되어 그들의 동네에서 한 아이가 잡혀가 언와인드당했다.

「뭐, 부모가 옳은 일을 한 것 같아요.」 이웃 한 명이 고백했다. 「그 아이는 예정된 비극이나 마찬가지였어요.」

소니아는 이후로 그 이웃들과는 말을 섞지 않는다.

하루하루, 소니아는 남편이 스러져 가는 모습을 지켜본다. 몸 좀 돌보라고 간청해도 전혀 소용이 없다. 소니아는 심지어 그에게 떠나겠다고 위협하지만, 둘 다 그게 공허한 협박임을 안다.

「거의 다 됐어.」 어느 날 저녁, 잰슨이 파스타 접시에서 포크를 이리저리 움직이며 말한다. 그는 파스타를 거의 입에 넣지 않는다. 「이거면 될 거야, 소니아. 이걸로 모든 게 바뀔 거야.」

하지만 그는 여전히 자신이 정확히 무슨 일을 하고 있는지 알려 주지 않는다. 소니아의 단서는 그의 연구 조수에게서 나온 것이 전부다. 아이가 하는 말만이 단서인 건 아니다. 처음 일을 시작했을 때 아이의 왼손에는 손가락이 세 개밖에 없었다. 지금은 다섯 개가 있다.

18
레브

그는 빽빽한 숲의 우듬지를 가로질러 뛰어오른다. 나뭇잎들이 하늘에 닿는 곳으로. 밤이지만 달은 해만큼 밝다. 흙은 없고 나무뿐이다. 아니, 어쩌면 땅이 그다지 중요하지 않아서 존재하지 않는 것이나 마찬가지인 걸지도 모른다. 따뜻한 바람이 불어오며 숲의 우듬지가 맑은 하늘 아래에서 파도처럼 흐른다.

그의 앞에는 나뭇잎 사이로 뛰어오르는 동물이 있다. 그 동물은 얼마 만에 한 번씩 고개를 돌려 레브를 본다. 작은 털북숭이 얼굴에 만화에나 나올 것 같은 커다란 눈이 달려 있다. 레브는 그 동물이 자신에게서 도망치는 게 아님을 깨닫는다. 동물은 그를 안내하고 있다. 이쪽이야. 녀석은 달을 쌍둥이처럼 반사하는 감정이 풍부한 눈으로 그렇게 말하는 듯하다.

날 어디로 데려가는 거야? 레브는 묻고 싶지만 말을 할 수 없다. 말할 수 있었더라도 대답을 듣지 못하리라는 걸 안다.

레브는 살아 있을 때는 없었던 타고난 기술로 이 나뭇가지에서 저 나뭇가지로 펄쩍펄쩍 옮겨 다닌다. 그는 자신이 죽었다는 것을 안다. 죽음이 아닌 무엇이라기에는 이 경험이 너무도 선명하고 생생하다. 살아 있었을 때, 레브는 나무에 올라가는 걸 전혀 좋아하지 않았다. 어렸을 때는 부모가 못 하게 했다. 십일조라면 그 소중한 몸을 지켜야 한다고 배웠다. 나무에 오르려다 뼈가 부러질 수 있었다.

부러진다.

레브의 몸은 자동차 사고로 부러졌다. 그는 내부에 깊은 상처를 입었다. 모두가 생각했던 것보다 상처가 심했던 게 틀림없다.

그의 마지막 기억은 아라파치 보호 구역의 동쪽 관문으로 다가가던 흐릿한 순간이다. 그 기억대로라면, 레브는 경비원에게 뭔가 말하고 있었다. 하지만 무슨 말을 했는지는 기억나지 않는다. 그즈음 이미 고열에 시달리고 있었다. 그가 하고 싶었던 것은 자는 것뿐이었다. 그는 경비원이 그들을 들여 보냈는지 알지 못한 채 의식을 잃었다.

하지만 이제 그런 것은 하나도 중요하지 않다. 죽음에는 산자들의 걱정거리를 무의미하게 만드는 요령이 있다. 아래쪽의 땅처럼. 정말 땅이 있다면 말이지만.

레브는 다시 펄쩍 뛰어오른다. 그의 속도가 점점 빨라진다. 그 움직임에는 심장 박동 같은 리듬이 있다. 나뭇가지는 그가 필요로 하는 바로 그 자리에 나타나는 것만 같다.

마침내 그는 세상의 맨 가장자리에 있는 숲의 맨 끝자락에 이른다. 위도, 아래도 별로 가득한 어둠이다. 그는 자신을 이끌어 가던 동물을 찾지만, 어디에도 보이지 않는다. 그제야 그는 의아한 마음으로, 그런 동물은 존재하지 않았음을 깨닫는다. 그가 그 동물이다. 그는 우듬지를 가로질러 달리며 자신의 아니마[18]를 앞에 투사했다.

저 위에서는 보름달이 너무도 선명하고 커다랗게 보인다. 손을 뻗으면 달을 잡을 수 있을 것 같다. 그런 다음에 그는 자신이 해야 할 일이 바로 그것임을 깨닫는다. 달을 가지고 내려오는 것.

하늘에서 달을 끌어내리는 건 끔찍한 일이 될 것이다. 밀물과 썰물이 바뀔 테고, 바다는 깜짝 놀라 휘돌 것이다. 홍수가 육지를 삼킬 테고 물굽이는 사막으로 바뀔 것이다. 지진이 산의 형태를 바꿀 테고, 사방의 사람들은 새로운 현실에 적응해야 할 것이다. 그가 달을 잡아 뜯는 순간, 모든 것이 바뀔 것이다.

끝없는 기쁨과 절대적인 체념 속에, 레브는 목표물을 향해 뛰어오른다. 세상의 끝에서, 두 팔을 활짝 벌리고 달을 향해 솟아오른다.

레브는 눈을 뜬다. 달은 없다. 별도 없다. 숲의 우듬지도 없다. 그저 오랫동안 보지 못했던 방의 흰 벽과 천장뿐이다. 몸은 힘이 없고 축축하다. 아프다. 하지만 아픈 곳을 정확히 짚을 수 없다. 통증이 온몸에서 밀려오는 것 같다. 결국 그는 죽지 않았다. 잠시 그는 자기도 모르게 실망한다. 죽음이 영원토록 숲의 우듬지를 즐겁게 누비는 일이라면 그렇게 살 수 있을 것 같으니까. 아니, 산 것은 아니니 그렇게 죽는다고 해야 할까.

레브는 이 방이 자기가 깨어날 때 있었으면 좋겠다고 생각

---

18 고대 철학에서 생명과 사고의 원리가 되는 영혼.

한 곳이라는 걸 알아차린다. 방의 건너편 책상에 한 여자가 앉아 있다. 그녀는 파일에 메모를 남기고 있다. 레브는 그녀를 안다. 심지어 사랑한다. 레브가 만나서 반가울 만한 사람을 손꼽는다면, 그녀는 그중 하나다.

「엘리나 치유사님.」 그가 간신히 말한다. 그 말은 쥐가 찍찍거리는 소리처럼 나온다.

그녀가 레브를 돌아보며 파일을 덮고, 고통스럽게 미소 지으며 그를 바라본다. 「돌아온 걸 환영한다, 마피.」

레브는 미소 지으려 하지만 입술이 아프다. 마피. 하늘에서 떨어진 자. 자신이 그런 이름으로 불렸음을 잊고 있었다. 레브가 마지막으로 이곳에 왔을 때와는 너무도 많은 것이 바뀌었다. 레브는 이들이 처음 받아 주었을 때의 도망자 소년이 아니다. 그때가 레브에게는 어둠의 나날이 시작되는 순간이었다. 사이파이를 떠나 비행기 묘지에 도착하기까지, 긴 여정의 시작.

엘리나가 그에게 다가온다. 레브는 즉시 그녀의 많은 머리 사이에 침입한 흰머리를 알아본다. 1년 반 전에도 흰머리가 있었는데 그땐 눈치채지 못한 걸까, 아니면 새로 난 걸까? 물론, 엘리나에게는 새로 흰머리가 날 만한 이유가 있다.

「죄송해요.」 레브가 쉰 목소리를 낸다.

엘리나는 진심으로 놀란 표정이다. 「어째서?」

「돌아와서요.」

「네 존재에 대해서는 절대로 사과하면 안 된다, 레브. 심지어는 네가 존재하지 않기를 바라는 바깥세상의 그 모든 사람에게도.」

레브는 지금 이곳, 보호 구역에도 그런 사람이 얼마나 많을지 궁금해진다. 「아뇨…… 보호 구역으로 돌아와서 죄송하다는 말이에요.」

엘리나는 잠시 시간을 들여 그를 바라본다. 더는 미소 짓지 않는다. 그냥 관찰하기만 한다. 「난 네가 돌아와서 기쁘단다.」

하지만 레브는 그녀가 〈우리는〉이라고 말하지 않았음을 알아차린다.

「네 상태가 안정되면 진료소보다 여기, 내 집에 머무는 게 낫겠다고 생각했다.」 엘리나는 그의 오른팔 아래로 이어진 링거를 확인한다. 레브는 그제야 링거가 있다는 것 알아챈다. 「약간 부어 있긴 하지만, 아마 수분 과잉일 거야. 이걸 잠깐 꺼두마.」 엘리나는 수액 주입기를 차단한다. 「열이 떨어질 때 그렇게 땀이 난 이유도 아마 그래서겠지.」 엘리나는 잠시 그를 바라본다. 아마 그가 알아야 할 것이 무엇인지 생각했을 것이다. 그런 뒤에 그녀가 말한다. 「갈비뼈 두 대가 부러졌고, 상당히 심한 내출혈이 있었어. 출혈을 멈추려고 부분적 개흉술을 해야 했다. 하지만 나을 거야. 흉터가 생기는 걸 막아 줄 약초도 있고.」

「찰은 어때요?」 레브가 묻는다. 「피베인은요?」 엘리나의 남편인 찰은 아라파치의 거물급 변호사다. 그의 남동생인 피베인은 절대 보호 구역을 떠나지 않는다.

「찰은 중요한 사건이 있어서 덴버에 갔단다. 하지만 피베인은 곧 보게 될 거야.」

「피베인이 절 보겠다고 했어요?」

「너도 알잖니, 피베인은 초대받을 때까지 기다릴 거야.」

「제 친구들은요?」 레브가 묻는다. 「여기에 있어요?」

「그래.」 엘리나가 말한다. 「이번 주에는 내 집에 마피들이 넘쳐 나는 것 같구나.」 그녀가 엔터테인먼트 기기로 다가가 조금 만지작거리자 음악이 나오기 시작한다. 기타 음악이다.

레브는 그 곡을 알아듣는다. 심금을 울린 음악이다. 그때, 그는 이곳에 들어오려고 남쪽 벽을 기어 넘다가 떨어지면서 다쳤다. 깨어나 보니 바로 이 방에 있었다. 열여덟 살짜리 소년이 너무도 놀라운 솜씨로 기타를 연주하고 있어서 최면에 걸린 것 같았다. 하지만 지금 그 소년의 흔적은 녹음된 음악뿐이다.

「윌이 연주한 치유의 노래야.」 엘리나가 말한다. 「윌은 계속 존재하지 않더라도 윌의 음악은 계속된단다. 우리한테는 위로가 되지. 가끔은.」

레브는 억지로 미소 짓는다. 이번에는 입술이 그렇게까지 아프지 않다. 「좋네요…… 여기에 와서.」 그가 말한다. 〈여기〉 대신 〈집〉이라고 말할 뻔했다. 그런 다음 그는 눈을 감는다. 그녀의 눈이 무어라고 대꾸할지 보기가 두려워서다.

19
코너

「깨어났다.」 엘리나가 말한다. 그게 전부다. 그냥 〈깨어났다〉일 뿐이다. 엘리나는 말수가 적은 여자다. 적어도 코너에게는 할 말이 별로 없는 듯하다.

「그럼 만나 봐도 돼요?」

엘리나는 팔짱을 끼고 냉정하게 코너를 본다. 그 반응이 코너에게는 대답이다. 「하나만 말해 봐라.」 마침내 엘리나가 말한다. 「저 아이가 박수도가 된 게 너 때문이냐?」

「아니에요!」 코너는 그 말에 역겨움을 느끼며 대답한다. 「절대 아니에요!」 이어 그는 덧붙인다. 「레브가 박수를 하지 않은 게 저 때문이죠.」

엘리나는 그 대답을 받아들인 듯 고개를 끄덕인다. 「내일, 저 아이가 좀 더 기운을 차리면 만나 봐도 된다.」

코너는 다시 소파에 앉는다. 의사의 집은, 사실 보호 구역 전체는 그가 예상했던 것과 다르다. 아라파치는 그들만의 문화와 현대적 편의 시설 사이 어딘가에 깊이 발을 담그고 있다. 플러시 가죽 가구에서는 부유한 느낌이 나지만, 그 가구는 분명

손으로 만든 것이다. 이 동네는 — 동네라고 부를 수 있다면 말이지만 — 깊은 계곡의 양쪽에 있는 붉은 절벽을 깎아 만들었다. 하지만 방은 널찍하고 바닥에는 장식적인 대리석 타일이 깔려 있으며 수도꼭지는 윤이 나는 황동이다. 심지어 금일지도 모른다. 코너로서는 알 수 없다. 엘리나 박사의 의료용품도 바깥세상의 것들과 근본적으로 다를지언정 최첨단이다. 어쩐지 덜 냉정하게 보일 뿐.

「우리 철학은 약간 다르다.」 엘리나는 그에게 말했었다. 「우리는 바깥에서 안으로 들어가며 치료하기보다는 안에서 밖으로 나오며 치료하는 것이 최선이라고 믿는다.」

방 건너편에서, 그레이스와 보드게임을 하던 소년이 답답해 끙 소리를 낸다. 「어떻게 〈뱀과 돌〉 게임에서 날 계속 이길 수 있어?」 그가 칭얼거린다. 「전에는 한 번도 해본 적 없다면서!」

그레이스가 어깨를 으쓱한다. 「난 빨리 배워.」

이름이 켈레인 그 소년은 패배를 잘 참지 못한다. 〈뱀과 돌〉이라는 게임은 체커[19]와 매우 비슷하지만, 전략이 더 많은 것 같다. 전략에 있어서 그레이스는 패배를 모른다.

아이가 발을 구르며 자리를 뜨자 그레이스가 코너를 돌아본다. 「그래서, 네 친구 박수도는 괜찮을 거래?」 그녀가 묻는다.

「부탁이니까 그렇게 부르지 마.」

「미안……. 아무튼 괜찮아지는 거 맞지?」

「그런 것 같아.」

그들은 이곳에 거의 일주일째 머물고 있다. 하지만 코너는

---

19 두 사람이 번갈아 말판 위 말을 이동시키며 상대 말을 잡는 전략 보드게임.

아직 환영받는다는 느낌을 받지 못했다. 그보다는 아라파치가 그들을 참아 주고 있는 것 같다. 그들이 외부인이라서가 아니다. 엘리나와 그녀의 시동생 피베인은 그레이스에게 친절 이상을 베풀었기 때문이다. 그녀가 저피질이라는 것을 알게 된 이후에는 특히 그랬다. 엘리나는 코너가 타조에게서 입은 상처를 꿰매 준 뒤에도 냉정하고 무덤덤하게 굴었다. 「깨끗하게 해라. 나을 거야.」 그녀가 한 말은 그게 전부였다. 코너가 〈고맙습니다〉라고 인사했는데도 그녀는 〈천만에〉라 답하지 않았다. 코너는 그게 문화적 차이인지, 아니면 일부러 침묵을 지키는 것인지 알 수 없었다. 레브가 박수도가 된 게 코너 탓이 아님을 알게 된 지금은 엘리나가 그를 조금 덜 냉랭하게 대할지도 모른다는 생각이 든다.

켈레가 다른 보드게임을 들고 돌아온다. 그리고 다양한 크기의 흰색과 검은색 기물들을 만지작거린다.

「그래서, 이 게임은 이름이 뭐야?」 코너가 묻는다.

그는 코너를 머저리 보듯 본다. 「체스잖아.」 그가 말한다. 「참 나.」

코너는 씩 웃는다. 아이가 기물을 놓는 모양을 보니 알아보겠다. 보호 구역의 다른 모든 것과 마찬가지로 이 기물들도 손으로 조각한 것이라 독특하다. 작은 조각상이나 마찬가지다. 그래서 바로 알아보지 못했다. 그레이스가 기대감에 두 손을 비벼 댄다. 코너는 아이에게 너무 기대하지 말라고 충고할까 생각하지만 하지 않기로 한다. 지고 나서 분해하는 아이의 모습이 너무 재미있기 때문이다.

코너의 추정으로 켈레는 열두 살이다. 가족은 아니지만, 켈레의 어머니가 1년 전 죽었을 때 엘리나와 그녀의 남편인 찰이 그를 받아들였다. 엘리나는 코너에게 아무것도 알려 주지 않았지만, 구시대의 연소 기관처럼 떠들어 대는 켈레는 레브가 한 번도 말하지 않았던 레브 인생의 한 부분을 대신 채워 준다.

「레브는 아마 1년 반 전에 여기에 나타났을 거야.」켈레는 그렇게 말했었다. 「몇 주 머물렀어. 레브가 완전히 무시무시하고 유명해지기 전에. 레브는 우리랑 같이 예언의 여정을 떠났지만, 알고 보니 그 여행이 그렇게 좋지 않았어.」

코너는 레브가 보호 구역에 머물렀던 시기가 그와 리사가 오하이오주의 고등학교에서 레브를 놓쳤던 시기와 레브가 눈에 띄게 달라져 묘지에 나타난 시기 사이의 언젠가이리라고 생각한다.

「레브랑 윌은 친한 사이가 됐어.」켈레가 엘리나와 매우 닮은 10대 소년의 사진을 힐끗 보며 말한다.

「지금 윌은 어디 있어?」코너가 묻는다.

켈레가 입을 다문 것은 그때뿐이다. 「떠났어.」마침내 그가 말한다.

「보호 구역을?」

「그런 셈이야.」그러더니 켈레는 화제를 바꿔 보호 구역 밖 세상에 대해 질문한다. 「사람들이 학교에 가는 대신 뇌를 이식받는다는 게 사실이야?」

「뉴로위브라고 해. 학교 대신은 아니야. 그냥 돈 많고 멍청한 사람들이 돈 많고 멍청한 자식들한테 해주는 거야.」

「난 다른 사람의 뇌를 원한 적이 없는데.」켈레가 말한다. 「내 말은, 그 뇌가 어디서 났는지도 모르잖아.」

그 점에서는 코너와 켈레의 의견이 완전히 들어맞는다.

지금, 켈레가 그레이스와 체스를 두는 데 깊이 골몰해 있는 사이, 코너는 무방비 상태의 그에게 질문을 던져 답을 얻어 내려 한다.

「그래서, 네 생각에는 윌이 레브를 만나러 보호 구역으로 돌아올 것 같아?」

켈레는 나이트를 움직였다가 그레이스의 퀸에게 바로 잡힌다. 「내가 집중하지 못하게 일부러 그런 거지!」 켈레가 비난한다.

코너는 어깨를 으쓱한다. 「그냥 물어본 거야. 윌이랑 레브가 그렇게 친했다면, 윌이 레브를 만나러 돌아오지 않을까?」

켈레는 체스 판에서 고개를 들지 않고 한숨을 쉰다. 「윌은 언와인드됐어.」

코너는 그 말을 이해하지 못한다. 「하지만 기회의 민족은 언와인드를 안 하는 줄 알았는데.」

마침내 켈레가 고개를 들어 코너를 본다. 비난하는 듯한 시선이다. 「우리야 안 하지.」 켈레는 그렇게 말하더니 게임으로 돌아간다.

「그럼 어떻게…….」

「알고 싶으면 레브한테 물어봐. 레브도 거기 있었으니까.」

그때 그레이스가 켈레의 룩 하나를 잡고, 켈레는 답답해 체스 판을 뒤집어엎으며 기물들을 날려 보낸다. 「다람쥐나 먹어!」 그가 소리치자 그레이스는 웃는다.

「그럼 이제 누가 저피질이야?」 그녀가 신나서 말한다.

켈레는 다시 한번 쿵쿵거리며 떠나지만, 그 전에 게임과는 아무 상관 없는 사나운 눈으로 코너를 노려본다.

20
레브

 레브는 테라스의 그림자 속에 앉아 협곡을 내다본다. 아라파치의 땅을 콜로라도주의 나머지 구역과 나눠 놓는 거대한 계곡만큼 극적이진 않지만, 이 협곡도 나름대로 인상적이다. 메마른 계곡 바닥 건너편, 절벽에 새겨진 집들은 늦은 오후의 극적인 그림자와 활동으로 가득하다. 아이들은 보호용 난간이 없는 테라스에서 놀며, 서로를 쫓아 밧줄 사다리를 오르내리며 웃는다. 처음 여기에 왔을 때 레브는 경악했지만, 아무도 떨어진 적이 없다는 것을 곧 알게 되었다. 아라파치 아이들은 어린 나이부터 중력에 대한 크나큰 존경심을 배운다.
 「우린 미국의 위대한 다리와 고층 건물들을 지었어.」 월이 자랑스럽게 말했었다. 「우리한테 균형은 자존심의 문제야.」
 레브는 월의 말에 여러 의미가 있다는 것을 알았다. 레브 자신의 인생에서도 이곳, 보호 구역에 있을 때만큼 균형이 느껴진 적은 없었다. 하지만 레브가 박수도가 되기로 선택할 만큼 고장이 난 것도 이곳에서였다. 그는 잠깐이라도 한때 누렸던 평화를 다시 찾을 수 있기를 바란다. 그러면서도 자신이 온전히 환영받지 못한다는 것을 안다. 지금도 그는 협곡 건너편의 어른들이 이곳에 앉아 있는 자신을 쳐다보는 것을 느낀다. 이 거리에서는 그들의 시선이 의심 때문인지, 그냥 호기심 때문인지 구별할 수 없다.

레브의 어깨가 가렵다. 심장이 뛸 때마다 희미하게 욱신거린다. 왼쪽 옆구리는 뜨겁고 묵직하게 느껴지지만, 차 안에서 느꼈던 고통은 너무 빨리 움직일 때만 예리해지는 둔한 통증으로 잦아들었다. 깨어난 이후로 코너나 그레이스는 보지 못했다. 둘이 무사하다는 것만 알면 그건 괜찮다. 어떤 면에서, 그의 인생은 분리된 작은 상자들로 구획되어 있다. 십일조로서의 인생, 박수도로서의 인생, 도망자로서의 인생, 보호 구역에서의 인생. 그는 처음에 이곳에 겨우 몇 주 머물렀을 뿐이지만, 그때의 경험은 크나큰 그림자를 드리우고 있다. 그의 인생에서 섬세한 오아시스였던 이곳에서의 경험을 소란스러운 삶과 융합하는 것은 레브에게 익숙해져야 할 무언가로 느껴진다.

「부족 의회에서 너를 쫓아냈을 때 난 마음이 무너지는 것 같았다.」

레브가 돌아보니 엘리나가 테라스로 나오고 있다. 찻주전자와 머그잔이 올려진 쟁반을 들고서. 그녀는 쟁반을 작은 탁자에 내려놓는다.

「나는 월한테 일어난 일이 네 책임이 아니라는 걸 알고 있었어.」 그녀가 말한다. 「하지만 당시에는 크나큰 분노에 빠져 있었지.」

「지금은 아닌가요?」

엘리나는 말없이 레브 옆 의자에 앉아 김이 나는 머그잔을 건넨다.「마시거라. 날씨가 쌀쌀해지는구나.」

레브는 차를 홀짝인다. 씁쓸한 허브에 꿀로 단맛을 냈다. 현대적인 의사가 우려낸, 분명 치유력이 있는 차일 것이다.

「제가 여기에 있는 걸 의회에서도 알아요?」

엘리나가 망설인다.「공식적으로는 모르지.」

「공식적으로 알면 저를 다시 쫓아낼까요?」

차와 달리 그녀의 답은 정직하고, 단맛이 가미되어 있지 않다.「그럴지도 몰라. 확실히는 모르겠구나. 너에 대한 감정은 뒤섞여 있거든. 네가 박수도가 되었을 때, 어떤 사람들은 그걸 영웅적이라 생각했다.」

「선생님은요?」

「아니지.」그녀는 차갑게 말하더니, 훨씬 더 온기를 담아 말한다.「난 네가 길을 잃었다는 걸 알았어.」

그가 저지른 일의 심각성에 비해 너무 약한 말이라 레브는 웃는다.「네, 그렇게 말할 수도 있겠네요.」

엘리나는 고개를 돌려 협곡 건너편에서 점점 길어지는 그림자와 보지 않는 척하려 애쓰는 이웃들을 본다.「피베인은 그 일을 매우 힘겹게 받아들였다. 너에 대해서는 아예 입에 올리지 않으려 해.」

레브는 놀라지 않는다. 엘리나의 시동생은 보호 구역 밖의 세상에 대해서는 매우 구식이다. 엘리나의 남편 찰이 보호 구역 안보다는 바깥에서 더 많은 시간을 보내는 반면, 피베인은 사냥꾼이며 조상들의 방식에 훨씬 더 가깝게 살아 나간다.

「피베인은 원래 저를 별로 좋아하지 않았어요.」레브가 말한다.

엘리나가 손을 뻗어 그의 손을 만진다. 「그건 네 생각이 틀렸어. 피베인이 너에 대해 이야기하지 않으려 하는 건 너무 고통스럽기 때문이야.」 이어 그녀는 망설이며, 레브의 눈 대신 자신이 손에 쥔 레브의 손을 내려다본다. 「나처럼 피베인도 네가 박수도가 된 것에 부분적으로 책임이 있다고 느끼거든.」

레브는 그 말에 깜짝 놀라 엘리나를 본다. 「그건 말도 안 돼요.」

「그럴까? 우리가 의회 결정에 반대했다면, 네가 머물러야 한다고 계속 주장했다면.」

「……그랬다면 끔찍했겠죠. 우리 모두에게요. 선생님은 저를 보면서, 윌이 저를 구하려고 자기를 희생했다는 걸 떠올리게 되었을 거예요.」

「당시 예언의 여정에 나섰던, 켈레를 비롯한 다른 모든 아이를 구하기 위한 것이기도 했지.」 의사는 등받이에 기댄다. 여전히 레브를 오래 보지는 못하기에, 그녀는 협곡 너머로 빤히 바라보던 이웃에게 손을 흔든다. 그 여자는 마주 손을 흔들더니, 문득 자기 행동을 의식한 듯 테라스에 있던 화분을 만지작거린다.

「저를 보세요, 엘리나.」 레브는 그렇게 말하고 엘리나가 자신을 볼 때까지 기다린다. 「여길 떠났을 때 저는 끔찍한 곳으로 가는 길이었어요. 제가 하고 싶은 일이라고는 제 분노를 세상과 나누는 것밖에 없었죠. 당신이 그 분노를 만든 건 아니에요. 제 부모가 만든 거예요. 청담이 만들었고요. 윌을 데려간 형편없는 장기 해적들이 만들었어요. 당신이 아니고요!」

레브는 눈을 감고 그 끔찍했던 하루의 기억을 쫓으려 한다.

피베인이 그렇듯, 레브에게도 그 고통은 견딜 수 없을 만큼 크다. 그는 심호흡하며 그 기억과 거기에 담긴 모든 감정을 억누르고 다시 눈을 뜬다. 「그렇게 저는 내면의 끔찍한 공간으로 들어간 거예요……. 지옥으로요. 하지만 결국은 돌아 나왔죠.」

엘리나가 그에게 미소 짓는다. 「그리고 이젠 여기에 있구나.」

레브는 고개를 끄덕인다. 「그리고 이젠 여기에 있어요.」 내일은 어디에 있게 될지 모르지만.

레브는 해가 진 뒤 큰방으로 나온다.

「살아 있네.」 코너가 그를 보고 말한다. 코너는 긴장한 듯하지만, 스트레스 수치는 전보다 낮아진 것 같다.

「놀랐어?」

「응, 널 볼 때마다 놀라.」

코너는 짜임새가 성글고 사이즈는 맞춤형인 아라파치의 명품 셔츠를 입고 있다. 경찰에게서 빼앗아 온 퀴퀴한 셔츠 대신이다. 잘 어울리지만, 묘하게 어울리지 않는 느낌도 든다. 레브는 코너와 보호 구역이 그의 머릿속에서 같은 공간을 나눠 쓰도록 하는 게 어렵다.

「포니테일 마음에 드네.」 코너가 레브의 머리카락을 가리키며 말한다.

레브는 어깨를 으쓱한다. 「머리가 너무 엉켜서. 근데 그냥 둘까 봐.」

「그러지 마.」 코너가 말한다. 「거짓말이었어. 마음에 안 들어.」

그 말에 레브는 웃는다. 하지만 옆구리가 아파 이내 인상을 쓴다.

 사람들의 인사가 이제는 환영 행렬처럼 느껴진다. 켈레가 어색한 표정으로 레브에게 다가온다. 마지막으로 서로를 보았을 때는 켈레가 레브보다 머리 하나는 작았다. 지금은 둘의 키가 거의 비슷하다.

「안녕, 레브. 돌아와서 기뻐. 죽어서 돌아온 게 아닌 것도.」

 켈레는 계속해서 자라겠지만 레브는 아닐 것이다. 성장이 멈췄다. 피에 끼얹은 폭발성 있는 화학 물질의 대가다.

 피베인은 저녁을 요리하고 있다. 신선한 고기 스튜다. 아마 오늘 야생에서 총으로 사냥해 온 것일 터다. 피베인의 인사는 처음에는 절제되어 있지만 결국 아플 정도의 포옹으로 마무리된다. 레브는 아프다는 티를 내지 않는다. 그레이스만 거리를 두고 레브를 못 본 체한다. 이곳까지 절박한 여행을 함께했는데도 그녀는 여전히 레브를 어떻게 받아들여야 할지 모른다. 저녁을 한창 먹고 있을 때에야 그녀가 마침내 레브에게 말을 건넨다.

「그래서, 네가 이제 터지지 않으리라는 건 어떻게 알아?」

 이어진 어색한 침묵 속에 켈레가 말한다. 「나도 그게 궁금하긴 했어.」

 레브가 눈을 휘둥그렇게 뜬다. 「터질지도 몰라.」 그는 불길하게 말하더니 몇 초 뜸을 들이다가 〈쾅!〉이라고 말한다. 모두가 놀라서 펄쩍 뛰지만, 그레이스만큼은 아니다. 그녀는 스튜를 흘리며 욕설을 줄줄이 쏟아 낸다. 그 바람에 모두가 웃음을 터뜨린다.

 저녁을 먹은 뒤 모두가 각자 할 일로 돌아간다. 코너가 레브와 단둘이 남았을 때 이야기한다.

「그래서, 여긴 어떻게 된 거야?」 그가 조용히 묻는다. 「어쩌다 이 사람들을 다 알게 됐어?」

레브는 심호흡한다. 코너에게는 설명해 줘야겠지만, 피할 수만 있다면 설명하고 싶지 않다. 「묘지에 가기 전에 여기에서 지냈어. 여기 사람들이 한동안 내게 피신처를 제공해 줬거든.」 레브가 말한다. 「거의 나를 입양해 부족에 받아들이려 했어. 거의 말이야. 모든 게 장기 해적 때문에 망가졌어. 놈들이 우리 중 몇몇을 숲에서 구석으로 몰아넣었고, 엘리나의 아들이…….」

「월 말이야?」

「응, 월. 월이 다른 아이들의 목숨을 살려 주는 대가로 자기 몸을 바쳤어.」

코너는 생각해 본다. 「대체 언제부터 장기 해적들이 협상을 했다고?」

「놈들은 특별한 걸 찾고 있었어. 월이 그 특별한 것이었고. 난 월처럼 기타를 잘 치는 사람을 본 적이 없거든. 월을 잡더니 놈들은 나머지 우리에겐 관심조차 없었어. 아무튼, 난 그 자리에 있었고 외부자였으니까, 일종의 희생양이 됐어. 그 이후로는 여기에 머물 수 없었어.」

코너는 고개를 끄덕일 뿐이고 더 이상 묻지 않는다. 대신 그는 창밖을 본다. 어둠 속에서 보이는 것이라고는 협곡 건너편의 집들에서 새어 나오는 불빛뿐이다. 「여기서 너무 안주하지 마.」 코너가 경고한다.

「벌써 안주하게 된 것 같은데.」 레브는 그렇게 말하더니 코너가 대답할 틈도 주지 않고 자리를 뜬다.

 절벽에 지어진 이 집은 넓다. 개별 침실은 작지만 수가 많고, 전부 큰방을 향해 열려 있다. 큰방이 거실과 응접실, 주방 역할을 겸한다. 아마도 섬뜩한 호기심 때문에 레브는 윌의 것이었던 방을 확인한다. 사람들이 그 방을 예전 모습 그대로 놔두었을지도 모른다고 생각했지만 아니다. 그렇다고 다른 사람이 쓰도록 재정비한 것도 아니다. 윌의 방에는 이제 가구도, 장식도 없다. 헐벗은 돌벽뿐이다.

「아무도 다시는 이 방을 쓰지 않을 거다.」 엘리나가 레브에게 말한다. 「최소한 내가 사는 동안은.」 밤이 되어 모두가 집에 들어오기 시작하자 레브는 피베인을 찾으러 간다. 다른 누구보다도 피베인과의 사이가 어색하다고 느끼고, 그 간극을 메우고 싶기 때문이다. 그는 1층, 시냇물의 밑바닥과 같은 층에 있는 작업장에서 그를 찾을 수 있으리라고 생각한다. 피베인이 뭔가를 손보고 있을 것이다. 무두질하려고 가죽을 손질하고 있을지도 모른다. 그러나 레브는 그곳에서 예상치 못한 사람을 발견한다.

 그녀는 머리카락을 뒤로 넘겨 알록달록한 끈으로 묶고 작업대에 앉아 있다. 레브가 기억하는 모습 그대로다. 우나다.

 우나는 윌의 약혼자였다. 윌이 장기 해적에게 잡혀가 언와인드되었을 때 누구보다도 절망했을 게 틀림없다. 그날 이후로, 부족에 들어가고 싶다는 레브의 청원은 빠르게 거절되었고 피베인은 레브를 정문까지 데려다주었다. 레브는 우나에게 작별 인사도 하지 못하고 떠났다. 당시에는 그게 다행이라고 생각했다. 그때는 우나에게 뭐라고 말해야 할지 전혀 알 수 없었고, 지금도 마찬가지였다. 그래서 레브는 그림자 속에 머문다. 빛으로 들어가고 싶지 않다.

우나는 피베인의 것으로 보이는 소총을 닦는 데 열중하고 있다. 이곳, 보호 구역에 레브가 왔다는 것을 알까? 엘리나는 레브의 존재를 눈에 띄지 않게 하겠다고 매우 분명하게 밝혔다. 그 질문에 대한 답은 우나의 입에서, 고개도 들지 않은 채 나온다. 「너, 숨는 데는 재주가 없구나, 레브?」

레브가 앞으로 나서지만, 우나는 그를 보지 않은 채 소총에만 관심을 둔다.

「엘리나가 네가 돌아왔다고 말해 줬어.」 우나가 말한다.

「근데 나를 보러 오지 않았네.」

「널 만나고 싶었다고 누가 그래?」 마침내 그녀가 레브에게 눈길을 내준다. 그러나 여전히 무표정하다. 「수동식 노리쇠가 있는 소총 닦는 법, 배운 적 있어?」

「아니.」

「이리 와. 내가 보여 줄게.」

그녀는 노리쇠와 조준경을 분해하는 과정을 하나하나 알려 준다. 「피베인이 나한테 총 쏘는 법을 가르쳐 주고 있어. 난 총을 쏘고 싶다는 욕구를 느끼고 있고.」 우나가 말한다. 「피베인이 새 소총을 구하면 이건 나한테 준대.」

「기타를 만드는 것과는 좀 다른 일이네.」 레브가 말한다. 기타를 만드는 것이 우나가 하는 일이다.

「둘 다 내 인생에 자리가 있을 거야.」 우나는 그렇게 말하더니, 용매와 구리 솔로 소총의 총열 안쪽을 닦는 법을 가르쳐 준다. 그녀는 레브가 지난번 보호 구역에 있었을 때 일어난 일에 대해서는 한마디도 하지 않는다. 하지만 그 일은 둘 사이에 놓인 총기처럼 묵직하고 어둡게 걸려 있다.

「윌 일은 미안해.」 마침내 레브가 말한다.

우나는 잠시 조용하게 있다가 말한다. 「놈들이 윌의 기타를 돌려보냈어. 〈놈들〉이 누군지는 모르겠지만. 설명도, 반송 주소도 없이. 장례식 때 태울 시신이 없어서 모닥불을 피웠는데, 내가 그때 기타를 같이 태웠어.」

레브는 침묵을 지킨다. 윌의 기타가 재로 변해 버렸다는 생각은 거의 그가 언와인드당했다는 사실만큼이나 끔찍하게 다가온다.

「네 잘못이 아니라는 건 알아.」 우나가 말한다. 「하지만 네가 아니었으면 윌은 그 예언의 여정을 이끌지 않았을 테고, 장기 해적들에게 잡혀가지도 않았을 거야. 그래, 네 잘못은 아니었지, 동생아. 하지만 난 네가 여기 오지 않았으면 좋았을 거라고 생각해.」

레브가 총열을 내려놓는다. 「미안. 이제 갈게.」

하지만 우나가 그의 팔을 잡는다. 「말 다 안 끝났어.」 그녀는 레브를 놓아준다. 이제야 레브는 그녀의 눈에 맺힌 눈물을 볼 수 있다. 「난 네가 여기 오지 않았으면 좋았을 거라고 생각하지만, 넌 여기에 왔어. 그리고 네가 떠난 이후로 줄곧 네가 돌아오기를 바랐어. 넌 이곳 사람이니까, 레브. 부족 의회에서 뭐라고 말하든.」

「아니야. 나는 어디에도 속하지 않아.」

「뭐, 저 바깥세상에 속하지 않는 건 분명하지. 네가 하마터면 자폭할 뻔했다는 사실이 그 증거야.」

레브는 박수도 시절에 관해 이야기하고 싶지 않다. 우나에게는 더욱 그렇다. 대신 그는 다른 이야기를 꺼낸다. 「아무한테도 말 안 했는데, 열이 내리기 전에 꿈을 꿨어. 내가 어떤 숲의 나무 위를 뛰어다니고 있었어.」

우나는 생각한다. 「어떤 숲? 소나무, 참나무?」

「둘 다 아니었어. 정글이었던 것 같아. 털로 뒤덮인 어떤 동물을 봤어. 그 동물이 나를 이끌고 있었어.」

우나는 레브가 무슨 말을 하려는지 깨닫고 미소 짓는다. 「이제야 네 영혼의 동물을 찾은 것 같네. 원숭이였어?」

「아니. 원숭이처럼 꼬리가 있긴 했지만 눈이 너무 컸어. 혹시 뭔지 알아?」

우나가 고개를 젓는다. 「미안. 정글 동물에 대해서는 잘 몰라.」

그때 등 뒤에서 누군가 말한다. 「내가 알아.」 돌아보니 켈레가 문 앞에 서 있다. 「눈이 크고, 입은 작고, 정말 귀여웠지?」

「응······.」

「그건 킨카주야.」

「들어 본 적 없는데.」

우나가 히죽 웃어 보인다. 「뭐, 킨카주는 네 얘기를 들어 봤나 보네.」

「킨카주에 대한 숙제를 한 적이 있어.」 켈레가 말한다. 「뭐랄까, 세상에서 제일 귀여운 동물이야. 하지만 녀석들을 해치려 하면, 네 얼굴을 찢어 버릴걸.」

우나의 얼굴에서 히죽거리는 웃음이 떠나지 않는다. 「작고

귀엽고 만만치 않다는 거지. 흠…… 누가 생각나는데?」

그 말에 켈레는 웃고 레브는 노려본다.

「난 안 귀여워.」 레브가 씹어 뱉는다.

「그야 의견 나름이지, 동생아. 그럼 말해 봐. 네 안내자는 어떤 임무를 줬어?」

레브는 망설이다가, 아무리 터무니없게 들리더라도 말하기로 한다. 「녀석은 내가 하늘에서 달을 따기를 바랐던 것 같아.」

우나가 웃는다. 「행운을 빌어.」 그녀는 소총을 재조립하며 만족스러운 딸칵 소리를 낸다.

21
캠

 캠과 로버타의 워싱턴 타운 하우스는 초대받아야 할 〈바로 그 집〉이 된다. 국제적 귀빈과 정치계의 거물, 대중문화의 아이콘 들이 가득한 만찬회에서는 모두가 카뮈 콩프리의 한 조각을 탐낸다. 때로는 그들의 관심이 너무 공격적이라, 캠은 그들이 정말로 그의 신체 부위 한 조각을 기념품으로 가지고 싶어 하는 건 아닌지 의심하게 된다. 그는 수행원들이 문 앞에 나타나기 전까지는 있는지도 몰랐던 작은 공국의 황태자와 저녁을 먹는다. 다름 아닌 음악계의 슈퍼스타, 브릭 맥대니얼과 저녁 식사 후 즉흥 연주를 한다. 브릭 맥대니얼은 〈록 스타〉라는 단어를 들으면 가장 먼저 떠오르는 그 아티스트다. 캠은 실제로 그를 본 충격에 사로잡힌 나머지 그의 열정적인 팬이 된다. 하지만 기타를 나란히 연주할 때 둘은 동등하다.

 캠이 이어 가는 격렬한 삶은 중독적이고도 포괄적이다. 캠은 계속해서 자기 자신에게 이건 상품이 아니고, 상품을 타러 가는 길도 아님을 상기시켜야 한다. 이 모든 현란함과 화려함은 그의 목적에서 주의를 산만하게 할 뿐이다.

하지만 이런 특별한 삶을 준 사람들을 어떻게 쓰러뜨릴 수 있을까? 그는 가끔 약해지는 순간에 그런 자문을 한다. 브릭 맥대니얼이 실제로 사인을 요청했던 순간처럼. 캠은 토네이도를 타고 날아가되, 그 안에 빨려 들어가지는 않도록 조심해야 함을 안다.

광고

언젠가 당신은 6대 손녀의 고등학교 졸업식에 참석하게 될 겁니다. 언젠가는 당신이 태어나고 3백 년 뒤에 지어진, 5백 년 된 역사적 건물에 살게 되겠지요. 언젠가는 삼나무가 당신의 나이를 질투하게 될 겁니다. 오늘 밤, 잠깐 시간을 내어 당신의 인생을 오래도록 이어 줄 뿐 아니라 살아갈 가치가 있는 것으로 만들어 줄 모든 기적적인 것들을 생각해 보세요. 능동적 시민의 우리는 매일 그런 일들을 생각합니다. 그것이 우리가 〈언젠가〉를 오늘로 만드는 데 도움을 줍니다!

능동적 시민의 우리는 영원히 살아갈 첫 번째 사람이 지금도 살아 있다는 걸 압니다. 그 사람이 바로 당신입니다!

「몰로카이에서 다시 날 필요로 해.」 어느 날 저녁, 로버타가 말한다. 그녀는 사람들이 캠을 위해 완전한 헬스장을 차려 놓은 지하실에 내려와 있다. 캠이 처음 리와인드되었을 때, 옛 물리 치료사는 그의 근육군이 제대로 작동하지 않으며 서로 조화를 이루지 못한다고 말하곤 했다. 지금 그가 캠을 본다면 어

떤 말을 할까?

「이틀 뒤에 돌아올 거야. 너하고 보더커 장군님, 코브 상원 의원님과 같이 점심 약속이 있으니까.」

캠은 로버타의 말에도 벤치 프레스에서 하던 운동을 멈추지 않는다. 「나도 가고 싶어요.」 캠이 말한다. 그런 뒤에야 그게 그냥 허세가 아니라는 걸 깨닫는다. 그는 정말로 몰로카이의 저택 단지로 돌아가고 싶다. 그가 아는 한, 그곳이 집과 가장 가까운 곳이다.

「안 돼. 그렇게 열심히 노력했는데, 하와이에 갔다가 시차 적응을 못 한다는 건 말도 안 되지. 여기서 쉬어. 보더커 장군님에게 네덜란드어 실력으로 감명을 줄 수 있도록 언어 공부에 집중해.」

캠은 네덜란드어를 전통적인 방식으로 배워야 한다. 네덜란드어는 그가 타고난 아홉 개 언어에 포함되지 않은 수많은 언어 중 하나이기 때문이다. 독일어 지식이 도움이 되지만, 그래도 번거롭다. 그는 일이 쉽게 풀리는 것이 더 좋다.

「보더커 장군님한테 네덜란드인 조상이 있다고 그분이 네덜란드어를 구사한다는 뜻은 아니죠.」 캠이 지적한다.

「그러니 네가 네덜란드어를 쓰면 더더욱 감명받으시겠지.」

「이제는 내 인생 전체가 장군과 상원 의원에게 감명을 주는 것이어야 해요?」

「넌 세상을 움직이는 사람들의 관심을 받고 있어. 그 사람들이 너를 위해 세상을 움직이게 하고 싶다면, 네 질문에 대한 답은 〈그렇다〉야. 그 사람들한테 감명을 주는 게 네 목표가 되어야 해.」

캠은 역기를 무겁게 내려놓는다. 쿵 소리가 울린다.

「몰로카이에서는 왜 당신을 찾는 거예요?」

「나한테는 말할 재량권이 없어.」

캠은 일어나 앉아서, 미소와 비웃음 사이의 무언가를 띠고 그녀를 본다. 「〈말할 재량권이 없다.〉 그 말을 당신 묘비에 새겨야겠네요. 〈여기, 로버타 그리즈월드가 잠들다. 평화롭게 잠들었는지에 대해서는 말할 재량권이 없다.〉」

로버타는 재미있어하지 않는다. 「그런 병적인 유머는 너한테 알랑대는 여자애들한테나 쓰렴.」

캠은 수건으로 얼굴을 닦고 물을 한 모금 마신 뒤, 최대한 아무것도 모른다는 듯 묻는다. 「내 업그레이드 버전을 만들고 있어요?」

「카뮈 콩프리는 하나뿐이란다, 애야. 넌 우주에서 유일무이한 존재야.」

로버타는 캠이 듣고 싶어 한다고 생각되는 말을 잘한다. 하지만 캠은 그런 말을 간파하는 걸 매우 잘한다. 「당신이 몰로카이에 가는 걸 보면 아닌 것 같은데요.」

로버타는 조심스레 대답한다. 지뢰밭이라도 헤쳐 가는 것처럼. 「너는 유일하지만, 내 작업은 너로 끝나지 않아. 난 너희 종족이 새로운 형태의 인류가 되기를 바라.」

「왜요?」

단순한 질문이지만, 로버타는 그 말에 거의 분노를 느끼는 듯하다. 「왜 원자보다 작은 입자를 찾기 위해서 가속기를 만들어야 할까? 왜 인간 유전자를 해독해야 하지? 가능성의 탐구는 언제나 과학의 영역이었어. 진정한 과학자는 실제 응용은 다른 사람들에게 남겨 주기 마련이야.」

「그 과학자가 능동적 시민을 위해서 일하지 않는다면 말이죠.」 캠이 지적한다. 「난 나를 만드는 게 그 사람들한테 어떤 도움이 되는지 알고 싶어요.」

로버타는 아무것도 아니라는 듯 손을 내젓는다. 「그 사람들이 나한테 연구를 하게 해주는 한, 그들의 동기보다는 그들의 돈이 훨씬 중요해.」

로버타가 능동적 시민을 〈우리〉가 아닌 〈그 사람들〉이라고 부른 건 이번이 처음이다. 캠은 로버타가 리사와의 그 모든 재난 때문에 능동적 시민의 미움을 산 건 아닌지 궁금해진다. 그들의 호의를 되찾기 위해 그녀가 어디까지 갈지도 알고 싶다.

로버타는 캠이 운동을 마치도록 내버려두고 위층으로 올라가지만, 캠의 마음은 더 이상 운동에 있지 않다. 그는 잠시 시간을 들여 거울로 이루어진 벽 앞에서 자기 몸을 살핀다.

캠이 처음 리와인드되었을 때는 거울이 없었다. 흉터가 그의 온몸에 굵은 밧줄 같은 선으로 남아 보기에 끔찍했을 때는 말이다. 지금은 그 흉터가 사라지고 매끄러운 솔기만 남았다. 이제는 거울이 아무리 많아도 부족하다. 캠에게 가장 큰 은밀한 즐거움은 자신의 모습을, 사람들이 자신에게 준 이 몸을 보며 즐기는 것이다. 그는 자신의 몸을 사랑한다. 그러나 자신을 사랑하기에 그것만으로는 부족하다.

리사가 나를 사랑한다면, 진정으로 강요 없이 사랑한다면 그 간극을 메우고 직접 그 감정을 느낄 수 있을 텐데.

캠은 그 일이 일어나게 하려면 무엇을 해야 하는지 안다. 로버타가 8천 킬로미터 떨어진 곳으로 가게 된 지금, 캠은 자신이 하는 모든 일을 로버타가 고집스럽고 꼼꼼하게 검토할거라는 걱정은 하지 않아도 된다. 그냥 그 일이 이루어지게 하는 데 필요한 작업을 시작할 수 있다. 너무 오랫동안 시간을 끌었다.

광고

 우리는 누구일까요? 우리는 한 발 물러날 때마다 두 발 전진하는 걸음입니다. 아버지의 새로운 심장 박동과, 곤란에 빠진 아이의 눈물을 닦아 주는 산들바람 사이의 침묵입니다. 우리는 수명의 유리 천장을 부수고 치명적 질병의 관에 못을 박는 망치입니다. 불확실성의 바닷속에서, 우리는 이성의 목소리입니다. 다른 사람들이 암울한 과거를 반복할 때, 우리는 미래를 앞당기기 위해 스스로에게 도전합니다. 우리는 새벽의 이른 빛입니다. 우리는 별 너머의 부드러운 푸른 하늘입니다. 우리는 능동적 시민입니다. 우리 이름을 들어 본 적 없으셔도 괜찮습니다. 우리가 우리 일을 제대로 하고 있다는 뜻이니까요.

 다음 날 아침, 리무진이 로버타를 실어 가자마자 캠은 자기 방의 컴퓨터 앞에서 작업을 시작한다. 그는 주문이라도 걸듯 커다란 화면 위로 두 손을 움직인다. 그는 공공 님버스에 추적이 불가능한 신분을 만들어 낸다. 님버스란, 가상의 클라우드가 아니라 진짜 구름이었다면 온 세상을 영원한 어둠에 빠뜨렸을 만큼 빽빽한 클라우드다. 캠은 자신의 모든 행동이 감시당하고 있다는 것을 안다. 그래서 그는 노르웨이 어딘가에 사

는, 강박 관념이 심한 게이머에게 업혀 간다. 캠을 감시하는 사람들은 누구든 그가 마약을 거래하는 트롤을 습격하는 바이킹에게 관심을 갖기 시작했다고 생각할 것이다.

그런 다음, 캠은 정체를 숨긴 채 능동적 시민의 서버 방화벽을 비틀고 건드린다. 결국 방화벽이 열려, 그에게 암호화된 데이터 전부에 접근할 권한을 준다. 무작위적이고 해체된 존재를 이해하려는 행위는 캠의 인생 그 자체다. 그는 리와인드된 뇌의 파편화된 혼란 속에서 질서를 만들어 낼 수 있었다. 그런 그에게, 정보 보호를 위해 흩어 놓은 능동적 시민의 내부 데이터에서 질서를 끌어내는 일은 공원에서 산책하는 것만큼이나 쉬운 일이다.

22
리사

　오마하. 미국 심장부의 지리적 중심이라 불리는 곳이다. 하지만 리사는 전혀 중심에 와 있는 기분이 아니다. 그녀는 다른 곳에 있어야 하지만, 사실 목적지도, 계획도 없다. 리사는 타일러 민족 사이에서 외부인이었지만, 사이파이의 작은 공동체의 보호를 벗어난 것은 실수였다는 생각이 여러 번 들었다. 이제 그녀는 그림자 속에서 살아야 한다. 벗어날 방법이 보이지 않는다. 숨지 않는 미래란 더더욱.

　리사는 반분열 저항군의 흔적을 보게 되리라 기대해 왔다. 하지만 ADR은 완전히 해체되었다. 그녀는 계속 다심한다. 오늘은, 오늘만큼은 따라갈 길을 찾게 될 거야. 어떤 깨달음이 찾아와서 뭘 해야 할지 정확히 알게 될 거야. 하지만 깨달음은 외로운 그녀의 인생에서 희귀한 상품이 되고 말았다. 게다가 옆에서는 이런 말이 들린다.

　「생일 선물이야, 레이철. 네 아버지랑 내가 꽤 많은 돈을 썼단다. 최소한 고마워하긴 해야지.」

　「내가 달라고 한 게 아니잖아!」

리사는 이런 기차역에 서로 어울리지 않는 두 층이 있다는 것을 깨닫는다. 두 층은 서로 닿지도 않는다. 위층에는 리사에게서 좀 떨어진 벤치에 앉아 있는 어머니와 딸 같은, 부유한 여행객이 있다. 그들은 특권적 공간에서 다른 특권적 공간으로 데려다줄, 온갖 편의 시설이 완비된 고속 열차를 기다린다. 아래층에는 모자를 걸어 둘 곳이라고는 기차역밖에 없는 찌꺼기 인생들이 있다.

「난 바이올린을 배우고 싶다고 한 거야, 엄마. 레슨을 시켜 줄 수 있었잖아.」

리사는 자신이 둘 중 어느 기차에도 탈 수 없음을 안다. 보안 요원이 너무 많고, 그녀의 얼굴을 아는 사람이 너무 많다. 기차에 탄다면, 다음 정거장에서 기뻐하며 그녀를 잡아가려는 연방 경찰 부대에 저지될 것이다. 다른 합법적 교통 수단이 그렇듯 기차도 리사에게는 꿈일 뿐이다.

「아무도 악기를 배우고 싶어 하지 않아, 레이철. 악기 연주는 힘겨운 반복이야. 게다가 넌 연주를 배우기엔 나이가 너무 많아. 전통적으로 연주를 배우는 콘서트 바이올리니스트들은 여섯 살이나 일곱 살 때부터 시작해.」

리사는 옷을 잘 차려입은 여자와 멋을 내느라 일부러 단정하지 않은 차림을 한 그녀의 10대 딸 사이에 오가는 짜증스러운 대화에 귀 기울일 수밖에 없다.

「사람들이 내 뇌를 건드려서 뉴로위브를 넣은 것도 싫은데.」 소녀가 징징거린다. 「그 손까지 받아야 한다고? 난 내 손이 좋아!」

엄마가 웃는다. 「애야, 넌 아빠의 뭉툭하고 통통한 손가락을 물려받았어. 더 좋은 손으로 바꾸면 살면서 좋을 일밖에 없어. 음악적인 뉴로위브에 뇌와 몸의 연결을 완성해 줄 근육 기억이 필요하다는 건 상식이고.」

「손가락에는 근육이 없어!」 소녀가 의기양양하게 선언한다. 「학교에서 배웠는걸.」

엄마는 길게, 괴롭다는 듯 한숨을 쉰다.

가장 난처한 점은 이런 대화가 특이한 사건이 아니라는 사실이다. 사람들이 허영심 때문에 이식을 받는 경우가 점점 흔해지고 있다. 새로운 기술을 원하시나요? 배우는 대신 사세요. 머리카락을 어쩌지 못하시겠다고요? 새로운 두피를 가져가세요. 수술 전문가들이 기다리고 있습니다.

「장갑이라고 생각하렴, 레이철. 멋진 실크 장갑 말이야, 공주님이 쓰는 것 같은.」

리사는 더 이상 견딜 수 없다. 그녀는 얼굴이 보이지 않을 만큼 후드를 깊이 눌러쓰고, 조용히 일어나서 그들 옆을 지나가며 말한다. 「다른 사람의 지문을 갖게 되겠네.」

레이철 공주는 경악한 표정이다. 「웩! 그렇네! 안 해.」

리사는 기차역을 빠져나와 후끈한 8월의 저녁에 접어든다. 그녀는 할 일이 있는 사람처럼 보여야 한다는 걸 안다. 어떤 목적지를 향해 가고 있는 것처럼. 할 일이 없어 보이면 청담과 장기 해적의 표적이 될 것이다. 장기 해적과는 최근에 만난 만큼, 그녀는 그 경험을 반복하고 싶지 않다.

리사는 학교 놀이터에서 훔친 분홍색 배낭을 어깨에 걸치고 있다. 하트와 판다가 그려진 배낭이다. 멀리서 경찰관이 다가오고 있기에 리사는 사실 작동하지 않는 핸드폰을 꺼내, 걸어

가면서 통화하는 척하며 걷는다.

「그러니까. 너무 귀엽잖아! 아, 수학 시간에 걔 옆에 앉고 싶어 죽겠어.」

리사는 갈 곳이 있고, 지루한 일상에 대해 이야기하는 지루한 사람처럼 보여야 한다. 그녀는 무단이탈자가 어떻게 생겼는지 안다. 절대 그런 인상만은 주지 않아야 한다.

「윽! 내 말이! 걔 진짜 싫어. 완전 찐따라니까!」

경찰관은 지나가며 리사를 힐끔거리지도 않는다. 그녀는 이런 착각을 일종의 과학으로까지 만들었다. 하지만 무척 진이 빠진다. 게다가 밤이 째깍째깍 가까워질수록 오마하 시내 길거리에서 존중받을 만한 소녀로 보이기에는 더욱 어려워질 것이다. 리사가 어떤 이미지를 내세우든 의심을 받게 될 것이다.

기차역은 한 시간 정도 머물기에 괜찮은 공간이지만, 동시에 도주 중인 아이들이 자주 모이는 전형적인 장소이기도 하다. 리사는 그곳에 오래 머물 수 없다는 것을 안다. 이제 그녀는 선택지를 다시 살핀다. 구식 비상 탈출구가 있는, 비교적 오래된 랜드마크 사무용 건물들이 있다. 그런 건물에 올라가 잠기지 않은 창문을 찾아볼 수 있다. 전에도 그런 적이 있었다. 예전에는 언제나 야간 청소원들을 피할 수 있었다. 발각된다면, 그건 침입 중일 가능성이 높다.

공원도 많다. 하지만 나이 든 부랑자들이야 벤치에서 자도 괜찮지만 어린 도망자는 그럴 수 없다. 관리실 건물에 침입할 수 없다면, 공원에 머무는 위험은 감수하지 않을 것이다. 보통 그녀는 낮 시간에 이런 장소들을 살펴본다. 관리실이 열려 있으면, 그곳 자물쇠를 자신이 열쇠를 가지고 있는 자물쇠로 바꿔 둔다. 그러면 관리인은 자물쇠를 채우면서도 자신이 그 안에 들어갈 수 없게 되었다는 사실을 눈치채지 못한다. 하지만 오늘 리사는 게으름을 부렸다. 피곤했다. 마땅히 부지런하게 굴었어야 했는데, 그러지 못했기에 지금 그 대가를 치르고 있다.

다음 거리에는 「캣츠」 리메이크 버전을 공연하는 극장이 있다. 인류는 아마 그 작품을 남은 시간 내내 영원히 견뎌 내야 할 듯하다. 표 한 장을 슬쩍할 수 있다면, 리사는 안에 들어가 숨을 곳을 찾을 수 있을 것이다. 무대 천장 위의 숨겨진 공간이라든가, 소품이 쌓여 있는 지하 틈새라든가.

리사는 뒷골목을 가로질러 극장으로 간다. 실수다. 골목 중간에서 그녀는 세 소년과 마주친다. 그들은 열여덟 살쯤으로 보인다. 리사는 그들이 언와인드의 위협에서 벗어날 때까지 살아남은 무단이탈자이거나, 17세 연령 제한법이 통과되었을 때 하비스트 캠프에서 풀려난 수천 명의 열일곱 살짜리 중 하나라고 즉시 판단한다. 슬프게도 그런 아이들 대부분은 갈 곳도 없이 거리로 내팽개쳐졌다. 그래서 그들은 분노했다. 제때 따지 않고 덩굴에 방치된 과일처럼 썩어 버렸다.

「이런, 이런. 이게 누구신가?」 셋 중 키가 가장 큰 소년이 말한다.

「진짜 이러기야?」 리사가 역겹다는 듯 말한다. 「〈이게 누구신가〉라고? 그게 최선의 대사야? 골목에서 무방비 상태의 소녀를 공격하려면, 적어도 진부하게 굴지는 말아야지.」

리사의 태도는 바라던 효과를 낸다. 그들은 허를 찔리고, 대장이자 최고의 얼간이는 ─〈최고〉와〈얼간이〉라는 단어를 함께 쓸 수 있다면 말이지만 — 한 발짝 물러난다. 리사는 그들을 밀치고 지나가려 하지만, 또 한 명이 그녀의 앞길을 막는다. 워낙 뚱뚱하고 몸집이 커서 골목 끝이 안 보일 정도다. 제기랄. 리사는 정말이지 이 일이 지저분해지지 않기를 바랄 뿐이다.

「포터하우스는 건방진 여자들을 좋아하지 않아.」 최고 얼간이가 말한다. 그는 부러진 앞니 두 개를 드러내며 미소 짓는다.

포터하우스일 게 틀림없는 뚱뚱한 아이는 인상을 찡그리며, 나이트클럽 문지기처럼 큰 몸뚱이에 힘을 준다. 「맞아.」 그가 말한다.

사람들이 언와인드를 좋게 생각하게 된 건 이런 애들 때문이야. 리사는 생각한다.

세 번째 아이는 아무 말 없이 자리를 지킨다. 약간 걱정스러운 표정이다. 리사는 그가 탈출로가 될 수 있겠다고 생각한다. 아직 리사를 알아본 사람은 없다. 만일 알아본다면, 그들의 동기는 곧 복잡해질 것이다. 리사를 멋대로 다루고 골목에 내버려두는 대신, 리사를 멋대로 다룬 뒤 신고해 보상금을 받으려 들 테니까.

「자, 실수하지 말자고.」 최고 얼간이가 말한다. 「우린 너한테 도움이 될 수 있어.」

「그래.」 포터하우스가 말한다. 「네가 우리한테 도움이 된다면 말이지.」

하찮은 3호는 그 말에 히죽거리며 앞으로 나와 둘과 합류한다. 탈출로가 되기는, 무슨. 최고 얼간이가 대담하게 리사에게 한 걸음 다가온다. 「우린 너 같은 여자애한테 꼭 필요한 친구야. 널 지켜 주고, 뭐 그런 거.」

리사는 그와 시선을 마주친다. 「내 몸에 조금이라도 손을 댔다간, 네 몸이 먼저 망가질 거야.」

리사는 이런 놈을 안다. 머리보다는 허황한 용기만 있는 놈이다. 이런 놈들은 리사의 말을 도전으로 받아들일 것이다. 실제로 그렇다. 최고 얼간이는 리사의 손목을 잡더니, 리사가 무슨 일을 할지 대비한다.

리사는 놈에게 미소 지으며 발을 들더니, 대신 포터하우스의 무릎에 발꿈치를 박아 넣는다. 포터하우스의 무릎 관절이 우지끈 소리와 함께 부러진다. 그는 비명을 지르며 아파서 몸부림친다. 그것만으로도 최고 얼간이의 손아귀에서 힘이 풀린다. 리사는 몸을 비틀어 빠져나온 뒤 놈의 코를 팔꿈치로 찍는다. 코가 부러졌는지는 모르겠지만 피가 솟구치기 시작한다.

「이 구닌내 나는 땅년이!」 그가 웅얼거리며 외친다. 포터하우스는 너무도 고통스러워 말없이 울부짖기만 한다. 하찮은 3호는 이것을 빠져나갈 신호로 받아들이고 골목을 따라 달려간다. 다음은 자기 차례임을 알고 있다.

그때 최고 얼간이가 더 나쁜 소식을 전한다. 그는 칼을 꺼내 든다. 마구 휘두르며, 손에 잡히는 대로 잘라 내려 한다. 마구 휘두르는 칼질은 거칠지만 치명적이다.

리사는 배낭으로 막는다. 최고 얼간이는 배낭을 그어 찢는다. 그는 다시 칼을 휘두르며, 리사의 얼굴에 위험할 정도로 가까이 다가온다. 그때 다급한 목소리가 들린다.

「이리로! 빨리!」

가게 뒷문이 열려 있다. 여자가 머리를 내밀고 있다. 리사는 망설이지 않는다. 열린 문 안으로 몸을 던지고, 여자는 재빨리 문을 닫는다. 하지만 최고 얼간이가 손을 집어넣어 막는다. 여자는 놈의 손 위로 문을 쾅 닫는다. 놈이 문 반대편에서 비명을 지른다. 리사가 어깨로 문을 쾅 들이받아 놈의 손가락을 다시 찧는다. 놈이 더욱 시끄럽게 소리를 지른다. 리사는 놈이 부어오른 손가락을 빼낼 만큼만 문을 열었다가 완전히 닫는다. 여자가 문을 잠근다.

격렬한 분노의 일제 공격이 쏟아진다. 점점 더 무력하게만 들리는 신랄한 욕설 끝에, 얼간이와 포터하우스는 복수하겠다고 맹세하며 비틀비틀 멀어져 간다.

그제야 리사는 여자를 본다. 중년이다. 화장으로 주름을 감추려 했다. 커다랗게 부풀린 머리. 친절한 눈.

「괜찮니?」

「네. 배낭은 건질 수 없겠네요.」

여자가 배낭을 힐끗 본다. 「판다랑 하트라니? 애야, 그런 물건을 비참하게 다루면 안 되지.」

리사가 씩 웃는다. 여자가 조금 오래 그녀와 시선을 맞춘다. 리사는 여자가 자신을 알아본 순간을 정확히 짚을 수 있다. 여자는 리사가 누구인지 안다. 그러나 바로 알은체하지는 않는다.

「저놈들이 완전히 사라졌다는 게 확인될 때까지 여기 머물러도 돼.」

「감사합니다.」

잠시 침묵이 흐른 뒤, 여자는 가식을 완전히 버린다. 「사인이라도 받아야겠구나.」

리사가 한숨을 쉰다. 「제발 그러지 마세요.」

여자가 음흉하게 씩 웃는다. 「뭐, 너를 신고해서 보상금을 받을 생각은 없어. 언젠가 네 사인을 팔 수 있을 것 같은데. 값이 나갈 수도 있지.」

리사가 마주 씩 웃는다. 「제가 죽은 다음에는요.」

「그래, 반 고흐도 그랬으니…….」

리사가 웃는다. 방금까지의 불안이 가시기 시작한다. 아드레날린이 여전히 손가락을 얼얼하게 한다. 그녀의 몸이 안전하다는 걸 깨닫는 데는 좀 더 시간이 걸릴 것이다.

「문 전부 잠긴 거 확실해요?」

「저 놈들은 오래전에 사라졌어. 상처를 핥고, 멍든 자존심에 얼음찜질을 하면서 말이야. 아무튼 문은 잠겨 있단다. 놈들이 돌아오더라도 안으로 들어올 수는 없어.」

「10대들이 악명을 얻게 된 게 바로 저런 놈들 때문이에요.」

그 말에 여자가 손을 내젓는다. 「비열한 놈들은 어느 나이에나 있어.」 여자가 말한다. 「내가 알아. 그런 놈들이랑 데이트를 할 만큼 해봤거든. 어린애들을 그냥 언와인드할 수는 없으니까 그런 구실을 붙이는 거야. 애들이 사라지면, 다른 사람들을 그 자리로 주저앉히겠지.」

리사는 조심스레 여자를 살피지만, 여자는 그리 읽기 쉬운 사람이 아니다. 「그럼 언와인드에 반대하시는 거예요?」

「난 문제 자체보다 나쁜 해결책에 반대해. 흰머리를 감추겠다고 머리를 구두약 색깔로 물들이는 늙은 여자들 같은.」

리사는 그제야 주위를 둘러보며, 이 여자가 왜 그런 비유를 들었는지 빠르게 이해한다. 그들은 미용실 뒷방에 있다. 커다란 헤어드라이어와 목 부분이 파인 검은색 세면대가 있는 복고풍 미용실이다. 여자는 자신을 록스 앤드 비글스의 사장, 오드리라고 소개한다. 이곳은 어디를 가든 개를 반드시, 꼭 데려가야 하는 사람들에게 미용 서비스를 제공하는 곳이다.

「치와와를 무릎에 앉혀 놓을 수만 있다면, 이 여자들이 머리를 감고 자르는 데 얼마나 많은 돈을 내는지 놀라울 정도야.」

오드리는 미래의 고객을 보듯 리사를 본다. 「물론 지금은 가게 문을 닫았지만, 영업 시간 외에 메이크업을 해달라고 해도 거절하진 않을게.」

「감사하지만 괜찮아요.」 리사가 말한다.

오드리가 인상을 쓴다. 「아니, 이런. 그보다는 생존 본능이 뛰어날 줄 알았는데!」

리사는 발끈한다. 「네?」

「후드로 얼굴을 가리는 게 소용이 있을 줄 아니?」

「지금까지는 괜찮았는데요. 사양할게요.」

「오해하지 마라.」 오드리가 말한다. 「꾀와 본능으로도 많은 것을 할 수 있지만, 실체가 있는 힘을 그걸로 따돌릴 수 있다고 자신하다간 대가를 치르게 마련이야.」

리사는 무의식적으로 손목을 문지른다. 그녀는 자신이 함정에 빠질 정도로 어리석지는 않다고 생각했다. 그래서 결국 잡히고 말았다. 외모를 바꾸는 게 유리할 텐데, 왜 이렇게까지 반항심이 드는 걸까?

코너한테 같은 모습을 보이고 싶어서.

그 깨달음에 리사는 거의 헛숨을 들이쉰다. 코너는 점점 더 리사의 머릿속을 차지하고 있다. 리사가 생각하지도 못한 방식으로 그녀의 판단력을 흐리고 있다. 그 감정이 자기 보호를 방해하게 두어서는 안 된다.

「어떤 메이크업이요?」 리사가 묻는다.

오드리가 미소 짓는다. 「내 말 믿으렴, 애야. 내가 일을 마치고 나면 넌 완전히 다른 사람이 되어 있을 거야!」

메이크업에는 두 시간 정도가 걸린다. 리사는 오드리가 그녀의 머리를 금발로 탈색하리라 생각했지만, 오드리는 하이라이트가 들어가고 가볍게 펌을 넣은 연한 갈색 머리를 해준다.

「사람들은 인상을 바꾸는 게 머리카락 색깔이라고 생각하지만, 아니야. 질감이 전부란다.」 오드리가 말한다. 「게다가 가장 중요한 건 머리가 아니야. 눈이지. 사람들은 눈으로 얼마나 많은 걸 알아볼 수 있는지 몰라.」

그게 오드리가 색소 주입을 제안한 이유다.

「걱정하지 마. 난 면허가 있는 안구 색소 주입사야. 매일 색소 주입을 하고, 한 번도 불평을 들은 적 없어. 내가 뭘 하든 불평하는 사람들은 예외지만.」

오드리는 상류층 고객들의 기괴한 요구에 대해 계속해서 떠들어 댄다. 손톱 색깔에 맞춰 눈에 형광색을 넣어 달라고 한다거나, 동공이 홍채를 완전히 삼켜 버린 것처럼 보이도록 진한 검은색 색소를 주입해 달라고 한다거나. 리사의 눈에 마취제를 떨어뜨리는 그녀의 목소리가 마음을 진정시킨다. 리사는 경계를 풀었다가, 오드리가 그녀의 팔을 의자 팔걸이에 고정하고 머리를 머리받이에 고정했음을 너무 늦게 알아차린다. 리사는 공황에 빠지기 시작한다. 「뭐 하는 거예요? 놔주세요.」

오드리는 그저 미소 지을 뿐이다. 「유감이지만 그럴 수는 없구나, 얘야.」 그러더니 그녀는 돌아서서 리사에게는 보이지 않는 무언가로 손을 뻗는다.

이제 리사는 오드리의 목표가 그녀를 돕는 것과는 전혀 관계가 없음을 깨닫는다. 결국 그녀는 보상금을 원했던 것이다! 전화 한 통이면 경찰이 이곳에 올 것이다. 오드리를 믿다니, 얼마나 멍청했던가! 어떻게 이렇게 눈이 멀 수 있었는지!

오드리가 손에 고약하게 생긴 주사기를 들고 돌아온다. 그 끝에는 열두 개의 미세한 바늘이 원형으로 달려 있다.

「고정하지 않으면 시술 중에 네가 움직일 수도 있어. 반사적으로 장치를 움켜쥘 수도 있고. 그랬다간 각막이 상할 수도 있거든. 널 보호하기 위해서야.」

리사는 떨면서 안도의 한숨을 내쉰다. 오드리는 그녀의 반응을 주삿바늘을 보고 불안해하는 것으로 받아들인다. 「걱정하지 마. 내가 너한테 넣어 준 안약은 마법 같아. 약속하는데, 아무 느낌도 없을 거야.」

리사는 눈에 눈물이 고이는 것을 느낀다. 이 여자는 정말로 그녀를 도울 생각이다. 편집증 때문에 발작했다는 것에 죄책감을 느낀다. 오드리는 그 사실을 영영 모르겠지만. 「왜 저한테 이렇게 해주시는 거죠?」

처음에 오드리는 대답하지 않는다. 그녀는 눈앞의 일에 집중하며 리사의 홍채에 깜짝 색소를 주입한다. 오드리는 리사가 그 색깔을 마음에 들어 할 거라고 장담한다. 리사가 그녀를 믿은 건 바로 그 압도적인 자신감 때문이다. 잠시 리사는 언와인드당하는 것 같은 기분이 들지만, 의지로 그 느낌을 떨쳐 낸다. 지금 이곳에서는 전문가의 거리감보다는 연민이 느껴진다.

「도울 수 있으니까.」 오드리는 다른 눈을 작업하며 말한다. 「내 아들 때문이기도 하고.」

「아들이라면…….」 리사는 알 것 같다. 「혹시……?」

「언와인드했느냐고? 아니, 그런 건 아니야. 그 애가 우리 집 현관에 도착한 순간부터 나는 그 애를 사랑했어. 그 애를 언와인드해야겠다는 생각은 꿈에도 해본 적 없어.」

「황새였나요?」

「응. 한겨울에 우리 집 앞에 두고 갔더구나. 미숙아였단다. 살아남은 게 다행이야.」 오드리는 색소가 들어가는 모습을 확인하며 잠시 말을 멈추더니, 두 번째 층의 주사를 놓기 시작한다. 「아들은 열네 살이 됐을 때 암 진단을 받았어. 위암이었고 간과 췌장까지 번졌지.」

「정말 유감이에요.」

오드리는 뒤로 기대어 리사의 눈을 들여다본다. 이번에는 자신의 작품을 평가하는 눈이 아니다. 「애야, 난 절대 언와인드의 장기를 받지 않을 거야. 하지만 사람들이 내 아들의 목숨을 살릴 방법은 딱 하나뿐이라고 했어. 그 아이의 장기를 다 들어내고 다른 누군가의 장기로 교체해야 한다고. 난 그때 일말의 망설임도 없었단다. 〈그렇게 하세요!〉 난 말했어. 〈가능한 한 빨리 해주세요.〉」

리사는 여자가 이 고백을 해야만 한다는 걸 알고 아무 말도 하지 않는다.

「언와인드가 이렇게 오래 이어지고 있는 진짜 이유를 아니, 리사 워드 양? 그건 우리가 원해서가 아니야. 우리가 자식을 구하기 위해서 기꺼이 언와인드를 감수하기 때문이지.」 오드리는 생각에 잠기더니 슬픔이 깃든 미소를 짓는다. 「생각해 보렴. 우리는 사랑하는 아이를 위해, 사랑하지 않는 아이를 기꺼이 희생해. 그러면서 우리를 문명인이라고 부르지.」

「언와인드가 존재하는 건 당신 잘못이 아니에요.」 리사가 말한다.

「그래?」

「당신에게는 아들을 구할 다른 방법이 없었어요. 선택지가 없었죠.」

「선택지는 언제나 있어.」 오드리가 말한다. 「하지만 다른 선택지는 내 아들을 살리지 못했을 거야. 다른 방법이 있었다면 그 방법을 썼겠지만, 그런 건 없었어.」

오드리는 리사의 몸을 풀어 주고, 돌아서서 주사 트레이를 정리한다. 「아무튼, 내 아들은 살아서 대학에 다니고 있어. 일주일에 한 번 전화를 하는데 대부분은 돈을 달라는 전화야. 하지만 그 전화라도 받을 수 있다는 사실이 나한테는 기적이란다. 그러니 남은 평생 양심의 가책을 받겠지만, 내 아들이 지금껏 살아 있게 해준 대가로 그건 적은 값이야.」

리사는 말없이 고개를 끄덕인다. 그 이상도, 이하도 아니다. 아들의 목숨을 살리기 위한 유일한 방법을 썼다는 이유만으로 누가 오드리를 비난할 수 있을까?

「됐다, 애야.」 오드리는 리사를 돌려 거울을 마주 보게 하며 말한다. 「어때?」

리사는 거울 속 소녀가 자신이라고 믿기 어렵다. 펌이 가볍게 들어가, 머리카락이 널찍하게 부풀어 오르는 대신 부드럽게 늘어졌다. 적갈색 고수머리에 하이라이트가 살짝 들어가 있다. 게다가 눈은! 오드리는 요즘 유행하는 고약한 색소를 주입하지 않았다. 대신 리사의 눈을 갈색에서 대단히 자연스럽고 현실적인 초록색으로 강화했다. 리사는 아름답다.

「내가 뭐랬어?」 오드리는 자신의 작품에 자부심을 느끼며 말한다. 「머리는 질감, 눈은 색깔. 확실한 조합이지!」

「훌륭해요! 어떻게 감사를 드리죠?」

「인사는 이미 한 셈이야.」 오드리가 말한다. 「나한테 시술을 하게 해줬으니까.」

리사는 전에는 한 번도 시간을 들여서 자기 모습에 감탄해 본 적이 없다. 변장. 그 역시 왜곡된 이 세상에 오래전부터 필요했던 것이다. 리사가 변장하는 법만 알았더라도. 그녀의 생각은 다시 아들에 관한 오드리의 진심 어린 이야기로 돌아간다. 예전에는 의학이 세상의 질병을 고치기 위한 것이었다. 연구 자금은 해결책을 찾는 데 쓰였다. 하지만 지금의 의학 연구는 언와인드의 다양하고 잡다한 부위를 사용할 점점 더 기괴한 방법을 찾아내는 것일 뿐이다. 교육 대신 뉴로워브, 운동 대신 근육 재조정이 이루어진다. 캠도 있다. 로버타가 한 말, 캠이 미래의 물결이라는 말이 사실이라면? 최신 기술이라는 이유만으로 사람들이 다양한 사람의 다양한 부위를 원하기 시작할 때까지 얼마나 남았을까? 그래, 언와인드가 유지되는 건 자식을 구하고자 하는 부모의 간절함 때문일지도 모른다. 그러나 언와인드가 이토록 활기차게 번성하게 된 건 그것이 허영 어린 거래이기 때문이다.

다른 방법이 있다면……. 리사는 처음으로 다른 방법은 없는지 진지하게 고민하기 시작한다.

23
넬슨

 오하이오주 청소년 전담국 소속이었지만 지금은 자영업자로 일하는 J. T. 넬슨은 자신을 부정직한 세상에서 이럭저럭 살아가는 정직한 사람으로 본다. 넬슨은 지금 타고 다니는 밴을 합법적으로 얻었다. 너무도 망신스럽게 열네 살짜리의 진정탄에 맞은 다음 날, 투손의 중고차 딜러에게서 현금으로 샀다. 시체 먹는 동물들이 뜯어 먹도록, 또 아침이 오면 애리조나주의 햇볕 아래에서 타버리도록 그를 기절시킨 채 길가에 버려두고 간, 십일조에서 박수도가 된 그 아이는 넬슨의 지갑을 훔칠 생각까지는 하지 못했다. 하늘에 감사할 작은 기적이었다. 덕분에 넬슨은 정직한 사람으로 남는 사치를 누릴 수 있었다.
 중고차 딜러는 당연하게도 사기꾼이었고, 10년은 된 흰긴수염고래 같은 밴의 실제 가치보다 훨씬 많은 돈을 기꺼이 뜯어냈다. 하지만 넬슨에게는 흥정할 시간이 없었다. 그가 지난 두 번의 언와인드 거래로 벌어들인 돈 전부가 자동차 구매에 들어갔지만, 차를 훔친다는 건 생각할 필요도 없는 문제였다. 장기 해적질 같은 불법적인 일에 발을 들여놓은 이상 다른 면에서는 합법성을 유지하는 것이 최선이기 때문이다. 범죄는 혼합된다. 적어도 지금 그는 고속 도로 순찰대를 의식하며 어깨 너머를 돌아볼 필요가 없다.

넬슨은 뉴스에서 그 사진을, 아전트 스키너가 너무도 뻔하게 올린 사진을 보았다. 당시에 그 사진은 웃음거리로 취급되었다. 비웃을 만한 무언가로 말이다. 이미 청소년 전담국과 FBI에서 조작된 사진이라고 무시해 버렸기에. 그러나 넬슨은 그 사진이 진짜라는 걸 알았다. 코너가 아직 살아 있음을 알았기 때문만이 아니라, 코너가 묘지에서 입고 있었던 그 말도 안 되는 파란색 위장복을 그대로 입고 있었기 때문이다. 그는 아전트에 대해 조금 조사해 본 뒤, 운명적 방문을 했다. 하찮은 직업과, 음주 운전이며 술집에서의 싸움 같은 한심하고 하찮은 전과를 가진 머저리. 하지만 넬슨에게 유용할 수 있었다. 이 상태에서는 같은 편이 있는 게 나았다. 티를 내지 않으려 노력하고 있지만, 애리조나주의 야생에서 의식을 잃었던 그 시간은 얼굴을 좀먹는 고통스러운 화상보다 더 깊은 대가를 치르게 했다. 동물에게 물린 상처 말이다. 그중 일부는 감염되었다. 어떤 병이 옮았을지 누가 알겠는가? 하지만 지금은 그런 데 정신을 팔 수 없다. 상품을 얻을 때까지는.

24
아전트

아전트는 분명 똑똑하다. 아무도 인정하지 않지만. 아전트 자신이 생각하는 것보다 똑똑하다. 그는 이 기회를 잡아야 한다. 그렇지 않으면 죽고 말 테니까.

「말해 봐라, 아전트.」 넬슨이 말한다. 「네가 래시터를 지하실에 잡아 두었을 때, 그놈이 한 짓을 전부 말해.」

첫째 날이다. 그들이 하츠데일을 떠나 북쪽으로 향하기 시작한 지 불과 30분도 안 됐다. 운전대를 잡은 이 남자, 이 장기 해적은 지적이고 자기가 하는 일을 제대로 알고 있다. 하지만 그의 눈에는 무언가가 있다. 이 세상의 경계선에 머물고 있음을 넌지시 알리는 무언가가. 그는 제정신의 경계선에서 균형을 잡고 있는 것 같다. 아마 코너 래시터 때문에 이 지경으로 몰린 거겠지. 넬슨이 정말 제정신을 잃는다면, 그는 아전트와 같은 선에 있게 될지도 모른다.

「기억나는 걸 전부 말해. 네가 중요하지 않다고 생각하는 것도, 나는 알고 싶다.」

그래서 아전트는 말하기 시작한다. 그리고 멈추지 않는다.

코너가 말한 것과 그가 말하지 않은 온갖 것에 대해서도 계속해서 떠들어 댄다.

「네, 친하게 지낼 수밖에 없었어요.」 아전트가 뽐낸다. 「래시터는 예전 인생에 대해 온갖 헛소리를 늘어놓았죠. 자기가 마지막으로 소년원에 들어갔을 때 부모가 집 자물쇠를 바꿔 놨더래요. 언와인드 의뢰서에 서명하기 직전이었다고 하더라고요. 동생이 언제나 너무 착하기만 한 녀석이라 화가 났다는 얘기도 했고요.」 이런 것은 애크런의 무단이탈자가 아전트의 계산대에 샌드위치를 사러 나타나기 한참 전에, 아전트가 어딘가에서 읽은 내용이다. 하지만 넬슨에게는 그 사실을 알릴 필요가 없다.

「하도 친해서 놈이 네 얼굴을 그어 버렸나 보지?」 넬슨이 말한다.

아전트는 얼굴 왼쪽의 바늘땀을 만져 본다. 거즈를 떼어 낸 지금은 바늘 자국이 드러나 있다. 끔찍하게 가렵지만, 너무 세게 만질 때만 아프다. 「못된 개자식이에요.」 아전트가 말한다. 「친구를 제대로 대우하지 않죠. 아무튼, 놈에게는 가야 할 곳이 있었어요. 전 놈이 저를 데려가겠다고 약속하지 않는 한 보내 주지 않겠다고 했고요. 그랬더니 놈이 저를 베고, 누나를 인질로 잡고 떠났어요.」

「어디로?」

지금부터가 아전트가 지어내야 할 부분이다. 「그 얘기는 안 했어요. 물론, 진정제에 취해 있을 때는 달랐지만.」

넬슨이 그를 본다. 「너희 둘이 진정제를 피웠다고?」

「아, 그럼요. 늘 피웠어요. 우리가 가장 좋아하는, 함께하는 취미였는데요. 진정제가 워낙 좋은 것이기도 했어요. 고품질의 최고급 진정제였죠.」

넬슨이 의심스럽다는 듯 보자 아전트는 이야기를 약간 번복하기로 한다. 「뭐, 제 말은 하츠데일에서 얻을 수 있는 것 중에는 최고급이었다고요.」

「그러니까, 놈이 취해 있을 때 말했다는 거군. 뭐라고 했는데?」

「저도 취해 있었다는 걸 기억하셔야죠. 그러니까 모든 게 어렴풋해요. 뭐랄까, 제 머릿속 어딘가에 아직 있는 건 분명한데 살살 구슬려서 빼내야 한달까요.」

「얼마 있지도 않은 정보를 박박 긁어모은다는 말이 더 맞겠지.」 넬슨이 말한다.

아전트는 이런 모욕을 그냥 흘려보낸다. 「걔가 말한 어떤 여자애가 있어요.」 아전트가 말한다. 「〈그리로 가야 해, 그리로 가야 해.〉 그렇게 말했죠. 그 여자애가 뭔가를 줄 거라면서요. 근데 그게 뭔지는 잘 모르겠어요.」

「리사 워드겠지.」 넬슨이 말한다. 「리사 워드에 대해서 말한 거야.」

「아뇨, 아니었는데……. 리사 얘기였으면 제가 알았겠죠.」 아전트가 이마에 주름을 잡는다. 그러자니 아프지만, 어쨌든 그렇게 한다. 「다른 사람이었어요. 메리였던 것 같아요. 맞네. 메리, 무슨 프랑스식 성이었어요. 르벡이었나, 라베르그였나. 라보였다! 맞네. 메리 라보예요. 그 여자를 만나겠다고 했어요. 버번을 마시겠다고.」

그 이후로 넬슨은 조용해진다. 아전트는 더 이상 말하지 않는다. 넬슨이 잠시 그 정보를 곱씹게 둔다.

이틀째, 동이 틀 무렵이다. 네브래스카주 노스플랫의 싸구려 모텔 방. 솔직히 말해, 아전트는 이보다 나은 것을 기대했다. 넬슨은 하늘이 아직 해 뜨기 전의 회색일 때, 아전트를 깨운다.

「갈 시간이다, 이 게으른 놈아, 침대에서 나와라. 우회할 거야.」

아전트는 하품한다. 「근데 왜 서둘러요?」

「메리 라보의 부두 박물관.」 넬슨이 말한다. 참 열심히도 조사를 한 듯하다. 「뉴올리언스의 버번 스트리트에 있는 곳이야. 래시터가 말한 건 거기다. 이유는 모르겠지만 놈은 그리로 가고 있어. 우리보다 한참 앞서가고 있고. 아마 이미 도착했을 거다.」

아전트는 어깨를 으쓱한다. 「정 그러시다면야.」 그러고는 몸을 굴려 베개에 얼굴을 파묻고 미소를 감춘다. 넬슨은 자신이 얼마나 완벽하게 아전트의 장난감이 되었는지 모른다.

셋째 날, 아칸소주 포츠스미스. 파란색의 쓰레기 같은 밴이 오후가 되자 망가지고 만다. 넬슨은 격분한 상태다.

「주말에는 부품을 못 구해요.」 정비공이 말한다. 「특별히 주문해야 한다고. 월요일에 오세요, 화요일이나.」

넬슨이 거세게 몰아칠수록 정비공은 더 침착해진다. 그는 넬슨의 비극에서 일종의 영적 기쁨을 뽑아낸다. 아전트는 그런 사람들을 잘 안다. 아니, 자신이 그런 사람이다.

「이런 놈을 다루는 방법은 간단해요. 엿같이 두들겨 패는 거예요.」 아전트가 넬슨에게 조언한다. 「그런 다음 차를 고치지 않으면 놈의 엄마에게도 똑같이 하겠다고 말하는 거죠.」

하지만 넬슨은 아전트의 건실한 조언을 받아들이지 않는다. 「비행기로 가자.」 그가 말한다. 그는 정비공에게 포트스미스 지역 공항까지 태워다 달라고 돈을 준다. 하지만 공항에 도착해 보니 마지막으로 그곳에서 출발하는 비행기인 20인승 댈러스행 경비행기는 6시에 떠난다. 좌석 네 개가 남아 있긴 하지만 공항의 보안 게이트는 5시에 닫힌다. 교통 안전청 관리들은 아직 사무실에서 콘도그를 먹고 있다. 그들이 승객 두 명을 위해 보안 게이트를 열어 줄까? 죽어도 안 열어 준다.

아전트는 관리들이 무기를 가지고 있지 않았다면 넬슨이 그들을 죽여 버렸을지도 모른다고 생각한다.

결국 넬슨은 가짜 신분증을 써서, 금방 돌려줄 의도 없이 자동차를 렌트한다.

넷째 날. 어두워진 뒤 버번 스트리트에 도착한다. 아전트는 뉴올리언스에 와본 적이 없지만 언제나 와보고 싶었다. 그레이스를 데려갈 만한 곳은 아니지만, 더는 그레이스가 문제가 아니잖은가? 그는 손에 허리케인 칵테일을 들고, 목에는 구슬 목걸이를 건 채 버번 스트리트를 산책한다. 거리에는 떠들썩하게 희롱하는 소리와 웃음소리가 넘쳐난다. 아전트는 매일 밤 이런 분위기 속에서 지낼 수 있을 것 같다. 이렇게 살 수 있을 것 같다. 허리케인 절반이 이미 그의 머릿속에서 헤엄치고 있다. 상상해 보라! 길거리에서 술을 마시는 게 합법적일 뿐 아니라 권장된다. 오직 뉴올리언스에서만!

그와 친구들은 마르디 그라[20] 때 이곳에 오자고 이야기했지만, 하츠데일을 떠날 배짱이 누구에게도 없었으므로 언제나 말뿐이었다. 하지만 지금 아전트에게는 새로운 친구가 있다. 자기가 직접 생각해 낸 아이디어라고 여기며 기꺼이 뉴올리언스까지 차를 운전해 온 친구다. 하지만 제 몫을 해내지 못하면 아전트의 이런 견습 생활도 오래가지는 못할 것이다. 자신이 쓸모 있다는 걸, 없어서는 안 되는 존재라는 걸 증명해야 한다.

아전트는 지금 넬슨이 어디에 있는지 정확히 모른다. 아마 메리 라보의 부두 박물관을 관리하는 사람을 괴롭히고 있을 것이다. 거기서는 아무 답도 찾아내지 못하겠지만. 장기 해적이 어떤 방법으로 정보를 추출하든 간에 코너 래시터의 위치로 이어질 단서는 없을 것이다. 추격할 대상이 있다 해도 아무 가망 없는 추격일 것이다. 넬슨은 격분해 아전트를 탓할 것이다.

「아니, 뉴올리언스로 가자고 한 건 제가 아니라 당신이잖아요.」 아전트는 그렇게 대답하겠지만, 넬슨은 그래도 그에게 책임을 지울 것이다. 그러니 아전트에게는 평화의 공물이 필요하다. 넬슨이 그의 진짜 가치를 알아보게 해줄 무언가가.

소독제와 탄 머리카락 냄새가 나는 라마다로 돌아가는 대신, 아전트는 골칫거리를 찾아다닌다. 발견한다. 그것과 친구가 된다. 그리고 그것을 배신한다.

---

20 참회의 화요일. 사순절이 시작되기 전날을 기념하는 기독교 축제로, 퍼레이드, 가면무도회, 파티 등이 이루어진다. 특히 뉴올리언스에서 열리는 축제가 가장 유명하다.

다섯째 날. 넬슨은 코너 래시터에 대한 탐색이 막히자 흥청망청 마셔 버린 술과 진통제의 기운에 취해 잠들어 있다. 밤새 나가 있던 아전트는 새벽에 라마다로 돌아와 그를 깨운다.

「가져온 게 있어요. 좋아하실 만한 거예요. 지금 가셔야 해요.」

「꺼져라.」 넬슨은 협조적이지 않다. 아전트는 그럴 줄 알고 있었다.

「오래 걸리지 않을 거예요, 재스퍼.」 아전트가 말한다. 「이번에는 저를 믿으세요.」

넬슨은 죽일 듯한 시선으로 아전트를 불태우려 한다. 「다시 한번 재스퍼라고 부르면 목을 그어 버리겠다.」 그는 일어나 앉으려 하지만, 중력과의 싸움에서 조그만 승리밖에 거두지 못한다.

「죄송해요. 뭐라 부를까요?」

「뭐라고도 부르지 마.」

아전트는 호텔 방의 커피 주전자에서 커피를 넬슨에게 들이붓다시피 한 다음, 그를 종말 이후처럼 무너져 가는 동네의 타버린, 오래된 술집으로 데려간다. 제방이 무너진 뒤로 멀쩡한 사람이 살아 본 적 없는 동네일 것이다.[21]

안에는 무단이탈자 두 명이 있다. 묶이고 재갈이 물린 채다. 남자 하나, 여자 하나.

「당신이 세상을 떠난 것처럼 잠들어 있을 때, 이 녀석들과 친구가 됐죠.」 아전트가 자랑스럽게 말한다. 「나도 이 녀석들과 같은 처지라고 설득했어요. 그런 다음 초크를 걸었죠. 〈그

---

21 2005년 허리케인 카트리나로 인해 뉴올리언스의 일부 지역은 황폐화되어 사실상 버려졌다.

녀석〉에게 썼던 그 초크요.」

두 무단이탈자는 의식을 되찾은 상태다. 재갈을 물고 있어 말은 못 하지만, 눈에는 공포가 가득하다. 「최상급이에요.」 아전트가 말한다. 「돈 좀 되겠죠?」

넬슨은 숙취 때문에 흥분이 가라앉은 채로 그들을 본다. 「네가 직접 잡았다고?」

「네. 더 많이 찾아냈으면 더 많이 잡았을 수도 있는데. 이 녀석들로 얼마를 벌든 돈은 당신이 가져가세요. 제가 드리는 선물이에요.」

넬슨이 말한다. 「놔줘라.」

「네?」

「우린 내 암시장 연락책과 너무 먼 곳에 있어. 이 녀석들을 데리고 온 세상을 돌아다닐 생각은 없고.」

아전트는 믿을 수가 없다. 「제가 코앞까지 가져온 이 짭짤한 돈을 그냥 날려 버리시겠다고요?」

넬슨은 아전트를 보며 한숨을 쉰다. 「노력 점수는 A야. 잘했지만, 우린 더 큰 걸 노리고 있어.」 그러더니 넬슨은 그냥 걸어 나간다.

아전트는 화가 나서 재갈을 문 아이들에게 욕설을 퍼붓는다. 그들은 대꾸할 수 없다. 「그냥 썩어 버리게 여기에 놔둬야겠어. 그렇게 할 거야.」 하지만 그는 그렇게 하지도, 놔주지도 않는다. 대신 그는 청담에 익명의 전화를 걸어 그들을 데려가도록 한다. 장기 해적으로서의 첫 급료를 공짜로 줘버린다. 그나마 위로가 되는 건 넬슨이 이 포획에 약간은 감명을 받았을지도 모른다는 점이다.

아전트는 라마다로 돌아가는 내내 이 터무니없는 추격전의 다음 단계를, 그리고 넬슨이 그 단계를 주도하고 있다고 생각하게 만들 방법을 계획한다. 아전트가 가고 싶은 곳은 뉴올리언스 말고도 많다. 그가 솜씨 좋게 빵 부스러기를 흘리기만 하면, 넬슨은 그를 여러 곳에 데려갈 것이다.

25
코너

코너는 보호 구역에 있고 싶지 않다. 타시네 가족이 마음에 안 드는 것은 아니다. 코너에게 약간 냉정하긴 해도 그들은 그를 충분히 환영해 주고 있으며 레브를 진심으로 걱정한다. 그러나 보호 구역은 목적지로 가는 길에 잠깐 들르는 정거장 이상이 되어서는 안 된다. 이곳에서의 나날은 느리게 흘러가는 듯하면서도 어쩐지 놀랄 만한 속도로 지나간다. 일시적인 멈춤이 어느덧 2주가 되었다. 물론, 레브에게는 엄청나게 긴 치유의 시간이 필요하지만, 지금은 길을 나설 수 있을 만큼 충분히 회복된 상태다. 보호 구역의 상황이 바뀌지 않는다고 해서 세상 나머지 부분도 회전을 멈추는 건 아니다. 하비스트 캠프에서는 계속 언와인드를 하고 있고, 능동적 시민은 언와인드에 대한 더욱 강력한 법을 통과시키기 위해 로비를 벌이고 있다.

그들이 이곳에 남아 있는 하루는 바깥세상의 상황이 더욱 악화되는 하루다.

해결책, 혹은 최소한 그 일부는 잰슨 라인실드에게 있는 게 틀림없다. 묘지에서 코너의 오른팔이던 트레이스는 그렇게 확신했다. 트레이스는 너무도 많은 면에서 옳았다. 잰슨이 소니아의 남편이라는 것을 알게 된 이후, 잰슨은 상한 고기처럼 코너의 뱃속에 무겁게 남아 있다. 소니아에게 하루라도 빨리 갈수록 이 느낌을 빨리 씻어 낼 수 있을 것이다.

「근데, 오하이오주에 가는 게 그렇게 중요해?」 그레이스가 아라파치의 튀긴 빵을 간식으로 먹으며 묻는다. 「아전트 말로는 거긴 춥기만 하고 뚱뚱한 사람들로 가득하다던데.」

「말해 줘도 넌 모를 거야.」 코너가 말한다.

「왜? 내가 멍청해서?」

코너는 인상을 쓴다. 그런 의도는 아니었지만, 그렇게 들렸다는 건 안다. 「아니.」 코너가 대답한다. 「네가 무단이탈자가 아니기 때문이야. 너는 한 번도 언와인드를 마주해야 했던 적이 없어. 직접 겪어 보기 전까지는 언와인드를 멈추기 위해서라면 모든 것을 걸 가치가 있다는 걸 절대 이해하지 못해.」

「난 언와인드는 아니지만 무단이탈자인 건 확실해. 내 동생한테서 무단이탈 중이잖아. 걘 날 보면 바로 죽이려고 할 거야.」

코너는 그 말을 일축하려 하지만 완전히 무시할 수는 없다. 아전트가 예전에 그레이스를 많이 때린 건 확실하다. 어쩌면 두들겨 팼을지도 모르겠다. 그렇지만 아전트가 살인자일까? 어쩌면 고의는 아닐지 몰라도, 눈먼 분노에 사로잡힌 그가 그레이스를 때려죽이는 모습을 코너는 상상할 수 있다. 아전트가 그럴 수 없다 해도, 그레이스의 머릿속에서는 그것이 매우 현실적인 위협이다. 코너와 레브가 그렇듯, 그레이스도 도망자다. 이유야 다르지만.

「다시는 아전트가 너를 해치지 못하도록 할게.」 코너가 그녀에게 말한다.

「절대로?」

코너가 고개를 끄덕인다. 「절대로.」 다만 코너는 이게 이빨 없는 약속이라는 걸 안다. 자신과 레브가 언제까지나 그레이스의 인생에 함께할 것은 아니니까.

「그래서, 네가 쫓는다는 사람은 누구야?」

코너는 〈그냥 어떤 사람〉이라는 식의 대답을 할까 생각해 보다가, 그녀에게 존중을 보이기로 결정한다. 코너는 자신이 아는 것을 말한다. 더 정확히는, 코너 자신이 모르는 것을 말한다고 해야겠지만.

「잰슨 라인실드는 언와인드를 가능하게 한 신경 접목 기술을 개발했어. 그 사람이 능동적 시민이라는 단체를 설립했고.」

「들어 봤어.」 그레이스가 말한다. 「인도에서 가난한 아이들을 구하거나 하는 단체지?」

「응, 아마 그 애들의 장기를 채취하려는 걸 거야. 문제는, 라인실드는 자기 연구가 언와인드에 쓰이길 바라지 않았다는 거야. 그는 오히려 자기 기술의 오용을 막기 위해 능동적 시민이라는 감시 단체를 만들었어. 하지만 결국은 다른 사람들이 통제권을 장악하고 그 반대가 됐지. 지금은 능동적 시민이 언와인드를 조장하고 언론을 조작하고 있어. 심지어 청소년 전담국까지 통제한다는 소문이 있어.」

「구리네.」 그레이스는 음식을 입에 가득 문 채 말한다.

「맞아. 더 구린 건, 놈들이 라인실드를 지구상에서 없애 버렸다는 거야.」

「죽였어?」

「누가 알겠어? 우리가 아는 건 라인실드가 역사에서 지워졌다는 것뿐이야. 우리가 그를 찾아낸 건 단지 어떤 신문 기사에서 그의 이름 철자를 잘못 썼기 때문이야. 아무튼, 레브랑 나는 그런 단체가 단순히 자기들에게 반대하는 의견을 냈다고 사람을 사라지게 하지는 않았을 거라고 생각해. 라인실드는 아주 위험한 무언가를 알고 있어서 제거되어야만 했던 거야. 능동적 시민에 위험한 건 뭐든 우리의 무기고. 그래서 라인실드의 아내인 소니아를 찾아가야 하는 거야. 소니아는 그 세월 내내 숨어 지내고 있었어.」

그레이스는 손가락의 기름을 핥으며 말한다. 「하츠데일에 살 때 나도 소니아라는 사람을 알았어. 성질이 나쁘고, 얼굴에 개똥만 한 뭔가가 나 있었어. 그걸 없애러 갔다가 수술대에서 심장 마비가 오는 바람에, 대체 심장을 이식받기도 전에 죽었어. 아젠트는 그 여자한테 애초에 심장이 있었다는 게 놀랍다고 했어. 그래도 난 슬펐어. 얼굴에 난 개똥 때문에 죽는다니 바보 같아.」

코너는 미소 지을 수밖에 없다. 「그야말로 진실한 말이네.」 코너가 생각하기에 능동적 시민은 인류의 얼굴에 난 개똥과 같다. 하지만 환자를 죽이지 않고 그것을 제거할 수 있는지는 시간이 지나 봐야만 알 수 있다.

「그래서, 지금 능동적 시민을 이끄는 건 누구야?」 그레이스가 묻는다.

코너가 어깨를 으쓱한다. 「알면 내가 장을 지져야지.」

「뭐, 알아내면 알려 줘. 그 사람하고 스트라테고[22]를 하고 싶거든.」

코너와 레브의 관계는 예전과 달라졌다. 둘은 하나의 팀, 한 가지 목적을 가진 단일한 정신이었다. 그러나 지금 둘의 관계는 긴장되어 있다. 이곳을 떠나자는 말만 꺼내면 레브는 조바심을 감추지 못하거나 방을 급히 빠져나간다.

「그렇게 많은 일을 겪었으니 레브한테도 평화를 누릴 자격이 있어.」 그렇게 레브가 방을 나간 어느 날, 우나가 말한다. 코너는 우나를 좋아한다. 그녀를 보면 리사가 생각난다. 외모는 닮지 않았지만, 누구의 개소리도 들어주지 않는 면이 비슷하다. 다만 리사라면 레브에게 휴가를 계획하는 대신 일을 시작하라고 했을 것이다.

「평화를 직접 일구기 전까지 우리한텐 평화를 누릴 자격이 없어.」 코너가 말한다.

우나가 히죽 웃는다. 「그건 또 어느 전쟁 기념비에서 읽은 거야?」

코너는 우나를 노려보지만 아무 말도 하지 않는다. 실제로 어느 전쟁 기념비에서 읽은 말이기 때문이다. 하트랜드 전쟁 기념비에서. 6학년 현장 학습 때였다. 코너는 우나와 정면으로 맞서려면 화강암에 새겨진 뻔한 말 이상의 주장이 필요하다는 걸 안다.

「내가 이해한 대로라면, 레브는 네 목숨을 구해 줬어.」 우나

---

22 상대의 기지를 점령하거나 모든 말을 빼앗으면 승리하는 전략 보드게임.

가 말한다. 「넌 경찰차로 레브를 치면서 레브의 목숨을 거의 끝장낼 뻔했고. 최소한 레브가 상처를 회복할 만큼은 여유를 부리게 해줘야지.」

「레브가 차에 뛰어든 거야!」 코너는 화를 내며 말한다. 「정말 내가 일부러 갤 쳤다고 생각해?」

「아무것도 못 보고 앞으로만 달리다 보면, 뭔가 치게 마련이야. 말해 봐, 유일한 친구를 거의 죽여 버릴 뻔한 게 네 여행의 첫 장애물이었어? 아니면 다른 장애물도 있었어?」

코너는 롤런드의 손으로 벽을 친다. 주먹을 꽉 쥔 채로 풀지 않는다. 그렇긴 해도, 억지로 주먹을 옆으로 내린다. 「모든 여행에는 장애물이 있어.」

「우주가 속도를 늦추라고 하면, 땅에 머리를 파묻는 타조처럼 구는 대신 그 말에 귀 기울일 필요가 있어.」

코너는 휙 우나를 돌아본다. 레브가 타조 이야기를 했는지 궁금하지만 우나의 표정에서는 아무것도 읽을 수 없다. 그녀가 타조 이야기를 일부러 꺼냈는지, 단지 우연이었을 뿐인지 알아낼 단서가 없다. 코너는 그 일에 대해 먼저 말할 수 없다. 말했다가는 우나가 우연이란 없다고 고집을 부릴 테니까.

「레브는 여기가 안전하다고 느껴.」 우나가 말한다. 「여기서 보호받고 있다고 느낀다고. 레브한테는 그게 필요해.」

「네가 레브의 보호자라면, 레브가 자기 몸을 폭탄으로 바꿨을 땐 어디 있었어?」 코너가 묻는다.

우나가 시선을 돌린다. 코너는 자신이 선을 넘었다는 걸 안다. 「미안.」 그가 말한다. 「하지만 우리가 하는 일은…… 중요해.」

「자만하지 마.」 우나가 말한다. 그녀는 코너가 날린 잽에 아직 아파하고 있다. 「너에 관한 전설이 어마어마하게 부풀려졌을지는 몰라도 너는 우리보다 크지 않아. 조금도.」 우나가 너무 빠르게 쿵쿵거리며 나가 버리기에 코너는 그녀가 지나간 자리에서 바람을 느낀다.

그날 밤, 코너는 침대에 누워 있다. 생각과 연상이 흘러넘친다. 피로가 만들어 낸 결과다. 돌로 된 작은 방은 침대가 아무리 편안해도 감방처럼 느껴진다.

아마 코너가 외부인이기 때문이겠지만, 그의 눈에 비친 아라파치는 모순적인 삶을 살아가고 있다. 그들의 집은 검소하지만 군데군데 호화로움이 드러난다. 장식되지 않은 방의 침대는 플러시 천으로 덮여 있다. 큰방에 있는, 단순해 보이는 장작 불구덩이도 단순하다고는 할 수 없다. 절대 꺼지지 않도록 자동화된 시스템을 통해 장작을 넣고 온도를 유지하게 되어 있으니까. 그들은 한 손으로 삶을 안락하게 하는 것들을 비난하면서, 다른 한 손으로는 그것들을 받아 안는다. 영성과 물질주의 사이에서 끝없는 전투를 벌이는 것처럼. 아주 오랫동안 그래 왔던 것이 분명하다. 그들은 자신들의 이중성을 보지 못한다. 마치 그런 양면성이 그들 문화의 일부가 된 것 같다.

그걸 보면서 코너는 자신의 세계와 그 세계의 모순적인 속성을 생각하게 된다. 예의 바르고 점잖다고 자부하는 사회, 연민과 품위를 내세우는 감시자들. 그러면서도 동시에 언와인드를 받아들이는 사회. 위선이라고 부를 수도 있지만, 그보다는 복잡한 문제다. 모두가 언와인드라는 문제를 외면하기로 무언의 약속을 한 것만 같다. 벌거벗은 임금님 이야기와는 다르다. 모두가 코너를 맹점에 놓아두고 보지 않으려 하는 것 같다.

모두가 고개를 돌려 보도록 하려면, 무엇이 필요할까?

코너는 자신의 행동이 궤도에서 내팽개쳐진 세상의 거대한 타성을 바꿀 수 있다고 생각하는 건 바보짓임을 안다. 우나의 말이 옳다. 그는 다른 사람보다 크지 않다. 실은 더 작은 존재다. 너무 작아서, 세상은 그가 존재한다는 것조차 모를 정도다. 그렇다면 어떻게 변화를 만들어 낼 수 있을까? 코너는 노력했다. 그 결과는 어땠던가? 그가 묘지에서 구하려 했던 수백 명의 아이가 지금은 하비스트 캠프에서 언와인드를 당하고 있다. 그의 인생에서 단 한 가지 좋은 점이었던 리사는 그와 마찬가지로 레이더를 벗어났다.

불가능할 만큼 무겁게 느껴지는 세상을 어깨에 지고 있으니, 레브한테는 이곳에서 사라진다는 상상이 얼마나 매력적으로 느껴질까? 그러나 코너에게는 아니다. 자연과 하나가 된다는 건 코너의 본성에 없는 일이다. 불꽃이 타닥거리는 소리는 그를 진정시키지 못한다. 지루하게 할 뿐이다. 지절거리는 시냇물 소리의 평온함이 그에게는 물고문이다.

「넌 잘 흥분하는 녀석이야.」 코너가 어렸을 때 아버지는 그렇게 말하곤 했다. 그건 다루기 어려운 아이에게 부모가 돌려 하는 말이었다. 자기 몸 안에 있는 것이 불편해 보이는 아이. 결국 그의 부모도 코너를 그의 몸 안에 가둬 두는 일이 불편해졌고, 그 끔찍한 언와인드 의뢰서에 서명했다.

코너는 부모가 언제 그를 언와인드하겠다는 결정을 내렸는지 궁금하다. 그들은 언제부터 더 이상 그를 사랑하지 않게 되었을까? 아니면 사랑이 부족한 건 문제가 아니었을까? 〈언와인드, 사랑한다면 놓아주세요〉나 〈신체 분열은 비통합 장애를 앓는 아동에게 베풀 수 있는 최고의 친절입니다〉 같은 수많은 광고에 속아 넘어갔던 걸까?

사람들은 말한다, 〈비통합 장애〉라고. 아마 지금 있는 곳만 아니면 어디든 가고 싶어 하고, 지금의 자신만 아니면 누구든 되고 싶어 하는 10대를 설명하기 위해 능동적 시민이 만들어 낸 용어일 것이다. 하지만 때때로 그런 감정을 느끼지 않는 사람이 누가 있을까? 유독 심하게 그런 감정을 느끼는 아이들이 있다는 건 인정한다. 코너 자신이 그런 아이였으니까. 하지만 대부분은 그 감정을 안고 살아가는 법을 배우게 마련이다. 결국은 그 감정을 제어해 야심으로, 추진력으로, 운이 좋다면 성취로 바꿀 수 있다. 부모가 뭐라고 코너에게서 그런 기회를 빼앗는단 말인가?

코너는 침대에서 자세를 바꾸며 백조 깃털로 채운 베개를 왼손 주먹으로 친다. 하지만 때릴 때는 롤런드의 손을 쓰는 게 훨씬 만족스럽다는 것을 깨닫고 손을 바꾼다. 코너는 오른팔과 거의 비슷하게 왼팔을 키웠지만, 순전한 신체적 표현을 할 때는 롤런드의 팔이 낫다. 그 팔은 폭력적으로 사용될 때 뇌에 엔도르핀을 분비하도록 만든다.

온몸이 주변의 모든 사람, 모든 것을 망가뜨리고 싶어 하도록 타고났다면 기분이 어떨까? 코너는 상상할 수 없다. 물론 코너에게도 그런 면이 약간은 있었지만, 그런 성향은 발작적으로 가끔만 두드러졌다. 반면에 롤런드는 구타에 중독돼 있었다.

때로, 아무도 보거나 듣고 있지 않은 게 분명할 때, 코너는 수술로 접목된 팔에 말을 건다. 코너는 이런 행동을 〈손에게 말하기〉라고 부른다.

「넌 아무 힘이 없어. 알아?」 손이 주먹을 꽉 쥔 채 펴지지 않으려 들면 코너는 그렇게 말한다. 때로는 자기 자신에게 가운뎃손가락을 들어 보이며 웃는다. 그는 이런 충동이 자신의 것임을 알지만, 그보다는 롤런드에게서 나온다고 상상하곤 한다. 그러면 만족스러운 동시에 난처하다. 긁을수록 더 가려워지는 상처 같다.

한번은 묘지에서 헤이든에게 약물이 들어간 초콜릿을 몰래 받은 적이 있다. 긴장을 약간 풀기 위해서였다. 초콜릿에 들어간 건 약리학적으로 합성되고 유전적으로 조작된 대마초 성분이었다. 코너는 그것이 진정제보다 훨씬 더 심각한 환각 속에 사람을 뒹굴게 한다는 사실을 알게 되었다. 그의 팔에 그려진 상어가 그날 밤, 다름 아닌 롤런드의 목소리로 말을 걸었다. 대체로는 영리하게 구성된 모욕적인 말이었지만, 몇 가지 주목할 만한 말도 했다.

〈날 다시 완전하게 만들어 줘. 네놈을 두들겨 팰 수 있게.〉 상어는 그렇게 말했다. 〈몇 놈의 코를 부러뜨려. 그러면 기분이 나아질 거야〉라거나, 〈네 빌어먹을 손으로 저 원숭이 자식을 패버려〉라는 말도.

하지만 계속해서 떠오르는 말은 이것이었다. 〈뭔가 의미를 만들어, 애크런.〉

상어는 정확히 무엇으로 의미를 만들라고 한 걸까? 롤런드의 언와인드? 롤런드의 인생? 코너의 인생? 환각이 종종 그렇듯이, 상어는 화가 날 정도로 애매하게 말했다. 코너는 누구에게도 그 이야기를 한 적이 없었다. 심지어 헤이든에게도 초콜릿이 영향을 주었음을 인정하지 않았다. 그날 이후로 상어는 포식자 특유의 일그러진 표정으로 턱을 고정한 채 다시는 말을 걸지 않았다. 하지만 의미를 만들라는 그 수수께끼 같은 요구는 지금도 롤런드의 운동 신경과 코너 자신의 운동 신경 사이 시냅스 전체에 메아리친다.

부모에 대한 롤런드의 분노는 코너의 분노보다 훨씬 더 잘 관리되어 있다. 롤런드에게는 고약한 고통의 삼각관계가 존재한다. 의붓아버지는 그의 어머니를 때렸다. 그래서 롤런드는 놈을 기절할 때까지 패버렸다. 하지만 어머니는 자신을 도우려 한 아들이 아니라 때린 남자를 선택했다. 롤런드의 언와인드 의뢰서에 서명했다.

뭔가 의미를 만들어…….

그에 대한 분노는 큰방의 불구덩이에서 언제까지나 타오르는 불처럼 타오른다. 하지만 롤런드의 분노와 달리 코너의 분노는 태울 것을 찾아 이리저리 튀는 불꽃처럼 무작위적이다. 코너의 분노는 그를 언와인드하려 했던 부모의 선택이 아니라, 그 선택을 둘러싼 답 없는 질문에서 힘을 얻는다.

왜 그랬을까?

어떻게 그런 결정을 내릴 수 있었을까?

가장 중요한 질문은 이것이다. 그가 살아 있다는 걸 알면, 부모는 지금의 그에게 뭐라고 말할까? 그는 부모에게 뭐라고 대꾸할까?

그는 소니아를 찾아 서둘러 오하이오주로 가고 있다. 그러나 머릿속 한구석에서는 그럴수록 집이 고통스러울 만큼 가까워지고 있다는 것도 안다. 그는 이 여행의 진짜 이유가 그것일지도 모른다고 생각한다.

그렇게 코너는 검소한 방의 호화로운 침대에서 이리저리 뒤척인다. 자신의 양가감정으로, 자신을 감정적으로 언와인드한다.

26
레브

 레브는 보호 구역에서 머무는 것이 코너의 성질을 긁고 있다는 걸 안다. 하지만 이번만큼은 레브에게도 이기적으로 굴 권리가 있는 것 아닐까?
 「원하는 만큼 오래 머물러도 된다.」 엘리나는 그렇게 말했었다.
 반면 피베인은 좀 더 현실적이었다. 「필요한 만큼 오래 머물러도 된다.」 그러니까 문제는, 이곳에 머물고 싶다는 레브의 욕망 중 얼마만큼이 필요 때문이고 얼마만큼이 바람 때문이냐는 것이다.
 레브의 옆구리에는 여전히 심한 멍이 들어 있다. 빠른 치유를 위한 약물, 즉 아라파치에서는 쓰지 않는 약물이 없으면 그의 갈비뼈와 멍든 장기가 치유되는 데는 시간이 오래 걸릴 것이다. 상처가 나을 때까지 머물러야 한다고 주장할 수도 있겠지만, 코너가 그 말을 듣지 않으리라는 건 분명하다. 코너의 답답함은 당연한 것이다. 그들에게는 임무가 있다. 안락함에 넘어가 곁길로 샐 수는 없다. 레브에게 필요한 것은 동등한 규모의 다른 임무다.

보호 구역에서의 두 번째 주가 끝나 갈 무렵, 상황이 급격히 바뀐다. 모두가 상당한 충격을 받는다.

저녁 식사 시간이다. 오늘 밤은 모인 사람이 적다. 손님 세 명이 엘리나, 켈레, 엘리나의 남편인 찰이 앉아 있는 식탁에 합류한다. 엘리나의 남편은 이제야 법원 사건을 마치고 돌아왔다. 그는 도착한 순간부터 레브를 변호사다운 절제와 예의로 대한다. 레브에 관한 어떤 특정한 행동이나 감정에 전념하기 두려운 것 같다. 「엘리나가 전부 말해 줬다. 네가 여기 와서 기쁘구나.」 찰은 그렇게 인사하지만, 진심인지 의무감에서 하는 말인지는 목소리만으로 읽을 수 없다. 코너와 그레이스를 대하는 태도도 그처럼 절제되어 있고 신중하다.

피베인은 저녁 식사에 늦게 도착한다. 그의 걱정스러운 표정이 엘리나의 짜증을 잠재운다. 「이걸 봐야 해.」 그가 처음에는 엘리나와 찰을, 그다음에는 레브와 코너를 돌아보며 말한다. 「너희 모두가 이걸 봐야 해.」

모두가 식탁에서 일어서자 피베인은 큰방 건너편에 있는 TV를 켠다. 그는 채널을 계속 돌린 끝에 뉴스 채널을 찾아낸다.

오늘 저녁이 어떻게 풀려 갈지 의문이 있었다면, 뉴스가 그 모든 의구심을 쫓아 버린다.

코너의 얼굴이 뉴스 진행자 뒤의 화면에 떠 있다.

……청소년 전담국에서는 소문과 마구잡이 추측에 종지부를 찍으며 1년 넘게 사망한 것으로 추정되던 코너 래시터가

살아 있음을 확인했습니다. 〈애크런의 무단이탈자〉로도 알려진 코너 래시터는 해피잭 하비스트 캠프 반란의 핵심 인물입니다. 당시 반란으로 인해 열아홉 명이 사망하고 언와인드 수백 명이 도주했습니다.

코너와 레브는 믿을 수 없다는 듯 화면을 빤히 바라볼 뿐이다. 앵커가 말을 잇는다.

코너 래시터는 반란에서 중요한 역할을 한 레브 콜더, 리사 워드와 함께 이동 중인 것으로 보입니다.

리사와 레브의 사진도 화면에 나타난다. 현재의 레브가 아니라 예전의 레브다. 단정하고 순진무구하며 아무것도 모르는. 「이거 나쁜 소식이야?」 그레이스는 그렇게 물었다가 자기 질문에 답한다. 「응, 나쁜 소식이네.」
뉴스가 끊기고, 청소년 전담국의 잘난 체하는 대변인과의 인터뷰가 이어진다. 그는 비루한 모습의 남자와 함께 있는 코너의 사진을 들고 있다. 레브는 그 남자가 그레이스의 남동생이리라고 추측한다. 청소년 전담국 대변인은 이런 정보를 공개해야 한다는 게 짜증이 나면서도, 대중의 도움이 필요한 얼굴이다.

저희 분석가들은 이 사진이 진짜이며, 2주 전에 찍힌 것으로 판단했습니다. 이 사진 속의 청년 아전트 스키너와 그의 누나인 그레이스 스키너는 현재 실종 상태입니다. 래시터가 둘을 납치했거나 살해한 것으로 보입니다.

「뭐!」 코너에게서 그 말이 꽥 소리처럼 튀어나온다.

이 도망자에 대한 정보가 있는 분들은 즉시 당국에 연락해 주십시오. 코너 래시터는 무장한 위험인물로 간주되는 만큼, 이자에게 접근하려 하지 마십시오.

레브는 TV에서 코너에게로 시선을 돌린다. 코너는 빠르게 분노 모드에 돌입하고 있다. 그를 모르는 사람이 보기에 이 순간 코너는 상당히 위험해 보인다.

「진정해, 코너.」 레브가 말한다. 「놈들은 네가 화를 내길 바라는 거야. 화를 낼수록 더 많은 실수를 할 테고, 더 쉽게 잡힐 테니까. 놈들이 정보를 공개했다는 건 놈들한테 네가 어디로 갔는지에 대한 실마리가 전혀 없다는 뜻이야. 그 말은 네가 여전히 안전하다는 뜻이고.」

하지만 지금 이 순간, 코너는 자기 머릿속의 소용돌이 말고는 아무것도 듣지 않으려 한다. 「개 같은 놈들! 나한테 빌어먹을 하트랜드 전쟁의 책임을 씌울 수 있다면, 놈들은 그렇게 할 거야. 당연히 난 그때 태어나지도 않았지만, 어쨌든 내 탓으로 돌릴 방법을 찾을 거라고!」 코너는 접목된 팔로 벽을 치고 아파서 찡그린다.

「거짓말은 강력한 무기다.」 엘리나가 차분하게 말한다. 「청소년 전담국은 확실히 그 무기를 휘두르는 법을 알고.」

그레이스는 약간 겁을 먹은 채 두 사람을 번갈아 본다. 「아전트는 왜 실종된 거야? 무슨 일이 일어난 걸까?」

그때 등 뒤에서 목소리가 들린다. 「아전트가 누구야? 진짜 죽은 거야? 코너가 죽였어?」

돌아보니 이 아찔한 순간에 잊히고 만 켈레다.

레브와 엘리나의 논리도 코너를 진정시키지 못했지만, 켈레의 얼굴에 떠오른 겁먹은 표정이 그 어려운 일을 해내는 듯하다.

「아니, 안 죽었어. 그리고 내가 안 죽였어.」 코너가 말한다. 목소리가 좀 더 가라앉아 있다. 「어디에 있는지는 몰라도 멀쩡할 거야.」

켈레는 반신반의하는 듯하다. 레브는 걱정된다. 그는 이 아이가 무슨 일을 저지를지 모르는 사고뭉치라는 것을 안다. 이곳에 레브가 있다는 사실은 〈비공식적으로〉 알려져 있지만, 악명 높은 애크런의 무단이탈자도 여기에 있다는 사실은 아무도 모른다. 켈레는 코너의 존재를 비밀로 하겠다고 약속했지만, 그 비밀이 이토록 거대한 그림자를 드리우는 지금도 그럴 수 있을까?

「그럼 어쩌죠?」 레브가 엘리나에게 묻는다. 레브는 그녀가 무슨 말을 할지 알고 있다. 적어도 그녀에게 기대하는 답은 있다.

「당연히 너희는 우리가 돌볼 거야.」 엘리나가 말한다.

레브는 숨을 내쉰다. 자기가 숨을 참고 있는지도 몰랐다.

「빌어먹을, 누가 여기 있겠대요?」 코너가 쏘아붙인다.

레브는 코너가 쿵쾅거리며 나가지 못하도록 그의 어깨를 잡는다. 「그게 현명한 방법이야. 바깥세상에서는 우리가 여기 있다는 걸 아무도 모르잖아. 뉴스에서 사라질 때까지 자세를 낮추고 있으면 돼.」

「우린 절대 뉴스에서 사라지지 않을 거야, 레브! 너도 알잖아.」

「하지만 언제까지나 오늘처럼 큰 화젯거리가 되지는 않겠지. 몇 주만 시간을 두자. 그때쯤이면 레이더에서 벗어날 수 있을지도 몰라. 지금 출발하는 건 우리가 할 수 있는 가장 멍청한 짓이야.」

「우리가 여기 앉아 있는 동안에도 묘지 애들은 언와인드당하고 있다고!」

「네가 잡히면 걔들 사기가 얼마나 떨어지겠어?」 레브가 지적한다. 「네가 자유롭게 움직이는 한 그 애들한테는 희망이 있어.」

「숨는 건 겁쟁이나 하는 짓이야!」 코너가 말한다.

「하지만 전사는 엎드려서 기다린단다.」 엘리나가 말한다. 「유일한 차이는 동기가 두려움이냐, 목적이냐는 거야.」

그 말에 코너는 입을 다문다. 적어도 당장은. 엘리나는 언제나 생각할 거리를 던져 사람들의 입을 훌륭하게 막아 버린다. 코너의 눈은 잠시 더 타오른다. 그런 다음, 그는 체념한 듯 식탁 의자에 털썩 앉는다. 그는 자신의, 롤런드의 손마디를 바라본다. 손마디가 까져서 피가 나고 있다. 아플 게 틀림없지만, 코너는 그 고통에서 위안을 얻는 듯하다.

「놈들은 우리가 리사와 함께 있다고 생각해.」 코너가 말한다. 「나도 우리가 그렇게 운이 좋았으면 좋겠다.」

「리사가 이 뉴스를 보면 네가 살아 있다는 걸 알 거야.」 레브가 지적한다. 「그건 좋은 일이지.」

코너는 빠르게, 약간은 역겹다는 시선으로 레브를 본다. 「모든 일에서 밝은 면을 찾아낼 수 있는 네 능력에 토가 나올 것 같아.」

뉴스는 그 주의 박수도 공격으로 옮겨 간 뒤다. 피베인이 TV를 끈다. 「코너가 여기에 있다는 걸 현실적으로 언제까지 숨길 수 있을까?」

레브는 켈레의 표정이 조용히 죄책감으로 바뀌는 것을 놓치지 않는다. 그래서 대놓고 묻는다. 「누구한테 말했어, 켈레?」

「아무한테도 말 안 했어.」 켈레가 말한다. 레브가 시선을 거두지 않자 그가 진실을 말한다. 「노바한테만 말했어. 근데 노바는 아무한테도 말하지 않겠다고 했고, 난 개 말을 믿어.」 그러더니 켈레는 덧붙인다. 「코너를 쫓는 건 청소년 전담국이고, 코너는 더 이상 청소년이 아니니까 안전할 거라고 생각했어. 아니야?」

「그건 중요하지 않다.」 찰이 설명한다. 「코너가 저질렀다는 범죄는 청소년 전담국이 코너를 관할할 때 벌어진 일이야. 코너가 나이를 먹은 뒤에도 놈들은 코너를 쫓을 수 있다는 뜻이지.」

피베인이 방 안을 어슬렁거리기 시작하고, 엘리나는 머리가 아픈 듯 이마를 문지른다. 켈레는 방금 기르던 개가 죽은 사람처럼 비참하고 절망한 표정이다. 레브는 벌써 그 결과가 산사태처럼 커지는 모습이 눈에 선하다.

「정말로 말이 샌다고 해도.」 찰이 말한다. 「청소년 전담국이 우리한테 코너와 레브를 넘기라고 요구하면 우린 거부할 수 있어. 정치적 망명을 주장하면 돼. 범죄자 인도 조약이 없으니까, 청소년 전담국이 할 수 있는 일은 아무것도 없어.」

엘리나가 고개를 젓는다. 「청소년 전담국은 부족 의회를 압박할 거고 의회는 물러날 거야. 늘 그랬듯이.」

「하지만 시간은 벌 수 있겠지. 내가 계속 장애물을 만들어 방해할 수 있을 테고.」

그때 그레이스가 끼어든다. 「장애물보다 나은 게 뭔지 알아요?」 그녀가 말한다. 「우회하기죠!」

레브를 비롯한 사람들은 그레이스가 엉뚱하게 말을 하는 거라 생각하지만, 그녀를 더 잘 아는 코너는 그 말을 진지하게 받아들인다.

「무슨 뜻인지 설명해 봐, 그레이스.」

관심의 중심이 된 그레이스는 신이 나서 활기를 띠며 두 손을 바삐 움직인다. 너무 많은 손동작을 한다. 꼭 구시대의 수화 같다. 「봐, 장애물로 막으면 놈들은 금방 장애물을 하나하나 돌파할 거야. 그보다 더 나은 전략은 놈들을 끝없이 이어지는 미로로 보내 버리는 거야. 놈들이 전진하고 있다고 생각하게 만드는 거지. 실제로는 그냥 쳇바퀴를 돌리고 있을 뿐이지만.」

잠시 놀란 침묵이 흐르고 피베인이 씩 웃는다. 「그거, 정말 말이 되는데.」

레브가 눈썹을 치켜올리며 코너를 본다. 분명 그레이스에게는 보이는 것 이상의 무언가가 있다.

찰은 먼 곳을 보는 듯하면서도 강렬한 눈빛을 띤다. 수학 공식을 떠올리는 것 같다. 「호피족이 중요한 토지 관련 분쟁에서 변호를 맡아 달라고 간절하게 부탁해 왔어. 내가 변호를 해주기로 하고, 그 대가로 호피족 의회에서 코너와 레브의 망명을 받아 주겠다고 선언하게 할 수 있을 거야.」

「그럼 여기 사람들이 떠들어 대기 시작해도 청담은 그 말을 못 듣겠네요. 다들 호피족한테 가 있을 테니까요. 우리가 거기 없다는 걸 알게 되면 원점으로 돌아갈 테고!」 코너는 그 모든 정보를 이어 보며 말한다.

조금 전까지만 해도 절망으로 밋밋하던 분위기가 금세 희망 쪽으로 다시 튀어 간다. 그러나 레브는 목에 꽤 큰 무언가가 걸린 느낌이다. 「저희를 위해서 그렇게까지 해주시겠다고요?」 레브는 은신처를 제공해 준 사람들에게 묻는다.

그들은 잠시 대답하지 않는다. 피베인은 눈을 피하고, 엘리나는 찰에게로 시선을 돌린다. 마침내 찰이 모두를 대신해서 말한다. 「우린 전에 네게 잘못을 저질렀다, 레브. 이건 바로잡을 기회야.」

피베인이 레브의 어깨를 아플 만큼 세게 잡는다. 레브는 아프다는 티를 내지 않는다. 「현대 세계의 영웅들을 데리고 있는 것이 조금은 자랑스럽다는 걸 인정할 수밖에 없겠어.」

「우린 영웅이 아니에요.」 레브가 말한다.

그 말에 엘리나가 미소 짓는다. 「진짜 영웅은 절대 자기가 영웅이라고 생각하지 않아.」 그녀가 말한다. 「그러니까 계속 나아가렴, 레브. 네 존재의 모든 것을 걸고, 네가 영웅이라는 걸 부정해.」

27
스타키

 메이슨 스타키는 자신이 영웅임을 안다. 어떤 의심의 그림자도 없이. 그가 구한 수많은 목숨이 그 사실을 증명한다. 증거가 사방에 있다. 그의 황새 모두가 비행기 묘지의 사형대에서 빼돌려진 존재다. 그들은 영리함과 마침맞은 눈속임 덕분에 안전하게 살아남았다. 하지만 이건 시작일 뿐이다. 더 위대한 업적을 위한 토대가 마련됐다. 그건 스타키 개인의 위대함을 위한 토대이기도 하다. 스타키는 충분히 위대해질 자격이 있다. 그는 자신을 기다리는 장엄한 운명이 있음을 안다. 역사의 스포트라이트를 향한 그의 첫 습격이 이제 막 시작되려 한다.

「해오라기 아카데미라.」 친절한 여자는 스타키의 진녹색 티셔츠에 그려진 로고를 읽으며 말한다. 스타키는 방문자 명부에 서명하고 있다. 「종교적인 학교인가요?」

「특정 종파와 관계된 학교는 아니고요.」 스타키가 대답한다. 「저는 청소년 담당 목사예요.」

여자가 미소 짓는다. 스타키의 말을 그대로 믿는다. 어떻게 안 믿겠는가? 그의 단정하고 깔끔한 금발에서는 정직함과 품위가 우러난다.

「여기, 타호 호수에 있는 학교인가요?」

「리노예요.」 스타키는 망설임 없이 말한다.

「아쉽네요. 우리 애들을 보낼 괜찮은 학교를 찾고 있는데. 올바른 도덕적 가치관을 갖춘 학교요.」

스타키는 그야말로 매력적인 미소를 지어 보인다. 그는 이 여자의 집 주소와 아이들 이름을 안다. 이번에는 필요 없겠지만, 그런 정보가 황새들을 지키는 탄탄한 보호책이라는 점은 이미 입증됐다.

이번에는 야영장이 아니라 고급 휴양지다. 해오라기 아카데미는 앞으로 나흘 동안 오두막 열 채를 모두 빌렸다. 상당한 지출이지만, 지반이 황새들의 부모 계좌에서 더 많은 돈을 짜내는 데 성공했다. 나흘간의 안락함을 사고도 남을 돈이다. 앞으로 닥칠 일을 생각하면, 스타키의 황새에게는 이 정도 안락함은 누릴 자격이 있다.

황새들이 모두 새로운 해오라기 아카데미 티셔츠를 입고 각자 새로운 환경을 탐구하는 동안, 여자는 스타키에게 구경을 시켜 준다.

「식당은 왼쪽에 있어요. 당연히 음식은 직접 준비하셔야 하지만, 주방에 조리 도구와 식기, 필요한 건 완벽히 구비되어 있어요. 테니스장과 수영장은 언덕 위에 있고요. 이리 오세요. 클럽 하우스를 보여 드릴게요. 저 아래 호수에 있어요. 영화관 수준의 TV와 멋진 게임장이 있어요. 볼링장도 있답니다.」

「클라우드 연결도 되나요?」 스타키가 묻는다. 「공공 님버스에 고속 연결이 되어야 하거든요.」

「그야 당연하죠.」

브로슈어

20년 넘게, 해오라기 아카데미는 학생들이 미래의 지도자가 될 수 있도록 영감을 불어넣는 지식과 성품을 함양하고 있습니다. 우리의 강력한 학업 프로그램은 다양한 원전에서 정보를 끌어와 직접적인 경험을 통해 학습을 이끌어 냅니다. 해오라기 아카데미는 모든 학생에게 독특하고 개별적인 교육을 제공합니다.

영적인 휴양과 새로운 시각을 열어 줄 현장 학습을 통해, 우리는 학생들에게 과거와 현재, 미래를 경험하게 합니다. 이 모든 과정은 동료 간의 신뢰와 동지애는 물론 자립심을 길러 주는 유익한 환경에서 이루어집니다.

개인의 책무와 사회적 책임을 중시하는 우리의 교육 방침은 리더십 프로그램에서 잘 드러납니다. 이 프로그램에서는 청소년부 목사님들이 최대 백 명 단위로 학생들을 조직해 수련회를 운영합니다. 특별한 프로그램, 프로젝트, 활동과 전통적 교육을 결합함으로써, 우리 교사진은 세상을 이끌 능력과 자신감을 갖춘, 잘 교육되고 전인적이며 윤리적 책임감이 있는 인재를 양성하고자 헌신하고 있습니다!

「이번엔 너치고도 정말 잘했는데, 메이슨. 여기 끝내준다.」 뱀이 스타키의 어깨 너머로 컴퓨터 화면을 바라보며 말한다. 그와 지반이 전략을 세우고 있다. 「볼링장이라고? 마지막으로

볼링을 해본 게 언젠지도 기억이 안 나.」

스타키는 뱀의 참견에 어쩔 수 없이 짜증이 나지만 티를 내지 않으려 노력한다. 「즐길 수 있을 때 즐겨.」 스타키가 말한다. 그 말에 뱀이 약간 정신을 차린다.

「다른 애들한테 전체 계획을 알리는 건 언제야?」

「내일.」 스타키가 말한다. 「그러면 애들도 준비할 시간이 있겠지.」

클럽 하우스의 다른 쪽에서 또 한 번 덜그럭거리며 볼링 핀이 쓰러지는 소리가 들려오자 스타키는 신경이 곤두선다. 이 안은 하나의 커다란 공간이다. 지금 당장은 조용하고 은밀한 공간이 훨씬 더 나을 텐데.

「볼링 하면 또 난데.」 스타키가 말한다. 「나도 치고 싶은데…….」 그가 뻣뻣한 손을 들어 보인다. 「왼손으로 쳐야 해.」 사실은 아니지만, 그 말에 뱀은 둘을 놔두고 자리를 뜬다.

화면에는 리노 북쪽, 콜드스프링스 하비스트 캠프의 지도가 떠 있다. 「내가 통신을 먹통으로 만드는 방법을 알아낸 것 같아.」 지반이 말한다. 「그래도 도와줄 아이들이 몇 명 필요하긴 해. 똑똑한 애들로.」

「누구든 네가 원하는 애들을 팀원으로 골라.」 스타키가 말한다. 「필요한 게 있으면 말만 하고.」

지반은 고개를 끄덕이지만, 늘 그렇듯 긴장하고 걱정하는 모습이다. 그는 절대 긴장을 풀고 흐름을 타지 못하는 아이다.

「난 그다음을 생각하고 있었어.」 지반이 말한다. 「우리가 콜드스프링스를 치고 나면 더는 공개적으로 돌아다닐 수 없을 거야. 아예 못 돌아다닐걸.」

「그럼 다른 방법을 말해 봐.」

지반은 컴퓨터를 두드려 대고 화면에서 여러 창을 밀어 없애더니, 깜빡이는 빨간 점으로 뒤덮인 지도를 띄운다. 「내가 몇 가지 가능성을 추려 봤어.」

스타키는 멀쩡한 손으로 그의 어깨를 꽉 잡는다. 「훌륭해! 우리가 지낼 새로운 집을 찾아봐, 지반. 난 널 완전히 믿어.」

그 말에 지반은 꼼지락거릴 뿐이다.

스타키는 클럽 하우스를 어슬렁거린다. 조금 전까지만 해도 즐거운 시간을 보내는 황새들의 불협화음은 주의를 산만하게 하는 소음이었지만, 이제는 스타키가 그들을 위해 이루어 준 모든 것에 대한 증언으로 바뀐다. 하지만 이것은 스타키가 그들의 미래를 위해 계획해 놓은 것의 일각에 불과하다.

그래, 메이슨 스타키는 영웅이다. 며칠 후면, 온 세상이 그 사실을 알게 될 것이다.

28
리사

「눈 감으세요.」 리사가 말한다. 「비누가 눈에 들어가면 안 되니까요.」

여자가 뒤로 기댄다. 포메라니안을 무릎에 앉힌 채다. 「물부터 확인해 줘요. 너무 뜨거운 건 싫으니까.」

리사가 오드리의 미용실에서 지낸 지 벌써 나흘째다. 그녀는 매일 떠나야 한다고 자신을 타이르면서도 떠나지 않는다.

「건성 모발용 샴푸를 쓰고.」 여자가 명령한다. 「지나치게 건조한 모발용 말고, 약간에서 중간 정도로 건조한 모발용으로요.」

이 모든 것은 첫날 밤에서 비롯됐다. 오드리는 그날 밤을 가게에서 리사와 함께 보냈다. 〈그런 일을 당한 여자애가 혼자 있어서는 안 된다〉라면서. 누군가와 함께 지내는 사치를 일상적으로 누리는 소녀에게는 아마 맞는 말일 것이다. 리사는 그런 사치를 누려 본 적이 거의 없으므로 일행이 있는 것이 기뻤다. 밤새도록 악몽을 연달아 꾼 걸 보면 골목에서의 공격은 그녀의 생각보다 훨씬 심한 흔적을 남긴 게 분명했다. 리사가 기억하는 유일한 악몽은, 무수히 많은 창백한 얼굴이 높은 데서 자신을 내려다보는 반복적인 꿈이었다. 그리고 그들에게서 벗어날 수 없다는 느낌만이 남았다. 그날 밤, 새벽은 아무래도 빨리 오지 않았다.

「평소 샴푸하던 애 아니지? 다른 애는 입냄새가 아주 끔찍했거든. 그래서 알아.」

「새로 왔어요. 거품 내는 동안 눈 감아 주세요.」

오늘까지 리사는 창고를 정리하며 오드리의 친절에 보답했다. 그러다가 오늘 스타일리스트 중 한 명이 병가를 내자, 오드리는 리사에게 뒤쪽 구석의 샴푸용 세면대를 맡아 달라고 간청했다.

「누가 절 알아보면요?」

「아, 무슨 소리니!」 오드리는 그렇게 말했다. 「넌 완전히 새로워졌어. 게다가 이 여자들은 거울에 비친 자기 모습 말고는 아무것도 못 봐.」

리사는 그 말이 사실이라는 걸 알게 되었다. 하지만 부유한 여자들의 머리를 감겨 주는 것은 딱히 하고 싶은 일이 아니다. 묘지에서 응급 처치를 해줄 때보다도 보람이 없다.

「컨디셔너 냄새 좀 맡아 보자. 마음에 안 드네. 다른 걸로 가져와.」

오늘 밤에 떠날 거야. 리사는 자신을 타이른다. 하지만 악몽이 찾아오고, 이번에도 그녀는 떠나지 않는다. 이 무기력함이 문제인지, 축복인지 알 수 없다. 이곳에 도착하기 전에도 구체적 목적지가 있었던 건 아니다. 하지만 그녀에게는 언제나 추진력이 있었다. 계속 움직여야 한다는 생각이. 물론, 그 방향은 생존 가능성이 가장 높아 보이는 쪽으로 날마다 바뀌었다. 하지만 적어도 움직일 힘은 있었다. 지금은 그 추진력이 사라졌다. 여기를 떠난다면 어디로 가야 할까? 여기보다 더 안전한 곳? 그런 곳이 있으리라는 생각은 들지 않았다.

그날 저녁, 가게 문을 닫은 오드리는 리사에게 특별한 무언가를 선물한다.

「네 손톱 상태가 상당히 안 좋던데. 매니큐어를 해주고 싶어.」

그 말에 리사는 웃는다.「이젠 제가 당신의 바비 인형이 된 건가요?」

「난 미용실을 운영해.」오드리가 말한다.「직업병이야.」그러더니 그녀는 대단히 이상한 행동을 한다. 가위를 가지고 와, 리사의 머리카락을 눈에 띄지 않을 만큼 잘라 내더니 전자식 연필깎이처럼 생긴 작은 장치에 넣는다.「이런 거 본 적 있니?」

「이게 뭐예요?」

「전자식 손톱 제조기야. 머리카락과 손톱은 기본적으로 같은 단백질로 되어 있거든. 이 장치는 머리카락을 해체한 다음, 네 손톱 맨 위의 섬세한 층에 덧붙이는 역할을 해. 손가락을 집어넣으렴.」이제 보니 구멍은 연필 크기가 아니라 성인 여자의 손가락 끝이 들어갈 만큼 크다. 어두운 구멍에 손가락을 집어넣는 것은 본능에 거슬리는 일이지만, 리사는 묵묵히 따른다. 오드리가 기계를 켠다. 기계는 윙윙거리고 진동하며 1~2분쯤 손가락을 간질인다. 리사가 손가락을 꺼내 보니, 고르지 않고 삐뚤빼뚤하던 손톱이 이제는 완벽한 곡선을 갖춘 매끄러운 손톱이 되었다.

「가장 짧은 프로그램으로 세팅해 뒀어.」 오드리가 말한다. 「왠지 손톱이 긴 네 모습은 상상할 수 없거든.」

「저도요.」

리사는 손톱 열 개에 모두 시술이 마무리될 때까지 견딘다. 거의 한 시간이 걸린다.

「별로 효율적이지는 않네요?」

「응. 한 번에 모든 손가락을 할 수 있는 기계를 만들면 좋겠다 싶은데 안 만들더라. 특허 문제라던가? 아무튼, 난 인내심 있고 실제로 고마워할 줄 아는 사람한테만 이걸 해줘.」

「그럼 이 기계는 자주 쓰이진 않겠네요?」

「그렇지.」

리사는 오드리가 아마 자신을 낳아 준 어머니와 비슷한 나이일지도 모른다는 것을 깨닫는다. 물론 자신의 어머니가 누군지는 모르겠지만. 리사는 엄마와 딸의 관계가 이런 것일지 궁금하다. 그녀로서는 도저히 판단할 수 없다. 그녀가 자라면서 알고 지낸 모든 아이에게는 부모가 없었다. 주립 보호 시설을 떠난 이후로는 부모에게 버림받은 아이들만을 알았다.

밤이 되자 오드리는 떠나고, 리사는 창고에 만들어 둔 편안한 틈새 공간에 들어간다. 그곳에는 오드리가 준 침낭과 담요까지 갖춰져 있다. 오드리는 자기 집에 있는 접이식 소파를 권했고, 오드리만큼 친절한 스타일리스트들도 그녀를 받아 주겠다고 했지만, 리사가 기꺼이 받아들일 수 있는 호의에는 한계가 있었다.

그날 밤, 리사는 다시 냉정하고 무표정한 얼굴들에 관한 꿈을 꾼다. 그녀는 절망적일 정도로 음정이 맞지 않는 피아노로 바흐의 에튀드를 너무 빠르게 연주하고 있다. 그녀의 코앞에는 무수히 많은 어슴푸레한 얼굴이 늘어서 있다. 그런 얼굴들이 트로피 선반의 트로피처럼 쌓여 있다. 우뚝 솟은 얼굴들은 죽은 것처럼 창백하다. 몸통이 없다. 살아 있으면서도 살아 있지 않다. 입을 열지만 말하지 않는다. 리사에게 손을 뻗으려 하지만 손이 없다. 리사에게 해를 끼치려 하는 건지는 알 수 없지만, 확실히 그녀를 좋게 생각하지도 않는다. 그들에게서는 욕구의 악취가 풍긴다. 이 꿈에서 가장 두려운 점은 그들이 리사에게서 그토록 간절히 욕망하는 것이 무엇인지 모른다는 사실이다.

리사는 꿈에서 억지로 빠져나온다. 새로운 손톱이 담요를 두드려 대고 있다. 여전히 에튀드를 애써 연주하고 있다. 리사는 조명을 켜고 밤새도록 켜둘 수밖에 없다. 눈을 감으면 그 얼굴들이 망막에 잔상처럼 남는다. 꿈의 잔상이 남는다는 게 가능할까? 그 얼굴들을 꿈에서만 본 것이 아니라 전에도 본 적이 있다는 느낌을 떨칠 수가 없다. 그것들은 진짜다. 만질 수 있는 무언가다. 어디서 봤는지는 모르겠다. 뭐든 간에, 리사는 다시는 그 모습을 보지 않기를 바란다. 그들을 다시는.

아침이 되자마자, 가게 문을 연 지 겨우 5분이 지났는데 청소년 전담 경찰 두 명이 미용실에 들어온다. 리사는 심장이 멎을 뻔한다. 오드리는 이미 와 있지만 스타일리스트는 아직 한 명도 출근하지 않았다. 돌아서서 도망쳐 봤자 잘될 리 없다는 걸 알기에, 리사는 얼굴에 머리카락을 늘어뜨린 채 경찰을 등지고 스타일리스트의 작업대 중 한 곳에 물건을 채우는 척한다.

「영업하세요?」 그들 중 하나가 묻는다.

「경우에 따라 다르죠.」 오드리가 말한다. 「뭘 도와드릴까요, 경찰관님?」

「파트너가 생일이라서 메이크업을 해주려고요.」

이제 리사는 용기를 내 그들을 본다. 청담 중 한 명이 여자다. 둘 다 리사를 딱히 눈여겨보지는 않는다.

「스타일리스트가 출근하면 다시 오셔도 좋겠네요.」

남자가 고개를 젓는다. 「한 시간 뒤면 교대예요. 지금 해야 해요.」

「음, 그럼 어찌어찌 해봐야겠네요.」 오드리가 리사에게 다가와 낮고 조용하게 속삭인다. 「여기 돈이 좀 있어. 가서 도넛을 사 오렴. 뒷문으로 나가서, 이 사람들이 떠날 때까지 돌아오지 마.」

「아뇨.」 리사가 말한다. 이 말을 하기 전까지는 자신이 이런 말을 하게 될 줄 몰랐다. 「제가 샴푸를 해드리고 싶어요.」

청담은 무릎에 개를 앉히지는 않았지만, 태도가 매우 까칠하다. 「난 치장하는 거 질색이야.」 그녀가 말한다. 「간단하게 해줘.」

「그럴게요.」 리사는 그녀에게 가운을 걸치게 하고, 세면대 쪽으로 안내해 눕힌다. 물을 틀고 적당히 따뜻한지 확인한다.

「개인적으로 감사 인사를 드리고 싶었어요.」 리사가 말한다. 「그 모든 나쁜 애들한테서 거리를 안전하게 지켜 주셔서요.」

「안전하고 깨끗하게 지키는 거지.」 청소년 전담 경찰이 말한다. 「안전하고 깨끗하게.」

리사는 대기실을 힐끗 내다본다. 그녀의 파트너는 아무 생각 없이 잡지를 읽고 있다. 오드리는 긴장한 채 리사를 들여다본다. 리사가 무슨 꿍꿍이인지 궁금해한다. 청담이 고개를 뒤로 젖히고 리사에게 완전히 몸을 맡기고 있기에, 리사는 오마하의 잔혹한 이발사가 된 기분이다. 이 여자의 목을 긋고, 그녀를 구워 파이로 만들 준비가 된 기분. 하지만 대신, 리사는 그냥 여자의 감긴 눈가에 샴푸만 똑똑 떨어뜨린다.

「아야! 따가워.」

「죄송해요. 눈을 감고 계세요. 괜찮을 거예요.」

이어 리사는 자신도 견디기 힘들 만큼 뜨거운 물로 여자의 머리를 감긴다. 그러나 여자는 불평하지 않는다.

「어제도 무단이탈자를 잡으셨나요?」

「잡았어. 우리는 보통 소년원 주변을 순찰하는데, 언와인드가 예정된 아이가 우리가 감시하고 있을 때 무단이탈해 버렸어. 그래서 우리가 잡았지. 15미터 거리에서 진정탄을 맞혔어.」

「세상에, 그거 정말…… 짜릿했겠네요.」 리사가 할 수 있는 최선은 이 여자의 목을 조르지 않는 것이다. 대신 리사는 고농도 탈색 용액을 선택해, 샴푸를 헹궈 낸 다음 여자의 검은 머리카락에 고르지 않게 발라 버린다. 그때 오드리가 끼어든다. 리사를 막기에는 조금 늦었다.

「달린! 뭐 하는 거야?」 달린은 리사가 미용실에서 쓰는 가명이다. 그녀가 고른 이름은 아니지만 그럭저럭 통한다.

「아무것도 아니에요.」 리사가 아무것도 모른다는 듯 말한다. 「그냥 컨디셔너를 좀 썼어요.」

「그건 컨디셔너가 아니야.」

「이런.」

청담이 눈을 뜨려 하지만, 눈이 아직도 너무 따갑다. 「〈이런〉이라니? 무슨 〈이런〉이야?」

「아무것도 아니에요.」 오드리가 말한다. 「여기서부터는 제가 맡으면 어떨까요?」

리사는 장갑을 홱 당겨 벗고 쓰레기통에 넣는다. 「이제 도넛을 사러 가야겠어요.」 두피가 타는 듯하다고 청담이 불평하기 시작하는 순간, 리사는 그곳을 벗어난다.

「무슨 생각이었니?」

리사는 오드리에게 변명할 시도조차 하지 않는다. 오드리가 변명을 기대하지 않는다는 것도 안다. 하지만 그건 엄마가 할 법한 질문이고, 리사는 그런 질문이 고맙다.

「이젠 제가 떠나야 할 때라고 생각했어요.」

「그럴 필요 없어.」 오드리가 말한다. 「오늘 아침 일은 잊어버리렴. 아무 일도 없었던 걸로 하면 돼.」

「아뇨!」 리사에게 그렇게 하는 건 너무도 쉬운 일이다. 하지만 청소년 전담 경찰을 이토록 가까이서 맞닥뜨리고 나니, 그 여자가 굳이 입에 담았던 말, 자기들이 잡은 무단이탈자의 운명을 노골적으로 무시하는 말을 들으니 이곳의 소용돌이에서 벗어나 다시 추진력을 얻을 수 있었다. 「저는 남은 저항군을 찾아서, 오늘 아침에 본 경찰 같은 사람들로부터 아이들을 구하기 위해 할 수 있는 일을 해야 해요.」

오드리는 한숨을 쉬며 마지못해 고개를 끄덕인다. 이미 리사를 설득할 수 없으리라는 걸 알 만큼 그녀를 잘 안다.

이제 리사는 몸 없는 얼굴들이 나오는, 끔찍하게 반복되는 꿈을 이해한다. 리사를 떠나지 않는 것은 언와인드들의 얼굴이다. 그들이 한때 자신을 이루었던 모든 것에서 영원히 분리되어, 절박하게 간청하며 그녀를 내려다본다. 복수를 하지는 못하더라도 자신들의 수가 더 늘어나지 않게 해달라고 애원한다. 리사는 너무 오래 고분고분하게 지냈다. 그들의 간청을 더 이상 외면할 수 없다. 그녀가 살아 있다는 사실, 그녀가 생존했다는 사실 그 자체가 그들에게 봉사할 의무가 된다. 청소년 전담 경찰에게 악의적인 미용을 해주는 일은 리사 자신에게는 만족스러울지 몰라도 누군가를 언와인드로부터 구하는 행위와는 아무 상관이 없다. 리사가 있어야 할 곳은 오드리의 미용실이 아니다.

그날 오후, 리사는 작별 인사를 한다. 오드리는 리사에게 여러 가지 물품과 돈, 하트도 판다도 그려져 있지 않은 튼튼한 새 배낭을 주겠다고 고집을 부린다.

「지금이 말해 줄 때인 것 같구나.」 오드리는 리사가 떠나기 직전에 말한다.

「뭘요?」

「방금 뉴스에 나왔어. 네 친구 코너가 아직 살아 있다는 발표가 나왔단다.」

리사에게는 오랜만에 듣는 최고의 소식이다. 하지만 그녀는 이 발표가 결코 좋은 일이 아님을 빠르게 깨닫는다. 이제 청소년 전담국은 코너가 살아 있음을 알았으니, 코너를 찾아 온갖 곳을 탈탈 털어 댈 것이다.

「코너가 어디에 있는지도 안대요?」 리사가 묻는다.

오드리가 고개를 젓는다. 「전혀. 사실, 놈들은 코너가 너와 함께 있다고 생각한단다.」

그 말이 사실이면 얼마나 좋을까. 하지만 코너는 리사의 꿈에 나타날 때조차 리사와 함께하지 않는다. 도망치고 있다. 그는 언제나 도망 중이다.

29
캠

 장군과 상원 의원과 함께한 점심 식사는 랭글러스 클럽의 어두운 구석 자리에서 이루어진다. 랭글러스 클럽은 아마 워싱턴 D. C.에서 가장 값비싸고 특권적인 레스토랑일 것이다. 독립된 가죽 소파로 이루어진 자리는 저마다 자체의 둥근 조명을 품고 있다. 창문이 전혀 없어서, 각자가 나누는 대화의 중요성에 시간조차 멈춘 듯한 착각이 든다. 랭글러스 클럽에서 식사를 하는 동안에는 바깥세상이 존재하지 않는다.
 로버타와 함께 지배인의 안내를 받아 들어오던 중, 캠은 낯이 익은 얼굴들을 여럿 본다. 아마 상원이나 하원의 의원들일 것이다. 여러 고위급 행사에서 마주친 사람들일 수도 있고, 아니면 캠의 착각일 뿐인지도 모른다. 원하는 것은 뭐든 손에 넣는, 자만심이 강한 사람들은 시간이 지나면 전부 똑같이 보이기 시작한다. 캠은 자신이 알아보지 못하는 사람들이야말로 진정한 권력의 브로커일지 모른다고 생각한다. 늘 그런 식이다. 캠이 짐작조차 할 수 없는 은밀하고 특별한 관심사를 가진 로비스트들. 능동적 시민만이 비밀스러운 영향력을 독점하는 건 아니다.

「첫발을 잘 디뎌야 해.」 자리로 향하며 로버타가 말한다.

「두 발 중에 어느 게 첫발인데요?」 캠이 묻는다. 「당신이 나보다 더 잘 알 것 같은데요.」

로버타는 그의 뾰족한 말에 대답하지 않는다. 「오늘 일어나는 일이 네 미래를 결정할 수도 있다는 것만 기억해.」

「당신 미래도요.」 캠이 지적한다.

로버타가 한숨을 쉰다. 「그래. 내 미래도.」

보더커 장군과 코브 상원 의원은 이미 자리에 와 있다. 장군이 일어나서 그들을 맞이한다. 상원 의원도 자리에서 미끄러지듯 나오려 하지만 두둑한 뱃살에 막힌다.

「어휴, 일어나지 마세요.」 로버타가 말한다.

상원 의원은 포기하며 말한다. 「늘 햄버거가 이기지.」

서로 의무적인 악수와 알랑거리는 인사를 나눈 뒤 모두 자리에 앉는다. 그들은 한순간 비가 오다가 다음 순간에는 맑아지는, 예측할 수 없는 날씨에 대해 이야기한다. 상원 의원은 오늘의 특별 메뉴인 팬에 지져 낸 관자에 칭찬을 쏟아붓는다.

「과민증.」 캠이 불쑥 말한다. 「제 말은, 관자에 알레르기가 있다고요. 최소한 어깨와 위팔은 그래요. 심각한 발진이 생기죠.」

장군이 흥미를 느낀다. 「그렇군. 거기만?」

「입술에는 침 알레르기가 있어서 입술에 침 바르고 아첨하지도 못할 테고.」 코브 상원 의원이 말하더니, 물잔이 흔들릴 정도로 시끄럽게 웃음을 터뜨린다.

그들은 주문을 한다. 애피타이저가 나오자 두 남자는 마침내 본론에 들어간다.

「우린 네가 군인 재질이라고 생각한다, 캠.」 장군이 말한다. 「능동적 시민도 같은 의견이고.」

캠은 꽃상추 샐러드를 포크로 헤집는다. 「저를 고기 방패로 만들고 싶으시군요.」

보더커 장군이 발끈한다. 「군인 정신을 가진 젊은이를 그런 식으로 묘사하는 건 잘못된 일이야.」

코브 상원 의원이 아무것도 아니라는 듯 손을 내젓는다. 「네, 네. 그 단어에 대한 군대의 공식 입장은 우리 모두 압니다. 근데 우리가 하려는 말은 그게 아니다, 캠. 너는 전통적인 훈련을 건너뛰고 곧장 장교 프로그램에 들어갈 수 있어. 급행열차를 타는 거지!」

「네가 원하는 부대 어디든 들어가게 해주마.」 보더커가 덧붙인다.

「해병으로 해주세요.」 로버타가 끼어든다. 캠이 그녀를 보자 그녀는 말한다. 「글쎄, 네가 해병대를 염두에 두고 있었다는 거 알아. 거기다 제복도 해병이 가장 폼 나고.」

상원 의원이 장작 패듯 손을 내리친다. 「넌 훈련 프로그램을 스치듯 통과하며 배워야 할 걸 전속력으로 배우고, 군대의 공식 대변인이 될 거다. 거기에 따르는 모든 특권도 누릴 테고.」

「넌 온 세상 젊은이들의 모범이 될 거야.」 보더커가 덧붙인다.

「너와 같은 종족에게도.」 코브가 덧붙인다.

캠은 그 말에 고개를 든다. 「저한텐 〈종족〉이 없어요.」 그가 말하자 두 남자는 로버타를 본다.

로버타는 포크를 내려놓고 조심스럽게 말을 고른다. 「넌 한때 자신을 〈콘셉트 카〉라고 표현했어, 캠. 상원 의원님과 장군님은 그 콘셉트가 마음에 드신 것 같아.」

「그렇군요.」

주요리가 도착한다. 캠은 최고급 갈비를 주문했다. 그의 머릿속 누군가가 가장 좋아하는 음식이다. 처음으로 느껴지는 맛에 누나의 결혼식이 떠오른다. 장소도, 누나가 누구였는지도 전혀 기억나지 않는다. 그녀는 금발이지만 얼굴은 캠의 머릿속까지 들어오지 못한다. 캠은 그 아이가, 누군지는 몰라도 그의 내면에 있는 어떤 아이가 폼 나는 제복을 입으라는 제안을 받았을지 궁금해진다. 답이 〈아니요〉라는 걸 알기에, 그 아이들을 대신해 모욕감을 느낀다.

비 오는 날의 브레이크 밟기. 캠은 이 회의가 통제 밖으로 마구 벗어나지 않도록 브레이크를 천천히 밟아야 한다. 「과분한 제안입니다.」 캠이 말한다. 「저를 그렇게 생각해 주시니 영광이에요.」 그는 목을 가다듬는다. 「두 분이 제게 무엇보다도 이익이 되는 방향을 진심으로 고민하고 계신다는 것도 알고요.」 그는 장군과 눈을 맞추고, 그다음에는 상원 의원과 눈을 맞춘다. 「하지만 지금은······.」 캠은 워싱턴에 적절한 표현을 찾아본다. 「이 시점에서 군대는 제가 원하는 일이 아닌 것 같습니다.」

상원 의원은 그냥 캠을 빤히 보기만 한다. 목소리에서 쾌활함이 전부 사라졌다. 「이 시점에서 네가 원하는 일이 아니다······.」 그가 되풀이한다.

시계추처럼 예측 가능한 로버타가 끼어든다. 「캠의 말은, 생각해 볼 시간이 필요하다는 뜻이에요.」

「이 제안이 슬램덩크가 될 거라고 했잖소, 로버타.」

「그게, 조금 더 우아한 접근 방법을 쓴다면⋯⋯.」

그때 보더커 장군이 손을 들어 둘을 조용히 시킨다.

「이해를 못 하는 것 같은데.」 장군이 침착하게 자제력을 발휘해 말한다. 「내가 설명해 주마.」 그는 캠이 포크를 내려놓기를 기다렸다가 말을 잇는다. 「지난주까지만 해도 너는 능동적 시민의 재산이었어. 하지만 능동적 시민은 너에 대한 이해관계를 상당한 금액에 판매했다. 이제 너는 미국 군대의 재산이야.」

「재산이요?」 캠이 묻는다. 「〈재산〉이라니, 무슨 뜻이죠?」

「자, 캠.」 로버타가 최대한 피해를 수습해 보려고 말한다. 「그냥 단어일 뿐이야.」

「그냥 단어가 아니잖아요!」 캠이 강하게 주장한다. 「지금 문제가 되는 건 어떤 개념 같은데요. 내 좌뇌 어딘가에 있는 역사 전문가의 말에 따르면, 1865년에 폐지된 개념이라고 하네요.」[23]

상원 의원은 고함을 치기 일보 직전이지만, 장군은 침착함을 유지한다. 「그건 개인에게 적용되는 개념이지. 넌 개인이 아니잖아. 넌 대단히 구체적인 부위들의 집합이야. 각 부위가 분명한 금전적 가치를 지니고 있는. 우리는 그런 부위가 조직된 독특한 방식을 고려해, 그 값의 백 배 이상을 치렀다. 하지만 결과적으로, 콩프리 군⋯⋯ 부위는 부위야.」

---

23 1865년에 폐지된 미국의 노예제를 말한다.

「이게 결론이다.」 상원 의원이 신랄하게 말한다. 「떠나고 싶다고? 그럼 가. 여기서 나가라. 네 모든 부위를 두고 갈 수 있다면 말이지.」

캠은 호흡을 다스릴 수 없다. 그의 내면에 있는 수십 가지의 독립된 성격이 한데 뒤엉켜 동시에 타오른다. 식탁을 엎고 싶다. 그릇을 이들의 머리에 던지고 싶다.

재산이라니!

이들은 그를 재산으로 보고 있다!

캠이 가장 두려워했던 일이 실현되었다. 그를 숭배하는 사람조차 그를 상품으로, 물건으로 본다.

캠의 눈에서 그 표정을 읽은 로버타가 그의 손을 잡는다. 「날 봐, 캠!」 그녀가 명령한다.

캠은 그녀를 본다. 캠 역시 마음속 깊은 곳에서는 지금 여기에서 구경거리가 되는 것이 자신에게 저지를 수 있는 최악의 일임을 안다. 로버타가 자신을 말로 진정시키게 해야 한다.

「은화 30냥!」 그가 소리친다. 「브루투스! 로젠버그!」[24]

「난 배신자가 아니야! 난 너에게 진실해, 캠. 이번 거래는 나도 모르게 이루어졌어. 나도 너처럼 화가 나. 하지만 지금은 우리 둘 다 이 일을 최대한 활용해야 해.」

캠의 머리가 빙글빙글 돈다. 「푸르른 언덕!」[25]

[24] 은화 30냥은 성경에서 가룟 유다가 예수를 배신하고 받은 돈으로, 배신의 대가를 상징하는 표현이다. 브루투스는 고대 로마에서 율리우스 카이사르를 암살한 인물로, 배신자의 대명사로 여겨진다. 로젠버그는 냉전 시대 미국에서 소련에 핵 기밀을 넘긴 줄리어스와 에델 로젠버그 부부를 가리키며, 이들은 조국을 배신한 스파이로 평가받는다.

[25] 〈푸르른 언덕〉은 케네디 대통령 암살이 언덕 위에서 이루어졌다는 루머

「음모도 아니야! 그래, 널 여기 데려올 때는 알았어. 하지만 미리 말해 주는 게 실수라는 것도 알았어.」 로버타는 화가 난 눈으로 두 남자를 쏘아본다. 「이 일이 네 선택으로 이루어졌다면, 이런 소유권 문제는 나올 필요도 없었겠지.」

「엎질러진 물.」 캠은 억지로 호흡을 가라앉힌다. 타오르던 성질이 잦아들어 연기가 올라오는 불이 된다. 「마구간 문을 닫아. 말들은 이미 떠났어.」

「저놈이 대체 무슨 헛소리를 하는 거요?」 상원 의원이 쏘아붙인다.

「조용히 하세요!」 로버타가 명령한다. 「둘 다!」 로버타가 한마디의 말로 상원 의원과 장군을 입 다물게 할 수 있다는 사실이 일종의 승리처럼 느껴진다. 그들이 누구를, 무엇을 소유할 수 있는지와 상관없이 이 자리에서 책임자는 그들이 아니다. 최소한 지금 이 순간만큼은 그렇다.

캠은 자기 입에서 나오는 말이 무엇이든 스파크처럼 튀는 은유밖에 되지 않으리라는 걸 안다. 그가 처음 리와인드되었을 때 말하던 그대로다. 상관없다.

「개살구.」 그가 말한다.

두 남자는 살구를 찾아 식탁 위를 둘러본다. 「아니.」 캠은 최고급 갈비를 한 입 베어 먹고, 자기 생각을 더 정확하게 옮길 방법을 찾아 억지로 마음을 가라앉힌다. 「제 말은, 당신들이 저를 사려고 얼마를 냈든 간에 제가 제대로 작동하지 않으면 그 돈은 버린 거라는 뜻이에요.」

에서 유래한 단어다. 이후에는 숨겨진 음모나 대체 해석을 암시하는 표현으로 사용된다.

상원 의원은 여전히 어리둥절한 표정이지만, 보더커 장군은 고개를 끄덕인다. 「우리가 개살구를 샀다, 이 말이구나.」

캠은 갈비를 한 입 더 먹는다. 「별점 다섯 개.」

두 남자는 서로를 보며 불편하게 몸을 움직거린다. 잘됐다. 이것이 바로 캠이 원한 반응이다.

「하지만 제가 제대로 작동하면, 모두가 원하는 걸 얻게 되겠죠.」

「원점으로 돌아오는군.」 보더커는 인내심이 닳아 가는 목소리로 말한다.

「그래도 최소한 이제 서로를 이해하게 됐죠.」 캠은 잠시 생각에 잠긴다. 그저 불안감에 손만 비틀고 있는 로버타를 생각한다. 그런 다음 두 남자를 향해 말한다. 「능동적 시민과의 계약서는 찢어 버리세요. 무효로 만들어요. 그러면 당신들이 시키는 일은 뭐든지 하겠다는, 제가 직접 쓴 계약서에 서명하겠습니다. 그러니까 저를 사는 게 아니라, 제가 결정하는 거예요.」

그 말에 세 사람 모두 당황하는 듯하다.

「그게 가능한가?」 상원 의원이 묻는다.

「엄밀히 말하면 캠은 아직 미성년자예요.」 로버타가 말한다.

「엄밀히 말하면 전 존재하지 않아요.」 캠이 로버타에게 깨우쳐 준다. 「아닌가요?」

아무도 대답하지 않는다.

「그러니까 저를 서류상에 존재하게 해주세요.」 캠이 말한다. 「바로 그 서류에 제 인생을 당신들에게 넘기겠다고 서명할게요. 그게 제 선택이니까.」

장군은 상원 의원을 보지만 상원 의원은 어깨만 으쓱한다. 보더커 장군이 캠을 돌아보며 말한다.

「생각해 보고 다시 연락하마.」

캠은 워싱턴 D. C.에 있는 타운 하우스의 자기 방에 서서 닫힌 문의 뒷면을 보고 있다.

이 타운 하우스는 그가 이런저런 순회강연을 마치고 돌아오는 곳이다. 로버타는 그걸 〈집에 간다〉고 표현한다. 캠에게는 이곳이 집으로 느껴지지 않는다. 몰로카이의 저택이 집이다. 그러나 그는 몇 달 동안 그곳에 돌아가지 못했다. 다시는 돌아갈 수 없을지도 모른다. 어쨌거나 그곳은 유아원에 가까웠다. 캠이 리와인드된 곳이니까. 자신이 누구인지, 혹은 무엇인지 배우고, 다양한 〈내적 공동체〉를 협응시키는 법을 학습한 곳.

군대의 청년에게 〈고기 방패〉라는 표현을 썼다는 이유로 그토록 화를 내던 보더커 장군은 결코 돌려 말하지 않았다. 캠의 내적 공동체를 〈부위〉라 부르는 건 전혀 문제로 느끼지 않는 듯했다.

캠은 누구를 더 경멸해야 할지 모르겠다. 그의 몸을 구매한 보더커인지, 그 몸을 팔아 버린 능동적 시민인지, 캠을 존재하게 한 로버타인지. 캠은 계속 문의 뒷면을 바라본다. 거기에 걸려 있는 것, 캠이 나가 있는 동안 누군가가 전략적으로 걸어 둔 것은 미국 해병대의 정복(正服)이다. 반짝거리는 단추까지 모든 것이 갖춰져 있다. 로버타가 말한 그대로 폼 난다.

캠은 궁금하다. 이건 위협일까, 유혹일까?

캠은 저녁을 먹는 내내 로버타에게 그 일에 관해서는 아무 말도 하지 않는다. 지난주 상원 의원과 장군을 만난 뒤로 둘의 식사는 전부 타운 하우스에서 단둘이 이루어졌다. 권력자에게 무시당한 것이 일종의 벌인 것처럼.

식사가 끝나자 가정부가 은찻잔을 가져와 둘 사이에 내려놓는다. 영국 출신인 로버타는 지금까지도 식후에는 얼그레이를 마셔야만 하기에.

로버타는 차를 마시면서 캠에게 소식을 전한다.「할 얘기가 있어.」로버타가 한 모금을 마시고 나서 말한다.「근데 먼저 성질을 부리지 않겠다고 약속해 줘야 해.」

「그건 절대로 대화를 시작하기에 좋은 방법이 아니에요.」캠이 말한다.「다시 해보세요. 이번에는 봄날의 데이지 같은 느낌을 잔뜩 담아서.」

로버타는 깊이 숨을 들이쉬고 찻잔을 내려놓더니 용건을 털어놓는다.「네가 직접 서류에 서명하게 해달라는 요청을 법원에서 기각했어.」

캠은 삼킨 음식이 도로 나올 것 같지만 참아 낸다.「그러니까 법원은 내가 존재하지 않는다고 결정한 거네요. 그 말을 하려는 거예요? 내가…….」그는 숟가락을 집어 든다.「이런 식기 같은 물건이라고? 아니면 찻주전자랑 더 비슷하려나?」그는 숟가락을 내려놓고 식탁의 주전자를 집어 든다.「아, 그러네. 아무도 듣고 싶어 하지 않는데 뜨거운 김을 내며 삑삑거리는, 말 잘하는 주전자네요!」

로버타는 단단한 나무 바닥의 불평을 들으며 의자를 뒤로 민다.「성질내지 않기로 약속했잖아!」

「아뇨, 당신이 그러라고 한 거죠. 난 거부해요!」

3부 하늘에서 떨어진 자

캠은 찻주전자를 쾅 내려놓는다. 찻물이 흘러넘쳐 흰 식탁보를 적신다. 근처에 서 있던 가정부는 몸을 피한다.

「이런 건 법적 용어일 뿐이지, 아무 의미도 없어!」 로버타가 고집스레 말한다. 「일단 나만 해도 네가 그런 멍청한 정의 이상이라는 걸 알아.」

「노동 착취!」 캠이 쏘아붙인다. 로버타조차 이 말은 해독하지 못한다. 「당신 의견은 아무 의미가 없어요. 당신은 나를 꿰맨, 노동 착취형 공장의 재봉사에 불과하니까.」

밀물이 일 듯 로버타에게서 분노가 솟아오른다. 「하, 내가 그보다는 좀 더 되지!」

「당신이 내 창조주라고 말하려는 거예요? 주님께 찬송가라도 불러 드릴까요? 차라리, 훔쳐 온 내 심장을 꺼내서 당신의 제단에 올려놓을까요?」

「그만해!」

캠은 의자에 털썩 주저앉는다. 방향 없는 분노가 뒤엉킨 걸레짝 같다.

로버타는 차 얼룩이 진 식탁보 위에 냅킨을 내려놓는다. 식탁보 혼자서는 할 수 없는 일이니까. 캠은 식탁보에 법적인 인간으로서의 지위가 주어진다면, 식탁보가 냅킨의 흡수력에 화를 낼지 궁금하다.

「네가 봐야 할 게 있어.」 로버타가 말한다. 「네가 이해해야만 하는 거야. 이걸 보면 이 일에 대한 관점이 좀 생길 수 있어.」

로버타는 일어나 주방으로 가서, 펜 한 자루와 빈 종이 한 장을 들고 돌아온다. 그녀는 캠 옆에 앉아 젖은 식탁보를 젖히고 종이를 마른 나무 위에 올려놓는다.

「네 이름을 써봐.」

「왜요?」

「보면 알아.」

역겨워서 대꾸하기도 싫었기에, 캠은 펜을 받아 들고 종이를 내려다본 뒤 최대한 깔끔하게 〈카뮈 콩프리〉라 쓴다.

「좋아. 이제 종이를 뒤집어서 다시 써.」

「의미가 뭐죠?」

「한번 해봐.」

캠은 종이를 뒤집지만, 그가 서명하기 전에 로버타가 막는다.「보지 마.」로버타가 말한다.「이번에는 서명하면서 날 봐. 나한테 말도 걸고.」

「무슨 말이요?」

「뭐든 네 마음에 있는 말.」

로버타를 보면서, 캠은 자신과 똑같은 이름을 가진 작가의 적절한 문장을 인용한다.「〈옳아야 한다는 욕구는 천박한 정신의 징표다.〉」 그런 다음 캠은 로버타에게 종이를 건넨다.「여기요. 이제 됐어요?」

「네 서명을 보지 그러니, 캠?」

캠은 아래를 본다. 처음에는 제대로 된 서명을 보고 있다고 생각한다. 하지만 머릿속에서 스위치가 탁 켜지는 것 같더니, 그의 눈에 보이는 서명은 더 이상 자신의 것이 아니게 된다. 「이게 뭐죠? 이건 제가 쓴 게 아닌데요.」

「네가 쓴 게 맞아, 캠. 읽어 봐.」

글자는 약간 휘갈겨져 있다.「윌 타시…… 타시…….」

「월 타시네.」 로버타가 말한다. 「넌 타시네의 손을 가지고 있어. 네 소뇌에는 그 손과 연결된 운동 제어 부위가 있고, 중요한 대뇌 피질도 있지. 봐. 네가 기타를 연주하고 온갖 섬세한 동작을 해낼 수 있는 건 월 타시네의 신경 연결과 근육 기억 덕분이야.」

캠은 서명에서 시선을 뗄 수 없다. 머릿속 스위치가 계속 켜졌다가 꺼지기를 반복한다. 내 서명이야. 내 서명이 아니야. 내 거야. 내 것이 아니야.

로버타는 무한한 동정심을 담아 그를 본다. 「네 서명조차 네 것이 아닌데, 어떻게 네가 서류에 서명할 수 있겠니, 캠?」

로버타는 캠이 혼자 밖에 나가는 것을 싫어한다. 밤에는 특히 그렇다. 하지만 오늘 밤, 그녀가 무슨 말을 하거나 무슨 행동을 해도 캠을 막을 수는 없다.

캠은 성큼성큼 거리로 나선다. 낮에 내린 비로 거리는 아직 젖어 있다. 하지만 캠은 어디에도 가지 못할 것 같다. 어디에 가고 싶은지조차 모르겠다. 그저 지금 이 순간, 자신이 차지하고 있는 공간에서 멀어지고 싶을 뿐이다. 지금은 이 몸 안에 머무는 것을 올바르다고 느낄 수가 없다. 광고에서 뭐라고 하더라? 그래, 맞다. 생물 분류학적 비통합 장애. 편리하게도 오직 언와인드로만 치료할 수 있는, 위조된 질병.

그가 단지 군대의 재산일 뿐이라면 그의 모든 계획도, 능동적 시민을 무너뜨리겠다는 공상도, 리사가 필요로 하는 영웅이 되겠다는 생각도 아무것도 아니다. 로버타의 말이 틀렸다. 이건 그냥 법적인 정의가 아니다. 무언가로 정의되는 순간 자신을 정의할 능력이 사라진다는 걸 로버타는 어떻게 모를 수 있을까? 결국 그는 그 정의가 되고 말 것이다. 물건이 되고 말 것이다.

캠에게 필요한 건 법적인 모든 것을 넘어서는, 일종의 존재 선언이다. 사람들이 서류에 적어 둔 모든 것을 마주하고도 마음속에 담아 둘 수 있는 무언가. 어쩌면 리사가 그것을 줄 수 있다. 캠은 안다. 하지만 지금 리사는 여기에 없지 않은가?

캠은 그 무언가를 찾을 수 있는 다른 곳이 있을지도 모른다고 생각한다.

그는 기억 속을 뒤져, 영적인 연결의 울림이 있었던 순간들을 찾아낸다. 그는 첫 영성체와 바르 미츠바, 비스밀라 의식을 치렀다. 그리스 정교회 방식으로 세례를 받은 형과 불교 전통에 따라 화장된 할머니를 보았다. 그의 기억 속에는 거의 모든 신앙이 등장한다. 그는 이것이 의도된 일인지 궁금하다. 캠을 구성할 때 주요 종교가 모두 포함되도록 하는 것이 로버타의 기준이었을 가능성도 배제하지 않는다. 로버타는 그만큼 꼼꼼하니까.

하지만 지금, 어떤 종교가 그에게 필요한 것을 줄 것인가? 캠은 랍비나 불교 승려와 이야기하면, 답보다는 질문으로 이어질 대단히 현명한 이야기를 듣게 되리라는 걸 안다. 〈우리가 존재하는 이유는 다른 이들이 우리의 존재를 인식하기 때문일까, 아니면 오직 우리 자신의 긍정만으로 충분한 것일까?〉라는 식으로.

아니다. 캠에게 지금 필요한 것은 그에게 분명하게 〈예, 아니요〉의 답변을 해줄 수 있는 기본적인 신조다.

몇 골목 떨어진 곳에 가톨릭교회가 있다. 스테인드글라스가 인상적인 오래된 교회다. 캠은 내적 공동체에서 상당수의 신도를 끌어모은다. 성소에 들어설 때 존경심과 경외감을 불러일으킬 정도다.

몇 사람이 있다. 미사는 끝났고 고해 성사 줄이 이어지고 있다. 캠은 무엇을 해야 할지 안다.

「신부님, 제가 죄를 지었으니 용서하여 주십시오.」

「죄를 고백하거라.」

「물건을 부쉈습니다. 훔쳤습니다. 전자 제품을요. 자동차도……. 두 대였던 것 같기도 해요. 한번은 어떤 여자애한테 폭력적으로 굴었던 것 같습니다. 잘 모르겠습니다.」

「잘 모르겠다니? 어떻게 그럴 수가 있지?」

「기억이 온전하지 않습니다.」

「애야, 너는 기억나는 것만 고백할 수 있단다.」

「제가 하려는 말이 그거예요, 신부님. 저한테는 완전한 기억이 없습니다. 그냥 조각뿐이에요.」

「글쎄, 고해는 받아 주겠지만 너한테는 고해 이상의 무언가가 필요한 것 같구나.」

「그건 제 기억이 다른 사람들한테서 나온 것이기 때문이에요.」

「……」

「제 말 들으셨어요?」

「언와인드의 신체 부위를 받았다는 말이니?」

「네, 하지만……」

「애야, 네 것이 아닌 정신이 저지른 행위를 네가 책임질 수는 없어. 접목된 손이 저지른 행위가 네 책임이 아닌 것과 마찬가지다.」

「접목된 손도 두 개 있긴 하죠.」

「뭐라고?」

「제 이름은 카뮈 콩프리예요. 혹시 그 이름을 아세요?」

「……」

「제 이름은…….」

「……그래, 그래. 들었다, 들었어. 그냥 네가 여기 있다는 게 놀라워서 그래.」

「저한테는 영혼이 없으니까요?」

「유명 인사의 고해를 듣는 경우는 매우 드무니까.」

「제가 그런 존재인가요? 유명 인사?」

「왜 온 거냐, 애야?」

「무서워요. 제가…… 존재하지 않을 수도 있다는 게 두려워서…….」

「네가 여기 있다는 게 네 존재의 증명이다.」

「하지만 뭘로 존재하는 거죠? 신부님이 저한테 〈너는 숟가락이 아니다〉라고 말해 주셔야 해요! 〈너는 찻주전자가 아니다〉라고요!」

「말도 안 되는 소리를 하는구나. 자, 다른 사람들이 기다리고 있다.」

「아뇨! 이건 중요한 문제예요! 신부님이 말해 주셨으면 해요. 저는…… 저한테 인간으로서의 자격이 있는지 알아야겠어요.」

「교회에서 언와인드에 대한 공식 입장을 낸 적 없다는 걸 알 텐데.」

「제가 여쭤보는 건 그게 아니에요.」

「그래, 그래. 나도 안다. 알아. 알지.」

「성직자로서, 신부님의 의견은요?」

「나한테 너무 많은 걸 요구하는구나. 난 죄를 사해 주기 위해 여기 있을 뿐이야. 그 이상은 아니다.」

「그래도 의견은 있으시잖아요?」

「……」

「처음으로 저에 대해 들어 보신 게 언제죠?」

「……」

「그때 어떤 의견이셨어요, 신부님?」

「그 질문에 답하는 건 내 본분이 아니야. 그런 걸 묻는 것도 네 본분이 아니고!」

「하지만 여쭤보잖아요!」

「네가 들어서 좋을 게 없다!」

「그럼 시험을 받고 계신 거예요, 신부님. 이게 신부님의 시험이에요. 진실을 말할 것인지, 신부님 자신의 고해실에서 제게 거짓말을 할 것인지 하는 시험이요.」

「내 의견은…….」

「네.」

「내 의견은…… 네가 이 세상에 도래한 것이 우리가 소중하게 여기는 모든 것의 종말을 의미한다는 거였어. 하지만 그 의견은 두려움과 무지에서 나온 거였어. 인정한다! 오늘 나는 내 옹졸한 판단이 끔찍하게 투영되는 장면을 보고 있어. 무슨 말인지 알겠니?」

「……」

「네 질문에 겸손해진다는 걸 고백한다. 네게 주님의 영이 있는지, 없는지…… 내가 어떻게 말할 수 있겠니?」

「간단히 〈예, 아니요〉로만 말해 주시면 돼요.」

「지상의 누구도 그 질문에는 답할 수 없다, 콩프리 군. 그럴 수 있다고 말하는 사람한테서는 도망쳐야 해.」

캠은 목적 없이 거리를 돌아다닌다. 여기가 어딘지도 알 수 없고, 신경이 쓰이지도 않는다. 로버타가 이미 수색대를 파견했으리라고 확신한다.

수색대가 그를 찾으면? 그들은 캠을 집으로 데려갈 것이다. 로버타가 그를 호되게 꾸짖을 것이다. 그런 다음에는 그를 용서할 것이다. 그리고 내일, 아니면 그다음 날, 혹은 그 다음 다음 날이 되면 캠은 문 뒤에 걸려 있는 폼 나는 제복을 입어 볼 테고, 자신의 모습이 마음에 들 테고, 자신에게 새로운 주인이 생기는 걸 허락하게 될 것이다.

캠은 그 일을 피할 수 없음을 안다. 그런 일이 벌어지는 날이 그의 내면에 있던 영혼이 영원히 죽어 버리는 날이라는 것도.

버스 한 대가 도로를 따라 다가온다. 포트 홀에 부딪히는 바람에 헤드라이트가 깐닥거린다. 캠은 그 버스를 타고 집으로 갈 수 있다. 멀리 떠날 수도 있다. 하지만 두 선택지 모두 그의 머리를 사로잡고 있는 생각은 아니다.

그래서 그는 아홉 개 언어로, 열두 신에게 기도한다. 예수에게, 야훼에게, 알라에게, 비슈누에게, 우주의 〈나〉에게, 심지어

신이 존재하지 않는 거대한 공백을 향해서도.

제발. 그는 애원한다. 제발 저 버스 바퀴 아래로 몸을 던져서는 안 되는 이유를 하나만 말해 주세요.

답은 영어로 떠오른다. 하늘이 아니라, 캠의 뒤에 있는 술집에서.

……〈애크런의 무단이탈자〉로도 알려진 코너 래시터가 살아 있음이 확인됐습니다. 코너는 레브 콜더, 리사 워드와 함께 이동 중인 것으로 보이며…….

버스는 캠의 청바지에 진흙을 튀기며 지나간다.

45분 뒤, 캠은 아무 일도 없었던 것처럼 새로이 침착한 얼굴로 집에 돌아온다. 로버타가 그를 꾸짖는다. 용서한다. 늘 똑같다.

「순간적인 기분에 무모하게 휩쓸리는 짓은 그만둬야 해.」 로버타가 꾸짖는다.

「네, 알아요.」 그런 다음 캠은 보더커 장군의 〈제안〉을 받아들이겠다고 말한다.

당연히 로버타는 안도하며 크게 기뻐한다. 「너한테는 위대한 한 걸음이야, 캠. 네가 밟아야만 하는 한 걸음. 정말 자랑스럽구나.」

캠은 그 제안을 받아들이지 않았으면 장군이 어떤 반응을 보였을지 궁금하다. 당연히 그들은 캠을 잡으러 왔을 것이다. 억지로 그를 굴복시켰을 것이다. 어쨌거나, 캠은 그들의 재산이니까. 그러므로 캠에게 무엇을 하든 그건 그들의 권리다.

자기 방으로 간 캠은 곧장 기타로 향한다. 오늘 밤은 한가로이 연주하지 않는다. 그는 오직 자신만이 아는 목적으로 연주한다. 음악은 기억의 인상을 불러일으킨다. 환한 풍경이 눈에 남긴 잔상과 비슷하다. 특정한 손가락의 움직임이, 특정한 화음의 진행이 놀라운 효과를 낸다. 캠은 그것들을 활용하고 변형한다. 점점 더 깊이 몰입한다.

그의 화음은 무작위적으로 들린다. 그러나 실은 그렇지 않다. 캠에게 이 화음은 금고의 다이얼을 돌리는 것과 같다. 충분한 기술만 있다면, 그리고 무슨 소리를 들어야 하는지만 안다면 어떤 조합이든 깰 수 있다.

마침내, 한 시간 넘게 연주한 끝에 모든 조각이 맞춰진다. 네 개의 화음. 특이하지만 강력하게 감정을 불러일으키는 소리가 표면으로 떠오른다. 캠은 그 화음을 연주하고 또 연주하며 다양한 운지법을 시도해 본다. 음정과 화성을 세세히 조율하며 음악이 그를 통해 공명하도록 한다.

「그건 처음 듣는 곡이네.」 로버타가 문틈으로 고개를 들이밀고 말한다. 「새로운 노래니?」

「네.」 캠은 거짓말한다. 「아주 새로운 노래죠.」

하지만 이 노래는 아주 오래된 것이다. 캠보다 훨씬 나이가 많다. 그는 이 음정을 구슬려 꺼내기 위해 깊은 곳까지 파고들어야 했다. 일단 음을 찾고 나자, 그 노래는 언제나 그의 손가락 끝에 걸려 있었던 것처럼, 그의 정신 가장자리에서 연주되기만을 기다리고 있었던 것처럼 느껴진다. 그 노래가 어마어마한 기쁨과 어마어마한 슬픔으로 그를 채운다. 날아오르는 희망과 부서져 버린 꿈에 대해 노래한다. 연주하면 할수록 더 많은 기억의 파편이 앞으로 끌려 나온다.

술집에서 나오는 뉴스 보도를 들었을 때, 술집에 들어가 애크런의 무단이탈자와 사랑하는 리사, 박수도가 된 십일조의 얼굴을 TV 화면에서 보았을 때 그는 충격을 받았다. 처음에는 코너 래시터가 살아 있다는 사실에 놀랐지만, 그보다 더 놀라웠던 것은 솔기를 오그라들게 하는 정신적 연결의 느낌이었다.

문제는 십일조였다. 그 순진무구한 얼굴. 캠은 그 얼굴을 알았다. 수많은 기사와 뉴스 때문만은 아니었다. 그보다 더 깊은 곳에서.

그는 다쳤다.

그에게는 치료가 필요했다.

내가 그를 위해 기타를 연주했다.

치유의 노래를.

마피를 위해서.

캠은 그게 무슨 의미인지 알 수 없었다. 그저 어떤 연결의 불꽃, 그의 복잡한 신경 세포 모자이크 어딘가에서 일어난 시냅스의 점화임을 알았을 뿐이다. 그는 레브 콜더를 안다. 적어도 그의 내적 공동체의 구성원이 그를 안다. 그 정보는 어째서인지 음악과 연결된다.

그래서 이제는 캠이 연주한다.

새벽 2시, 마침내 그는 음악적 기억에서 이해할 수 있을 만큼 정보를 걷어 낸다. 레브 콜더는 한때 아라파치에 피신한 적이 있었다. 그를 찾아다니는 사람 중에 그 사실을 아는 사람은 아무도 없다. 그 말은, 레브에게 완벽한 숨을 곳이 있다는 뜻이다. 하지만 캠은 안다. 그 정보의 취할 듯한 힘에 머리가 어찔하다. 레브가 리사나 코너와 함께 움직이고 있다는 말이 사실이라면 아라파치 보호 구역이 그들이 있을 곳이다. 청소년 전담국의 권위가 미치지 못한 곳이기 때문이다.

리사는 처음부터 코너 래시터가 살아 있다는 걸 알았을까? 그랬다면 너무도 많은 것이 설명된다. 그녀가 캠에게 마음을 줄 수 없었던 이유. 그녀가 자주 래시터에 대해 현재형으로 말했던 이유. 꼭 래시터가 그녀를 어딘가로 데려가기라도 할 것처럼, 모퉁이에서 기다리고 있다는 듯이.

캠은 화가 나는 대신 정당해진 느낌이다. 기분이 들뜬다. 리사의 애정을 두고 유령과 싸워서 이길 가망은 없지만, 코너 래시터는 지금도 피와 살을 가지고 있다. 그 말은, 그를 이길 수 있다는 뜻이다! 코너 래시터는 패배하고 명예를 잃을 수 있다. 리사의 사랑을 차지하기 위해서라면 무엇이든 감수할 수 있다. 마지막 순간에, 리사가 코너에 대한 호의를 잃는 순간에, 리사가 자신까지 잃지 않도록 캠이 지켜 줄 것이다. 그녀의 곁에 있기 위해서라면 무엇이든 할 것이다.

그런 다음, 캠은 직접 애크런의 무법자에게 정의를 실현하고 자신의 자유를 살 수 있을 만큼 영웅이 될 것이다.

새벽 3시, 캠은 타운 하우스에서 몰래 빠져나간다. 그는 삶과 비슷한 것을 남겨 두고 떠나간다. 리사 워드를 겨드랑이에 끼고, 코너 래시터는 발꿈치로 짓밟기 전까지는 돌아오지 않겠다고 작정한 채로.

4부
기억의 향기

이탈리아 병원, 〈버려진 아이의 바퀴〉 도입?
캐럴린 E. 프라이스, 『디지털저널』, 2007년 2월 28일.

이탈리아는 1198년, 교황 인노첸시오 3세가 로마에서 처음으로 도입한 개념인 〈버려진 아이의 바퀴〉를 실험하고 있다.

토요일 저녁, 생후 3~4개월된 아기가 〈버려진 아이의 바퀴〉에 버려졌다. 아이는 이탈리아인일 수도, 아닐 수도 있으며 건강했다. 옷을 잘 차려입고 보살핌을 받은 듯한 모습이었다. 〈버려진 아이의 바퀴〉는 폴리클리니코 카실리노 병원에 마련된 난방 기능이 있는 요람이다. 보호자가 아이를 원치 않거나 심각하게 궁핍한 상태일 때 갓난아기를 맡길 수 있도록 만들어졌다.

거리에 아기가 버려지는 것을 방지하기 위해 마련된 실험적 시스템이며, 이 아기는 해당 시스템을 통해 이탈리아에서 처음으로 구조된 사례로 기록되었다. 이 아기는 처음으로 그를 맡은 의사의 이름을 따서 〈스테파노〉라는 이름을 갖게 되었다.

보건부 장관인 리비아 투르코는 이 프로젝트를 〈따라야 할 모범〉이라고 말한다. 가족부 장관 로사리아 빈디는 〈이탈리아 모든 병원, 모든 산부인과〉에 현대적 형태의 〈버려진 아이의 바퀴〉를 설치해야 한다고 말한다.

폴리클리니코 카실리노 병원의 신생아과 과장인 피에르미켈레 파올릴로는 이렇게 말한다. 「요람에서 갓난아기를 보게 될 거라고 예상은 했지만, 생후 3~4개월 된 아기를 보게 될 줄은 몰랐습니다. (……) 이 사건의 이면에 어떤 사연이 있을지 누가 알겠습니까?」

기사 전문은 다음에서 확인할 수 있다.
http://www.digitaljournal.com/article/127934

라인실드 부부

 이제야 축하할 시간이다! 오늘 밤, 라인실드 부부는 볼티모어에서 가장 비싸고 특권적인 레스토랑에서 저녁을 먹는다. 이 호사는 진작 누렸어야 마땅한 것이다.

 소니아가 식탁 너머로 잰슨의 손을 잡는다. 둘은 이미 웨이터를 두 번이나 돌려보냈다. 주문을 서두르고 싶지 않다. 가느다란 샴페인 잔에서 거품이 솟아오른다. 옆에는 차게 식힌 돔 페리뇽이 한 병 보관되어 있다. 오늘 밤은 너무 빠르게 지나가서는 안 된다. 조금 더 머물고 남아 있어야 한다. 두 사람 모두에게 그럴 자격이 있으니까.

「다시 말해 봐.」 소니아가 말한다. 「전부 다!」

 잰슨은 기꺼이 그 말에 따른다. 그건 다시 한번 되살릴 만한 가치가 있는 만남이었다. 잰슨은 그 만남을 녹화해 둘 방법을 찾았으면 좋았겠다고 생각한다. 그는 소니아에게 바이오다이닉스 의료 기기의 사장실에 들어가 자신이 〈평생의 작업〉이라 여기는 연구를 선보인 이야기를 한 번 더 들려준다. 며칠 전, 그가 소니아에게 선보였던 것과 똑같은 연구다.

「그 연구의 가치를 알아볼 만큼 비전이 있는 사람이었고?」

「소니아, 그 사람은 탐욕에 땀을 흘릴 지경이었어. 송곳니가 자라나는 게 보일 정도였다니까. 이사회와 이야기해 보고 연락을 주겠다고 했어. 하지만 내가 건물을 떠나기도 전에 다시 전화를 해서 거래를 하자고 했어.」

소니아가 두 손을 맞잡는다. 이 부분은 처음 들어 본다. 「정말 완벽해! 자기 경쟁자들에게 보여 주고 싶지 않았던 거야.」

「바로 그거야. 그 자리에서 먼저 금액 제안을 했다니까. 프로토타입만이 아니라 설계도에, 특허에…… 모든 걸 샀어. 바이오다이닉스가 독점권을 갖게 될 거야!」

「당연히 수표를 들고 바로 은행에 갔겠지?」

잰슨은 고개를 젓는다. 「전자 송금으로 받았어. 이미 우리 계좌에 돈이 들어온 걸 확인했어.」 잰슨이 샴페인을 한 모금 마신 뒤, 몸을 앞으로 숙이며 속삭인다. 「소니아, 그 돈으로 우린 작은 섬을 살 수 있어.」

소니아가 미소 지으며 샴페인 잔을 입술로 들어 올린다. 「난 당신이 휴가를 가자고만 해도 만족했을 거야.」

둘 다 중요한 건 돈이 아님을 안다. 전에도 그랬듯, 문제는 세상을 바꾸는 것이다.

마침내 그들은 주문을 마친다. 샴페인 잔이 다시 채워진다. 잰슨이 잔을 들어 건배한다. 「언와인드의 종식을 위하여. 오늘로부터 1년 뒤면, 언와인드는 그저 추한 기억이 될 거야!」

소니아가 잰슨과 잔을 부딪친다. 「당신 미래에 두 번째 노벨상이 보이네.」 그녀가 말한다. 「나랑 나눌 필요 없는 노벨상이.」

잰슨이 미소 짓는다. 「어쨌든 나눌 거야.」

 식사가 나온다. 그들이 함께한 저녁 중 가장 훌륭한 저녁에, 그들이 먹어 본 것 중 가장 훌륭한 음식이다.

 그들은 다음 날 아침이 되어서야 무언가 잘못되었음을 깨닫는다. 그들이 일하는 건물이, 그들의 이름을 따서 〈라인실드 파빌리온〉이라 불리던 건물이 더 이상 그 이름이 아니기 때문이다. 하룻밤 새, 입구 위에 걸려 있던 커다란 황동 글자가 교체되었다. 건물은 능동적 시민의 의장 이름을 따서 다시 명명되었다.

30
헤이든

 헤이든 업처치는 언와인드될 수 없다. 최소한 오늘은. 내일이야 어떨지 누가 알겠는가?

 「나이를 초과했는데 왜 내가 하비스트 캠프에 있는 거죠?」 그는 묘지의 통신용 폭격기에서 버티던 다른 아이들과 함께 하비스트 캠프에 배치되고 나서 간수들에게 물었다.

 「차라리 감옥에 갈래?」 캠프 소장의 답은 그것뿐이었다. 하지만 결국, 머나드 소장은 혼자만 진실을 간직하지 못했다. 그 진실이 너무도 맛깔나고 달콤했기 때문이다.

 「이 나라 주 정부의 절반 정도가 폭력적 범죄자의 언와인드를 허용하는 법안에 대해 올해 안으로 투표를 진행할 계획이다.」 그는 누런 치아를 드러내며 불쾌하게 씩 웃고는 헤이든에게 말했다. 「너는 그 법이 통과되면 가장 빠르게 실시될 게 분명한 주의 하비스트 캠프로 보내졌어. 그 말은, 선거 다음 날에 당장 이 법이 시행된다는 뜻이지.」 그러고 나서 소장은 헤이든에게 그가 11월 6일 오전 12시 1분에 언와인드되리라고 알려 주었다. 「그러니 알람을 맞춰 둬라.」

「그럴게요.」 헤이든은 밝게 말했다. 「또 소장님이 제 치아를 갖게 해달라고 특별히 부탁할게요. 여러분이 고맙게도 제 교정기를 빼주셨으니, 이젠 치아를 쓰셔도 되겠네요. 물론, 제 치과 의사는 앞으로 2년간 보존 치료용 교정기를 끼고 있으라고 권하겠지만요.」

머나드는 쿵 소리를 내며 그냥 나가 버렸다.

자기 목숨과 다른 아이들의 목숨을 구하려 했을 뿐인데, 자신에게 폭력적 범죄자라는 딱지가 붙었다니 헤이든은 깜짝 놀란다. 하지만 청소년 전담국은 원한을 품은 대상에 대해서는 뭐든 지어낼 수 있다.

1년 반 전, 코너는 해피잭 하비스트 캠프에 도착하자마자 모든 언와인드 앞을 행진해야 했다. 모욕당한, 망가진 죄수로서 말이다. 청소년 전담국은 그런 행진을 통해 다른 아이들의 사기를 꺾을 수 있으리라고 생각했다. 하지만 그 행진은 오히려 코너를 사실상 신으로 만들었다. 추락했다가 다시 솟아오른 언와인드로.

청소년 전담국은 그 실수로부터 배운 게 있는지, 헤이든을 다르게 처리한다. 헤이든의 언와인드 선언문은 아직도 온라인에서 벌거벗은 유명 인사보다 더 높은 조회 수를 기록하고 있다. 그들은 헤이든이 얻은 대중의 신뢰를 망가뜨려야만 했다.

코너에게 그랬듯, 그들은 헤이든을 다른 아이들과 즉시 분리했다. 하지만 머나드 소장은 헤이든을 본보기로 삼는 대신, 직원 식탁에서 그에게 스테이크를 대접하고 손님용 별장의 방 세 개짜리 스위트룸을 그에게 내주기로 했다. 처음에 헤이든은 이 사람이 일종의 연애 감정을 품고 있는 게 아닌가 걱정했지만, 그에게는 완전히 다른 계획이 있었다. 머나드는 헤이든이 청소년 전담국과 협력해, 묘지에서 탈출한 아이들을 잡는 데 도움을 주고 있다는 소문을 퍼뜨렸다. 증거라고는 헤이든이 눈에 띄게 좋은 대접을 받고 있다는 것뿐이었지만, 하비스트 캠프의 아이들은 그 말을 믿었다. 속지 않은 건 나심과 리즈베스처럼 예전부터 그를 알던 아이들뿐이었다.

헤이든이 지시에 따라 식당을 가로질러 가는 동안 아이들은 야유하고 식식댄다. 그를 호위하는 경비원들은 — 원래는 헤이든이 탈출하거나 누구에게든 진실을 말하지 못하게 하려고 배치된 이들은 — 이제 화가 난 폭도로부터 그를 보호하기 위해 존재한다. 이런 속임수에 당한 사람이 자신만 아니었다면 헤이든도 감탄했을 법한 숙련된 심리 조종이었다. 다 떠나서, 배신자를 배신한 자보다 비천한 존재가 있겠는가? 머나드 덕에, 이제 헤이든은 가능한 모든 면에서 수치를 당하며 이 세상을 떠나게 되었다.

「네 치아는 굳이 가져가고 싶지 않아.」 머나드는 그렇게 말했었다. 「하지만 네 중지는 열쇠고리에 달아야 할지도 모르겠다. 네가 나한테 엿을 먹였던 수많은 순간을 떠올리려면 말이야.」

「왼손이요, 오른손이요?」 헤이든은 그렇게 물었다. 「그런 게 중요하거든요.」

하지만 여름이 가을로 바뀌고, 선거 이후에 있을 그의 언와인드가 피할 수 없이 가까워지자, 헤이든은 임박한 개인적 파멸을 가볍게 받아들이기가 점점 더 어려워진다. 이제야 그는 자신이 알던 삶이 콜드스프링스 하비스트 캠프의 도살장에서 끝나게 되리라고 믿는다.

# **31**
스타키

밝은 8월의 어느 날, 구불구불한 길을 따라 이동하는 언와인드 이송 트럭이 있다. 파스텔 톤의 파란색과 분홍색, 초록색으로 칠해져 있지만, 그 추한 목적만은 무엇으로도 감출 수 없다.

네바다주 북부의 지형은 건조하고 삐죽빼죽하다. 산맥은 자신이 가야 할 곳을 보다가 포기하고, 그런 노력을 기울일 가치가 없다고 판단한 채 땅에서 완전히 밀려 올라온 것처럼 보인다. 풍경 전체가 산업용 가구의 특징 없는 베이지색이다. 왜 회전초[26]가 굴러다니는지 이젠 알겠어. 스타키는 생각한다. 여기만 아니면 어디든 가고 싶은 거지.

스타키는 트럭의 조수석에 앉아 있다. 다만 오늘은 〈조수석〉이 아니라 〈사수석〉이라 해야 할 것이다. 그가 권총을 운전자의 갈비뼈에 대고 있으니까.

「정말 이럴 필요는 없어.」 운전자가 긴장한 채 말한다.

「이 일은 당신보다 큰 일이야, 버바. 그냥 따르기나 해. 그럼

---

[26] 뿌리에서 분리되어 바람에 굴러다니는 잡초.

살 수도 있으니까.」 스타키는 이 남자의 이름을 모른다. 그에게는 모든 트럭 운전수가 버바다.

계곡 아래로 내려오자 하비스트 캠프가 잘 보인다. 모든 하비스트 캠프가 그렇듯, 시설은 고요하고 편안한 느낌을 주려고 공들여 설계되어 있다. 그런 설계 역시 범죄의 일부다. 하비스트 캠프에서는 아이들이 들어가면 절대 나오지 못하는 건물조차 할머니 집처럼 아늑해 보인다. 스타키는 그 생각에 몸서리를 친다.

콜드스프링스 하비스트 캠프의 건설자들은 주변 환경에서 건축적 단서를 얻어, 자연스러운 서부의 모습을 재현하려 했다. 하지만 회반죽 건물 한가운데에 있는 초록색 인조 잔디의 커다란 오아시스는, 이곳에 자연스러운 것은 전혀 없다는 점을 노골적으로 상기시킨다.

버바는 경비 초소가 있는 정문으로 다가가며 흥건하게 땀을 흘린다. 「땀 좀 그만 흘려!」 스타키가 말한다. 「의심스럽다고.」

「나도 어쩔 수 없어!」

정문의 경비원에게 이건 평소와 다름없는 일과다. 그는 운전자의 신원을 확인하고 명단을 검토한다. 별달리 신경은 쓰지 않는 듯하다. 아니면 운전자의 땀을 알아채지 못한 걸지도 모른다. 그는 스타키에게도 관심을 두지 않는다. 스타키는 언와인드 이송 직원의 옅은 회색 작업복을 입고 있다. 경비원은 초소로 돌아가 버튼을 누른다. 정문이 천천히 열린다.

이제는 스타키가 땀을 흘릴 차례다. 지금까지는 모두 이론이었다. 계곡을 따라 캠프로 내려오는 것조차 초현실적이고 현실에서 한 발짝 떨어진 일처럼 느껴졌다. 하지만 캠프 안에 들어온 지금은 돌아갈 방법이 없다. 이제 진짜 시작이다.

그들은 하역장으로 들어간다. 하비스트 캠프의 상담가 한 팀이 무장을 해제시키는 미소를 지으며 새로 도착한 아이들을 기다리고 있다. 그런 다음, 상담가들은 아이들을 분류해 언와인드를 기다리는 숙소로 보낸다. 하지만 오늘은 그럴 수 없을 것이다.

이송 트럭의 뒷문이 홱 열리자마자 직원들은 줄줄이 늘어선 통제된 10대가 아니라 군대와 마주한다. 아이들이 소리를 지르고 무기를 휘두르며 뛰쳐나온다.

소동이 시작되자마자 운전수는 운전석에서 뛰어내려 죽어라 달려간다. 스타키는 신경 쓰지 않는다. 그 남자는 자기 일을 마쳤기 때문이다. 고함이 총성에 묻힌다. 직원들은 현장에서 멀리 달려간다. 경비원들이 현장으로 달려온다.

스타키는 마침맞게 운전석에서 내려, 소중한 황새 몇 명이 쓰러지는 것을 본다. 동쪽 탑에서는 하역장이 선명히 보인다. 저격수가 아이들을 쓰러뜨리고 있다. 처음 두어 발은 진정탄이지만, 저격수가 총을 바꿔 든다. 다음 아이가 쓰러진다, 영원히.

아, 제기랄, 이건 진짜야, 진짜, 진짜……

그때 저격수가 스타키를 겨눈다.

총알이 현란한 팅 소리를 내며 트럭 문에 구멍을 내는 순간, 스타키는 몸을 피한다. 겁에 질린 채 바위 뒤로 뛰어든다. 엎드리는 와중에 아픈 손을 세게 부딪친다. 그는 아파서 욕설을 내뱉는다.

황새들이 흩어진다. 몇몇은 쓰러지지만, 더 많은 황새가 주변을 장악하고 있다. 일부는 상담사를 인간 방패로 활용한다.

난 죽을 수 없어. 스타키가 생각한다. 내가 죽으면 누가 쟤들을 이끌겠어?

하지만 스타키는 바위 뒤에 계속 웅크리고 있을 수만은 없다는 걸 안다. 아이들은 그가 싸우는 모습을 보아야 한다. 그가 지도하는 모습을 보아야 한다. 황새만이 아니라 그가 해방하려는 아이들도.

스타키는 고개를 쑥 내밀고 탑의 어슴푸레한 형상에 권총을 겨눈다. 저격수는 인조 잔디를 가로질러 달리는 아이들을 쏘고 있다. 스타키의 네 번째 총알에 운이 따른다. 저격수가 쓰러진다.

하지만 다른 경비원들이, 다른 탑이 있다.

결국 모두를 위한 구원은 캠프 안에 있던 아이들에게서 온다. 이곳 부지는 원래 일상적인 활동을 하던 언와인드로 가득했다. 분열되었을 때의 가치를 극대화하고, 언와인드되기에 적합하도록 신체를 단련시키기 위해 만들어진 스포츠와 민첩성 운동이 진행되고 있었다. 그들은 무슨 일이 벌어지고 있는지 알아차리고 활동을 멈춘다. 그리고 상담사들을 힘으로 제압한 뒤 공격을 반란으로 바꾼다.

스타키는 그 광경에 놀라며 한복판으로 성큼성큼 걸어 들어간다. 직원들은 공포에 질려 도망친다. 경비원들은 제압당했다. 빼앗긴 그들의 무기는 점점 더 늘어나는 황새들의 무기고에 보탬이 된다. 스타키는 흰 가운을 입은 여자가 잔디밭을 가로질러 건물 뒤로 달려가는 것을 본다. 그 여자가 핸드폰을 쓰려 한다. 하지만 헛수고다. 황새들이 이송 트럭을 기습하기 전에 지반과 기술자 팀은 이 계곡에 들어오는 기지국 두 곳을 먹통으로 만들고 유선 전화를 끊어 버렸다. 두 발로 달리지 않는 한 어떤 종류의 통신도 이곳을 드나들수 없다.

반란은 그 자체를 먹이로 삼는다. 절박함과 예상치 못한 희망이 그 연료다. 반란이 점점 격렬해진 끝에, 경비원들조차 도망친다. 그래 봤자 수십 명의 아이에게 잡혀 자기 수갑으로 제압될 뿐이다. 해피잭이랑 비슷하잖아! 스타키는 생각한다. 하지만 이번에는 제대로 했어. 내가 책임자니까.

순전히 숫자에 압도된 직원들은 제압당하고, 캠프는 15분 만에 해방된다.

아이들은 기쁨에 압도된다. 일부는 시련으로 인한 눈물을 흘린다. 다른 아이들은 이미 죽었거나 죽어 가는 친구들을 돌본다. 아드레날린 수치는 여전히 높다. 스타키는 그것을 이용하기로 한다. 죽은 자들은 죽어 있게 두어야지. 그는 이제 그들을 삶에 집중시켜야 한다. 그는 성큼성큼 공용 공간 한가운데로 나간다. 그 옆에는 인조 잔디밭에서 튀어나온 깃대가 있다. 아이들은 해방을 위해 치른, 인간의 목숨이라는 대가에 관심을 두고 있다. 스타키가 그 관심을 다른 데로 돌린다.

그는 황새 중 하나가 들고 있던 기관총을 잡아 모두가 자신을 볼 때까지 허공에 총을 쏜다.

「내 이름은 메이슨 마이클 스타키다!」 그리고 가장 큰 목소리, 가장 위엄 있는 목소리로 선언한다. 「내가 방금 언와인드에서 너희를 구했다!」

사방에서 환성이 인다. 그래야 마땅하다. 스타키는 그들에게 두 무리로 나누어 서라고 명령한다. 황새는 왼쪽에, 나머지는 오른쪽에. 처음에 아이들은 머뭇거리지만, 스타키의 황새들이 무기를 휘두르며 나서자 명령은 집행된다. 아이들은 스스로 나눠 선다. 황새는 백 명쯤, 다른 아이들은 3백 명쯤 되는 듯하다. 다행히 십일조는 없다. 이곳은 십일조가 없는 캠프다. 스타키는 정문을 가리키며 황새가 아닌 아이들에게 말한다.

「문은 활짝 열려 있다. 자유로 가는 길이 저기다. 그 길을 가기 바란다.」

아이들은 잠시 그 말을 믿지 못하고 머뭇거린다. 그런 다음 몇 명이 돌아서서 정문으로 향한다. 이어 몇 명이 합류한다. 순식간에 대규모 탈주가 시작된다. 스타키는 그들이 떠나는 모습을 지켜본다. 그런 다음, 남아 있는 황새들을 돌아본다.

「너희에게는 선택권을 주겠다.」 그가 말한다. 「다른 아이들과 함께 도망칠 수도 있다. 아니면 너희 자신보다 큰 무언가의 일부가 될 수도 있다. 너희는 평생 이등 시민 대우를 받아 왔고, 그런 뒤에는 궁극적인 모욕을 받았다. 여기로 보내졌으니까.」 그가 넓게 손짓한다. 「여기, 우리는 모두 황새다. 언와인드라는 판결을 받았다. 하지만 삶을 되찾았고 복수를 하는 중이다. 그래서 묻는데, 복수를 원하나?」 그는 기다린다. 몇 사람의 조심스러운 답이 들려온다. 그래서 그는 목소리를 높인다. 「내가 물었다. 복수를 원하나?」

이제 정점에 이른 답은 하나의 거대한 합창처럼 터져 나온다. 「예!」

「그럼 환영한다.」 스타키가 말한다. 「우리는 황새단이다!」

32
헤이든

 해방 직전, 헤이든은 샤워를 한다. 이제 그는 하루에 세 번, 거의 강박적으로 샤워를 한다. 이 상황의 더러움을 씻어 내려는 것이다. 아무리 몸을 문질러 닦아도 그럴 수 없다는 걸 알지만, 어쨌든 기분은 나아진다. 이곳의 다른 언와인드들은 간수만큼이나 그를 싫어한다. 헤이든이 간수 중 하나라고 생각하기 때문이다. 캠프 소장 머나드의 수작으로, 이곳의 모든 사람은 헤이든이 변절해 이제는 청소년 전담국을 위해 일하고 있다고 믿고 있다. 솜씨가 너무도 매끄러웠다. 물론 헤이든은 청소년 전담국에 도움이 될 만한 일을 뭐라도 하느니 차라리 죽음을 택할 사람이지만, 중요한 건 어떻게 보이느냐다. 사람들은 보이는 대로 믿는다. 그래, 헤이든은 머나드의 거짓말을 절대 씻어 낼 수 없을 것이다. 하지만 헤이든의 시도를 놈들이 막을 수도 없을 것이다.
 오늘 샤워실에서 나왔을 때, 그는 세상이 완전히 바뀌었음을 깨닫는다.
 곧장 총성이 들려온다. 스타카토처럼 끊기는, 불규칙한 폭발음이 한 차례, 또 한 차례 이어진다. 여러 방향에서 나는 듯하다. 호화롭고 편안한 그의 스위트룸에는 발코니가 있지만, 잠겨 있어 나갈 수 없다. 그래도 헤이든은 무슨 일이 벌어지는지 본다. 하비스트 캠프가 무기를 든 아이들에게 공격당하고 있다. 경비원이 한 명 쓰러질 때마다 새로운 무기가 아이들의 무기고에 추가된다. 캠프의 언와인드들이 침입한 아이들과 합류해, 이번 사건을 전면적인 반란으로 바꾸어 놓았다. 헤이든은 자신의 언와인드 날짜가 결국 틀렸을지도 모른다는 깜빡이는 희망을 감히 품어 본다.

총알이 발코니 유리 슬라이딩 문의 모서리에 맞는다. 하지만 탱 소리가 날 뿐이다. 문은 방탄유리다. 건설자들은 하비스트 캠프의 손님용 스위트룸에 초대될 사람이라면 누구든 총격을 당할 가능성이 높다고 판단한 듯하다. 헤이든이 이곳에서 나갈 수 있는 유일한 방법은 스위트룸으로 통하는 문뿐이지만, 그 문은 바깥에서 잠겨 있다.

총성이 잦아들더니 완전히 사라진다. 여전히 밖을 내달리는 아이들의 모습을 보고, 헤이든은 침입한 세력이 이겼음을 알 수 있다.

그는 문을 두드리고 또 두드리며 목이 터져라 소리 지른다. 마침내 누군가 다가온다.

문 앞에 나타난 건 한 아이다. 어디선가 본 듯한 얼굴이다. 헤이든은 그가 묘지의 전령임을 빠르게 알아챈다.

「헤이든?」 아이가 말한다. 「이럴 수가!」

헤이든은 비행기 묘지에서부터 알고 지내던 세 도망자의 안내를 받아 공용 공간으로 나온다. 인조 잔디가 한낮의 햇볕에 땀을 흘리고 있다. 사방에 몸뚱이가 흩어져 있다. 일부는 진정탄을 맞았고, 일부는 죽은 것이 분명하다. 대부분은 아이들이다. 몇 명은 경비원이다. 왼편에서는 하비스트 캠프의 직원들이 묶이고 재갈이 물려 있다. 오른편에는 캠프의 정문을 향해 달려 나가는 엄청나게 많은 아이가 있다. 그들은 자유를 주장하고 있다. 하지만 모두가 떠나는 것은 아니다.

나머지는 언와인드 이송 직원의 연한 회색 작업복을 입은 누군가의 연설을 듣고 있다.

헤이든은 그 사람이 누군지 보고 우뚝 멈춰 선다.

머릿속 어딘가에서, 그는 자신들을 구하러 온 사람이 코너이기를 바라고 있었다. 이제는 손님용 스위트룸으로 돌아가기엔 너무 늦은 건지 궁금해진다.

「저기!」 문을 열어 준 아이가 소리친다. 「우리가 누굴 찾았는지 봐!」

헤이든을 향한 스타키의 시선에 잠시 두려움이 담긴다. 하지만 그 두려움은 곧 강철 같은 냉담함에 삼켜진다. 그가 조금은 지나치게 활짝 미소 짓는다. 「헤이든, 네가 묘지에서 늘 뭐라고 했더라? 〈안녕. 오늘 내가 너희를 구해 줄 거야〉랬지.」

「헤이든은 놈들 편이야!」 헤이든이 영리한 대꾸를 내놓기도 전에 누군가 소리친다. 「저놈은 청담을 위해서 일하고 있어! 청담이 저놈한테 심지어 누구를 언와인드할지 고르게 해 준다고!」

「아, 그게 최신 소식이야? 타블로이드에 실린 걸 믿으면 안 된다는 건 알 텐데. 다음엔 내가 외계인 세쌍둥이를 낳았다고 할지도 몰라.」

뱀이 이곳에 있다. 그녀는 약간 재미있어하며 헤이든을 본다. 「그래서, 청소년 전담국이 너를 놈들의 개로 만들었구나.」

「나도 만나서 반가워, 뱀.」

〈헤이든을 버려〉, 〈진정탄으로 쏴〉, 심지어 〈죽여 버려〉 같은 고함이 콜드스프링스 언와인드 무리 사이에서 터져 나오지만, 헤이든을 아는 아이들이 그의 변호에 나선다. 최소한 의심의 씨앗 몇 개는 흩어 버릴 정도다. 군중은 결정을 내려 달라며 스타키를 보지만, 스타키는 아직 준비가 안 된 것처럼 보인다. 하지만 굳이 스타키가 결정할 필요는 없다. 세 명의 강한 황새가 몸부림치는 캠프 소장을 끌고 다가왔기 때문이다.

군중이 갈라선다. 누군가가 지나가는 머나드에게 침을 뱉어야겠다는 훌륭한 아이디어를 떠올린다. 곧 모두가 따라 한다. 이게 자신의 생각이었다면 헤이든도 그렇게 했겠지만, 지금 따라 하는 건 그저 동조에 불과하다.

「그러니까 이 사람이 책임자네.」 스타키가 말한다. 「무릎 꿇어.」

머나드가 말을 듣지 않자, 그를 끌고 온 세 아이가 소장을 눌러 앉힌다.

「너는 반인류적 범죄로 유죄 판결을 받았다.」 스타키가 말한다.

「유죄 판결이라고?」 머나드가 절박하게 소리친다. 「난 재판도 못 받았어! 재판은?」

스타키가 폭도를 올려다본다. 「이자가 유죄라고 생각하는 사람?」

거의 모두가 손을 든다. 헤이든은 머나드를 싫어하지만, 일이 흘러가는 방향이 마음에 들지 않는다. 아니나 다를까, 스타키가 권총을 꺼낸다.「배심원이 열두 명인데, 여기엔 확실히 열두 명보다 사람이 많아.」스타키가 말한다.「유죄 판결을 받은 걸로 생각해.」

그런 다음, 스타키는 헤이든이 예상하지 못한 일을 한다. 그가 헤이든에게 총을 건넨다.

「처형해.」

헤이든은 총을 보며 말을 더듬기 시작한다.「스타키, 어…… 이건…….」

「네가 배신자가 아니라면 이 사람 머리에 총알을 박아서 증명해.」

「그렇게 증명되는 건 아무것도 없어.」

그때 머나드가 웅크리고 기도하기 시작한다. 생계를 위해 아이들을 죽여 온 자가 구원을 위해 기도한다. 그것만으로도 헤이든은 머나드의 위선적인 머리통에 총을 겨누게 된다. 그는 10초를 꽉 채워 총을 들고 있지만, 방아쇠를 당기지 못한다.

「안 돼.」헤이든이 말한다.「이렇게는.」

「좋아.」스타키는 총을 다시 가져가 군중 속에 있던 아이를 무작위로 지목한다. 그 아이는 기껏해야 열네 살쯤 되어 보인다. 아이가 앞으로 나오자 스타키는 그의 손에 총을 쥐여 준다. 「이 겁쟁이한테 용기가 뭔지 보여 줘. 사형을 집행해.」

아이는 확실히 겁에 질렸지만, 모두의 시선이 자신에게 쏠려 있다. 그는 시험에 처해졌으며 낙제해서는 안 된다는 걸 안다. 그래서 인상을 쓰고 눈을 가늘게 뜬다. 총구를 머나드의 뒤통수에 대고 고개를 돌린다. 그런 다음 방아쇠를 당긴다.

탕. 소리는 시끄럽지 않다. 그냥 총소리다. 길 잃은 폭죽 한 발 같다. 머나드가 털썩 쓰러진다. 땅에 닿기도 전에 죽는다. 빠르고 깨끗하다. 머리 뒤에 사입구가, 턱 바로 아래에 사출구가 있을 뿐이다. 총알은 인조 잔디에 박혔다. 뇌 조각이나 두개골 파편이 터지지는 않는다. 스타키와 군중은 처형이 준비 과정에 비해 훨씬 덜 극적이었다는 데 실망하는 듯하다.

「좋아, 나가자!」 스타키는 열쇠를 찾을 수 있는 모든 탈것을 징발하라고 지시한다.

「저 녀석은?」 뱀이 헤이든을 비웃으며 묻는다.

스타키는 헤이든에게 잠깐 시선을 내준다. 아주 작은, 우월감 어린 미소가 비친다. 그는 말한다. 「데려가야지. 아직 쓸모가 있을지도 몰라.」 그런 다음, 그는 모여 있던 모든 아이를 돌아보며 강력한 목소리로 말한다. 「현시점 부로, 나는 이 하비스트 캠프가 공식적으로 폐쇄되었음을 선언한다!」

스타키는 그토록 원하던 환호와 아첨을 받는다. 헤이든은 죽은 소장을, 죽은 경비원들을, 그리고 땅에 흩어져 있는 수십 명의 죽은 아이를 보면서…… 환호해야 할지, 비명을 질러야 할지 고민한다.

33
코너

 기다리는 것은 코너의 특기가 아니다. 부모가 언와인드 의뢰서에 서명하기 전에도 그는 인내심이 없었고, 아무것도 하지 않는 시간을 거의 견디지 못했다. 그 시절, 조용한 시간은 코너에게 인생에 대해 생각하게 했다. 인생에 대해 생각하면 화가 났고, 화가 나면 충동적이고 무책임하며 때로는 범죄적인 일을 하게 되었다. 그리고 그런 일들은 늘 코너를 난처하게 했다.

 하지만 집에서 도망친 이후로는 아무것도 하지 않는 시간이 없었다. 최소한 아라파치 보호 구역에 도착하기 전까지는 그랬다. 소니아의 지하실에 격리되어 있을 때조차 그는 전염성 있는 불안의 배양 접시를 처리해야만 했다. 그는 자신과 리사를 지키기 위해, 언제든 그를 해칠 수도 있는 롤런드를 감시하기 위해 항상 경계해야 했다.

 그는 지금도 상황이 적절했다면, 롤런드가 정말 자신을 죽였을지 궁금하다.

 해피잭에서 롤런드는 코너를 궁지에 몰아넣고 벽에 밀어붙인 뒤, 지금 코너의 것이 된 바로 그 손으로 목을 조르려 했다. 그러나 롤런드는 그 일을 마치지 못했다. 결국, 롤런드는 짖기만 하고 물지는 않는 개였을지도 모른다. 아무것도 확신할 수는 없지만.

반면 코너는 실제로 사람을 죽였다.

그는 묘지에서 벌어진 청담과의 전쟁에서 치명적인 무기를 발사했다. 코너는 자신이 쏜 총알 일부가 표적에 맞아 사람을 쓰러뜨렸다는 걸 안다. 그렇다면 그는 살인자가 되는 걸까? 그런 짓을 저지르고도 구원받을 수 있을까?

그래서 코너는 아무것도 하지 않는 시간을 경멸한다. 그 모든 생각이 그를 광기로 몰아갈 수 있기 때문이다.

다만 한 가지 위안은 지금은 안전하다는 느낌이 점점 강해진다는 점이다. 정상이라는 느낌. 이런 상황을 정상이라고 부를 수 있다면 말이지만. 타시네 가족은 처음에 코너를 냉담하게 대했지만 친절한 주인이었다. 코너가 살아 있다는 사실이 알려진 순간부터 그들은 정말로 그들의 집을 코너의 집인 것처럼 내주었다.

하지만 낮에는 이 집에 아무도 없다. 켈레는 학교에 간다. 코너가 켈레의 참을성 없음에 거의 참을성이 없다는 점을 생각하면 좋은 일이다. 찰은 호피족에게 마법을 부리러 떠났고, 엘리나는 의료 오두막의 소아과 병실에서 하루를 보내며, 피베인은 매일 저녁을 먹으러 오긴 하지만 보통 사냥을 나서고 없다.

코너와 그레이스, 레브 등 눈에 띌까 봐 나가지 못하는 이들은 집에 남아 알아서 하루를 보내야 한다.

8월이 시작되고 일주일이 지난 늦은 오후다. 일행이 이곳에 온 지 20일째다. 창문으로 들어오는 빛은 풍성한 호박색이다. 협곡 너머의 산등성이에 그 빛이 반사된다. 이런 절벽 위의 집에서는 그림자가 금세 길어지고, 해가 지면 사라진다. 협곡에는 노을의 공간이 거의 없다.

혼자 놀기의 달인인 그레이스는 첫날 〈여긴 뭐가 많다〉고 선언했다. 오늘 그녀는 또 하나의 옷장을 뒤지더니, 두려울 정도로 정확하게 그 옷장을 다시 정리했다. 레브는 아직 자동차 사고에서 회복 중이다. 그는 큰방 한가운데 대리석 바닥에 매트를 펼쳐 놓고 엘리나가 가르쳐 준 물리 치료 동작을 하고 있다. 한편 코너는 근처에 있는, 속이 지나치게 빵빵하게 들어간 소파에 앉아 있다. 그는 오래전에 떠난 윌의 것으로 보이는 주머니칼을 발견했고 나무 조각을 하기 시작했지만, 뭘 만들어야 할지 몰라 결국 그냥 커다란 막대를 더 작은 막대로 깎아 낼 뿐이다.

「이 시간을 스스로를 교육할 기회로 삼아야 해.」 세 사람이 타시네의 집에 남겨진 첫날, 레브가 코너에게 말했다. 「네가 무단이탈자가 된 게 10학년 때였나? 넌 고등학교를 졸업하지 못했어. 이 모든 일이 끝나면 어떻게 일자리를 구하려고?」

〈이 모든 일이 끝나면〉이라는 생각에 코너는 웃음이 난다. 어느 평행 우주에서는, 온전한 몸으로 살아가는 것이 특권이 아닌 당연한 조건인 곳에서는 그의 삶이 어떨지 상상해 본다. 그는 전자 기기를 다루는 타고난 기술 덕분에 어딘가에서 수리공으로 일할 수 있었으리라 생각한다. 〈이 모든 일이 끝나면〉, 그리고 어떤 기적에 따라 그가 정상적인 삶을 살 수 있게 된다면, 그 삶은 어떤 모습일까? 평행 우주의 코너는 냉장고 수리에 만족할지 모르지만, 이 우주의 코너는 그 생각이 어딘가 경악스럽다고 느낀다.

이 모든 〈생각할 시간〉이 다시 그를 화나게 한다. 옛 습관이 되살아나는 것이다. 물론 그는 더 이상 이런 분노를 멍청한 폭발로 향하게 하지 않는다. 하지만 이런 오래된 정신적 일과의 출현은 그를 곤란하게 한다. 이 습관과 함께 다른 감정들도 찾아오기 때문이다.

「싫다.」 코너는 깎고 있던 쓸모없는 막대기를 던져 버리며 말한다.

레브는 어색한 자세로 몸을 풀다 말고, 특유의 주머니쥐 같은 자세로 이 말이 어디로 이어질지 지켜본다.

「여기가 싫다고.」 코너가 말한다. 「다른 사람의 집에서 〈돌봄〉을 받는 거. 이게 나를 나 아닌 누군가로 바꿔 놓고 있어. 최소한 더 이상 내가 아닌 누군가로.」

레브는 특유의 시선으로 오랫동안 코너를 본다. 불편해지는 순간까지. 코너는 그 시선에 항복하지 않을 셈이다.

「너, 한 번도 제대로 어린애로 살아 본 적 없지?」 레브가 말한다.

「뭐?」

「넌 어린애로 사는 걸 정말 못했을 거야. 완전 엉망진창이었을걸. 넌 가엾고 아무 의심 없는 십일조를 인간 방패로 썼던 애였잖아.」

「그래.」 코너는 꽤 화가 나서 말한다. 「근데 내가 그 십일조의 목숨을 구해 줬다는 걸 잊지 마!」

「보너스로 그렇게 됐지. 하지만 그날 네가 날 처음 잡은 건 그래서가 아니잖아?」

코너는 아무 말도 하지 않는다. 둘 다 레브의 말이 맞다는 걸 알기 때문이다. 그래서 코너는 비위가 상한다.

「내가 하고 싶은 말은, 네가 2년 전 그 엉망진창이었던 너 자신으로 돌아갈까 봐 두려워하고 있다는 거야. 하지만 난 그런 일은 일어나지 않을 거라고 생각해.」

「왜 그럴까요, 현명한 박수도 십일조시여?」

레브는 고약한 눈으로 코너를 쏘아보지만, 그냥 놔둔다. 「너는 일종의 험프리 던피야. 우리 둘 다 그래. 우리한테 일어난 모든 일로 갈가리 찢겼다가 다시 짜 맞춰졌지. 지금의 너는 예전의 너와 전혀 달라.」

코너는 그 말을 생각해 보고 고개를 끄덕이며 레브의 주장을 받아들인다. 레브한테는 자신이 정말로 바뀐 것으로 보인다니 마음이 놓이지만, 코너 자신은 그렇게 확신이 들지 않는다.

그날 밤 저녁 식사 시간에 두 가지 일이 일어난다. 둘 중 어느 쪽이 더 나쁜지는 각자의 구체적인 관점에 따라 달라진다.

엘리나가 어두워진 뒤 집에 도착하고, 그 뒤를 피베인이 따른다. 피베인은 하루 종일 끓인 토끼 고기 스튜 한 솥을 가져온다. 코너는 토끼 가죽이 벗겨지고 고기가 손질되는 모습을 보지 않아도 되어서 다행이라고 생각한다. 스튜에 귀여운 토끼 얼굴만 없으면 괜찮다. 저녁 식탁에서, 켈레는 포식 동물을 영혼의 안내자로 둔 아이들이 그보다 온순한 동물 영혼을 가진 아이들을 괴롭히기 시작했다고 한참 떠들어 댄다.

4부 기억의 향기

「너어어어무 불공평해. 그런 애들 중 절반은 어차피 예언의 여정 때 동물을 지어냈을 텐데.」

그 말에 코너는 동생 루커스를 떠올린다. 루커스는 중학교에서 일어나는 온갖 사소한 사건을 엄청난 큰일로 만들어 버렸다. 코너는 그 기억에 갑자기 한기를 느낀다. 동생을 생각했기 때문이 아니라, 동생을 조금이라도 생각했던 게 너무 오래전이라는 사실을 깨달았기 때문이다. 루커스는 이제 코너가 무단이탈자가 되어 도망쳤던 나이에 가까워지고 있을 것이다.

「누가 스튜 좀 이쪽으로 줄 수 있어요?」 코너가 묻는다. 회상이라는 지뢰밭에 갇히느니 음식에 집중하는 게 낫다.

「그러다 말 거야.」 피베인이 켈레에게 말한다. 「그만두지 않으면 결국 대가를 치를 테고. 새들은 남쪽으로 날아가는 만큼 북쪽으로도 날아가는 법이니까.」 코너는 그 말이 〈주는 대로 받는 법〉이라는 뜻의 아라파치 속담이리라고 생각한다.

「저기요!」 코너가 식탁 끝에서 외친다. 「여기 스튜 좀 달라고요.」

레브에게는 기다릴 인내심이 있지만, 코너의 허기는 관심을 필요로 한다.

언제나 엘리나 바로 옆에 앉는 그레이스는 그릇을 넘치도록 채운 뒤다. 뚜껑이 달린 우묵한 그릇이 엘리나 앞에 놓여 있지만, 그녀는 알아차리지 못한다. 켈레의 과장된 이야기에 끼어들고 있기 때문이다.

「동물 안내자의 보호를 받으면 뼈가 부러지지 않을 거라고 믿는 아이들이 의료용 오두막에 얼마나 많이 오는지 말도 못할 지경이야.」

그때 코너가 크고 분명하게 소리친다. 「엄마! 스튜 좀 달라니까요!」

코너는 레브가 눈을 깜빡이는 걸 보고 자신이 방금 무슨 말을 했는지 깨닫는다. 정상적인 느낌, 가족에 대한 생각이 어째서인지 엄마라는 단어를 예상치 못한 트림처럼 수면 위로 띄워 올렸다.

모두 코너가 방금 식탁에 똥을 떨어뜨리기라도 한 것처럼 그를 본다.

「그러니까, 그냥…… 스튜 좀 주세요. 부탁할게요.」

엘리나가 그에게 스튜를 건넨다. 코너는 그냥 지나갈 수 있으리라고 생각한다. 그때 켈레가 말한다. 「이젠 코너한테 엄마라고 부르게 해주는 거예요? 난 아직도 엄마라고 못 부르는데.」

그 이후로는 아무도 어디서부터 대화를 이어 가야 할지 모른다. 그래서 엘리나는 못을 빼도 박도 못하는 중간 지대에 가만히 놔두느니 아예 박아 버리기로 한다.

「날 보면 엄마가 생각나니, 코너?」

코너는 스튜를 국자로 푸면서 그녀를 보지 않고 대답한다. 「그런 건 아니에요. 근데 저녁 식사가 비슷해요.」

「토끼는 없었을 텐데.」 그레이스가 스튜를 한입 가득 물고 말한다.

코너는 일종의 블랙홀이 이 당혹스럽고도 부적절한 말에서 모두의 관심을 흡수해 가면 좋겠다고 생각한다. 5초 뒤, 그는 무언가를 바랄 때는 조심해야 한다는 교훈을 얻게 된다.

큰방의 가장 큰 창문이 갑자기 박살 나고, 돌 조각이 뒤쪽 벽에 작은 구멍을 낸다. 1초 전만 해도 없었던 구멍이다.

「엎드려!」 코너가 소리친다. 「식탁 아래로! 지금!」 그는 순식간에 전투 모드에 들어가 주도권을 잡는다. 방금 들어온 것이 총알이었음을 누군가 깨달았을지는 모르겠다. 그러나 다들 곧 알게 될 것이다. 중요한 건 피해를 막는 것이다. 모두가 시키는 대로 한다. 「켈레, 아니, 이쪽이야. 창문에서 보이는 곳에 있으면 안 돼!」

켈레가 다가오자 코너는 방을 가로질러 조명 스위치로 달려간 뒤 불을 끈다. 그들은 어둠 속에 남겨진다. 사수가 그들을 볼 수 없게 된다. 갑자기 아드레날린이 망막에 솟구치면서, 코너의 눈은 어둠에 놀라울 정도로 빠르게 적응한다.

「피베인!」 엘리나가 소리친다. 「경찰을 불러요.」

「경찰을 부를 수는 없어요.」 그가 말한다. 그 깨달음이 모두에게 동시에 찾아온다. 경찰을 부르면, 그들은 충격당한 이유를 설명해야 할 것이다. 코너와 레브, 그레이스가 노출될 것이다.

그때 피베인이 성큼성큼 일어나서 깨진 창문으로 다가간다.

「피베인!」 코너가 소리친다. 「뭐예요, 미쳤어요? 엎드려요!」

하지만 피베인은 그냥 그 자리에 서 있을 뿐이다. 피베인만은, 아니, 그레이스도 어떤 사실을 이해하고 있다. 그레이스가 그 사실을 짚어 낸다.

「방금 사격은 저 멀리, 방 건너편에서 이루어진 거야.」 그레이스가 말한다. 「오래된 전쟁 영화처럼. 우리 앞을 스쳐 지나가도록 경고 사격을 한 거야. 사람을 죽일 의도는 없었어.」

「경고라고?」 레브가 말한다.

「메시지다.」 피베인이 답한다. 그럼에도 나머지는 여전히 식탁 아래에서 움직이지 못한다.

코너는 조명 스위치에서 떨어져 나와 피베인 옆에 선다. 어둠 속을 바라본다. 협곡 건너편 집 몇 군데에 불이 켜져 있다. 총알은 그야말로 어디서든 날아왔을 수 있다. 두 번째 사격은 없다.

「누군가 우리가 여기에 있다는 걸 알고 있어요.」 코너가 말한다. 「우리가 떠나기를 바라고요.」

「미안!」 켈레가 애원한다. 「노바가 아무한테도 말하지 않겠다고 약속했는데, 말한 게 틀림없어. 내 잘못이야.」

「그럴 수도 있고, 아닐 수도 있지.」 피베인이 코너를 돌아본다. 「어느 쪽이든, 네가 이 집에 있는 건 안전하지 않아. 널 옮겨야겠다.」

「오래된 기도 오두막은 어때요?」 켈레가 말한다. 그 말이 어쩐지 적절하게 들린다. 이번 사건으로 모두 기도라도 하고 싶은 심정이 되었으니까.

피베인이 고개를 젓는다. 「더 나은 곳을 알아.」

34
우나

 가게 문을 두드리는 소리가 너무 조용해서, 위층에 있던 우나는 거의 그 소리를 듣지 못한다. 그녀는 방금 프라이팬에 스테이크를 올렸다. 프라이팬이 조금만 더 시끄럽게 지글거렸다면 노크 소리를 듣지 못했을 것이다. 그녀는 위층 주거 공간에서 현악기 제작소로 내려간다. 예전에는 그녀가 도제로 일했지만 지금은 운영하는 곳이다. 작업장을 가로지르는 그녀의 맨발이 바닥의 날카로운 톱밥에 긁혀 욱신거린다. 그녀는 계속해서 전시실을 가로지른다. 거기에는 그녀가 직접 만든 기타 몇 대가 소고기의 옆면처럼 걸려 있다.

 피베인이 레브, 코너, 그레이스와 함께 문 앞에 서 있다. 그녀는 그들을 맞아들이기 전에 설명을 기다린다.

 「사건이 일어났어.」 피베인이 말한다. 「도움이 필요해.」

 「그럼요.」 우나는 문을 열어 그들이 들어오게 해준다.

 가게 뒷방의 걸상에 앉아서, 피베인은 저녁에 있었던 일을 설명한다. 「이 애들한테는 안전한 피신처가 필요해.」 피베인이 말한다.

「오래 걸리지는 않을 거예요.」 코너가 말한다. 사실 얼마나 걸릴지는 전혀 모르지만. 아무도 확실하게는 모른다.

「부탁한다, 우나.」 피베인이 그녀와 강렬하게 시선을 마주치며 말한다. 「우리 가족의 부탁을 들어다오.」

「네, 당연하죠.」 우나는 떨리는 목소리를 감추려 애쓰며 말한다. 「하지만 누군지 몰라도, 아이들이 이곳에 있다는 걸 총을 쏜 사람이 알게 되면…….」

「더 이상 총을 쏠 것 같지는 않아.」 피베인이 말한다. 「하지만 혹시 모르니, 너도 총을 준비해 둬.」

「그야 말할 필요도 없죠.」

「너한테 총을 주기를 잘했다.」 피베인이 말한다. 「아이들을 보호하는 데 쓰인다면 잘 쓰이는 거니까.」

피베인이 일어나 떠나려 한다. 「내일 보급품과 음식, 필요한 걸 다 가지고 확인하러 다시 들르마. 찰이 호피족과의 거래에 성공해 청소년 전담국의 관심이 그쪽으로 향하면, 아이들은 곧 보호 구역을 떠나 여행을 계속할 수 있을 거야.」

우나는 레브가 그 말에 불편한 듯 어깨를 움직거리는 것을 알아챈다.

「내 생각에는 여기가 아이들에게 가장 안전한 곳이야.」 피베인은 모든 것을 담아내는 시선으로 다시 한번 온전히 집중하며 그녀에게 말한다. 「네 생각도 그렇지?」

우나는 그와 시선을 마주친다. 「아마 맞을 거예요.」

피베인은 만족스러운 표정으로 떠난다. 가게 문 위에 달린 종이 그의 등 뒤에서 딸랑거린다. 우나는 문이 잠겼는지 확인한 다음 손님들을 위층으로 안내한다.

우나의 스테이크가 타서 주방에 연기가 자욱하다. 그녀는 욕설을 뱉으며 가스레인지를 끄고 환풍기를 켠다. 프라이팬을 싱크대에 던지고 물로 적신다. 스테이크는 그녀의 식욕만큼 망가졌다.

「내 동생은 그걸 케이준 블랙 스테이크라고 해요.」 그레이스가 말한다.

작은 주거 공간에는 침실 두 개가 있다. 우나는 그레이스에게 자기 방을 내주지만 그레이스는 소파에서 자겠다고 고집을 부린다. 「굴러다닐 공간이 적을수록 잠을 잘 자거든요.」 그레이스는 눕자마자 코를 골기 시작한다. 우나는 그녀에게 담요를 덮어 주고, 남자아이들을 위한 담요를 모아 온다. 「남는 침실에는 침대 하나랑 바닥에 깔린 침낭 하나가 있어.」

「제가 침낭을 쓸게요.」 코너가 빠르게 말한다. 「레브가 침대를 쓰면 돼요.」

「불만 없어.」 레브가 말한다.

그제야 우나는 코너가 윌의 셔츠를 입고 있다는 걸 알아본다. 코너가 그 옷을 너무 아무렇지 않게 입고 있는 모습에 훨씬 더 분노가 치민다. 코너는 그 셔츠를 이루는 실 한 가닥, 한 가닥에 사과해야 마땅하다. 우나에게 사과해야 한다. 하지만 우나는 그런 말을 하지 않는다. 그녀가 하는 말은 이것이 전부다. 「셔츠가 좀, 너무 큰데?」

코너는 미안해하는 듯하지만, 충분히 미안하지는 않은 듯한 미소를 지어 보인다. 「생각해 보면 선택의 여지가 별로 없었어요.」

「그래, 생각해 보면 말이지.」 그녀가 되뇐다. 우나는 코너가 환심을 사려 들거나, 자신에게 좀 더 다가올지도 모른다고 예상했다. 우나가 생각하는 코너는 그런 아이였으니까. 코너가 그러지 않자 거의 실망스럽다. 우나는 자신이 언제부터 사람을 싫어할 이유를 찾게 된 건지 궁금하다. 하지만 답은 이미 알고 있다. 그건 윌의 기타를 장례식 모닥불에 얹어 놓고, 기타가 윌 대신 타버리는 모습을 지켜보던 그날부터 시작되었다.

우나는 두 사람에게 침구를 건네고 총을 가져와 계단 근처 벽에 기대어 둔다. 「여기 있는 한 너희는 안전해.」

「고마워, 우나.」 레브가 말한다.

「내가 좋아서 하는 거야, 동생아.」

우나가 레브를 그렇게 부르자, 코너가 히죽거린다. 상관없다. 히죽거리라지. 외부인들은 언제나 그런다.

35
레브

방에는 월의 사진이 타시네의 집보다 더 많이 걸려 있다. 모두 레브가 월을 알고 지낸 짧은 시간보다 훨씬 오래 전에 찍힌 것들이다. 사실, 이 방에는 사당 같은 불편한 기운이 감돈다.

「잃어버린 사랑 때문에 문제가 생긴 걸까?」 코너가 재미있어하며 말한다.

「월은 우나의 약혼자야.」 레브가 바로잡는다. 「둘은 평생을 알고 지냈어. 그러니까 좀 세심하게 굴어 봐.」

코너는 항복의 뜻으로 두 손을 든다. 「알았어, 알았어. 미안해.」

「우나의 마음을 사고 싶으면, 여기서 나갈 때 그 셔츠를 빨아서 놔두고 가.」

「우나의 마음을 사는 건 내 할 일 목록에서 딱히 높은 순위는 아닌데.」

레브가 어깨를 으쓱한다. 「기타 할인은 못 받겠네.」

침대에 누운 레브는 눈을 감는다. 시간이 늦었지만 잠이 오지 않는다. 주방에서 우나가 타버린 저녁 식사를 치우고 있다.

아침이 되면, 오늘 밤 그들이 본 지저분한 주거 공간은 그냥 상상이었던 척하려는지 정리하는 소리가 들린다.

코너는 침낭에서 움직거리지 않지만, 그의 생각도 잠과는 거리가 멀어 보인다.

「오늘 밤, 저녁 식사 시간에 말이야. 난 그 말을 2년 만에 처음으로 했어.」 코너가 고백한다.

레브가 그 순간을 떠올리는 데 몇 초가 걸린다. 코너에게는 훨씬 더 상처가 되었을 순간이다. 레브는 코너가 〈엄마〉의 〈엄〉 자도 다시 꺼내지 않으려 한다는 걸 알아차린다. 「엘리나도 알고 이해할 거야.」

코너는 몸을 굴려 레브를 마주 본다. 어스름한 빛을 받으며 바닥에서 레브를 쳐다본다. 「오늘 밤에 일어난 일 중에서, 나한테는 내가 식탁에서 한 말보다는 저격수의 총을 상대하는 게 더 쉽더라. 왜일까?」

「그야 넌 위기에 강하고 평범한 걸 못 하니까 그렇지.」 레브가 말한다.

그 말에 코너는 웃는다. 「〈위기에 강하고 평범한 걸 못 한다.〉 거의 내 평생을 요약하는 말이네. 안 그래?」 그는 잠시 침묵을 지키지만 레브는 더 많은 말이 나오리라는 걸 안다. 그가 무슨 말을 하려는지도 정확히 안다.

「레브, 너 혹시……」

「아니.」 레브는 그의 말을 끊는다. 「너도 그러면 안 돼. 어쨌든 지금은.」

「내가 무슨 말을 하려고 했는지도 모르잖아.」

「부모와 관련된 질문 맞지?」

코너는 잠시 뜸을 들이다가 말한다. 「넌 십일조였을 때도 짜증스러웠고, 지금도 짜증스러워.」

레브가 킥킥 웃으며 머리를 뒤로 쓸어 넘긴다. 그 동작이 습관이 되었다. 누군가 십일조 시절을 떠올리게 할 때마다 레브는 길고 제멋대로 자란 금발에서 위안을 얻는다.

「지금은 우리 부모님도 내가 살아 있다는 걸 알 거야.」 코너가 말한다. 「동생도 알 테고.」

그 말이 레브의 관심을 끈다. 「너한테 동생이 있는지는 몰랐는데.」

「걔 이름은 루커스야. 걘 트로피, 나는 징계 통지서를 받았지. 우린 늘 싸웠어. 하지만 이런 건 너도 알 텐데. 넌 버스 한 대를 채울 만큼 형제가 많잖아?」

레브는 고개를 젓는다. 「더는 아니야. 내 생각을 말하자면, 난 일인 가족이야.」

「우나는 다르게 생각할 것 같은데, 〈동생아〉.」

레브는 그 말에서 위로를 받는다는 걸 인정할 수밖에 없다. 하지만 충분하지는 않다. 그는 아직 아무에게도 말하지 않았던 한 가지를 코너에게 말하기로 한다. 그 절망적인 나날을 함께 보낸 미라콜리나에게도 하지 않았던 말이다.

「박수도가 우리 형 집을 날려 버렸을 때, 아버지가…… 1년 넘게 본 적 없던 아버지가 나랑 인연을 끊어 버렸어.」

「너무했네.」 코너가 말한다. 「유감이야.」

「그러게. 아버지는 나한테 그냥 그날 해피잭에서 자폭하는 게 나았을 거라고 했어.」

코너는 대답하지 않는다. 뭐라고 말할 수 있겠는가? 물론 코너의 부모도 그를 언와인드되도록 보내 버렸다. 하지만 레브의 아버지가 한 말은 완전히 다른 차원의 무정함이었다.

「그 일이 무엇보다도 상처가 됐지만, 난 살아남아서 성을 콜더에서 개러티로 바꿨어. 댄 목사님의 성을 딴 거야. 그분은 집이 폭발했을 때 돌아가셨고. 나도 우리 가족이랑 인연을 끊었어. 상처가 다시 찾아온다면 어떻게든 대처하겠지만, 굳이 그런 상처를 찾아다니진 않을 거야.」

코너가 레브에게서 먼 쪽으로 굴러간다. 「그래.」 그는 하품하며 말한다. 「아마 우리 둘 다 그게 최선일 거야.」

레브는 코너의 숨소리가 깊고 고르게 바뀔 때까지 기다린다. 그런 다음 거실로 나간다. 우나가 김이 나는 찻잔을 쥐고 편안한 의자에 앉아 있다. 향기로 보니 엘리나의 약초를 달인 것 같다. 우나는 그 차의 깊은 맛만큼이나 복잡한 생각에 잠겨 있는 것처럼 보인다.

「무슨 차야?」 레브가 묻는다.

처음에 우나는 레브의 목소리에 놀란다. 「아....... 엘리나는 이걸 〈테체니 히넨테에니〉라 불러. 〈밤의 회복〉이라는 뜻이야. 영혼과 뱃속을 진정시키지. 대부분은 캐모마일과 인삼 같아.」

「나 줄 것도 남아 있어?」

우나가 잔을 따라 준다. 레브는 잎이 우러나게 놔두고, 식어 가는 액체의 흐름 속에 잎들이 떠올랐다가 가라앉는 모습을 지켜본다. 우나는 레브 맞은편에 앉는다. 침묵에 만족한 듯하다. 유일하게 들려오는 소리는 방 건너편에서 나는 그레이스의 부드럽게 코 고는 소리뿐이다. 보통은 레브도 침묵과 사이가 좋지만, 둘 사이의 공기에 걸려 있는 무언가가 말을 요구한다.

「창문으로 총을 쏜 게 너라는 걸 피베인이 알까?」

우나는 레브의 말에도 전혀 놀란 기색을 보이지 않는다. 그냥 차만 천천히 홀짝인다. 「그런 비난을 하다니 모욕적이네, 동생아.」 마침내 그녀가 말한다.

「난 언제나 널 존중했어, 우나.」 레브가 말한다. 「그러니까 너도 너 자신을 존중해서 거짓말은 하지 마.」

우나가 그를 힐끗 본다. 오만 가지 생각이 그녀의 눈에서 맴도는 듯하다. 그녀는 잔을 내려놓고 말한다. 「피베인은 알아. 분명 알 거야. 그게 아니면 왜 너희를 이리 데려와서, 나한테 너희를 보호하겠다고 약속하라고 했겠어?」 그녀는 옆에 놓인 소총을 힐끗 본다. 「난 너희를 보호할 거야. 너희를 나 자신으로부터 보호해야 할지라도.」

「왜?」 레브가 묻는다. 「왜 그랬어?」

「왜냐고?」 우나는 점점 자제력을 잃으며 조롱 섞인 어조로 말한다. 「왜, 왜, 왜! 물어볼 건 언제나 그것뿐이지, 안 그래? 나도 언제나 〈왜〉라고 물어봐. 내가 듣는 답은 나뭇잎이 부스럭거리는 소리와 짝짓기하는 새들의 날카로운 짹짹 소리뿐이야.」

레브는 아무 말도 하지 않는다. 그는 우나의 눈이 젖어 있는 것을 볼 수 있다. 하지만 우나는 눈물이 고이도록 놔두지 않는다.

「내가 그렇게 한 건, 네가 가는 곳마다 끔찍한 일들이 뒤따르기 때문이야, 레브. 네가 처음 왔을 때는 장기 해적이 너를 따라와서 월을 데려갔어. 이제 너는 언와인드 역사상 그 누구보다 경찰에 심하게 쫓기는 무단이탈자를 데려왔지. 난 아까의 충격으로 타시네 가족이 정신을 차리고 네가 갈 길을 가게 할 줄 알았어. 하지만 내가 당해도 싼 일을 당한 것 같네.」

「나더러 여기 있어 달라 했잖아.」

「진심이었어. 아니기도 했고. 지금도 진심이면서 또 진심이 아니야. 오늘은 일진이 나쁜 날이었거든. 오늘은 너랑 네 친구들이 떠나길 바랐어.」

「오늘 밤은?」

「오늘 밤은 차를 마시는 중이야.」 우나는 다시 조용히 차를 홀짝인다.

레브는 그녀의 양면성을 받아들일 수 있다. 그게 상처가 된다는 건 부정할 수 없지만. 레브가 떠나기를 바람으로써 우나는 레브를 배신한 걸까? 아니면 애초에 레브가 여기 돌아온 게 그녀를 배신한 걸까? 우나가 몸을 가까이 숙인다. 레브는 자기도 모르게 몸을 젖혀 거리를 둔다.

「너는 파멸의 전조야, 동생아.」 그녀가 말한다. 「너 때문에 훨씬 더 나쁜 일이 닥치리라는 걸 난 알아. 우리가 여기에 지금 앉아 있다는 사실만큼이나 확실하게.」

36
캠

 카뮈 콩프리는 세상을 바꾸는 음악의 능력에 놀란다. 기껏해야 단순한 화음 몇 개가 우라늄보다 강력한 연료가 되어 그의 여행에 힘을 불어넣는다. 그 화음이 별자리의 별처럼 기억의 파편을 이어 준다. 선을 연결해 보면 전체 그림이 보인다.
 지금, 카뮈는 빽빽한 소나무 숲을 가로질러 나아가고 있다. 워싱턴 D. C.의 편안한 집에서 2천4백 킬로미터 떨어진 곳이다. 그는 로버타가 무슨 일을 하고 있을지 생각한다. 아마 그녀가 가장 잘하는 행동인 피해 수습을 하고 있을 것이다. 이제 캠은 무단이탈 리와인드다. 태양 아래 새로운 존재다. 그는 청소년 전담국이 수색 협조 요청을 받을지 궁금하다. 그는 도망자다. 그가 찾아다니는 도망자들과 똑같은 신세다. 그 생각은 무시무시한 동시에 힘이 된다.
 캠의 생각대로 리사가 아라파치 보호 구역에 있다면, 리사는 그에게 무어라 말할 것이고 그는 리사에게 뭐라고 대꾸할 것인지 궁금하다. 애크런의 무단이탈자와 정면으로 마주하게 된다면 캠은 과연 뭘 할까? 이런 순간을 대비하려고 아무리 노력해도, 그는 어떤 것으로도 대비할 수 없음을 안다.

어둠이 내리기 시작할 무렵, 그는 전혀 어울리지 않지만 완전히 예상되는 무언가에 맞닥뜨린다. 좌우로 끝없이 뻗어 있고 높이가 9미터에 이르는 돌벽이다.

처음에는 그 벽이 절대 넘을 수 없는 것으로 보였지만, 가까이 다가가 보니 벽을 이루는 수많은 화강암 덩어리 사이사이로 셰일 조각들이 튀어나와 있다. 벽의 장식에 불과할지도 모르지만, 단지 벽을 보기 좋게 만들려는 의도만은 아닌 것으로 보인다. 보면 볼수록 캠은 이렇게 튀어나온 돌조각에 다른 목적이 있다는 걸 확신하게 된다. 이 조각들은 메시지다. 〈더 이상 오지 마시오……. 당신의 필요가 이 벽의 높이보다 크지 않다면〉이라는 메시지.

캠은 튀어나온 돌들의 상대적인 위치를 살펴본 다음 기어오르기 시작한다. 쉬운 일은 아니다. 아라파치는 시험을 통과한 무단이탈자에게만 피난처를 제공하는 듯하다. 캠은 이 과정에서 떨어져 죽은 사람이 있는지 궁금하다.

벽 꼭대기에 이르렀을 때, 화강암에 가려졌던 태양이 너무도 강렬하게 그를 후려친다. 그 바람에 캠은 하마터면 손을 놓칠 뻔한다. 그는 태양이 이미 지평선 아래로 사라졌으리라고 생각했다. 그러나 태양은 나무 꼭대기에 걸려 있다. 캠은 누군가가 자신을 볼 수 있을지 궁금하다. 확실히 근처에는 아무도 없다. 숲은 벽 반대편까지 이어진다. 하지만 멀리, 계곡 안의 마을이 보인다. 절벽 옆면에 집이 새겨진 것처럼 보이는 협곡도 있다. 그는 이곳을 안다. 적어도 그의 작은 어떤 부분은 안다.

캠은 벽의 반대편으로 내려와 마을을 향해 나아간다.

캠이 숲에서 나온 건 어두워지고도 한참이 지나서다. 마을은 예스러운 동시에 현대적이다. 반짝이는 흰 점토와 갈색 벽돌, 콘크리트가 아니라 옻칠한 마호가니 널빤지로 된 인도. 비싸 보이는 자동차가 사방에 있지만, 말을 매기 위한 말뚝도 있다. 아라파치는 기술이 자신들을 선택하게 놔두는 대신 살아가면서 스스로 기술을 선택한다.

이곳은 작은 마을이지만, 밤 생활이 불가능할 만큼 작지는 않다. 마을 중심은 어두워진 뒤에도 분주하다. 비교적 젊은 층을 대상으로 한 식당과 가게들이 환하고 아늑하게 열려 있다. 사람으로 가득하다. 캠은 그런 가게를 피한다. 하지만 은행을 비롯해, 대낮에 여는 점포가 있는 상가로 용기를 내 들어가 본다. 물론 이 시간에는 모두 문이 닫혀 있다. 가끔 지나가는 사람이 〈안녕하세요〉 또는 〈타우스〉라고 말한다. 아마 아라파치어로 같은 뜻의 인사일 것이다. 확신할 수는 없다. 윌 타시네의 언어 중추는 받지 못했기 때문이다. 캠은 검은 트레이닝복 후드를 깊이 눌러쓴 채 얼굴을 숙여 그림자 속에 감춘다. 그 인사를 흘려보낸다.

윌 타시네는 이 거리의 기억을 가지고 있을 것이다. 하지만 캠에게는 없다. 그 대부분은 이제 다른 사람들의 뇌의 일부가 되었을 테니까. 나머지는 캠의 내면에 바람의 향기처럼 떠돌아다닌다. 빙빙 돌며 소용돌이치고, 그의 의식을 예측할 수 없는 방향으로 이끌어 간다. 하지만 캠은 그 느낌을 믿어야 함을 안다.

그런 소용돌이 중 하나가 캠을 옆길로 이끈다. 그는 방향을 틀었다는 사실조차 기억하지 못한다. 너무도 습관적으로 일어난 일이기에 생각할 필요가 없었다. 기억의 향기가 이곳에서 매우 강력하다. 캠은 그 향기가 자신을 어느 가게의 자단나무 문 앞으로 이끌어 가게 놔둔다. 불빛은 꺼져 있다. 이 가게는 작은 골목에 있는 다른 가게들처럼 닫혀 있다.

캠은 문손잡이를 돌려 보고, 문이 잠겨 있다는 것을 알게 된다. 그럴 줄 알았다. 하지만 이 문에는 그 이상의 무언가가 있다. 생각해 봤자 문의 신비는 풀리지 않지만, 캠은 손가락이 얼얼하다는 것을 알아차린다. 그는 문 바로 옆 건물의 벽돌을 건드린다. 그래, 캠의 손가락은 몸의 나머지 부분이 모르는 무언가를 알고 있다! 그는 벽돌을 따라 손을 미끄러뜨리며 거친 시멘트의 질감을, 벽돌 틈의 더 거친 질감을 느낀다. 그러다가 결국 손가락이 찾던 것을 발견한다. 벽돌 틈의 시멘트 사이에 예비용 열쇠가 꽂혀 있다. 그의 손은 알고 있었다! 캠은 그 열쇠를 보면서도 그에 대한 기억은 떠올리지 못한다.

그는 열쇠를 자물쇠에 꽂고 돌린다. 천천히 문을 연다.

그는 즉시 천장에 매달린 형상을 알아본다. 기타다. 윌이 여기에서 일했을까? 캠은 기억을 뒤져 보지만 어떤 증거도 찾지 못한다. 하지만 이곳에서 들려온 노래가 있다. 그 노래들이 머릿속에서 연주되기 시작한다. 캠은 그 노래에 목소리를 빌려 준다면 더 많은 연결이 일어날 것임을 안다.

계산대 위에 기타 하나가 놓여 있다. 음정이 잘 조율된 걸 보면 최근에 연주된 게 틀림없다. 12현 기타. 그가 가장 좋아하는 종류다. 캠은 기타 가게에서 나는 나무와 흙의 냄새를 들이마신다. 그리고 연주를 시작한다.

4부 기억의 향기

37
우나

 우나는 다시 윌을 꿈꾼다. 너무 자주 윌의 꿈을 꾼다. 때로는 윌이 자신을 가만히 놔뒀으면 좋겠다. 깨어나는 순간이 언제나 너무 고통스럽기 때문이다. 하지만 이번에는 다르다. 잠에서 깼을 때 그가 꿈속에서 연주하던 음악이 이어진다. 희미하게나마 계속 들려온다.

 처음에 우나는 녹음해 둔 윌의 연주를 거실에 켜둔 줄 알았다. 아니면 모든 서랍에서 모든 것을 끄집어내곤 하는 그레이스가 녹음본을 찾아 틀어 둔 줄 알았다. 하지만 거실에 들어서자 그레이스는 소파 위에 잠들어 있다. 코너와 레브도 남는 방에서 자고 있다. 이제 보니 음악은 아래층에서 들려오고 있다.

 문을 열자 소리가 커진다. 그녀는 계단에서 음산하게, 하지만 매우 현실적으로 메아리치는 음악 소리를 듣는다. 녹음이 아니다. 생음악이다. 오직 윌만이 연주할 수 있었던 윌의 노래다. 우나의 가슴에서 심장이 터질 듯 뛴다. 윌이 살아 있다! 윌이 살아서 집에 와 있다. 세레나데로 그녀에게 인사를 건네고 있다!

우나는 계단을 뛰어 내려간다. 가운이 뒤로 너울거린다. 그녀는 자신이 생각하는 일이 불가능함을 안다. 하지만 그 일이 현실이기를 너무도 간절히 바라기에, 내면의 모든 논리가 멈춰 버린다.

  우나는 가게로 불쑥 들어간다. 한 사람이 의자에 앉아 있다. 우나가 아침에 올 손님을 위해 준비해 두었던 기타를 연주하고 있다. 얼굴은 보이지 않지만, 자세로 보아 윌이 아니라는 걸 알 수 있다.

  「누구시죠?」 우나가 묻는다. 분노를 간신히 참고 있다. 윌이 아니야. 「내 가게에서 뭘 하는 거예요?」

  그는 연주를 멈추고, 아주 잠깐 그녀를 보더니 일어선다. 그가 돌아서기 전 우나는 그의 얼굴에서 뭔가 잘못된 점을 알아챈다. 그가 계산대에 기타를 내려놓는다. 「죄송합니다. 누가 있는지 몰랐어요.」

  「그래서 그냥 침입해도 된다고 생각했나요?」

  「잠겨 있지 않아서요.」

  거짓말이다. 레브와 다른 아이들이 며칠 전 함께 지내러 온 이후, 우나는 자물쇠를 반복해서 확인해 왔다. 그때, 기타 옆 계산대에서 그녀는 여분의 열쇠를 발견한다. 아무도 그 열쇠에 대해서는 모른다. 우나 자신도 잊고 있었다. 그렇다면 이 침입자는 어떻게 열쇠를 찾았을까?

  「방해하려던 건 아니었어요.」

  「잠깐!」

  우나는 그를 보내야 한다는 걸 안다. 이런 희망의 실오라기를 잡아당기려다가는 너무 많은 것이 풀려나올 수 있다는 걸 안다. 모든 것이 풀려나올 수 있다. 하지만 우나는 알아야만 한다. 「당신이 연주하던 그 노래…… 어디서 들은 거죠?」

「예전에 어느 아라파치 소년이 연주하는 걸 들었어요.」 그가 말한다. 「그걸 기억했고요.」

그러나 우나는 그 역시 거짓말임을 안다. 단 한 번만 듣고도 연주를 따라할 수 있는 능력을 가진 사람조차 미묘한 느낌과 열정을 포착할 수는 없다. 그건 오직 월만의 것이었다. 하지만…….

「좀 더 가까이 오세요.」

그는 망설이지만 우나가 시키는 대로 한다. 지금, 그가 빛 속으로 들어서자 우나는 그의 얼굴에서 이상한 점이 무엇인지 깨닫는다. 그의 얼굴 전체가 팬케이크처럼 두꺼운 화장으로 뒤덮여 있다. 허영심 많은 늙은 사람이 주름을 가리려 한 것 같다.

「피부병이 있어서요.」 그가 말한다.

그의 눈에는 호소력이 있다. 설득력이 있다. 「당신, 무단이탈자인가요? 그렇다면 나한테서 피난처를 구하지는 말아요. 당신을 후원해 줄 다른 사람을 찾아야 할 거예요.」

「전 친구들을 찾고 있어요.」 그가 말한다. 「그 친구들이 이 가게 얘기를 했고요.」

「친구 이름이?」

그는 잠시 침묵한 뒤에 말한다. 「이름은 말씀드릴 수 없어요. 그랬다간 친구들의 안전이 위협받을 수 있으니까요. 하지만 당신이 그 친구들을 안다면, 제가 누구 얘기를 하는 건지도 알 거예요. 그 친구들은 무단이탈자예요. 악명 높은 무단이탈자.」

그렇다면 그는 레브와 코너를 찾아온 것이다. 그레이스를 찾아왔을지도 모른다. 뭔지는 몰라도 그레이스가 뜯겨 나온 삶으로 그녀를 다시 데려가기 위해. 그의 눈에는 정직함이 있다. 하지만 이 방문객은 너무 많은 면에서 잘못된 것처럼 보인다. 그는 청소년 전담국에서 일하는 사람이거나, 더 나쁜 경우 코너와 레브를 잡아 상당한 보상금을 받으려는 현상금 사냥꾼일지도 모른다. 그러나 우나는 의심을 전하지 않기로 한다. 그의 의도를 더 정확히 파악할 때까지는.

「뭐, 친구들 이름을 말할 수 없다면 당신 이름이라도 말해요.」

「맥[27]이요.」 그가 말한다. 「제 이름은 맥이에요.」 그는 악수하려고 손을 내민다.

그의 정체가 드러나는 것은, 손에서 느껴지는 촉감 때문이다. 그 손아귀의 단단함과 질감. 감각 기억은 우나가 의식하기도 전부터 그 손을 알아본다. 손을 내려다보며 그녀는 거의 헛숨을 들이켜지만, 티 내지는 않는다. 그녀는 자기 손 안의 손을 살짝 돌려 보다가 검지의 세 번째 마디에서 작은 흉터를 발견한다. 윌이 어린 시절에 다친 곳이다. 이제 그녀에게는 시각적 증거가 있다. 그녀는 억지로 호흡을 가다듬는다. 아직은 이 의미를 이해하지 못했지만 이해하고야 말 것이다.

우나는 그의 손을 놓고 돌아선다. 자기 얼굴의 무언가 때문에 속마음을 들킬까 봐 두렵다. 「당신 친구들에 대해 말해 줄게요, 맥. 단, 조건이 하나 있어요.」 그녀가 말한다.

---

27 Mac은 Cam의 철자를 반대로 뒤집은 이름이다.

「네, 뭐든지요.」

그녀는 계산대의 기타를 집어 들어 그에게 건넨다. 「한 번만 더 나를 위해서 연주해 줘요.」

그가 미소 지으며 기타를 받아 들고 의자에 앉는다. 「얼마든지요!」

그리고 연주를 시작한다. 그 노래는 우나가 너무도 바보같이 잡아당기던 희망의 실오라기를 낚아채 쥔 채로 멀리 떠나간다. 그녀의 본질 그 자체에 이른다. 도무지 잊을 수 없는 존재처럼. 아름답다. 월의 음악이지만 다른 사람 안에 살아 있다. 그녀는 멜로디와 하모니의 긴장감이 자신을 애무하게 놔둔다. 그런 다음 그의 뒤로 다가가, 묵직한 기타로 그의 머리를 후려친다. 너무 세게 후려쳐서 기타는 망가지고, 그는 의식을 잃고 바닥에 쓰러진다.

우나는 위층에서 소리가 나지 않는지 귀 기울여 확인한다. 다른 사람을 깨워서는 안 된다. 아무도 소란을 듣지 못했다는 사실에 만족하며, 그녀는 〈맥〉을 밀가루 포대처럼 어깨에 둘러멘다. 그녀는 덩치가 작지만, 선반과 대패, 사포를 다루느라 강해졌다. 맥을 옮기는 것은 힘과 지구력의 한계를 시험하는 일이지만, 그녀는 간신히 밤거리를 가로질러 마침내 숲에 들어선다.

우나는 그 숲을 잘 안다. 월이 그 숲을 집처럼 여겼기에, 그녀도 비슷하게 느끼게 되었다. 그녀는 거의 8백 미터 가까이 숲을 가로지른다. 그녀의 앞길을 밝히는 것은 달빛뿐이다. 그러다가 그녀는 오래된 기도용 오두막에 다다른다. 한때, 현대적인 오두막이 지어지기 전에 나이가 찬 아라파치 청소년들이 전통적인 예언의 여정을 시작하던 곳이다.

오두막 안으로 들어간 우나는 그의 재킷과 셔츠를 찢어 버리고, 그걸로 그를 2미터쯤 떨어진 두 기둥 사이에 묶는다. 칼로 베어 내야만 풀 수 있을 정도로 단단히 천을 매듭짓는다. 그의 의식을 잃은 몸은 땅에 축 늘어지고, 두 팔은 애원하듯 Y 자로 벌어져 위를 향한다.

우나는 그를 밤새 그렇게 놔둔다.

새벽에 돌아왔을 때, 그녀는 전기톱을 가져온다.

38
캠

캠은 전기톱을 보자마자 오늘 하루가 좋은 하루가 되지는 않으리라는 걸 안다.

머리는 너무 여러 군데가 아파, 실제로 맞은 곳이 어디인지조차 알 수 없다. 내적 공동체의 모든 구성원이 서로에게 대항해 무기를 들고 그의 뇌를 조각조각 잘라 내는 것만 같다.

전기톱 옆에 앉아 있는 젊은 여자가 한 손으로 돌을 집어 든다.

「좋아, 깼네.」 그녀가 말한다. 「돌이 다 떨어져 가던 참인데.」

캠은 그제야 자기 주변에 돌이 널려 있다는 걸 알아챈다. 여자가 그를 깨우려고 돌을 던져 댄 것이다. 몸 곳곳에서 느껴지는 약한 통증이 그 증거다. 욱신거리는 어깨는 그의 팔이 양옆의 기둥에 묶여 있다는 증거다. 팔은 그의 옷으로 묶여 있다. 그는 어깨의 땅김을 줄이기 위해 몸을 일으켜 무릎을 꿇는다. 솔기가 뜯어져 나가지 않은 것이 놀랍다. 하긴, 로버타는 늘 솔기가 붙들고 있는 살보다는 솔기 자체가 더 강하다고 말했다.

캠은 입을 열기 전에 주위를 둘러본다. 그는 돌과 진흙으로 만들어졌거나 최소한 그렇게 보이도록 만들어진, 커다란 돔 형태의 건물 안에 있다. 아침 햇살이 돌 틈새로 새어들고 있다. 이곳은 캠이 보호 구역에서 본 어떤 곳보다 훨씬 더 원시적이다. 한가운데에는 물에 젖은 잿더미가 있다. 그 너머에 여자가 전기톱과 함께 앉아 있다. 위쪽 구멍으로 쏟아져 들어오는 빛이 그녀의 얼굴을 밝힌다. 딱 기타 가게의 소녀라는 것을 알아볼 수 있을 정도다.

캠의 마지막 기억은 그녀를 위해 연주하던 것이다. 그런데 지금은 이곳에 있다. 그사이에 무슨 일이 있었는지는 짐작만 할 수 있다.

「내 노래가 마음에 들지 않았나 보네요.」

「그건 전혀 네 노래가 아니었어.」 여자가 대답한다. 캠은 건너편에서 그녀가 뿜어내는 분노를 방사능 폭풍처럼 느낄 수 있다. 「네 꼴을 보니, 네 것이 아닌 건 노래만이 아닌 것 같네.」 여자가 일어나 전기톱을 집어 들고 잿더미를 넘어 다가온다.

캠은 일어서려고 몸부림친다. 여자가 조용한 전기톱을 그의 맨 가슴에 댄다. 캠은 자신의 살갗을 애무하는, 잠들어 있는 전기톱의 차가운 강철을 느낄 수 있다. 여자는 휘어진 톱 끝으로 그의 솔기를 훑는다.

「위로, 아래로, 사방으로…… 이 선이 어디에나 있네? 옛 주술사의 모래 그림처럼.」

여자가 그의 상체를 따라, 그다음에는 그의 목을 가로질러 전기톱을 움직이는 동안 캠은 아무 말도 하지 않는다. 「주술사의 선은 생명과 창조를 따라 그린 거야. 네 선도 그런 거야? 너도 피조물이야? 살아 있긴 해?」

질문 중의 질문이다. 「그건 당신이 스스로 판단해야 할 거예요.」

「인간이 인간을 만들었다더니, 그게 너야? 널 뭐라고 부르더라? 허위 꿈 팔이?」

「그 비슷한 거죠.」

여자는 한 걸음 물러난다. 「뭐, 네 다른 부위는 전부 간직해도 괜찮아, 꿈 팔이. 하지만 그 두 손은 제대로 된 장례를 치러야 해.」 그러더니 그녀는 전기톱을 켠다. 톱이 윙윙거리며 살아나, 매캐하고 지옥 같은 연기를 뿜어내며 귀청이 떨어질 것 같은 소음을 낸다. 캠의 솔기가 놀라 아파할 정도다.

「브레이크! 빨간불! 벽돌 벽! 그만!」

「네가 어젯밤에 왔을 때 내가 모를 줄 알았어?」

캠의 눈은 치명적인 칼날에 붙박여 있다. 하지만 그는 억지로 시선을 떼어 여자에게 집중한다. 여자의 마음에 가닿는 일에. 「난 여기로 이끌려 온 거예요. 그 사람이 나를 여기로 이끌었어요. 당신이 내 손을 가져가면 다시는 그의 연주를 듣지 못할 거예요!」

해서는 안 되는 말이었다. 여자의 얼굴은 순수한 증오심을 표현한 가면처럼 일그러진다. 「그쯤이야 이미 익숙해져 있어. 다시 익숙해질 거야.」

여자는 캠의 오른팔을 향해 톱날을 휘두른다.

캠은 각오하는 것 말고 아무것도 할 수 없다. 그는 고통이 솟구칠 것에 대비하며 내려오는 전기톱을 지켜본다. 하지만 마지막 순간, 여자가 자기 팔을 비틀어 공격을 멈춘다. 관성에 밀린 톱이 옆으로 방향을 틀면서 그의 재킷 매듭을 자른다. 그의 오른팔이 기둥에서 풀려난다.

여자는 전기톱을 방 저편으로 던져 버리며 답답한 듯 소리를 지른다. 캠은 풀려난 팔을 홱 뻗는다. 여자의 목을 쥐고 바닥에 쓰러뜨릴 생각이다. 하지만 손은 여자의 뒤로 뻗어 가, 그녀의 머리카락을 묶고 있던 끈을 잡아서 풀어 버린다.

머리끈이 바닥으로 떨어지자, 여자의 뒤통수로부터 길고 검은 머리가 출렁이며 펼쳐진다. 여자가 뒤로 물러난다. 믿을 수 없다는 듯 경악한 표정으로 그를 본다.

「왜 그런 거야?」 여자가 묻는다. 「왜 그런 거야?」

캠은 갑자기 이해한다. 「그 사람은 당신이 머리를 푸는 걸 좋아했으니까. 늘 당신 머리끈을 잡아당겼지?」 그는 갑자기 웃음을 터뜨린다. 기억에 담긴 감정이 갑자기 음속 폭음처럼 그를 후려친다.

여자가 그를 빤히 본다. 표정을 읽기 어렵다. 캠은 여자가 겁에 질려 도망갈지, 다시 전기톱을 집어 들지 알 수 없다. 대신 여자는 허리를 숙여 머리끈을 주워 든다. 거리를 유지한다.

「또 뭘 알지?」 여자가 묻는다.

「그 사람이 음악을 연주할 때의 감정을 알아. 그 사람은 누군가와 사랑에 빠져 있었어. 깊이.」

그 말에 여자의 눈에는 눈물이 고인다. 하지만 캠은 그것이 분노의 눈물임을 안다.

「넌 괴물이야.」

「알아.」

「넌 만들어지면 안 됐어.」

「내 잘못은 아니야.」

「그 사람이 날 사랑했다는 걸 안댔지. 근데 넌 내 이름이나 알아?」

캠은 여자의 이름을 찾아 기억 속을 뒤지지만, 윌 타시네의 정신 중 캠을 구성하는 부분에 언어나 이미지는 없다. 오직 음악과 손동작, 연결이 끊긴 접촉의 기억뿐이다. 그래서 그는 이름 대신 자신이 아는 것을 말해 준다.

「당신 등에는, 당신이 춤출 때마다 그 사람이 간질이던 점이 있어.」 캠이 말한다. 「그 사람은 고래 모양 귀고리를 만지작거리는 걸 좋아했어. 기타 때문에 굳은살이 박인 손가락 끝이 당신 팔꿈치 안쪽에 닿으면, 당신은 그 느낌에 몸을 떨었지.」

「그만!」 여자는 한 걸음 물러나며 말한다. 그런 다음 좀 더 조용히 말한다. 「그만해.」

「미안. 그냥 그 사람이 아직 여기에…… 이 두 손에 있다는 걸 알려 주고 싶었어.」

여자는 조용히 그의 얼굴을, 그의 두 손을 바라본다. 그런 다음 다가와 주머니칼을 꺼내고 그를 다른 기둥에 묶어 둔 셔츠를 자른다.

「증명해.」 여자가 말한다.

그래서 캠은 팔을 위로 뻗는다. 생각은 멈추고, 기타 가게 열쇠를 찾았을 때처럼 손가락 끝만을 믿는다. 그는 여자의 목덜미를 만지고, 그녀의 입술을 손가락으로 훑으며 그 감촉을 떠올린다. 여자의 뺨을 손바닥으로 감싸 쥔다. 다른 손끝으로 여자의 손목을 따라, 아래팔을 지나, 팔꿈치 안쪽에 있는 단 하나의 점으로 향한다.

그러자 여자가 몸을 떤다.

여자는 다른 손에 숨기고 있던 묵직한 돌을 들어 그의 머리 옆을 내리친다. 그는 다시 정신을 잃는다.

의식을 되찾았을 때, 캠은 또다시 기둥에 묶여 있다. 다시 한 번 혼자다.

속보

오늘 네바다주에서 일어난 조직적인 하비스트 캠프 공격으로 스물세 명이 사망하고, 수십 명이 다쳤으며, 수백 명의 언와인드가 실종되었다.

공격은 현지 시각 11시 14분, 콜드스프링스 하비스트 캠프 안팎의 모든 통신이 끊겼을 때 발생했으며, 한 시간 뒤 통신이 복구되었을 때는 상황이 종료된 뒤였다. 직원들은 손이 묶인 채 엎드려 있도록 강요당했고, 그동안 무장한 공격자들은 언와인드가 예정되어 있던 수백 명의 폭력적 청소년을 풀어 주었다.

초기 보도에 따르면, 캠프 소장이 처형의 형태로 살해당했다. 수사가 진행 중이지만, 애크런의 무단이탈자로도 알려진 코너 래시터가 이번 공격을 주도한 것으로 알려져 있다.

4부 기억의 향기

39
스타키

황새들이 숨어 지내는 버려진 광산, 폐소 공포증을 유발할 것 같은 그 제한된 공간에서 스타키는 검은 돌벽을 걷어찬다. 그는 썩어 가는 들보를, 눈에 보이는 모든 것을 걷어차며 부러뜨릴 수 있는 것을 찾는다. 그 모든 노력을 기울이고 그 많은 위험을 무릅썼는데, 그가 거둔 승리가 마지막 한 조각까지 도둑맞아 코너 래시터의 몫이 되다니!

「계속 그런 식으로 들보를 걷어차다간 빌어먹을 광산 전체가 무너지겠어.」 뱀이 소리 지른다. 다른 모두는 영리하게도 광산 깊숙한 곳에 머물며 스타키와 거리를 유지하지만, 뱀은 언제나 스타키의 일에 간섭할 수밖에 없는 모양이다.

「그럼 무너지라고 해!」

「그럼 우리 모두가 파묻히겠지. 네 명분에 참 도움이 되겠다, 안 그래? 네가 구하고 싶다는 그 모든 황새가 생매장당하면 말이야. 진짜 똑똑하다, 스타키.」

스타키는 심술을 부리며 지지대를 한 번 더 걷어찬다. 들보가 흔들리고 먼지가 둘의 머리 위로 비처럼 쏟아진다. 그 정도면 스타키를 멈추기에 충분하다.

「너도 들었잖아!」 스타키가 소리친다. 「전부 다 애크런의 무단이탈자에 관한 이야기뿐이야.」 뉴스에 나오는 것은 스타키의 얼굴이어야 한다. 전문가들이 프로파일링할 사람은 스타키여야 한다. 놈들은 스타키 가족의 집 앞에 진을 치고, 그의 가족이 스타키와 연을 끊고 그를 언와인드하기 전에 그의 사생활이 어땠는지 들여다보고 있어야 한다. 「재주는 내가 다 부렸는데, 공은 그놈이 다 챙겼어.」

「넌 그걸 공이라고 부르지만, 바깥세상에서는 그걸 비난이라고 해. 그런 피바다를 일으켰으면, 사람들이 다른 데를 보는 걸 다행스럽게 여겨야지!」

스타키는 뱀을 돌아본다. 뱀을 꽉 잡고 흔들어 정신을 차리게 하고 싶다. 그러나 뱀은 스타키보다 키도 크고 덩치도 좋다. 무엇보다 뱀은 맞서 싸우는 성격이다. 뱀이 그를 바닥에 깔아 뭉개기라도 하면 다른 애들이 어떻게 보겠는가? 그래서 스타키는 대신 말로 뱀을 두들겨 팬다.

「감히 놈들의 수작을 받아들이겠다는 거야? 그보다는 머리가 좋을 줄 알았는데. 우리가 한 일은 해방이었어! 우리는 거의 4백 명의 언와인드를 풀어 주고, 백 명 넘는 황새를 우리 인원으로 추가했어.」

「그 과정에서 20명 넘는 애들이 죽었지. 게다가 우리는 아직도 몇 명이나 진정탄에 맞아 버려졌는지 모르잖아.」

「어쩔 수 없었어!」

스타키는 천장이 낮은 터널 저 먼 곳을 본다. 어둑하게 걸린 백열등 아래에 모여서 엿듣는 아이들의 모습이 비친다. 스타키는 그 아이들에게도 소리를 지르고 싶지만, 이제는 그 충동을 자제할 만큼의 통제력을 되찾았다. 그는 뱀만 들을 수 있도록 목소리를 낮춘다.

「우리는 전쟁 중이야.」그가 뱀에게 일깨운다.「전쟁에는 언제나 사상자가 있어.」그는 뱀의 시선을 돌리게 하려고 눈에 힘을 주지만 뱀은 눈을 피하지 않는다. 그렇다고 말대꾸를 하지도 않는다. 스타키는 손을 뻗어, 위로하듯 그녀의 어깨에 얹는다. 뱀은 그 손을 뿌리치지 않는다.

「기억해야 할 건, 뱀, 우리 작전이 통했다는 거야.」

그제야 뱀은 시선을 돌린다. 묵인하겠다는 신호다.「그 계곡은 상당히 고립돼 있었어.」뱀이 말한다.「정문으로 달려 나간 아이들이 돌파하기에는 너무 먼 길이었다고. 최근 소식을 들었는지 모르겠지만, 그중 거의 절반이 이미 잡혔어.」

스타키는 뱀의 어깨에서 뺨으로 손을 옮기며 미소 짓는다.「그 말은, 절반은 도망쳤다는 뜻이야. 유리잔이 절반이나 차 있어, 뱀. 우리가 모두에게 기억하도록 해야 할 것도 그거야. 넌 내 부사령관이야. 난 네가 부정적인 면이 아니라 긍정적인 면에 초점을 맞추기를 바라. 그렇게 해줄 수 있어?」

뱀은 망설인다. 이어 스타키의 부드러운 손길에 그녀의 어깨가 축 처진다. 그녀는 마지못해 고개를 끄덕인다. 스타키가 확신하고 있었듯이.

「좋아. 내가 좋아하는 네 모습이 바로 이런 거야, 뱀. 넌 마땅히 내게 해야 할 일을 일깨워 주면서도, 결국에는 언제나 이성의 소리를 들어.」

뱀은 돌아서서 떠나려 한다. 그 전에 스타키에게 한 가지 질문을 던진다. 「넌 이 일이 어떻게 끝날 것 같아, 스타키?」

스타키는 전보다 더 활짝 미소 짓는다. 「난 끝이 보이지 않아. 그게 훌륭한 점이지!」

40
뱀

뱀은 광산의 터널과 방을 지나며 머릿속에 스냅숏을 찍는다.
친구의 죽음을 애도하며 눈물을 흘리는 아이.
새로 도착해 겁에 질린 채, 나이 많은 황새에게 다독임을 받는 아이.
치실을 이용해 다리의 부상을 꿰매려 애쓰는, 절망적인 열네 살짜리 의무병.
뱀은 그들에게서 희망과 절망의 장면을 보며, 어느 쪽을 더 믿어야 할지 판단하지 못한다.
그녀는 자기가 배급받은 음식을 다른 아이와 나누는 아이를 지나친다. 그 옆에서는 어린 여자애가 자기보다 더 어린 여자애에게 콜드스프링스에서 압수한 자동 소총 사용법을 알려 주고 있다.
하비스트 캠프 소장을 쏘도록 강요당한 소년도 있다. 그는 혼자 앉아 멍하니 앞을 보고 있다. 뱀은 그를 위로하고 싶지만, 누군가를 위로하는 성격이 아니다.
「스타키는 너희 모두가 자랑스럽다고 했어. 오늘 승리에 만족한대.」 뱀이 말한다. 「우리는 적들을 전쟁터로 끌어들였고 역사를 만들었어!」

뱀은 아이들의 분위기를 달구면서도 자제한다. 스타키가 호령할 순간을 훔쳐서는 안 된다는 걸 알기 때문이다. 그녀는 황새들의 구세주를 위해 예비하는 세례자 뱀이다.

「스타키가 저녁 식사 전에 모두를 소집할 거야. 너희한테 해줄 얘기가 아주 많대.」 물론, 실제로 중요한 건 스타키가 그들에게 무슨 말을 하느냐가 아니다. 요점은 아이들을 모아 긍정적인 면에 집중하게 하는 것이다. 스타키가 뱀에게 했던 것처럼 말이다. 스타키는 죽은 아이들에게 부드러운 말을 해주겠지만, 미련은 두지 않을 것이다. 그 죽음을 미화할 것이다. 청중의 관심을 다른 데로 돌릴 것이다. 스타키는 그런 일을 매우 잘한다. 그들이 지금까지 올 수 있었던 이유도 그 때문이다. 뱀은 메이슨 스타키가 주변 세상에 마법을 일으키는 그 모습이 경이롭다. 스타키는 지금까지 한 달 넘게 그들 무리를 사실상 보이지 않게 만들었다. 아무도 추적할 수 없는 돈으로 그들에게 옷을 입히고 먹을 것을 주었다. 그래, 뱀은 스타키가 경이롭다. 그리고 매일 그가 조금씩 더 두려워진다. 뱀은 그게 정상적인 반응이라고 생각한다. 좋은 지도자는 힘을 휘두르는 방식에서 약간은 두렵게 보여야 한다.

스타키를 위해 군중을 준비시킨 뒤, 뱀은 돌아서서 익숙한 옆 통로로 접어든다. 하지만 벌써 몇 번이나 머리를 부딪혔던 튀어나온 돌 조각에 또다시 부딪힌다. 이런 터널이 너무 많다. 뱀은 그 빌어먹을 돌에 부딪힐 때마다 자신의 위치를 정확히 알게 된다. 벽이 멀어지기 시작하며 더 넓게 트인 공간이 나타난다. 가장자리에 늘어선 조명이 그 공간의 한가운데를 이상하리만치 어둡게 만든다. 마치 블랙홀이 있는 것 같다.

이곳은 창고다. 식량과 보급품을 보관하는 곳이다. 헤이든이 현재 배치된 곳이기도 하다. 헤이든을 보호하는 동시에, 허튼수작을 하지 못하도록 감시하는 무장 경비병 한 명이 늘 함께 있다.

「도주할 위험이 있지만, 헤이든이 죄수처럼 보이게 해서는 안 돼.」 스타키는 그렇게 말했었다. 「우린 청소년 전담국이 아니야.」

물론, 헤이든은 죄수가 맞다. 하지만 절대 죄수처럼 보이게 해서는 안 된다.

헤이든에게 식량 배급 업무를 맡기자는 건 뱀의 제안이었다. 첫째로, 헤이든이 묘지에 처음 도착했을 때 한 일이 식량 배급이었던 만큼 관련 업무 경험이 있으리라는 이유에서였다. 두 번째 이유는, 그 일을 해오던 아이가 오늘 살해당했기 때문이다.

헤이든은 통조림 재고를 파악하며 경비병과 심하게 수다를 떨고 있다. 비행기 사고와 그 이후에 일어난 모든 일에 관해서, 세븐일레븐 습격부터 버려진 팜스프링스 호텔, 캠프 붉은 왜가리, 해오라기 아카데미까지 이어지는 모든 것에 관한 정보를 수집하는 중이다. 뱀은 스팸이나 옥수수 통조림과 관련 없는 이야기라면 절대 하지 말라고 경비병에게 지시할 생각이다.

경비병은 화장실에 다녀와도 되겠느냐고 묻는다. 광산의 이 지점에서는 그게 상당한 거사이기 때문에 뱀은 그를 보내 준다. 「네가 돌아올 때까지 헤이든은 내가 감시할게.」 경비병은 자신의 우지 기관 단총을 내밀지만 뱀은 거절한다.

헤이든은 노트를 들고, 식량 관련 메모를 휘갈겨 쓰고 있다.

「너희는 칠리가 너무 많아.」 헤이든은 갤런 크기의 캔을 가리키며 말한다. 「칠리를 칠리가 아닌 다른 무언가로 위장할 수 있는 것도 아니고.」

뱀이 팔짱을 낀다. 「네가 벌써 불평하고 있을 줄 알았다. 잊었나 본데, 우린 널 풀어 줬어. 고마워해야지.」

「고마워. 사실, 황홀할 지경이야. 하지만 하비스트 캠프에서의 감금으로 뇌가 좀 손상됐나 봐. 갑자기 나 자신보다 큰 관심사를 앞세우게 됐거든.」

「칠리가 너무 많다든지?」

헤이든은 대답하지 않는다. 그냥 방을 돌아다니며 재고 파악을 계속한다. 뱀은 경비병이 언제 돌아올지 궁금해하며 시선을 힐끗 돌린다. 뱀이 이곳에 온 이유는 헤이든을 감시하는 것을 자신의 일로 여기기 때문이다. 그녀는 헤이든을 좋아하지 않는다. 한 번도 좋아해 본 적이 없다. 헤이든은 사람의 머릿속에 들어가되 오직 혼자 즐기기 위해서만 들어가는, 그런 인간이다.

헤이든은 재고 파악용 노트에서 고개를 들어 뱀과 시선을 마주친다. 그는 시선을 오래 두지는 않는다. 힐끗 보는 것보다는 길지만, 응시한다기에는 짧은 시선이다. 그런 다음 그의 시선은 노트로 돌아간다. 정말 그런 건 아니지만.

「그놈이 너희 모두를 죽게 하리라는 거, 알지?」

뱀은 방심하고 있다가 허를 찔린다. 헤이든의 말 때문이 아니라, 그 말에 화가 난다는 사실 때문이다. 그녀는 분노로 두

뺨이 붉어지는 것을 느낀다. 헤이든이 그녀의 머릿속에 생각을 심게 두어서는 안 된다. 이미 그녀의 머릿속에 있는 생각이라면 더더욱.

「스타키에 대해서 한마디만 더 하면, 네가 다음으로 듣게 될 소리는 네 머리가 광산 갱도 바닥에서 달걀처럼 깨지는 소리일 거야.」

헤이든은 히죽 웃을 뿐이다. 「똑똑하네, 뱀. 네가 똑똑한 편이라고 생각해 본 적은 없는데!」

뱀은 그 말을 칭찬으로 들어야 할지, 욕으로 들어야 할지 몰라 눈을 사납게 뜬다. 「입 다물고 시키는 일이나 해. 죄수 취급을 받고 싶지 않다면.」

「거래를 하나 제안할게.」 헤이든이 말한다. 「다른 사람한테는 한마디도 안 하겠지만, 내 생각을 너한테는 말하게 해줘. 괜찮지 않아?」

「절대 안 괜찮아! 그런 시도를 했다간, 네 형편없는 혀를 뜯어서 가장 높은 값을 쳐 주겠다는 놈한테 팔 거야.」

그 말에 헤이든은 웃음을 터뜨린다. 「뱀에게 1점! 너, 진짜 심란한 장면을 상상하는 솜씨가 뛰어나구나. 언젠가 네 밑에서 배워야 할지도 모르겠어.」

뱀은 헤이든을 밀친다. 헤이든이 넘어질 정도는 아니지만, 뒤로 밀려나며 균형을 잃을 만큼은 힘을 준다. 「대체 왜 내가 네 입에서 나오는 말을 듣고 싶어 할 거라고 생각하는 거지? 네가 스타키보다 잘 안다고 생각하는 이유는 뭐고? 스타키는 놀라운 일들을 해내고 있어! 우리가 오늘 애들을 몇 명이나 구했는지 알아?」

헤이든은 한숨을 쉬더니 세고 있던 통조림 더미를 본다. 통조림 하나하나가 구출한 아이인 것처럼. 「난 스타키가 구한 아이들의 숫자를 시기하지 않아.」 그가 말한다. 「하지만 그게 장기적으로 무슨 의미일지는 궁금해서.」

「그 애들 모두가 언와인드되지 않을 거라는 의미야.」

「그럴 수도 있는데…… 잡히면 더 빨리 언와인드될 거라는 의미일지도 모르지. 언와인드를 기다리고 있는 다른 아이들과 함께.」

「스타키는 선구자야!」 뱀이 소리친다. 목소리가 너무 커서 주변 벽에 메아리친다. 그녀는 누가 듣고 있을지 궁금하다. 이런 터널에서는 언제나 누군가 듣고 있다. 뱀은 억지로 목소리를 낮춘다. 그래 봤자 화가 나서 식식거리는 소리는 나오지만. 「스타키한테 중요한 건 하비스트 캠프를 무너뜨리는 것만이 아니야. 황새를 위한 입장을 세우는 것이기도 해.」 뱀은 그렇게 말하며 천천히 헤이든 쪽으로 걸어간다. 헤이든은 둘 사이에 적당한 거리를 유지하려고 뒤로 물러난다. 「스타키가 황새 혁명에 불을 붙이고 있다는 걸 모르겠어? 아무 희망이 없다고 생각했던 황새들, 자기들이 이등 시민이라고 확신했던 황새들이 일어나서 공평한 대우를 요구하게 될 거야.」

「테러로 그런 일을 해낸다고?」

「이건 게릴라전이야!」

이제 뱀은 헤이든을 벽까지 몰아붙였다. 그런데도 헤이든은 편해 보인다. 오히려 뱀이 구석에 몰렸다고 느낀다.

「모든 무법자는 결국 무너지게 돼 있어, 뱀.」

뱀은 고개를 젓는다. 그 생각을 억지로 누른다. 「전쟁에서 이기면 아니지.」

헤이든은 뱀에게서 멀어져 방의 건너편으로 가더니 칠리 통조림 더미에 앉는다. 「이 칠리만큼 뱃속이 불편하지만, 적어도 네가 맞을지 모른다는 가능성은 생각해 볼게.」 그가 말한다. 「역사에 권력을 향해 아득바득 기어 올라가 자기 사람들을 성공적으로 이끄는 데 성공한, 자만심에 찬 미친놈들이 넘쳐 나는 건 사실이야. 지금 당장 생각나는 사람은 없지만, 분명 떠오를 거야.」

「알렉산더 대왕.」 뱀이 말한다. 「나폴레옹 보나파르트.」

헤이든은 고개를 살짝 기울이며 눈을 가늘게 뜬다. 상상해 보려는 것 같다. 「그러니까 메이슨 스타키를 보면 알렉산더나 나폴레옹의 자질이 보인다는 거야? 키가 작다는 것 말고도?」

뱀은 턱에 힘을 주며 말한다. 「그래.」

헤이든 특유의 미꾸라지 같은, 히죽거리는 웃음이 다시 나타난다. 「저기, 미안한데 그 배역을 원한다면 그보다는 연기를 훨씬 잘해야겠어.」

뱀은 헤이든의 완벽하게 교정된 치아를 몇 개 뽑아 버리고 싶지만, 지금 분노에 지배당하지는 않을 것이다. 스타키가 오늘 분노를 다스리는 걸 보았으니까. 「얘기는 끝이야.」 뱀은 경비병이 돌아올 때까지 기다리지 않기로 한다.

헤이든의 히죽거리는 웃음이 활짝 벌어지며 무시하는 듯한 미소로 바뀐다. 그게 더 화가 난다. 어쩌면 결국은 헤이든을 쳐야 할지도 모른다. 「하지만 가장 좋은 부분은 아직 듣지 못했을 텐데.」 헤이든이 말한다.

뱀은 지금 그냥 떠나야 한다. 헤이든의 또 다른 농담거리가 되기 전에. 하지만 그럴 수가 없다. 「그게 뭔데?」

헤이든은 일어서서 뱀에게 한가로이 다가온다. 치아를 잃을 위험을 무릅쓰지 않고서 할 수 있는 말을 하겠다는 뜻일지도 모른다. 「난 너랑 스타키가 하비스트 캠프 해방을 계속하리라는 걸 알아. 상황이 좋아지든, 나빠지든.」 그가 말한다. 「그렇다면, 난 너희 황새들을 더 많이 살릴 수 있도록 도움을 주고 싶어. 기억해, 나는 묘지에서 기술 책임자였어. 도움이 될 만한 걸 몇 가지 알아.」

이제는 뱀이 히죽거릴 차례다. 그녀는 헤이든을 너무 잘 안다.

「대가로 바라는 게 뭔데?」

「방금 말했잖아. 내가 원하는 건 네 귀뿐이야. 언와인드해서 달라는 건 아니고.」 그러더니 헤이든은 조용해진다. 진지해진다. 뱀은 진지한 헤이든을 한 번도 본 적이 없다. 이건 새로운 모습이다. 「난 네가 내 말에 귀 기울이겠다고 약속하기를 바라. 정말로 귀 기울이겠다고. 내가 할 말이 있다고 하면 말이야. 내가 하는 말을 좋아할 필요는 없어. 그냥 듣기만 해.」

뱀은 5분 전 같은 제안을 거절했지만, 이번에는 고개를 끄덕인다. 악마와 거래하는 기분이 들기는 하지만.

41
코너

어떤 식으로든 다른 상황에서 카뮈 콩프리와 얼굴을 마주했다면, 코너는 온 영혼을 다해 이 리와인드를 증오했을 것이다. 코너에게는 확실히 그를 경멸할 이유가 있다. 일단, 캠은 능동적 시민의 귀염둥이다. 언와인드를 문명의 자연스럽고 정당한 결과라고 홍보하는 모든 사람의 빛나는 스타다. 둘째로, 더 중요한 결정적인 점은 리사와 캠의 관계다. 둘이 같이 있는 모습을 상상만 해도, 리사가 협박을 당해 캠과 함께 있었다 해도 주먹이 너무 꽉 쥐어져 손톱이 손바닥을 파고든다. 코너의 질투와 롤런드의 분노가 모두 그 강력한 손으로 밀려드는 것이다. 아니, 어떤 상황에서도 코너와 캠이 철천지원수 이외의 관계가 될 가능성은 없다.

하지만 첫 만남이 예상하지도, 원하지도 않았던 상황에서 이루어지고, 코너는 잠시 멈춰 생각하게 된다.

그 시작은 우나였다.

그날은 코너와 레브, 그레이스가 우나의 작은 주거 공간에 숨어든 지 8일째 되는 날이다. 코너가 네바다주의 하비스트 캠프를 공격했다는 발표가 나간 이후, 찰이 전한 소식에 따르면 호피족은 코너에게 가짜 망명을 제공하는 데 별다른 열의를 보이지 않고 있다. 다음 날 뉴스에서는 이런 혐의를 철회하지만, 찰은 여전히 거래를 성사시키는 데 어려움을 겪고 있다. 그 말은, 그들이 도대체 얼마나 이어질지 모르는 기간 동안 이곳에 잡혀 있으리라는 뜻이다.

타시네 가족의 집에 있을 때 오두막 병에 걸릴 것 같았다면, 우나의 집에 처박혀 있는 것은 다시 화물칸 컨테이너에 갇힌 기분이다. 늘 혼자 노는 방법을 찾아내던 그레이스조차 〈아직 도착 안 했어?〉라고 묻는 아이처럼 끈질기게 밖에 나가서 뭔가 하자고 조른다.

「산책만 할게. 쇼핑도 좀 할지 모르고. 제에에발.」

레브만이 이 모든 일에 동요하지 않는 것처럼 보인다. 코너는 그게 화가 난다.

「넌 어떻게 그냥 하루 종일 앉아서 아무것도 안 할 수가 있어?」

「난 아무것도 안 하는 게 아니야.」 레브는 낡은 가죽 장정의 두꺼운 책에 풀로 붙여 놓은 것처럼 코를 박고 있다. 그 책을 들어 보이며 대답한다. 「난 아라파치어를 배우고 있어. 아주 아름다운 언어야.」

「레브, 때로는 널 그냥 후려치고 싶어.」

「이미 차로 한번 쳤잖아.」 그레이스가 다른 방에서 끼어든다. 코너는 끙 소리를 낸다. 아무 효과도 없지만, 최소한 기분은 약간 나아진다. 피베인이라면 코너가 동물 영혼과 연결되어 있다고 말할 것이다.

4부 기억의 향기 **389**

「내가 1년 동안 가택 연금 상태였다는 걸 잊었구나.」 레브가 지적한다. 「나는 반쯤 감금된 생활을 하는 데 익숙해.」

우나는 대부분의 시간을 가게에 내려가, 손님을 돌보거나 작업장에서 새로운 악기를 만든다. 드릴이 윙윙대는 소리, 그리고 망치와 정의 가볍게 두드리는 소리가 익숙해졌다. 무슨 일이 벌어지고 있는지 궁금해진 건 그런 소리가 멈췄을 때다.

이틀 전, 그리고 어제도 코너는 우나가 가게 문을 잠그는 소리를 듣고 블라인드를 젖혀 그녀가 나가는 모습을 내다보았다. 보통 때였으면 별생각 안 했을 텐데, 우나는 한 손에 기타를, 다른 손에는 가죽 소총 케이스를 들고 있었다. 그녀가 기타와 소총을 둘 다 들고 갈 만한 곳을 상상하니 딱히 기분이 좋지는 않았다.

「우나한테는 문제가 있어.」 이 상황에 대해 레브가 한 말은 그게 전부였다.

하지만 코너는 그 이상의 무언가가 있다고 의심한다.

그날 늦은 오후, 우나가 다시 나간다. 코너는 그냥 우나를 놔두라는 레브의 경고에도 그녀를 따라가기로 결심한다. 「우나가 우리를 여기 숨어 있게 해준 걸 고맙게 여겨야지. 그걸 사생활에 간섭하는 식으로 갚지는 마.」

하지만 우나를 미행하려면 반박할 시간이 없다. 코너는 레브를 밀치고 가게로 내려간 뒤 거리로 나선다. 우나가 모퉁이를 도는 모습이 보인다. 거리에는 사람들이 있지만, 코너는 우나의 옷장에서 찾아낸 아라파치의 모직 모자를 쓰고 있기에 아무도 그에게 별다른 관심을 보이지 않는다. 게다가 우나는 붐비는 곳을 찾지 않는다. 소총은 케이스에 들어 있지만 그게 무엇인지는 꽤 뻔하게 보인다. 어디에 가는지는 몰라도, 우나는 아마 질문을 받고 싶지 않을 것이다. 코너는 우나가 조용한 골목만을 골라 다니는 이유가 그 때문이라 추측한다.

마을 외곽에서, 우나는 거리에 자동차도, 보행자도 없을 때까지 기다린다. 그런 다음 경계선을 건너가 숲속으로 이어지는 좁은 오솔길에 접어든다. 코너는 우나가 한참 앞서게 하고 뒤를 따른다.

나무가 빽빽해 우나의 모습이 보이지는 않지만, 이른 아침에 비가 내려 땅이 무르기에 그녀의 발자국을 따라갈 수 있다. 발자국이 여러 개씩 겹쳐 있다. 지난 며칠간 그녀는 이 길을 여러 차례 오간 듯하다. 8백 미터쯤 들어가자 코너는 어느 건물에 이른다. 그것을 건물이라고 부를 수 있다면 말이지만. 그건 이상하게 생긴, 이글루 형태의 구조물이다. 진흙과 돌로 만들어져 있다. 그 안에서 두 사람의 목소리가 들린다. 하나는 우나이고, 다른 하나는 남자 목소리다. 하지만 코너가 지금까지 보호 구역에서 만나 본 사람 같지는 않다.

코너가 가장 먼저 한 생각은, 우나가 이곳에서 비밀리에 연인을 만나고 있으니 둘을 가만히 내버려둬야 한다는 것이다. 하지만 안에서 들려오는 말싸움은 연인의 말다툼처럼 들리지 않는다.

「아니, 안 해!」 남자 목소리가 소리친다. 「지금도, 앞으로도 다시는!」

「그럼 널 여기에 죽도록 내버려둘 거야.」 우나가 말한다.

「그게 이것보단 낫지!」

문은 하나뿐이지만 돔의 꼭대기는 제대로 수리되지 않아 구멍이 잔뜩 뚫려 있다. 코너는 돌과 진흙으로 이루어진 구조물의 휘어진 외벽을 조심스레, 조용히 기어오른 끝에 돌이 빠져 있는 틈새를 들여다본다.

코너가 처음으로 받은 인상은, 우나가 만든 악기처럼 강한 울림으로 그의 마음을 울린다. 코너는 자신과 비슷한 나이에, 다양한 색깔과 여러 질감으로 이루어진 이상한 머리카락을 가진 젊은 남자를 본다. 그는 기둥에 묶인 채 풀려나려 몸부림치고 있다. 이곳의 냄새나 그의 모습으로 볼 때, 그는 오랜 시간 동안 이토록 무력하고도 절망적인 상황에 처해 있었던 것 같다. 옷이 아닌 다른 곳에 용변을 볼 자유조차 없이.

코너는 직감적으로 자신을 남자와 동일시한다. 저 포로는 나야. 아젠트의 지하실에 붙잡혀 있던 나. 절망적으로 도망치려 애쓰던 나. 희망에 매달리려 몸부림치던 나. 공감이 너무도 강해 저 안에서 벌어지고 있는 모든 일에 맛을 입힌다.

우나는 아젠트가 아니라는 걸, 코너는 잊지 말아야만 한다. 무엇인지는 몰라도, 우나의 동기는 아젠트와 다를 게 틀림없다. 하지만 왜 이런 짓을 하고 있는 걸까? 코너는 우나가 단서를 주기를 바라며 기다리고 지켜본다.

「날 놓아주든지 죽여야 할 거야.」 포로가 말한다. 「둘 중 하나를 해. 제발 좀 끝내라고!」

그 말에 우나는 단 하나의 단순한 질문으로 답한다. 「내 이름이 뭐야?」

「말했잖아, 모른다고! 어제도 몰랐고, 오늘도 몰라. 내일도 모를 거고!」

「그럼 오늘은 음악이 생각나게 해줄지도 모르지.」

그러더니 우나는 포로의 끈을 푼다. 포로는 도망치려는 시도조차 하지 않는다. 그래 봤자 소용이 없다는 걸 아는 게 틀림없다. 대신 그는 흐느낀다. 그의 두 팔이 축 늘어진다. 그 축 늘어진 팔에 우나는 가져온 기타를 안긴다.

「연주해.」 우나는 이제 부드럽게 말하며 그의 두 손을 쓰다듬는다. 그리고 기타 위에 올려놓는다. 「악기에 생명을 줘. 그게 네가 하는 일이야. 네가 늘 해온 일이고.」

「그건 내가 아니었어.」 그가 애원한다.

우나는 그에게서 떨어져, 그를 마주 보고 앉는다. 케이스에서 소총을 꺼내 무릎에 내려놓는다. 「하라고.」

포로는 마지못해 연주를 시작한다. 슬픈 선율이 공간을 채우며 메아리친다. 건물 전체가 기타의 음향실이 된다. 코너는 음악이 가슴 깊숙이 메아리치는 것을 느낀다.

음악은 아름답다. 우나의 포로는 정말이지 기타의 달인이다. 그는 더 이상 흐느끼지 않는다. 대신 흐느끼는 사람은 우나다. 그녀는 엄청난 고통을 느끼는 듯 배를 끌어안는다. 그녀의 흐느낌은 음악과 겹쳐, 엄청난 애도의 구호처럼 울리는 울부짖음으로 자라난다.

그때 코너가 자세를 바꾼다. 구슬 크기의 자갈이 구멍 가장자리에서 떨어져 안쪽 바닥에 부딪힌다.

순식간에 우나는 벌떡 일어나 소총을 든다. 돌 사이의 틈새로 코너를 겨눈다.

코너는 반사적으로 물러나지만 균형을 잃고 뒤로 떨어져, 건물의 바깥쪽 껍데기를 따라 구른다. 거친 돌에 여기저기 부딪혀 멍이 든다. 그는 등으로 내려앉는다. 숨을 쉬기가 어렵다.

간신히 일어서려 할 때, 우나가 그의 코앞 몇 센티미터 거리에 총구를 대고 있다.

「움직이지 마!」

코너는 얼어붙는다. 움직이는 순간, 우나가 정말로 자신을 날려 버릴지도 모른다고 반쯤 확신한다. 그때 우나의 포로가 기회를 노려 숲속으로 도망친다.

「히이코!」 우나가 아라파치어로 욕설을 내뱉더니 그를 쫓는다. 코너는 일어서서, 이 정신 나간 드라마가 어떻게 끝날지 보기 위해 뒤쫓는다.

우나는 도망치는 포로와 가까워지자, 총을 떨어뜨리고 그에게 몸을 던진다. 그의 등에 부딪혀 그를 쓰러뜨린다. 둘은 몸싸움을 벌이며 땅바닥을 뒹군다. 그녀의 긴 머리카락이 두 사람을 덮는 검은 수의처럼 펼쳐진다. 코너는 그 순간 자신이 분명한 이점을 가진 사람이 되었음을 깨닫는다. 그가 우나의 총을 집어 들고 둘 모두를 겨눈다.

「일어나! 둘 다! 당장!」

그들이 자신의 말을 듣지 않자 코너는 허공에 총을 쏜다.

그 소리가 둘의 관심을 끈다. 두 사람은 몸싸움을 멈추고 일어선다. 그제야 코너는 녀석의 얼굴이 뭔가 이상하다는 걸 알아챈다.

「대체 이게 다 무슨 일이에요?」 코너가 묻는다.

「네가 알 바 아니야!」 우나가 쏘아붙인다. 「내 총 돌려줘!」

「총알 하나 박아 줄까요?」 코너는 우나에게 계속 총을 겨누되, 시선은 포로에게로 옮긴다. 기이한 조각보 같은 그의 얼굴은, 다양한 색조와 질감으로 이루어진 머리카락까지 이어지는 폭발하는 별무늬의 피부색은 부자연스러우면서도 낯이 익다.

문득 코너는 그가 누구인지 알아차린다. 코너는 언론에서 그를 볼 만큼 보았다. 악몽에서도 그를 상상할 만큼 상상했다. 이자가 그 가증스러운 리와인드다! 상대도 그를 알아본 듯하다. 리와인드의 훔친 눈에도 코너를 알아본 기색이 떠오른다.

「너구나! 네가 애크런의 무단이탈자야!」 그가 말한다. 「리사는 어디에 있어? 여기 있는 거야? 날 리사한테 데려다줘!」

이 순간 코너가 확실히 아는 유일한 사실은 자신에게 날아드는 정보가 너무 많아 처리할 수 없다는 것이다. 그 모든 것을 지금 당장 머릿속에서 해결하려 든다면, 중대한 실수를 하게 될 것이다. 셋 중 하나가 이 총을 손에 넣을 것이고, 다른 누군가는 죽게 될 것이다. 어쩌면 죽는 건 코너일 수도 있다.

「이렇게 하자.」 코너는 목소리를 억지로 가라앉히며 총은 든 채로 말한다. 「우리 모두 저 이글루 같은 데로 돌아가는 거야.」

「기도 오두막이야.」 우나가 짓씹어 뱉는다.

「그래요, 뭐든. 저기로 돌아간 다음에 궁둥이를 깔고 앉아서, 내가 만족할 때까지 기도로든 뭐든 이 상황을 전부 해결하는 거예요. 알겠어요?」

우나는 그를 노려보더니 쿵쾅거리며 기도 오두막으로 돌아간다. 리와인드는 빠르게 움직이지 않는다. 코너가 그에게 총을 겨눈다. 「움직여.」 그가 말한다. 「아니면 너를 네 원재료인 돼지고기와 콩으로 되돌려 놓을 테니까.」

리와인드는 훔친 눈으로 코너를 깔보듯 노려보더니 기도 오두막으로 돌아간다.

코너는 그의 이름을 알지만, 그를 이름으로 부르는 건 마음에 들지 않는다. 이름을 부르는 행위에는 인간성이 내재돼 있기 때문이다. 그보다는 놈을 그냥 〈리와인드〉라 부르는 편이 훨씬 낫다. 세 사람은 기도 오두막 안에 앉는다. 둘 다 코너에게 무슨 말을 해야 할지 주저하는 듯하다. 둘이 추고 있던 이 어둠의 춤에 끼어든 코너한테 화가 난 건 분명하다.

「이놈이 윌의 손을 가지고 있죠?」 코너는 그걸 이미 알아냈기에 재촉한다. 「거기서 시작해요.」

  우나는 윌이 납치되었을 당시 상황을, 최소한 레브와 피베인에게 들은 이야기를 자세히 설명한다. 타시네 가족은 아들에게 무슨 일이 일어났는지 전혀 듣지 못했고, 답을 들을 수 있으리라 기대하지도 않았다. 장기 해적에게 잡혀간 아이들이 하비스트 캠프로 가는 일은 거의 없다. 그들은 암시장에서 조각조각 팔린다. 그러나 윌 타시네는 분명 특별한 경우였다. 코너는 우나가 느꼈을 고통을 상상조차 할 수 없다. 눈앞의 이 피조물에게 그녀가 사랑했던 소년의 두 손이 있으며, 그 소년의 재능이 말 그대로 이 피조물의 뇌에 짜여 들어갔다니. 윌의 음악적 재능과 기억은 있는데, 그녀에 대한 기억은 없다니. 누구라도 미칠 법한 상황이다. 하지만 그렇다고 놈을 이런 식으로 포로처럼 가둬 둔다고?

「무슨 생각이었어요, 우나?」

「우나!」 리와인드가 의기양양하게 미소 짓는다. 「이름이 우나네!」

「조용히 해, 돼지고기야.」 코너가 말한다. 「너한테 한 말 아니야.」

「머리가 맑지 않았어.」 우나가 조용히 인정한다. 그녀는 기도 오두막의 흙바닥을 내려다본다. 「지금도 마찬가지고.」 우나는 리와인드에 대해 말하는 대신 다시 윌에 대해 이야기한다. 기타를 팔기 전, 윌은 모든 악기를 조율하고 시험해 주었다고. 「윌은 음악에 자기 영혼을 불어넣었어. 난 윌이 악기를 연주하고 나면, 윌의 아주 작은 부분이 악기에 남아 반향한다고 늘 느꼈어. 윌이 떠난 뒤 기타가 전혀 다르게 느껴져. 사람들이 연주하면, 지금은 그냥 음악만 들려.」

「그래서 여기 있는 우리 친구를 당신만의 기타 노예로 만들려고 했다는 거네요.」

우나가 시선을 들어 타는 듯한 눈으로 코너를 노려본다. 하지만 더는 그럴 힘이 없는 듯하다. 그녀는 다시 시선을 떨어뜨린다.

코너가 리와인드를 돌아본다. 리와인드의 눈은 코너에게 붙박여 있다. 사실상 코너를 뚫어지게 보고 있다. 코너는 무릎에 놓인 소총을 꽉 쥔다.

「넌 여기 왜 온 거야?」 코너가 묻는다. 「여기 와야 한다는 건 대체 어떻게 알았어?」

「나한텐 네 친구인 박수도가 도망쳐 숨을 곳이 여기라는 걸 알 정도로 윌 타시네의 기억이 있어.」 그가 말한다. 「내가 여기에 온 이유는 너도 알 것 같은데. 리사 때문이야.」

놈의 입에서 리사의 이름이 나오자 코너는 피가 끓는 듯하다. 리사는 널 싫어해. 그에게 말하고 싶다. 너랑은 전혀 얽히고 싶어 하지 않아. 절대로. 하지만 소변으로 얼룩진 리와인드의 바지를 보고 냄새를 맡자 다시금 리와인드의 무력함이 떠오른다.

아전트의 지하실에 갇혀 있던 자신의 모습이. 동정심은 코너가 절대 느끼고 싶지 않은 감정이지만, 어쨌든 느껴진다. 그 감정은 증오를 부식시킨다. 리와인드의 솔기에서 절망감이 그야말로 스며 나오는 듯하다. 코너는 이 생명체에게 고통을 더하고 싶은 마음이 굴뚝같지만, 차마 그러지 못한다.

「그래서, 예전처럼 리사를 협박해서 너랑 함께하게 하겠단 말이야?」

「협박한 건 내가 아니었어! 능동적 시민이 그런 거야.」

「넌 리사를 놈들에게 다시 데려가고 싶어 하잖아.」

「아니야! 난 리사를 도우러 온 거야, 멍청아.」

코너는 문득 이 상황이 조금은 우습게 느껴진다. 「조심해, 돼지고기. 총을 든 건 나야.」

「이건 시간 낭비야.」 우나가 끼어든다. 「저놈하고는 말이 안 통해. 인간이 아니잖아. 살아 있는 것도 아니라고.」

「즈 팡스, 동크 즈 쉬.」[28] 리와인드가 말한다.

코너는 프랑스어를 잘 모르지만, 그 말 정도는 해석할 수 있다.

「생각을 한다는 이유만으로 존재하는 건 아니야. 컴퓨터도 생각한다고 주장하지만, 진짜를 모방할 뿐이지. 쓰레기를 넣으면 쓰레기가 나오는 거야. 넌 그냥 엄청나게 많은 쓰레기일 뿐이고.」

리와인드는 번들거리는 눈으로 아래를 내려다본다. 「넌 아무것도 몰라.」

---

28 〈나는 생각한다, 고로 존재한다〉라는 뜻의 프랑스어. 프랑스의 철학자 데카르트가 한 말이다.

코너는 자신이 리와인드의 신경을 건드렸다는 걸 안다. 삶이라는 이 주제 자체가 그에게는 예민한 문제다. 특히 〈존재〉라는 단어가. 이번에도 코너는 원치 않은 동정심에 휩쓸린다.

「물론, 언와인드도 법적으로는 살아 있는 게 아니지.」 코너는 캠 대신 그가 할 만한 주장을 해준다. 「언와인드 의뢰서에 서명이 이루어지면, 법적으로는 언와인드도 부위의 묶음에 불과해. 너처럼.」

리와인드가 고개를 들어 코너를 본다. 눈물 한 방울이 떨어져 그의 청바지 무릎에 흡수된다. 「하고 싶은 말이 뭐야?」

「내 말은, 이해한다고. 네가 부위를 모아 놓은 것이든, 쓰레기 자루든, 완전한 사람이든 나나 우나나 다른 사람이 느끼는 것과는 아무 상관이 없다는 뜻이야. 그러니까 제발, 우리까지 그런 걸로 고민하게 하지 말아 줘.」

캠은 고개를 끄덕이더니 다시 시선을 떨어뜨린다. 「푸른 요정.」 그가 말한다.

「봐!」 우나가 쏘아붙인다. 「진짜 컴퓨터 같다니까. 아무 의미 없는 쓰레기 같은 말만 뱉어내.」

하지만 코너는 자기도 모르게 의외의 통찰력을 발휘한다.

「미안, 피노키오. 하지만 리사는 네 푸른 요정이 아니야. 널 진짜 소년으로 바꿔 줄 수 없어.」

캠은 코너를 보고 씩 웃는다. 코너는 그 미소가 경계를 풀게 할 만큼 매력적이라고 느낀다. 그래서 총을 더 세게 잡는다. 그는 어떤 식으로든 무장 해제당하지 않을 셈이다.

「리사가 이미 나를 진짜 소년으로 바꾸어 놓지 않았다는 건 어떻게 알아?」

「리사가 꽤 멋지긴 한데, 그 정도는 아니야.」코너가 말한다. 「마법을 원하면 우나랑 얘기해. 우리 같은 사람보다는 아라파치가 마법에 훨씬 더 익숙하니까.」

우나는 약간 뻣뻣해져 코너에게 인상을 쓴다.「도망 중인 언와인드한테 모욕당할 필요는 없는데.」

「솔직히, 진심을 담아서 말한 거예요.」코너가 덧붙인다. 「하지만 원하는 게 모욕이라면 그것도 기꺼이 드릴 수 있죠.」

우나는 잠시 더 그를 노려보더니 시선을 땅으로 돌린다.

「리사를 돕고 싶댔는데.」코너가 리와인드에게 묻는다.「어떻게 도와?」

「그건 나랑 리사 사이의 문제야.」

「틀렸어.」코너가 말한다.「너랑 리사 사이에 있는 건 나야. 나한테 말 안 하면, 아예 말 못 해.」

리와인드는 속이 부글부글 끓는지, 금방이라도 불을 뿜을 용처럼 코로 숨을 쉰다. 그러더니 물러난다.「난 리사가 능동적 시민을 무너뜨리는 걸 도울 수 있어. 리사가 필요로 하는 증거를 내가 다 가지고 있으니까. 하지만 리사가 아닌 사람하고는 공유하지 않을 거야.」

리와인드는 진심인 듯하다. 하지만 코너는 자신이 사람의 성품을 잘 알아보지 못한다는 사실을 알고 있다. 코너는 스타키를 믿는 중대한 실수를 했다. 같은 실수를 반복하지는 않을 것이다.「나더러 그 말을 믿으라고? 널 만든 사람들을 네가 왜 무너뜨리겠어?」

「나도 나름대로 이유가 있어.」

「말해 줄 거야?」우나는 인내심이 다해 가는지 코너에게 묻는다. 「아니면 하루 종일 저 녀석을 끌고 다닐 거야?」

「뭘 말해?」 캠이 둘을 번갈아 본다.

코너는 캠에게 이 소식을 전하면 기분이 좋을 거라고 생각했지만, 이제는 그저 공허할 뿐이다. 「실망시켜서 미안한데, 돼지고기…… 리사는 여기 없어.」

리와인드의 눈에 깃든 절망감은 여느 합법적인 인간만큼이나 영혼으로 가득하다. 코너는 어쩌면 정말로 푸른 요정이 그를 찾아왔었는지도 모르겠다고 생각한다.

「하지만…… 하지만…… 뉴스에서는 리사가 너와 함께 움직이고 있다고 했는데!」

「그래, 뉴스에서는 내가 네바다주의 하비스트 캠프를 공격했다고도 했지. 딴 사람도 아니고 너라면 언론을 믿어서는 안 된다는 걸 알 텐데.」

「그럼 리사는 어디에 있어?」

「몰라.」 코너는 그렇게 말하고 덧붙인다. 「하지만 알아도 너한테는 말 안 해.」

리와인드가 답답한 듯 일어선다. 「거짓말!」 코너는 리와인드가 달려드는 순간, 재빨리 일어나 캠의 가슴에 총을 겨눈다. 캠은 덤벼들다 말고 멈춘다.

「이유나 대, 돼지고기!」

「그렇게 부르지 마!」

「코너 말이 사실이야.」 우나가 말한다. 「여기엔 코너랑 레브, 어떤 여자애밖에 없어. 리사 워드는 이 애들이 나타났을 때 함께 있지 않았어.」

코너는 캠에게 그렇게 많은 정보를 주고 싶지 않았다. 하지

4부 기억의 향기　　401

만 이제는 캠이 현실을 받아들이는 것처럼 보인다. 그는 땅에 털썩 주저앉아 두 손에 얼굴을 묻는다.

「시시포스.」[29] 그가 웅얼거린다. 코너는 그 말을 이해하려는 시도조차 하지 않는다.

「내가 널 놔줄 수 없다는 건 알지? 네가 당국에 우리 위치를 알릴 위험을 감수할 수는 없어.」

「내가 다시 묶을게.」 우나가 리와인드에게 다가가며 말한다. 「이 낡은 기도 오두막에는 더 이상 아무도 오지 않아.」

「안 돼요.」 코너가 말한다. 「그렇게는 안 할 거예요. 이 녀석을 데리고 당신 집으로 돌아가죠.」

「거기에 이놈을 두고 싶진 않아!」

「안됐네요.」 코너는 그들의 정신 상태가 꽤 안정적이라 판단한 뒤 소총의 안전장치를 찰칵 채운다. 「이제 우린 여기서 나가서 오후 사냥을 마치고 돌아온 오랜 친구처럼 우나의 집으로 갈 거야. 알았지?」

캠과 우나는 둘 다 마지못해 고개를 끄덕인다.

이어 코너는 리와인드를 돌아본다. 「너한테 존엄성을 갖출 자격이 있든 없든, 난 널 어느 정도 존엄성 있게 대할 거야.」 코너는 그게 어렵다고 느끼면서도 말한다. 「카뮈라고 부르면 되냐?」

「캠이야.」 그가 말한다.

「알았어, 캠. 난 코너야. 근데 그건 이미 알겠지. 〈만나서 반갑다〉라고 말하고 싶은데, 내가 거짓말은 싫어해서.」

---

[29] 바위를 언덕 위으로 밀어 올리면, 그 바위가 다시 굴러떨어져 처음부터 다시 밀어 올려야 하는 형벌을 받은 그리스 신화의 인물.

캠은 고개를 끄덕인다. 「정직하게 말해 줘서 고마워.」 그가 말한다. 「나도 마찬가지거든.」

그들이 돌아왔을 때, 피베인이 가게에 있다. 코너가 가게에 들어서자, 위층에서 레브에게 이야기하는 낮은 목소리가 들려온다.

「피베인은 캠에 대해서 알면 안 돼.」 우나가 말한다. 「타시네 가족은 윌의 두 손에 대해 절대로 알아서는 안 돼. 알았다간 망가지고 말 거야.」

당신이 망가진 것처럼요? 코너는 그렇게 말하고 싶지만, 대신 이렇게만 말한다. 「알겠어요.」

우나는 캠을 지하실로 내려보낸다. 캠은 너무 지치고 진이 빠져 말대꾸조차 하지 않는다.

「난 여기서 기다리면서, 놈이 얌전히 있는지 확인할게.」 우나가 말한다. 「총 좀 돌려줄래?」 코너가 망설이자 그녀가 말한다. 「네가 그 총을 들고 위층으로 올라오는 걸 보면 피베인이 아주 많은 질문을 할 거야.」

총을 그녀에게 넘겨주는 일만은 절대 하고 싶지 않지만, 코너는 총을 넘긴다. 하지만 그 전에 총알은 빼낸다.

우나는 총을 받아 벽에 기대 세운 뒤, 주머니에서 총알 몇 개를 꺼내 반항하듯 코너에게 보여 준다. 하지만 장전하는 대신 다시 주머니에 넣고 지하실 문 근처의 의자에 앉는다. 「위로 올라가서 피베인이 왜 왔는지 알아봐.」

코너는 명령을 받는 것에 화가 나지만, 우나가 다시 통제권을 잡았다고 느낄 필요가 있음을 인정한다. 특히 이 집 안에서는 더더욱 그럴 것이다. 코너는 캠을 우나에게 맡기고 위층으로 향한다.

「네가 왜 나갔는지, 내가 알아야 할까?」 코너가 들어오자 피베인이 묻는다.

「아마 아닐걸요.」 코너는 그렇게만 말한다. 그는 레브를 힐끗 본다. 레브는 무슨 일이 있었는지 알고 싶어 하는 게 분명하지만, 피베인 앞에서 물을 만큼 바보는 아니다.

그레이스는 미소 그 자체다. 「호피족이 청담들 팬티를 똥꼬에 끼워 버렸어! 이것 좀 봐!」 그녀가 TV 볼륨을 높인다. 화면에선 호피족 대변인이 애크런의 무단이탈자에게 은신처를 제공했다는 소문에 대해 〈긍정도, 부정도 하지 않겠다〉라고 말하고 있다. 하지만 기자들은 할 말이 많은 듯하다. 누군가가 어둠 속에서 호피족 의회 건물로 옮겨지는, 흔들리는 영상. 〈내부 정보원〉에게서 새어 나왔다는, 애크런의 무단이탈자가 그곳에 있다는 언론의 정보. 결국 찰이 마법을 부리는 데 성공한 것 같다.

「형한테 맡겨.」 피베인이 말한다. 「돌에서도 젖을 짜낼 사람이니까.」

「내 아이디어였어!」 그레이스가 그들에게 일깨워 준다. 「청담을 빙빙 돌리라고, 내가 그랬잖아.」

「맞아. 네가 그랬어, 그레이스.」 코너가 맞장구 치자 그레이스는 기뻐하며 코너를 끌어안는다.

「당국이 딴 데 정신이 팔려 있는 지금이야말로 너희 일을 처리할 시간이야.」 피베인이 말한다. 「엘리나가 북문 바로 앞 졸음 쉼터에 미등록 차량을 가져다 둘 준비를 하고 있어. 내가 내일 거기까지 태워다 주마. 그 뒤에는 너희가 알아서 하는 거야.」

코너는 보호 구역의 그 누구에게도 어디로 간다는 말을 하지 않았다. 레브도 그 점에 관해서는 입을 다물어 주었기를 바란다. 아무리 가까운 친구들 사이에 있다 해도, 아는 사람이 적을수록 자취를 감추기는 더 쉬울 것이다. 단, 이제는 얼굴에 주름질 일이 하나 늘었다. 캠은 어떻게 한담?

42
넬슨

지금 넬슨의 가장 큰 문제는 얼굴의 오른쪽 절반에서 곪아 가며 벗겨지는 화상이 아니다. 정체 모를 사막의 야생 동물에게 물려 감염된 팔과 다리도 아니다. 그에게 가장 큰 문제는 지난 몇 주 동안 그의 조수석에 타고 다닌, 비쩍 마른 슈퍼마켓 계산원이다.

「얼마나 더 가야 할까요?」 아전트가 묻는다. 「아직 하루 남았을까요? 이틀?」

「밤새 운전하면 아침에는 도착할 거다.」

「그렇게 할 거예요? 밤새 운전할 건가요?」

「두고 봐야지.」 이제는 태양이 등 뒤에, 하늘에 낮게 걸려 있다. 아전트는 뉴올리언스를 떠날 때부터 자기가 운전하겠다고 제안했지만, 넬슨은 운전대를 넘겨줄 생각이 없다. 피곤하다. 열이 나지만 티는 내지 않을 것이다.

일주일 넘게 수색했지만 뉴올리언스에서는 아무 소득이 없었다. 코너 래시터가 메리 라보에게 무슨 볼일이 있었더라도 그 일은 이미 끝났다. 그곳의 누구도 코너의 행방에 관한 정보를 달라는 넬슨의 설득에 넘어가지 않았다. 뉴올리언스는 불법 활동의 온상이었지만, 무단이탈자를 숨겨 주는 것과 관계된 활동은 하나도 없는 것 같았다. 그들은 북쪽으로 배턴루지까지 가서, 래시터의 흔적이나 래시터에게 은신처를 제공할 만한 반분열 저항군 지하 조직을 찾느라 사흘을 더 허비했다.

그들은 일주일 넘게 남부 깊숙한 곳 전역을 떠돌아다니며 넬슨이 느낀 직감을 쫓아다녔다. 그러다가 빌어먹을 계산원이 말했다. 「그냥 뉴욕으로 가면 안 돼요?」

「거길 왜 가?」 넬슨은 그렇게 물었었다.

계산원은 쥐처럼 멍청하게, 뇌가 없는 것처럼 눈만 껌뻑이며 그를 보았다. 「전에 말했잖아요.」

「아무 말도 안 했어.」

「아니, 했어요. 당신은 마시던 술 때문에 황새 같은 얼굴이고요. 당신이 먹는 그 약 때문이기도 하고.」

「넌 나한테 아무 말도 안 했어!」

「알았어요, 그러시다면야.」 아전트는 지나치게 잘난 체하며 말했다. 「아무 말도 안 했겠죠.」

결국 넬슨은 망할 난센스 퀴즈라도 하는 것처럼 장단을 맞춰야 했다. 「뭐라고 했는데?」

「자유의 여신상에 관한 뉴스 보도였어요. 사람들이 구리가 너무 무겁다는 이유로 자유의 여신상 팔을 알루미늄으로 바꾼다는 얘기요.」

넬슨은 이런 말을 들어 줄 인내심이 별로 없다. 「그게 왜?」

「그 얘기를 들으니까, 코너가 초록색 옷을 입은 여자랑 데이트하겠다고 얘기했던 게 기억나서요. 정말 기억 안 나세요?」

넬슨은 그런 이야기를 들은 기억이 전혀 없지만, 이 쥐새끼 같은 놈에게 그 사실을 인정했다가는 너무 큰 만족감을 주게 될 터였다. 「이제 기억나네.」 넬슨은 그렇게 말했었다.

딱히 넬슨이 바라던 결정적 단서는 아니었다. 〈초록색 옷을 입은 여자〉는 온갖 것을 의미할 수 있었다. ……하긴, 무단이탈자에게 공감하는 사람에게 자유의 여신상은 가장 선호하는 시위 장소가 아니던가? 래시터의 계획은 뭐였을까?

마침내 넬슨을 북쪽으로 몰아간 것은 언젠가는 나오리라 확신했던 뉴스 보도였다. 아전트가 자기 영웅, 애크런의 무단이탈자와 찍은 사진이 뉴스에 나왔다. 아전트는 며칠씩 숨지 않고 돌아다니고 있었다. 누군가가 그를 알아볼 것이다. 누군가는 그를 신고할 것이다.

넬슨은 이쯤에서 손절하고 혼자 떠나야 한다는 걸, 아전트를 사자 먹이로 남겨 두어야 한다는 걸 알았다. 하지만 그는 자신 안에서 아주 작은 동정심의 조각을, 어쩌면 심지어 감상적인 마음을 발견했다. 아전트는 실제로 넬슨을 위해 무단이탈자 둘을 잡은 적이 있었다. 쓸모없는 짓이었지만, 그런 생각만은 의미가 있었다. 밑바닥 인생 둘이 함께 묶여 재갈을 물고, 사실상 넬슨을 위해 선물 포장된 모습을 보니, 다른 면에서는 비참했던 하루에 약간의 기쁨이 찾아왔다. 시간이 지나면서 아전트는 두더지처럼 유용해졌고, 넬슨을 위해 무단이탈자 무리에 잠입할 수도 있었다. 그래서 넬슨은 아전트를 잘라 내지 않았다. 대신 그를 데리고 다니며, 뉴욕까지 이어지는 너덜너덜한 실마리를 쫓았다.

지금, 웨스트버지니아주에서 펜실베이니아주로 건너가는

이때, 넬슨에게는 의심이 눈앞의 장애물처럼 느껴지기 시작한다. 아전트는 입을 다물 생각을 하지 않는다.

「허시에서 멈춰야 해요.」 아전트가 말한다. 「그 마을 전체에서 초콜릿 냄새가 난다던데. 롤러코스터도 있대요. 롤러코스터 좋아하세요?」

앞쪽 표지판에는 〈피츠버그 72킬로미터〉라 적혀 있다. 넬슨은 다시 열이 오르는 기분이다. 관절이 쑤시고, 땀 때문에 얼굴이 따갑다. 그는 피츠버그에서 밤을 보내기로 마음먹는다. 밤새 운전할 기분이 아니다. 심지어 아전트의 입을 다물게 할 힘조차 없다.

「진짜, 뉴올리언스는 대단했어요. 거기서 제대로 시간을 보낼 수 있었는데.」 아전트가 떠들어 댄다. 「메리 라보의 부두 박물관도 그렇고요. 안 그래도 전에 TV에서 그 가게가 나오는 걸 봤거든요. 애크런의 무단이탈자 부두 인형이라도 사 올 걸 그랬어요. 놈에게 우리가 느끼는 고통을 느끼게 하려면요.」

이제 넬슨은 아전트가 말하게 놔둔 것이 오히려 다행스럽다. 그가 한 이야기가 참으로 유익한 정보로 가득하기 때문이다. 「그래. 놈에게 우리 고통을 느끼게 해야지.」 넬슨은 오늘 밤 자신을 잘 돌보고, 현재 상황을 전면적으로 재검토해 보기로 한다.

메리 라보의 부두 박물관. 아전트는 그 말을 코너의 입이 아닌 TV에서 들었다. 이 쥐새끼는 자신이 방금 한 말로 얼마나 철저히 십자가에 못 박혔는지 전혀 모른다.

43
아전트

 아전트의 어머니는 언제나 〈세상이 시큼한 레몬을 내밀면, 누군가의 눈에 그 즙을 짜버려라〉라고 말했다. 아전트는 그 말이 실제 표현과 다르다는 걸 알지만, 어쨌든 맞는 말이라고 생각한다. 불행을 무기로 바꾸는 건 레모네이드를 만드는 기술보다 훨씬 더 유용하다. 아전트는 자신이 장기 해적의 눈을 효과적으로 가렸다는 사실이 자랑스럽다.
「뉴욕에는 우리가 잡을 무단이탈자가 많겠죠?」 아전트는 펜실베이니아의 시골길이 피츠버그 교외에 자리를 내주는 모습을 보며 묻는다.
「쥐새끼처럼 많겠지.」 넬슨이 말한다.
「몇 명 잡으실 수도 있겠네요.」 아전트가 말한다. 「어떻게 하는 건지 저한테 보여 주세요. 그러니까, 제가 뭐랄까, 당신의 제자 같은 게 된다면 저도 이런 걸 알아야 하잖아요.」
 진짜 장기 해적과 함께 전국을 돌아다니며 업계의 비밀을 배운다는 생각에 아전트는 정말로 신이 난다. 그가 즐길 만한 직업이다. 하지만 그는 넬슨을 계속 속여야 한다. 넬슨에게 아전트가 꼭 필요한 존재라고 믿게 해야 한다. 아전트가 정말 얼마나 훌륭한 제자가 될 수 있는지 보여 줄 때까지는 말이다. 아전트는 자신을 가치 있는 자산으로 만들려 한다. 그게 아전트가 해야 하는 일이다. 하지만 그때까지는 넬슨을 달랑달랑 달아 놓을 것이다.

넬슨은 이미 그에게 몇 가지 기초적인 수업을 해주었다. 그냥 대화로 이루어진 일이었다.

「대부분의 무단이탈 언와인드는 청소년 전담국이 생각하는 것보다 똑똑하다.」 넬슨은 그렇게 말했었다. 「바보 같은 함정을 설치하면 바보 같은 무단이탈자밖에 안 걸려. 그놈들은 암시장에서 값어치가 훨씬 떨어진다. 뇌 스캔에서 대뇌 피질 점수가 높게 나오면 돈을 두 배로 받을 수 있어.」

함정의 기술에 관해 알아야 할 것이 너무도 많다!

지난밤에는 싸구려 모텔에서 머물렀지만, 오늘 밤 피츠버그에서 넬슨은 엄청나게 화려한 숙소의 방 두 개짜리 스위트룸을 자신과 아전트에게 대접한다. 경비원이 있고, 입구 위에는 국기도 대여섯 개 걸려 있는 곳이다.

「오늘 밤은 마음껏 즐겨라.」 넬슨이 말한다. 「우리도 그 정도 자격은 있으니까.」

이게 장기 해적의 삶이라면, 아전트는 올인할 준비가 되어 있다.

스위트룸은 거대하고, 곰팡이 대신 신선한 꽃 냄새가 난다. 아전트는 룸서비스 메뉴에서 비싼 음식을 주문한다. 넬슨은 눈 하나 깜짝하지 않는다.

「내 제자에게 못 해줄 건 아무것도 없지.」 그는 그렇게 말하더니 와인 잔을 들어 자기 말을 강조한다. 아전트의 아버지도 이렇게 후했던 적은 없다. 지갑 면에서나 마음 씀씀이 면에서나. 넬슨의 호흡은 점점 거칠어진다. 그의 얼굴에서 멀쩡한 쪽이 창백한 빛을 띠기 시작한다. 아전트는 그 점에 대해서는 아무 생각도 하지 않는다. 지금은 온통 티본스테이크 생각뿐이다.

식사가 끝나 갈 무렵, 아전트는 경계를 푼다. 넬슨은 앞으로의 계획에 대해 태평하게 이야기하기 시작한다.

「뉴욕은 큰 도시야.」 넬슨이 말한다. 「가본 적 있나?」

아전트는 고개를 젓고 음식을 삼킨 뒤에야 입을 연다. 룸서비스를 먹기엔 너무 교양 없는 사람처럼 보이지 않기 위해서다. 「한 번도 안 가봤어요. 그래도 늘 가고 싶었죠. 부모님이 살아 있을 때 우릴 뉴욕에 데려가겠다고 말하곤 했거든요. 엠파이어 스테이트 빌딩도 보고, 브로드웨이 공연도 보고. 우리한테 온갖 걸 약속했지만, 우린 미주리주 브랜슨밖에 못 가봤어요.」 그는 스테이크를 한 입 더 베어 물며, 뉴욕에서는 음식이 더 맛있을 거라고 상상한다. 「언젠간 꼭 가겠다고 저 자신에게 맹세했죠. 꼭 가고 말겠다고요.」

「그래서 그렇게 했네.」 넬슨은 실크 냅킨으로 입을 닦는다. 「거기 있는 동안 관광할 시간을 좀 내야겠어.」

아전트가 씩 웃는다. 「그럼 좋겠네요.」

「당연하지.」 넬슨이 친절하게 미소 짓는다. 「타임 스퀘어, 센트럴 파크······.」

「어느 오래된 공장에 있는 클럽 얘기를 들은 적이 있어요.」 아전트는 흥분해 거의 거품을 물며 말한다. 「매일 밤 다른 유명

밴드가 공연한대요. 근데 누가 공연할지는 절대로 알 수 없다더라고요.」

「TV에서 들은 거냐?」 넬슨이 묻는다. 「부두 박물관처럼?」

그 말이 자리를 잡기까지는 잠깐 시간이 걸린다. 그 말은 핀볼처럼 아전트의 머릿속을 이리저리 튀어 다니다가 가운데의 빈 구멍에 떨어진다. 게임 오버다.

고개를 들어 넬슨을 보니, 그의 미소에 친절함이라고는 없다. 그보다는 포식자의 미소다. 살육을 기대하는 호랑이 같다.

「래시터는 메리 라보나 〈초록색 옷을 입은 여자〉에 대해 말한 적이 없어. 그렇지?」

「저는…… 말씀드리려고 했는데…….」

「언제? 전액 무료인 뉴욕 관광을 하기 전에, 아니면 그 이후에?」 갑자기 넬슨이 식탁을 뒤엎는다. 식기가 날아간다. 그릇이 난로 장식에 부딪혀 깨진다. 넬슨이 덤벼들어 아전트를 벽에 세게 밀친다. 조명 스위치가 칼처럼 등을 파고드는 것이 느껴질 정도다. 게다가 지금 넬슨이 그의 목에 대고 있는 스테이크 칼은 조명 스위치와 비교도 할 수 없을 만큼 치명적이다.

「거짓말이 아닌 말이 한마디라도 있긴 한가?」 넬슨은 아전트의 목에 칼을 더욱 깊이 누른다. 「지금 거짓말하면 내가 알아챌 거다.」

아전트는 진실이 도움이 되지 않으리라는 것을 알기에 그 질문을 피한다. 「저를 죽이시면 피가 많이 날 거예요.」 그가 처절하게 말한다. 「그리고 저를 정말 죽이실 거였다면, 음식을 주시지 않았겠죠!」

「모든 사람에게 최후의 만찬을 할 자격은 있는 거야.」 그는 칼을 더 세게 누른다. 핏방울이 솟아난다.

「잠깐만요!」 아전트는 식식대며, 낼 수밖에 없는 유일한 에이스 카드를 꺼낸다. 「추적용 칩이 있어요!」

「무슨 소리냐?」

「제 누나요! 누나가 어렸을 때, 자주 길을 잃어서 부모님이 누나 귀 뒤쪽 피부에 추적용 칩을 심어 뒀어요. 누나가 지금도 래시터와 함께 있다면 그 칩으로 둘을 찾을 수 있어요. 하지만 칩의 추적 코드를 아는 사람은 저뿐이에요. 저를 죽이시면, 코드도 저랑 같이 죽는 거예요.」

「이 개자식. 처음부터 그 칩에 대해 알고 있었어!」

「제가 말했다면, 당신한테 전 아무 쓸모가 없었겠죠!」

「지금도 넌 내게 아무 쓸모가 없어!」 넬슨은 칼을 떨어뜨리고 맨손으로 아전트의 기도를 조인다. 피는 없다. 지저분한 것도 없다. 「이제 내가 알게 됐으니, 난 너 없이도 코드를 알아낼 수 있어.」 아전트는 넬슨을 떨쳐 내려 애쓴다. 자신이 질 것임을, 이것이 끝이리라는 것을 알고서. 하지만 놀랍게도 아전트가 넬슨보다 힘이 세다. 사실, 지금 넬슨은 평소와 달리 약해 보인다. 아전트가 밀치자 넬슨은 비틀거리며 한쪽 무릎을 꿇는다.

「가만있어. 죽여 줄 테니까!」 넬슨이 말한다.

아전트는 바닥에 떨어진 칼을 집어 들고 자기 몸을 방어할 자세를 취한다. 하지만 넬슨은 따라오지 않는다. 그의 눈이 돌아간다. 눈꺼풀이 파닥인다. 그는 일어서려 하다가 다시 쓰러진다. 이번에는 두 팔과 두 무릎을 다 짚는다.

「제기랄!」

그리고 넬슨의 팔꿈치가 꺾인다. 그는 얼굴부터 카펫에 고꾸라진다. 마치 진정탄에라도 맞은 사람처럼 의식을 잃는다.

아전트는 잠시 기다린다. 그리고 잠시 더.

「저기, 살아 있어요?」

아무 반응도 없다. 아전트는 손을 뻗어 넬슨의 목을 만져 본다. 맥박이 있다. 빠르고 강하다. 그러나 몸은 뜨겁다. 정말로 뜨겁다.

아전트는 도망칠 수 있다. 그냥 튀어서, 이 빌어먹을 상황에서 벗어날 수 있다. 하지만 그는 망설이며, 눈앞의 바닥에 의식을 잃고 쓰러진 장기 해적을 빤히 본다. 그는 머릿속 핀볼이 잠시 튀어 다니도록 놔둔 채, 칼을 가만히 벽난로 선반에 내려놓는다. 핀볼은 여전히 움직이고 있다. 획득할 점수가 아주 많다.

44
넬슨

 의식을 되찾았을 때, 넬슨은 한참 지나서야 자신이 어디에 있는지를 깨닫는다. 피츠버그의 옴니윌리엄 펜 호텔이다. 최고급 스위트룸. 애초에 휘말리지 말았어야 할 헛된 추격전의 경유지.
 침실 TV에서는 볼륨을 낮춘 액션 영화가 나오고 있다. 생명의 낭비라고 할 수 있는 슈퍼마켓 계산원이 그 영화를 보며 룸서비스로 온 프렌치프라이를 먹고 있다. 그가 넬슨을 돌아보더니, 깨어 있는 것을 확인하고 의자를 끌고 온다.
「좀 나아요?」
 넬슨은 대답할 가치조차 못 느낀다.
「이 호텔은 너무 고급이라 대기 중인 의사까지 있더라고요.」 아전트가 말한다. 「그 사람을 불러 당신 상태를 확인하게 했어요. 걱정하지 마세요. 의사가 오기 전에 어질렀던 건 다 치우고, 당신을 침대에 아늑하게 눕혔거든요. 당신이 의사랑 좀 얘기했어요. 그건 기억나요?」
 넬슨은 계속 대답을 거부한다.

「아니, 기억 안 나겠죠. 당신은 묘지와 토네이도에 대해서 미친 헛소리를 중얼거렸어요. 의사는 팔다리에 있는 물린 상처 때문에 감염됐다고 했고요. 항생제 주사를 놔줬어요. 저더러 당신을 응급실에 데려가라고 했지만, 저는 의사한테 현금을 줬고 의사는 입을 다물었어요. 돈은 당신 지갑에서 꺼냈죠. 상황을 고려해서, 불쾌해하지는 않으셨으면 좋겠네요. 당신을 속이거나 한 건 전혀 아니니까. 여기 영수증이 있어요. 약국 영수증도 있고요. 제가 항생제 처방을 더 받아 왔거든요. 하루에 세 번, 식사 때 먹으래요.」

넬슨은 흘러가는 언어의 강에 서 있는 바위 같다. 일부는 알아듣는다. 나머지는 그냥 흘러간다.

「넌 여기서 뭘 하는 거냐?」 넬슨이 마침내 묻는다.

「그냥 당신을 죽게 바닥에 놔둘 수는 없었어요. 안 그렇겠어요? 우린 한 팀이잖아요. 오른쪽 절반, 왼쪽 절반, 전부 다.」

「내 눈앞에서 꺼져.」

아전트가 움직이지 않자, 넬슨은 고개를 돌려 다른 쪽을 본다. 머리를 살짝만 움직여도 축제의 놀이 기구에 탄 기분이다.

「저한테 화가 나신 건 이해해요.」 아전트가 말한다. 「당신은 저를 죽일 수도 있었고, 죽이지 않을 수도 있었죠. 하지만 저는 당신 제자가 되려면 많은 것을 참아야 한다는 걸 알아요.」

넬슨은 억지로 다시 아전트를 본다. 「넌 대체 어떤 세상에서 살고 있는 거냐?」

「당신이 있는 세상이요.」 아전트가 말한다. 그는 알약이 든 병의 라벨을 읽더니, 그걸 협탁에 올려놓는다. 일부러 넬슨의 손이 닿지 않는 곳에 둔다. 「좋든 싫든, 당신한테는 지금 제가

4부 기억의 향기

필요해요. 제가 필요한 한은 당신이 저를 없애지 않을 테고요. 심지어 장기 해적의 삶에 대해 한두 가지 가르쳐 줄지도 몰라요. 사람들은 한 손으로 다른 손을 씻어야 한다고 말하죠. 그런데 우리 손은 둘 다, 뭐랄까, 더러워요. 그러니까 난 남을 거예요. 우리 둘 다 필요한 걸 얻는 거죠.」

이제는 완전히 아전트 스키너에게 의지하게 되었다는 사실에 넬슨은 웃음이 날 뻔한다. 웃는 게 그렇게 아프지만 않았다면 말이다. 「이젠 네가 내 간호사라는 거냐?」

「저는 당신이 필요할 때, 필요한 존재예요.」 아전트가 말한다. 「오늘은 당신한테 간호사가 필요하니까 간호사가 될 거예요. 내일은 아마 다시 언와인드 덫을 놓는 걸 도와줄 사람이 필요할 테니, 내일은 그런 사람이 될게요. 당신이 코너 래시터를 추적해 그놈을 쓰러뜨리는 데 도움이 필요할 때, 나를 곁에 두길 정말 잘했다고 느낄 거예요.」 그런 다음 아전트는 룸서비스 메뉴를 펼친다. 「그래서, 저는 당신한테 수프를 줄 생각이에요. 당신만 괜찮다면 그다음에 아이스크림도 좀 먹든지요.」

넬슨은 하루가 더 지나서야 스위트룸을 돌아다닐 만큼 기운을 되찾는다. 그는 아전트와 싸우기를 포기했다. 이 아이는 바보일지 몰라도 영민한 바보다. 넬슨에게 없어서는 안 될 존재가 되는 법을 안다. 적어도 지금은 그렇다.

「전 당신이 적당하다고 느끼는 순간이 오자마자 저를 길거리로 내치리라는 걸 알아요.」 아전트가 말한다. 「그래서 그 순간이 절대 오지 않게 하는 게 제 일이죠.」

둘은 임무에 대해 이야기하지 않는다. 넬슨은 아전트가 제대로 준비되기 전까지는 하나밖에 없는 협상 카드인 추적 칩을 내놓지 않으리라는 걸 알기에 추적 코드에 대해 묻지 않는다. 게다가 자신이 앞으로 나아가고 싶어도 아직 그런 상태가 아니라는 점을 안다. 그에게는 최고급 스위트룸에서 서서히 회복하는 것밖에는 별다른 선택지가 없다.

「이런 데서 머물 수 있다니 장기 해적이 되면 돈을 꽤 많이 버나 봐요.」 아전트는 여러 번 그렇게 말하며, 넬슨에게 직업 이야기를 끌어내려 미끼를 던진다. 아전드와의 대화가 딱히 즐길 만한 활동 목록에 올라 있는 건 아니지만, 넬슨은 포로가 된 관객이므로 그 대화를 견뎌 낸다. 심지어 아전트가 알고 싶어 하는 것 몇 가지를 말해 준다. 자신이 가장 아끼는 함정에 관한 자세한 설명도 곁들인다. 콘크리트 터널 안에 접착제 바르기. 구덩이 위에 매트리스를 걸쳐 놓고 그 위에 담뱃갑 두기. 아전트는 그의 말 한마디 한마디에 완전히 몰입한다. 넬슨은 자신이 잡은 최고의 사냥감에 대해 뻐기는 일을 점점 즐기게 된다.

「한번은 무단이탈자가 초소형 독극물 수류탄을 삼키게 하고, 친구들을 넘기지 않으면 원격으로 터뜨려 버리겠다고 했어. 그랬더니 놈이 바로 다른 애 다섯을 데려왔지. 하나하나가 놈보다 나은 표본이었어.」

「수류탄은 터뜨리셨어요?」

「그건 수류탄이 아니었어.」 넬슨이 아전트에게 말한다. 「크랜베리였다.」

그 말에 아전트가 웃는다. 넬슨은 자기 웃음 역시 진짜라는 것을 느낀다.

넬슨이 아전트를 좋아하게 되었다고는 말할 수 없다. 아전트에게는 정말이지 좋아할 만한 부분이 별로 없으니까. 하지만 넬슨은 아전트의 존재가 자신에게 필요하다는 사실을 받아들이게 되었다. 친구들을 넘긴 무단이탈자처럼, 아전트 스키너는 넬슨에게 가치 있는 존재다. 넬슨은 도움의 대가로 크랜베리를 먹은 무단이탈자를 풀어 주었다. 어쨌거나 공평한 건 공평한 것이고, 넬슨은 언제나 자신을 품위 있는 사람이라 여겨 왔기 때문이다. 결국 넬슨은 아전트에게도 정당한 보상을 할 것이다.

그들은 다음 날 출발한다. 넬슨은 완전히 회복한 건 아니지만 적어도 전보다 기운을 차렸다고 느낀다. 물린 자국은 여전히 빨갛게 부어 있으며 화상을 입은 얼굴 반쪽은 여전히 속살이 드러난 채 벗겨지고 있지만 열은 내렸다. 그는 체크아웃하며 다른 호텔 투숙객들의 곤혹스러운 시선을 견뎌 낸다. 체크인할 때와 마찬가지다.

「어디로 가는지 말해 주실 건가요?」 아전트가 묻는다. 넬슨이 힘을 되찾은 지금, 아전트는 자신의 입지가 흔들린다고 느낀다.

「뉴욕은 아니야.」 넬슨이 기꺼이 말해 주는 건 거기까지다. 아전트는 한 번도 가본 적 없지만 가고 싶은 다른 곳들에 대해 떠들어 대기 시작한다. 힌트를 낚아 보려는 것이다. 「어디로 가는지 모르면 가는 의미가 없잖아요.」

「난 어디로 가는지 알아.」 넬슨이 말한다. 아전트의 불편함이 대단히 즐겁다.

「제가 그 많은 일을 해드렸는데, 최소한 단서는 주셔야죠.」

앨러게니강을 건너고 피츠버그가 등 뒤로 멀어지자 넬슨이 가진 패를 조금이나마 보여 준다. 「사니아로 간다.」

「사니아요? 들어 본 적 없는데.」

「캐나다에 있어. 미시간주 포트휴런에서 국경을 건넌 곳이다. 난 너를 암시장의 연락책에게 소개할 거야. 그분이 또 비행기를 타고 돌아다니는 중이 아니라면 말이지만. 다이밴 님이라는 이름의 신사다.」

아전트는 고약한 냄새를 맡은 것처럼 얼굴을 찡그린다. 「웃기는 이름이네요. 퍼블릭스에서 치킨 다이밴을 팔았었는데.」

「그분을 모욕하지 않는 게 좋을 거야. 다이밴 님은 버마에서 미국까지의 암시장에서 가장 성공적인 하비스트 캠프를 운영하고 있어. 최첨단이지. 난 내가 잡은 무단이탈자를 모두 다이밴 님에게 데려간다. 다이밴 님은 늘 나를 공정하고 명예롭게 대해 주셨어. 장기 해적이 되고 싶다면 다이밴 님이야말로 네가 꼭 알아야 하는 분이야.」

아전트는 불편한 듯 몸을 움직거린다. 「암시장에 관한 얘기를 들었어요. 녹슨 메스에, 마취제도 쓰지 않는다고.」

「넌 버마의 다제이를 말하는 거야. 다이밴 님은 그 반대다. 신사, 그것도 명예로운 신사야. 나한테는 언제나 올바르게 대해 주셨어.」

「네.」 아전트가 말한다. 「좋은 것 같네요.」

「그리고.」 넬슨이 덧붙인다. 「내가 이렇게 선의를 보였듯, 너도 그에 맞는 선의를 보여 주기를 기대한다. 네 누나의 추적 칩 코드를 알고 싶다.」

아전트는 눈앞의 도로로 시선을 돌린다. 「나중은 어떨까요.」

「지금은 어떨까.」

넬슨은 고속 도로 갓길에 침착하게 차를 세운다. 「싫으면 기꺼이 널 여기 두고 가마. 작별 인사를 하고, 너는 더 이상 아무 방해도 받지 않고 비참한 삶을 살아가면 되지.」

자동차들이 휙휙 지나간다. 아전트는 토할 것 같은 표정이다. 「그 코드가 없으면 절대 래시터를 찾을 수 없을걸요.」

「어쨌거나 네 누나가 래시터와 같이 있으리라는 보장은 없어. 네 누나가 너의 절반만큼이라도 짜증스럽다면, 래시터는 아마 하츠데일에서 나간 지 한 시간 만에 네 누나를 버렸을 거다.」

아전트는 그 말에 대해 생각해 본다. 그는 두 손을 만지작거린다. 얼굴의 꿰맨 자국을 긴장한 나머지 뜯어 댄다.

「날 죽이지 않겠다고 약속해 주세요.」

「널 죽이지 않겠다고 약속하지.」

「왼쪽 절반, 오른쪽 절반, 맞죠? 우린 한 팀이에요.」

「의도한 건 아니지만 필요에 따라 그렇게 됐지.」

아전트는 심호흡한다. 「그 다이뱀이라는 사람을 만나죠. 그 다음에 말씀드릴게요.」

넬슨은 화가 나서 운전대를 쾅 친다. 그런 다음 진정한다. 「좋아. 그걸 원한다면야.」 그는 진정탄 총을 꺼내 아전트의 가슴에 진정탄을 박아 넣는다.

배신에 따른 충격으로 아전트의 눈이 휘둥그레진다.

「그 표정이 얼마나 기분 좋은지 말해 줄 수가 없구나.」 넬슨이 말한다.

아전트는 자리에 털썩 주저앉는다. 넬슨은 대단히 만족해한다. 코너 래시터와 래시터의 고약한 십일조 친구를 찾으러 가는 길에 아전트 스키너의 존재를 견뎌야만 한다면, 넬슨은 아전트를 견뎌 낼 것이다. 삶을 견딜 만한 것으로 만들려면 아전트가 자주 의식을 잃어야 할지도 모르겠지만. 넬슨은 미소 짓는다. 결국, 넬슨은 아전트를 이 비참함에서 꺼내 줄 것이다. 방법은 간단하다. 넬슨에게 진정탄을 쏘고 그를 애리조나주의 길가에 내버려둔 채 도망친 레브 콜더를 죽이는 방식과 똑같다. 아니면 아전트를 살려둘 수도 있다. 그 모든 건 가능성의 영역이자 넬슨의 힘이 미치는 범위 내에 있다. 그는 청소년 전담 경찰일 때도 삶과 죽음을 결정할 수 있는 힘을 즐겼다는 점을 인정할 수밖에 없다. 장기 해적으로서, 그 기분은 훨씬 더 원초적이고 본능적인 것으로 다가온다. 그는 그 느낌을 사랑하게 되었다. 모든 것은 아전트의 누나를 추적하는 일로 귀결된다. 그녀를 추적하는 데 성공하면 레브 콜더를 죽이고 코너 래시터의 눈을 얻는 건 그저 시간문제다. 물론 래시터의 나머지 몸에 대해서는 다이밴이 어마어마한 현상금도 줄 것이다.

넬슨은 GPS에 목적지를 입력하고 사니아까지 가는 가장 빠른 경로를 설정한다. 그리고 룸미러를 확인한 뒤, 행복하고도 만족스러운 침묵 속에 고속 도로로 진입한다.

45
헤이든

 적과의 협력. 그것은 헤이든이 재판이나 단 하나의 사실 제시를 할 기회도 없이 여론의 법정에서 유죄 판결을 받은 범죄다. 콜드스프링스 하비스트 캠프 아이들의 눈에 그는 백 퍼센트 유죄다. 그가 백 퍼센트 무죄라는 사실은 중요하지 않다. 그는 머나드에게도, 청소년 전담국의 누군가에게도 단 한 조각의 정보조차 준 적이 없다. 그에게 위로가 되는 유일한 사실은, 자신을 싫어하는 것이 콜드스프링스 아이들뿐이라는 점이다. 세상의 다른 사람들에게 그는 여전히 홀리 선언문을 전한 아이이자, 묘지에서 붙잡히며 두 번째 10대 봉기를 촉구한 아이다. 이번만큼은 언론이 그에게 도움이 되었다.
 헤이든도 머나드가 죽어서 불행하다고는 말할 수 없다. 머나드는 헤이든에게 호화로운 징계를 함으로써 콜드스프링스를 산 지옥으로 만들었다. 방법만 있었다면 헤이든이 그자를 죽여 버렸을지도 모르는 순간이 여러 번 있었다. 그러나 그가 죽은 방식, 스타키의 독재적인 명령에 따른 그 냉혹한 처형은 옳다기보다는 그르다는 쪽에 훨씬 더 가까웠다. 그 죽음에서는 정의보다는 잔인함의 냄새가 풍겼다. 헤이든은 이런 불안을 품은 사람이 자신만은 아니라는 걸 안다. 그러나 그런 의구심을 큰 소리로 말할 수는 없다. 지금 콜드스프링스 캠프의 생존자들은 이미 헤이든이 자신들을 청담에 팔아넘겼다고 생각하고 있으니까.

황새의 군주 스타키의 자비에 따라, 헤이든은 컴퓨터 사용을 허락받았다. 지반이 다음 표적을 찾는 데 도움을 주기 위해서다. 이번 하비스트 캠프 해방에는 가능한 한 많은 사상자가 발생하지 않기를 바라며.

그들의 〈컴퓨터실〉은 광산 입구 근처의 다용도 공간으로, 안에는 아직도 녹슨 유물들이 남아 있다. 이론적으로는 광산 깊숙한 곳까지 상쾌한 공기를 공급한다는 거대한 선풍기와 도관 등이 자리한 곳이다. 이 광산은 문명이라고 부를 만한 모든 것과는 너무도 멀리 떨어져 있다. 그래서 지반은 광산 입구의 덤불 속에 접시 안테나를 임시방편으로 설치했다. 그걸로 아무 의심 없는 가엾은 위성에 접속했고, 덕분에 완전한 인터넷 연결이 가능해졌다.

그렇게, 지금 헤이든은 스타키를 위해 일하고 있다. 정말로 적과 협력하는 느낌이 드는 건 이번이 처음이다.

「이런 말이 의미가 있을지 모르겠지만, 헤이든, 난 아이들이 너에 대해서 하는 말을 믿지 않아.」 지반이 말한다. 그는 헤이든 옆에 앉아 어깨 너머로 헤이든이 다양한 방화벽을 갉아 대는 모습을 지켜보고 있다. 「네가 청소년 전담국을 단 한 번이라도 도왔을 거라고는 생각 안 해.」

헤이든은 컴퓨터 화면에서 시선을 떼지 않는다. 「그런 말이

나한테 의미가 있을까? 글쎄, 코너를 배신하고 수백 명의 홀리를 생포당하게 한 사람에게서 나온 말이니 그만큼은 의미가 있겠지.」

지반은 목젖에서 꿀꺽 소리가 들릴 만큼 크게 침을 삼킨다. 「스타키가 어차피 그렇게 될 거였다고 했어. 빠져나가지 않았으면 우리도 잡혔을 거야.」

헤이든은 반박하고 싶지만, 그는 여기서 친구가 거의 없다는 것을 안다. 이미 있는 친구와도 멀어질 여유는 없다. 그는 억지로 지반을 보며 진정성 비슷한 것을 긁어 올린다.

「미안, 지반. 이미 벌어진 일은 벌어진 일이지. 네 잘못이 아니라는 거 알아.」

지반은 헤이든의 타협에 눈에 띄게 안도하는 기색이다. 지금도 그는 헤이든을 일종의 상관으로 보고 있다. 헤이든은 그런 존경심을 잃지 않도록 조심해야 한다.

「사람들 말로는 살아 있대.」 지반이 말한다. 「코너 말이야. 한동안은 심지어 코너가 우리랑 같이 있다고 생각했다니까.」

「그래, 뭐. 코너가 가진 아홉 개의 목숨 중에 이번이 다섯 번째쯤 된 것 같아. 그러니 앞으로 몇 개는 더 남았겠지.」

그 말에 지반은 어리둥절해한다. 헤이든은 웃을 수밖에 없다. 「너무 열심히 생각하지 마, 지반. 그럴 가치가 없는 애기야.」

「아!」 지반의 머리 위에 그야말로 전구가 켜진 듯하다. 「고양이한테 목숨이 아홉 개가 있다는 말처럼 말이지. 이해했어!」

지금 헤이든에게는 두 명의 경비병이 배정되어 있다. 거기에 지반도 추가다. 복수를 노리는 콜드스프링스의 화난 무단이탈자들로부터 헤이든을 보호하는 경비병 한 명. 컴퓨터실이 광산 입구와 너무 가까운 만큼 헤이든이 도망치지 못하게 하려는 경비병 한 명. 지반의 임무는 헤이든의 온라인 활동을 염탐하며, 그가 의심스러운 활동을 하지 않는지 확인하는 것이다. 스타키의 세상에 신뢰란 없다.

「계속 이 하비스트 캠프를 살펴보네.」 지반이 지적한다.

「지금까지는 여기가 가장 가능성이 높아서.」

지반은 위성 이미지를 살펴보고 화면을 가리킨다. 「하지만 바깥쪽 대문에 경비 탑이 이렇게 많은데.」

「바로 그거야. 이 캠프의 보안은 전부 외부에 집중되어 있어.」

「아아.」

지반은 이해하지 못한 게 분명하지만, 상관없다. 이해하게 될 것이다.

「그건 그렇고, 태드는 죽었어.」

헤이든은 이런 말을 할 계획이 없었다. 심지어 그런 생각을 하고 있지도 않았다. 아마 컴퓨터실의 열기가 기억을 건들면서, 컴범의 끔찍했던 마지막 날을 떠올리게 한 모양이다. 헤이든이 비행기의 창문을 총으로 쏘아 깨뜨리지 않았다면, 그와 그의 기술자 팀은 그날 모두 죽었을 것이다. 지금도 헤이든은 자신이 실수를 저질렀다고 느끼는 어두운 순간들이 있다. 아이들의 바람을 존중해, 그들이 잡히기보다는 죽게 놔뒀어야 했던 건 아닐까?

「태드가 죽었다고?」 지반의 얼굴에 떠오른 경악한 표정은 만족스러운 동시에 곤혹스럽다.

「컴범에서 타 죽었어. 근데 걱정하지 마. 그것도 스타키 잘못은 아니니까.」 지반이 비꼰 말을 이해했는지는 모르겠다. 지반은 컴퓨터 코드만큼이나 문자 그대로인 녀석이다. 어쩌면 지반이 이해하지 못하는 게 최선일지도 모른다.

「여기서 트레이스를 못 봤는데. 트레이스가 비행기를 몰지 않았어?」

지반이 아래를 본다. 「트레이스도 죽었어.」 그가 말한다. 「트레이스는 비행기 추락에서 살아남지 못했어.」

「그래.」 헤이든이 말한다. 「그럴 것 같았어.」 트레이스의 죽음이 비행기 추락의 결과였는지, 아니면 비밀리에 인간의 개입이 있었는지 헤이든은 영영 알 수 없으리라 생각한다. 진실은 트레이스와 함께 대단히 확실하게 죽어 버렸다. 트레이스조차 없이 죽어 버렸다고 해야 할까.[30]

헤이든은 광산 더 깊숙한 곳에서 가파른 비탈을 올라오는 발소리를 듣는다. 경비병이 대단히 고분고분 옆으로 비켜서는 걸 보니, 방문자가 시야에 들어오기도 전에 헤이든은 그가 누군지 알 수 있다.

「악마 얘기를 하면 악마가 온다더니! 방금 네 얘기를 하고 있었어, 스타키. 지반이랑 나랑 네 마술에 대해 추억하고 있었거든. 특히 네가 민항기를 사라지게 만든 마술 말이야.」

「그 비행기는 사라지지 않았어.」 스타키는 자극당하지 않고 말한다. 「솔턴해 밑바닥에 있지.」

「헤이든이 널 정말로 악마라고 부른 건 아니야.」 지반이 스

---

30 원문의 표현은 〈without a trace〉로, 흔적조차 없이 사라졌다는 뜻이다. 발음의 유사성을 활용한 말장난이다.

타키에게 말한다. 코드처럼 문자 그대로인 녀석이다.

「우리에겐 공동의 적이 있어.」 스타키가 지적한다. 「악마는 저 바깥에 있고. 이젠 놈들이 제 몫을 받을 차례야.」

스타키는 고개를 아주 살짝 젖히는 동작으로 지반을 앉아 있던 자리에서 치워 버린다. 그의 자리를 차지한 스타키가 화면의 이미지를 살펴본다.

「저거 하비스트 캠프야?」

「정확히 말하면 문크레이터 하비스트 캠프지. 아이다호주에 있는, 크레이터스 오브 더 문.[31]」

「여기가 왜?」 스타키가 묻는다.

「이 하비스트 캠프의 보안 시설은 전부 바깥에 집중돼 있어!」 지반이 불쑥 말한다. 그게 왜 중요한지 정말로 안다는 듯이.

「맞아.」 헤이든이 말한다. 「그리고 뒤통수에는 눈이 없지.」

스타키는 팔짱을 끼며, 자신이 하루 종일 시간을 낼 수 없는 사람임을 분명히 밝힌다. 「그게 왜 중요한데?」

「이유는 이거야.」 헤이든이 다른 창을 끌어온다. 도면이 떠 있는 창이다. 세 번째 창은 표준적인 지질학 조사 결과를 보여 준다. 「크레이터스 오브 더 문 국립 공원은 동굴이 잔뜩 있는 용암 지대야. 캠프의 모든 시설 도관이 동굴을 활용해. 전기, 하수관, 환기구, 모든 게.」 헤이든은 캠프의 주요 숙소 도면을 확대하며 이것저것 가리키기 시작한다. 「그러니까, 우리는 한밤중에 정문에서 양동 작전을 벌이면 돼. 말하자면 연기를 피

---

31 화산 활동으로 형성된 미국의 국립 공원으로, 광활한 용암 지형이 달 표면을 연상시킨다고 해서 붙여진 이름이다.

우는 거지. 그러면 놈들의 모든 관심을 끌게 될 거야. 그런 다음, 보안 병력이 모두 정문에 집중하고 있을 때, 숙소 지하에 있는 이 시설 관리용 바닥 문으로 들어가서 모든 아이를 동굴로 데리고 내려오는 거야. 그리고 거의 1.5킬로미터 떨어진 이 동굴로 나오는 거지.」

스타키는 진심으로 감명을 받는다. 「놈들이 언와인드가 사라졌다는 걸 알아차릴 때쯤 우리는 이미 벗어나 있을 테고.」

「대략적으로 말하자면 그래. 그 과정에서 아무도 다치지 않을 거야.」

스타키는 헤이든의 등을 따가울 정도로 세게 친다. 「천재적인데, 헤이든! 천재적이야!」

「난 네가 〈사라지기〉 전법의 가치를 알아볼 줄 알았어.」 헤이든은 화면을 건드려 도면의 각도를 바꾼다. 숙소 층이 드러난다. 「남자는 1층에, 여자는 2층에 있어. 하비스트 캠프 직원들은 3층에 있고. 계단실이 두 곳뿐이니까, 우리가 계단실을 장악하고 내려오려는 직원에게 진정탄을 쏘면 이론적으로는 아무에게도 무슨 일이 일어나는지 알리지 않고 들어갔다가 나올 수 있어.」

「이거, 얼마나 빨리 할 수 있을까?」

스타키의 눈에 깃든 탐욕을 본 헤이든은 더 이상의 작전을 세우지 못하도록 컴퓨터의 열린 창을 닫는다. 「뭐, 콜드스프링스 일이 있었으니 한동안은 네가 납작 엎드려 있을 거라고 생각했는데.」

「절대 안 되지.」 스타키가 말한다. 「쇠도 달궈졌을 때 쳐야 해. 펀치도 원투로 날려야지. 넌 구출 작전을 세워. 양동 작전은 내가 맡을게. 일주일 안에 이 작전을 실행하고 싶어.」

헤이든은 이토록 이론적인 일이 너무 빠르게 현실이 되어 가는 것에 몸을 떤다. 「난 진심으로 네가······.」

「날 믿어. 여기서 네 명예를 회복하고 싶다면, 이게 그 방법이야, 친구.」 스타키는 돌처럼 단단히 결심한 표정으로 일어선다. 「어떻게든 되게 해, 헤이든. 널 믿을게.」

스타키는 헤이든이 그 이상 조심성을 보이기도 전에 자리를 떠난다.

스타키가 떠나자 지반이 헤이든 옆자리에 다시 앉는다. 「너더러 친구래.」 지반이 말한다. 「정말 좋은 일이야!」

「그래.」 헤이든이 말한다. 「끝도 없이 흥분된다.」 지반은 그 말을 있는 그대로 받아들인다. 그럴 줄 알았다.

스타키는 그들에게 공동의 적이 있다고 말했다. 적의 적은 나의 친구라는 건가? 헤이든은 궁금하다. 어째서인지 그 친구가 메이슨 스타키일 때는 오랜 격언이 틀릴지도 모른다는 생각이 든다.

엿새 후, 황새단은 문크레이터 하비스트 캠프를 공격한다. 헤이든, 그리고 묘지에서부터 헤이든을 알고 지내던 아이들로만 구성된 팀이 이틀 전에 미리 동굴 지도를 그린다. 실제 작전을 위해서는 스타키가 특수 요원들과 함께 앞장선다. 하지만 스타키는 헤이든 팀도 현장에 투입하는 것이 좋은 생각임을 인정한다. 들쭉날쭉한 용암굴에 타오르는 흔적을 남기며, 그들은 새벽 1시 30분에 하비스트 캠프의 배관 및 도관 시스템에 이른다. 그런 다음, 시스템을 따라 지하실 바닥 문까지 이동한다. 바닥 문은 반대편에서 잠겨 있다. 그들은 기다린다.

새벽 2시 정각, 탄약으로 가득 찬 트럭이 불길을 일으키며 하비스트 캠프의 바깥쪽 정문을 들이받는다. 그 너머의 화산 황무지에서는 총격이 터져 나온다. 뱀이 양동 작전을 맡고 있다. 헤이든으로서는 전혀 부러운 일이 아니다. 뱀에게는 딱 맞는 일이고. 뱀과 그녀가 이끄는 황새 팀은 이 공격이 실제 공격처럼 보이도록 만들어야 한다. 최소 20분 동안 공격이 이어져야 하고.

밖에서 총성이 울리는 순간, 내부 작전도 시작된다.

「바닥 문 날려 버려.」 스타키는 상당히 정신 나간, 폭발을 담당하는 아이에게 명령한다. 「지금 해!」

「안 돼.」 헤이든이 말한다. 「아직은 아니야.」 헤이든은 위쪽 건물이 차단 모드에 들어가리라는 것을 안다. 그런 보안 시스템은 그들에게 유리하게 작용할 것이다. 강철 셔터가 내려와 창문을 덮는다. 비상문은 봉쇄되고, 보안 시스템이 재설정되기 전까지는 아무도 숙소에 드나들 수 없다.

헤이든은 열을 센다. 「좋아, 지금이야!」

바닥 문이 폭발한다. 오직 진정탄으로만 무장한 인원은 그들을 기다리고 있을 정체 불명의 존재를 향해 구멍을 기어 나간다.

숙소의 언와인드들은 이미 밖에서 들려온 폭발음과 총성에 깨어 있다. 죽음이나 구조를 기다리고 있다. 오늘 밤에는 구조가 이루어질 것이다.

구원군은 계단을 통해 1층으로 올라가는 길에 경비원 한 명과 상담사 한 명을 쏘아 맞힌다. 1층은 침대가 줄줄이 늘어선,

단 하나의 거대한 공용 공간이다. 어슴푸레하다. 지금은 비상등이 비스듬한 각도로 침대를 비추고 있다. 침대 머리 판의 합판이 묘비처럼 보인다. 바깥에서 들려오는 전투의 소음은 강철 셔터에 가로막혀 묵음 처리된다. 아무도 밖을 볼 수 없고, 그 말은 밖에서도 안을 볼 수 없다는 뜻이다. 캠프의 관심이 바깥쪽 정문의 가짜 공격에 쏠려 있는 지금, 구원군은 사실상 투명 인간이다.

스타키는 시간을 낭비하지 않는다. 「너희는 방금 해방됐다.」 그가 선언한다. 진정탄이 발사되는 소리는 스타키의 특수 요원들이 직원 몇 명을 더 쓰러뜨렸다는 신호다. 스타키의 특수 요원들은 모두 심란할 정도로 총을 잘 쏜다. 「다들 지하실로 가. 입은 옷과 신은 신발 말고는 아무것도 가져가지 말고. 가자!」

이어 스타키는 위층으로 올라가 여자아이들에게도 해방을 선언한다. 헤이든 팀이 남아 수많은 아이를 아래로, 밖으로 데려간다.

10분 만에, 거의 3백 명의 아이가 동굴로 안내되어 자유로 향하는 길을 나선다. 다른 건물에 있으며 본질적으로 구출에 저항할 수밖에 없는 십일조만이 남겨진다.

헤이든 팀은 해방된 언와인드를 이끌고 용암굴을 따라 출구로 향한다. 그곳에서는 오늘 저녁 축제를 위해 〈빌려 온〉 네 대의 검은 배달 트럭이 외딴 길가에서 그들을 기다리고 있다.

그들이 동굴에서 빠져나왔을 때도 가짜 공격의 총성은 여전히 기승을 부리고 있다. 하지만 소리는 이제 먼 곳에서 들려온다. 외떨어진 전장에서 들려오는 소리 같다. 트럭은 빠르게 아이들로 채워진다. 헤이든은 어쩌면, 혹시나 하는 생각이지만 스타키의 이 게릴라전이 의미 있는 일로, 심지어 존경할 만한 일로 바뀔 수 있을지도 모르겠다고 감히 생각한다. 어쩌면 그들의 앞길이 그렇게까지 황량하지는 않을지도 모른다.

   그는 아직 어디에도 보이지 않는 스타키가 방금 그들에게 지옥으로 향하는 새로운 길을 깔아 주었다는 사실을 전혀 알지 못한다.

46
스타키

스타키에게 마술은 단 한 번도 그저 속임수에 불과한 적이 없었다. 마술에는 멋이 있어야 한다. 쇼맨십이 있어야 한다. 관객이 있어야 한다. 3백 명의 아이를 사라지게 만드는 일이 굉장한 속임수인 것은 인정하지만, 하비스트 캠프를 해방하는 일은 그냥 언와인드를 풀어 주는 것만으로는 충분하지 않다. 스타키는 그보다 더 크고 더 영광스러운 그림을 본다.

2층의 여자아이들이 지하실로 내려가기 시작하고, 헤이든은 모두를 동굴로 안내하느라 분주해지자, 스타키는 잠시 시간을 들여 커다란 숙소의 높은 천장을 올려다본다. 그리고 천장 선풍기를 알아본다. 선풍기는 하나도 돌지 않지만 괜찮다. 사실, 그게 더 낫다.

「위층으로 올라가서 직원 여섯 명을 데려와.」 그가 팀원들에게 말한다. 「말썽 부리는 놈은 진정탄을 쏴버려. 하지만 너희가 데려올 사람들은 의식이 있어야 해.」

「왜?」 그중 한 명이 묻는다. 「뭘 하는 건데?」

「메시지를 보낼 거야.」

그들은 남자 셋, 여자 셋을 데리고 돌아온다. 스타키는 그들이 이곳에서 맡은 직책이 무엇인지 전혀 모른다. 행정 직원, 외과 의사, 요리사…… 상관없다. 스타키에게는 그들 모두가 똑같다. 그들 모두가 언와인드를 실행하는 자들이다. 스타키는 그들을 묶고 덕트 테이프로 입을 막으라고 명령한다. 그는 다시 한번 천장을 올려다본다. 선풍기는 여섯 개다. 땅에서 약 3미터 높이에 달려 있다. 스타키는 밧줄을 잔뜩 가져왔다.

스타키의 특수 요원 중에는 매듭을 지을 줄 아는 사람이 없다. 올가미는 조잡하고 우아하지 않지만, 버텨 주기만 한다면 미적인 부분은 상관없다. 양동 작전을 위한 전투가 노르망디 해변에서처럼 여전히 한창인 가운데, 스타키 팀은 여섯 명의 포로를 의자 위에 세운다. 각자의 머리 위에 있는 선풍기 날개에 그들에게 매인 밧줄의 반대쪽 끝을 건다. 포로들이 느낄 수는 있지만, 실제로 다치지는 않을 정도로 밧줄을 팽팽히 당긴다. 모든 준비가 끝나자 스타키는 앞으로 나서 포로들에게 말을 건다.

「내 이름은 황새단의 수장, 메이슨 마이클 스타키다. 너희는 인류에 대한 범죄를 저질렀다. 너희는 수천 명의 무고한 아이를 그중에서도 수많은 황새를 언와인드했다. 그러니 결산이 이루어져야겠지.」 스타키는 그들이 이 말을 이해하도록 잠시 멈춘다. 그런 다음 첫 번째 포로에게 다가간다. 울음을 멈추지 못하는 여자다.

「무서워하는 걸 알겠군.」 그가 말한다.

덕트 테이프로 입이 막힌 여자는 고개를 끄덕이며 눈물 가득한 눈으로 애원한다.

「걱정하지 마라.」스타키가 말한다.「난 너를 해치지 않을 거다. 하지만 넌 내가 하는 모든 말을 기억해야 한다. 놈들이 너를 풀어 주러 오면, 네가 놈들에게 전해야 한다. 그렇게 할 수 있겠나?」

여자는 고개를 끄덕인다.

「놈들에게 이건 시작일 뿐이라고 말해라. 우리는 언와인드를 지지하고 황새를 학대한 모든 사람을 찾아갈 것이다. 너희 같은 인간들이 우리를 피해 숨을 수 있는 곳은 없다. 반드시 전해라. 놈들이 반드시 알게 해라.」

여자는 다시 고개를 끄덕인다. 스타키는 멀쩡한 손으로 여자의 팔을 토닥이며 안심시킨다. 그리고 여자를 해치지 않은 채 의자에 앉힌다.

그런 다음, 그는 다른 다섯 명의 포로에게 다가간다. 하나씩, 하나씩 그들이 밟고 선 의자를 걷어찬다.

5부
황새 살해

아칸소주 의원 후보 찰리 퓨콰, 반항적인 아동에 대한 사형 지지
존 셀록, 『허프포스트』, 2012년 10월 8일.

『아칸소 타임스』에 따르면, 2012년에 출간된 저서에서 퓨콰 후보는 부모가 자식을 사랑하더라도 〈반항적 아동〉에 대한 사형 제도를 허용하는 절차가 마련될 수 있다고 썼다. 퓨콰는 (……) 반항적 아동에게 사형을 선고하는 절차가 성경에 기술되어 있으며, 사법부의 승인을 받아야 한다고 지적했다. 퓨콰는 정부가 자기 자녀를 실제로 살해하게 할 부모는 많지 않겠지만, 이러한 권한이 반항적 아동을 억제하는 수단이 될 수 있다고 적었다.

『아칸소 타임스』에 따르면, 퓨콰는 다음과 같이 썼다.

사회에서 시민 질서를 유지하려면 가정 교육이라는 토대가 필요하다. 그러므로 부모를 존중하지 않는 아동은 다른 아동에게 부모에 대한 존중의 중요성을 일깨워 주기 위한 본

보기가 되어 사회에서 영구히 제거되어야 한다. 반항적 아동에 대한 사형은 가볍게 넘길 문제가 아니다. 『신명기』 21장 18~21절[32]은 반항적 아동에 대한 사형 집행과 관련된 지침을 제시하고 있다. 이 구절은 부모에게 자녀를 죽일 수 있는 포괄적인 권한을 부여하지 않는다. 부모는 적법한 절차를 따라야 한다. (……) 이런 절차는 거의 사용되지 않겠지만, 이 법이 도입된다면 부모에게는 권위가 부여될 것이며 (……) 아이는 부모에게 적절한 존경심을 갖게 되는 강력한 동기가 될 것이다.

기사 전문은 다음에서 확인할 수 있다.
https://www.huffpost.com/entry/charliefuqua-arkansas-candidate-death-penaltyrebellious-children_n_1948490

나는 내 견해가 대부분의 사람에게 상당히 긍정적으로 받아들여진다고 생각한다.
— 찰리 퓨콰

---

32 해당 구절은 이렇다. 〈아버지의 말이나 어머니의 말을 전혀 듣지 않고 거역하기만 하여 애를 태우는 아들이 있는 경우, 아무리 타일러도 듣지 않거든 부모는 그 고장 성문께, 성읍의 장로들이 있는 곳으로 그를 데리고 가서 그 성읍의 장로들에게 호소하여라. 《이 녀석은 우리 아들인데 거역하기만 하고 애만 타게 합니다. 우리의 말을 전혀 듣지 않습니다. 방탕한 데다가 술만 마십니다.》 그러면 온 시민은 그를 돌로 쳐 죽일 것이다. 이런 나쁜 일은 너희 가운데서 송두리째 뿌리 뽑아야 한다. 온 이스라엘이 이 말을 듣고 두려워하게 될 것이다.〉

라인실드 부부

잰슨과 소니아 라인실드는 대학에서 사임해 달라는 요청을 받았다. 총장은 그 이유로 〈생물학적 물질의 허가받지 않은 사용〉을 들먹였다. 그들은 사임하거나, 체포당해 그들의 연구 결과와 함께 모욕당해야 했다.

바이오다이닉스 의료 기기는 몇 주 동안 잰슨의 전화에 다시 전화를 걸어오지 않았다. 그가 이유를 알고 싶어 하자 접수대 직원은 잰슨의 시무룩한 태도에 약간 당황하며 그가 전화를 건 기록이 없다고 주장했다. 사실, 그들의 시스템에는 잰슨에 대한 기록이 아예 존재하지 않았다.

그러나 최악의 사태는 아직 벌어지지 않았다.

일주일 넘게 면도도, 샤워도 하지 않은 잰슨이 발을 질질 끌며 문을 열어 주러 나간다. 열여덟 살쯤 되어 보이는 한 아이가 서 있다. 잠시 후에야 잰슨은 그가 오스틴의 친구 중 하나임을 알아본다. 거리에서 되살려 낸 잰슨의 연구 조수, 오스틴은 작년부터 라인실드 부부와 함께 살고 있다. 소니아의 아이디어다. 부부는 지하실을 오스틴의 숙소로 바꿔 놓았다. 물론, 오스틴에게도 나름의 인생이 있으므로 라인실드 부부는 그가 드나드는지 확인하지 않는다. 부부는 할 일이 없을 때 오스틴이 한 번에 며칠씩 자리를 비운다고 알고 있다. 그 점을 고려했을 때, 오스틴이 지금 자리를 비운 것은 경계할 만한 일이 아니다. 잰슨에게는 더 이상 사무실도, 연구실도 없으니 더더욱.

「어떻게 말해야 할지 모르겠으니까 그냥 말할게요.」 아이가 말한다. 「어젯밤에 오스틴이 언와인드 목적으로 잡혀갔어요.」

잰슨은 잠시 본능적으로 그 말을 방어하며 말을 더듬는다. 「그럴 리 없어. 뭔가 오해가 있겠지. 지금 와서 언와인드하기에 오스틴은 너무 나이가 많은걸! 바로 지난 주말에 생일을 기념했어.」

「오스틴의 실제 생일은 내일이에요.」 아이가 말한다.

「하지만…… 오스틴은 무법자가 아니야! 그 녀석에게는 집이 있다고! 일자리도!」

아이가 고개를 젓는다. 「상관없어요. 걔네 아버지가 언와인드 의뢰서에 서명했어요.」

이어지는 충격적인 침묵 속에, 소니아가 계단을 내려온다. 「잰슨, 무슨 일이야?」

하지만 잰슨은 소니아에게 말할 수 없다고 느낀다. 심지어 자신이 들은 말을 소리 내어 되풀이할 수조차 없다. 소니아가 그의 곁으로 다가온다. 문 앞의 소년은 손에 든 모직 모자를 쥐어짜며 말을 잇는다. 「걔네 아빠가요, 그게…… 마약 문제가 있거든요. 애초에 오스틴이 거리로 나서게 된 이유도 그 때문이었고. 제가 듣기로는, 누군가가 오스틴의 아빠한테 의뢰서에 서명하라면서 아주 많은 돈을 줬대요.」

소니아가 헛숨을 들이쉰다. 무슨 일이 일어났는지 깨달은 그녀가 입을 가린다. 잰슨의 얼굴은 분노로 붉어진다. 「우리가 막을 거야! 어떤 대가를 치르더라도, 누구에게 뇌물을 줘야 하든지 간에…….」

「너무 늦었어요.」 아이는 발치의 환영 매트를 내려다보며 말한다. 「오스틴은 오늘 아침에 언와인드됐어요.」

아무도 입을 열지 못한다. 세 사람은 무력한 슬픔의 한 장면에 서 있다. 결국 아이가 말한다. 「죄송합니다.」 그는 서둘러 떠난다.

잰슨은 문을 닫고 아내를 끌어안는다. 둘은 방금 있었던 일에 관해 이야기하지 않는다. 할 수가 없다. 잰슨은 그 이야기를 서로에게 다시는 하지 않게 되리라 생각한다. 그는 이것이 경고임을 안다. 하지만 무슨 경고일까? 조용히 있으라는 경고? 언와인드를 받아들이라는 경고? 더 이상 존재하지 말라는 경고? 잰슨이 능동적 시민을 향해 이빨을 드러낸다 해도 무슨 소용이 있겠는가? 능동적 시민은 법을 어긴 적이 없다. 그들은 절대 법을 어기지 않는다. 대신 그들은 달성하고자 하는 일을 포괄하도록 법의 형태를 바꾸어 버린다.

잰슨은 소니아를 놓아주고 계단을 오른다. 그녀를 보지 않으려 한다. 「자러 갈게.」 그가 말한다.

「잰슨, 아직 정오도 안 됐어.」

「그래서 뭐가 달라져?」

침실에서, 잰슨은 블라인드를 친다. 이불에, 어둠 속에 몸을 파묻는다. 그는 오스틴이 부부의 집에 쳐들어와 그의 머리를 후려친 날을 떠올린다. 이제 잰슨은 자신이 그때의 타격으로 죽었더라면 좋았겠다고 생각한다. 그랬다면, 오스틴은 지금도 온전하게 있었을지 모르니까.

47
코너

스타키. 스타키라는 걸 알았어야 했다. 솔턴해의 비행기 사고로 죽었다고 보도된 사망자 수는 코너가 알고 있던 탈출한 아이들의 숫자와 일치하지 않았다. 스타키가 죽은 아이들 중에 있거나, 그 사소한 황새 공화국에 만족하며 납작 엎드려 있다고 생각한 코너가 바보였다. 코너는 우나의 숙소에서 나와 오하이오주로 가는 여행을 계속할 준비를 하는 내내, 각종 방송국에서 쏟아 내는 문크레이터 하비스트 캠프 공격에 관한 보도에 신경이 쓰일 수밖에 없다.

「저 녀석을 안다는 말이야?」 레브가 묻는다.

「탈출용 비행기를 훔쳐 간 놈이야.」 코너가 설명한다. 「너도 묘지에서 비행기가 이륙하는 건 봤지? 그놈이 모든 황새를 데려가고, 나머지 우리는 청담이 잡아가게 됐어.」

「훌륭한 녀석이네.」

「그러게. 내가 멍청했다, 너무 늦은 뒤에야 그 녀석의 정신 나간 면을 봤으니.」

문크레이터에서 일어난, 미리 계획된 살인은 스타키가 모래밭에 그어 놓은 선이었다. 그리고 그 선은 빠르게 깊어져 참호가 되어 가고 있었다. 직원 다섯 명이 교수형당하고 여섯 번째 직원은 그 이야기를 전하도록 살아남았다. 언론의 보도로 메이슨 스타키는 167센티미터라는 실제 키에 비해 훨씬 큰 이미지로 부풀어 올랐다. 인정하기는 싫지만, 코너는 그와 스타키가 이제 같은 동아리에 속해 있음을 깨닫는다. 둘 다 숨어 있는 광신자 집단의 우두머리다. 누군가는 그들을 증오하고, 누군가는 동경하며, 악마화되고 영웅화되는. 이제는 둘 다 변절자가 되었으니, 누군가가 팔짱을 낀 동지라도 되는 양 둘 모두가 그려진 티셔츠를 만들기 시작한다 해도 코너는 놀라지 않을 것이다.

스타키는 자신이 황새를 대변한다고 주장하지만, 사람들은 무단이탈자를 그렇게 세세히 구분하지 않는다. 대중이 아는 한 스타키는 모든 언와인드를 대변하는 광신적인 목소리다. 큰 문제다. 스타키가 모래밭에 파놓은 참호가 피로 채워질수록 무단이탈자에 대한 두려움은 커지고, 그것은 코너가 이룩하고자 싸워 왔던 모든 것을 찢어발길 것이다.

코너는 묘지의 훌리들에게 늘 제정신을 차리고 머리를 쓰는 일의 중요성을 각인시키곤 했다. 「사람들은 우리가 절망적으로 폭력적이니 차라리 언와인드시키는 게 낫다고 생각해.」 그는 아이들에게 말하곤 했다. 「우리는 그 생각이 틀렸다는 걸 세상에 증명해야 해.」

코너가 이루고자 했던 모든 것을 망가뜨리는 데 필요한 것은 스타키가 차버린 의자 다섯 개뿐인지도 모른다.

코너는 TV를 끈다. 그 모든 보도에 눈이 시리다. 「스타키는 여기서 멈추지 않을 거야.」 코너가 레브에게 말한다. 「점점 더 악화하기만 할 거야.」

「그 말은, 이 전쟁에 이제 세 편이 있다는 뜻이지.」 레브가 지적한다. 코너는 그 말이 옳음을 깨닫는다.

「그래서, 첫 번째 진영은 증오로, 두 번째 진영은 공포로 움직인다면, 우리를 움직이는 건 뭐지?」

「희망?」 레브가 말한다.

코너는 답답한 듯 고개를 젓는다. 「그보다는 훨씬 더 많은 게 필요해. 그게 우리가 애크런에 가서, 소니아가 아는 걸 알아내야 하는 이유야.」

그때, 등 뒤에서 소리가 들려온다. 「무슨 소니아?」

캠이 화장실에서 나오고 있다. 그는 보안상의 이유로 지하실에 갇혀 있지만, 우나가 주기적인 화장실 방문 목적으로 그를 올려 보낸 게 틀림없다. 코너는 마음속에서 분노가 차오르는 것을 느낀다. 캠이 아니라 자신에 대한 분노다. 두 가지 중요한 정보, 즉 목적지와 이름을 넘겨주었으니까.

「빌어먹을, 네가 신경 쓸 일이 아니야!」 코너가 쏘아붙인다.

캠은 눈썹을 치켜올린다. 그의 이마에 있는 여러 인종의 솔기 패턴이 구겨진다. 「예민한 센서.」 캠이 말한다. 「이런 식으로 반응하는 걸 보면, 그 소니아라는 사람이 확실히 중요한가 보네.」

코너와 레브의 계획은 캠을 우나의 지하실에 남겨 두는 것이었다. 아주 멀리, 캠이 흔적을 따라올 수 없을 만큼 멀리 떠날 때까지. 그렇게 하면, 캠은 그들이 있었던 곳은 알아도 그들이 향하는 곳은 알 수 없을 테고, 자신을 창조한 자들에게 정보를 가져다줄 수도 없을 터였다. 캠이 그 창조자들을 배신했다고 주장하긴 하지만, 그 주장을 뒷받침할 증거는 없으니까.

그러나 이제 캠은 그들이 가려는 도시는 물론, 찾아야 할 사람의 이름까지 알고 있다. 그가 정말 능동적 시민으로 돌아간다면, 능동적 시민은 머잖아 이 소니아라는 인물이 바로 오래전에 사라졌고, 그들이 손절했던 창립자의 아내임을 알게 될 것이다.

코너는 이제 모든 상황이 바뀌었고, 그들의 인생은 무한히 더 복잡해졌음을 깨닫는다.

48
레브

 코너가 미처 깨닫지 못한 새 수많은 것이 바뀌고 있다. 하지만 레브는 아직 그만의 거창한 발표로 코너를 공격할 생각은 없다.

 레브는 코너가 캠의 팔을 지나치게 세게 잡는 모습을 지켜본다. 그리고 나서야 코너가 롤런드의 손으로 그렇게 하고 있다는 것을 깨닫는다. 그렇다면 이해할 만하다. 코너는 캠을 계단 쪽으로 끌고 간다. 끌고 가는 목적이 좀 곤혹스럽다.

 「어쩌려고?」 레브가 묻는다.

 코너는 통렬하게 비웃는 듯한 웃음을 지어 보인다. 「의미 있는 토론을 하려고.」 코너는 캠을 계단 아래로 끌고 내려간다. 레브는 그레이스와 단둘이 남겨진다. 그레이스는 우나의 방이라는 안전한 공간에서 모든 말을 엿들었다. 레브가 아는 한 그레이스도 처리해야 할 또 다른 변수다. 이 모든 일이 벌어지는 내내 그레이스는 레브와 거리를 두었다. 둘은 거의 아무 말도 나누지 않았다.

 「그래서, 캠도 오하이오주에 가는 거야?」 그녀가 묻는다.

 「코너가 걜 왜 오하이오주에 데려가겠어?」

그레이스가 어깨를 으쓱한다. 「친구는 가까이, 적은 더 가까이 두어야 하니까.」 그레이스가 말한다. 「내가 보기엔 세 가지 선택지가 있어. 캠을 놔두고 가거나 데려가거나 죽이거나. 캠은 너무 많은 것을 알고 있으니, 뒤의 두 가지 방법밖에 남지 않아. 코너는 사람을 죽이는 타입 같진 않고. 비록 너는 차로 쳤지만 말이야.」

「그건 사고였어.」 레브가 일깨워 준다.

「그래······. 아무튼, 최고의 전략은 캠을 데려가는 거야. 두고 봐. 코너가 돌아와서 여행 동료가 생겼다고 말할 거야.」 그레이스는 잠시 망설이며 레브를 힐끗 보더니 시선을 돌린다. 「넌 안 간다는 말, 언제 할 거야?」

레브는 약간 놀라고 약간은 화가 나서 그레이스를 본다. 그는 아직 누구에게도 자신의 결정을 이야기하지 않았다. 누구에게도. 그레이스는 어떻게 안 걸까?

「그렇게 이상한 눈으로 보지 마. 뇌가 절반이라도 있는 사람이라면 누구나 뻔히 알 수 있는 일이니까. 너는 계속 코너가 오하이오주에 간다는 둥, 소니아를 찾는 게 코너의 임무라는 둥 말하지. 네 머릿속 그림에서는 이미 너 자신을 잘라 내버린 거야. 내가 코너와 같이 가야 하는 이유가 그래서고. 그래야 캠을 붙들어 둘 사람이 하나라도 더 있을 테니까.」

「넌 내가 같이 가지 않아서 마음이 놓이나 보구나?」

그레이스는 레브에게서 시선을 돌린다. 「그런 말 한 적 없는데.」 그러더니 그녀는 덧붙인다. 「그건 네가 날 싫어한다는 걸 알기 때문이야!」

레브가 씩 웃는다. 「아니, 사실은 네가 날 싫어하는 거지.」

「그건 네가 언젠가 터질 거라고 계속 생각하기 때문이야! 너야 터지지 않는다고 하지만, 터질 수 있다면? 사람들은 더 이상 작동하지 말아야 할 지뢰를 밟고 터지기도 해. 네가 그런 지뢰 같은 거면?」

레브는 두 손을 휘둘러 부딪치는 것으로 대답을 대신한다. 그레이스는 움찔하지만, 그의 박수에서는 박수 말고는 아무것도 나오지 않는다. 심지어 소리조차 크지 않다.

「이젠 그냥 날 놀리는구나.」

「사실, 〈한 번 박수도면 영원히 박수도〉라고 믿는 사람을 아주 많이 만나 봤어. 하지만 난 차에 치였을 때도 모두와 함께 하늘 높이 터져 버리지 않았잖아? 내가 터질 거였다면, 그때 터졌겠지.」 레브가 말한다.

그레이스는 고개를 젓는다. 「넌 지금도 안전하지 않아. 터지지는 않을지 몰라도, 다른 방식으로 안전하지 않거든. 난 그냥 알 수 있어.」

레브는 그레이스의 말이 정확히 무슨 뜻인지는 모르지만, 그 말이 옳다는 생각이 든다. 그는 더 이상 박수도가 아니지만, 그렇다고 안정성의 모범도 아니다. 그는 자신이 무엇을 할 수 있는지 잘 모른다. 좋은 쪽으로든, 나쁜 쪽으로든. 그게 두렵다.

「네가 코너랑 함께 가서 다행이야.」 레브가 말한다. 「코너는 널 잘 돌봐 줄 거야.」

「내가 코너를 잘 돌봐 준다는 뜻이겠지.」 그레이스가 약간 불쾌한 듯 말한다. 「코너한테는 내가 필요해. 두뇌가 없으면 이런 게임에서 이길 수 없으니까. 사람들은 날 저피질이니 뭐니 부르지만 그래도 내 뇌에는 그랜드 센트럴 터미널 같은 구석이 있어. 다른 사람들은 알아내지 못하는 것들이 나한테는 쉽게 떠올라. 아전트는 항상 그걸 싫어해서 날 멍청이라고 불렀지만, 그건 결국 아전트 자신이 멍청하다고 느꼈기 때문이었어.」

레브가 미소 짓는다. 「코너가 너희 집에 기습이 있었을 때 네가 자기를 어떻게 빼내 줬는지 다 말해 줬어. 청담을 다른 데로 보내서 우리를 찾아보게 하자는 생각도 네가 했지. 총을 쏜 사람이 우리를 죽이려 했던 게 아니라는 걸 알아낸 사람도 너고.」

「맞아!」 그레이스가 자랑스럽게 말한다. 「난 총을 쏜 사람이 누구인지도 알았어. 하지만 엄마가 언제나 말했듯이, 아는 걸 전부 말해 봤자 머리가 빌 뿐이야. 어쨌든, 생각해 보니 굳이 말할 필요는 없겠더라고.」

레브는 처음으로 그레이스에게 진심으로 호감을 느낀다. 「나도 알아냈어. 나도 너랑 같은 생각이고. 아무도 알 필요가 없는 얘기야.」 하지만 그레이스가 알아야 할 것들이 있을지도 몰라. 레브는 생각한다. 그는 스타키와의 상황을 떠올리고, 그레이스가 지금 보이는 것 같은 전략가라면 그 문제는 그레이스에게 맡겨야 함을 깨닫는다. 「너의 그랜드 센트럴 터미널에 통과시켜야 할 기차가 한 대 있어.」 그가 말한다.

「보내 봐.」

「문제는, 삼파전에서 어떻게 하면 이기느냐는 거야.」

그레이스는 생각에 잠긴 채 인상을 찡그린다. 「어려운 문제네. 생각해 보고 답을 줄게.」 그녀는 팔짱을 낀다. 「물론, 네가 우리랑 함께 가지 않는다면 답을 줄 수 없어. 안 그래?」

레브가 미안하다는 듯 미소 짓는다. 「그럼 나한테 답을 주지 마. 코너한테 줘.」

49
코너

코너는 캠의 팔을 꽉 잡고 그를 계단 아래로 데려온다. 우나는 가게 뒷방에서 새 기타를 만들고 있다. 일거리로 도망친 것이다.

「우리 중 누구한테도 경고하지 않고 이 녀석을 올려 보내다뇨!」

우나는 아주 미미한 관심만을 보이며 작업물에서 고개를 든다. 그녀의 머릿속에서는 그들이 이미 떠난 듯하다. 「난 그 녀석을 화장실에 보낸 거야. 걔가 도망칠 것도 아니고.」

코너는 굳이 자신의 분노를 설명하려 하지 않는다. 어차피 헛수고다. 그는 캠을 데리고 계속 지하실로 내려간다. 캠은 저항하지 않는다.

「그래서, 애크런에 소니아라는 사람이 있단 말이지.」 캠이 짜증스러울 정도로 태연하게 말한다.

코너는 그를 놓아준다. 「우린 널 아라파치 부족의 적으로 여겨 감금할 수 있어. 그럼 넌 남은 평생을 비참하게 부족의 감옥에서 썩게 될 거야.」

「그럴지도 모르지.」 캠이 말한다. 「하지만 재판 없이는 그렇게 안 될걸. 재판을 하게 되면 내가 하는 말이 전부 공개적으로 기록될 테고.」

코너는 그에게서 돌아서며 주먹을 꽉 쥔다. 그야말로 답답한 마음에 신음한다. 그는 다시 돌아서고, 자신도 모르게 롤런드의 손이 휘둘러져 캠의 턱을 친다. 캠은 흔들거리는 나무 의자 위로 쓰러진다. 코너는 다시 그를 때릴 자세를 취한다. 하지만 그때, 코너는 자신의 팔을 본다. 상어와 눈을 맞춘다. 이런 행동은 순간적인 만족은 줄 수 있을지 몰라도 상황에는 도움이 되지 않는다. 롤런드의 근육 기억이 그 팔을 다스리게 두면, 그는 단지 자제력만을 잃는 것이 아니다. 어떤 면에서는 영혼의 일부를 잃게 되는 것이다.

「그만.」 그가 상어에게 말한다. 마지못해 롤런드의 주먹에서 힘이 빠진다. 여기서 포로는 코너가 아니라 캠이다. 아무리 제약받는 기분이 들더라도 이 상황에서 우위에 서 있는 건 여전히 자신임을 코너는 떠올려야 한다. 그는 손을 뻗어 의자를 바로 세우고 뒤로 물러난다. 「앉아.」 그는 분노를 다시 접어 넣으며 말한다.

캠은 먼지투성이 바닥에서 일어나 의자에 앉는다. 그리고 턱을 문지르며 말한다. 「접목된 네 팔에는 그 팔만의 재능이 있네. 안 그래? 눈도 다른 사람 거야? 그럼 너도 나랑 똑같은 처지로 두 걸음 더 다가오는 셈인데.」

코너는 캠이 그를 자극해 다시 자제력을 잃게 만들려는 것임을 안다. 그런 일이 일어나게 두지는 않을 것이다. 그는 다시 당면한 문제에 집중한다.

「너한테는 이름 하나, 도시 하나밖에 없어.」 코너가 비교적 차분한 목소리로 말한다. 「그 정도도 너한테 알려 주고 싶지는 않지. 하지만 네가 너를 만든 사람들에게 그 정보를 가지고 돌아간다 해도 달라질 건 없어. 어쨌든 소니아는 암호명이고.」

「암호명?」

「당연하지.」 코너는 아무것도 아니라는 듯 어깨를 으쓱한다. 「내가 아무나 들을 수 있는 상황에서 실명을 쓸 만큼 멍청하다고 생각하는 건 아니지?」

캠은 체셔 고양이처럼 입꼬리를 올려 미소 짓는다. 「깔개랑 비슷하네.」 그가 말한다. 「내 오른쪽 전두엽에 개소리 탐지기가 있는 것 같아. 지금 빨간불이 반짝이고 있어.」

「믿고 싶은 대로 믿어.」 코너는 자기가 한 말을 지키는 것밖에 선택지가 없다는 걸 알기에 말한다. 「우나가 원하는 만큼 오랫동안 널 이 지하실에 가둬 둘 거야. 우나가 널 풀어 줄 때쯤에는 — 그것도 풀어 준다면 말이지만 — 능동적 시민에 무슨 말을 하든 상관없어. 어쨌든 놈들은 우릴 못 찾아.」

「왜 내가 다시 그놈들에게 기어갈 거라고 그렇게 확신하는 건데? 이미 말했잖아, 난 네가 놈들을 싫어하는 것만큼 놈들을 싫어해.」

「네가 널 만든 손을 물어뜯을 거라고 믿으라고?」 코너가 말한다. 「그래, 리사를 위해서라면 그럴 수도 있겠지. 하지만 나를 위해서는 아니야. 내가 보기엔, 너는 결국 놈들에게 갈 테고, 놈들은 두 팔 벌려 널 다시 받아들일 거야. 돌아온 탕아인 거지.」

그때 캠은 코너의 머릿속에 오래, 아주 오래도록 남게 될 질

5부 황새 살해

문을 던진다. 「넌 너를 언와인드하려 했던 사람들에게 돌아갈 거야?」

그 말에 코너는 완전히 당황한다. 「무슨…… 그게 무슨 상관이야?」

「리와인드되는 건 언와인드와 똑같이 가증스러운 일이야.」 캠이 말한다. 「난 내가 여기에 있다는 사실을 바꿀 수 없어. 하지만, 나를 리와인드한 사람들한테 빚진 건 아무것도 없어. 할 수만 있다면 나는 내 창조자들이 아예 창조되지 않게 할 거야. 난 리사가 그 일을 도와주기를 바랐어. 하지만 리사가 없으니, 너한테 의지하는 수밖에 없을 것 같아.」

코너는 캠을 믿지 않지만, 그의 말에는 깊고 지워지지 않는 멍이 있다. 그의 고통은 진짜다. 자신을 창조한 자들을 무너뜨리고 싶어 하는 그의 욕망만큼은.

「증명해 봐.」 코너가 말한다. 「너도 나만큼이나 그놈들을 무너뜨리고 싶어 한다는 걸 내가 믿게 해봐.」

「그러면 날 데려갈 거야?」

코너는 캠을 데려가는 것 외에 별다른 선택지가 없다는 걸 이미 깨달았지만, 이번 패는 철저히 숨긴다. 「생각은 해볼게.」

캠은 잠시 침묵을 지키며 코너와 감정 없이 눈을 마주친다. 그리고 말한다. 「P, S, M, H, Y, A, R, E, H, N, L, R, A.」

「뭐?」

「공공 님버스에 있는 열세 자리 아이디야. 패스워드는 리사 워드의 철자 순서를 바꿔서 만들었어. 그건 네가 직접 알아내야 할 거야.」

「네가 클라우드에 뭘 저장했는지, 내가 왜 신경 써야 하지?」

「뭔지 보면 신경 쓰게 될 거야.」

코너는 어수선한 지하실을 둘러보다가 탁자 위의 잡동사니 사이에서 펜과 노트를 발견한다. 그는 캠에게 그것들을 던진다. 「아이디를 적어. 우리 모두가 사진 기억 능력을 머릿속에 꿰매 붙이고 다니지는 않으니까. 패스워드도 추측하지 않을 거야. 그것도 적어.」

캠은 코너를 보고 비웃지만 그 요청에 따른다. 캠이 다 적자 코너는 종이를 가져가 주머니에 안전하게 넣은 뒤, 캠을 지하실에 가둔 채 우나의 숙소로 돌아온다.

「캠을 데려가기로 했어.」 그가 레브와 그레이스에게 말한다. 둘 다 놀라는 표정이 아니다.

50
레브

 레브는 아침에 코너에게 소식을 전한다. 피베인이 북문 밖에서 기다리는 자동차로 그들을 데려가기까지는 이제 몇 시간 남지 않았다. 레브는 코너가 화를 내리라 예상했지만, 코너의 반응은 그렇지 않다. 적어도 처음에 코너는 화를 내지 않는다. 그의 얼굴에 떠오른 표정은 연민이다. 레브는 그게 분노보다도 더 견디기 힘들다고 느낀다.
「여기 사람들은 널 원하지 않아, 레브. 여기 머무는 것에 대해 무슨 공상을 품고 있는지는 모르겠지만, 꿈 깨야 해. 이 사람들은 널 원하지 않아.」
 그 말은 절반만 진실이다. 그래도 들으면 똑같이 상처가 된다. 「상관없어.」 레브가 말한다. 「중요한 건 이 사람들이 원하는 게 아니라 내가 원하는 거야.」
「그래서 그냥 여기서 사라지겠다? 보호 구역에서 소박한 삶을 살면서, 기회의 민족의 아이가 된 척하겠다?」
「난 내가 여기서 변화를 만들어 낼 수 있다고 생각해.」
「어떻게? 피베인이랑 사냥을 나가서 토끼 개체 수를 줄이는 걸로?」 분노가 표출되며 코너의 목소리가 높아지기 시작한다. 좋다. 분노는 레브가 다룰 수 있는 감정이다.

「이 사람들도 이젠 바깥세상의 목소리를 들어야 해. 내가 그 목소리가 될 수 있고!」 그가 코너에게 말한다.

「네가 무슨 말을 하고 있는지 알기나 해? 그 모든 일을 겪고도 어떻게 여전히 이렇게 순진할 수가 있어?」

이제는 레브가 화를 낼 차례다. 「웬 늙은 여자랑 이야기하는 걸로 세상을 바꿀 수 있다고 믿는 건 너야. 망상에 빠진 사람이 있다면 그건 너라고!」

그 말에 코너는 할 말을 잃는다. 어쩌면 레브가 옳다는 걸 알기 때문일지도 모른다.

코너가 마침내 말한다. 「저놈들이 17세 연령 제한법을 폐지하기 직전인데 어떻게 돌아설 수가 있어?」

「너나 내가 무슨 일을 하든, 정말 그걸 바꿀 수 있다고 생각해?」

「그래!」 코너가 소리친다. 「난 그렇게 생각해. 그렇게 만들 거야. 노력하다가 죽을 거야.」

「그럼 내 도움은 필요 없겠네. 난 그냥 네 발목을 잡는 족쇄일 뿐이야. 쫄랑쫄랑 따라다니는 대신 여기서 뭔가 쓸모 있는 일을 하게 해줘.」

코너의 표정이 딱딱해진다. 「좋아. 빌어먹을, 뭐든지 네가 원하는 대로 해. 난 상관없어.」 코너는 정말 신경 쓰지 않는다는 듯한 태도다. 그러더니 레브에게 카드를 던진다. 레브는 약간 허둥대며 그것을 받는다.

「이게 뭐야?」

「읽어 봐. 우리가 보호 구역을 떠날 때 네 새 신분으로 쓰려고 만든 거야.」

가짜 아라파치 신분증이다. 레브는 자신이 찍은 기억조차 없는, 형편없는 사진이 붙은 신분증을 본다. 신분증에 적힌 이름은 〈마피 킨카주〉다. 그걸 보자 미소가 떠오른다. 「마음에 드네.」 레브가 말한다. 「새 신분은 간직해야겠다. 너한테는 무슨 이름을 지어 줬어?」

코너는 자기 신분증을 본다. 「비스네브 헤비이테.」 코너가 말한다. 「엘리나 말로는 〈도둑맞은 상어〉라는 뜻이래.」 그는 잠시 팔의 상어를 보다가 손가락을 벌리며 주먹을 편다.

「날 묘지에서 꺼내 줘서 고마워.」 그가 레브에게 말한다. 화가 풀리고, 마지못해 상황을 받아들이는 기색이다. 어쩌면 레브의 선택이 탐탁지 않지만 받아들이기로 한 걸지도 모른다. 「장기 해적에게서 날 구해 준 것도 고맙고. 네가 아니었으면 난 아마 조각조각 나서 온 세상으로 보내졌을 거야.」

레브가 어깨를 으쓱한다. 「별것도 아닌데. 그렇게 힘들지도 않았어.」 둘 다 그 말이 사실이 아님을 안다.

51
우나

 우나는 피베인에 대한 의무가 끝나고 불청객들이 떠나면 마음이 놓이리라 생각했다. 하지만 윌의 두 손이 어디로 갔는지, 그의 모든 재능이 어디에 있는지를 아는 채 혼자 남겨지는 미래는 — 우나가 누구와도 나눌 수 없는 이런 정보는 — 감당하기 어려운 짐이다. 상황이 예전처럼 돌아간다 해도 우나에게 그 상황은 결코 정상이 아닐 것이다.

 우나는 부모님이, 아니면 현악기 제작소를 물려준 멘토인 엘더 레나가 함께 이곳에 있으면 좋겠다고 생각한다. 하지만 그들은 모두 은퇴한 기회의 민족을 위한, 코르테스해의 휴양지인 푸에르토 페냐스코로 이주했다. 우나도 열아홉 살에 은퇴할 수 있을지는 모르겠다. 그냥 짐을 챙겨 그곳으로 이사한 다음, 결혼할 기회가 없었던 늙은 과부처럼 남은 날을 보내야 하는 걸까.

 타시네 가족은 해가 지면 와서 손님들을 데리고 간다. 우나는 불확실한 고독 속에 홀로 남게 되어 있다. 이제는 캠도 떠날 것이다. 우나는 캠을 잠시 더 격리해 두었다가 세상에 내팽개치라는 요청을 받으리라 예상했지만 캠도 다른 이들과 함께 떠날 것이다.

그날 오후, 우나는 새로운 마호가니 기타 작업에 몰두하며 분주하게 시간을 보낸다. 손으로 기타 옆면을 구부리고 받침대로 보강한다. 어두워지기 직전, 그녀는 지하실에서 들려오는 음악 소리를 듣는다. 캠일 게 분명하다. 아무리 애써도 그 소리를 무시할 수 없다. 우나는 문의 자물쇠를 열고 천천히 내려간다.

캠은 의자에 앉아 있다. 어딘가 잊힌 구석에서 발견했을 오래된 플라멩코 기타를 연주하고 있다. 낡은 기타에서 나오는 음악이 그 방의 산소를 빨아들이는 것만 같다. 우나는 숨을 고를 수가 없다. 그가 연주하는 것은 분노와 후회가 잔뜩 실려 있는 강력한 곡조지만, 평화로운 해법 또한 깃들어 있다. 윌이 살아 있을 때 연주한 적 없는 곡이다. 하지만 그 안에는 틀림없이 윌의 독특한 작곡법이 들어 있다.

캠은 연주에 너무 몰입한 나머지 고개를 들지 않지만, 우나가 와 있다는 건 안다. 아는 게 틀림없다. 우나는 말하고 싶지 않다. 언어는 윌의 손가락이 기타의 현 위에서 자아낸 마법을 깨뜨릴 테니까. 캠은 점점 음량을 높여 가며 뒤에서 두 번째 화음을 길게 끈 뒤, 곡을 끝낸다. 마지막 음이 지하실 곳곳에 반향한다. 우나의 내면 어딘가에 있는 게 분명한 공간에도. 이어진 침묵은 그 이전의 음악만큼이나 중요하게 느껴진다. 그 침묵조차 곡의 일부 같다. 우나는 자신이 그 침묵을 깰 수 없음을 깨닫는다.

마침내 캠이 그녀를 본다. 「당신을 위해서 썼어요.」 그가 말한다. 그의 표정은 읽기 어렵다. 우나가 그렇듯, 그 역시 곡에 실려 있던 수많은 감정으로 가득 차 있기 때문이다.

이유를 설명할 수는 없지만, 우나는 침해당했다고 느낀다. 캠이 어떻게 감히 윌의 음악으로 우나를 이렇게까지 깊이 밀어붙일 수 있단 말인가? 이건 윌의 음악이다. 캠은 윌의 영혼 위에 자신의 영혼을 쌓았으니까. 캠은 그를 창조한 괴물들이 깔아 놓은 토대 위에 세워진, 새로운 무언가다.

「마음에 들어요?」 캠이 묻는다.

그 질문에 어떻게 답할 수 있을까? 그 음악은 그녀를 위한 것이 아니었다. 그녀 그 자체였다. 어떻게 그런 일이 가능한지 모르지만, 캠은 우나라는 존재의 모든 조각을 화음과 불협화음으로 증류해 냈다. 캠의 질문은 곧 우나가 자기 자신을 좋아하느냐는 질문이나 다름없었다. 곡의 음색만큼이나 복잡한 질문이었다.

우나는 대답 대신, 목구멍에 걸린 목소리로 말한다. 「다시는 그 노래를 연주하지 않겠다고 약속해.」

캠은 그 말에 놀란다. 그가 잠시 생각해 보더니 말한다. 「당신이 아닌 그 누구를 위해서도 연주하지 않겠다고 약속할게요.」 그러더니 그는 기타를 내려놓고 일어선다. 「잘 있어요, 우나. 당신과 함께한 시간은……」 그는 말을 고르느라 망설인다. 「꼭 필요한 시간이었어요. 어쩌면 우리 둘 다를 위해서.」

우나는 캠이 그녀의 가게에 처음 나타났을 때부터 그랬듯, 자기도 모르게 그의 중력에 이끌린다. 이제 그녀는 그 중력에 저항할 수 없음을 안다. 그녀는 캠에게 다가간다. 그의 왼손을 보다가, 그 손을 잡고 어루만진다. 그런 다음 그의 오른손을 보고, 그 손도 잡는다. 우나는 절대 고개를 들지 않은 채 그의 손가락과 자신의 손가락을 읽는다.

「다시 날 돌로 치려는 건 아니죠?」 그가 묻는다.

우나는 눈을 감고 그 손의 느낌을 햇살처럼 쬔다. 지금도 그 느낌이 좋다. 우나는 그의 오른손을 얼굴에 댄다. 그가 그녀의 뺨을 어루만진다. 우나는 오래된 떨림을 다시 느낀다. 이번에는 그 느낌을 포용하면서, 동시에 자신을 혐오한다.

마침내 우나는 캠의 눈을 들여다본다. 낯선 이의 눈이다. 그녀는 예상치 못한 충격을 받는다. 그리고 입을 맞춘다. 입을 맞추면서도 우나는 자신이 낯선 이의 입술에 입 맞추고 있음을 안다. 그의 음악이 그녀의 영혼과 그토록 잘 조율되어 있는데, 그의 나머지 부분은 어떻게 이토록 동떨어져 있을 수 있을까? 이토록 어긋날 수 있을까? 이런 일은 절대 일어나선 안 됐다. 하지만 그녀는 그의 부정하게 얻은 두 손을 놓을 수가 없다. 입맞춤에서 떨어져 나오는 것도 거의 그만큼 어렵다.

「일단 여기서 나가면.」 그녀가 말한다. 「절대 돌아오지 마.」 그런 다음 그녀는 간절하게, 열정적으로 그의 귀에 속삭인다. 「난 널 경멸해, 카뮈 콩프리.」

52
코너

 그들은 밤에 떠나야 한다. 젊은 사람으로 가득 찬 자동차는 언제나 의심을 받기 때문이다. 밤에는 신분을 숨기기가 더 쉽고, 코너가 과속을 하거나 주목을 끌 만한 일을 하지 않는 한 고속 도로 순찰대는 그들을 내버려둘 것이다. 게다가 자동차는 보라색 세단이다. 딱히 눈에 안 띈다고는 할 수 없다. 그것도 밤에 출발해야 하는 이유다.

 「이 자동차가 최선이었어.」 일행을 배웅하며 엘리나가 말했다. 타시네 가족은 우나의 가게에서 작별 인사를 했고, 우나는 그들을 보호 구역의 북문 바로 앞에서 기다리는 자동차까지 태워다 주겠다고 자원했다. 그것만이 캠의 존재를 타시네 가족에게 비밀로 유지할 수 있는 유일한 방법이었다.

 레브가 코너에게 건넨 작별 인사는 가라앉은 동시에 과장되어 있었다. 둘 다 작별 인사를 아주 잘하지는 못했다.

 「잘해. 온전하게 남아 있도록 하고.」 레브가 코너에게 말했다.

 코너는 아주 희미한 미소를 지으며 대꾸했다. 「머리 좀 깎아

라. 다음에 나랑 만날 때는 말이야.」

그들이 콜로라도강을 건너 캔자스주로 들어선 건 자정 무렵이다. 캠과 그레이스는 둘 다 뒷자리에 앉아 있다. 코너는 캠을 조수석에 태울 만큼 믿지 않는다. 그렇다고 그를 혼자 뒷자리에 앉도록 할 만큼 믿지도 않는다. 불쾌하게 밀려오는 기시감 속에서, 코너는 하츠데일 출구 표지판을 본다. 대략 그가 예전에 타조를 쳤던 지점이다. 타조는 오래전에 사라졌지만, 코너는 또 다른 타조가 그들의 앞길에 달려들어 자살할까 봐 운전대를 꽉 잡는다.

「향수병이 느껴져, 그레이스?」 마을이 가까워지자 코너가 묻는다.

「집을 생각하면 언제나 병이 날 것 같아.」 그레이스가 대답한다. 「그냥 가.」

코너는 출구를 지나며 자기도 모르게 숨을 참는다. 그곳이 촉수를 뻗어 일행을 끌어당기기라도 할 것처럼. 일단 출구를 지나고 나자 차 안의 공기가 가벼워진 것 같다. 코너는 그게 상상일 뿐이라는 걸 알지만, 일행의 여정이 본격적인 궤도에 올랐다는 건 다행스럽다.

코너는 밤새 운전하고 싶지만, 새벽 3시가 조금 지나자 졸음이 닥쳐온다.

「내가 운전해도 돼.」 캠이 말한다. 「내 내적 공동체에는 운전을 아주 잘하는 애들이 몇 명 있어. 내가 걔네들을 데려다 일을 시킬 수 있을 거야.」

「미안한데, 사양할게.」 캠에게 뭐든 통제권을 준다는 것은 코너의 신뢰 수준을 한참 넘어서는 일이다. 어쨌든 〈내적 공동체〉 운운하는 사람은 누구든 운전대를 잡아서는 안 된다.

그들은 캔자스주 러셀이라는 마을에 들어가 그날 밤을 보낼 눈에 띄지 않는 장소를 찾는다. 대부분의 호텔은 사람과의 상호 작용을 요구하고, 어떤 상호 작용이든 문제로 이어질 수 있다. 하지만 주 경계선에 있는 대부분의 마을이 그렇듯 러셀에는 자판기로 객실 키를 내주는 아이모텔이 있다. 이 모텔에서 요구하는 것은 신분증과 현금뿐이다. 자판기 앞에 서 있을 때, 캠은 코너의 신분증을 가져가 들여다보더니 짜증 나게도 재미있어한다.

「〈비스네브 헤비이테.〉 이름 한번 기네.」

「비즈니스맨!」 그레이스가 그렇게 말하더니 웃는다.

코너는 신분증을 다시 낚아채 슬롯에 넣는다. 「제 역할만 한다면 세상에 이렇게 좋은 이름도 없어.」 아니나 다를까, 자판기는 아무 문제 없이 신분증을 받아들인다. 코너는 타시네 가족에게 받은 돈 일부를 자판기에 넣는다. 그들은 그날 밤을 보낼 객실 키를 얻는다. 걱정할 것도, 번거로울 것도 없다. 그들은 방에 틀어박힌다. 침대가 두 개뿐이지만, 어느 순간에든 잠을 자는 것은 두 명뿐일 테니 괜찮다.

「새벽까지는 내가 캠을 지켜볼까?」 그레이스가 코너에게 묻는다. 캠은 자신을 감시할 필요는 없다고 항의하지만, 그레이스는 문 옆에 의자를 끌어다 두고 자리를 잡는다. 그렇게 하면 그녀가 졸더라도 캠이 탈출하려면 그녀를 지나갈 수밖에 없기 때문이다. 그녀는 히스토리 채널에서 나오는 오래된 전쟁 다큐멘터리를 보며 즐긴다.

「난 네가 게임 쇼 네트워크를 더 좋아할 줄 알았는데.」 코너가 악의 없이 말한다. 「뭐랄까, 네가 게임을 아주 좋아하니까.」

그레이스는 모욕감을 느낀 듯 그를 노려본다. 「그런 쇼는 전부 운에 좌우되는 멍청한 게임이랑 그보다 더 멍청한 사람들에 관한 거야. 난 전쟁이 좋아. 전략과 비극이 한데 엉켜 있잖아. 계속 흥미가 생겨.」

코너는 20세기의 대포가 연달아 발사되는 희미한 소리를 들으며 몇 분 만에 잠든다. 그는 몇 시간 뒤, 커튼 틈으로 쏟아져 들어오는 햇빛과 거의 전쟁 다큐멘터리만큼이나 폭력적인 TV 만화 소리에 깬다.

「미안.」 그레이스가 말한다. 「이 이상 꽉 닫을 수는 없었어.」 코너는 주변 방에서 사람들이 움직이는 소리를 들을 수 있다. 먹먹하게 들리는 다른 TV 소리, 샤워기가 켜졌다 꺼지는 소리, 여행자들이 어딘가로 떠나며 문을 쾅쾅 닫는 소리. 캠은 세상 걱정 하나 없이 자고 있다. 코너는 고마워하는 그레이스와 교대한다. 그레이스는 코너가 자던 침대에 눕자마자 몇 분 만에 코를 골기 시작한다.

도착했을 때부터 별로 눈에 띄지 않았던 이 방은 평범하다. 딱히 기억에 남지 않는, 효율적인 수면 공간이다. 전 세계의 고속 도로 출구 램프마다 점점이 찍혀 있는 그런 곳. 베이지색으로 통일된 가구, 얼룩이 드러나지 않게 설계된 어두운색 카펫, 사람들이 다시 체인 호텔에 방문하도록 하는 편안한 침대. 책상 위에는 컴퓨터 인터페이스도 장착돼 있다. 이것 역시도 요즘은 일반적이다. 코너는 캠이 준 아이디와 패스워드가 적힌 쪽지를 꺼내 로그인한다. 그 정보에 그를 데려가는 수고를 감수할 만큼 가치가 있는지 확인하기 위해서다.

알고 보니 캠은 허풍을 떤 게 아니었다. 일단 로그인하자 코너는 캠이 공공 넘버스에 숨겨 둔, 몇 페이지 분량의 파일에 접근할 수 있다. 디지털 방식으로 분쇄되었다가 공들여 복구한 파일이다. 대부분은 아무도 보아서는 안 되는, 능동적 시민 내부의 통신 기록이다. 쓸모없어 보인다. 정신이 멍해질 정도로 밋밋한 사내 이메일이 줄줄 이어진다. 코너는 그것들을 그냥 넘겨 버리고 싶은 충동을 억누른다. 하지만 읽다 보니 핵심 어구들이 두드러지기 시작한다. 〈표적 인구 집단〉이나 〈핵심 시장에서의 배치〉 같은 문구다. 더 놀라운 것은, 이런 이메일들이 오간 도메인이다. 이런 메시지는 생산 기구는 물론, 능동적 시민과 언론 홍보계의 거물들 사이에서 오간 통신으로 보인다. 캐스팅이나, 온갖 형태의 값비싼 미디어 광고에 대해서 논의하는 메일도 여럿 있다. 상당히 모호하지만 일부러 그렇게 작성한 것이다. 전체를 함께 놓고 보니, 무시무시한 하나의 방향을 가리키기 시작한다.

코너는 그 이메일에서 언급된 것으로 보이는 광고 몇 편을 확인한다. 그가 모든 정보를 제대로 짜맞춘 것이라면, 능동적 시민은 다양한 비영리 단체의 이름을 빌려 10대 언와인드를 지지하는 정치 광고의 배후에 자리 잡고 있다. 놀랄 일은 아니다. 사실, 코너는 이미 그럴 거라 의심하고 있었다. 정작 놀라운 사실은 따로 있다. 능동적 시민은 10대 언와인드에 반대하지만, 죄수들의 뇌 적출과 성인의 자발적 언와인드를 지지하는 광고의 배후에도 있다.

「눈이 뜨이지? 네 눈 중 하나는 네 것이 아니지만.」

코너가 돌아보자 캠이 침대에 앉아 자료를 헤치고 나아가는 코너를 지켜보고 있다. 「이건 토끼 굴의 입구에 불과해.」 캠이 말한다. 「깊이 들어갈수록 더 어둡고 무시무시한 것들을 발견하게 될 거라고 장담할게.」

「이해가 안 가.」 코너는 컴퓨터에 떠 있는 다양한 정치 광고들을 가리킨다. 아동의 언와인드는 비윤리적이라며 청소년 전담국을 비판하는 광고들이다. 「능동적 시민은 왜 양쪽에서 활동하는 거지?」

「양면이 있는 동전인 거지.」 캠이 말한다. 그러더니 아주 이상한 질문을 한다. 「말해 봐, 코너. 네가 임신한 건 이번이 처음이야?」

「뭐?」

「그냥 〈예, 아니요〉로 대답해.」

「응. 내 답은…… 아니! 닥쳐! 그게 대체 무슨 멍청한 질문이야?」

캠이 미소 짓는다. 「봤지? 어떻게 대답하든 넌 망하게 돼 있어. 양쪽에서 활동함으로써, 능동적 시민은 사람들로 하여금 두 종류의 서로 다른 언와인드 중 하나를 선택하는 데만 집중하게 만드는 거야. 진짜 질문은 잊어버리고.」

「진짜 질문이란, 누구든 언와인드하는 게 마땅하냐, 아니냐인데 말이지.」

「정답.」 캠이 말한다.

이제는 완벽하게 말이 된다. 코너는 트레이스 뉴하우저가 묘지에서 해주었던 모든 이야기를 떠올린다. 능동적 시민이 얼마나 영리하고 교활하게 움직이는지. 그들이 청소년 전담국을 미묘하게 조종하는 방식. 그들이 제독을 이용해 자기들 대신 언와인드를 창고에 보관하게 하는 방식. 그동안 제독과 코너는 자신들이 그 아이들에게 안전한 피난처를 제공하고 있다고 진정으로 믿었다.

「그러니까 어느 쪽이 이기든 현상 유지가 되는 거구나.」 코너가 말한다. 「사람들은 언와인드당하고 언와인드 협력체는 부자가 되고.」

「언와인드 협력체?」

「어떤 친구가 언와인드로 돈을 버는 모든 사람을 그렇게 불렀어. 하비스트 캠프를 소유한 회사, 이식 전문 병원, 청소년 전담국…….」

캠은 한쪽 눈썹을 치켜올리며 생각해 본다. 그 표정 때문에 이마의 대칭적인 솔기가 균형을 잃는다. 그가 말한다. 「모든 길은 로마로 통해. 언와인드는 미국에서 가장 많은 이윤을 내는 단일 산업이야. 어쩌면 전 세계에서 그럴지도 몰라. 이런 경제적 엔진은 자신을 보호해. 그 엔진을 무너뜨리려면 우리는 놈들보다 똑똑해져야 해.」 캠이 미소 짓는다. 「하지만 놈들은 한 가지 실수를 했어.」

「무슨 실수?」

「자기들보다 똑똑한 사람을 만들었거든.」

캠과 코너는 한 시간가량 더 정보를 살펴본다. 하지만 정보가 너무 많아, 중요한 것과 중요하지 않은 것을 가리기가 어렵다.

「재무 기록이 있어.」 캠이 코너에게 말한다. 「그 기록에 따르면, 엄청나게 많은 돈이 사라지고 있어. 블랙홀에 빨려 들어

가는 것처럼.」

「토끼 굴일지도 모르지.」 코너가 말한다.

「바로 그거야. 그 돈이 어디로 가는지 알아낼 수 있다면, 능동적 시민이 알아서 몸을 던질 칼을 쥐게 되는 거야.」 캠은 조용해진다. 「난 놈들이 아주, 아주 음침한 일에 돈을 대고 있다고 생각해. 그게 뭔지 알아내기가 두려울 정도야.」

인정하지는 않지만, 코너도 같은 생각이다.

53
뱀

 뱀은 명령을 실행한다. 새로 도착한 아이들을 돌본다. 문크레이터 파이브에 대해서는 생각하지 않으려 노력한다. 문크레이터 파이브란, 스타키가 목매달아 죽인 하비스트 캠프 직원들을 언론에서 부르는 말이다. 이제 그들은 순교자가 되었다. 일부 정치 평론가들에 따르면, 그들은 교정 불가능한 10대를 그냥 언와인드해야 한다는 증거다.

 뱀이 바깥쪽 정문에서 벌인 가짜 전투로 인해 황새 두 명이 죽고 일곱 명이 다쳤다. 뱀의 팀원들이 실제로 아무도 죽이려 하지 않았지만, 그들에게 총을 쏜 경비원들은 그들을 죽이려 했기 때문이다. 그들이 살아서 빠져나온 것 자체가 기적이었다. 결국 그들의 공격은 목적을 달성했다. 그 공격은 겉보기에는 캠프 침입에 실패한 것으로 보였다. 보안 병력이 숙소 건물의 봉쇄를 해제하고, 그들이 발견한 것을 발견하기 전까지는 그랬다.

 문크레이터의 숙소에서 다섯 명이 린치당한 채 발견되었다. 그 사건은 뱀이 역사책에서만 보던 여느 장면만큼이나 심란

했다.

바쁘게, 뱀은 바쁘게 지내야만 한다. 황새들은 광산으로 돌아오자마자 황새가 아닌 아이들과 분리되었다. 이번에는 선택받지 못한 아이들을 뜬금없는 곳에 그냥 놔두고 오는 대신, 뱀이 그들을 가장 가까운 대도시인 보이시에 데려가도록 조치했다. 그들은 알아서 살아가야 하겠지만, 적어도 콘크리트 건물과 군중이라는 위장 아래 숨어 지낼 수 있을 것이다. 누가 알겠는가? 어쩌면 ADR이 그들을 찾아내 피신처를 제공할지도 모른다. ADR이 지금도 존재한다면 말이지만.

다섯 명.

그들은 남자 언와인드 담당 수석 상담사, 수위, 사무실 직원, 도살장 간호사, 그리고 재수 없게도 하필 그날 와 있던 요리사의 남자 친구였다.

지금은 스타키가 살려 준 단 한 명의 여자 덕분에 모두가 메이슨 마이클 스타키라는 이름을 안다.

「축하해.」 뱀은 화를 내지 않고 스타키와 대화할 수 있을 만큼 진정되었을 때 그렇게 말했다. 「이젠 네가 공공의 적 1호가 됐네.」 그리고 믿기 어렵게도 그 말에 스타키는 실제로 미소 지었다.

「그게 어떻게 좋은 일이 될 수 있어?」

「날 두려워하잖아.」 스타키가 말했다. 「나는 무시할 수 없는 힘이야. 이젠 사람들이 그 사실을 알아.」

문크레이터 해방 이후 이틀 만에, 스타키는 황새들에게서 열렬하고도 맹렬하며 거의 전염성에 가까운 지지를 얻는다. 그것이 어마어마하게 커진 그의 위상을 증명한다. 황새단만 그를 지지하는 것도 아니다. 온갖 온라인 커뮤니티가 난데없이 솟아났다. 〈황새여, 단결하라!〉 그들은 그렇게 선언한다. 〈달려, 스타키, 달려〉라고도 말한다. 스타키가 무슨 역마차를 탈취한 제시 제임스[33]라도 되는 것처럼 말이다. 스타키를 아는 모든 사람이 그의 옷자락에 올라타, 15분짜리 명성의 순간을 슬쩍 맛보려는 듯하다. 그들은 스타키에 대한 이야기와 사진을 게시한다. 온 세상이 무단이탈자가 되기 전 그의 삶의 모든 조각과 그의 얼굴의 모든 각도를 알도록.

스타키가 그를 집에서 데려가던 청담 수거반 중 한 명을 쏘아 죽였다는 사실도 조명된다. 그래서 스타키의 모습이 더욱 위험하게 묘사된다. 하지만 놀랍게도, 예의 바른 사회에서 그를 악마화할수록 그는 권리를 빼앗긴 사람들로부터 더 큰 지지를 받는다.

요약하자면, 스타키는 바라던 것을 달성했다. 그의 이름이 코너 래시터의 이름을 가렸다.

냉혈한처럼 다섯 명을 목매달았기 때문에. 다음번에는 몇 명이 될지 누가 알겠어?

아니야! 뱀은 그런 식으로 생각이 흘러가게 놔둘 수 없다. 긍정적인 면에 빛을 비추는 것이 그녀의 일이니까. 수백 명의 언와인드가 구원받았다. 기성 질서가 흔들렸다. 뱀은 자신이 이 일에 참여하기로 동의했음을 떠올린다. 과거 비행기 묘지에서, 스타키는 아무도 그녀를 믿지 않을 때 그녀를 믿어 준 사람이었다. 스타키는 항상 문제를 처리할 때 그녀를 부사령관

---

33 19세기 후반에 미국에서 활동한 전설적인 강도

으로 선택했다. 비밀을 털어놓을 상대는 아니더라도, 최소한 생각을 정리할 때 말 상대로 삼아 주긴 했다. 뱀은 그 모든 일에도 불구하고 그에게 충성해야 할 빚이 있다. 그는 황새들의 구원자가 되겠다는 임무를, 목소리 없는 자들의 목소리가 되어 주겠다는 사명을 떠맡았고 성공하고 있다. 뱀이 무슨 자격으로 그의 방법에 의문을 품겠는가?

하지만 헤이든은 이곳에 도착한 순간부터 의문을 품었다. 오직 뱀에게만, 그것도 뱀이 참아 줄 때만이라고는 해도. 다만 헤이든은 교수형에 대해 알고 난 뒤 스타키의 면전에서 그를 거역했다. 컴퓨터로 돌아가지 않겠다고, 다음 해방에 전혀 관여하고 싶지 않다고 했다. 물론 스타키는 격분했다. 그는 허리케인처럼 고함을 질렀다. 그러나 뱀으로서는 그렇게 배짱 있는 녀석이라고 한 번도 생각해 보지 않았던 헤이든이 스타키에게 맞섰다.

「난 테러리스트를 위해 일하지 않아.」 헤이든이 말했다. 「그러니까 지금 당장 내 목을 치든지, 그 더러운 얼굴 저리 치워.」 만약 그 일이 뱀과 지반이 아닌 다른 사람 앞에서 벌어졌다면 스타키는 실제로 구식 〈목 베어 굴리기〉를 했어야 했을지 모른다. 황새들에게 본보기를 보이기 위해서 말이다. 지금도 헤이든이 청담과 협력했다고 믿는 아이들은 그런 일을 환영했을 것이다. 하지만 그때, 스타키의 분노가 갑자기 무너졌다. 그는 웃기 시작했다. 웃음이 그 순간 분노보다 더 큰 힘을 그에게 주었다. 이길 수 없다면, 상황을 우스갯거리로 만든다. 그건 원래 헤이든의 방식이었지만, 이제는 스타키가 헤이든에게서 그 방식을 훔쳐 버렸다.

「진지하게 굴지 마, 헤이든. 너무 웃기잖아.」 그러더니 그는 헤이든을 다시 식량 재고 관리 업무로 돌려보냈다. 처음부터 그게 자신의 계획이었다는 듯이. 「평범한 정신에는 비천한 일이 어울리지.」

글쎄, 헤이든의 정신은 스타키가 생각하는 만큼 평범하지 않은 듯하다. 하루 반이 지나자, 스타키는 뱀에게 헤이든을 구슬려 컴퓨터실로 복귀시키라는 임무를 맡겼다. 마치 뱀에게 스타키보다 더 큰 영향력이 있는 것처럼. 부드러운 설득은 뱀의 장기가 아니었고, 헤이든은 이미 협박에 굴하지 않을 것임을 증명한 바 있다. 그러니 그건 바보나 맡을 법한 심부름이었다. 하긴, 최근에 뱀은 그야말로 바보가 된 기분이다.

뱀은 비품실에서 헤이든을 발견한다. 그는 중앙의 어두운 지지대에 기대앉아 있다. 재고 파악이나 배급과는 거의 상관 없는듯 보인다. 재고 파악용 노트에 뭔가 적고 있기는 하지만. 헤이든 감시를 맡은 경비병은 뱀을 보더니 일어나서 무기를 들어 올린다. 방금까지 쌀자루 위에 앉아 졸고 있지 않았던 것처럼.

헤이든은 뱀이 다가가도 고개조차 들지 않는다.

「왜 어두운 데서 쓰고 있는 거야?」

「내 글솜씨가 너무 끔찍해서. 아무도 안 보는 게 좋거든. 나조차도.」

뱀은 고여 있는 어둠 속으로 들어간다. 그곳이 생각보다 어둡지 않다는 것을 알게 된다. 밝은 바깥에서 볼 때만 그렇게 느껴졌을 뿐이다. 헤이든은 일어나서 뱀에게 인사하지 않는다. 그냥 계속 글을 쓴다.

「뭘 쓰는데?」

「여기서 낸 시간을 기록하고 있어. 언젠가 우리가 저지른 일로 교수형을 당하게 되면 실제 벌어진 일이 무엇인지에 관한 기록으로 남기려고. 제목은 〈스타키의 지옥〉이야. 지금이 지옥의 몇 층인지는 잘 모르겠지만.」

「요즘에는 교수형 안 해.」 뱀이 지적한다. 그러고는 스타키의 린치를 떠올린다. 「최소한 공식적으로는.」

「그렇지. 아마 그냥 우리 뇌를 적출할 거야. 최소한 뇌 적출법이 통과되면 그렇게 하겠지.」 헤이든은 노트를 덮고 처음으로 뱀을 올려다본다. 「사람 속을 파내야겠다는 생각을 처음으로 한 건 이집트인들이야. 알아? 이집트인들은 사후 세계를 위해 몸이 보존될 수 있도록 지도자를 미라로 만들었어. 하지만 즐겁지 않은 그 길로 지도자들을 보내 버리기 전에, 그 사람들 머리에서 뇌를 뽑아내 버렸지.」 헤이든은 잠시 생각해 본다. 「천재라니까, 이집트 사람들. 파라오한테 절대 필요하지 않은 게 있다면, 바로 뇌라는 걸 알았던 거야. 뇌가 있다면 파라오가 정말로 뭔가 해칠 수도 있으니까.」

마침내 그가 일어나 뱀을 마주 본다. 「그래서, 넌 여기서 뭘 하는 거야, 뱀? 뭘 원해?」

「네가 지반한테 방화벽 무너뜨리는 방법을 알려 줘야겠어. 네가 직접 침입할 필요는 전혀 없어. 그냥 지반한테 방법만 알려 주면 돼.」

「지반도 방법은 알아. 묘지에서 늘 했는걸. 걔가 안 하고 있다면, 하기 싫은데 황새의 군주에게 말하기 무서워서 그런 거야.」

「황새의 군주라니, 요즘엔 언론에서 그렇게 불러?」

「아니. 나만의 애칭이야.」 헤이든이 인정한다. 「하지만 언론이 그렇게 부르기 시작하면, 스타키는 분명 좋아하겠지. 장담하는데, 평민들이 노래와 희생 제의로 숭배할 수 있도록 자신만의 제단도 세울 거야. 그러고 보니 생각난 건데, 난 적절한 황새의 군주 경례를 만들어야겠다는 생각을 하고 있었어. 하일 히틀러랑 비슷한데, 손가락은 중지만 쓰는 거야. 이런 식으로.」 헤이든이 그 동작을 보여 준다. 뱀은 웃음이 나온다.

「헤이든, 넌 진짜 개자식이야.」

「너한테 들은 말이니 칭찬으로 여길게.」 헤이든은 특유의 무시하는 듯 히죽거리는 표정을 은근히 지어 보인다. 뱀은 사실 그 표정을 본 것이 기쁘다.

헤이든은 잠시 망설이며 경비병을 힐끗 건너다본다. 경비병은 쌀자루 위에서 다시 졸고 있다. 헤이든은 뱀에게 몇 걸음 다가와 조용히 말한다. 「스타키보다는 네가 더 나은 지도자가 될 거야, 뱀.」

둘 사이에 침묵이 흐른다. 뱀은 그 말에 대답조차 할 수 없음을 깨닫는다.

「생각해 본 적 없다고는 못 할 거야.」 헤이든이 말한다.

그의 말이 맞다. 뱀은 그 생각을 해보았다. 하지만 그것이 뿌리내리기 전에 무시해 버렸다. 「스타키한테는 사명이 있어.」 뱀이 말한다. 「스타키한테는 목표가 있다고. 나한테는 뭐가 있는데?」

헤이든이 어깨를 으쓱한다. 「상식? 생존 본능? 훌륭한 골격?」

뱀은 이딴 대화를 계속하지 않겠다고 빠르게 결정한다. 「노트 내려놓고 네 일이나 해. 어제 음식이 부족했어. 오늘 밤에는 그런 일 없도록 해.」

헤이든은 중지를 들고 황새의 군주 경례를 다시 해 보인다. 뱀은 감자를 던져 잠든 경비병을 깨우고 자리를 떠난다.

이미 위험할 정도로 고장 난 뱀의 세상이 완전히 뒤집힌 것은 그날 오후의 일이다. 그 모든 건 새침데기들 때문이다. 새침데기란, 뱀이 가장 싫어하는 여자애들을 부르는 특별한 단어다. 특권을 누리며 아무 걱정 없이 살아온 우아한 것들. 걱정거리라고는 손톱 색깔과 남자 친구에 관한 고민밖에 없고, 이름은 멀쩡한데 철자가 이상한 것들. 황새단 중에도 새침데기 자격이 있는 여자애들이 있다. 옷이 다 해져 걸레짝이 되어 가는데도 언제나 거리를 두고 가식을 떠는 것들이다. 어째서인지, 그 모든 고난을 견뎌 내고도 그들은 여전히 예쁘장하고 사소하며 기름때처럼 천박한 존재로 남아 있다.

특히 지난 몇 주 동안 자기들만의 작은 파벌을 형성한 아이들이 셋 있다. 둘은 시에나, 하나는 엄버다. 셋 다 짜증 날 정도로 아름답다. 그들은 하비스트 캠프 해방에 참여하지 않았다. 사실, 그들은 자기들끼리 이야기하고 다른 아이들을 비웃는 것 말고는 거의 아무것도 하지 않는 것처럼 보인다. 뱀은 그들이 등 뒤에서 자신의 키와 남자 같다고 할 만한 체형, 전반적인 태도에 대해 험담하는 소리를 한 번 이상 들었다. 뱀은 원칙적으로 그들을 피하지만, 오늘은 누군가와 싸우고 싶은 기분이다. 그녀는 시비를 걸거나, 적어도 누군가를 비참하게 만들고 싶다. 훌륭한 골격 대신 우아한 이목구비를 타고난 여자애들

만큼 비참하게 만들기 좋은 사람이 어디 있겠는가?

뱀은 〈여성 전용〉으로 지정된 광산 구역에서 그들을 발견한다. 여자들이 유혹에 지쳤을 때, 호르몬 끓어넘치는 남자들의 원치 않는 접근을 피하기 위해 가는 곳이다. 뱀은 최근 들어 그들이 남자들과 노닥거리는 모습을 본 적이 없다. 처음에는 그에 관해 아무 생각도 하지 않았다.

「스타키가 광산 더 깊은 곳으로 화약을 옮기래.」 뱀이 그들에게 말한다. 「그 일을 할 사람으로 내가 너희 셋을 선택했어. 운반 중에 자폭하지 않도록 노력해 봐.」

「왜 우리한테 그래?」 케이트린이 묻는다. 「남자애들한테 하라고 해.」

「안 돼. 오늘은 너희 차례야.」

「하지만 난 무거운 걸 들면 안 되는걸.」 에멀리가 징징거린다.

「맞아.」 마케일라가 말한다. 「우리 셋 다 그래.」

「누가 그러는데?」

그들은 셋 다 말하고 싶지 않다는 듯 서로를 본다. 마침내 에멀리가 파벌의 대변인이 된다. 「그야…… 스타키가 그러지.」

스타키가 새침데기들에게 특권을 주었다는 사실에 뱀은 더욱 짜증이 난다. 뭐, 여기서는 뱀의 말이 곧 스타키의 말이다. 어떤 특권이든 빼앗을 수 있다.

「모든 황새가 참여해야 해.」 뱀이 그들에게 말한다. 「게으르게 뭉개지 말고 일어나서 일해.」

마케일라가 케이트린의 귀에 뭔가를 속삭이자 케이트린이 텔레파시라도 보내듯 에멀리를 바라본다. 에멀리는 고개를 저으며 뱀을 돌아보더니, 미안한 기색이라고는 전혀 담기지 않은 미안해하는 미소를 짓는다.

「우린 정말로 스타키한테 직접 특별 허가를 받았어.」 그녀가 말한다.

「아무것도 안 해도 된다는 허가? 아닐걸.」

「아무것도 안 해도 된다는 허가가 아니라, 우리 자신을 돌보라는 허가야. 서로도 돌보고.」 케이트린이 말한다.

「맞아.」 마케일라가 앵무새처럼 따라한다. 「우리 자신과 서로를 돌보래.」

그들의 입에서 나오는 단어 하나하나에 뱀은 혼이 빠지도록 그들의 따귀를 후려치고 싶어진다. 「대체 무슨 소리야?」

그들은 또다시 세 방향 텔레파시 시선을 주고받는다. 에멀리가 말한다. 「너랑은 이런 얘기 하면 안 돼.」

「그러셔. 그 말도 스타키가 한 거야?」

「딱히 그런 건 아니고.」 마침내 에멀리가 일어나 뱀을 마주본다. 그녀는 뱀과 눈을 맞추고는 천천히 말한다. 「우리가 우리 자신을 돌봐야 하는 이유는…… 스타키가 우리를 언와인드가 불가능하게 만들었기 때문이야.」 뱀은 바보가 아니다. 태도 문제 때문에 학교에서는 딱히 똑똑하다는 평가를 받지 못했지만, 인생이라는 학교에선 언제나 빨리 배우는 편이었다. 하지만 이 말은 뱀의 현실 감각이라는 영역에서 너무 벗어나 있기에 그야말로 이해가 되지 않는다.

이번에는 다른 새침데기가 일어선다. 마케일라가 뱀의 어깨에 가엾다는 듯 손을 얹는다. 「아홉 달 동안 언와인드가 불가능한 상태 말이야.」 그녀가 말한다. 「이제 이해가 돼?」

그 말은 박격포처럼 뱀을 타격한다. 뱀은 실제로 휘청거리며 벽까지 물러난다.「거짓말! 그럴 리가 없어!」

하지만 일단 그 말을 내뱉자 세 소녀의 눈에는 이상하게 황홀한 표정이 감돈다. 진짜야! 세상에, 쟤들이 진실을 말하고 있어!

「스타키는 위대한 남자가 될 거야.」 케이트린이 말한다. 「이미 그렇고.」

「우리는 모두 황새일지 몰라도, 스타키의 아이들은 그렇지 않을 거야.」 다른 아이가 말한다. 뱀은 누가 말했는지조차 알 수 없다. 이제 셋은 그녀에게 모두 똑같다. 끔찍하고 아름다운 히드라처럼, 몸통 하나에 세 개의 말하는 머리가 달린 존재다.

「스타키가 우리를 돌보겠다고 약속했어.」

「우리 모두를.」

「그러겠다고 맹세했어.」

「넌 그게 어떤 느낌인지 몰라.」

「어떤 느낌인지 알 수가 없지.」

「스타키한테 선택받는 거.」

「위대한 손길을 받는 거.」

「그래서 오늘 우리는 화약을 나를 수 없어.」

「내일도.」

「앞으로도 영원히.」

「정말 미안해, 뱀.」

「그래, 정말 미안해.」

「이해해 주면 좋겠어.」

뱀은 쿵쾅거리며 스타키를 찾아 광산의 미로를 헤집고 다닌다. 생각과 감정이 미친 듯이 꼬여서 자신이 어디에 있는지도 잊어버릴 지경이다. 박수도처럼 폭발하지 않는 것이 그녀가 할 수 있는 최선이다.

뱀은 지반의 어깨 너머로 다음 표적을 보고 있는 스타키를 발견한다. 하지만 지금 뱀의 레이더에는 다음 표적이 들어갈 공간 따위는 없다. 뱀은 광산 안을 이리저리 달리느라 숨이 찬 상태다. 그녀는 자신의 감정이 뻔히 드러난다는 것을, 피처럼 선명하게 얼룩져 있다는 것을 안다. 그냥 광산 더 깊은 곳으로 달려가, 분노와 혐오감이 희미해질 때까지 어슬렁거리며 속을 끓였어야 한다는 걸 안다. 하지만 그럴 수가 없었다.

「언제 말할 생각이었어?」

스타키는 잠시 그녀를 보더니 캔에 담긴 것을 한 모금 마시고 지반을 내보낸다. 그는 뱀의 표정을 보고 그녀가 무슨 말을 하려는지 정확히 안다. 어떻게 모르겠는가?

「그게 네가 상관할 일이라고 생각해?」

「난 부사령관이야. 나한테 비밀을 두면 안 되지!」

「비밀과 신중함은 달라.」

「신중함이라고? 애 셋을 해트 트릭으로 임신시킨 주제에 어디서 신중함 같은 소리를 해?」

「내가 하는 일은 위험한 일이야. 나도 그 사실을 전혀 모르지 않아. 일이 망가질 수 있다는 것도 알고, 내가 살아남지 못할 경우를 대비해서 뭔가를 남겨 두고 싶었어. 내가 개들한테 강요한 것도 아니야.」

「넌 누구한테도 강요하는 일이 없지. 안 그래, 메이슨? 대신 최면을 걸어. 사람을 홀리지. 자기도 모르게 사람들은 너를 위해서라면 뭐든 기꺼이 하려 해.」

스타키가 둘 사이의 허공에 걸려 있던 단 한 가지를 베어 버린다. 해서는 안 될 말을 한다.

「넌 네가 그 애들 중 하나가 아니라서 화가 났을 뿐이야.」

뱀은 스타키가 휘청거릴 정도로 세게 뺨을 친다. 스타키는 하마터면 컴퓨터 위로 쓰러질 뻔한다. 스타키가 분노에 찬 눈으로 반격하려 들 때 뱀은 이미 준비되어 있다. 그녀는 스타키의 망가진 손을 잡고 힘을 준다. 세게. 반응은 즉각적이다. 스타키의 다리가 털썩 꺾인다. 그는 무릎을 꿇는다. 뱀은 더 세게 힘을 준다.

「이거…… 놔…….」 스타키가 비명을 지른다. 「제발…… 놔줘…….」

뱀은 그의 손을 조금 더 잡고 있다가 놓아준다. 뭐든 스타키가 다음에 저지를 행동에 대비하고 있다. 바닥에 내팽개치라지. 얼굴에 침을 뱉으라지. 때리고 또 때리라지. 그런 행동에는 최소한 뭔가 의미가 있을 것이다. 최소한 뱀에게 쏟아지는 어떤 열정이 있을 것이다.

하지만 복수하는 대신, 스타키는 그냥 망가진 손을 잡고 일어선다. 그는 고통이 지나갈 때까지 눈을 감는다.

「내가 너한테 얼마나 많은 일을 해줬는데.」 뱀이 말한다. 「그렇게 많은 일을 해줬는데 걔들이랑 놀아나?」

「뱀비, 제발…….」

「그렇게 부르지 마! 절대로 그렇게 부르지 마!」

「걔들이 아니라 너를 선택했더라면, 넌 나와 함께 나가서 세상을 바꿀 수 없었을 거야. 안 그래? 그랬다면 너무 위험했을 테니까!」

「선택권을 나한테 줄 수도 있었잖아!」

「그럼 뭐? 우리 사이에 그런 게 있었다면 네가 어떻게 부사령관이 될 수 있었겠어?」

뱀은 그 질문에 대답할 말을 찾지 못한다. 스타키는 자신이 뱀에게 영향을 끼치고 있음을 아는 게 틀림없다. 그가 한 걸음 다가온다. 목소리가 더 친절해진다. 「네가 나한테 얼마나 큰 의미인지 모르겠어, 뱀? 우리 사이에 있는 걸, 난 절대 그 애들하고 나누지 않을 거야.」

「그 애들이 가진 걸, 나는 절대 갖지 못하겠지.」

스타키가 뱀을 본다. 가늠한다. 평가한다. 「정말로 그게 네가 원하는 거야, 뱀? 그게 널 행복하게 하는 거야? 정말로?」 그러더니 스타키는 뱀의 공간으로 깊숙이 들어온다. 뱀의 키가 너무 커서, 이렇게 가까이 서 있으니 스타키는 실제보다 더 작아 보인다.

그는 목을 쭉 늘려 입을 맞추려 한다. 하지만 둘의 입술은 여전히 몇 센티미터나 떨어져 있다. 까치발을 딛는 굴욕을 감당하는 대신, 스타키는 뱀의 머리 뒤로 손을 뻗어 그녀를 끌어당긴다. 그리고 입을 맞춘다. 그 입맞춤은 마술사의 연기와도 같다. 기교로 가득하고 박수를 받을 만하다. 뱀이 오래전부터 꿈꿔 왔던 것이다. ……하지만 그게 그저 속임수에 불과하다는 사실은 무엇으로도 바꿀 수 없고, 오늘은 이 마술에 갈채를 보낼 관객이 없다.

「너한테 상처 줘서 미안해, 뱀. 네 말이 맞아. 넌 나한테서 진실한 무언가를 받을 자격이 있어.」

「방금 그건 진심이 아니었어, 메이슨.」

스타키가 미소와 찡그린 표정 사이의 무언가를 지어 보인다. 「나로서는 최선의 진심이야.」

뱀은 가능한 모든 면에서 기진맥진한 상태로 광산을 돌아다닌다. 스타키에 대한 분노는 더 이상 어디로 가야 할지 모른다. 그녀의 감정도 마찬가지다. 뱀은 잃어버린, 이름 붙일 수 없는 무언가에 대한 열망을 느낀다. 좀 더 순진했더라면 뱀은 그것을 자신의 천진난만함이라 불렀을 것이다. 하지만 밤비 앤 코벌트는 아주 오래전부터 천진난만하지 않았다.

그녀는 낮은 천장에서 튀어나온 돌에 머리를 세게 부딪힌다. 그때까지 자신이 어디로 가고 있는지조차 몰랐다.

「또 너냐?」 헤이든이 뱀을 보며 말한다. 이번에 그는 실제로 저녁 식사를 위한 음식을 카트에 싣고 있다.

뱀은 경비병을 돌아본다. 「가서 마실 것 좀 가져와.」

경비병은 혼란스러운 표정이다. 「물이니 뭐니 다 여기 있는데.」

「그래. 그럼 가서 초밥을 가져와!」

「응?」

「진짜 그렇게 멍청할 수가 있냐? 그냥 꺼지라고!」

「알겠습니다, 밤비 님.」 경비병은 서둘러 나가다가 거의 자기 총에 걸려 넘어질 뻔한다.

헤이든은 즐거워한다. 「〈밤비 님〉이라니. 유치원 선생님 같네. 그 직업, 생각해 봤어?」

「난 애들 싫어해.」

5부 황새 살해

「어른도 별로 안 좋아하잖아. 그렇게 치면, 둘 사이에 있는 어떤 존재도 별로 안 좋아하고.」

어떤 이유에서인지, 그 말에 뱀의 마음속에서는 눈물이 쓸개즙처럼 차오른다. 하지만 그녀는 애써 눈물을 참는다. 헤이든에게 보이지 않으려 애쓴다.

「너, 피 나.」 헤이든이 말한다. 그는 걱정스러운 얼굴로 한 발 다가오지만, 뱀은 손을 내저어 그를 뿌리친다.

「괜찮아.」 뱀이 머리를 만져 본다. 천장에 부딪힌 부분에 작은 상처가 나 있다. 뱀의 문제 중 가장 사소한 문제다. 치실이 있는 아이에게 예약을 잡기로 한다. 「얘기 좀 하자.」

「무슨?」

뱀은 경비병이 돌아오지 않았고 헤이든과 정말 단둘이라는 걸 확인한다. 「내가 너한테 귀를 빌려주겠다고 약속했었지. 그 약속을 써먹어. 지금.」

54
군대

 기습은 경고 없이 이루어진다. 밤중에 들이닥친 청소년 수거반 같다. 진짜 특수 요원들이다. 스타키가 특수 요원이라 부르는, 연극 놀이를 하는 아이들이 아니다. 침입자들은 광산 입구를 지키던 황새에게 무기를 들 겨를조차 주지 않고 쓰러뜨린다. 그들은 터널로 쏟아져 들어와, 눈에 띄는 모두에게 진정탄을 쏜다. 그들이 받은 지시는 간단하다. 메이슨 스타키를 확보할 것.

 소동으로 광산 더 깊은 곳에 있던 아이들이 깨어나 허둥지둥 무기를 잡는다. 그들은 망설임 없이, 두려움 없이 무기를 쓰는 법을 배웠다. 그렇게 몇몇 침입자를 쓰러뜨리지만, 그 뒤에 더 많은 침입자가 뒤따라온다. 이 군대는 황새들이 본 적도 없는 무기로 무장하고 있다. 아주 작은 진정탄 화살을 너무도 놀라운 속도로 흩뿌리는 분대 기관총이 황새들의 눈앞에 피할 수 없는 기절의 장막을 만든다. 스타키를 둘러싸고 있던 여러 겹의 보호막이 벗겨진 끝에, 스타키는 침략군 앞에 무방비한 상태로 노출된다.

스타키는 자기 무기를 휘두른다. 하지만 이미 늦었다. 그가 허둥대는 사이, 공격자들은 스타키와 스타키의 무기를 모두 제압한다.

작전은 5분도 채 걸리지 않는다.

55
스타키

 자신이 건드릴 수 없는 존재가 되었다고 믿었다니 미친 짓이었다. 이제야 스타키는 깨닫는다. 황새들의 은신처는 잘 숨겨져 있었지만, 청담은 가장 저항력 강한 무단이탈자까지 찾아내는 기술을 갖추고 있었다. 스타키는 몸부림치지만 아무 소용이 없다. 그의 망가진 손이 공격자의 무쇠 같은 손아귀에 잡혀 너무 고통스러운 나머지 몸에서 힘이 빠진다. 뱀에게 잡혔을 때와 똑같다.

 주변에는 소중한 황새들이 기절한 채 늘어져 있다. 진정탄이 박힌 자리마다 작은 피 얼룩이 묻어 있다. 더는 싸우는 사람이 없다. 아직 의식이 있는 아이들은 모두 도망치고 있다. 황새들은 자신들이 실력과 무장에서 밀린다는 걸 안다.

 「광산 더 깊은 곳으로 들어가!」 스타키가 소리친다. 「최대한 깊이. 산 채로 잡히면 안 돼.」

 겁에 질려 있지만, 스타키는 너무도 잘 휘둘러 왔던 분노를 불러낸다. 순교자가 되면 영원히 살 수 있다는 확신도.

 바람이 광산 입구를 채찍질한다. 하지만 그건 자연스러운 바람이 아니다. 밤보다 어두운 헬리콥터가 내려온다. 헬기의 착륙 지점에서 회전초가 터져 나온다. 그 무지막지한 무게에서 탈출하려고 내달리는 것만 같다. 이제 스타키에게는 잡히지 않고 빠져나갈 마술은 없다. 그래서 그는 현실을 받아들인다. 난 헬리콥터에 실려 갈 만큼 중요한 사람이야. 그는 그렇게 생각한다.

문이 열리고 그는 헬기 안으로 내팽개쳐진다. 손과 발을 모두 짚으며 넘어진다. 왼손이 다시 박살 날 것 같다. 왜 진정탄을 쏘지 않는 거지? 견딜 수가 없어. 끝났으면 좋겠어.

스타키는 헬기가 이륙하며 수직으로 상승하는 움직임을 느낀다. 위를 보니, 이 거대한 산업용 헬기 안에서는 전혀 예상하지 못한 광경이 보인다. 헬기의 내부는 움직임을 제한하는 강철 의자 대신 호화로운 장비로 가득 차 있다. 가죽과 황동, 윤이 나는 나무로 꾸며진 사치스러운 피난처다. 헬리콥터 내가 아니라 요트의 객실 같다.

정장 바지에 편안한 스웨터를 입은 남자가 플러시 가죽 의자에 앉아 TV 화면을 마주 보고 있다. 그는 리모컨으로 화면을 멈추고, 의자를 휙 돌려 스타키를 마주 본다. 스타키는 구역질과 어지러움이 차오르는 가운데, 자신이 결국 진정탄을 맞아 완전히 정신을 잃기 전에 잠깐 보이는 환각이라고 생각한다. 하지만 시야가 흐려지지 않는다. 현기증은 헬리콥터의 진동 때문이다. 그의 눈앞에 보이는 장면은 진짜다.

「메이슨 마이클 스타키.」 남자가 말한다. 「널 만날 날을 기다려 왔다.」

남자는 관자놀이가 희어져 가는 검은 머리의 소유자다. 지역적 억양이라고는 전혀 없는, 불안할 정도로 완벽한 발음으로 깔끔한 영어를 구사한다.

「이게 무슨 일이야?」 스타키는 그렇게 묻는다. 답을 알고 싶지는 않지만 물을 수밖에 없다.

「네가 생각하는 그런 일은 아니다.」 남자가 말한다. 「와서 앉아. 의논할 문제가 있다.」 그는 리모컨으로 TV를 가리키며, 일시 정지된 화면을 다시 재생한다. 뉴스 보도를 모아 놓은 것이다. 모두 스타키가 나오는 뉴스다. 「넌 하루아침에 센세이션을 일으켰어.」 남자가 말한다.

스타키는 용기를 끌어모아 애써 일어선다. 헬리콥터가 우현으로 약간 기울어진다. 그는 벽을 붙잡으며 중심을 잡는다. 하지만 그는 남자에게 다가가지 않는다.

「당신은 누구지?」

「친구다. 네가 알아야 할 건 그뿐이지 않나? 내 이름이야, 글쎄. 이름이란 이상한 것이지. 이름은 우리를 규정하는데, 난 규정당하고 싶지 않거든. 최소한 지금 이 맥락에서는.」

하지만 스타키는 잡혀가는 동안에 어떤 이름이 언급되는 것을 엿들었다. 소란 속에서 정확히 듣지는 못했지만, 첫 글자만은 기억한다. 「당신 성 말이야.」 스타키가 남자에게 반항하듯 말한다. 「D로 시작하지?」

남자는 움찔하지만, 잠깐일 뿐이다. 그는 자기 옆에 있는 의자를 톡톡 두드린다. 「앉아다오, 메이슨. 언제 예상치 못한 난기류를 만날지 알 수 없으니까.」

스타키는 마지못해 앉는다. 그는 이 남자가 거래를 제안하리라 생각한다. 하지만 대체 무슨 거래일까? 놈들은 이미 스타키와 황새단을 사로잡았다. 아마 스타키가 코너 래시터의 소재를 안다고 생각하는 것일지도 모른다. 하지만 설령 안다 해도, 지금은 스타키가 청소년 전담국이 노리는 더 큰 상품이 되어 있다. 어째서 협상하려 든단 말인가?

「넌 저 바깥에서 엄청난 충격과 혼란을 일으켰다.」 남자가 말한다. 「사람들이 널 증오한다. 널 사랑하고…….」

「사람들 생각에는 관심 없어.」 스타키가 짓씹어 뱉는다.

「아, 관심이 아주 많을 텐데.」 남자는 경멸이 깃든 어조로 말하고, 스타키는 그를 후려치고 싶다. 하지만 그게 현명하지 않은 행동임을 안다. 「우린 모두 이 세상에서 우리의 이미지를 관찰해야 하지. 우리의 이익에 가장 맞게, 그 이미지를 적절히 뒤틀어야 하고.」

스타키는 이 남자가 자신을 가지고 놀고 있다는 걸 안다. 하지만 어떤 목적으로? 스타키는 통제권을 쥐지 못한 이 느낌이 싫다.

마침내 남자가 TV를 끄고 의자를 돌려 스타키를 정면으로 마주 본다. 「나는 네 행동이나 미친 것처럼 보이는 네 방식을 대단히 긍정적으로 보는 어떤 운동을 대표하고 있다. 우린 그게 미친 짓이 전혀 아니라는 걸 알거든.」

이번에도 스타키가 예상한 대답은 아니다. 「운동이라니?」

「조직이라고 부르고 싶다만, 이름이 그렇듯 그 말도 우리를 제한된 틀에 가둬 버리지.」

「당신이 원하는 게 뭔지 아직도 말하지 않았어.」

남자가 활짝 미소 짓는다. 따뜻하지도, 위안이 되지도 않는 미소다. 「우린 하비스트 캠프의 해방을 원한다. 더 중요한 건,

하비스트 캠프를 운영하는 자들의 처벌이지. 그런 사건이 더 벌어지는 것이야말로 우리가 무척 보고 싶은 일이야.」

이 말은 여전히 속임수처럼 느껴진다. 「왜지?」

「우리 운동은 혼란 속에서 번영하거든. 붕괴는 변화를 일으키니까.」

스타키는 이 남자가 하는 말을 알아들을 것 같다고 느낀다. 다만 그 단어를 입 밖에 내는 것만으로도 거의 두렵게 느껴진다. 「박수도?」

남자는 특유의 냉정한 미소를 다시 지어 보인다. 「이 운동의 뿌리가 얼마나 깊은지, 구성원들이 얼마나 헌신적인지 알게 되면 놀랄 거다. 너만 괜찮다면 우린 네가 함께하기를 바란다.」

스타키가 고개를 젓는다. 「난 박수도가 될 생각은 없어.」

남자는 실제로 웃는다. 「아니, 네게 박수도가 되어 달라는 게 아니야. 그렇게 된다면 우리 모두에게 얼마나 큰 낭비겠나? 우린 단지, 네가 하는 일에 우리가 쓸 수 있는 모든 방식으로 도움을 주고 싶을 뿐이다.」

「그 대가로 바라는 게 뭔데?」

남자는 영상을 다시 재생한다. 화면에는 문크레이터의 여자 숙소로 쓰이던 긴 방과 천장 선풍기에 매달린 채, 린치당해 죽은 다섯 명의 직원들을 내려다보며 찍은 영상이 나온다. 「네가 이때 만든 것과 같은 상징적인 장면을 더 만들어라.」 남자가 밝게 말한다. 「여러 세대에 걸쳐 인류의 영혼을 괴롭힐 장면을.」

스타키는 이런 일의 규모에 대해 생각한다. 이런 일이 황새들에게 가져다줄 힘을, 자신에게 안겨 줄 악명을. 「그거야 할 수 있지.」

「그렇게 말해 주길 바랐다. 우린 풍부한 최첨단 무기를 갖추고 있고, 약간 광신적이긴 해도 헌신적인 추종자들도 있다. 그들은 대혼란을 일으키는 데 기꺼이 자신을 희생할 준비가 되어 있지.」 남자는 스타키와 악수하려고 손을 내민다. 하지만 그가 내민 손은 오른손이 아니라 왼손이다. 일부러 그런 것이다. 「우리를 동반자라고 생각해라, 메이슨.」 스타키의 왼손은 여전히 통증으로 욱신거리지만, 그는 그 손을 내밀어 남자가 잡도록 한다. 타는 듯한 통증을 삼킨다. 동맹이란, 그 고통을 동반한 약속이라는 걸 알기 때문이다.

헬리콥터 비행은 목적지 없는 여정이다. 대화가 끝나고 동반자 관계가 맺어지자 헬기는 빙 돌아 원래 있던 곳으로 돌아온다. 스타키를 데려갔던 곳에, 광산 근처에 내려 준다.

이제 스타키는 주변의 모든 것에 대한 감각이 고양된 채 돌아온다. 땅 위를 걸어다닌다기보다는 땅 위로 한 뼘쯤 떠다니는 기분이다. 광산의 동굴 같은 입구를 지나자 주변 모든 것이 다른 방식으로 움직이는 것처럼 보인다. 슬로 모션이라기보다는, 세상이 그를 중심으로 갈라지고 열리는 듯하다. 광산 안에서는 아이들이 의식을 되찾기 시작했다. 빠르게 작용하는 진정탄은 지속 시간 역시 짧다. 진정탄을 쏜 목적이 황새들을 잡아가는 것이 아니라, 스타키를 끌어내 정상 회담을 할 만큼 그들을 무력화시키는 것이었기 때문이다.

진정탄을 가까스로 피한 아이들은 다른 아이들을 되살리려 최선을 다하고 있다. 그러다 스타키를 본 그들은 경외감에 일어선다. 코너 래시터가 살아서 도살장에서 걸어 나오는 모습을 봤을 때 해피잭 아이들이 느꼈던 감정과도 유사하다.

「탈출했어!」 그들이 소리친다. 그들은 광산의 더 깊은 터널로 복음을 전한다. 「스타키가 탈출했어!」

지반이 다가온다. 「어떻게 된 거야? 어떻게 빠져나왔어? 놈들이 왜 우릴 데려가지 않은 거야?」

「아무도 우리를 데려가지 못해.」 스타키가 말한다. 「우린 할 일이 아주 많아. 하지만 아침까지는 기다려도 되겠지.」 그는 기절한 아이들에게 이불을 덮어 주라고 지시하고 광산을 돌아다니며 두려움을 진정시킨다. 모두에게 밤사이 푹 쉬라고 말한다. 「신나는 나날이 우리를 기다리고 있어.」

「놈들이 널 어디로 데려갔던 거야?」 황새 하나가 눈을 휘둥그렇게 뜨고 묻는다.

「하늘로.」 스타키가 대답한다. 「아주 높은 곳에, 우리의 친구들이 있었어.」

56
헤이든

 보급품이 하늘에서 만나처럼 쏟아진다. 음식은 그들이 지금껏 먹어 본 것 중 최고다. 냉장할 필요가 없는, 진공 포장된 구운 고기. 분량을 계산할 필요가 없을 만큼 많은 채소. 헤이든은 재고 파악 작업이 하루를 통째로 들여야 하는 일이 되었음을 깨닫는다. 하지만 그보다 헤이든의 마음을 깊이 뒤흔드는 것은 새로운 〈동반자〉들이 보내온 다른 것들이다. 헤이든이 이제껏 본 적 없는 무기들이다. 바주카포, 그 무기를 휘둘러야 할 아이들보다도 무거운 휴대용 미사일 발사기까지. 스타키는 이 새로운 후원자들이 누구인지에 대해 아무 말도 하지 않는다. 헤이든은 이런 군용 무기로 화난 10대 청소년들을 무장시키는 미친 인간이 누구인지 궁금해진다. 더 무시무시한 건, 스타키가 그 무기를 어떻게 쓸지 안다는 것이다.
 스타키는 더 이상 헤이든에게 신경 쓰지 않는다. 그는 헤이든을 신경 쓰기에는 너무 사소하지만, 그냥 내버려두기에는 너무 위험한 존재로 여긴다. 하잘것없는 인간으로 본다.
 「왜 아직 탈출하지 않은 거야?」 뱀이 헤이든에게 묻는다.

「그 서툰 경비병한테서 몰래 빠져나갈 기회가 여러 번 있었을 텐데.」

「너희처럼 좋은 애들을 놔두고?」 헤이든이 말한다. 「그런 건 꿈도 안 꿔.」

사실, 헤이든은 이 악몽에서 탈출해 자기 한 몸이라도 구하고 싶다. 그러나 그런 행동이 스타키의 자의식이라는 용광로 안에서 이 모든 아이가 타 죽게 놔두는 것임을 알기에 그럴 수 없다. 많은 아이가 스타키가 밟고 지나간 땅조차 숭배하는 건 사실이다. 하지만 그건 이들에게 영웅이 절박하게 필요하기 때문일 뿐이다. 헤이든은 영웅이 되고 싶은 욕망이 없다. 그저 살아남아, 그 생존의 일부를 주변에도 전파하고 싶을 뿐이다.

헤이든이 우려했듯, 스타키는 황새단의 다음 표적을 빠르게 선정한다. 지반이 스타키의 압박에 굴복하고 말았다. 그가 방화벽 뚫는 기술을 활용했다. 이제 그들에게는 공격에 필요한 모든 정보가 있다. 이번 공격은 미묘하고 비밀스러운 공격도, 심지어 정문을 노린 미친 질주도 아닐 것이다. 황새들은 철권을 쥐고 들어갈 것이다. 헤이든은 자신이 똑똑하다고, 심지어 교활하다고 생각하지만 스타키를 막을 방법이 떠오르지 않는다. 그의 머리에 총알을 박아 넣는 것 말고는. 그 방법만은 그냥 쓸 수가 없고.

뱀은 헤이든에게 그녀의 귀를 빌리라고, 헤이든이 아는 것은 물론 생각하는 것까지도 말해 보라고 했다. 그래서 스타키가 다음 공격을 위해 황새들을 준비하는 동안 헤이든은 뱀을 컴퓨터실로 데려가 자신이 알아낸 것 중 일부를 보여 준다.

그는 정치 광고를 하나하나 화면에 띄우기 시작한다. 「인터넷과 TV에 이런 광고들이 점점 더 많아지고 있어. 완전히 공중파를 맹공격하고 있다고.」 헤이든은 뱀에게 17세 연령 제한법을 철폐하고, 나이 많은 10대들을 다시 언와인드하게 허용하자는 열렬한 요청을 보여 준다.

광고에는 〈바람직하지 않은〉 10대의 의무적 언와인드와 이를 통한 주립 보호 시설의 규모 축소, 더 많은 하비스트 캠프 건립을 위한 주 정부 채권 발행 등을 요구하는 대중 투표에 관한 대책과 제안, 계획이 담겨 있다.

뱀은 그의 말을 무시한다. 「그래서 뭐? 그런 광고는 언제나 잔뜩 있었어. 새로울 게 없다고.」

「그렇지. 근데 이걸 봐.」 헤이든은 광고가 게재된 빈도를 나타내는 그래프를 보여 준다. 「콜드스프링스 해방 직후부터 공중파에 광고가 넘치기 시작했어. 문크레이터 이후에는 거의 두 배가 됐고.」 헤이드는 잠시 말을 멈추고 주위를 둘러보며 아무도 엿듣고 있지 않다는 걸 확인한다. 그리고 속삭이듯 말을 잇는다. 「황새단이 하비스트 캠프에서 아이들을 해방하기 위한 활동을 하고 있는 건 맞지만, 바깥세상 사람들은 겁을 먹고 있어, 뱀. 몇 달 전까지만 해도 통과될 가능성이 눈곱만큼도 없었던 법안들이 지금은 점점 더 지지를 얻고 있고. 스타키는 전쟁을 원해. 맞지? 하지만 이게 전쟁으로 보이기 시작하면, 사람들은 바로 어느 편에 서야 할지 선택해야 할 거야. 두려움이 커질수록 더 많은 사람이 청소년 전담국 편으로 기울 테고. 그 말은, 이게 전쟁으로 바뀌면…… 우리가 진다는 뜻이야.」

헤이든은 이미 그 결과를 상상할 수 있다. 청소년을 상대로 계엄령이 선포될 것이다. 10대 봉기 당시에 그랬던 것처럼. 아이들은 아주 작은 위법 행위만으로도 집에서 끌려 나와 언와인드될 테고, 대중은 두려워서 그런 일이 일어나도록 방치할 것이다.

「우리가 하비스트 캠프를 하나 무너뜨릴 때마다 그걸 대신할 캠프 두 개가 생겨날 거야.」 헤이든은 뱀에게로 몸을 숙인다. 그는 뱀이 자신의 주장을 진지하게 받아들이도록 노력한다. 「스타키는 언와인드를 막고 있는 게 아니야, 뱀. 그 녀석이 하는 일은 언와인드가 절대, 영원히 끝나지 않도록 하는 거야!」

헤이든은 뱀의 창백해진 얼굴에서 그녀가 이제야 그 사실을 이해하기 시작했음을 알 수 있다. 헤이든이 말을 잇는다. 「스타키의 전쟁에 자금을 대는 사람들이 시스템을 망가뜨리고 싶어 하는 걸지도 모르지만, 그런 식의 분탕질로는 오히려 시스템을 더 강하게 만들고 청소년 전담국에 더 큰 힘을 주게 될 뿐이야.」

그때, 뱀은 헤이든이 생각조차 못 해본 말을 한다. 「놈들이 원하는 게 그거라면? 스타키한테 돈을 대는 사람들이 원하는 게 청담에 더 큰 힘이 생기는 거라면?」

헤이든은 몸을 떤다. 뱀이 이 오래된 광산에서 주 광맥으로 바로 이어지는 광맥을 찾았을지도 모른다는 생각 때문이다.

57
레브

 모든 것이 평화롭다. 모든 것이 고요하다. 아라파치 보호 구역이라는 오아시스는 그 관문과 담장 너머에서 벌어지는 현실을 가린다. 17세 연령 제한법을 폐지하고 언와인드 법정 연령을 다시 18세로, 심지어 그 이상으로 높이자는 요구. 유죄 판결을 받은 범죄자들의 뇌를 제거하고 남은 신체는 언와인드하자는 요구. 사람들이 현금을 받기로 하고 자기 몸을 언와인드당하도록 내놓는 일을 허용하자는 요구. 이 모든 가능성이 저 멀리서 어렴풋이 떠오른다. 그중 어떤 요구도, 심지어 그 모든 요구가 실현될 수 있다. 누군가 막지 않는다면, 그보다 더 나쁜 일도 벌어질 수 있다. 코너가 그렇듯, 레브도 뭔가 해야 한다는 걸 안다.
 「강에 돌을 던지면, 돌은 그냥 바닥으로 가라앉는단다.」 엘리나가 그에게 말한다. 「강에 바위를 두면, 강이 그 바위를 돌아서 흘러가지. 네가 무슨 일을 하든, 일어날 일은 일어나는 거야.」
 엘리나에게는 훌륭한 자질이 많지만, 세상에 대한 그녀의 수동적이고 운명론적인 관점은 딱히 장점이라 하긴 어렵다. 불행히도 보호 구역에는 그런 관점을 사람이 가진 사람이 너무 많다.

「바위가 충분히 많으면 댐이 되죠.」 레브가 반박한다.

엘리나는 또 다른 은유적 일제 사격을 쏟아 내려다가 멈춘다. 아마 댐이 터지면, 강이 그냥 흐를 때보다도 심한 홍수가 일어난다는 말을 하려 했을 것이다. 하지만 생각을 바꿔 대신 이렇게 말한다. 「아침을 먹으렴. 그러면 짜증이 덜 날 거다.」

레브는 그 말에 따라 얌 케이크를 씹어 삼킨다. 엘리나의 말에 따르면, 그 케이크는 원래 아가베 시럽과 함께 나왔다. 그러나 아가베가 멸종된 이후로는 메이플 시럽으로 그럭저럭 만족해야 한다고 했다. 레브는 이곳에 머물기로 한 건 부분적으로는 세상을 피하고, 자신이 정말로 아끼고 그를 진정으로 아껴 주는 사람들과 함께 지내기 위한 선택이었음을 부정할 수 없다. 하지만 그 선택에는 더 큰 목표도 있었다.

기회의 민족 사이에는 이런 말이 있다. 〈아라파치가 가는 곳에 다른 민족들도 간다〉라는 말이다. 기회의 민족 가운데서 경제적으로 가장 큰 성공을 거두었고, 정치적으로도 가장 영향력 있는 민족이 아라파치이기 때문에, 이곳에서 도입된 정책이 다른 부족으로 확산되는 경우가 많다는 의미다. 아라파치는 지금도 가장 고립주의적인 부족으로서, 국경선을 통과하려면 여권이 있어야 한다. 특히 관광에 의존하지 않는 다른 부족들 또한 아라파치의 선례를 따라 자신들의 영토에 접근하는 일을 어렵게 만들었다. 바깥세상에서는 그 강바닥에 이미 바위가 얼마나 많은지 전혀 모른다. 레브가 그 바위들을 한데 모으는 방법만 찾아낼 수 있다면, 역사의 흐름을 바꾸고도 남을 것이다.

문제는 윌 타시네, 그리고 레브가 처음 이곳에 왔을 때 벌어진 일이다.

우나가 그렇듯, 아라파치는 레브를 파멸의 전조로 본다. 레브는 자신이 속한 사회의 피해자일지도 모르지만, 어쨌든 아라파치 사람들은 그를 전염병을 옮기는 사람처럼 여긴다. 그들이 알고 싶어 하지 않는 맛을 전한다고 여기는 것이다. 이곳에서 조금이라도 영향력을 발휘하려면, 레브는 먼저 그들의 마음을 얻어야 한다.

토요일, 그는 타시네 가족에게 시내에 다녀오겠다고 말한다.
「헤에티 공원에서 밴드가 공연한대요.」 그가 말한다. 「그 사람들 연주를 듣고 싶어요.」
「그렇게 눈에 띄는 행동을 하는 게 현명한 일일까?」 찰이 묻는다. 「네가 자세를 낮추고 있으면 의회도 기꺼이 못 본 척하겠지만, 네가 눈에 띌수록 의회에서 네 존재를 문제 삼을 가능성이 높아져.」
「언제까지나 숨어 있을 수는 없어요.」 레브가 말한다. 그는 진짜 계획을 혼자만 간직한다.

켈레가 같이 가고 싶다며 애원하지만, 그는 아라파치어로 욕을 했다가 외출 금지를 당한 상태다. 켈레는 어른들이 그 정도 욕쯤은 봐줄 줄 알았지만 아니었다. 다행스러운 일이다. 레브가 절대 원하지 않는 것이 있다면, 그건 켈레를 이번 일의 한복판에 내세우는 것이다. 레브는 혼자 가야 한다.

레브가 도착했을 때, 콘서트는 이미 시작한 뒤다. 돗자리와 야외용 의자를 펼쳐 놓고 따뜻한 8월의 대낮을 즐기는 사람이 2백 명은 되는 듯하다. 밴드는 실력이 있다. 그들은 전통적인 원주민 음악과 팝, 오래된 음악을 절묘하게 섞어서 연주한다. 모두에게 즐길 만한 거리를 준다.

레브는 최대한 눈에 띄지 않으려 노력하지만, 이따금 사람들이 그를 알아보고 옆 사람에게 속삭이는 모습이 보인다. 뭐, 몇 분만 지나면 그들에게는 더 흥미로운 가십거리가 아주 많이 생길 것이다.

레브는 앞쪽으로 나아간다. 밴드가 첫 번째 연주를 마치자마자 그는 주머니에서 종이 두 장을 꺼내 무대로 올라간다. 얼굴을 가리지 않고도 말할 수 있도록 리드 싱어의 마이크를 몇 뼘쯤 당겨 내린다.

「실례합니다.」 그가 말한다. 「잠깐, 주목해 주실 수 있을까요!」 그는 자신의 목소리가 너무 크고 울림이 강해 놀란다. 「제 이름은 레비 제더다이어 개러티입니다. 하지만 여러분은 아마 저를 레비 콜더로 아시겠죠. 저는 타시네 가족이 받아들인 마피입니다.」

「네가 누군지는 우리도 알아.」 관중 가운데 누군가가 무시하듯 말한다. 「이제 무대에서 내려와.」

웅성거리며 동조하는 소리가 들린다. 몇몇은 비웃는다. 레브는 그 모든 반응을 무시한다. 「저는 윌 타시네가 열 명이 넘는 사람의 목숨을 대가로 장기 해적에게 자기 몸을 넘겼을 때, 그 현장에 있었습니다. 그가 구한 목숨 중에는 제 목숨도 포함되어 있었고요. 장기 해적 중 한 명이 그곳에서 사망하긴 했지만, 살아남은 두 놈은 윌을 데려가 언와인드되도록 팔고도 아무 처벌을 받지 않았습니다.」

「그래, 우리가 모르는 얘기를 좀 해봐.」 다른 방해꾼이 소리친다.

「그럴 계획이에요.」 레브가 말한다. 「제가 그놈들의 이름을 알아냈거든요. 놈들이 어디에 있는지도 알고요.」

이어 그는 종이 두 장을 들어 올린다. 각각 장기 해적의 확대된 사진이 담겨 있다. 한 명은 귀가 없고, 다른 한 명은 얼굴이 염소처럼 생겼다.

갑자기 군중이 조용해진다.

「챈들러 헤네시와 모턴 프렛웰입니다. 이놈들은 한동안 덴버에서 무단이탈자를 사냥했고, 지금은 미니애폴리스를 어슬렁거리고 있어요.」 그는 사진을 내려놓고 최대한 마이크에 가까이 다가간다. 「저는 이자들을 추적해, 정의의 심판을 받도록 여기로 데려올 생각입니다.」 그런 다음, 그는 완벽한 아라파치어로 말한다.

「도와주실 분?」

침묵이 이어진다.

「도와주실 분, 있습니까?」

레브는 오랜 순간, 아무도 나서지 않으리라 생각한다. 하지만 그때 군중 뒤쪽에서 여자의 목소리가 들린다.

「나.」 그녀가 아라파치어로 말한다.

우나다. 레브는 그녀가 와 있는 줄도 몰랐다. 고맙고도 곤혹스럽다. 그는 고전적인 민병대를 소집할 생각이었다. 모인 사람이 두 명뿐이라면, 이 해적들을 어떻게 데려올 수 있겠는가?

해적들을 잡아 오려고 노력하면서 살아남을 확률은 얼마나 될까?

우나가 군중을 헤치고 무대로 다가오자 누군가가 소리친다. 「자! 박수도를 위해 박수!」

사람들이 손뼉을 치기 시작한다. 처음에는 느리지만, 우나가 무대에 이르렀을 때에는 박수가 점점 쌓여 군중의 환호가 된다. 이제 레브가 품었던 모든 의구심은 사라졌다. 아라파치 사람들의 마음을 얻기 위한 그의 간청이 시작되었다. 성공한다면, 레브는 그들을 언와인드에 맞서는 전쟁으로 끌어들일 수 있을 것이다. 이제야 댐이 생겼다!

「지금 이게 무슨 의미인지 정말 아는 거야, 동생아?」 우나가 군중의 환호를 뚫고 묻는다.

레브가 미소 지으며 대답한다. 「살면서 이렇게 잘 알았던 적이 없었어.」

6부
애크런

테러리스트, 새로운 공항 검색 장비를 피하고자 체내 폭탄으로 영국에 대한 공격 계획
크리스토퍼 리크, 『메일 온 선데이』, 2010년 1월 30일.

지금까지 테러리스트들은 가방, 신발, 속옷 등에 폭발물을 숨겨 항공기와 지하철, 버스를 공격해 왔다. 그러나 최근 영국 정보기관 MI5의 작전으로, 알카에다가 최초로 〈수술 폭탄〉을 인체에 삽입하는 방식으로 테러의 새로운 국면을 열었다는 정황이 드러났다. (……)

주요 소식통에 따르면, 남성 폭탄 테러범은 맹장 부위나 엉덩이에 폭발물을 삽입하고, 여성 폭탄 테러범은 가슴 성형 수술과 유사한 방식으로 가슴에 폭발 물질을 숨길 수 있다.

전문가들은 이 폭발 물질인 PETN(펜타에리트리톨 사질산염)이 비닐 주머니에 담겨 인체 내에 삽입되며, 이때 생겨난 상처는 일반적인 수술처럼 봉합된다고 설명한다. (……)

보안 당국은 체내 폭탄 테러범들이 인슐린 주사를 맞는 당

뇌병 환자로 위장해 보안 검색을 피해 갈 수 있다는 점에 우려를 표했다. (……)

하원의 반테러 소위원회 의장인 패트릭 머서는 이렇게 말했다. 〈우리의 적들은 우리의 탐지 기술을 무력화하는 방법을 끊임없이 개발하고 있습니다. 이러한 체내 폭탄은 극단주의자들이 활용할 수 있는 가장 야만적인 형태 중 하나이며, 우리는 이러한 새로운 발전을 고려해 여행 보안 시스템을 재정비해야 합니다.〉

정부의 고위 보안 관계자도 체내 폭탄이라는 새로운 위협을 인지하고 있지만 아직 공식 입장을 내놓을 단계는 아니라고 밝혔다.

기사 전문은 다음에서 확인할 수 있다.
http://www.dailymail.co.uk/news/article-1247338/Terrorists-plan-attack-Britain-bombs-INSIDE-bodies-foil-new-airport-scanners.html

라인실드 부부

 잰슨 라인실드 박사는 어둠에 잠긴 방에서 혼자 의자에 앉아 있다. 그의 아내는 잠자리에 들었지만, 그는 그럴 수 없다. 침대에서 너무 오랜 시간을, 너무 여러 주를 보낸 탓에 그는 처참한 불면증과 완고한 두통, 설명조차 할 수 없는 영혼의 공허함에 시달리고 있다.

 좀 더 천박한 사람이었다면, 그는 아주 행복한 사람일 수도 있었을 것이다. 어쨌든 그의 은행 계좌에는 수백만 달러가 들어 있었으니까. 그와 소니아는 어디든 원하는 곳에 가서 과한 사치를 누리며 살 수도 있었을 것이다. ……하지만 그게 다 무슨 의미일까? 어디로 가야 그들이 남긴 어둠을 외면하지 않고 살 수 있을까?

 언와인드가 번져 가고 있다. 이 유행에 가장 먼저 올라탄 나라는 중국이었다. 이어 벨기에와 네덜란드, 유럽 연합의 나머지 나라들이 그 흐름에 편승했다. 러시아는 언와인드가 자신들의 아이디어라고 주장했다. 그게 주장할 만한 가치가 있는 일인 것처럼. 법이 정부만큼 빠르게 바뀌는 제3세계의 국가에서는 인간 장기 암시장이 주요 산업으로 부상했다.

그 모든 일을 바꿔 보려던 잰슨의 시도는? 〈언와인드를 종식할 필생의 작업〉은? 바이오다이닉스 의료 기기에서 뭔가 답변을 받아 보려는 마지막 시도 끝에, 그는 바이오다이닉스 직원의 백 미터 이내에도 접근하지 말라는 접근 금지 명령과 부당 행위 중지 명령이라는 타격을 받았다.

매일, 지하실의 존재 자체가 잰슨에게 오스틴이 — 잰슨과 소니아가 아들처럼 아끼게 된 그가 — 사라졌음을 떠올리게 한다. 이 맛있는 케이크에 아이싱이 더 필요하기라도 한 것처럼, 잰슨과 소니아도 사실상 언와인드당한다. 잰슨이 세상에 도움이 되기를 정말로 바랐다는 이유로 능동적 시민에서 쫓겨나기 전, 둘은 디지털 발자국 제거 작업을 하고 있었다. 그건 개인의 사진과 원치 않는, 승인받지 않은 언급을 삭제함으로써 인터넷에서 개인 정보를 보호하는 방법이었다.

하지만 다른 모든 것과 마찬가지로, 능동적 시민은 이 방법도 무기화하는 길을 찾아냈다.

이제는 잰슨이나 소니아 라인실드에 관한 어떤 언급도 세상의 디지털 기억에서 제거되었다. 단지 언급만 존재하지 않는 게 아니라, 공공 기록에 따르면 두 사람은 아예 존재한 적이 없다. 그들을 아는 사람들은 결국 그들을 잊을 것이고, 잊지 않더라도 결국 죽을 것이다. 잰슨과 소니아가 이 땅에 남긴 발자국은 밀물 때의 바닷가처럼 깨끗하게 쓸려 나갈 것이다.

그래서 잰슨 라인실드는 혼자 의자에 앉아 모든 분노와 환멸, 실망감을 자기 내면으로 돌린다. 결국 그는 가슴속에서 심장이 멈추는 것을 느낀다. 심장에 치명적인 쥐가 난다.

잰슨은 그것을 다행이라고 여긴다. 마침내 우주가 자신에게 자비를 베풀기로 선택했다는 점에 감사한다.

58
코너

고속 도로 표지판에는 〈세계 고무의 수도, 애크런에 오신 것을 환영합니다〉라고 적혀 있다. 어둡고 위협적인 하늘은 전혀 환영하지 않는 것처럼 보인다. 코너는 손마디가 하얗게 질리도록 운전대를 꽉 잡고 있었다는 걸 깨닫고 손아귀의 힘을 풀어야만 한다. 진정해. 침착해. 표지판일 뿐이야.

「범죄 현장이네.」 캠이 코너 뒤에서 말하더니, 이렇게 덧붙여 어조를 누그러뜨린다. 「물론 〈범죄〉를 어떻게 정의하느냐에 따라 달라지겠지만.」

그때까지도 뒷좌석에서 캠의 옆에 앉아 있던 그레이스는 개인 맞춤형 차량 번호판을 해독하고 분석하는 것으로 만족한다. 「〈SSADAB〉. 멍청이를 거꾸로 쓴 거야. 〈♥SEOUL〉. 언와인드의 심장을 받은 한국인일 테고.」 그레이스는 차 안의 높아진 긴장감에 면역된 듯하다. 그것도 갓길에 주차된, 고속 도로 순찰차에 가까이 다가가기 전까지지만.

「천천히 가! 천천히 가! 천천히 가!」 그레이스가 말한다.

「걱정하지 마, 그레이스.」 코너가 말한다. 「속도 제한에 맞취서 운전하고 있으니까.」 이 시점에 과속으로 걸려 잡혀간다면 얼마나 멍청한 일이겠는가.

이제 숲은 교외 개발 프로젝트로 뚝뚝 끊기고, 도로는 이어진다. 코너는 그와 리사, 레브의 삶이 얽혔던 지점을 찾아보려 한다. 여기가 같은 고속 도로인지조차 모르겠다. 그 사건은 다른 삶, 완전히 다른 세상에서 벌어진 일처럼 느껴진다. 그리고 코너는 방금 그 세계로 다시 들어섰다. 그는 「반지의 제왕」 속 모르도르의 정문 앞에 선 프로도가 된 기분이다. 오하이오주에 그런 어두운 기운이 도사리고 있었을 줄 누가 짐작이나 했겠는가?

「뭘 찾는지는 아는 거야?」 캠이 뒷자리에서 묻는다. 「애크런은 큰 마을이라고.」

〈그렇게까지 크진 않아〉가 코너의 유일한 대답이다.

코너는 이 여행에 캠이 함께하게 된 것이 필요악임을 안다. 그렇다고 해도 캠이 바로 등 뒤에 앉아 있지는 않았으면 좋겠다. 거기 있으면 캠이 거의 보이지 않는다. 룸미러로 의심스럽게 힐끔거릴 때만 보일 뿐이다. 캠이 제공한 정보로도 코너의 마음은 그에게 넘어가지 않았다. 리와인드에게는 근본적으로 비밀스럽고 불투명한 부분이 있다. 적어도 캠의 의도는 그런 것 같다. 캠에게 무죄 추정의 원칙을 적용했다간 모두가 망할지도 모른다.

「애크런을 꽤 잘 아나 보네.」

「전혀.」 코너가 말한다. 「여기엔 한 번 와봤을 뿐이야.」

그 말에 캠은 웃는다. 「그런데도 사람들이 너를 애크런의 무단이탈자라고 부르는구나.」

「그래, 그런 식이라니 우습지.」 코너는 사실 몇 시간 거리의 콜럼버스 교외 출신이다. 애크런은 그가 넬슨을 진정탄으로 쓰러뜨린 곳이다. 그가 악명을 얻게 된 곳. 당시 코너는 여기가 어딘지조차 몰랐다. 사람들이 그에게 〈애크런의 무단이탈자〉라는 짜증 나는 이름표를 붙여 준 뒤에야 이곳이 애크런이라는 걸 알았을 뿐이다.

「센터노스!」 코너가 불쑥 말한다.

「무슨 센터노스?」 그레이스가 묻는다.

「그게 학교 이름이야. 센터노스 고등학교. 결국 기억날 줄 알았어.」

「우리, 학교에 가는 거야?」

「그 학교가 시작점이야. 우린 학교 근처에 있는 골동품 가게를 찾고 있어. 내가 보면 알아.」

「확실해?」 캠이 묻는다. 「기억이란 게 우스운 거라서.」

「네 기억이나 그렇겠지.」 코너가 말한다. 그는 GPS에 학교 이름을 입력한다. 부드러운 목소리가 영혼은 좀 없지만 자신감 있게 그들을 안내한다. 15분 뒤, 그들은 마을 동쪽에 이른다. 모퉁이를 돌자, 코너는 심란할 만큼 모든 것이 익숙하다는 느낌을 받는다.

학교는 정확히 그대로다. 획일적인 3층짜리 붉은 벽돌 건물. 코너에게는 그 건물이 어째서인지 가족과 함께 댈러스에 가서 보았던 교과서 보관소처럼 위압적으로 보인다. 오스월드가 케네디를 쏘았던 그 악명 높은 건물처럼. 코너는 깊고 떨리는 숨을 들이쉰다.

화요일 아침나절, 학교에서는 수업이 한창이다. 화재 경보가 울리고 대혼란이 펼쳐졌을 때와 비슷한 시각이다. 코너는 천천히 차를 몰고 지나간다. 길 건너편에는 집들이 있지만, 앞에는 주요 상업 지구가 있다.

「구체적으로 찾아야 할 건?」 캠이 묻는다. 「그 골동품 가게의 특징이라든지?」

「있지.」 코너가 말한다. 「낡은 물건.」 그 말에 그레이스가 웃는다.

소니아가 그를 보면 무슨 행동을 할지 모르겠다. 그때, 코너의 머릿속에 끔찍한 생각이 스친다. 소니아가 죽었다면? 아니면 언와인드를 숨겨 주었다는 이유로 체포되었다면? 코너는 그런 우려를 입 밖에 내지 않는다. 말하지만 않으면 사실이 아니게 될지 모르니까.

코너는 하마터면 빨간불을 지나칠 뻔하다가 브레이크를 꽉 밟는다. 보행자가 그들을 노려보며 길을 건넌다.

「너, 운전 잘 못하지?」 그레이스는 그렇게 말하더니 캠을 돌아본다. 「코너가 레브를 죽일 뻔했다는 거 알아?」

「내 운전에는 아무 문제가 없어.」 코너가 고집스럽게 말한다. 「그냥 이 동네가 내 머리를 잡아먹고 있을 뿐이야.」 그는 신호가 바뀌기를 기다리며 주위를 둘러본다. 「전혀 못 알아보겠지만, 가게가 여기서 한두 블록 이상 떨어져 있지 않다는 건 알아.」

「그럼 학교를 중심으로 점점 더 큰 나선을 그려 봐.」 그레이스가 제안한다. 그러더니 덧붙인다. 「거리가 원형이 아니니까, 사각형 나선을 그리는 셈이겠지만.」

「그걸 울람 나선이라고 해.」 캠이 말한다. 「소수를 그래프로 나타내는 방식이지. 네가 알고 한 말은 아니겠지만.」

코너는 룸미러로 역겹다는 듯 캠을 본다. 「너의 내적 공동체에 속한 애들은 전부 그렇게 재수가 없냐?」 코너가 묻는다. 그 말에 캠은 입을 다문다.

그들은 수색 범위를 넓혀 간다. 결국 코너가 다시 한번 브레이크를 밟는다. 이번에는 빨간불 때문이 아니다.

「저기 있어. 아직 있네.」

모퉁이 가게, 호감 안 가는 전면에는 〈굿이어 하이츠 골동품〉이라고 적힌, 눈에 잘 띄지 않는 간판이 걸려 있다. 주요 거리에서 두 블록 떨어져 있다는 걸 생각해 보면 장사가 잘되지는 않는 듯하다. 코너는 길 건너에 차를 댄다. 그들은 10초 정도 말없이 앉아 있다. 그런 뒤에야 코너는 안전벨트를 푼다.

「뭐.」 그가 말한다. 「가서 골동품 좀 보자.」

59
소니아

 소니아는 래시터 녀석이 왔다는 사실에 놀라지 않는다. 하지만 그가 데려온 일행을 보고는 놀란다. 빌어먹을 리와인드라니, 소니아는 녀석이 래시터와 함께 나타나리라고 전혀 예상하지 못했다. 그래도 그녀는 놀란 티는 내지 않는다. 코너를 보게 되어 얼마나 기쁜지도 내색하지 않는다. 소니아가 생각하기에, 진정성 있는 감정이란 빚이다. 그것은 언제나 돌아와 사람을 문다. 지난 세월 동안 소니아의 포커페이스는 제 역할을 해왔고, 여러 차례 그녀의 목숨을 구했다.
 「그래서, 돌아왔구나.」 그녀는 방금 수리한 램프를 내려놓으며 코너에게 말한다. 「그것도 친구들을 데리고.」
 소니아는 코너를 끌어안지도, 심지어 악수를 청하지도 않는다. 코너도 마찬가지다. 그는 거리를 둔다. 그 역시 방어적인 냉정함이라는 고급 기술을 배운 터다. 그래도 소니아만큼 뛰어나지는 않다. 소니아는 코너가 이곳에 와서 얼마나 안심하고 있으며, 그녀를 보게 되어 얼마나 기쁜지 알 수 있다. 표정으로 티 내지는 않아도 그의 전반적인 분위기에서 느껴진다.

「안녕하세요, 소니아.」 코너는 그렇게 인사하더니 히죽 웃는다. 「아니면, 라인실드 박사님이라고 해야 할까요?」

이건 놀랍다. 소니아는 몇 년 동안 그 이름을 들은 적이 없다. 심장이 잠시 멈추는 듯하다. 하지만 그녀는 여전히 얼굴에 아무 감정도 드러나지 않도록 한다. 그녀는 코너의 비난에 — 방금 코너가 한 말은 비난이라고 하는 게 정확하니까 — 답하지 않기로 한다. 무응답이 인정이나 다름없음을 알면서도 그렇게 한다.

「네 작은 군대에도 나를 소개할 셈이냐?」 소니아가 묻는다. 「아니면 아직도 예의를 못 배운 거냐?」

코너는 통통하고 어딘가 애매하게 생긴 여자부터 소개한다. 삼인조로 어울리지 않는 아이다. 사실, 셋 다 딱히 어울리지는 않지만.

「이쪽은 그레이스 스키너예요. 몇 주 전에 제 목숨을 구해 줬어요.」

「안녕하세요.」 그레이스가 말한다. 앞으로 나와 소니아에게 악수를 강요하는 건 그레이스뿐이다. 「당신도 코너의 목숨을 구해 줬다고 들었어요. 그러니까 우린 같은 동아리인 셈이네요.」

이어 코너는 마지못해 리와인드를 소개한다. 하지만 소니아는 이름을 말하기 전에 말을 끊는다.

「누군지 안다.」 그녀는 캠에게 다가가, 그녀의 가게에 있는 여느 물건만큼이나 오래된 안경 너머로 그를 본다. 그렇게 오래된 안경은 새 눈을 거부한 대가다. 「흠.」 그녀가 말한다. 「흉터가 전혀 없군. 솔기뿐이야. 널 만든 작업반을 칭찬하고 싶구나.」

찬찬히 살펴보는 소니아의 눈길에 캠은 불편해 보인다. 소니아가 생각하기에는 이런 눈길에 익숙할 법도 하지만.「그 사람들은 작업반이 아니라 의사였어요.」 그가 약간 발끈하며 말한다.

「사람들 말로는 네가 아홉 개 언어를 한다던데.」

「몇 개를 더 배웠죠.」

「흠.」 소니아는 그의 목소리에 깃든 오만한 느낌에 짜증이 나서 다시 말한다.「네 존재가 역겹게 느껴진다 해도 놀라지는 않겠지.」

「이해해요.」 그가 단념한 듯 한숨을 쉬며 말한다.「저한테 그렇게 말한 사람이 당신이 처음도 아니고요.」

「분명 내가 마지막도 아닐 거다. 하지만 서로를 이해하는 한 우린 괜찮을 거야.」

밖에서 젊은 커플이 지나간다. 대화에 푹 빠져 있다. 소니아는 그들이 가게에 들어오지 않는 게 확실해질 때까지 그들을 지켜본다. 커플이 지나가자 소니아는 안심한다. 그녀는 방문객들과 뻔히 보이는 곳에서 너무 오래 머물렀다고 느낀다.

「뒷방으로 와라.」 그녀가 말한다.「계산대를 맡고 싶은 게 아니라면.」

「물어볼 게 많아요.」 코너가 앞장서서 커튼을 걷고 뒷방으로 들어가며 말한다.

「그럼 실망하겠구나. 나는 대답할 말이 없으니까.」

「거짓말을 하시네요.」 코너가 대놓고 말한다.「왜 거짓말을 하는 거죠?」

그 말에 소니아는 씩 웃는다. 「떠날 때보다 좀 더 현명해진 건 알겠구나. 아니면 그냥 좀 더 지친 거겠지.」

「아마 둘 다일 거예요.」

「약간 키도 컸고. 아니면 내가 줄어든 건가?」

코너는 건방지게 히죽 웃는다. 「아마 둘 다일 거예요.」

그때 소니아는 코너의 팔에 새겨진 상어를 본다. 그녀는 몸을 떨며 시선을 돌리려 하지만, 상어가 관심을 요구한다. 「그건 절대 알고 싶지 않구나.」 소니아는 이미 그 상어에 대해, 다른 소식통을 통해 전부 알고 있으면서도 그렇게 말한다.

「지하실 상황은 어때요?」 코너가 묻는다. 「지금도 예전 수법을 쓰나요?」

「난 습관의 동물이야.」 소니아가 말한다. 「ADR이 무너졌다고 나까지 무너져야 하는 건 아니지.」 그녀는 캠을 힐끗 본다. 캠은 마치 스파이처럼 보이는 모든 것을 머릿속에 스냅숏으로 남기는 듯하다. 「저 녀석을 믿어도 되는 거냐?」 소니아가 코너에게 묻는다.

캠이 직접 그 질문에 답한다. 「비슷한 목표가 있잖아요.」 그가 말한다. 「상황이 달랐다면 아니라고, 저를 믿으면 안 된다고 말했겠지만……. 저도 무단이탈자 친구만큼이나 능동적 시민을 무너뜨리고 싶어요. 그러니까 모든 의도와 목적에서, 이히 빈 아인 AWOL.[34]」

「흠.」 소니아는 캠을 반쯤은 믿지 않지만, 나머지 반은 코너의 판단을 믿는다. 「필요는 이상한 협력자를 만든다고들

---

34 〈나는 무단이탈자다〉라는 뜻의 독일어.

하지.」

「『템페스트』.」 캠은 퀴즈 쇼처럼 답한다. 「셰익스피어 작품이죠. 사실 이상한 협력자를 만드는 건 비극이지만, 필요라고 해도 되겠네요.」

「좋아.」 소니아는 책상에 기대어 있던 지팡이를 집어 들더니, 그것으로 어수선한 뒷방 한가운데에 있는 오래된 여행 가방을 두드린다. 「쓸모 있게, 이것 좀 옆으로 밀어 봐라.」

캠은 그 말에 따른다. 소니아는 코너가 약간은 사슴처럼 여행 가방에 집중하는 모습을 눈치챈다. 여행 가방의 진짜 의미를 아는 사람은 코너뿐이다. 코너는 그 안에 뭐가 들어 있는지, 또 뭘 숨기고 있는지를 안다.

여행 가방이 밀려나자, 코너가 나서서 그 아래에 깔린 먼지투성이 페르시아 양탄자를 말아 치우고 바닥 문을 드러낸다. 겉보기보다 훨씬 덜 허약한 소니아가 손을 뻗어 무쇠 고리를 당기며 문을 연다. 계단 아래 어딘가에서 속삭임이 빠르게 침묵에 자리를 내준다.

「바로 돌아오마.」 소니아가 말한다. 「아무것도 건드리지 마라.」 그녀는 거의 모든 것을 만지고 있는 그레이스에게 손가락을 흔든다.

소니아는 묵직한 발걸음으로, 쿵쿵거리며 가파른 나무 계단을 내려간다. 그러면서 비뚤어진 미소를 감춘다. 그녀는 이번 일이 복잡해질 것임을 안다. 두렵지만 동시에 기대가 된다. 늙은 여자에게는 살면서 신날 일이 좀 필요하다.

「나밖에 없다.」 그녀는 맨 아래 계단에 이르러 말한다. 그녀의 무단이탈자들이 모두 숨어 있던 곳에서 나온다. 최소한 관심이 있는 녀석들은.

「점심인가요?」 그중 한 명이 묻는다.

「방금 아침을 먹었잖냐. 돼지처럼 굴지 마라.」

소니아는 어수선하고 미로 같은 지하실의 가장 구석진 곳, 작게 움푹 들어간 공간으로 나아간다. 거기에는 놀라운 초록색 눈에, 호박색 하이라이트가 섞인 부드러운 갈색 곱슬머리를 한 소녀가 응급 처치 용품을 정리하고 있다.

「손님이 있다.」 소니아가 말한다.

소녀의 표정은 희망을 품기에는 너무 방어적이다. 「어떤 손님이요?」

소니아가 심술궂게 미소 짓는다. 「네 어깨 위의 천사와 악마란다, 리사. 누가 누군지는 네가 현명히 가려내면 좋겠구나.」

60
리사

　리사와 코너의 삶이 애크런에서 다시 교차한 것은 우연이 아니었다. 다른 선택지의 절대적 부재 때문이었다.

　언와인드행 버스에 실린 이후 절망적으로 돌아다니던 내내, 리사에게 소니아의 지하실은 유일하게 안전해질 희망이 있는 공간이었다. 묘지는 쓸려 나갔고, 오드리의 가게는 괜찮은 휴식처이긴 했지만 그녀를 매일같이 긴장하게 했다. 어둠 속에서 실려 다녔던 안전 가옥 중에서는 소니아의 집만이 리사가 실제 위치를 아는 유일한 곳이었다.

　리사는 왔던 길을 되짚어가, 사이파이의 공동체에서 기이한 보호를 받으며 지낼 수도 있었다. 하지만 그녀는 타일러 민족 대부분이 자신을 진심으로 환영하는 것은 아님을 알았다. 당연한 일이었다. 그녀는 그 공동체의 일원이라는 느낌을 단 한 번도 받을 수 없었다. 그러므로 남은 선택지는 거리에서의 삶이나 혼자 숨어 지내는 삶뿐이었다. 아무리 위장을 해도 누군가 자신을 알아볼 때만을 기다리며, 이제 막 무단이탈자가 된 사람처럼 어깨 너머를 흠칫흠칫 돌아보며 쓰레기통에서 자는 짓은 할 만큼 했다. 누군가가 그녀를 당국에 신고해 보상금을 받아 챙긴 뒤 능동적 시민에 넘겨 버리는 건 그저 시간문제였다. 능동적 시민은 리사에 대한 수많은 계획을 세워 두었을 것이 분명했고.

그러므로 가능한 선택지는 하나뿐이었다. 그게 소니아였다.

몇 주 전 리사가 도착했을 때, 골동품 가게에는 손님이 몇 명 있었다. 그들은 별 특징 없는 협탁을 두고 소니아와 흥정을 벌이고 있었다. 리사는 전략적으로 다른 통로를 따라 걸어가며, 그토록 많은 물건이 다른 물건 위에 위태롭게 얹혀 있으면서도 무너지지 않는 것을 보고 경탄했다. 오하이오주가 지진 위험 지대는 아니라는 경험적 증거였다.

마침내 커플이 협탁을 낑낑대며 들고 나갔다. 소니아는 〈계단 조심하쇼. 비뚤어져 있으니까〉라고 말한 것 외에는 전혀 도움을 주지 않았다. 문의 녹슨 경첩이 삐걱거리며 닫히자 리사는 소니아가 그녀를 알아보도록 앞으로 나섰다.

소니아는 그곳에 서 있는 리사를 보고 입을 꾹 다물었다. 아마 리사가 눈에 띄지 않게 몰래 들어온 것에 불쾌감을 느꼈을 것이다. 「뭐 찾는 거라도 있냐?」 소니아가 물었다.

리사는 소니아가 자신을 바로 알아보지 못했음에 약간 재미를 느꼈다. 마침내 리사를 알아본 소니아는 어울리지 않게 기쁨의 탄성을 지르며, 그녀를 두 팔로 껴안았다. 그 바람에 지팡이까지 떨어뜨렸다.

그 순간, 리사는 이것이야말로 자신에게는 집에 돌아온 느낌과 가장 가까운 감정이라는 사실을 깨달았다.

2주가 지난 지금, 리사는 어느새 사라진 소년들에게 웬디 노릇을 해주고 있다. 최근에 소니아의 집까지 오는 무단이탈자는 남자밖에 없는 듯하다. 여자 무단이탈자의 상당수가 장기 해적 같은 밑바닥 포식자들의 손에 떨어지고 있다는 슬픈 현실의 증거였다.

소니아가 리사에게 〈손님〉이 왔다고 했을 때, 리사는 불안해하며 계단을 올라가기 시작한다. 하지만 그 불안이 흥분으로 바뀌며 그녀는 걸음을 재촉한다. 소니아가 리사를 위층으로 올려 보내 맞이하게 할 사람은 매우 적을 것이다.

리사는 그 드문 사람 중 누군가이길, 특히 누군가가 왔기를 감히 바라지 않는다. 손님이 헤이든이나 엠비라면 표정에서 실망감이 드러나지 않기를 바라기 때문이다. 더 많은 것을 바라지만 않는다면, 헤이든이나 엠비를 보는 것만으로도 기쁠 테니까.

리사는 열린 바닥 문을 거의 날 듯이 지난다. 하마터면 바닥 널빤지 모서리에 머리를 부딪힐 뻔한다. 그리고 바로 그를 본다. 순간, 그녀는 이것이 상상일지 모른다는 생각에 아무 말도 하지 못한다. 그녀의 정신이 다른 누군가에게 코너의 얼굴을 덧씌운 것일까 봐. 그가 코너이기를 너무도 바라기 때문이다. 하지만 이건 상상이 아니다. 코너다. 코너의 눈에도 그녀의 놀란 감정이 그대로 비친다.

「리사?」

그 목소리는 코너의 것이 아니다. 그녀의 시선이 살짝 오른쪽으로 향한다. 캠이다. 그의 놀라움은 이미 활짝 피어난 미소로 바뀌었다.

리사는 머리가 덜덜 떨리는 것을 느낀다. 「커…… 커…….」

둘 중 누구의 이름을 먼저 말해야 할지 모르겠다. 한 장면 안에 두 사람 다 있다는 사실이 그녀에게 뇌진탕 같은 충격을 준다. 그녀는 한 걸음 물러나다가 바닥 문 모서리에 부딪힌다. 바닥 문은 소니아가 비키자마자 쾅 닫힌다. 소니아가 아래로 내려갈 때만큼 빨리 올라왔다면, 바닥 문에 머리가 깨졌을 것이다.

리사는 자신이 본 광경을 이해할 수 없다. 그녀의 삶을 이루는 별개의 두 세계가 서로 겹쳐 있다. 우주 자체가 그녀를 배신한 것만 같다. 그녀를 드러내고, 온갖 공격에도 무방비하게 내버려둔 것이다. 코너도, 캠도 리사와 좋지 않은 상황에서 헤어졌다. 리사는 갑자기 방어적으로 변하고, 놀라움은 의구심으로 변질된다.

「이게 무, 무슨 일이야?」

그제야 멍하니 서 있던 캠이 한 걸음 앞으로 나온다. 하지만 이미 앞으로 나선 코너에게 완전히 가려질 뿐이다. 코너는 자신이 그랬다는 사실조차 의식하지 못한다. 「인사도 안 할 거야?」 코너가 조심스레 묻는다.

「안녕.」 리사가 말한다. 너무 무기력한 말이라 리사는 자신에게 화가 난다. 그녀는 목을 가다듬고 나서야 이곳에 다른 사람도 있다는 걸 알아본다. 리사가 모르는 소녀다. 이 순간만큼은, 그 소녀도 상황을 지켜보는 것으로 만족하는 듯하다.

이 대단한 재회가 젖은 장작처럼 연기를 내며 꺼지겠다는 생각에 소니아는 답답해하며 지팡이로 바닥을 두드려 그들의 관심을 끈다. 「이봐, 멍하니 서 있지 마라.」 그녀가 말한다. 「오랜 세월 이야기할 만한 러브 신을 보여 달란 말이야. 최소한 유행하는 밈이 될 만한 장면이라도.」

「기꺼이 따르죠.」 캠이 말한다. 너무도 오만한 말이라, 리사는 그의 따귀를 때리고 싶어진다.

「너한테 한 말이 아니야.」 코너는 경멸을 담아 무시하듯 말한다. 리사는 코너의 따귀까지 때리는 것도 괜찮겠다고 생각한다.

이 순간이 이렇게 흘러가서는 안 된다! 길고 긴 지난 몇 달 동안, 리사는 열두 가지 다른 방식으로 코너와 재회하는 장면을 상상해 왔다. 그중 어떤 장면도, 지금처럼 얼음이 갈라지는 듯한 불안으로 가득하지는 않았다. 캠에 대해서라면, 리사는 그를 다시 보게 될 줄 몰랐기에 재회를 상상해 본 적도 없었다. 이상하게도 캠을 보니, 전혀 예상하지 못했을 만큼 기쁘다. 그 기쁨이 코너를 본 우레 같은 충격을 훔쳐 간다. 리사의 일부는 그런 감정의 흐름 때문에 둘 모두에게 화가 난다. 둘은 서로의 순간을 흐리도록 두어서는 안 됐다. 정신이 온전하고 공감력 있는 우주라면, 리사의 감정이 이렇게 흐려지도록 놔둬서는 안 됐다. 하긴, 삶이 언제 그녀에게 공감이라는 선물을 베푼 적이 있었던가?

이제는 캠이 그를 가리던 코너 뒤에서 나온다. 그들은 리사의 선택을 기다리기라도 하듯 나란히 서 있다. 갑자기 리사는 이 일이 어떻게 전개될지 전혀 모르겠다고 느낀다. 장기 해적의 함정에 걸렸을 때만큼이나 무시무시하게 느껴진다.

리사를 구해 준 것은 그 소녀, 이 공간에 있던 미지수다.

「안녕, 난 그레이스야.」 그녀가 코너와 캠 사이로 비집고 들어와 리사의 손을 잡고 힘차게 흔들며 말한다. 「그레이스라고 불러도 되고, 그레이시라고 불러도 돼. 난 둘 다 상관없어. 아니면 엘리너라고 불러도 돼. 그게 내 미들 네임이거든. 만나서 영광이야, 워드 양. 리사라고 불러도 돼? 난 동생한테 너에 대해 전부 들었거든. 내 동생이 널 숭배하다시피 했어. 뭐, 코너를 더 숭배하긴 했지만 너도 숭배했어. 그때는 네 모습이 지금이랑 달랐지만, 일부러 그런 거겠지. 눈 색깔을 바꾼 건 현명한 선택이야. 사람들은 외모를 달라 보이게 하는 건 머리라고 생각하지만, 실제로는 눈이 문제거든.」

「그래. 내 눈 색깔을 바꿔 준 스타일리스트도 그렇게 말했어.」 리사는 그레이스의 열광적인 반응에 약간 당황한 채 말한다.

「그래서, 저 아래 지하실에 우리가 먹을 만한 게 있어? 굶어 죽을 것 같아서.」

리사는 나중에야 그레이스의 무례한 간섭이 폭발 직전의 상황에서 완벽하게 김을 뺐음을 깨닫는다. 꼭 그레이스가 일부러 그런 것처럼.

61
캠

이로써 모든 것이 바뀐다.

리사가 이 모든 일의 한가운데에 있다는 사실에, 캠은 목표를 달성할 수단뿐 아니라 자신의 목표 자체를 재평가해야 한다. 그 자신도 도망자였기에, 캠은 코너와 불안정하게나마 협력해야 했다. 생존에는 협력이 필요했다. 마음속으로 그는 코너가 적임을 알고 있지만, 적은 한 번에 하나뿐이어야 하고 지금 이 순간 그 적은 능동적 시민이다.

캠은 코너를 만난 순간부터 그를 경멸하는 것만큼이나 매력을 느꼈음을 인정할 수밖에 없다. 우나와는 달리 코너가 공감을, 심지어 연민까지 보여 줬기 때문이다. 그날 기도 오두막에서, 코너는 캠의 목숨을 구해 준 셈이었다. 역할이 뒤바뀌었다면, 캠은 코너에게 같은 일을 해주지 않았을 것이다. 그래서 코너는 연구할 만한 가치가 있었다.

그 이후로 캠의 계획은 코너를 알아 가는 것, 그리고 능동적 시민을 무너뜨리는 데 그를 이용하는 것이었다. 그런 다음, 로버타와 그녀의 막강한 친구들을 모두 말뚝에 묶고 나면, 캠은 코너도 묶어 두어야 할지 판단할 수 있을 만큼 그를 잘 알게 될 터였다. 캠은 리사가 애크런의 무단이탈자를 올려 둔 반석을 제대로 이해한 뒤에야, 그 반석이 무너지도록 작전을 실행할 수 있었다. 그래야 코너 래시터를 리사의 눈에 아무것도 아닌 존재로 만들 수 있었다.

하지만 리사가 실제로 함께하게 된 지금, 캠은 마치 리사의 애정을 얻기 위해 그녀 앞에서 가슴을 두드려야만 하는 고릴라처럼 작아진 기분이다. 결국 이게 핵심이었던 걸까? 문명화된 것처럼 보이도록 미화된, 유인원의 짝짓기 의식? 그럴지도 모른다. 하지만 캠은 자신이 인간 진화에서 한 단계 더 나아가 있음을 안다. 그는 합성된 존재다. 그는 자신의 내적 공동체가 모든 면에서 자극되어 코너보다 훨씬 환하게 빛날 것임을 믿는다. 하지만 왜 하필 지금이어야 하는 걸까?

소니아는 숨어 있는 무단이탈자들이 있는 지하실에 그들을 데려가지 않는다.

「그 애들은 이 녀석을 보자마자 찢어발길 거야.」 소니아가 히치하이크라도 하듯 엄지로 캠을 가리킨다.

「눈앞에 사람을 두고 남 얘기하듯이 하는 건 무례한 짓이에요.」 캠이 냉정하게 말한다.

「그래?」 코너가 말한다. 「넌 실제로 백 명의 남으로 이루어져 있잖아. 남 얘기하듯 말해 주면 칭찬 아닌가?」

캠은 얼마든지 코너에게 반격할 준비가 되어 있지만, 리사의 시선을 의식하고 참는다. 리사가 그를 자제력의 모범으로 보도록.

이어 소니아는 잠시 시간을 들여 코너를 본다. 「너도 저 지하실에 들어가지 않는 게 좋아. 저 애들이 너한테 눈독을 들일 테니까. 아마 영웅 대접은 평생 받을 만큼 받았을 텐데.」

「저는 아닌데요.」 그레이스가 끼어든다. 그녀는 신들 사이의 인간이 된 기분일 것이다.

「그럼 넌 운이 좋았던 거라고 생각해라.」 소니아가 말한다. 「이런 시대에는 눈에 띄지 않을수록, 세상이 바뀌는 걸 볼 때까지 살아남을 가능성이 높은 거야.」

「좋은 말인데요!」 캠이 말하지만, 소니아는 그를 쏘아볼 뿐이다.

「너한테 한 말 아니다.」

소니아는 그들을 뒷골목으로 데려간다. 대대적인 세차가 필요해 보이는 낡은 대형 SUV가 그들을 기다리고 있다. 소니아가 모두를 재촉해 그 차에 태운다. 캠은 리사 옆에 앉으려고 온갖 노력을 기울이지만, 리사가 들어가자마자 그레이스가 〈레이디 퍼스트〉라는 식으로 바로 끼어들어 리사 옆에 앉는다. 리사는 캠과 눈을 맞추고, 〈다음에는 행운을 빌게〉라고 말하듯 입을 꾹 다문 채 미소 짓는다. 캠은 리사의 마음을 전혀 읽을 수 없다. 리사가 과연 그레이스가 그 자리에 앉았다는 사실에 안도한 건지, 실망한 건지도 모르겠다. 캠은 코너를 힐끗 본다. 코너는 어디에 앉든 상관 없는 듯하다. 겉보기에는. 코너에게는 〈겉보기〉라는 단어가 핵심이다. 코너는 두 귀 사이의 아리송한 공간에서 벌어지는 일을 숨기는 솜씨가 극도로 뛰어나다.

마지막으로 차에 타게 되었기에 캠은 조수석에 앉으려 하지만, 소니아가 허락하지 않는다. 「뒷좌석 창문 색이 더 어두우니 네가 보일 가능성이 더 낮다. 게다가 네 〈다문화〉 얼굴은 커다란 차를 운전하는 늙은 여자의 집중력을 엿같이 흐려 놔.」 그래서 조수석은 비워진다. 캠은 결국 코너와 함께 뒷좌석에 앉는다.

「그래서, 어디로 가는 거예요?」 코너가 묻는다.

리사가 대답하려고 고개를 돌리며 그에게 미소 짓는다. 「보면 알아.」

캠은 리사가 방금 코너에게 지어 준 미소가 자신에게 지어 준 미소와 정확히 같은 미소인지, 아니면 좀 더 온기가 깃든 미소인지 알 수 없다. 알 수 없다는 사실을 견딜 수도 없다. 답답함에 솔기가 가려워지기 시작한다. 그는 이 모든 게 마음의 문제라는 걸 알지만, 솔기의 간질간질한 느낌만은 매우 현실적으로 다가온다. 리사와 코너의 말로 표현되지 않는, 규정되지 않은 관계에 미칠 것만 같다.

소니아는 노인 특유의 숙련된 조심성을 담아 운전하지만, 그러면서도 도로의 모든 과속 방지턱과 포트 홀을 빠짐없이 밟아 댄다. 그때마다 부두 노동자도 얼굴을 붉힐 만한 욕설을 뱉는다. 5분 뒤, 그녀는 수수한 이층집의 진입로에 접어든다.

「미리 알렸어요?」 차가 멈추자 리사가 묻는다.

소니아는 결정적인 추진력을 실어 차를 주차장에 댄다. 「난 경고 따위 안 한다.」 소니아가 말한다. 「나는 행동하고, 사람들은 대처하지.」

캠은 로버타도 저 나이까지 살면 소니아처럼 될지 무심결에 생각한다. 예상치 못하게, 바라지도 않았는데 몸이 떨린다.

소니아는 차에서 내리자마자 일행을 데리고 옆문으로 간다. 시추 한 마리가 이미 짖기 시작했다. 금방 멈출 기미는 전혀 보이지 않는다.「우리가 사는 세계는 뒷문으로만 다니는 곳이야.」소니아가 일행에게 말한다.「그러니까 너희 모두 궁둥이 저리 치워. 이웃들이 간섭하기 전에.」소니아는 개를 무시한 채 문을 연다. 개는 자기 영토를 지키려고 애쓰며 모두의 발꿈치를 한꺼번에 물려 한다.

「머잖아.」소니아는 일행을 데리고 뒤뜰로 향하며 말한다.「저 멍청한 개를 후려쳐서 지구 반대편으로 날려 보낼 거야.」그레이스의 걱정스러운 눈빛을 보고 리사는 소니아의 말이 진심이 아니라고 그녀를 안심시킨다.

뒤뜰 주변을 높은 나무 울타리가 에워싸고 있어, 뒷문은 앞문보다 훨씬 눈에 덜 띈다. 소니아가 시끄럽게 문을 두드리고 또 두드린다. 대답을 기다릴 인내심 따위는 없다. 마침내 한 여자가 문으로 다가온다. 40대 중반으로 보이며, 미니 마우스 원피스를 입은 유아를 안고 있다. 황새일 거라고, 캠은 생각한다. 요즘은 중년인 사람들의 집 앞 계단마다 어김없이 아기들이 놓이는 듯하다.

「아니, 세상에. 이젠 또 뭐예요?」진퇴양난에 빠진 표정으로 여자가 묻는다.

코너가 헛숨을 들이쉰다.「디디?」그는 아기를 보고 말한다.

아이가 알아본 기색은 전혀 없이 코너를 본다. 그러나 아기를 안은 여자는 코너를 보자 기쁜 동시에 깜짝 놀란 듯하다.「이름을 디어드러로 바꿨어.」

「하지만 난 지금도 디디라 불러.」리사가 말한다.「해너 기억하지, 코너?」리사는 코너가 여자의 이름을 기억하지 못해 당황할까 봐 그렇게 말한 것이 분명하다.

캠을 보더니 여자의 얼굴이 하얗게 질린다. 캠은 참지 못하고 말한다. 「해피 핼러윈.」 핼러윈은 몇 달이나 남았지만 말이다.

해너가 디어드러를 내려놓고 안으로 들어가라고 말한다. 디어드러는 기꺼이 그렇게 한다. 시추는 여전히 짖는 것을 멈추지 못한 채, 주방과 식당 사이 문턱까지만 그녀를 따라간다.

「사람 놀라게 하는 재주가 있으시네요, 소니아.」 해너가 말한다. 그녀의 시선은 여전히 캠에게 붙박여 있다. 그녀는 원치 않는 이웃의 관심을 끌기 전에 일행 모두를 앞세워 안으로 몰아넣는다. 캠은 집이 조금은 너무 따뜻하다고 느낀다. 아마 흐린 날의 추위와 대조되어 그렇게 느껴지는 걸지도 모른다.

「난 낮에 소니아를 도우면서 시간을 보내.」 리사가 말한다. 「하지만 지난 몇 주 동안은 해너가 친절하게도 여기서 밤을 보내게 해줬어.」 안전하게 안으로 들어온 지금, 리사는 나머지 일행을 해너에게 소개한다. 캠은 마지막까지 남겨 둔다. 리사는 조금 수줍은 듯 그를 〈세상에 유일한 카뮈 콩프리〉라고 부른다.

「ADR이신가요?」 캠은 해너와 악수하며 묻는다.

해너는 모두가 그렇듯 의심스러운 눈길로 그를 눈여겨본다. 그러니까, 유명인을 보고 충격받은 사람들을 제외한 나머지 모두가 그렇듯이. 「아니. 난 한 번도 반분열 저항군에 참여한 적 없어. 그냥 관심 있는 시민일 뿐이야.」 그러더니 그녀는 소니아를 돌아본다. 「얘기 좀 해요. 둘이서.」

해너는 소니아를 데리고 다른 방으로 간다. 그 전에 잠깐 일행을 힐끗 돌아보며 말한다. 「리사, 디어드러 좀 봐줘. 나머지 너희는 편하게 있으렴.」 그러더니 덧붙인다. 「너무 편하게 있지는 말고.」

임시 집주인이 된 리사가 일행을 거실로 안내한다. 바닥에 유아용 원색 장난감 파편이 위험하게 흩어져 있다. 디어드러는 손님들을 못 본 체한다. 개가 있는 쪽으로 플라스틱 블록을 던지는 것으로 만족하는 듯하다. 개는 그 블록을 물고 디어드러에게 돌아간다. 더는 영토 방어에 관심이 없다.

방 안에는 시계가 많다. 해너가 수집하는 게 틀림없다. 시계는 모두 서로 다른 시간대를 가리키고 있다. 어떤 시계도 태엽이 감겨 있거나 플러그가 꽂혀 있지는 않다. 거의 모든 시계가 그렇다. 딱 하나의 시계가 째깍거리고 있지만, 캠은 그 소리가 어디에서 나는 건지 알 수 없다. 무단이탈자를 지원하는 사람의 집에서, 무엇보다도 시간을 중요하게 여기면서 동시에 모든 시계가 서로 어긋나 있다니 얼마나 적절한 일인가.

리사는 일행이 새로 만들어진 패턴에 따라 자리를 잡는 동안 커튼을 친다. 그들은 소니아와 해너의 정상 회담이 자신들을 어떻게 처리할 것인지에 관한 결론에 이를 때까지 그렇게 앉아 있게 될 것이다. 「그래서.」 리사는 전혀 그녀답지 않은, 절대적으로 어색한 태도로 말한다. 「다들 왔네.」

「여기에 용들이 있다.」[35] 캠이 말한다. 그 자신도 왜 그렇게 말했는지, 그 의미가 뭔지 정확히 알 수 없다. 다만 그는 어떤 이상한 의미에서 그 말이 사실이라는 것을 알 뿐이다. 그는 리사가 여전히 이곳에 있는 자신과 코너의 존재를 이해하려 애

---

35 라틴어 표현 〈Hic sunt dracones〉에서 따온 말로, 중세에는 미지의 영역이나 위험한 장소를 지도에 표시할 때 사용되던 문구다.

쓰고 있음을 안다. 리사는 어쩌다 둘이 함께하게 됐는지 묻지 않는다. 그 모습이 캠에게 이렇게 알려 주는 듯하다. 리사는 이 문제를 처리할 수 있는 상태와는 너무도 거리가 멀고, 그래서 그 문제를 알고 싶어 하지도 않는다고.

모두가 조립식 소파와 소파를 마주 보는 두 개의 의자에 거리를 두고 앉는다. 이 어색한 모임이 그만큼 어색하게 느껴지지 않도록 하려는 것이다. 아직 앉지 않은 사람은 그레이스뿐이다. 그녀는 방 안을 돌아다닌다. 이런 긴장감에 면역이라도 된 듯 사진과 잡동사니를 살펴보다, 디어드러가 만지지 못하도록 높은 선반에 올려 둔 졸리랜처[36] 그릇에 손을 집어넣는다.

캠은 그 정도의 천진난만함이 내면 어딘가에라도 파고들 수 있으면 좋겠다고 생각한다. 그의 내부에 살고 있는 십일조 중 누구도 해너의 편안한 거실을 안전하다고 느낄 만큼 순진하지 않다. 캠이 가지고 있는 십일조의 기억은 우월감을 느끼는 데만 관심이 있다. 캠이 그들로부터 긁어낼 수 있는 것은 거리감뿐이다. 그걸로는 리사의 사랑을 받을 수 없다.

「해너는 우리가 처음 도망쳤을 때 청소년 전담 경찰한테서 코너와 나를 구해 준 선생님이야.」 리사가 설명한다.

「아.」 캠이 힘없이 말한다. 「좋은 정보네.」 리사의 설명은 그녀와 코너가 함께한 역사를 강화할 뿐이다. 캠은 그런 이야기를 들을 수밖에 없다는 게 싫다.

대화의 레이더에 걸리지 않고 기분 좋게 날아다니던 그레이스는 거실 커피 테이블 위에 사탕 여러 개를 줄 세워 놓는다.

---

36 다양한 과일 맛과 색깔로 유명한 미국의 사탕 브랜드.

졸리랜처 그릇은 아직 반쯤 차 있다. 그걸 보는 순간, 캠의 마음속에 이상한 불화가 생겨난다. 캠은 그것을 선택 불안이라고 부르게 되었다.「각자의 고기.」그는 혼자 중얼거린다. 하지만 다른 사람들에게 들릴 만큼 크게 말했다는 것을 깨닫고 설명한다.「맛에 대한 선호를 일으키는 건 미각 세포만이 아니야.」그가 말한다.「나의 내부 공동체는 이런 사탕 같은 문제에서 언제나 서로 부딪혀. 나의 일부는 풋사과를, 다른 일부는 포도를 좋아하거든. 어떤 녀석은 복숭아 맛을 유독 친근하게 느껴. 이제는 나오지도 않는 맛인데. 또 다른 녀석은 졸리랜처라는 개념 자체를 역겹다고 느끼고.」캠은 한숨을 쉬며, 아무 의미 없는 선택 불안을 무시하려 애쓴다.「사탕이 뒤섞여 있는 이 그릇은 내게 존재의 파멸이나 마찬가지야.」

코너는 잘 연습한 게 틀림없는, 좀비 같은 멍한 눈길로 그를 본다.「그러든지 말든지.」

리사는 캠에게 다시 특유의 가느다란 미소를 지어 보인다.「원래 사람은 자기 마음의 작용조차 알지 못해, 캠. 근데 어떻게 네 정신의 내적 작용에 관심을 가질 수 있겠어?」코너를 우회적으로 저격하는 말 같다. 하지만 그때, 리사는 코너의 손을 부드럽게 어루만지며 완벽한 저격을 장난스럽게 톡 쏘는 말로 바꾼다.

「네가 맛을 골라 주면 어때?」캠이 리사에게 묻는다. 그 역시 장난스러워지려 노력한다. 하지만 리사는 이렇게 말하며 문제를 피해 간다.「로버타가 너한테 그 멋진 치아를 찾아 주느라 온갖 고생을 했는데, 왜 그 치아를 썩히려 해?」

「난 좋아하는 맛이 있지만, 그건 중요하지 않아.」그레이스가 선언한다. 그녀는 간격을 잘 맞춰 줄 세운 사탕을 가리키며, 한마디로 이 주제를 완전히 끝내 버린다. 「난 언제나 알파벳 순서대로 먹어.」

캠은 딱딱한 사탕을 좋아하지 않는 감각 기억에 복종해, 사탕을 먹지 않기로 한다.

「능동적 시민의 친구들은 어떻게 지내?」 리사가 캠에게 조심스럽게 묻는다.

「능동적 시민은 네 친구가 아니듯이 더 이상 내 친구도 아니야.」 캠이 말한다. 그는 리사를 돕기 위해 그들을 배신했고 번쩍이는 스포트라이트까지 포기했다고 말하려 하지만, 코너가 그 폭로의 순간을 가로챈다.

「카뮈가 능동적 시민에 피해를 줄 수 있는 증거를 보여 줬어.」

캠은 코너와 그 증거를 공유했던 것 자체가 후회스럽다. 이곳 애크런에서 리사와 마주하게 될 줄 알았다면, 리사를 위해 그 모든 증거를 아껴 두었을 것이다. 이제는 그 증거를 안다는 사실만으로도 코너에게 화가 난다.

「그게 다가 아니야.」 캠이 덧붙인다. 「나중에 나랑 얘기하자.」 그가 리사에게 말한다.

코너가 불편한 듯 몸을 움직거리며 방 이곳저곳의 사진으로 관심을 돌린다. 「내가 짐작하기엔, 해너가 이혼을 했거나 최근에 사별한 것 같은데. 몇몇 사진에는 해너랑 같이 있는 남자가 있어. 한 장에는 디어드러도 같이 있고. 그런데 해너는 결혼반지를 끼고 있지 않더라.」

「사별한 게 확실해.」 그레이스는 정리해 둔 사탕에서 시선을 들지도 않고 말한다. 「이혼한 남자 사진을 꺼내 두지는 않아.」

코너가 어깨를 으쓱한다. 「아무튼, 해너는 본격적으로 디어드러를 자기 자식으로 키우려는 것 같네.」

「맞아.」 리사가 인정한다. 「디디를 해너한테 맡긴 건 잘한 선택이었어. 다른 선택지가 많지는 않았지만.」

대화의 방향에 캠은 불편해진다. 「정확히 누구 아이야?」

코너는 캠을 보며 히죽 웃더니 리사에게 팔을 걸친다. 「우리 애야.」 그가 말한다. 「몰랐냐?」

잠시 캠은 코너의 말을 믿는다. 리사에게는 아직 밝혀지지 않은 비밀이 많다는 걸 알기에. 마음이 무겁다. 리사가 코너의 품에서 재빨리 미끄러져 나올 때까지는.

「디디는 코너가 어느 집 현관에서 데려온 아이야. 황새 배달됐지.」 리사가 설명한다. 「우리가 잠깐 디디를 돌봤어. 그런 다음에는 해너가 디디를 대신 맡아 주겠다고 자원했고. 그 뒤에는 우리가 다음 안전 가옥으로 옮겨졌어.」

「엄마 역할은 흥미로운 경험이었어?」 캠이 묻는다. 그 생각이 재미있게 느껴질 만큼 마음이 놓였다.

「응.」 리사가 말한다. 「하지만 다시 그 경험을 서둘러 하고 싶진 않아.」 리사는 일어서서, 캠과 코너 둘 모두에게서 멀어진다. 「냉장고에 뭐가 있는지 볼게. 너희 배고프겠다.」

리사가 떠난 뒤 코너의 태도가 약간 바뀐다. 어두워진다. 바깥 하늘처럼, 생각에 잠긴 잿빛으로 변한다. 「리사한테 눈길도 주지마, 손도 대지 마. 알았냐? 넌 이미 리사를 슬프게 했으니까. 그 이상 슬프게 하지 말라고.」

「아! 〈질투란 초록 눈의 괴물이라, 자신이 먹고 사는 것을 조롱하나니.〉」[37] 캠이 말한다. 「리사가 나한테 그랬어. 넌 질투심이 많은 성격이라고. 하지만 넌 나약하고 창백한 오셀로야.」

「리사를 내버려두지 않으면, 내가 맨손으로 너를 언와인드 할 거야.」

그 말에 캠은 진심으로 웃음을 터뜨린다. 「그런 무의미한 허세가 널 파멸시킬 거야. 아무 근거도 없이 그렇게까지 오만하게 굴다니.」

「오만하다고? 자만심에 가득한 건 너야! 자만심이 아니라 다른 사람들로 가득하다고 해야 하나.」

마침내 결투가 시작되고 칼이 뽑혀 나온 것만 같다. 그레이스가 졸리랜처에서 눈을 든다. 방 건너편 저 멀리에 있던 디어드러와 개조차 귀를 기울이는 듯하다. 어떻게 대응해야 할까? 캠의 거친 부분은 화를 내며 공격하고 싶어 하지만, 그는 그런 충동을 억누른다. 분노는 코너가 원하는 것이다. 분노는 코너가 다룰 줄 아는 감정이다. 캠은 거기에 따르지 않을 것이다.

「내가 신체적으로, 지적으로, 창의적으로 너보다 뛰어나다는 사실은 오만함이나 자부심이 아니야. 단순한 사실이지.」 캠은 억지로 침착하게 말한다. 「내가 너보다 더 나은 인간인 이유는 그렇게 만들어졌기 때문이야. 네가 갖지 못한 것을 어쩌지 못하는 것처럼, 나도 내가 가진 것을 어쩔 수 없어.」

둘은 매섭게 서로를 바라본다. 결국 코너가 물러난다. 「리사를 두고 결투하고 싶은가 본데, 지금은 때가 아니야. 지금 당장

---

37 셰익스피어의 희곡 『오셀로』에서 이아고가 오셀로에게 질투의 위험성에 대해 경고하며 한 말이다.

은 우리 모두 친구처럼 굴어야 해.」

「동맹이라고 해서 꼭 친구일 필요는 없지.」 그레이스가 지적한다. 「제2차 세계 대전을 봐. 러시아가 아니었으면 우린 그 전쟁에서 이길 수 없었을 거야. 당시에도 미국과 러시아는 서로를 뼛속까지 싫어했지만 손을 잡았잖아.」

「인정.」 캠이 말한다. 그는 그레이스의 예상치 못한 지혜에 한 번 더 감명을 받는다. 「지금 당장은, 리사가 불가침 대상이라는 점에만 합의하자. 리사는 비무장 지대야.」

「넌 여러 전쟁을 섞어서 말하고 있어.」 그레이스가 말한다. 「비무장 지대는 한국에 있는 거야.」

「리사는 무슨 지대가 아니라 사람이야.」 코너가 말한다. 그러고 나서 그는 방을 건너가 디어드러와 노는 것으로 모든 협상에 종지부를 찍는다.

「네가 잊은 게 있는데.」 캠이 그레이스에게 말한다. 캠 역시 모텔에서 그레이스를 심하게 몰입시켰던 그 다큐멘터리를 보았기 때문이다. 「미국과 러시아는 제2차 세계 대전 이후의 폐허에서 서로에게 핵무기를 날릴 뻔했어.」

「난 아무것도 잊지 않았어.」 그레이스가 다시 사탕으로 관심을 돌리며 말한다. 「너희 둘이 정말로 싸우기 시작하면, 난 핵무기 대피소를 만들 거야.」

6부 애크런

62
코너

 이로써 모든 것이 바뀐다.

 코너가 리사를 처음 봤을 때 느꼈던 전율은 현실의 무게에 눌려 빠르게 사라진다. 캠이라는 현실 때문이 아니라 그들의 상황이라는 현실 때문에. 이제는 리사가 함께하게 되었으니 그녀도 위험해졌다. 코너는 리사를 무척 그리워해 왔다. 그 점에는 의심할 여지가 없다. 기나긴 몇 달 동안, 코너는 리사의 목소리를 듣고 그녀의 말로 위안을 받고 싶어 고통스러웠다. 리사가 더는 마비 상태가 아니라는 걸 알면서도 그녀의 다리를 마사지해 주고 싶었다. 리사에 대한 감정은 변하지 않았다. 그녀가 대의를 배신하고 언와인드를 지지하는 공개적인 목소리가 되었다고 생각했을 때조차, 마음 깊은 곳에서 코너는 그녀가 자의로 그런 일을 할 리는 없다고 믿고 있었다.

 그러다가 리사가 TV 생방송에 나와, 그 모든 게 사기였다고 밝히고 능동적 시민의 따귀를 후려쳤을 때는 그녀를 더욱 사랑하게 되었다. 그 이후 리사는 자취를 감췄다. 코너처럼 완벽하게. 그 사실이 위로가 되었다. 코너는 밤마다 창밖을 내다보며, 어딘가에서 리사가 잘 지내고 있으리라고 확신할 수 있었다. 그 막강한 재치를 활용해 안전하게 지내고 있으리라고.

그러나 지금의 코너는 그런 안전한 항구와는 거리가 멀다. 그들이 능동적 시민에 대해 폭로하려는 사실, 그가 소니아에게서 알아내게 될지도 모르는 사실 때문에 리사는 코너와 함께 있을 때 훨씬 더 위험하다. 지금 코너가 가려고 하는 길은 불길을 피하는 길이 아니라 불속으로 뛰어드는 길이다. 당연히 리사는 그와 함께 가고 싶어 할 것이다. 캠의 말도 여전히 머릿속을 맴돈다.

내가 너보다 더 나은 인간인 이유는 그렇게 만들어졌기 때문이야.

하나하나 직접 고른 지능을 갖췄다지만, 이 모든 일이 질투심 때문이라고 생각하다니 캠은 머저리다. 물론 코너도 질투가 상황을 흐릴 수 있다는 건 인정한다. 하지만 리사의 애정을 두고 경쟁하는 건, 그 자신과 캠 모두로부터 리사를 보호하려는 코너의 욕구에 비하면 사소한 일이다.

코너는 거실 바닥에 앉아 디어드러와 놀면서, 분노가 흩어지게 두려고 노력한다. 분노는 이 상황에 도움이 되지 않을 것이다. 질투에 굴복해 봤자 집중력만 흐려질 뿐이다.

디어드러는 뒤로 누워 코너의 얼굴에 두 발을 댄다.

「해피 핼러윈! 발냄새 맡아라!」

디어드러의 발에서는 그 아이가 밟았을 게 분명한 아기 음식 냄새가 난다. 고구마의 주황색 덩어리가 양말 위에서 헤엄치는 새끼 오리 무늬를 망치고 있다.

「양말 멋지네.」 코너가 말한다. 이 아이가 뚱뚱하고 새까만 눈을 가진 여자와 그녀의 뚱뚱하고 새까만 눈을 가진 아들의 집 앞 계단에서 데려온 바로 그 아이라는 게 여전히 놀랍다.

「오리 양말이야!」 디어드러가 행복하게 말한다. 「물고기 팔!」 디어드러는 끈적거리는 검지로 코너의 팔에 있는 상어를 건드린다. 「물고기 팔! 팔 물고기!」 디어드러가 키득거린다. 그 웃음이 코너 내면의 김을 빼는 밸브를 연다. 디어드러 덕분에 답답한 마음이 풀린다.

「이건 상어야.」 그가 디어드러에게 말한다.

「상어!」 디어드러가 따라 한다. 「상어, 상어, 상어!」 그러고 나서 여자의 플라스틱 머리를 소방관의 작은 플라스틱 몸에 끼운다. 「엄마가 그 상어 봤어? 화냈어?」

코너는 한숨을 쉰다. 어린애들은 고양이와 비슷한 것 같다. 언제나 알레르기가 있는 사람의 무릎에서 뛰어놀기를 좋아한다. 코너는 디어드러가 방금 한 말이 두드러기를 잔뜩 일으킬 만한 주제라는 걸 조금이라도 알고 있는지 궁금하다.

「아니.」 코너가 말한다. 「우리 엄마는 상어에 대해서 몰라.」

「혼나?」

「그럴 걱정은 없어.」 코너가 말한다.

「그럴 걱정은 없어.」 디어드러가 따라 하더니, 작은 플라스틱 인형의 머리 위에 타이어를 끼운다. 타이어는 지나치게 큰 러시아 모자처럼 보인다.

디어드러는 소니아의 뒷방에 있는 여행 가방에 편지가 한 통 있다는 걸 모른다. 사실 그 가방 안에는 수백 통의 편지가 들어 있다. 모두 무단이탈자들이 쓴 것이다. 모두 그들을 언와인드되도록 넘긴 부모들에게 쓴 것이다. 그날 이른 시각, 그 여행 가방을 본 순간부터 코너는 그 편지를 직접 전달하고, 부모가 그것을 읽는 모습을 숨어서 지켜보면 어떤 기분일지 상상해 왔다. 지금은 그 생각만으로도 롤런드의 팔에 힘이 들어가고 주먹이 쥐어진다. 코너는 주먹으로 창문을 깨버리고, 부모가 편지를 읽기 전에 낚아채는 모습을 상상한다. 하지만 그 생각을 쫓아 버린다. 의식적으로 손가락 힘을 풀고, 다시 유치원 놀이라는 일로 손을 이끈다.

롤런드의 손은 코너의 타고난 손만큼이나 효율적으로 레고를 맞춘다. 파괴하는 것만큼 창조도 할 수 있음을 증명한다.

소니아의 설득력은 초인적 수준에 다다른 게 틀림없다. 해너가 그들 모두를 보호하겠다고 동의했다.

「그레이스는 리사랑 같은 방을 쓰면 될 거야. 남자 둘은 내 바느질 방을 같이 쓰면 되고. 거기에 침대 겸용 의자가 있거든. 둘이 그걸 같이 쓰든지, 한판 싸워서 한 사람한테 몰아주든지.」 해너가 말한다. 「한 가지는 분명히 말할게. 난 안전 가옥이 아니야. 내가 이 일을 하는 건 단지 옳은 일이기 때문이야. 하지만 내 훌륭한 성품을 이용하려 하지는 마.」 그녀는 계속해서 창문에 가까이 가지 말고, 누가 문을 두드리면 숨으라고 지시한다.

「어떻게 하는지 알아요.」 코너가 재빨리 말한다. 「처음 해보는 것도 아니고요.」

「처음 해보는 사람도 있어.」 캠은 그렇게 말하며 그레이스를 가리킨다. 「내가 아는 대로라면, 그레이스를 끌어들인 게 너일 텐데.」

「나를 끌어들인 건 나야.」 그레이스는 코너가 캠과의 싸움에 끌려들지 않도록 말한다. 「나도 다른 사람만큼 잘 숨을 수 있고.」

상황이 통제된 것에 만족한 소니아는 떠난다. 「우리 집 지하실의 그렘린들이 초조해하기 전에 밥을 줘야지.」 다만 코너는 그 아이들이 언제나 초조해할 것임을 경험으로 안다.

20분 뒤, 폭풍이 닥친다. 꾸준히 이어지는 빗줄기와, 다가올 것처럼 위협하지만 절대 다가오지 않으며 멀리서 치는 번개. 해너가 저녁으로 피자를 주문한다. 그들의 상황을 생각하면 좀 이상한 평범함이다.

바느질 방은 다른 침실들이 있는 위층에 있다. 남성성이라는 개념 자체를 모욕하는, 레이스가 잔뜩 달린 침대 겸용 의자가 있는 아주 좁은 공간이다.

「내가 바닥에서 잘게.」 캠은 리사가 이타적인 자기 모습을 봐주기를 바라며 말한다. 리사의 응답은 코너를 보며 씩 웃는 것이다. 「캠이 이겼네.」

「그러게.」 코너가 말한다. 「다음엔 더 빨리 말해야겠다.」

여전히 경쟁 모드에 갇혀 있는 캠은 즐거워하지 않는다. 남은 하루 동안 리사는 둘 모두와 동시에 같은 방에 있지 않으려고 최선을 다한다. 캠이 코너를 시야에서 절대 놓치지 않으려 하기에, 그들이 리사와 상호 작용을 할 수 있는 건 리사가 이불과 수건, 세면도구를 가지고 둘의 비좁은 방에 잠깐 들를 때뿐이다. 「소니아의 지하실에 아이들이 쓸 물건을 모아 두고 있어.」 그녀는 코너에게 치약을, 캠에게 칫솔을 건네며 말한다.

「같이 쓰라는 거야?」 캠이 짜증 섞인 멋진 미소를 지으며 묻는다.

리사가 당황한 듯 사과한다. 「다른 걸 찾아볼게.」

코너는 리사가 당황하는 모습을 본 적이 없다. 리사를 당황하게 하다니, 캠을 훨씬 더 싫어하게 될 것 같다. 하지만 코너는 문제가 캠 때문만은 아니라는 걸 안다. 둘의 조합이다. 코너는 카뮈 콩프리라는 요소가 없었다면, 리사가 자신을 어떻게 대했을지 궁금하다.

저녁을 먹고 나서, 캠이 샤워를 하고 있을 때 코너는 그 답을 알게 된다.

그레이스가 디어드러와 놀아 주는 일을 맡았다. 아기 방에서 들려오는 깔깔대는 소리는 그레이스가 성공하고 있다는 증거다. 코너는 먼지 쌓인 간이침대에서 편안한 자세를 찾느라 애쓴다. 문 앞에 나타난 리사는 그냥 문간에 서 있다. 복도 저쪽에서 들려오는 샤워기 소리로 보아 최소 몇 분 동안은 캠이 돌아오지 않으리라는 사실이 분명해진다.

「들어가도 돼?」 리사가 머뭇거리며 묻는다.

코너는 침대에 일어나 앉는다. 실제로 느껴지는 초조함을 티 내지 않으려고 노력한다. 「당연하지.」

리사는 방 안의 유일한 의자에 앉아 미소 짓는다. 「보고 싶었어, 코너.」

지금이야말로 코너가 열망해 왔던 순간이다. 머릿속에 담아 두고 앞으로 나아가기 위해 돌려 보던 순간. 하지만 코너는 리사의 애정을 온전히 돌려주고 싶으면서도 그럴 수 없음을 안다. 둘은 함께할 수 없다. 리사가 안전해진 지금, 그녀를 다시 이 싸움에 끌어들일 수는 없다. 그렇다고 그녀를 캠에게 떠밀 수도 없다.

그래서 코너는 리사의 손을 잡는다. 아주 꽉 잡지는 않는다. 「응.」 그가 말한다. 「나도.」 다만 그 말에 실제로 느끼는 확신을 담지는 않는다.

리사는 그를 자세히 살펴본다. 코너는 자신의 냉정한 겉모습을 리사가 꿰뚫어 보지 않기를 바란다. 「내가 했던 그 모든 말은…… 공익 광고라든가, 언와인드를 지지하는 홍보 같은 것들…… 내가 협박당했다는 거 알지? 놈들은 내가 그렇게 하지 않으면 묘지를 공격하겠다고 했어.」

「어쨌든 묘지는 공격당했잖아.」 코너가 지적한다.

이제 리사는 걱정하기 시작한다. 「코너, 너 정말로 그렇게 생각하는 건…….」

「아니, 네가 우리를 배신했다고 생각하지는 않아.」 코너가 말한다. 리사가 자신의 감정을 그렇게까지 오해하게 둘 수는 없다. 「하지만 그날 밤에 아주 많은 홀리가 죽었어.」 코너가 정말로 하고 싶은 일은 리사를 품에 꽉 끌어안는 것이다. 코너는 리사를 생각하는 것이 유일하게 자신을 나아가게 해준 일이라고 말하고 싶다. 하지만 대신 이렇게 말한다. 「애들이 죽었어. 그 얘기는 그만하자.」

「다음에는 스타키가 한 짓도 내 탓이라고 하겠네.」

「아니.」 코너가 말한다. 「그건 내 탓이지.」

리사가 시선을 내린다. 잠시, 코너는 그녀의 눈에 눈물이 고여 가는 것을 본다. 하지만 리사가 다시 고개를 들어 코너를 보았을 때 그녀의 표정은 단단해져 있다. 그녀의 약점은 또 한 번 갑옷으로 보호된다. 「뭐, 난 네가 살아 있어서 좋아.」 리사는 코너에게서 손을 빼며 말한다. 「네가 안전해서 좋고.」

「얼마나 오래 안전하려나 싶지만.」 코너가 말한다. 「깡패 같은 장기 해적과 능동적 시민, 청소년 전담국이 날 쫓고 있다는 걸 생각하면 말이야.」

리사가 한숨을 쉰다. 「우린 아마 영영 안전해지진 못하겠지.」

「넌 안전해.」 코너는 자제할 겨를도 없이 말한다. 「계속 안전하게 지내. 너를 위해서.」

이제 리사는 의구심을 담아 그를 본다. 「무슨 뜻으로 하는 말이야?」

「넌 해너와 디디와 함께하는 이 삶에 안착했다는 뜻이야. 왜 그걸 내버리려 해?」

「안착했다고? 난 여기 온 지 2주밖에 안 됐어! 그걸 안착이라고 하긴 어렵지. 게다가 지금은 네가 왔으니까…….」

코너는 자신이 연기를 잘한다고 생각해 본 적이 없지만, 지금은 온 힘을 다해 짜증 난 척한다. 「지금은 내가 왔으니까 뭐? 내가 제도를 상대로 날뛸 때 함께하겠다고? 왜 내가 그걸 바란다고 생각하는 거야?」

리사는 말을 잃는다. 코너가 바랐던 그대로다. 첫 번째 감정적 펀치를 날린 코너는 이어서 공격한다. 「지금은 상황이 달라졌어, 리사. 묘지에서 우리 사이에 있었던 일은…….」

「우리 사이에는 아무 일도 없었어.」 리사는 그렇게 말함으로써 코너가 또 한 번 거짓말하는 고통을 겪지 않게 한다. 그 고통을 다른 고통으로 바꾼다. 「우린 그냥, 서로의 앞길에 처박혔을 뿐이야.」 리사가 일어선다. 그 순간, 캠이 문 앞에 나타난다. 「하지만 더는 서로의 앞길을 방해하지 않겠지.」

캠은 하반신을 큰 수건으로 감쌌지만, 상반신은 그대로 전시되고 있다. 완벽한 식스 팩 복근과 조각 같은 가슴 근육. 코너는 캠이 일부러 그런 모습으로 등장했다고 판단한다. 리사가 이 방에 있다는 걸 알았을 테니까.

「무슨 일 있었어?」

리사는 부끄러워하지도 않고 그의 가슴에 손을 얹어, 서로 다른 색의 피부가 만나는 선을 따라 그린다. 「그 사람들 말이 맞았네, 캠.」 리사가 부드럽게 말한다. 「솔기가 완전히 아물었어. 흉터가 전혀 없는걸.」 리사는 캠에게 미소 짓더니 그의 뺨에 가볍게 입 맞추고 성큼성큼 방을 나간다.

코너는 리사가 갑자기 캠에게 관심을 보이는 것이 그저 자신에게 날리는 잽이기를 바라지만, 확신할 수는 없다. 코너는 그 점에 대해 생각하는 대신 접목된 팔을 본다. 그 팔이 집중을 끌어당긴다. 코너는 손가락이 말려 주먹이 되지 않게 하는 데 의식을 집중한다. 어떤 사람들은 온 얼굴로 감정을 티 낸다. 하지만 코너는 손마디로, 공격적인 동시에 방어적인 움직임으로 팽팽하게 당겨진 그 피부로 감정을 드러낸다. 이제 그는 손목의 상어에 집중한다. 불같은, 부자연스러운 눈에. 지나치게 큰 이빨에. 근육질의 휘어진 몸에. 너무도 추하지만, 거슬릴 만큼 우아한 모습이다. 싫다. 사실, 코너는 그 상어를 싫어하는 만큼 좋아하게 되었다.

캠이 문을 닫고 뻔뻔스럽게도 나머지 몸을 드러낸 채 옷을 입는다. 코너가 관심이라도 보일 줄 알고. 다음으로 코너를 볼 때, 그는 온통 미소 짓고 있다. 아는 것도 없는 주제에.

「리사한테 부는 바람은 딱히 놀랍지도 않아.」 캠이 말한다.

「조심하지 않으면, 그 바람에 모래가 실려 와서 네 눈에 들어갈 거다.」 코너가 대꾸한다.

「협박하는 거야?」

「그거 알아? 넌 네가 생각하는 것의 절반만큼도 똑똑하지 않아.」 코너는 샤워하러 간다. 머릿속 열기를 식혀 주기를 바라며 찬물 샤워를 한다.

63
그레이스

 디어드러와 노는 것은 즐거운 일이지만, 그레이스의 마음을 가라앉히기 위한 것일 뿐이다. 이 집에는 강한 힘이 작동하고 있으며, 그 힘은 서로를 찢어발기기 일보 직전이다. 캠과 코너는 경쟁 관계였음에도 불구하고 지금까지 하나의 목적 아래 단합되어 있었다. 그레이스는 자신이 그저 우연히 그들과 일행이 되었다고 생각한다. 하지만 그녀는 자신이 다른 사람은 보지 못하는 것을 볼 수 있다는 걸 안다.

 예컨대 그녀는 코너를 본다. 코너가 리사를 사랑하기에, 리사를 구하려고 의도적으로 밀어낸다는 걸 안다. 코너는 리사를 구하지 못할 것이다. 리사가 마주 밀어붙일 테니까. 리사는 전보다도 더 무모하게 언와인드를 상대로 한 전쟁에 몸을 내던져, 코너의 냉정한 태도에 정면으로 맞설 것이다. 코너는 리사를 구하려다 그녀를 죽일 수도 있다.

 그녀는 또 리사를 본다. 코너가 나타나지만 않았어도 리사는 이곳에 머물렀을지도 모른다. 하지만 이제 그건 문제가 아니다. 코너는 절대 그런 미래를 보지 못할 것이다. 코너는 자기가 리사를 잘 안다고 믿는다. 실제보다 더 많이.

캠도 보인다. 캠이야말로 어디로 튈지 모르는 대포알이다. 그는 리사가 내보이는 모든 관심을 바보처럼 들이마실 것이다. 그 관심이 진짜이든, 계산된 것이든 관계없이. 하지만 결국은 리사가 뭘 주더라도 캠에게는 충분하지 않을 것이다. 캠은 배신당하고 이용당했다고 느낄 것이고, 심지어 리사가 코너가 아닌 자신을 선택한다 해도 믿지 못할 것이다. 캠은 그런 일은 믿지 않을 것이다. 혼란에 빠진 그의 분노는 곪을 것이다. 그레이스는 머잖아, 폭발할 것임을 안다. 그 파편에 맞을 만큼 가까이 있던 사람에게는 신의 가호가 필요할 것이다.

그렇게 그레이스는 아무 피해도 끼치지 않는 디어드러와 놀면서도 다른 사람들이 하는 모든 말을 듣고, 모든 행동을 본다. 그녀가 하는 말은 이 파멸의 연극에 영향을 줄 수 없음을 안다.

늦은 밤, 그레이스는 눈을 뜬 채 천장을 보며 누워 있다. 헤드라이트 하나가 지나갈 때마다 그림자 진 나뭇가지가 천장을 불길하게 가로질러 기어간다.

리사가 일어나 조용히 문으로 향한다.

「그러지 마.」 그레이스가 말한다. 「제발.」

「그냥 화장실에 가는 거야.」

「아니잖아.」

리사는 망설이더니 약간 뻣뻣해진다. 「나도 어쩔 수 없어.」 그리고 덧붙인다. 「어쨌든 네가 상관할 일도 아니고.」 하지만 그레이스는 그 점에 있어서 리사의 말이 틀렸음을 안다.

리사가 떠나자 그레이스는 눈을 감는다. 남자 방 문이 삐걱

거리며 열리는 소리를 듣는다. 그레이스는 그 안에서 무슨 일이 벌어질지 안다.

리사는 코너의 침대에 앉아 부드럽게 그를 깨울 것이다. 코너가 이미 깨어 있지 않다면 말이지만. 바닥에서 자고 있는 캠은 잠들지 않았을 테지만 자는 척할 것이다. 그는 모든 것을 들을 것이다.

리사는 〈이야기 좀 하자〉는 식의 말을 속삭일 테고, 코너는 그 이야기를 미루려 할 것이다. 〈아침에.〉 그렇게 말할 것이다. 하지만 리사가 코너의 얼굴을 어루만질 테고, 그 손길에 코너는 리사를 보게 될 것이다. 둘은 바늘구멍처럼 눈동자에 비친 바깥 가로등 외에는 서로의 눈을 볼 수 없겠지만, 그것만으로 충분할 것이다. 어둠 속에서 코너가 겉으로 내세운 모습은 무너져 내릴 테고 리사는 그것을 알아챌 것이다. 그들은 말하지 않을 것이다. 어쨌거나, 말이 문제였던 적은 한 번도 없었으니까. 문제는 말없이 이루어지는 연결이다. 부정할 수 없는 연결. 그들은 문 앞으로 나갈 것이다. 문을 닫겠지만 조금만 닫을 것이다. 소리가 나지 않도록.

코너가 입맞춤을 시작하겠지만, 리사는 그 열정을 두 배로 돌려줄 것이다. 서로를 향한 감정에 대한 모든 의문은, 그들이 오직 둘만 공유한다고 생각하는 그 순간에 사라질 것이다. 단 한 번의 입맞춤을 끝으로 리사는 그 자리를 떠나, 남은 밤을 내내 아기처럼 만족스럽게 잘 것이다.

하지만 캠은 알 것이다. 그리고 계획을 세우기 시작할 것이다.

그레이스는 뭔지 몰라도 그 계획이 누구에게도 도움이 되지 않으리라는 걸 안다. 캠 자신에게도 마찬가지다.

그레이스는 승산이 없다고 본다. 그러다가, 무언가 극적인 일이 개입한다. 그 일은 그림자가 없다는 데서 시작한다. 몸부림치는 나무 그림자가 없는 어두운 천장. ……그런데도 나지막하게 우르릉거리는 자동차 소리가 들린다. 자동차는 두 대다. 하지만 헤드라이트는 없다. 왜 이 밤에 헤드라이트를 켜지 않고 차를 모는 걸까?

그레이스는 창밖을 내다본다. 검은색 밴과 검은색 세단이 시동을 켠 채 도로 연석에 서 있다. 밴의 뒷문이 열리고 무장한 남자들 한 팀이 쏟아져 나온다. 그들은 아무 소리도 내지 않고 은밀히 잔디밭을 가로질러 집으로 다가온다.

그레이스는 심장이 더 빠르게 뛰기 시작하는 걸 느낀다. 두 귀와 뺨이 솟구치는 아드레날린으로 뜨거워진다. 발각당했다!

그레이스는 속삭임을 듣고 그 소리에 집중한다. 그들이 하는 말을 이용할 수 있기를 바라며.

「너희 셋은 뒤쪽으로 돌아가.」 팀장이 속삭인다. 「신호를 기다려라.」

그때 누군가가 속삭인다. 「놈이 여기에 있어. 거의 냄새가 나.」

그 순간, 그레이스는 알아야 할 모든 것을 알게 된다.

그녀는 방에서 뛰쳐나간다. 리사와 코너는, 그레이스가 확신했던 그대로 입맞춤을 나누고 있다.

「그레이스!」 리사가 말한다. 「너 무슨…….」

하지만 리사가 말을 마치기도 전에, 그들 모두 앞문과 뒷문을 차고 들어오는 이중의 쾅 소리를 듣는다. 그레이스는 두 사람을 캠과 코너의 방으로 밀어 넣고 자신도 따라 들어간 다음 문을 닫는다. 캠은 완전히 깨어 있던 상태로 벌떡 일어선다. 그레이스가 확신한 그대로다. 그레이스는 시간이 별로 없다는 걸 알기에 주도권을 잡는다. 그녀는 이 특정한 형태의 구원이 성공할 확률은 기껏해야 50 대 50임을 안다.

「리사!」 그녀가 속삭인다. 「침대 밑으로 들어가. 코너, 얼굴을 베개에 묻고 엎드려. 당장!」 그런 다음 그녀는 캠을 돌아본다. 「그리고 너는, 지금 그 자리에 그대로 있어!」

캠은 믿을 수 없다는 듯 그녀를 빤히 본다. 「너 미쳤어? 놈들이 우리가 여기에 있다는 걸 안다고!」

계단에서는 쿵쿵거리는 발소리리가 들려온다. 이제는 몇 초밖에 남지 않았다.

「아니.」 그레이스가 리사와 함께 침대 밑으로 몸을 밀어 넣기 직전에 캠에게 말한다. 「놈들이 아는 건, 네가 여기에 있다는 거야.」

64
캠

 소음기가 장착된 진정탄 매그넘 권총으로 무장한 검은 옷의 남자 두 명이 방 안으로 벌컥 들어온다. 한 명이 캠에게 무기를 겨눈다. 캠은 반사적으로 두 손을 든다. 이렇게 쉽게 잡힌 자신에게 화가 나지만, 저항해 봐야 진정탄을 맞을 뿐임을 안다.

 하지만 두 번째 공격자는 망설임 없이 침대 위의 아이에게 진정탄을 쏜다. 코너는 진정탄을 맞고 움찔하더니 그대로 축 늘어진다.

 「찾기 어렵던데, 콩프리 군.」 캠의 가슴에 총을 들이민 경비병이 말한다. 그 말에 캠은 거의 웃을 뻔한다.

 「내가? 당신이 방금 진정탄으로 쏜 게 누군지 알기나 해?」

 「우린 너랑 같이 더러운 데를 돌아다니던 슬롯머저리에게는 아무 관심이 없어.」 그가 말한다. 「우린 너 때문에 온 거야.」

 캠은 놀라서 그를 빤히 본다. 문득 그는 자신에게 넘겨진 끔찍하면서도 경이로운 힘을 깨닫는다. 구할 수도, 파괴할 수도 있는 힘. 비록 사로잡혔지만 그는 영웅이 될 수 있음을 알아차린다. 문제는 어떤 영웅이, 누구의 영웅이 되고 싶으냐는 점이다.

65
로버타

로버타는 팀장이 〈이상 없음〉 신호를 보낼 때까지 집 안으로 들어가지 않는다. 안에서는 남자들이 고도의 경계 태세를 유지하고 있다. 사냥감이 잡혔는데도 긴장을 풀지 않는다. 어린 아이의 날카로운 울음이 자동차 경보처럼 울린다.

「엄마는 진정탄으로 쐈습니다.」 팀장이 로버타에게 말한다. 「하지만 아이는 걱정되더군요. 약의 용량 때문에 아이가 죽을 수도 있습니다.」

「좋은 판단이네요.」 로버타가 말한다. 「오늘 밤 우리는 기습의 요소도, 인류애도 잃지 않았어요.」 그렇다 해도 우는 아이는 짜증스럽다. 「아이 방 문을 닫으세요. 분명히 울다가 지쳐서 잠들 거예요.」

그녀는 팀장을 따라 위층으로 올라간다. 능동적 시민의 진압 병력 두 명이 캠을 어두운 침실 벽으로 밀어붙여 놓고, 그의 손을 등 뒤로 꺾어 수갑을 채우고 있다. 로버타가 다가가 조명을 탁 켠다.

「이런 일은 왜 늘 어두울 때 해야 하는 건가요?」

수갑이 찰칵 채워지자 그녀는 천천히 캠에게 다가간다. 「나를 보게 돌려세우세요.」

캠이 로버타 쪽으로 돌아서자 로버타는 그를 훑어본다. 캠은 아무 말도 하지 않는다. 「그렇게 나빠 보이진 않네.」

캠이 그녀를 노려본다. 「도망자의 삶이 잘 맞아서요.」

「그건 네 생각이고.」

「그래서, 어떻게 날 찾았어요?」

로버타는 캠의 머리를 쓸어 본다. 캠이 그런 행동을 싫어한다는 걸 알지만, 수갑을 차고 있기에 저지할 수 없다는 것도 안다. 「네 실종을 알아차렸을 때쯤, 너는 이미 일반적인 감시망에서 벗어나 있었어. 난 네가 이 나라를 떠났다고 생각했지. 하지만 넌 그보다 훨씬 똑똑했어. 네가 기회의 민족 보호 구역에 피신했을 거라는 생각은 한 번도 해본 적 없거든. 그 사람들이 너한테 피신처를 제공하리라는 생각도. 하지만 기회의 민족은 예측 불가능한 무리야. 안 그러니? 결국은 어느 아이모텔에서 비스네브 헤비이테라는 사람의 신분증이 찍혔을 때 네 엄지 지문이 — 아니, 윌 타시네의 엄지 지문이라고 해야 할까? — 뜨고 말았단다.」

캠은 인상을 쓴다. 아마 그 신분증을 만져 범죄 증거가 될 지문을 남겼던 정확한 시간과 장소를 떠올리고 있을 것이다.

로버타는 캠을 보며 혀를 찬다. 「정말이지, 캠. 아이모텔이라니? 너는 페어몬트와 리츠 칼튼 호텔에 묵도록 만들어졌어.」

「지금은 어디에 묵도록 만들어졌는데요?」

「미정이야.」 로버타는 침대 위에서 정신을 잃은 젊은 남자를 본다. 「헤비이테 군을 만나는 기쁨을 누리게 되었다고 생각해도 되려나?」

잠시 침묵이 흐른다. 캠이 말한다. 「네. 저 사람이 헤비이테 예요.」

로버타는 침대에 앉는다. 굳이 의식을 잃은 아이를 확인하지 않는다. 「이 녀석이 보호 구역에서 너를 뽑내고 다녔다면 거기서 스타가 되었겠네.」 로버타가 말한다. 대체로는 그냥 캠의 성질을 돋우려는 것뿐이다. 「거기 머물렀다면 꽤 오랜 시간 우리를 피할 수 있었을 텐데. 왜 그러지 않았니?」

캠은 어깨를 으쓱하더니, 마침내 로버타에게 그 유명한 미소를 지어 보인다. 「필리어스 포그.」[38] 그가 말한다. 「세상을 보고 싶었어요.」

「글쎄, 넌 80일도 못 버텼어. 하지만 그걸로 충분했기를 바란다.」 로버타는 팀장을 돌아본다. 「마무리할 시간이네요.」

「다른 애들도 데려갑니까?」

「바보 같은 소리 말아요.」 로버타가 꾸짖는다. 「우린 목적을 이뤘어요. 납치로 상황을 복잡하게 만들 생각은 없습니다.」

「날 데려가는 건 납치가 아니고요?」 캠이 묻는다.

「그럼.」 로버타는 기꺼이 그 미끼를 물며 말한다. 「법에 따르면, 너를 데려가는 건 도난당한 재산의 회수로 간주돼. 사실, 난 이 집에 있는 모든 사람을 상대로 고소를 할 수도 있어. 하지만 그러지 않으려고. 굳이 복수심을 보일 필요는 없으니까.」

그들은 캠을 바깥의 차로 끌어낸다. 하지만 로버타의 명령에 따라 행동은 부드럽게 한다. 위층에서는 아이가 계속해서

---

[38] 『80일간의 세계 일주』의 주인공.

울고 있지만, 그들이 부서진 앞문을 당겨 닫자 그 소리는 상당히 줄어든다. 누군지 모르지만 아이의 엄마와 이 어울리지 않는 일행의 다른 사람들이 결국 정신을 차리고 성마른 아이를 돌보게 될 것이다. 아침이 아니라면 몇 시간 뒤라도.

그들은 캠을 세단의 뒷좌석, 로버타 옆에 앉히고 차를 몰아간다. 캠은 저항하지 않지만 여전히 수갑을 차고 있다. 일단 미소를 짓기 시작했으니 캠은 멈추지 않을 것이다. 로버타는 그 미소가 어딘가 불안하다는 걸 인정할 수밖에 없다.

「제가 떠난 뒤 의원님과 장군님이 씩씩거렸겠네요.」

「그 반대야.」 로버타는 만족스럽게 말한다. 「두 분은 네가 떠났다는 걸 모르셔. 내가 너와 함께 몇 주 동안 하와이에 다녀올 거라고 했거든. 그다음에 네가 두 분을 찾아뵐 거라고 말이야. 네가 동기 재조정을 위해서 병원에 잠시 머무르고 싶어 한다고. 물론, 지금 우리가 가는 곳이 거기야. 거기서 약간의 피질 재조정을 할 수 있겠지.」

「피질 재조정이라…….」 캠이 되뇐다.

「예상할 수밖에 없는 일이지.」 로버타가 말한다. 「너는 리와인드된 이후로 잘못된 생각을 꽤 많이 해왔어. 하지만 기쁘게도, 나한텐 그 훌륭한 정신 안에서 그릇된 것들을 없애는 효과적인 방법이 있단다. 그런 생각을 바로잡는 거지.」

로버타는 캠의 얼굴에서 마침내 미소가 떠나는 것을 보며, 참지 못하고 승리감을 만끽한다.

66
코너

코너는 진정탄을 맞았던 바로 그 방, 그 침대에서 눈을 뜬다. 이럴 리 없다는 생각이 든다. 놈들은 코너 일행을 잡으러 온 게 아니었나? 아니야. 코너는 생각한다. 그레이스 말이 맞았어. 놈들은 캠을 잡으러 온 거야.

「진정타니스탄에서 돌아온 걸 환영한다.」

고개를 돌려 보니 소니아가 그의 옆 의자에 앉아 있다. 코너는 침대를 짚고 일어나려 하지만, 현기증이 나서 팔꿈치가 미끄러지게 놔둔다. 베개에 머리를 부딪친다. 뇌가 몸속에서 종 안의 박수도처럼 땡그랑거린다.

「쉬엄쉬엄해라. 그렇게 여러 번 진정탄을 맞았으니, 지금쯤은 천천히 해야 한다는 걸 알 만도 한데.」

그는 리사가 어디에 있는지 물으려 한다. 그때 리사가 문 앞에 나타난다. 「코너는 깼어요?」

「거의 안 깼지.」 소니아가 지팡이를 짚으며 끙 소리를 낸다. 그렇게 그녀는 리사에게 자리를 내준다. 「거의 정오로구나. 가게를 열 시간이야. 아니면 사람들이 문을 때려 부술지도 몰라.」 하지만 소니아는 방을 나서기 전에 코너의 다리를 위로하듯 톡톡 두드린다. 「우린 나중에 얘기하자. 내 남편에 대해서 네가 알고 싶어 하는 건 전부 말해 주마. 적어도, 바보 같은 내 뇌가 아직 기억하는 내용은.」

코너는 그 말에 미소 짓는다. 「할머니라면 석기 시대 일까지 다 기억할 게 분명해요.」

「건방지게 굴지 마라.」

소니아는 뒤뚱거리며 나간다. 리사가 자리에 앉는다. 그녀는 코너의 손을 잡는다. 코너가 마주 손에 힘을 준다. 전날과는 달리, 이번에는 손길에 온 마음을 담는다.

「약기운이 깰 때까지 깨우지 않고 자게 두어서 다행이야. 너한텐 잠이 필요했어.」

「진정탄을 맞고 잘 때는 쉬는 게 아니야. 그냥 기절한 거지.」 코너는 끈질긴 개구리 소리를 없애느라 목을 가다듬는다. 「그래서, 어떻게 된 거야?」

리사는 자신과 그레이스가 침대 밑에서 발각되지 않았으며 캠은 붙잡혀 끌려갔다고 설명한다. 코너는 그들의 행운에 놀란다. 아니, 행운이 아니었을지도 모른다. 작전 팀의 임무가 캠을 잡는 것이었다면, 그들은 캠의 여행 동료들에게 관심조차 없었을 것이다. 진입, 포획, 퇴출. 그들의 임무는 완수되었다. 그들은 나무를 베느라 어떤 숲을 놓쳤는지 전혀 모르고 있다.

「캠은 우리 모두를 고발할 수도 있었겠지만 그러지 않았어.」 리사가 말한다. 「우리를 위해서 희생했어.」

「걘 어차피 잡혔잖아.」 코너가 지적한다. 「정확히 말하자면 희생은 아니지.」

「캠의 공로도 좀 인정해 줘. 우리를 팔았다면, 캠은 거래에서 상당한 힘을 발휘할 수 있었을 거야.」 리사는 잠시 생각한다. 코너의 손을 잡은 그의 손아귀가 약간 헐거워진다. 「캠은 네가 생각하는 그런 괴물이 아니야.」

리사는 코너가 대답하기를 기다리지만, 코너는 진정탄의 여파로 여전히 너무 피곤하고 짜증이 나서 리사의 말에 동의할 수 없다. 그렇지 않았더라면 아마 동의했을 것이다. 어쨌든 캠은 그들에게 능동적 시민에 관한 정보를 넘겼으니까. 하지만 캠의 동기에는 너무 많은 층위가 있어, 동기 자체가 그야말로 흐릿하다고 할 수밖에 없다.

「캠이 우리를 구해 줬어, 코너. 적어도 그건 인정해 줘.」

코너는 어떤 각도에서 보면 마지못해 고개를 끄덕이는 듯한 동작을 해 보인다. 「놈들이 캠을 어떻게 할까?」

「캠은 그 사람들한테 금쪽같은 자식이야.」 리사가 말한다. 「퇴색된 부분을 없애고, 다시 빛나게 하겠지.」 리사가 미소 짓는다. 그녀의 생각이 캠에게로 흘러간다. 「물론, 캠이라면 금은 퇴색되지 않는다고 지적하겠지만.」

그 미소가 조금은 지나치게 따뜻하다. 코너는 자기가 불장난을 하고 있다는 걸 알면서도 감히 말한다. 「모르는 사람이 보면 네가 캠을 사랑하는 줄 알겠다.」

리사는 약간 냉정하게 그와 눈을 마주친다. 「정말 그런 얘길 하고 싶어?」

「아니.」 코너가 인정한다.

하지만 리사는 결국 그 이야기를 한다. 「난 캠이 우리를 위해 해준 일을 사랑해. 캠의 마음이 세상 사람들이 생각하는 것보다 순수하다는 점도 사랑하고. 나는 캠이 때 묻은 부분보다 천진한 부분이 훨씬 많으면서도 그 사실을 모른다는 점도 사랑해.」

「그 녀석이 너한테 완전히 빠져 있다는 점도 사랑하고.」

리사는 미소 지으며 샴푸 광고처럼 머리를 휙 넘긴다.「뭐, 그거야 말할 필요도 없지.」그 동작이 너무도 리사답지 않아 둘 다 웃는다.

코너는 일어나 앉는다. 더는 머리가 핑핑 돌지 않는다.「놈들이 캠을 잡으러 오기 전에 네가 날 선택해서 좋아.」

「난 아무것도 선택하지 않았어.」리사가 말한다. 아주 조금은 짜증이 섞인 말투다.

「뭐, 난 그냥 좋아.」코너가 부드럽게 말한다.「그게 다야.」코너는 롤런드의 손으로 리사의 얼굴을 만진다. 상어가 겨우 몇 센티미터 앞에 있다. 하지만 이제야 코너는 그 상어가 자신을 물 만큼 가까이 다가오지는 않으리라는 사실을 깨닫는다.

그때까지도 아래층에 있던 소니아는 팀을 위해 진정탄을 맞는 일까지 해너에게 요구할 수는 없다고 판단한다. 어젯밤 공격 이후에도 도망자들을 집에 머물게 해달라고 부탁할 수는 없다.

「미안하지만, 나는 이제 디어드러를 먼저 생각해야 해.」해너가 눈물이 고인 채로 말한다. 아이를 품에 안고, 그녀는 모두에게 행운을 빌어 준다. 코너는 자신이 구했지만 앞으로 다시는 못 볼, 황새 배달된 아기 생각에 목구멍에 뭔가 걸린 기분이다.

소니아가 코너와 리사, 그레이스를 검은 대형 SUV에 태우고 자신의 가게로 돌아간다. 오늘은 가게 문을 닫아 두기로 한다. 뒷방에서 네 사람은 바닥을 무너뜨릴 만큼 무거운 문제에 대해 이야기한다. 코너는 그레이스도 대화에 참여시켜야 한다고 고집을 부린다. 비록 그레이스가 조바심에 무릎을 퉁겨 대며 대화에 별 관심이 없어 보이기는 하지만, 그런 겉모습은 전부 속임수이기 때문이다.

「능동적 시민과 일하는 믿을 만한 정보원이 아주 흥미로운 이야기를 해줬어요.」 코너가 입을 연다. 그는 트레이스 뉴하우저가 솔턴해의 비행기 추락에서 살아남았는지조차 전혀 모른다. 아마 아닐 것이다. 스타키가 지금 자유라는 이름으로 지휘하고 있는 대량 학살을 트레이스가 절대 받아들이지 않았을 테니까. 하지만 최소한, 트레이스는 스타키를 위해 억지로 비행기를 몰기 전에 자신이 아는 것을 코너에게 전해 줄 수 있었다. 「제 정보원이 말해 줬거든요. 잰슨 라인실드라는 이름을 들으면 아직도 능동적 시민의 내부자들 마음에 두려움이 남아 있다고.」

소니아는 만족스러우면서도 어딘가 불길하게 웃는다. 「좋은 소식이구나. 난 잰슨이 놈들의 형편없는 조직에 언제까지나 유령처럼 남기를 바랐어.」

「그럼 그 말이 사실인가요?」 코너는 조심스럽게 말을 고르려 하지만, 이 말을 섬세하게 할 방법은 없음을 깨닫는다. 「놈들이 잰슨을 제거했다는 말이?」

「굳이 그럴 필요도 없었다.」 소니아가 말한다. 「사람을 뿌리까지 찢어발기고 나면 남는 게 별로 없거든. 잰슨은 망가진 사람으로 죽었어. 그이는 자기 꿈과 함께 죽기를 바랐고, 난 그이를 막을 수 없었다.」

이 모든 이야기를 처음 듣는 리사가 묻는다. 「잰슨이 누구였는데요?」

「내 남편이란다, 애야.」 소니아는 슬픔에 젖은 한숨을 내쉰다. 「내 공범이기도 하고.」

그 말에 그레이스가 관심을 보인다. 아직은 아무 말도 하지 않지만.

「능동적 시민이 자기들 역사에서 잰슨을 지워 버렸어.」 코너가 말한다.

「놈들의 역사라고? 능동적 시민은 잰슨을 세계 역사에서 지워 버렸다! 우리가 노벨상을 받았다는 건 알고 있니?」

리사는 멍한 표정으로 소니아를 보기만 한다. 그 표정에 소니아가 웃는다.

「노벨 생리의학상이었단다, 애야. 그 시절에 골동품 수집은 그냥 취미였지.」

「하트랜드 전쟁 이전인가요?」 리사가 묻는다.

소니아가 고개를 끄덕인다. 「전쟁은 사람들을 새로 만들곤 하지. 너무 많은 것을 사라지게 하고.」

코너가 의자를 앞으로 당겨 앉자 나무 바닥이 긁힌다. 「레브랑 내가 잰슨의 이름을 찾아서 인터넷을 싹 다 뒤졌어. 완전히 사라졌더라고. 그런데 잰슨의 이름 철자를 잘못 쓴 기사가 하나 있었어. 우리가 잰슨을 찾을 방법은 그것뿐이었고.」 이어 코너가 덧붙인다. 「그 기사에 할머니 사진이 있었어요. 그래서 할머니가 어떤 식으로든 연관되어 있다는 걸 안 거예요.」

소니아는 고개를 돌려 바닥에 침을 뱉는다. 「우리를 역사에서 지운 건 궁극적인 모욕이었어. 하지만 덕분에 놈들을 더 쉽게 피해 사라질 수 있었지. 모두를 피해서.」

「저희는 할머니가 능동적 시민을 만든 사람이라는 걸 알아요.」 코너가 말한다. 리사의 입이 다시 쩍 벌어진다.

「그건 잰슨이 한 일이야. 그때쯤 난 발을 빼고 있었다. 나는 불길한 징조를 봤고, 그게 피로 이어지리라는 걸 알았지. 하지만 잰슨은 이상주의자였어. 그게 사람의 가장 훌륭한 특성이자 가장 심각한 약점이었다.」 소니아의 눈이 젖어 든다. 그녀는 어수선한 책상 위 티슈 상자를 가리킨다. 그레이스가 소니아에게 티슈를 건넨다. 소니아는 한 차례 눈물을 닦더니 다시는 울지 않는다.

「저희는 능동적 시민이 원래 감시 단체로 만들어졌다는 걸 알아요.」 코너가 말한다. 「생명 공학 기술의 남용을 막기 위해 세상을 지키는 단체로요. 그런데 어쩌다 잘못된 거예요?」

「우리가 램프의 요정을 풀어놓은 거야.」 소니아가 슬프게 말한다. 「램프의 요정은 어떤 주인에게도 충성하지 않지.」

아래층에서 소니아가 숨겨 놓은 무단이탈자들이 나지막하게 말다툼하는 소리가 들려온다. 소니아가 지팡이로 바닥 문을 세 차례 두드리자 곧 조용해진다. 아래에 있는 비밀, 위에 있는 비밀. 소니아가 자기 이야기를 털어놓기 시작하자 코너는 자기도 모르게 그녀 쪽으로 몸을 기울인다.

「잰슨과 나는 기증자 신체의 모든 부위를 이식에 활용할 수 있게 하는 신경 접목 기술의 선구자였다. 모든 장기, 모든 사지, 모든 뇌세포를 말이야. 우리 목표는 생명을 구하는 거였어.

세상을 더 나은 곳으로 만들자는 거였지. 하지만 모든 선의에는 지옥으로 가는 길이 열려 있단다.」

「언와인드 합의 말인가요?」 코너가 말한다.

소니아가 고개를 끄덕인다. 「우리가 기술을 완성했을 때는 언와인드라는 개념은 존재하지도 않았어. 하지만 하트랜드 전쟁이 기승을 부리고 있었고, 전국적으로 학교라는 제도가 무너진 상태에서 10대 무법자들이 거리로 쏟아져 나오고 있었다. 사람들은 겁을 먹었고, 그다음에는 절망했지.」 소니아는 기억을 더듬으며 시선을 먼 곳으로 향하는 것처럼 보인다. 「언와인드 합의는 생명을 구하는 우리 기술을 가져다가, 아무도 상대하고 싶어 하지 않던 그 모든 아이에게 무기로 사용했어. 능동적 시민의 이사회가 그런 짓에 발을 맞췄지. 잰슨을 몰아내고서 말이야. 놈들은 단지 돈 벌 기회만 본 게 아니거든. 놈들은 탄생만을 기다리던 하나의 산업 전체를 본 거다.」

코너는 자기도 모르게 심호흡한다. 언와인드가 〈탄생〉한다는 생각에 몸이 떨린다.

「모든 일이 너무 빠르게 일어났어.」 소니아가 말을 잇는다. 「아무도 보고 있지 않을 때. 청소년 전담국은 대중의 격렬한 항의도, 별다른 저항도 없이 세워졌지. 모두가 하트랜드 전쟁이 끝나고 10대 무법자들을 눈앞에서도, 머릿속에서도 치워 버릴 수 있다는 사실에 기뻐했다. 그 애들이 어디로 가는지는 누구도 생각하려 하지 않았어. 이제는 누구나 원하기만 하면 익명의 장기를 공급받을 수 있게 되었지. 젊어진 손이나 더 선명한 눈을 원하지 않던 사람까지 그런 것을 원하도록 설득하는 광고가 널려 사방에 있었다. 〈안팎으로 새로워진 당신!〉 게시판에는 그런 문구가 적혀 있었다. 〈생명에 50년을 더하세요〉라고.」 소니아는 씁쓸하게 고개를 젓는다. 「놈들이 수요를 만들어 냈고…… 수요는 곧 필요가 되었다. 언와인드는 구조 전체에 짜여 들어갔지.」

아무도 말을 하지 않는다. 그 거대한 언와인드 기계로, 소니아의 말을 빌리자면 언와인드라는 산업으로 인해 사라진 수많은 아이를 위해 묵념하고 있는 것 같다. 언와인드란 살아 있는 육신을 거래하는 산업, 윤리의 바깥이자 법의 테두리 안에서 사회의 완전한 동의를 바탕으로 작동하는 공장이다.

그때 코너가 무언가를 깨닫는다. 「그게 끝이 아니죠, 소니아? 뭔가 더 있을 게 틀림없어요. 그렇지 않다면 왜 능동적 시민이 지금도 자신들이 무너뜨린 남자를 두려워하겠어요? 왜 잰슨 라인실드의 이름이 지금까지도 놈들을 덜덜 떨게 하겠느냐고요?」

이제 소니아는 미소 짓는다. 「어느 업계에서든 그 핵심에 두려움을 박아 넣는 단어가 뭘까?」 아무도 대답하지 않자 그녀는 어둠의 주문이라도 되는 듯 속삭인다.

「쇠퇴.」

골동품 가게 앞, 평소엔 사람도 별로 오가지 않는 어두운 모퉁이에 먼지 낀 낡은 컴퓨터들이 쌓여 있다. 어디 한번 넘어뜨려 보라는 듯 중력에 도전하는 그 더미는 절대 무너지지 않는다. 소니아는 바로 그곳으로 일행을 데려간다. 「내가 이것들을 보관하는 이유는, 이따금 수집가가 오래된 기계를 찾으러 오기 때문이야. 그런 일이 자주 있는 건 아니지만. 그럴 때면, 수

집가들이 내는 돈은 얼마 되지 않지.」

「그래서 저희는 왜 데려오신 거예요?」 코너가 묻는다.

소니아는 지팡이로 코너를 평소보다 가볍게 툭 친다. 「내 주장을 설명하려고. 기술의 노년은 아름답지 않다. 훌륭한 가구와는 다르지.」 그녀는 그런 훌륭한 가구 중 하나에 앉는다. 붉은 벨벳 시트가 달린, 휘어진 나무 의자다. 그 의자 하나의 가격이 아마 컴퓨터 전체의 가격을 합친 것보다 비쌀 것이다.

「놈들이 언와인드 합의를 통과시켰을 때, 나는 모든 걸 포기했다. 이런 일이 벌어지는 데 나 자신이 의도치 않게 한몫했다는 사실이 역겨웠어. 하지만 잰슨은 죽는 날까지 맞서 싸웠단다. 사람들이 장기에 매달리게 된 만큼, 잰슨은 언와인드를 끝내는 유일한 방법이 언와인드에서 채취할 필요가 없는 더 저렴한 장기를 만드는 것이라는 걸 알았지. 채취의 필요성을 없애면, 사람들은 양심을 되찾을 테고 언와인드는 종식될 테니까.」

「기회의 민족은 이식에 영혼의 동물을 활용해요.」 코너가 지적한다. 「그런 식으로 우회하는 거죠.」

「내가 그보다 더 나은 방법을 알려 주마.」 소니아가 말한다. 「배양 세포를 무한히 키워서 기계에, 예컨대 컴퓨터 프린터에 넣고 직접 신체 기관을 찍어 낼 수 있다면 어떨까?」

모두가 서로를 본다. 코너는 소니아의 말이 진심인지, 농담인지, 아니면 소니아가 미쳐 버린 건지 잘 알 수 없다.

「무슨...... 전자식 손톱 제조기처럼요?」 리사가 말한다.

「같은 주제의 변주지.」 소니아가 말한다. 「비슷한 기술이 크게 도약했다고 생각하면 된다.」

「어……」 코너가 말한다. 「간 사진을 프린터로 뽑는다고 딱히 도움이 될 것 같지는 않은데요.」

소니아의 눈에 이상한 빛이 떠오른다. 오래전 과학자의 모습이 언뜻 보인다. 「그냥 사진이 아니라면?」 그녀가 묻는다. 「세포를 한 겹, 한 겹 계속해서 프린트해 쌓아 점점 더 두껍게 만들 수 있다면? 인쇄를 하는 사이사이에 프로그램으로 틈새를 만들고, 성숙하면 혈관이 될 반투과성 막을 그 틈새에 넣어 혈류 문제를 해결할 수 있다면?」

이제 소니아는 시선을 옮겨, 일행 한 명 한 명과 눈을 맞춘다. 그녀의 눈에 깃든 열정이 최면이라도 거는 듯하다. 갑자기 그녀는 더 이상 그저 늙은 여자가 아니라, 오랜 세월 마음속에 품고 있던 불길로 가득한 열정적 과학자가 된다.

「살아 있는 인간 장기를 만들 수 있는 프린터를 발명했다면?」 소니아가 의자에서 일어난다. 그녀는 키가 작지만, 지금 이 순간 코너는 그녀가 일행 모두를 위압적으로 내려보고 있다고 느낀다. 맹세라도 할 수 있다. 「그 특허를 미국에서 가장 큰 의료기 제조업체에 팔았는데…… 그 업체가 그 모든 연구 업적을 묻어 버렸다면? 설계도를 태워 버렸다면? 프린터를 부숴 버리고, 그런 기술이 존재했다는 사실 자체를 아무도 모르게 지워 버렸다면?」

소니아의 온몸이 떨린다. 약해서가 아니라 화가 나서다. 「지금 이 시스템을 그대로 유지하는 데 너무 많은 사람이 너무 많은 걸 투자했기에, 놈들이 언와인드에 대한 해법을 없애 버렸다면?」

뒤따른 떨림의 침묵 속에서, 가식적이지 않고 잘난 척하지 않는 한 사람의 목소리가 들려온다.

「그리고 골동품 가게의 한구석에 그 장기 프린터가 아직 숨겨져 있다면?」 그레이스가 말한다.

소니아의 분노는 가장 완벽한 할머니의 미소로 굳어 버린다. 「그렇다면 어떻게 될까?」

에필로그
죽은 라인실드의 아내

코너나 리사, 레브가 태어나기 몇 년 전이다. 소니아는 2월 어느 낮의 매서운 추위를 무릅쓰고 자동차에서 창고로 묵직한 종이 상자를 옮긴다. 그곳은 커다란 창고 단지에 있는, 아무 특징 없는 수많은 창고 중 하나다.

남편의 장례식이 겨우 일주일 전이었지만, 소니아는 오랫동안 자기 연민 속에 뒹구는 여자가 아니다.

그녀의 창고는 이 단지에서 제공하는 창고 중 가장 큰 곳이다. 그녀와 작고한 남편이 오랜 세월에 걸쳐 모아 온 모든 가구와 잡동사니, 탐낼 만한 물건들이 이곳에 있다. 사실상, 거의 대부분 소니아의 수집품이다. 잰슨은 물질적인 사람이 아니었다. 그가 원한 것은 편안한 의자 하나와 역사에 남을 이름뿐이었다. 비록 잰슨은 그중 하나를 도둑맞았고, 다른 하나에 앉아 죽음을 맞았지만.

창고의 자물쇠는 서리로 뒤덮여 있다. 이삿짐센터 직원들이 모든 짐을 안에 쌓아 둔 지 일주일밖에 되지 않았지만, 자물쇠는 이미 아주 오래된 물건처럼 보인다. 소니아는 장갑이 너무 두꺼워 자물쇠에 열쇠를 넣을 수 없다. 결국 장갑을 벗고 손가락에 느껴지는 한기를 참으며 열쇠를 집어넣고 돌린 뒤 자물쇠를 잡아당기는 수밖에 없다.

모든 것은 이 창고로 옮겨졌다. 지금 그녀의 집은 비어 있다. 하지만 오래 그러지는 않을 것이다. 집은 사랑스러운 가족에게 팔렸다. 어쨌든 부동산 중개인은 그렇게 말했다. 소니아는 집이 빨리 팔리도록 시세보다 훨씬 낮은 가격을 매겼다.

잰슨이 과거 장기 프린터에 관한 권리를 팔고 받았던 돈은 상당 부분 오스틴의 친구들에게 주기로 했다. 그들은 언와인드에 맞서 싸우기 위한 비밀 조직을 만들고 있었다. 반분열 지하 조직이라던가, 그런 이름이었다. 글쎄, 그들이 그 돈으로 사용해 단 한 명의 언와인드라도 칼질에서 구할 수 있다면 그만한 가치가 있을 것이다.

소니아는 끙 소리를 내며 두루마리식 문을 들어 올리고, 자신의 인생에 들어찬 덫을 마주 본다. 모든 것이 차곡차곡 맞물리도록 퍼즐처럼 정밀하게 쌓여 있다. 한 사람의 세상을 이루던 물건들을 이토록 조밀한 공간에 전부 욱여넣을 수 있다니 얼마나 이상한 일인가. 이곳은 인생이라는 시간의 중성자별 같다.

그 모습을 보는 순간, 소니아는 잠시 절망감이 든다. 하지만 바깥에 흩날리는 눈송이처럼, 그녀는 그 감정이 달라붙게 놔두지 않는다. 작고한 남편에게서 배운 교훈이 있다면, 과거의 사건이 미래를 살해하도록 두어서는 안 된다는 점이다. 지금 소니아에게 있는 것은 미래뿐이다. 그녀의 과거는 너무도 효과적으로 지워졌다. 진짜 여권과 운전면허증마저 무효화되었기에, 그녀는 위조 여권과 운전면허증을 사야만 했다. 단, 이름은 바꾸지 않았다. 그녀를 무명의 망각 속으로 기꺼이 보내 버리려 했던 자들을 괴롭히기 위해서라도 신분의 아주 작은 조각은 남기기로 했다.

소니아는 망각되지는 않더라도 이곳을 떠나기로 했다. 어디로 가는지는 중요하지 않았다. 다만 비행기표를 사려면 목적지가 필요했다. 그래서 이삿짐센터 직원들이 오기 전, 그녀는 잰슨의 서재로 향했다. 그녀는 눈을 감은 채 지구본을 돌린 다음 손가락으로 쿡 찔렀다. 손가락은 지중해에, 크레타섬에 닿았다. 그래서 그곳으로 가기로 했다. 소니아는 그리스어를 할 줄 모르지만, 그야 배울 것이다. 그 섬은 아주 오랫동안 소니아 인생의 알파이자 오메가가 될 것이다.

소니아는 빼곡하게 들어찬 창고 안에서, 들고 온 묵직한 상자를 놓아둘 안전한 곳을 찾는다. 그 상자의 내용물은 이삿짐센터 직원들에게 맡기기에는 너무 민감한 것이다. 이건 소니아가 직접 해야만 하는 일이다. 잰슨도 소니아가 이 일을 맡을 걸 좋아했을 것이다. 소니아는 잰슨이 그녀에게 미소 짓는 걸 느낄 수 있다. 둘이 함께 아찔한 공상에 빠졌던 그 멋진 밤, 도시에서 가장 비싼 식사를 하고 샴페인을 마시며 어둠 속에서 다시 빛으로 돌아가고 있다고 감히 꿈꾸었던 그 밤처럼.

소니아는 현명하기에 자신이 평생 빛과 어둠의 시대를 지나왔음을 안다. 지금은 강렬한 어둠의 시간이다. 그러나 소니아는 그 어둠이 잰슨을 삼켰듯 자신까지 삼키도록 놔둘 수 없다. 시간이 지나면, 아마 그녀는 어떤 입장을 취할 수 있을 만큼 다시 빛 속에 서게 될 것이다. 떨쳐 일어나, 선의로 포장된 지옥으로 가는 길과 맞설 수 있는 용기와 결단력을 되찾을 수 있을 것이다. 더 정확히 말하자면, 그 길은 다른 사람들이 그들을 위해 미리 깔아 준 길이겠지만. 하지만 그건 먼 미래의 일이다. 지금 그녀는 지쳐 있고, 망가졌다. 그저 도망쳐야만 한다.

마침내 그녀는 적당한 공간을 찾아, 가만히 상자를 내려놓는다. 상자가 떨어지거나 무언가가 상자 위로 떨어지지 않을 자리인지 확인한다. 그런 다음, 주변에 쌓여 있는 자신의 소유물들을 본다.

「물건이 너무 많아.」 그녀가 큰 소리로 말한다. 그녀가 모아 온 온갖 잡동사니로 골동품 가게를 열 수도 있겠다! 언젠가 미국으로 돌아오게 된다면, 아마 그렇게 해야 할 것이다.

소니아는 만족한 채 창고 입구로 걸어가, 두루마리식 문을 당겨 내리고 예전의 삶을 10년, 어쩌면 20년 동안 잠가 둔다.

차를 몰고 떠나면서, 그녀는 자신이 이 모든 일에도 불구하고 미소 짓고 있다는 사실에 놀란다. 그래, 잰슨이 설립한 바로 그 단체가 궁극적으로 그를 배신하고 그들의 인생을 파괴하며 남아 있는 희망의 모든 빛을 꺼뜨렸다.

하지만 그게 바로 놈들이 실패한 지점이다.

희망은 멍들 수도 있고, 두들겨 맞을 수도 있다. 억지로 지하에 파묻고, 심지어 기절시킬 수도 있다. 그러나 희망을 죽일 수는 없다. 장기 프린터의 청사진은 사라졌다. 커다란 시제품도 모두 사라졌다. 부숴지고 녹여지고, 단념된 기술과 함께 특징 없는 무덤에 파묻혔다.

하지만 소형 시제품에 대해서는 아무도 몰랐다. 오스틴에게 사라진 손가락을 돌려준 시제품. 잰슨이 서재의 종이 상자에 숨겨 둔 시제품.

소니아는 고속 도로에 접어들어 공항을 향해 달린다. 라디오를 켜, 그녀가 어린 시절 즐겨 들었던 클래식 록 음악을 틀어 주는 방송국을 찾는다. 그녀는 차를 흔드는 얼음장 같은 바람을 무시한 채 노래를 따라 부른다.

의심할 여지 없이 잰슨의 꿈은 죽었다. ……하지만 때가 찾아오고 바람이 바뀌기 시작하면, 완전히 죽은 꿈조차 부활할 수 있다.

4권 『언디바이디드』에서 계속

감사의 말

카뮈 콩프리가 그렇듯, 이 책을 비롯해 언와인드의 세계에 속하는 모든 책과 이야기는 수많은 이로부터 생명을 부여받았다. 무엇보다도 나의 편집자 데이비드 게일, 부편집자 나바 울프, 출판 담당자 저스틴 찬다의 지지에 감사한다. 이들은 내가 이 시리즈를 3부작으로 나누었다가 다시 네 권짜리 〈디스톨로지〉 시리즈로 나눌 수 있도록 계속해서 허락해 주었다. 존 앤더슨, 앤 재피언, 폴 크라이턴, 리디아 핀, 미셸 패들랠러, 베네사 카슨, 카트리나 그루버, 차바 윌린 등 사이먼 앤드 슈스터의 모든 분에게도 감사한다. 이 놀랍도록 소름 끼치는 표지를 디자인해 준 클로이 포글리아에게도 특별히 고마움을 전한다.

수많은 사건이 있었던 올 한 해 동안 나를 지지해 준 모든 사람, 특히 나의 자녀인 브렌던, 재러드, 조엘, 에린과 아이들의 엄마인 일레인 존스, 나의 〈큰누나〉 퍼트리샤 맥폴, 비서 마샤 블랭코, 그리고 나의 훌륭한 친구 크리스틴 〈나타샤〉 고설스에게도 감사를 전하고 싶다.

내가 경력을 이어 나갈 수 있도록 도와주는 훌륭한 분들, 즉

나의 출판 에이전트 앤드리아 브라운, 엔터테인먼트 에이전트 스티브 피셔와 데비 듀블힐, 매니저 트레버 엥글슨, 변호사인 셉 로즌먼과 리 로즌바움에게도 감사한다.

나는 지치지 않는 노력과 〈언와인드〉에 대한 신념으로 이 시리즈 전체의 영화화 계약을 이루어 낸 마크 베너다우트, 캐서린 키멀, 줄리언 스톤, 샬럿 스타우트, 파버 듀어에게 큰 빚을 지고 있다. 콘스탄틴 필름의 로버트 쿨저와 마고 클루언스, 그리고 그들이 이 책에 대해 보여 준 그들의 열정이 아니었다면 영화화는 불가능했을 것이다.

「언스트렁」 및 곧 발표될 언와인드 세계관의 단편 스토리를 나와 함께 지은 미셸 놀든에게, 웹사이트 작업을 도와준 매슈 디어커와 웬디 도일에게, 그리고 팬으로 시작해 언와인드 세계관과 등장인물을 페이스북과 트위터에 존재하게 해준 시몬 파월, 타일러 홀츠먼, 애니 윌슨, 미라 맥닛, 매슈 세츠콘, 내털리 소모스에게도 감사한다.

러시아어 대사를 번역해 준 루도비카 피요르텐데, 그리고 미셸과 아티 셰이케비치에게, 또한 포르투갈어에 전문성을 보여 준 스테퍼니 샌드라 브라운에게 Спасибо(감사한다).

마지막으로, 이 책을 어린이와 어른 모두에게 전해 주신 수많은 교사와 사서분들에게도 감사한다. 그리고 이 시리즈를 읽은 독자와 팬들에게도 당연히 감사드린다. 세상이 변화하는 건 전부 여러분의 입소문 덕분이다.

옮긴이 **강동혁** 서울대학교 영문학과와 사회학과를 졸업하고 동 대학원에서 영문학 석사 학위를 받았다. 옮긴 책으로 바버라 킹솔버의 『내 이름은 데몬 코퍼헤드』, 에르난 디아스의 『먼 곳에서』, 『트러스트』, 커트 보니것의 『타이탄의 세이렌』, 압둘라자크 구르나의 『그 후의 삶』, 앤디 위어의 『프로젝트 헤일메리』, 토바이어스 울프의 『올드 스쿨』, 『이 소년의 삶』, J. K. 롤링의 〈해리 포터〉 시리즈, 앤드루 숀 그리어의 『레스』, 진 필립스의 『밤의 동물원』, 말런 제임스의 『일곱 건의 살인에 대한 간략한 역사』(전2권) 등 다수가 있다.

언솔드: 흩어진 조각들

발행일	2025년 7월 10일 초판 1쇄
	2025년 8월 25일 초판 3쇄

지은이 **닐 셔스터먼**
옮긴이 **강동혁**
발행인 **홍예빈**
발행처 **주식회사 열린책들**

경기도 파주시 문발로 253 파주출판도시
전화 **031-955-4000** 팩스 **031-955-4004**
홈페이지 **www.openbooks.co.kr** 이메일 **literature@openbooks.co.kr**

Copyright (C) 주식회사 열린책들, 2025, *Printed in Korea.*
ISBN 978-89-329-2524-0 04840
ISBN 978-89-329-2521-9 (세트)